# OBRAS MAESTRAS DEL MARQUÉS DE SADE

Tomo tercero

LAS 120 JORNADAS DE SODOMA
O LA ESCUELA DE LIBERTINAJE

CUENTOS, HISTORIETAS Y FÁBULAS

Títulos:
- Las 120 jornadas de Sodoma o la escuela de libertinaje
- Cuentos, historietas y fábulas

Títulos originales:
- *Les 120 journées de Sodome, ou l'École du libertinage*
- *Historiettes, Contes et Fabliaux*

Autor: Marqués de Sade


© Edimat Libros, SA
C/ Primavera, 10, nave 35
28500 Arganda del Rey
Madrid-España
www.edimat.es


Traducción:
- Las 120 jornadas de Sodoma o la escuela de libertinaje: Pilar Calvo
- Cuentos, historietas y fábulas: Equipo editorial

Diseño e ilustraciones de cubierta: Karakachoff estudio



ISBN: 978-84-9794-635-3
Depósito Legal: M-16833-2024

Impreso en España - *Printed in Spain*

# INTRODUCCIÓN

Donatien Alphonse François de Sade nació en París en el año 1740. Descendía de dos familias de rancio abolengo procedentes de Provenza. Incluso una tradición de Avignon decía que Laura de Noves, el amor y la musa de Petrarca, estaba emparentada con la familia Sade. Según su propio testimonio en una carta dirigida a una persona ficticia, su infancia le hizo «travieso, tiránico e irascible; le parecía que todo tenía que ceder ante su voluntad, que el mundo entero tenía que satisfacer sus caprichos, correspondiéndole a él simplemente planearlos y pedirlos». Se crio cerca de la casa real de París y pudo más el ambiente licencioso que conoció desde niño que la disciplina del liceo Louis-le-Grand, el prestigioso centro cuyo tránsito sólo le deparó un primer conocimiento de la buena literatura francesa. Por liberarse quizás del yugo escolar se enroló muy joven en la caballería ligera, llegando a ser capitán del regimiento del rey, a quien realmente admiró, pese a sus ideas republicanas posteriores. Pronto cobró fama de libertino, término muy usado en sus tiempos sedientos de libertad para designar a quien hacía un mal uso de ella, esto es, a quien se entregaba a sus deseos más extravagantes y singulares principalmente en el terreno de la sensualidad y de la sexualidad. Semejante vida le enfrentó a estrecheces económicas que sus propiedades en el sur de Francia e incluso sus contactos con personas poderosas no pudieron paliar. Para salir de sus apuros financieros contrajo matrimonio a los veintitrés años con Renée-Pelagie Cordier, hija del presidente del Tribunal Central de Hacienda, pese a estar enamorado de la hermana de ésta. Los dos hijos y la hija que tuvo de su matrimonio no le impidieron gastar grandes cantidades de dinero en locales de prostitución y frecuentar el trato con actrices que acabaron dilapidando su pequeña fortuna. Por haber maltratado a unas mujeres pasó tres semanas en la cárcel de Saumur.

Tenía treinta y cinco años cuando se hubo de enfrentar a una acusación de intento de envenenamiento y de maltrato y vejaciones por parte de unas rameras. Esta vez no esperó a que le condenaran a una cárcel segura: raptó a la hermana de su mujer del convento donde se había recluido y se fugó a Italia.

Engañado por unas personas que consideraba amigas, regresó a su país, donde fue inmediatamente apresado por la Policía y encarcelado en Vincennes. No es de descartar que detrás de esta celada se encontrase el ansia de venganza de su suegra, pero en las actas del proceso judicial al que fue sometido se hacía referencia a delitos cometidos en París, Arcueil, Marsella e incluso en su castillo de La Coste, cercano a esta última ciudad. Sade era acusado de tres delitos: la sodomía homosexual y heterosexual (juzgada muy grave en su época), la corrupción de jóvenes y el sometimiento de mujeres a diversas torturas con látigos e instrumentos cortantes. Desde este momento la vida de Sade es una aventura interminable de períodos de cárcel y de libertad donde las constantes afrentas le acarrean pistoletazos, condenas a muerte, quema pública de su «efigie» y detenciones mediante *lettres de cachet,* es decir, órdenes de prisión con el sello real que expresaban la potestad del monarca de encarcelar a cualquiera de sus súbditos sin mediar juicio alguno.

Mal podía acomodarse un espíritu tan inquieto a las soledades y privaciones carcelarias. «Mi sangre es excepcionalmente caliente para soportar un daño tan horrible», escribió entre amenazas histéricas de suicidio y confesiones de que su cerebro le impulsaba a imaginar conductas sexuales extravagantes y obsesivas donde el dolor de otros encendía el placer compulsivo del verdugo.

Tras unos meses en un encierro solitario en Vincennes, las autoridades dulcificaron su condena. Pudo releer a los autores que le habían encantado en sus años de estudiante: Cervantes, Rousseau, Voltaire, Prévost, Marivaux, Laclos, Richardson y sobre todo Bocaccio, cuyo *Decamerón* le llevó a concebirse como su imitador francés, rivalizando con el autor italiano en el elevado tono erótico de sus cuentos, aunque en su caso la comicidad cediera el puesto a la truculencia, manteniéndose en ambos la misma sátira anticlerical. A partir de 1780 Sade llevó a cabo una intensa labor de escritor que continuó luego en la cárcel de la Bastilla. Muchas de estas narraciones fueron escritas en papel de empaquetar y sacadas de la cárcel a escondidas por presuntos amigos que trataban sin éxito de encontrar a un editor que se atreviese a publicarlas. Hubo que esperar mucho tiempo para que las obras de Sade empezaran a circular por circuitos normales de distribución.

En estos años de encarcelamiento escribió Sade *Las 120 jornadas de Sodoma o la escuela de libertinaje,* un catálogo enciclopédico de situaciones eróticas trufadas por el dolor y el crimen, cuyo borrador fue quemado involuntariamente durante el asalto a la Bastilla. Más suerte tuvo con *Historia de Aline y Valcour o la novela filosófica,* novela picaresca y amorosa escrita en forma epistolar y con *Justine o los infortunios de la virtud,* cuya escabrosidad asustó al propio autor, que nunca la reconoció como obra suya. Estas dos obras se conservaron porque las había guardado su abnegada esposa, que siempre le perdonó sus extravíos hasta que recuperó la libertad, ocasión que aprovechó para solicitar la separación legal de su esposo. Tenía Sade cincuenta años. Mitigó su soledad con una actriz arruinada, Constance Quesnet, a quien su marido había abandonado con un hijo. Fue su compañera hasta su muerte veinticuatro años después, aunque los encarcelamientos del autor redujeron mucho los períodos de convivencia.

Es fácil comprender la delicada situación de Sade en los difíciles años que le tocó vivir, al margen de su conducta escandalosa y delictiva. Como aristócrata pertenecía a un orden político rígidamente jerárquico que moría en la guillotina con los reyes. Por sus costumbres licenciosas se mofaba, además, del moralismo sexual estricto que los revolucionarios radicales o jacobinos opusieron a la vida depravada de la corte real, lo que no excluía, como suele ocurrir en estos casos, la más fría de las crueldades. Sade, que se había proclamado ateo, republicano y partidario del progreso, aunque no de la democracia, vivió siempre en una cuerda floja que le forzaba a adoptar actitudes de ambigüedad y de disimulo en ocasiones grotescas. Por ejemplo, cuando los revolucionarios asaltaron la Bastilla en julio de 1789 creyendo que sus muros encerraban a los enemigos de la monarquía, los presos eran en su mayoría aristócratas que por sus conductas no merecían precisamente ser liberados en nombre del pueblo llano. Sade, consciente del malentendido, empezó a arengar a los asaltantes para que lo liberaran, alegando a gritos por un improvisado megáfono que los presos estaban siendo asesinados por los guardianes, cosa errónea. Cuando se deshizo el equívoco, los ánimos desatados de los asaltantes hicieron que su celda fuera incendiada haciendo desaparecer su biblioteca de seiscientos volúmenes y una considerable colección de manuscritos, algunos escondidos en los huecos de las paredes.

Encerrado en el manicomio de Charenton, sólo se vio en libertad cuando la Asamblea constituyente liberó, en nombre de la revolución, a todos los presos condenados sin juicio por mera voluntad del rey. Durante los sangrientos días del Terror que siguieron al regicidio, Sade colaboró con los revolucionarios en la sección de picas y escribió fervorosos panfletos contra el antiguo régimen y a favor del progreso. Condenó los crímenes terribles que se cometieron en nombre de la libertad e incluso se mostró humanitario y bienhechor, contrario a la pena capital. Hasta salvó a su familia política de una muerte segura.

Si tenemos en cuenta que todo aquel de quien se sospechaba que era poco ferviente para con la revolución se consideraba un enemigo, comprenderemos que Sade estuvo a punto de ser guillotinado. Sin embargo, los motivos de su último encarcelamiento importante no fueron políticos. Estaba ya en el poder Napoleón cuando Sade fue enviado a prisión sin juicio por el prefecto de París, como autor de «esa novela infame».

Los últimos trece años de su vida los pasó Sade en la cárcel y en el manicomio de Charenton, donde le permitieron montar obras teatrales con los enfermos. En estos tristes días, víctima de una obesidad patológica, le llegaron noticias del comportamiento valeroso de su hijo durante una de las campañas de Napoleón. Eso le animó a solicitar el indulto. Pero Napoleón, indignado porque le había ridiculizado en uno de sus escritos, se limitó a impedir que le llevaran a una cárcel como pretendían quienes le veían como un delincuente y no como un lunático. Abandonole, pues, a su suerte en el manicomio de Charenton donde estaba recluido y donde mantuvo relaciones sexuales con muchos jóvenes enfermos. Murió a los setenta y cuatro años de congestión pulmonar y de una «fiebre gangrenosa», como se hizo constar en el certificado de defunción.

## LAS 120 JORNADAS DE SODOMA O LA ESCUELA DE LIBERTINAJE

Esta es la primera novela de la estremecedora obra narrativa del marqués de Sade. La escribió, según su propio testimonio, en treinta y siete noches del año 1785, cuando estaba prisionero en la Bastilla. El manuscrito original consiste en un rollo de papel de 12 centímetros de ancho por 12,10 metros de largo, totalmente cubierto de una letra apretada y menuda. Cuando Sade fue trasladado de prisión, se perdió el manuscrito, y el autor nunca conoció su destino posterior. Redescubierto en 1904 en Alemania —en una edición privada de ciento ochenta ejemplares—, hasta 1931 no vuelve a publicarse, esta vez en Francia, al cuidado de Maurice Heine, y en tres tomos. No obstante, hubo que esperar todavía hasta 1953 para poder disponer de una primera edición completa, no expurgada y de carácter comercial, debida al gran editor francés Jean-Jacques Pauvert, autor también de una extensa biografía del «Divino Marqués».

He aquí la historia de cuatro libertinos que deciden dedicar ciento veinte jornadas a los más inimaginables y tortuosos excesos sexuales, para lo cual redactan un código que ordenará el gran desorden carnal de cada una de sus largas sesiones de desenfreno. Lo que sigue es la descripción fría y minuciosa de un catálogo de placeres en los que la humillación y el dolor físico de las víctimas forman parte inseparable de la voluptuosidad de sus verdugos. Nos adentramos con ellos en el dominio absoluto del Mal, con su sistemática, meticulosa e implacable liturgia, o mejor, antiliturgia. Éste es un territorio en el que ha desaparecido cualquiera de los límites que impone la moral. En ello radica a la vez su máxima atracción y el rechazo que inspira. Dispóngase pues, el lector, a emprender uno de los más brutales descensos a las profundidades del alma y a enfrentarse con la infernal imagen que Sade nos ofrece de la naturaleza humana.

## CUENTOS, HISTORIETAS Y FÁBULAS

El marqués de Sade, también escribió una serie de *Cuentos, historietas y fábulas* que abordan una variedad de temas como la moralidad, el poder, el deseo, la perversión y la crítica a las instituciones sociales y religiosas. Aunque menos conocidas que sus novelas largas, estas piezas ofrecen una visión clara de su estilo literario. Son más accesibles para los lectores que desean explorar la obra de Sade sin enfrentarse a la extensión y la intensidad de sus novelas más famosas.

# LAS 120 JORNADAS DE SODOMA

## DE SODOMA

### O LA ESCUELA DE LIBERTINAJE

Las considerables guerras que Luis XIV tuvo que sostener durante su reinado, agotando las finanzas del Estado y las facultades del pueblo, descubrieron, sin embargo, el secreto de enriquecer a una enorme cantidad de esas sanguijuelas siempre al acecho de las calamidades públicas que provocan en lugar de apaciguar, y eso para poder aprovecharse de ellas con mayores beneficios. El final de ese reinado, tan sublime por otra parte, es tal vez una de las épocas del imperio francés en la que se vio un mayor número de estas fortunas oscuras que sólo resplandecen con un lujo y unos desenfrenos tan sordos como ellas. Era hacia el final de ese reinado y poco antes de que el Regente intentara, mediante aquel famoso tribunal conocido bajo el nombre de Cámara de Justicia, restituir la fuerza a esa multitud de tratantes, cuando cuatro de ellos imaginaron la singular orgía que nos disponemos a narrar.

Sería erróneo imaginar que sólo la plebe se había ocupado de esta exacción; estaba encabezada por grandísimos señores. El duque de Blangis y su hermano el obispo de ***, quienes habían conseguido con ella unas fortunas inmensas, son pruebas incontestables de que la nobleza descuidaba tan poco como los demás los medios de enriquecerse por ese camino. Estos dos ilustres personajes, íntimamente unidos tanto en placeres como en negocios con el famoso Durcet y el presidente de Curval, fueron los primeros en imaginar la orgía cuya historia escribimos y, después de comunicarla a sus dos amigos, los cuatro formaron el elenco de actores de los famosos desenfrenos.

Desde hacía más de seis años estos cuatro libertinos, a los que unía una equivalencia de riquezas y de gustos, habían pensado reforzar sus vínculos mediante unas alianzas en las que el libertinaje jugaba un papel mucho mayor que los restantes motivos que sustentan normalmente tales vínculos; y he aquí cuáles habían sido sus disposiciones:

El duque de Blangis, viudo de tres esposas, de una de las cuales le quedaban dos hijas, después de descubrir que el presidente de Curval sentía un cierto deseo de contraer matrimonio con la hija mayor, pese a las familiaridades que sabía muy bien que su padre se había permitido con ella, el duque, digo, imaginó de repente esta triple alianza. «Queréis a Julie por esposa», le dijo a Curval; «os la entrego sin vacilar y sólo pongo una condición: que no seréis celoso, que ella seguirá teniendo conmigo, aunque sea vuestra mujer, las mismas complacencias que siempre ha tenido, y, además, que os uniréis a mí para convencer a nuestro común amigo Durcet de darme su hija Constance, por la que os confieso que he concebido casi los mismos sentimientos que vos habéis concebido por Julie».

«Pero», dijo Curval, «vos no ignoráis sin duda que Durcet, tan libertino como vos...». «Sé todo lo que se puede saber», prosiguió el duque. «¿Acaso a nuestra edad, y con nuestra manera de pensar, cosas así detienen? ¿Creéis que quiero una mujer para convertirla en mi querida? La quiero para servir mis caprichos, para velar, para cubrir una infinidad de pequeños desenfrenos secretos que el manto del himeneo oculta a las mil maravillas. En una palabra, la quiero como vos queréis a mi hija: ¿creéis que ignoro vuestro objetivo y vuestros deseos? Nosotros, los libertinos, tomamos a las mujeres para hacerlas nuestras esclavas; su condición de esposas las hace más sumisas que las queridas, y vos sabéis el valor del despotismo en los placeres que saboreamos».

En esto entró Durcet. Los dos amigos le pusieron al corriente de su conversación, y el tratante, encantado por la ocasión que se le ofrecía de confesar los sentimientos que él había igualmente concebido por Adélaïde, hija del presidente, aceptó al duque por yerno a condición de serlo él de Curval. Los tres matrimonios no tardaron en concertarse, las dotes fueron inmensas y las cláusulas iguales. El presidente, tan culpable como sus dos amigos, había confesado, sin molestar a Durcet, su pequeño trato secreto con su propia hija, con lo que los tres padres, queriendo cada uno de ellos conservar sus derechos, convinieron, para ampliarlos aún más, que las tres jóvenes, únicamente unidas de bienes y de nombre a su esposo, en lo relativo al cuerpo no pertenecerían más a cualquiera de los tres que a los demás, y de igual manera a cada uno de ellos, so pena de los castigos más severos si se atrevían a transgredir alguna de las cláusulas a las que se les sometía.

Estaban en vísperas de concertarlo cuando el obispo de ***, ya unido por el placer con los dos amigos de su hermano, propuso introducir una cuarta persona en la alianza, a cambio de que le dejaran participar en las tres restantes. Esta persona, la segunda hija del duque y por consiguiente su sobrina, le pertenecía mucho más de lo que se suponía. Había tenido relaciones con su cuñada, y los dos hermanos sabían sin lugar a dudas que la existencia de esa joven, que se llamaba Aline, se debía con mucha mayor seguridad al obispo que al duque: el obispo que, desde la cuna, se había encargado de velar por Aline, no la había visto llegar, como es fácil suponer, a la edad de los encantos sin querer disfrutar de ellos. Así que en ese punto estaba a la par que sus colegas, y la mercancía que proponía en el trato tenía el mismo grado de deterioro o de degradación; pero como sus atractivos y su tierna juventud la destacaban incluso sobre sus tres compañeras, nadie vaciló en aceptar el acuerdo. El obispo, como los otros tres, cedió manteniendo sus derechos, y cada uno de nuestros cuatro personajes y así unidos se encontró, pues, marido de cuatro mujeres.

Se dedujo, pues, de este arreglo, que conviene resumir para la comodidad del lector: que el duque, padre de Julie, fue el esposo de Constance, hija de Durcet; que Durcet, padre de Constance, fue el esposo de Adélaïde, hija del presidente; que el presidente, padre de Adélaïde, fue el esposo de Julie, hija mayor del duque; y que el obispo, tío y padre de Aline, fue el esposo de las otras tres cediendo a Aline a sus amigos, con los derechos que seguía reservándose sobre ella.

Fueron a una soberbia propiedad del duque, situada en el Borbonesado, a celebrar las felices nupcias, y dejo imaginar a los lectores las orgías que allí se hicieron. La necesidad de describir otras nos quita el placer que sentiríamos en describir estas. A su vuelta, la asociación de nuestros cuatro amigos se hizo aún más estable, y como es importante que les conozcamos bien, un pequeño detalle de sus combinaciones lúbricas servirá, según creo, para iluminar los caracteres de esos libertinos, en espera de que les retomemos a cada uno de ellos por separado para desarrollarlos aún mejor.

La sociedad había hecho una bolsa común que administraba sucesivamente cada uno de sus miembros durante seis meses; pero los fondos de esta bolsa, que sólo debía servir para los placeres, eran inmensos. Su excesiva fortuna les permitía unas cosas muy singulares, y el lector no debe sorprenderse cuando se le diga que había dos millones por año destinados a los únicos placeres de la buena mesa y de la lubricidad.

Cuatro famosas alcahuetas para las mujeres e idéntico número de Mercurios para los hombres no tenían otra ocupación que buscarles, tanto en la capital como en las provincias, todo lo que, en uno y otro género, podía satisfacer mejor su sensualidad. Celebraban juntos regularmente cuatro cenas por semana en cuatro diferentes casas de campo situadas en los cuatro diferentes extremos de París. En la primera de estas cenas, destinada únicamente a los placeres de la sodomía, sólo se admitían hombres. Allí se veía regularmente a dieciséis jóvenes de veinte a treinta años cuyas inmensas facultades hacían saborear a nuestros cuatro héroes, en calidad de mujeres, los placeres más sensuales. Eran elegidos por la dimensión de su miembro, y era casi requisito necesario que este soberbio miembro fuera de tal magnificencia que jamás hubiera podido penetrar en mujer alguna. Era una cláusula esencial, y como no ahorraban ningún gasto, rara vez dejaba de cumplirse. Pero para saborear a la vez todos los placeres, sumaban a los dieciséis maridos un número idéntico de muchachos mucho más jóvenes y que debían representar el papel de mujeres. Estos se elegían desde la edad de doce años hasta la de dieciocho, y era preciso, para ser admitido, una lozanía, unas facciones, un donaire, un porte, una inocencia, un candor muy superiores a todo lo que nuestros pinceles podrían pintar. Ninguna mujer podía ser recibida en estas orgías masculinas en las que se practicaba lo más lujurioso de todo lo que Sodoma y Gomorra habían inventado. La segunda cena estaba dedicada a las muchachas de buen estilo que, obligadas a renunciar a su orgullosa ostentación y a la insolencia habitual de su comportamiento, se veían constreñidas, debido a las sumas recibidas, a entregarse a los caprichos más irregulares y con frecuencia incluso a los ultrajes que gustaban a nuestros libertinos hacerles. Eran habitualmente doce y, como París no habría podido ofrecer una variación de ese género con la frecuencia debida, esas veladas se alternaban con otras, en las que sólo se admitía un mismo número de mujeres distinguidas, desde la clase de los procuradores hasta la de los oficiales. Hay más de cuatro o cinco mil mujeres en París de una u otra de estas clases, a las que la necesidad o el lujo obliga a participar en estas especies de juegos; basta con estar bien servido para encontrarlas, y nuestros libertinos, que lo eran de manera excepcional, encontraban con frecuencia milagros en esta clase singular. Pero por muy honestas que fueran, había que someterse a todo, y el libertinaje, que jamás admite límite alguno, se sentía especialmente excitado al obligar a horrores e infamias a lo que parecía que la naturaleza y la convención social hubieran debido sustraer a tales pruebas. Una vez allí, había que hacerlo todo, y como nuestros cuatro malvados poseían todos los gustos del más crapuloso y del más insigne libertinaje, esta aquiescencia esencial a sus deseos no era cosa fácil. La tercera cena estaba destinada a las criaturas más viles y más mancilladas que puedan existir. A quien conoce los extravíos del desenfreno, este refinamiento le parecerá muy sencillo; es muy voluptuoso revolcarse, por así decirlo, en la basura con criaturas de esta clase; ahí se encuentra el abandono más completo, la crápula más monstruosa, el envilecimiento más total, y estos placeres, comparados con los saboreados la víspera, o con las criaturas distinguidas que nos han hecho saborearlos, arrojan mucha sal sobre ambos excesos. Ahí, como el desenfreno era más total, no se olvidaba nada para hacerlo tan numeroso como picante. Comparecían cien putas en el transcurso de seis horas, y con excesiva frecuencia ninguna de las cien salía entera. Pero no nos precipitemos; este refinamiento tiene unos detalles a los que todavía no hemos llegado. La cuarta cena estaba reservada a las vírgenes. Sólo se aceptaban hasta los quince años a partir de los siete. Su condición daba igual, sólo importaba su rostro, que debía ser encantador, y la seguridad de sus primicias: era preciso que fueran auténticas. Increíble refinamiento del libertinaje. No se planteaban ellos, sin duda, recoger todas estas rosas, y tampoco podían, ya que siempre aparecían en número de veinte y, de nuestros cuatro libertinos, sólo dos eran capaces de efectuar este acto, pues uno de los otros dos, el tratante, ya no experimentaba la mínima erección, y al obispo le era absolutamente imposible disfrutar más que de una manera que puede, lo acepto, deshonrar a una virgen, pero que, sin embargo, la deja siempre bien intacta. Daba igual, era preciso que estuvieran allí las veinte primicias, y las que ellos no estropeaban se convertían en su presencia en la presa de unos cuantos lacayos tan libertinos como ellos y que siempre les seguían por más de una razón. Independientemente de estas cuatro cenas, había todos los viernes una secreta y especial, mucho menos numerosa que las cuatro restantes, aunque tal vez infinitamente más cara. Sólo se admitían a ella a cuatro jóvenes damiselas de buena familia, arrancadas de casa de sus padres a fuerza de astucia y de dinero. Las esposas de nuestros libertinos compartían casi siempre este libertinaje, y su extrema sumisión, sus atenciones y sus servicios lo hacían aún más picante. Respecto a los manjares que se servían en estas cenas, es inútil decir que reinaba tanto la abundancia como la exquisitez; ni uno de estos banquetes costaba menos de diez mil francos y en ellos se reunía cuanto de más raro y más exquisito puede ofrecer Francia y el extranjero. Los vinos y los licores aparecían con la misma finura y la misma abundancia, así como los frutos de todas las estaciones incluso en invierno, y cabe asegurar en una palabra que la mesa del primer monarca de la Tierra no era seguramente servida con tanto lujo y magnificencia.

Retrocedamos ahora y pintemos lo mejor que podamos al lector cada uno de estos cuatro personajes en concreto, no bajo un aspecto favorable, no para seducir o cautivar, sino con los mismos pinceles de la naturaleza, que pese a todo su desorden es con frecuencia muy sublime, incluso cuando es más depravada. Pues, atrevámonos a decirlo de pasada, aunque el crimen no tiene el tipo de delicadeza que se encuentra en la virtud, ¿acaso no es siempre más sublime, acaso no tiene incesantemente un carácter de grandeza y de sublimidad que domina y dominará siempre sobre los atractivos monótonos y afeminados de la virtud? ¿Nos hablaréis de la utilidad de uno o de otro? ¿Es cosa nuestra escrutar las leyes de la naturaleza, es cosa nuestra decidir si, siéndole el vicio tan necesario como la virtud, no nos inspira quizás una parte igual de inclinación a uno o a otra, en razón de sus necesidades respectivas? Pero prosigamos.

El duque de Blangis, dueño a los dieciocho años de una fortuna ya inmensa y que incrementó mucho a continuación con sus exacciones, experimentó todos los inconvenientes que nacen en tropel alrededor de un joven rico, famoso, y que no se niega nada: casi siempre en tal caso la medida de las fuerzas equivale a la de los vicios, y se niega tantas menos cosas cuantas más facilidades tiene para obtenerlas todas. Si el duque hubiera recibido de la naturaleza unas cuantas cualidades primitivas, quizás estas hubieran equilibrado los peligros de su posición, pero esta madre extravagante, que parece a veces entenderse con la fortuna para que esta favorezca todos los vicios que concede a ciertos seres de los que espera unas atenciones muy diferentes de las que la virtud supone, y eso porque necesita tanto a aquellos como a los otros, la naturaleza, digo, al destinar a Blangis a una riqueza inmensa, le había deparado precisamente todas las inclinaciones, todas las inspiraciones que se precisaban para usarla mal. Con una mente muy perversa y muy maligna, le había dado el alma más malvada y más dura, acompañada de unos desórdenes en los gustos y en los caprichos de los que nacía el horrible libertinaje al que el duque era tan singularmente propenso. Nacido falso, duro, imperioso, bárbaro, egoísta, tan pródigo para sus placeres como avaro cuando se trataba de ser útil, mentiroso, glotón, borracho, cobarde, sodomita, incestuoso, asesino, incendiario, ladrón, ni una sola virtud compensaba tantos vicios. ¿Qué digo?, no sólo no reverenciaba ninguna, sino que todas le horrorizaban, y se le oía decir a menudo que un hombre, para ser realmente feliz en este mundo, debía no sólo entregarse a todos los vicios, sino jamás permitirse una virtud, y que no sólo se trataba de hacer siempre el mal, sino que se trataba también de no hacer jamás el bien. «Hay muchas personas», decía el duque, «que sólo se entregan al mal cuando su pasión les arrastra; recuperada de su extravío, su alma tranquila recupera tranquilamente el camino de la virtud, y pasando así su vida de combates a errores y de errores a remordimientos, mueren sin que sea posible decir exactamente qué papel han jugado en la Tierra. Dichos seres», proseguía, «deben de ser desgraciados: siempre fluctuantes, siempre indecisos, pasan toda su vida detestando por la mañana lo que han hecho por la noche. Convencidísimos de arrepentirse de los placeres que saborean, se estremecen al permitírselos, de manera que se vuelven a un tiempo tan virtuosos en el crimen como criminales en la virtud. Mi carácter más firme», añadía nuestro héroe, «jamás se desmentirá de esta manera. Yo no vacilo jamás en mis opciones y, como estoy siempre seguro de encontrar el placer en lo que hago, jamás acude el arrepentimiento a embotar el atractivo. Firme en mis principios porque desde mis más jóvenes años los establecí con seguridad, actúo siempre en consecuencia respecto a ellos. Me han hecho conocer el vacío y la nada de la virtud; la odio y jamás se me verá volver a ella. Me han convencido de que el vicio estaba hecho para hacer sentir al hombre esta vibración moral y física, fuente de las más deliciosas voluptuosidades; me entrego a él. Muy pronto me coloqué por encima de las quimeras de la religión, absolutamente convencido de que la existencia del creador es un escandaloso absurdo en el que no creen ni los niños. No siento ninguna necesidad de refrenar mis inclinaciones con la intención de complacerle. Yo he recibido estas inclinaciones de la naturaleza, y la irritaría resistiéndome a ellas; si me las ha dado malas, es porque así convenía necesariamente a sus intenciones. Sólo soy en sus manos una máquina que ella mueve a su capricho, y no hay ni uno de mis crímenes que no le sirva; cuantos más me aconseja, más necesita: sería un necio si me resistiera a ella. Así que sólo tengo contra mí las leyes, pero yo las desafío; mi oro y mi fama me colocan por encima de esas plagas vulgares que sólo deben herir al pueblo». Si se le objetaba al duque que en todos los hombres existían, sin embargo, unas ideas de lo justo y de lo injusto que sólo podían ser fruto de la naturaleza, ya que aparecían en todos los pueblos e incluso en aquellos que no eran civilizados respondía a ello que estas ideas sólo eran relativas, que el más fuerte consideraba siempre muy justo lo que el más débil veía como injusto, y que si se les mudara a ambos de lugar, ambos al mismo tiempo cambiarían también de manera de pensar; de ahí concluía que sólo era realmente justo lo que daba placer e injusto lo que daba pesar; que en el instante en que él robaba cien luises del bolsillo de un hombre, hacía algo muy justo para él, aunque el hombre robado tuviera que verlo con otros ojos; que al ser todas estas ideas sólo arbitrarias, muy loco sería el que se dejara encadenar por ellas. Mediante razonamientos de este tipo el duque legitimaba todos sus desafueros, y como le sobraba el ingenio, sus argumentos parecían decisivos. Adecuando, pues, su comportamiento a su filosofía, el duque, desde su más tierna juventud, se había abandonado sin freno a los extravíos más vergonzosos y más extraordinarios. Su padre, fallecido joven, y dejándole heredero, como ya he dicho, de una fortuna inmensa, había puesto, sin embargo, la cláusula de que el joven dejaría disfrutar a su madre, durante toda su vida, de una gran parte de esta fortuna. Tal condición no tardó en disgustar a Blangis y, no viendo el malvado más que el veneno para impedirle cumplirla, se decidió inmediatamente a utilizarlo. Pero el bribón, principiante por aquel entonces en la carrera del vicio, no se atrevió a actuar por sí mismo: obligó a una de sus hermanas, con la que vivía en relación criminal, a asumir la ejecución, dándole a entender que, si lo conseguía, le haría disfrutar una parte de la fortuna que esta muerte pondría en sus manos. Pero la joven se horrorizó de esta acción, y el duque, viendo que un secreto mal confiado sería tal vez traicionado, se decidió al instante a juntar con su víctima a la que él había querido hacer su cómplice. Las llevó a una de sus tierras, de donde las dos infortunadas no regresaron jamás. Nada alienta tanto como un primer crimen impune. Después de esta prueba, el duque rompió todos los frenos. Tan pronto como algún ser oponía a sus deseos la más ligera cortapisa, utilizaba de inmediato el veneno. De los asesinatos por necesidad, no tardó en pasar a los asesinatos por voluptuosidad: concibió el desdichado extravío que nos hace encontrar placeres en los males ajenos; sintió que una conmoción violenta impuesta a un adversario proporciona al conjunto de nuestros nervios una vibración cuyo efecto, irritando los espíritus bestiales que fluyen por la concavidad de dichos nervios, les obliga a presionar los nervios erectores, y a producir, tras esta sacudida, lo que se llama una sensación lúbrica. En consecuencia, empezó a cometer robos y asesinatos, por un único principio de vicio y de libertinaje, de igual manera que otro, para inflamar estas mismas pasiones, se contenta con ir de putas. A los veintitrés años participó con tres de sus compañeros de vicio, a los que había inculcado su filosofía, en el asalto de una diligencia pública en el camino real, violando tanto a hombres como a mujeres, asesinándolos después, apoderándose de un dinero que seguramente no necesitaban, y encontrándose los tres la misma noche en el baile de la Ópera a fin de probar la coartada. Este crimen se produjo: dos damiselas encantadoras fueron violadas y asesinadas en brazos de su madre; y a eso juntó una infinidad de otros horrores, sin que nadie se atreviera a sospechar de él. Cansado de una esposa encantadora que su padre le había dado antes de morir, el joven Blangis no tardó en reunirla con los manes de su madre, de su hermana y de todas sus demás víctimas, y eso para casarse con una muchacha bastante rica, pero públicamente deshonrada y de la que sabía muy bien que era la querida de su hermano. Era la madre de Aline, una de las actrices de nuestra novela y de la que hemos hablado anteriormente. Esta segunda esposa, pronto sacrificada como la primera, fue sustituida por una tercera, que no tardó en correr la suerte de la segunda. Decíase en el mundo que era la inmensidad de su construcción lo que mataba a todas sus mujeres, y como este gigantismo era exacto en todos sus puntos, el duque dejaba germinar una opinión que velaba la verdad. Este horrible coloso daba en efecto la idea de Hércules o de un centauro: el duque medía cinco pies y once pulgadas, poseía unos miembros de gran fuerza y energía, articulaciones vigorosas, nervios elásticos... Sumadle a esto un rostro viril y altivo, unos enormes ojos negros, bellas cejas oscuras, la nariz aquilina, hermosos dientes, un aspecto de salud y de frescura, unos hombros anchos, un torso amplio aunque perfectamente modelado, bellas caderas, nalgas soberbias, las más hermosas piernas del mundo, un temperamento de hierro, una fuerza de caballo, el miembro de un verdadero mulo, asombrosamente peludo, dotado de la facultad de perder su esperma tantas veces como quisiera en un día, incluso a la edad de cincuenta años que entonces tenía, una erección casi continua de dicho miembro cuyo tamaño era de ocho pulgadas justas de contorno por doce de longitud, y tendréis un retrato del duque de Blangis como si lo hubierais dibujado vosotros mismos. Pero si esta obra maestra de la naturaleza era violenta en sus deseos, ¿en qué se convertía, ¡Dios mío!, cuando le coronaba la embriaguez de la voluptuosidad? Ya no era un hombre, era un tigre furioso. ¡Ay de quien sirviera entonces sus pasiones!: gritos espantosos, blasfemias atroces surgían de su pecho hinchado, era como si llamas salieran entonces de sus ojos, echaba espumarajos, relinchaba, se le confundía con el dios mismo de la lubricidad. Fuera cual fuese su manera de gozar, sus manos siempre se extraviaban necesariamente, y más de una vez se le vio estrangular rotundamente a una mujer en el instante de su pérfida eyaculación. Una vez recuperado, la despreocupación más absoluta sobre las infamias que acababa de permitirse sucedía inmediatamente a su extravío, y de esta indiferencia, de esta especie de apatía, nacían casi inmediatamente nuevas chispas de voluptuosidad. El duque, en su juventud, había llegado a correrse hasta dieciocho veces en un día y sin que se le viera más agotado en la última eyaculación que en la primera. Siete u ocho en el mismo intervalo todavía no le asustaban, pese a su medio siglo de vida. Desde hacía unos veinticinco años, se había acostumbrado a la sodomía pasiva, y soportaba los ataques con el mismo vigor con que los devolvía activamente, él mismo, un instante después cuando le gustaba cambiar de papel. Había soportado en una apuesta hasta cincuenta y cinco asaltos en un día. Dotado como hemos dicho de una fuerza prodigiosa, le bastaba una sola mano para violar a una muchacha; lo había demostrado varias veces. Apostó un día a que asfixiaría un caballo entre sus piernas, y el animal reventó en el instante que él había indicado. Sus excesos en la mesa superaban incluso, si es posible, los de la cama. Era inconcebible la cantidad de víveres que engullía. Hacía regularmente tres comidas, y las tres eran tan largas como amplias, y lo habitual eran siempre diez botellas de vino de Borgoña; había llegado a beber treinta y apostaba contra cualquiera que podría llegar a cincuenta. Pero como su ebriedad adoptaba el color de sus pasiones, tan pronto como los vinos o los licores le habían calentado el cráneo, se volvía furioso; había que atarle. Y con todo eso, ¿quién lo hubiera dicho?, pero es cierto que el ánimo responde con frecuencia muy mal a las disposiciones corporales, y un niño decidido hubiera asustado a aquel coloso, y desde el momento en que para deshacerse de su enemigo ya no podía utilizar sus triquiñuelas o su traición, se volvía tímido y cobarde, y la idea del combate menos peligroso, pero en igualdad de fuerzas, le hubiera hecho huir a la otra punta de la Tierra. Sin embargo, según la costumbre, había hecho una campaña o dos, pero había alcanzado tal deshonra en ellas como para abandonar inmediatamente el servicio. Defendiendo su bajeza con tanto ingenio como descaro, pretendía altivamente que, no siendo la cobardía más que un deseo de conservación, era totalmente imposible que unas personas sensatas se la reprocharan como un defecto.

Manteniendo absolutamente los mismos rasgos morales y adaptándolos a una existencia física infinitamente inferior a la que acaba de ser trazada, se obtenía el retrato del obispo de ***, hermano del duque de Blangis. Igual negrura de alma, igual inclinación al crimen, igual desprecio por la religión, igual ateísmo, igual trapacería, el ingenio más ágil y más diestro, sin embargo, y mayor arte en hacer caer a sus víctimas, pero un cuerpo esbelto y ligero, pequeño y canijo, una salud vacilante, unos nervios muy delicados, una búsqueda mayor en los placeres, unas facultades mediocres, un miembro muy común, pequeño incluso, pero aprovechado con tal arte y perdiendo siempre tan poco que su imaginación incesantemente inflamada le hacía tan frecuentemente susceptible como su hermano de saborear el placer; aparte de unas sensaciones de tal finura, y una irritación del sistema nervioso tan prodigiosa, que se desvanecía con frecuencia en el instante de su eyaculación y perdía casi siempre el conocimiento al terminar. Tenía cuarenta y cinco años de edad, las facciones muy finas, ojos bastante bonitos, pero una fea boca y unos feos dientes, el cuerpo blanco, sin vello, el culo pequeño, pero bien hecho, y el pene de cinco pulgadas de perímetro por diez de longitud. Idólatra de la sodomía activa y pasiva, pero más aún de esta última, pasaba su vida haciéndose encular, y este placer que jamás exige un gran consumo de fuerza se ajustaba perfectamente a la pequeñez de sus medios. Hablaremos después de sus restantes gustos. Respecto a los de la mesa, los llevaba casi tan lejos como su hermano, pero ponía en ello un poco más de sensualidad. Monseñor, tan malvado como su hermano mayor, guardaba en su poder unos rasgos que le igualaban sin duda con las célebres acciones del héroe que acabamos de pintar. Nos contentaremos con citar uno; bastará para mostrar al lector hasta dónde podía llegar un hombre semejante y lo que sabía y podía hacer, habiendo hecho lo que se leerá.

Uno de sus amigos, hombre enormemente rico, había tenido tiempo atrás una relación con una muchacha de buena familia, de la que había tenido dos hijos, una niña y un niño. Sin embargo, jamás había podido casarse con ella, y la damisela se había convertido en esposa de otro. El amante de esta infortunada murió joven, pero poseedor, sin embargo, de una inmensa fortuna; sin ningún pariente del que preocuparse, planeó dejar todos sus bienes a los dos desdichados frutos de su relación. En el lecho de muerte, confió su proyecto al obispo y le encargó esas dos dotes inmensas, que repartió en dos carteras iguales y que entregó al obispo recomendándole la educación de los dos huérfanos y que le entregara a cada uno de ellos lo que les correspondía tan pronto como alcanzaran la edad prescrita por las leyes. Encareció al mismo tiempo al prelado que manejara hasta entonces los fondos de sus pupilos, a fin de doblar su fortuna. Le testimonió al mismo tiempo que tenía la intención de dejar ignorar eternamente a la madre lo que hacía por sus hijos y que exigía absolutamente que jamás se le hablara de ello. Tomadas estas disposiciones, el moribundo cerró los ojos, y monseñor se vio dueño de cerca de un millón en billetes de banco y de dos criaturas. El malvado no titubeó mucho tiempo en tomar una decisión: el moribundo sólo había hablado con él, la madre debía de ignorarlo todo, las criaturas sólo tenían cuatro o cinco años. Explicó que su amigo al expirar había dejado sus bienes a los pobres, y aquel mismo día el bribón se apoderó de ellos. Pero no le bastaba con arruinar a las dos desdichadas criaturas; el obispo, que jamás cometía un crimen sin concebir al instante otro nuevo, fue, provisto del consentimiento de su amigo, a retirar a las criaturas de la oscura pensión en la que se les educaba, y las colocó en casa de personas de su confianza, decidiendo desde entonces no tardar en utilizarlas a ambas para sus pérfidas voluptuosidades. Esperó hasta que cumplieran los trece años. El chiquillo fue el primero en alcanzar esta edad; se sirvió de él, lo doblegó a todos sus desenfrenos y, como era extremadamente guapo, se divirtió con él cerca de ocho días. Pero la pequeña no tuvo tanto éxito: llegó muy fea a la edad prescrita, sin que nada detuviera, sin embargo, el lúbrico furor de nuestro malvado. Satisfechos sus deseos, temió que, si dejaba con vida a las criaturas, no acabaran descubriendo algo del secreto que les afectaba. Las condujo a una propiedad de su hermano y, seguro de recuperar en un nuevo crimen las chispas de lubricidad que el goce acababa de hacerle perder, inmoló a ambas a sus feroces pasiones, y acompañó su muerte de episodios tan picantes y tan crueles que su voluptuosidad renació en el seno de los tormentos a que las sometió. Desgraciadamente el secreto es muy seguro, y no hay libertino un poco instalado en el vicio que no sepa qué poder ejerce el asesinato sobre los sentidos y cuán voluptuosamente determina una eyaculación. Es una verdad de la que conviene que el lector se prevenga, antes de emprender la lectura de una obra que debe desarrollar este sistema.

Tranquilo ahora respecto a todos los acontecimientos, monseñor regresó a París para disfrutar del fruto de sus fechorías, y sin el mínimo remordimiento por haber traicionado las intenciones de un hombre imposibilitado por su situación de experimentar ni dolor ni placer.

El presidente de Curval era el decano de la sociedad. Con cerca de sesenta años, y singularmente deteriorado por el desenfreno, ofrecía poco más que un esqueleto. Era alto, enjuto, flaco, con ojos hundidos y apagados, una boca lívida y malsana, la barbilla respingona, la nariz larga. Cubierto de pelos como un sátiro, espalda recta, nalgas blandas y caídas que más parecían dos trapos sucios flotando en lo alto de sus muslos; la piel tan ajada a fuerza de latigazos que se podía enroscar alrededor de los dedos sin que él lo notara. En medio de eso se ofrecía, sin que fuera preciso abrirlo, un orificio inmenso cuyo diámetro enorme, olor y color le hacían parecerse más a un agujero de excusado que al agujero de un culo; y, para colmo de encantos, entraba en los hábitos de este puerco de Sodoma dejar siempre esa parte en tal estado de suciedad que se veía incesantemente a su alrededor un rodete de dos pulgadas de espesor. Al final de un vientre tan arrugado como lívido y fofo, se descubría, en un bosque de pelos, un instrumento que, en estado de erección, podía tener ocho pulgadas de longitud por siete de contorno; pero este estado era muy excepcional, y se precisaba una furiosa serie de circunstancias para determinarlo. Se producía, sin embargo, por lo menos dos o tres veces por semana, y el presidente enfilaba entonces indistintamente todo tipo de agujero, aunque el del trasero de un chiquillo le resultara infinitamente más precioso. El presidente se había hecho circuncidar, de modo que la cabeza de su polla jamás estaba recubierta, ceremonia que facilita mucho el placer y a la que deberían someterse todas las personas voluptuosas. Pero uno de sus objetivos es mantener esta parte más limpia: nada más lejos de que esto se cumpliera en Curval, pues tan sucio de este lado como en el otro, esta cabeza descapullada, ya naturalmente muy gruesa, se ensanchaba ahí por lo menos una pulgada de circunferencia. Igualmente sucio en toda su persona, el presidente, que a esto unía gustos por lo menos tan marranos como su persona, se volvía un personaje cuya proximidad bastante maloliente no era para gustar a todo el mundo: pero sus colegas no eran personas que se escandalizaran por tan poco, y ni se mencionaba. Pocos hombres había habido tan lascivos y tan libertinos como el presidente; pero totalmente hastiado, totalmente embrutecido, no le quedaba más que la depravación y la crápula del libertinaje. Necesitaba más de tres horas de excesos, y de los excesos más infames, para conseguir una sensación voluptuosa. En cuanto a la eyaculación, aunque se produjera en él con mucha mayor frecuencia que la erección y casi una vez al día, era, sin embargo, muy difícil de conseguir, o sólo se obtenía con cosas tan singulares, y con frecuencia tan crueles o tan sucias, que los agentes de sus placeres renunciaban muchas veces, y esto le producía una especie de cólera lúbrica que en ocasiones por sus efectos funcionaba mejor que sus esfuerzos. Curval estaba tan hundido en el cenagal del vicio y del libertinaje que le resultaba imposible hablar de otra cosa. Tenía incesantemente las más sucias expresiones tanto en la boca como en el corazón, y las entremezclaba de la manera más enérgica con blasfemias e imprecaciones surgidas siempre del auténtico horror que sentía, al igual que sus colegas, por todo lo relacionado con la religión. Este desorden de ánimo, aumentado aún más por la ebriedad casi continua en la que le gustaba mantenerse, le daba desde hacía varios años un aspecto de imbecilidad y de embrutecimiento que, según decía, le resultaba extremadamente delicioso. Nacido tan glotón como borracho, sólo él era capaz de enfrentarse al duque, y en el curso de esta historia, le veremos realizar proezas de este tipo que asombrarán sin duda a nuestros más célebres comilones. Curval llevaba unos diez años sin ejercer su cargo, no sólo porque ya no estaba capacitado para ello, sino porque creo también que, aunque hubiera podido, le habrían rogado que no lo hiciera en toda su vida.

Curval había llevado una vida muy libertina, le eran familiares todo tipo de descarríos, y los que le conocían un poco sospechaban que debía a dos o tres asesinatos execrables la inmensa fortuna de que disfrutaba. Sea como fuere, en la siguiente historia, de manera verosímil este tipo de exceso poseía el arte de conmoverle poderosamente, y a esa aventura que, desdichadamente, tuvo una cierta notoriedad, debió su exclusión del Tribunal. La referiremos para dar al lector una idea de su carácter.

Curval tenía en la vecindad de su palacete un desdichado mozo de cuerda que, padre de una niña encantadora, cometía la ridiculez de tener sentimientos. En veinte ocasiones por lo menos mensajes de todo tipo habían intentado corromper al desdichado y a su mujer con unas proposiciones relativas a su joven hija sin conseguir quebrantarles, y Curval, director de estas embajadas y a quien la multiplicación de los rechazos no hacía sino irritar, ya no sabía qué hacer para disfrutar de la joven y para someterla a sus libidinosos caprichos, cuando tuvo la sencilla ocurrencia de torturar en la rueda al padre para conducir a la hija a su lecho. El recurso fue tan bien pensado como ejecutado. Dos o tres tunantes pagados por el presidente se encargaron de ello, y antes de fin de mes el desdichado mozo de cordel se vio envuelto en un crimen imaginario que parecía que se había cometido en su puerta y que le condujo inmediatamente a las mazmorras de la Conciergerie. El presidente, como es fácil suponer, se hizo cargo inmediatamente del caso, y como no tenía ganas de que se arrastrara, en tres días, gracias a sus pillerías y a su dinero, el desdichado mozo de cordel fue condenado a la tortura de la rueda en vivo, sin haber cometido jamás otros crímenes que los de querer conservar su honor y mantener el de su hija. En esto, recomenzaron las proposiciones. Fueron a buscar a la madre, se le dijo que sólo dependía de ella salvar a su marido, que, si ella satisfacía al presidente, estaba claro que arrancaría a su marido de la suerte horrible que le esperaba. No cabía duda. La mujer consultó: ellos sabían muy bien a quiénes se dirigiría, compraron los consejos, y le respondieron sin titubear que no debía vacilar ni un instante. La propia infortunada lleva llorando a su hija a los pies de su juez; este promete todo lo que se quiera, pero no tenía la menor intención de mantener su palabra. No solamente temía, de mantenerla, que el marido salvado armara un escándalo al ver a qué precio habían puesto su vida, sino que el malvado sentía incluso un deleite mucho más agudo en hacerse entregar lo que quería sin verse obligado a hacer nada. A cambio se había ofrecido a ese respecto episodios malvados a su espíritu con los que sentía aumentar su pérfida lubricidad; y he aquí lo que hizo para introducir en la escena toda la infamia y toda la salacidad posible. Su palacete se hallaba enfrente de un lugar donde a veces se ejecutaban los criminales en París, y como el delito se había cometido en aquel barrio, consiguió que la ejecución se realizara en la plaza de marras. A la hora indicada, reunió en su casa a la mujer y a la hija del desdichado. Todo estaba bien cerrado del lado que daba a la plaza, de manera que desde los apartamentos donde mantenía a sus víctimas no se veía nada de lo que allí podía ocurrir. El malvado, que conocía la hora exacta de la ejecución, eligió ese momento para desvirgar a la chiquilla en brazos de su madre, y todo se resolvió con tanta destreza y precisión que se corría en el culo de la hija en el momento en que su padre expiraba. Tan pronto como terminó, dijo a sus dos princesas abriendo una ventana que daba a la plaza: «Venid a ver, venid a ver como he cumplido mi palabra». Y las desdichadas vieron, una a su padre, otra a su marido, expirando bajo el hierro del verdugo. Ambas cayeron desmayadas, pero Curval lo había previsto todo: aquel desvanecimiento era su agonía, las dos estaban envenenadas, y jamás volvieron a abrir los ojos. Por muchas precauciones que tomó para envolver todo este acto con las sombras del más profundo misterio, algo, de todos modos, traslució: se ignoró la muerte de las mujeres, pero hubo vivas sospechas de prevaricación en el caso del marido. El motivo fue a medias conocido, y de todo ello resultó finalmente su jubilación. A partir de aquel momento, Curval, no teniendo ya ningún decoro que mantener, se precipitó en un nuevo océano de errores y de crímenes. Se hizo buscar víctimas por todas partes, para inmolarlas a la perversidad de sus gustos. Por un atroz refinamiento de crueldad, y, sin embargo, muy fácil de entender, la clase más desgraciada era la que prefería para lanzar los efectos de su pérfida rabia. Tenía varias mujeres que buscaban para él noche y día, en los desvanes y en las zahúrdas, todo lo que la miseria podía ofrecer de más abandonado, y con el pretexto de socorrerles, o les envenenaba, cosa que era uno de sus más deliciosos pasatiempos, o las atraía a su casa y les inmolaba él mismo a la perversidad de sus gustos. Hombres, mujeres, criaturas, todo era bueno para su pérfida rabia, y cometía excesos que habrían llevado mil veces su cabeza a un cadalso, de no ser porque su nombre y su oro le preservaron mil veces. Es fácil imaginar que un ser semejante no tenía más religión que sus dos colegas; la detestaba sin duda tan soberanamente como ellos, pero tiempo atrás había hecho más para extirparla de los corazones, pues, aprovechando el ingenio que poseía para escribir contra ella, era autor de varias obras cuyos efectos habían sido prodigiosos y estos éxitos, que recordaba incesantemente, eran también una de sus más apreciadas voluptuosidades.

*Cuanto más multiplicamos los objetos de nuestros placeres...*
*Colocar ahí el retrato de Durcet, tal como está en el cuaderno 18, encuadernado en rosa, Juego, después de haber terminado el retrato con estas palabras del cuaderno: ... los débiles años de la infancia, continuar así:...*

Durcet tiene cincuenta y tres años, es de pequeña estatura, gordo, robusto, rostro agradable y fresco, la piel muy blanca, todo el cuerpo, y principalmente las caderas y las nalgas, absolutamente como una mujer; su culo es fresco, gordo, firme y rollizo, pero excesivamente abierto por el hábito de la sodomía; su polla es extraordinariamente pequeña: apenas dos pulgadas de perímetro por cuatro de longitud; no empalma en absoluto; sus eyaculaciones son escasas y muy penosas, poco abundantes y siempre precedidas de espasmos que le sumen en una especie de furor que le lleva al crimen; tiene el pecho como de mujer, una voz dulce y agradable, y es muy virtuoso en público, aunque su mente sea por lo menos tan depravada como la de sus colegas; compañero de escuela del duque, siguen divirtiéndose diariamente juntos, y uno de los mayores placeres de Durcet es hacerse cosquillear el ano por el enorme miembro del duque.

Así son, en una palabra, querido lector, los cuatro malvados con los que voy a hacerte pasar unos cuantos meses. Te los he descrito lo mejor que he podido para que los conozcas a fondo y nada te sorprenda en el relato de sus diferentes extravíos. Me ha sido imposible entrar en el detalle particular de sus gustos: habría dañado el interés y el plan general de esta obra divulgándotelos. Pero a medida que el relato avance, bastará con seguirlos con atención, y se discernirá fácilmente sus pequeños pecados habituales y el tipo de manía voluptuosa que más complace a cada cual en concreto. Todo lo que ahora puede decirse, en líneas generales, es que eran generalmente susceptibles al gusto de la sodomía que los cuatro se hacían encular regularmente, y que los cuatro adoraban los culos. El duque, sin embargo, debido a la inmensidad de su construcción y más, sin duda, por crueldad que, por gusto, jodía también los coños con el mayor placer. El presidente a veces también, pero más raramente. En cuanto al obispo, los detestaba tan soberanamente que su solo aspecto le hubiera hecho desempalmar por seis meses. Sólo había jodido uno en toda su vida, el de su cuñada, y con la intención de tener una criatura que pudiera procurarle un día los placeres del incesto; ya vimos que lo había conseguido. Respecto a Durcet, idolatraba el culo por lo menos con tanto ardor como el obispo, pero disfrutaba de él más accesoriamente; sus ataques favoritos se dirigían a un tercer templo. La continuación nos desvelará este misterio.

Acabamos los retratos esenciales para la comprensión de esta obra y damos ahora a los lectores una idea de las cuatro esposas de estos respetables maridos.

¡Qué contraste! Constance, esposa del duque e hija de Durcet, era una mujer alta, delgada, digna de ser pintada y modelada como si las Gracias se hubieran complacido en embellecerla. Pero la elegancia de su estatura no dañaba en nada a su frescura: no por ello era menos lozana y rolliza, y las formas más deliciosas, ofreciéndose debajo de una piel más blanca que los lirios, conseguían que uno imaginara con frecuencia que el propio Amor se había encargado de modelarla. Su rostro era un poco alargado, sus facciones extraordinariamente nobles, con más majestad que simpatía y más grandeza que finura. Sus ojos eran grandes, negros y llenos de fuego, su boca extremadamente pequeña y adornada con los más hermosos dientes que imaginarse puedan; tenía la lengua fina, estrecha, del más hermoso rosicler, y su aliento era más dulce que el mismo aroma de la rosa. Tenía el pecho generoso, muy redondo, de una blancura y una firmeza alabastrina; sus lomos, extraordinariamente combados, llevaban, por una caída deliciosa, al culo más exactamente y más artísticamente tallado que la naturaleza había producido en mucho tiempo. Era completamente redondo, no muy grueso, pero firme, blanco, rollizo y entreabriéndose únicamente para mostrar el agujerito más limpio, gracioso y delicado; un tierno matiz rosado coloreaba este culo, encantador asilo de los más dulces placeres de la lubricidad. Pero ¡Dios mío, cuán poco tiempo conservó tantos atractivos! Cuatro o cinco ataques del duque marchitaron pronto todas las gracias, y Constance, después de su matrimonio, no tardó en ser la imagen de un bello lirio que la tempestad acaba de deshojar. Dos muslos redondos y perfectamente moldeados sostenían otro templo, menos delicado sin duda, pero que ofrecía al sectario tantos atractivos que mi pluma se empeñaría inútilmente en describir. Constance era casi virgen cuando el duque la esposó, y su padre, el único hombre que ella había conocido, la había, como hemos dicho, dejado perfectamente intacta por ese lado. Los más hermosos cabellos negros que caían en bucles naturales por encima de los hombros y, cuando quería, hasta el bonito pelo del mismo color que sombreaba el voluptuoso coñito, se volvían un nuevo adorno que me hubiera parecido culpable omitir, y acababan de prestar a esta criatura angelical, de unos veintidós años de edad, todos los encantos que la naturaleza puede prodigar a una mujer. A todos estos atractivos, Constance unía un espíritu justo, agradable, e incluso más elevado de lo que hubiera debido ser en la triste situación en que la había situado la suerte, cuyo horror ella percibía claramente, y habría sido sin duda mucho más feliz con una sensibilidad menos delicada. Durcet, que la había educado más como una cortesana que como una hija y que se había ocupado más de darle talento que buenas costumbres, no había podido, sin embargo, destruir en su corazón los principios de honestidad y de virtud que parecía que la naturaleza se había complacido en grabar. No tenía religión, jamás le habían hablado de ella, jamás habían soportado que ejerciera ninguna práctica, pero todo esto no había apagado en ella ese pudor, esa modestia natural, independientes de las quimeras religiosas y que, en un alma honesta y sensible, se borran con mucha dificultad. Nunca había abandonado la casa de su padre, y el malvado, desde la edad de doce años, la había utilizado para sus crapulosos placeres. Ella encontró mucha diferencia en los que el duque saboreaba con ella; su físico se alteró sensiblemente de esta distancia enorme, y a la mañana siguiente de que el duque la desvirgara sodomíticamente, cayó gravemente enferma: creyeron su recto totalmente perforado. Pero su juventud, su salud, y el efecto de algunos medicamentos, no tardaron en devolver al duque el uso de este camino prohibido, y la desdichada Constance, obligada a acostumbrarse a este suplicio diario que no era el único, se restableció por completo y se habituó a todo.

Adélaïde, esposa de Durcet e hija del presidente, era una beldad quizá superior a Constance, pero de un tipo completamente distinto. Tenía veinte años de edad, bajita, delgada, extremadamente débil y delicada, digna de ser pintada, los más hermosos cabellos rubios del mundo. Un aire de interés y de sensibilidad, esparcido por toda su persona y principalmente en sus facciones, le daba el aspecto de una heroína de novela. Sus ojos, extraordinariamente grandes, eran azules; expresaban a la vez la ternura y la decencia. Dos largas y finas cejas, pero singularmente trazadas, adornaban una frente poco amplia, pero de tal nobleza, de tal atractivo, que diríase que era el templo mismo del pudor. Su nariz estrecha, un poco ceñida por arriba, descendía insensiblemente en una forma semiaquilina. Sus labios eran finos, bordeados del más vivo rosicler, y su boca un poco grande, el único defecto de su celestial fisonomía, sólo se abría para dejar ver treinta y dos perlas que la naturaleza parecía haber sembrado entre rosas. Tenía el cuello un poco largo, singularmente modelado, y, por un hábito bastante natural, la cabeza siempre un poco inclinada sobre el hombro derecho, sobre todo cuando escuchaba; pero ¡cuánta gracia le confería esta interesante actitud! El pecho era pequeño, muy redondo, muy firme y muy enhiesto, pero apenas bastaba para llenar la mano; era como dos manzanitas que el Amor, como retozando, había traído allí del jardín de su madre. El torso estaba un poco hundido, y además lo tenía muy delicado. Su vientre era liso y como de satén; un pequeño montículo rubio poco poblado servía de peristilo al templo donde

Venus parecía exigir su homenaje. Este templo era estrecho, hasta el punto de no poder ni siquiera introducir un dedo sin hacerla gritar, y, sin embargo, gracias al presidente, desde hacía cerca de dos lustros, la pobre niña no era virgen, ni por allí, ni por el lado delicioso que todavía nos queda por dibujar. ¡Cuántos atractivos poseía este segundo templo, qué línea de flancos, qué corte de nalgas, cuánta blancura y rosicler reunidas!, pero el conjunto era un poco pequeño. Delicada en todas sus formas, Adélaïde era más el esbozo que el modelo de la belleza; parecía que la naturaleza sólo hubiera querido indicar en Adélaïde lo que había pronunciado tan majestuosamente en Constance. Si se entreabría aquel culo delicioso, aparecía un capullo de rosa, que la naturaleza quería presentar en toda su frescura y en el más tierno rosicler. Pero ¡qué estrecho!, ¡qué pequeñez!, sólo con infinitos esfuerzos el presidente lo había conseguido, y no había podido renovar esos asaltos más que dos o tres veces. Durcet, menos exigente, la hacía poco desdichada a este respecto, pero desde que era su mujer, ¿con cuántas otras complacencias crueles, con qué cantidad de otras peligrosas sumisiones no tenía que compensar este pequeño favor? Y, además, entregada a los cuatro libertinos, como lo estaba por el acuerdo tomado, ¡cuántos crueles asaltos le quedaban por soportar, tanto en el estilo del que Durcet le perdonaba como en todos los demás! Adélaïde tenía el espíritu que sugería su rostro, o sea extremadamente novelesco; buscaba con el mayor placer los lugares solitarios, y con frecuencia vertía en ellos lágrimas involuntarias, lágrimas que apenas se analizan y que diríase que el presentimiento arranca a la naturaleza. Había perdido, hacía poco tiempo, a una amiga que idolatraba, y esta terrible pérdida se presentaba incesantemente a su imaginación. Como conocía a su padre a la perfección y sabía hasta qué punto llevaba el extravío, estaba persuadida de que su joven amiga se había convertido en víctima de las perversidades del presidente, porque nunca había logrado convencerla para que le concediera determinadas cosas, y el hecho no carecía de fundamento. Se imaginaba que algún día le haría a ella algo parecido, cosa nada improbable. El presidente no había tenido con ella, respecto a la religión, la misma atención que Durcet se había tomado por Constance, pues había dejado nacer y fomentar el prejuicio, pensando que sus discursos y sus libros lo destruirían fácilmente. Se equivocó: la religión es el alimento de un alma de la complexión de la de Adélaïde. Por mucho que predicara el presidente, y le hiciera leer, la joven siguió devota, y todos los extravíos que ella no compartía, que odiaba y de los que era víctima, no conseguían sino reafirmarla en las quimeras que constituían la dicha de su vida. Se ocultaba para rezar a Dios, se escondía para cumplir sus deberes de cristiana, y siempre era castigada muy severamente, o por su padre, o por su marido, tan pronto como el uno o el otro lo descubría. Adélaïde sufría todo con paciencia, convencidísima de que el cielo un día la compensaría. Su carácter, además, era tan dulce como su espíritu, y su beneficencia, una de las virtudes que la hacían más detestable para su padre, llegaba hasta el exceso. Curval, irritado contra esta clase vil de la indigencia, sólo procuraba humillarla, envilecerla aún más o encontrar víctimas en ella; su generosa hija, por el contrario, habría prescindido de su propia subsistencia para buscar la del pobre, y a menudo se la había visto ir a llevarle a escondidas todas las sumas destinadas a sus placeres. Al fin Durcet y el presidente la reprendieron y la amonestaron tanto que la corrigieron de este abuso y le quitaron absolutamente todos los medios. Adélaïde, no teniendo más que lágrimas para ofrecer al infortunio, iba todavía a derramarlas sobre sus males, y su corazón impotente, pero siempre sensible, no podía dejar de ser virtuoso. Supo un día que una desdichada mujer se disponía a prostituir a su hija para el presidente porque la extrema necesidad la obligaba a hacerlo. El encantado libertino ya se preparaba para este placer que era de los que más le complacían; Adélaïde hizo vender en secreto uno de sus trajes, para que entregaran a continuación el dinero a la madre y la desvió, mediante esta pequeña ayuda y algún sermón, del crimen que iba a cometer. Enterado de ello el presidente (su hija todavía no estaba casada), se entregó contra ella a tantas violencias que su hija pasó quince días en la cama, y todo eso sin que nada pudiera detener el efecto de los tiernos movimientos de esta alma sensible.

Julie, esposa del presidente e hija menor del duque, habría eclipsado a las dos anteriores de no ser por un defecto capital para muchas personas, y que quizás era lo único que había decidido la pasión de Curval por ella, hasta tal punto es cierto que los efectos de las pasiones son inconcebibles y que su desorden, fruto del hastío y de la saciedad, sólo puede compararse a sus grandes extravíos. Julie era alta, bien formada, aunque muy gorda y muy rolliza, los más hermosos ojos oscuros imaginables, la nariz encantadora, las facciones notables y graciosas, los más hermosos cabellos castaños, el cuerpo blanco y deliciosamente gordo, un culo que hubiera podido servir de modelo para el que esculpió Praxíteles, el coño caliente, estrecho y de un disfrute tan agradable como pueda serlo semejante local, la pierna hermosa y el pie encantador, pero la boca peor adornada, los dientes más infectos, y una suciedad habitual en todo el resto del cuerpo, y principalmente en los dos templos de la lubricidad, que ningún otro ser, repito, ningún otro ser salvo el presidente, sometido a los mismos defectos y amándolos sin duda, ningún otro ser seguramente, pese a todos sus atractivos, se hubiera quedado con Julie. Pero Curval estaba loco por ella: recogía sus más divinos placeres de esa boca hedionda, llegaba al delirio besándola, y en cuanto a su suciedad natural, lejos de reprochársela, le excitaba tanto que había conseguido finalmente que estableciera un total divorcio con el agua. A estos defectos de Julie se sumaban algunos otros, pero menos desagradables sin duda: era muy glotona, sentía inclinación por la bebida, tenía escasa virtud, y creo que, de haberse atrevido, el puterío la habría asustado muy poco. Educada por el duque en un abandono total de principios y de buenas costumbres, adoptaba en buena parte esta filosofía, y no cabe duda de que podía ser un súbdito de ella; pero, por un efecto también muy extravagante del libertinaje, sucede con frecuencia que una mujer con nuestros defectos nos gusta mucho menos para nuestros placeres que otra que sólo posea virtudes: la una se nos parece, no la escandalizamos; la otra se asusta, y hete ahí un clarísimo atractivo de más. El duque, pese a la enormidad de su construcción, había disfrutado de su hija, pero se había visto obligado a esperar hasta los quince años, y pese a ello no había podido impedir que quedara muy dañada por la aventura, hasta el punto de que, deseando casarla, se vio obligado a interrumpir sus goces y a contentarse con placeres menos peligrosos, aunque por lo menos igual de fatigosos. Julie ganaba poco con el presidente, cuya polla sabemos que era muy gruesa, y además por sucia que ella fuera debido a su negligencia, no se ajustaba en absoluto a la porquería libertina del presidente, su querido esposo.

Aline, hermana pequeña de Julie y, en verdad, hija del obispo, estaba muy alejada tanto de las costumbres como del carácter y los defectos de su hermana. Era la más joven de las cuatro: apenas tenía dieciocho años; una carita picante, fresca y casi traviesa, una naricita respingona, unos ojos oscuros llenos de vivacidad y de expresión, una boca deliciosa, un talle esbelto aunque menudo, metida en carnes, la piel un poco oscura, pero suave y bonita, el culo un poco gordo, pero bien moldeado, el conjunto de las nalgas más voluptuoso que se pueda ofrecer a la vista del libertino, un pubis oscuro y bonito, el coño un poco bajo, el llamado a la inglesa, pero muy estrecho, y, cuando fue ofrecida a la asamblea, ella era totalmente virgen. Seguía siéndolo en la fiesta cuya historia escribimos, y ya veremos cómo fueron arrebatadas estas primicias. Respecto a las del culo, el obispo llevaba ocho años disfrutando tranquilamente de ellas todos los días, pero sin conseguir que su querida hija se aficionara, porque, pese a su aire travieso y alegre, sólo se prestaba a ello por obediencia y todavía no había demostrado que el más ligero placer le hiciera compartir las infamias de las que era diariamente víctima. El obispo la había dejado en una ignorancia profunda; apenas sabía leer y escribir, e ignoraba por completo lo que era la religión. Su espíritu natural tendía a la niñería, contestaba chistosamente, jugaba, quería mucho a su hermana, detestaba soberanamente al obispo y temía al duque como al fuego. El día de bodas, cuando se vio desnuda en medio de cuatro hombres lloró e hizo todo lo que le pidieron, sin placer y sin humor. Era sobria, muy limpia y no tenía más defecto que un exceso de pereza, la indolencia dominaba en todas sus acciones y en toda su persona, pese al aire de vivacidad que sus ojos anunciaban. Detestaba al presidente casi tanto como a su tío, y Durcet, pese a que la trataba sin miramientos, era, sin embargo, el único por el que no parecía sentir ninguna repugnancia.

Así eran, pues, los ocho principales personajes con los que vamos a hacerte vivir, mi querido lector. Ya es hora de desvelarte ahora el objeto de los singulares placeres que se proponían.

Es de recibo, entre los verdaderos libertinos, que las sensaciones comunicadas por el órgano del oído son las que más halagan e impresionan más vivamente. En consecuencia, nuestros cuatro malvados, que querían que la voluptuosidad impregnara su corazón cuanto antes y con la mayor profundidad posible, habían imaginado para ello una cosa bastante singular. Se trataba, después de haberse rodeado de todo lo que mejor podía satisfacer la lubricidad de los otros sentidos, de hacerse contar en esta situación, con todo tipo de detalles, y por orden, todos los diferentes extravíos de la orgía, todas sus ramas, todas sus vicisitudes, en una palabra, lo que en la lengua del libertino se llama todas las pasiones. Es inimaginable hasta qué punto puede variarlas el hombre cuando su imaginación se inflama. La diferencia entre ellos, enorme en todas sus restantes manías, en todos sus restantes gustos, es aún mucho mayor en este caso, y quien fuera capaz de fijar y detallar estas desviaciones realizaría tal vez uno de los más bellos trabajos imaginables sobre las costumbres, así como uno de los más interesantes. Era fundamental, pues, encontrar unos individuos capaces de describir todos estos excesos, de analizarlos, de desarrollarlos, de detallarlos, de graduarlos, y de situarlos por medio de un relato interesante. Tal fue, en consecuencia, la decisión que tomaron. Después de innumerables búsquedas e informaciones, encontraron a cuatro mujeres muy experimentadas (es lo que hacía falta, en este caso la experiencia era lo más esencial), cuatro mujeres, digo, que, habiendo pasado su vida en el libertinaje más absoluto, eran capaces de ofrecer una explicación exacta de todas sus investigaciones. Y, como habían procurado elegirlas dotadas de una cierta elocuencia y de una inteligencia adecuada a lo que se exigía de ellas, después de hablar y rememorar, las cuatro fueron capaces de colocar, en las respectivas aventuras de sus vidas, todos los extravíos más extraordinarios del libertinaje, y esto en un orden tal que la primera, por ejemplo, situaría en el relato de los acontecimientos de su vida las ciento cincuenta pasiones más sencillas y los extravíos menos rebuscados o más vulgares; la segunda, en el mismo marco, un número igual de pasiones más singulares y de uno o varios hombres con varias mujeres; la tercera debía introducir igualmente en su historia ciento cincuenta manías de las más criminales y de las más ultrajantes para las leyes, la naturaleza y la religión; y como todos estos excesos llevan al asesinato y los asesinatos cometidos por libertinaje varían hasta el infinito, y tantas veces como diferentes suplicios adopte la imaginación inflamada del libertino, la cuarta debía añadir a los acontecimientos de su vida el relato detallado de ciento cincuenta de estas diferentes torturas. Durante ese tiempo, nuestros libertinos, rodeados, como ya he dicho al principio, de sus mujeres y después de varios objetos diferentes de toda índole, escucharían, se calentarían la cabeza y acabarían por apagar, con sus mujeres o con estos diferentes objetos, el incendio que las narradoras habrían producido. Nada hay sin duda más voluptuoso en este proyecto que la manera lujuriosa con que se efectuó, y tanto esta manera como los diferentes relatos formarán esta obra, por lo que aconsejo, después de esta exposición, a todo devoto que la abandone inmediatamente si no quiere sentirse escandalizado, pues ya ve que el plan es poco casto, y nos atrevemos a replicarle de antemano que la ejecución todavía lo será menos.

Como las cuatro actrices que de aquí se trata desempeñan un papel muy esencial en estas memorias, creemos, aunque debamos excusarnos ante el lector, estar también obligados a describirlas. Contarán, actuarán: ¿es posible, después de eso, dejarlas desconocidas? Que nadie espere retratos de belleza, aunque hubo sin duda la intención de utilizar tanto física como moralmente a estas cuatro criaturas. De todos modos, no eran sus atractivos ni su edad los que aquí decidían: únicamente su ingenio y su experiencia, y, en este sentido, era imposible estar mejor servido de lo que se estuvo.

Madame Duclos era el nombre de la encargada del relato de las ciento cincuenta pasiones simples. Era una mujer de cuarenta y ocho años, todavía bastante lozana, que conservaba grandes restos de belleza, ojos muy bonitos, la piel muy blanca, y uno de los más hermosos y más rollizos culos que cabía ver, la boca fresca y limpia, el seno soberbio y bonitos cabellos oscuros, la cintura gruesa, pero alta, y todo el aire y el tono de una mujer distinguida. Como veremos, había pasado toda su vida en unos lugares donde había podido estudiar muy bien lo que iba a contar, y se veía que lo haría con ingenio, facilidad e interés.

Madame Champville era una mujerona de unos cincuenta años, delgada, bien formada, con el aire más voluptuoso en la mirada y en el porte; fiel imitadora de Safo, lo demostraba en los más pequeños movimientos, en los gestos más simples y en las más mínimas palabras. Se había arruinado manteniendo mujeres, y sin este gusto, al que sacrificaba generalmente todo lo que ganaba en la vida, habría disfrutado de muy buena posición. Había sido mucho tiempo prostituta y, desde hacía unos cuantos años, desempeñaba a su vez el oficio de alcahueta, pero se limitaba a un cierto número de parroquianos, todos ellos consumados viejos verdes; jamás recibía jóvenes, y esta conducta prudente y lucrativa apuntalaba un poco sus negocios. Había sido rubia, pero un tinte más prudente comenzaba a colorear su cabellera. Sus ojos seguían siendo muy bellos, azules y de una expresión muy agradable.

Su boca era hermosa, todavía fresca y al completo; nada de pecho, el vientre bien, sin más, el pubis un poco alto y el clítoris sobresaliente más de tres pulgadas cuando estaba caliente: acariciándola en esta parte, no se tardaba en verla desfallecer, y sobre todo si el servicio se lo prestaba una mujer. Su culo era muy fofo y muy gastado, totalmente fláccido y ajado, y tan curtido por unos hábitos libidinosos que su historia nos explicará, que podía hacerse con él cualquier cosa sin que ella lo sintiera. Algo muy singular, y seguramente muy excepcional sobre todo en París, es que era virgen por ese lado como una muchacha que sale del convento, y tal vez, en la maldita orgía en que se metió, y en la que se metió con personas que solo querían cosas extraordinarias y a las que por consiguiente esa gustó, quizá, digo yo, sin esa reunión, su singular virginidad hubiera muerto con ella.

La Martaine, abuelita de cincuenta y dos años, muy fresca y muy sana y dotada del más enorme y más bonito trasero que pueda tenerse, ofrecía absolutamente la aventura contraria. Había pasado su vida en el desenfreno sodomita, y estaba tan familiarizada con él que sólo experimentaba placer por ahí. Como una deformidad de la naturaleza (estaba obstruida) le había impedido conocer otra cosa, se había entregado a este tipo de placer, arrastrada tanto por la imposibilidad de hacer otra cosa como por los primeros hábitos, mediante lo cual proseguía con esta lubricidad en la que se dice que todavía era deliciosa, arrostrándolo todo, sin miedo a nada. Los más monstruosos instrumentos no la asustaban, los prefería incluso, y la continuación de sus memorias nos la presentará quizá combatiendo valerosamente todavía bajo las banderas de Sodoma como la más intrépida de las sodomitas. Tenía unas facciones bastante graciosas, pero un aire de languidez y de decaimiento comenzaba a marchitar sus encantos, y, sin la gordura que ayudaba a sostenerla, ya habría podido pasar por muy deteriorada.

La Desgranges era el vicio y la lujuria personificados: alta, delgada, de cincuenta y seis años de edad, aspecto lívido y descarnado, ojos apagados, labios muertos, ofrecía la imagen del crimen a punto de perecer por falta de fuerzas. Antes había sido morena; se decía incluso que tuvo un bonito cuerpo; poco después, no era más que un esqueleto que sólo podía inspirar repugnancia. Su culo marchito, usado, marcado, desgarrado, se parecía más al papel esmerilado que a la piel humana, y su agujero era tan ancho y arrugado que, sin que ella lo notara, los más enormes instrumentos podían penetrarla en seco. Para colmo de encantos, esta generosa atleta de Citerea, herida en múltiples combates, tenía una teta de menos y tres dedos cortados; cojeaba y le faltaban seis dientes y un ojo. Puede que nos enteremos en qué tipo de ataques había sido tan maltratada; lo cierto es que nada la había corregido, y si su cuerpo era la imagen de la fealdad, su alma era el receptáculo de todos los vicios y de todos los crímenes más increíbles. Incendiaria, parricida, incestuosa, sodomita, tríbada, asesina, envenenadora, culpable de violaciones, robos, abortos y sacrilegios, cabía afirmar con certeza que no había crimen en el mundo que esa tunanta no hubiera cometido o hecho cometer. Su estado actual era el celestinaje; era una de las suministradoras habituales de la sociedad, y como a su mucha experiencia unía una jerga bastante agradable, la habían elegido para desempeñar el cuarto papel de historiadora, es decir aquel en cuyo relato debían encontrarse los mayores horrores e infamias. ¿Quién mejor que una criatura que las había cometido todas podía interpretar ese personaje?

Encontradas estas mujeres, y encontradas inmejorables en todos los puntos, hubo que ocuparse de los accesorios. En un principio habían deseado rodearse de un gran número de objetos lujuriosos de ambos sexos, pero cuando descubrieron que el único local donde esta fiesta lúbrica podía ejecutarse cómodamente era aquel mismo castillo en Suiza propiedad de Durcet y al que había enviado a la pequeña Elvire, que este castillo de regulares dimensiones no podía contener un gran número de habitantes, y que además podía resultar indiscreto y peligroso llevar a mucha gente, se redujo a un total de treinta y dos sujetos, incluidas las historiadoras, a saber: cuatro de esta clase, ocho muchachas, ocho muchachos, ocho hombres dotados de miembros monstruosos para las voluptuosidades de la sodomía pasiva, y cuatro criadas. Pero no fue fácil lograrlo; emplearon un año entero en estos detalles, gastaron un dinero inmenso, y he aquí las precauciones que tomaron respecto a las ocho muchachas, a fin de tener lo más delicioso que Francia podía ofrecer. Y dieciséis inteligentes alcahuetas, cada una de ellas con dos auxiliares, fueron enviadas a las dieciséis principales provincias de Francia, mientras que una decimoséptima trabajaba en el mismo asunto sólo en París. A cada una de estas celestinas se la citó en una propiedad del duque cerca de París, y todas debían acudir en la misma semana, a los diez meses justos de su partida: se les dio ese tiempo para buscar. Cada una de ellas debía traer nueve sujetos, lo que sumaba un total de ciento cuarenta y cuatro muchachas, y de estas ciento cuarenta y cuatro, sólo debían ser elegidas ocho. Se había recomendado a las celestinas que sólo consideraran el nacimiento, la virtud y el más delicioso rostro. Tenían que buscar principalmente en las casas honradas, y no se les aceptaba ninguna muchacha de la que no se demostrara que había sido raptada, o que procediera de un convento de internas de calidad, o del seno de su familia, y de una familia distinguida. Todo lo que no quedara por encima de la clase burguesa y que, en estas clases superiores, no fuera a la vez muy virtuosa, muy virgen y muy perfectamente hermosa, era rechazado sin misericordia. Unos espías vigilaban los pasos de estas mujeres e informaban al instante a la sociedad de cuanto hacían. Si el sujeto encontrado era como se deseaba, se les pagaba a treinta mil francos, gastos cubiertos. Es increíble lo que eso costó. Respecto a la edad, se había fijado entre los doce y los quince, y todo lo que quedara por encima o por debajo era despiadadamente rechazado. Durante ese tiempo, con las mismas circunstancias, los mismos medios y los mismos gastos, estableciendo también la edad entre doce y quince, diecisiete agentes de sodomía recorrían igualmente la capital y las provincias, y su cita estaba fijada para un mes después de la elección de las muchachas. En cuanto a los jóvenes que de ahora en adelante designaremos bajo el nombre de folladores, la única regla fue la medida de su miembro: no se quiso nada por debajo de las diez o doce pulgadas de longitud por siete y media de contorno. Ocho hombres trabajaron con esta intención en todo el reino, y la cita quedó señalada para un mes después de la de los muchachos. Aunque la historia de estas elecciones y de estas recepciones no sea nuestro objeto, no queda, sin embargo, fuera de lugar contar aquí algo de ello, para que pueda conocerse todavía mejor el genio de nuestros cuatro héroes. Me parece que todo lo que sirva para desarrollarlas y para arrojar luz sobre una orgía tan extraordinaria como la que vamos a describir no puede ser considerado accesorio.

Habiendo llegado la época de la cita de las jóvenes, se dirigieron a la propiedad del duque. Como algunas celestinas no pudieron cumplir su número de nueve, y otras perdieron a algunos sujetos por el camino, sea por enfermedad o por evasión, sólo llegaron ciento treinta a la cita. Pero ¡cuántos atractivos, Dios mío! Creo que jamás se vio tantos reunidos. Se dedicaron trece días a este examen, y cada día se examinaban diez. Los cuatro amigos formaban un círculo, en medio del cual aparecía la joven, primero vestida tal como estaba en el momento de su rapto. La alcahueta que la había corrompido contaba su historia: si faltaba en algo a las condiciones de nobleza y de virtud, sin mayor profundización, la pequeña era despedida al instante, sin ninguna ayuda y sin ser confiada a nadie, y la celestina perdía todos los gastos que había podido hacer a causa de ella. Después de que la alcahueta hubiera contado sus pormenores, hacían que esta se retirara y se interrogaba a la pequeña para saber si lo que se acababa de decir de ella era cierto. Si todo era correcto, regresaba la alcahueta y arremangaba a la pequeña por detrás, a fin de exponer sus nalgas a la asamblea; era lo primero que querían examinar. El menor defecto en esta parte motivaba su despido inmediato; si, por el contrario, nada faltaba a esta especie de encanto, la hacían desnudarse, y, en tal estado, pasaba y repasaba, cinco o seis veces consecutivas, de uno a otro de nuestros libertinos. Le daban una y más vueltas, la manipulaban, la olisqueaban, la abrían, examinaban sus virginidades, pero todo ello con sangre fría y sin que la ilusión de los sentidos turbara para nada el examen. Una vez terminado, la criatura se retiraba y, al lado de su nombre escrito en un billete, los examinadores ponían *aprobada,* o *suspendida,* firmando el billete; después estos billetes eran metidos en una caja, sin que se comunicaran sus ideas; examinadas todas, se abría la caja: para que una muchacha fuera aprobada, era preciso que tuviera en su billete los cuatro nombres de los amigos a su favor. Si faltaba uno sólo, era inmediatamente despedida, y todas inexorablemente, como ya he dicho, a pie, sin ayuda y sin guía, a excepción quizá de una docena con las que nuestros libertinos se divirtieron cuando la elección estuvo hecha y que cedieron a sus celestinas. En la primera vuelta, hubo cincuenta sujetos rechazados. Repasaron a los ochenta restantes, pero con mucha mayor exactitud y severidad: el más pequeño defecto se volvía inmediatamente un título de exclusión. Una, bella como el día, fue despedida porque tenía un diente un poco más prominente que los demás; otras, más de veinte, lo fueron porque eran sólo hijas de burgueses. En esta segunda vuelta, saltaron treinta: así que sólo quedaban cincuenta. Se decidió proceder a este tercer examen después de perder leche con el concurso mismo de estos cincuenta sujetos, a fin de que de la calma perfecta de los sentidos pudiera resultar una elección más serena y más segura. Cada uno de los amigos se rodeó de un grupo de doce o trece de estas jóvenes. Los grupos pasaban de uno a otro; eran dirigidos por las alcahuetas. Se cambiaron tan artísticamente las actitudes, se prestaron tan bien a ello, hubo en una palabra tanta lubricidad de hecho que la esperma eyaculó, la cabeza quedó tranquila y treinta de este último grupo desaparecieron en esta vuelta. Sólo quedaban veinte: seguían sobrando doce. Se apaciguaron con nuevos medios, con todos aquellos de los que se suponía que podría nacer la desgana, pero las veinte siguieron: ¿y qué hubiera podido sustraerse de un número de criaturas tan singularmente celestiales que diríase que eran la obra misma de la divinidad? Así que fue preciso, a belleza equivalente, buscarles algo que pudiera asegurar por lo menos a ocho de ellas una especie de superioridad sobre las doce restantes, y lo que propuso el presidente a este respecto era muy digno de todo el desorden de su cabeza. No importa, el recurso fue aceptado: se trataba de saber cuál de ellas haría mejor una cosa que se les exigiría a menudo. Cuatro días bastaron para decidir ampliamente esta cuestión, y doce fueron finalmente despedidas, pero no en blanco como las demás: se divirtieron con ellas ocho días completamente y de todas las maneras. Después, como ya he dicho, fueron cedidas a las alcahuetas, que no tardaron en enriquecerse con la prostitución de unos sujetos tan distinguidos como aquellos. En cuanto a las ocho elegidas, fueron depositadas en un convento hasta el instante de la partida y, para reservarse el placer de disfrutarlas en la época elegida, no se las tocó hasta entonces.

Ni se me ocurrirá describir estas bellezas: eran todas ellas tan igualmente superiores que mis pinceles se volverían necesariamente monótonos. Me limitaré a nombrarlas y a afirmar con verdad que es absolutamente imposible imaginarse un conjunto tal de gracias, de atractivos y de perfecciones, y que si la naturaleza quería dar una idea al hombre de lo más sabio que ella puede formar, no le presentaría a otros modelos.

La primera se llamaba Augustine: tenía quince años, era hija de un barón de Languedoc y había sido secuestrada en un convento de Montpellier.

La segunda se llamaba Fanny: era hija de un consejero del Parlamento de Bretaña y secuestrada en el propio castillo de su padre.

La tercera se llamaba Zelmire: tenía quince años, era hija del conde de Terville, que la idolatraba. La había llevado con él de caza, por una de sus tierras en Beauce, y, habiéndola dejado sola un instante en el bosque, fue secuestrada en un santiamén. Era hija única y, con cuatrocientos mil francos de dote, debía casarse el año siguiente con un grandísimo señor. Ella fue la que lloró y se desoló más ante el horror de su suerte.

La cuarta se llamaba Sophie: tenía catorce años y era hija de un gentilhombre bastante acomodado que vivía en su propiedad en Berry. Había sido secuestrada mientras paseaba, al lado de su madre que, queriendo defenderla, fue arrojada a un río en el que su hija la vio expirar bajo sus ojos.

La quinta se llamaba Colombe: era de París e hija de un consejero del Parlamento; tenía trece años y había sido secuestrada al regresar con una gobernanta, de noche, a su convento, a la salida de un baile infantil. La gobernanta había sido apuñalada.

La sexta se llamaba Hébé: tenía doce años, era hija de un capitán de caballería, hombre de buena posición que vivía en Orleans. La joven había sido seducida y secuestrada en el convento donde se educaba; dos religiosas habían sido conquistadas a fuerza de dinero. Era imposible ver nada más seductor y más lindo.

La séptima se llamaba Rosette: tenía trece años, era hija del teniente general de Chalon-sur-Saône. Su padre acababa de morir; ella estaba en el campo con su madre, cerca de la ciudad, y la secuestraron ante los mismos ojos de sus parientes, simulando que eran ladrones.

La última se llamaba Mimi o Michette: tenía doce años, era hija del marqués de Senanges y había sido secuestrada en las tierras de su padre, en el Borbonesado, con ocasión de un paseo en calesa que le habían dejado hacer con dos o tres mujeres del castillo, que fueron asesinadas.

Vemos ya cuánto dinero y cuántos crímenes costaban los preparativos de estas voluptuosidades. Con personas semejantes, los tesoros importaban poco, y en cuanto a los crímenes, se vivía entonces en un siglo en que estaban muy lejos de ser investigados y castigados como lo han sido después. Mediante lo cual, todo salió con éxito, y tan bien, que nuestros libertinos nunca se vieron inquietados por las consecuencias y apenas hubo indagaciones.

Llegó el momento del examen de los muchachos. Al ofrecer mayores facilidades, su número fue mayor. Los alcahuetes presentaron a ciento cincuenta, y seguramente no exageraré al afirmar que igualaban por lo menos la clase de las muchachas, tanto por su delicioso rostro como por sus gracias infantiles, su candor, su inocencia y su nobleza. Eran pagados a treinta mil francos cada uno, el mismo precio que las muchachas, pero los buscadores no arriesgaban nada, porque siendo esta caza más delicada y mucho más del gusto de nuestros sectarios, se había decidido que no desperdiciarían ningún gasto, que despedirían, a decir verdad, a los que no convinieran, pero que, como se les utilizaría, serían igualmente pagados. El examen se hizo como con las mujeres. Comprobaron diez por día, con la precaución muy prudente y que había sido excesivamente descuidada en el caso de las muchachas, con la precaución, digo, de correrse siempre con la ayuda de los diez presentados antes de proceder al examen. Estuvieron a punto de excluir al presidente, desconfiaban de la depravación de sus gustos; pensaban que se había dejado llevar, en la elección de las muchachas, por su maldita inclinación a la infamia y a la depravación. Prometió no abandonarse en absoluto esta vez, y si bien mantuvo su palabra, no fue realmente sin esfuerzo, pues una vez que la imaginación herida o depravada se ha acostumbrado a este tipo de atentados al buen gusto y a la naturaleza, atentados que la halagan de manera tan deliciosa, es muy difícil hacerla volver al buen camino: parece que el deseo de servir sus gustos le suprime la facultad de ser dueña de sus opiniones. Despreciando lo realmente hermoso y amando únicamente lo espantoso, se pronuncia tal como piensa, y el retorno a unos sentimientos más verdaderos le parecería un perjuicio causado a unos principios de los que se sentiría muy molesta de alejarse. Fueron unánimemente aprobados cien sujetos desde el final de las primeras sesiones, y hubo que repetir cinco veces consecutivas estos juicios para obtener el pequeño número que sólo debía ser admitido. Tres sesiones consecutivas dejaron cincuenta, y se vieron obligados a llegar a unos medios singulares para afear en cierto modo unos ídolos embellecidos todavía por el prestigio, pese a lo que con ellos se pudiera hacer, y quedarse únicamente con los que se quería admitir. Imaginaron vestirlos de muchachas: veinticinco desaparecieron con esta artimaña que, confiriendo a un sexo que idolatraban el atavío de otro del que estaban hastiados, les deprimió e hizo perder casi toda la ilusión. Pero nada pudo hacer variar el escrutinio sobre los veinticinco últimos. Por más que hicieran, por más leche que perdieran, por más que no escribieran su nombre en los billetes hasta el momento de correrse, por más que utilizaran el medio adoptado con las muchachas, seguían los mismos veinticinco, y se tomó la decisión de confiarlo a la suerte. He aquí los nombres que se dieron a los que quedaron, su edad, su nacimiento y el resumen de su aventura, pues renuncio a hacer sus retratos: los rasgos del propio Amor no eran seguramente más delicados y los modelos donde el Albano iba a elegir los rasgos de sus ángeles divinos eran seguramente muy inferiores.

Zélamir tenía trece años de edad; era el hijo único de un gentilhombre de Poitou que lo educaba con el mayor cuidado en su propiedad. Le habían mandado a Poitiers a visitar a una parienta, escoltado por un único criado, y nuestros fulleros, que le esperaban, asesinaron al criado y se apoderaron del niño. Cupidon tenía la misma edad; estaba en el colegio de La Fleche; hijo de un gentilhombre de los alrededores de esta ciudad, donde estudiaba. Le espiaron y le secuestraron en el curso de un paseo que los colegiales daban el domingo. Era el más guapo de todo el colegio.

Narcisse tenía doce años de edad; era caballero de Malta. Le habían secuestrado en Rouen donde su padre desempeñaba un cargo honorable y compatible con la nobleza. Partía hacia el colegio de Louis-le-Grand, en París; fue secuestrado en el camino.

Zéphire, el más delicioso de los ocho, en el supuesto de que la excesiva belleza de todos hubiera permitido una elección, era de París; estudiaba en un famoso internado. Su padre era un oficial general, que hizo todo lo posible para recuperarlo sin que nada pudiera conseguirlo. Habían seducido al dueño del internado a fuerza de dinero, y había entregado a siete, de los cuales seis habían sido desechados. Había enloquecido al duque, que afirmó que, si hubiera hecho falta un millón para encular a esa criatura, lo habría dado al instante. Se reservó sus primicias, y le fueron unánimemente concedidas. ¡Oh tierna y delicada criatura, qué desproporción!, ¡y qué suerte horrenda te estaba, pues, deparada!

Céladon era hijo de un magistrado de Nancy. Fue secuestrado en Luneville, donde había ido a visitar a una tía. Apenas contaba con catorce años. Fue el único al que sedujeron mediante una muchacha de su edad que encontraron la manera de que conociera: la bribonzuela le atrajo a la trampa fingiendo que estaba enamorada de él, le vigilaban mal, y la jugada salió bien.

Adonis tenía quince años. Fue secuestrado en el colegio de Le Plessis, donde estudiaba. Era hijo de un presidente del Parlamento, al que por mucho que se quejara y por mucho que removiera, estaban tan bien tomadas las precauciones que le resultó imposible volver a oír hablar de él. Curval, que llevaba dos años loco por él, le había conocido en casa de su padre, y era él quien había dado los medios y las informaciones necesarias para corromperle. Estuvieron muy asombrados de un gusto tan razonable como aquel en una cabeza tan depravada, y Curval, muy orgulloso, aprovechó el acontecimiento para demostrar a sus colegas que, por lo que se veía, seguía teniendo a veces buen gusto. La criatura le reconoció y lloró, pero el presidente le consoló asegurándole que sería él quien le desvirgaría; y mientras le administraba este consuelo tan conmovedor, le bamboleaba su enorme instrumento por las nalgas. Lo pidió en efecto a la asamblea y lo consiguió sin dificultades.

Hyacinthe tenía catorce años de edad; era hijo de un oficial retirado en una pequeña ciudad de Champaña. Le atraparon mientras iba de caza, que amaba con locura y a la que su padre cometía la imprudencia de dejarle ir solo.

Giton tenía trece años de edad. Fue secuestrado en Versalles, en la casa de los pajes de la gran caballería. Era hijo de un hombre de buena posición del Nivernesado que acababa de dejarle allí hacía menos de seis meses. Le secuestraron con absoluta facilidad en un paseo que había ido a dar en solitario por la avenida de Saint-Cloud. Se convirtió en la pasión del obispo, a quien fueron destinadas sus primicias.

Así eran las deidades masculinas que nuestros libertinos preparaban para su lubricidad: en su momento y en su lugar veremos el uso que de ellas hicieron. Quedaban ciento cuarenta y dos sujetos, pero no jugaron con estas presas como con las otras: ninguno fue despedido sin haber servido. Nuestros libertinos pasaron con ellos un mes en el castillo del duque. Como estaban en vísperas de la partida, todos los arreglos diarios y normales ya estaban rotos, y esto sirvió de diversión hasta el momento de la partida. Cuando quedaron ampliamente hartos, imaginaron un divertido medio de sacárselos de encima: consistió en venderlos a un corsario turco. De esta manera quedaban rotas todas las huellas y recuperaban una parte del dinero. El turco vino a recogerles cerca de Mónaco, adonde se les hizo llegar en pequeños grupos, y los llevaron a la esclavitud, destino horrible sin duda, pero que no por ello divirtió menos ampliamente a nuestros cuatro malvados.

Llegó el momento de elegir a los folladores. Los eliminados de esta clase no molestaban nada; tomados a una edad razonable, bastaba con pagarles el viaje, el trabajo, y se volvían a casa. Sus ocho alcahuetes habían tenido, además, mucho menos trabajo, ya que las medidas estaban prácticamente fijadas y no había ningún problema con las condiciones. Llegaron, pues, cincuenta. De las veinte más gordas, eligieron a los ocho más jóvenes y más guapos, y de esos ocho, como, en detalle, sólo se mencionarán las cuatro más gordas, me limitaré a nombrar a esos.

Hercule, realmente esculpido como el dios cuyo nombre se le dio, tenía veintiséis años y estaba dotado de un miembro de ocho pulgadas y dos líneas de perímetro por trece de longitud. Nunca se había visto un instrumento tan hermoso ni tan majestuoso como aquel, casi siempre enhiesto y del que ocho eyaculaciones, como se comprobó, llenaban una pinta exacta. Era además muy agradable y tenía un rostro muy interesante.

Antinoüs, llamado así porque, a imitación del puto de Adriano, reunía el más hermoso pene del mundo y el culo más voluptuoso, cosa que es muy rara, era portador de un instrumento de ocho pulgadas de perímetro por doce de longitud. Tenía treinta años y el rostro más bonito del mundo.

Brise-Cul tenía un juguete tan graciosamente modelado que le era casi imposible encular sin romper el culo, y de ahí venía el nombre que llevaba. La cabeza de su pene, semejante a un corazón de buey, tenía ocho pulgadas y tres líneas de perímetro; el miembro sólo tenía ocho, pero este miembro retorcido tenía tal combadura que desgarraba exactamente el ano cuando penetraba en él, y esta cualidad tan preciosa para unos libertinos tan hastiados como los nuestros había hecho que le buscaran especialmente.

Bande-Au-Ciel, así llamado porque su erección hiciera lo que hiciese, era perpetua, estaba dotado de un instrumento de once pulgadas de longitud por siete pulgadas y once líneas de perímetro. Habían rechazado otros más gruesos que el suyo, porque empalmaban difícilmente, mientras que este, por muchas eyaculaciones que hiciera al día, se ponía tieso al menor roce.

Los cuatro restantes eran prácticamente de la misma envergadura y del mismo porte. Se divirtieron quince días con los cuarenta y dos sujetos desechados y, después de haberlos trabajado bien y al no tener ya nada que llevarse a la boca, se les despidió bien pagados.

Ya sólo quedaba la elección de las cuatro criadas, que era sin duda la más pintoresca. El presidente no era el único en poseer unos gustos depravados; sus tres amigos, y especialmente Durcet, estaban bastante aferrados a esta maldita manía de la crápula y del libertinaje que encuentra un atractivo más picante en un objeto viejo, asqueroso y sucio que en lo más divino que ha formado la naturaleza. Sería sin duda difícil explicar esta fantasía, pero es común a muchas personas. El desorden de la naturaleza lleva consigo una especie de picante que actúa sobre el género nervioso quizá con tanta o mayor fuerza que sus bellezas más regulares. Por otra parte, está demostrado que el horror, la villanía, la cosa espantosa es lo que gusta cuando uno se empalma: ahora bien, ¿dónde se encuentra esto mejor que en un objeto viciado? Evidentemente, si la cosa sucia es lo que gusta en el acto de la lubricidad, cuanto más sucia esté más gustará, y seguramente es mucho más sucia en el objeto viciado que en el objeto intacto o perfecto. Respecto a esto no hay la mínima duda. Además, la belleza es la cosa sencilla, la fealdad es la cosa extraordinaria, y todas las imaginaciones ardientes prefieren siempre sin duda la cosa extraordinaria en lubricidad a la cosa sencilla. La belleza y la frescura sólo impresionan en un sentido simple; la fealdad y la degradación impresionan con mucha mayor fuerza, la conmoción es mucho más fuerte, de modo que la agitación debe ser más viva. Así pues, no hay que asombrarse, a partir de ahí, de que muchas personas prefieran para su placer una mujer vieja, fea e incluso hedionda a una joven lozana y bonita, de la misma manera que tampoco hay que asombrarse, digo yo, de que un hombre prefiera para sus paseos el suelo árido y escabroso de las montañas a los monótonos senderos de las llanuras. Todas esas cosas dependen de nuestra conformación, de nuestros órganos, de la manera como se conmueven, y somos tan poco dueños de cambiar nuestros gustos sobre eso como lo somos de variar las formas de nuestro cuerpo. En cualquier caso, este era, como se ha dicho, el gusto dominante, tanto del presidente como casi, a decir verdad, de sus tres colegas, pues todos habían tenido una opinión unánime sobre la elección de las criadas, elección que, sin embargo, como veremos, denotaba claramente en su organización el desorden y la depravación que acabamos de describir. Así que se buscaron en París, con el mayor cuidado, las cuatro criaturas que necesitaban para cumplir este objetivo, y por repugnante que pueda ser su retrato, el lector me permitirá, sin embargo, que lo trace: es demasiado esencial para el juego de costumbres cuyo desarrollo es uno de los principales objetos de esta obra.

La primera se llamaba Marie. Había sido criada de un famoso bandido recientemente ejecutado, y ella, por su parte, había sido azotada y marcada. Tenía cincuenta y ocho años, casi calva, la nariz torcida, los ojos apagados y legañosos, la boca grande y adornada con sus treinta y dos dientes auténticos, pero amarillos como el azufre; era alta, chupada, habiendo tenido catorce hijos, a todos los cuales había ahogado, según decía, por miedo a que fueran malas personas. Su vientre era ondulado como las olas del mar y tenía una nalga comida por un absceso.

La segunda se llamaba Louison. Tenía sesenta años, era pequeña, jorobada, tuerta y coja, pero poseía un bonito culo para su edad y la piel todavía bastante hermosa. Era más mala que el demonio y estaba siempre dispuesta a cometer todos los horrores y todos los excesos que pudieran encargarle.

Thérèse tenía sesenta y dos años. Era alta, flaca, con aspecto de esqueleto, ni un pelo en la cabeza, ni un diente en la boca y despidiendo por esta abertura de su cuerpo un olor que tumbaba. Tenía el culo acribillado de heridas y las nalgas tan prodigiosamente fláccidas que se le podía enroscar la piel alrededor de un palo; el agujero de este bonito culo se parecía a la boca de un volcán por la anchura, y por el olor era un auténtico agujero de letrina; en toda su vida Thérèse no se había, contaba ella, limpiado el culo, por lo que quedaba perfectamente demostrado que seguía habiendo mierda de su infancia. En cuanto a su vagina, esta era el receptáculo de todas las inmundicias y de todos los horrores, un auténtico sepulcro cuya fetidez producía mareos. Tenía un brazo torcido y cojeaba de una pierna.

Fanchon era el nombre de la cuarta. Había sido colgada seis veces en efigie, y no existía un solo crimen en la Tierra que ella no hubiera cometido. Tenía sesenta y nueve años, era chata, baja y gorda, bizca, casi sin frente, en su hediondo morro sólo quedaban dos viejos dientes a punto de caerse; una erisipela le cubría el trasero, y unas hemorroides gruesas como el puño le colgaban del ano; un horrible chancro devoraba su vagina y uno de sus muslos estaba completamente abrasado. Estaba borracha las tres cuartas partes del año, y en su borrachera, como su estómago era muy débil, vomitaba por todas partes. El agujero de su culo, pese al paquete de hemorroides que lo adornaba, era por naturaleza tan ancho que muchas veces se ventoseaba y pedorreaba y cagaba sin darse cuenta.

Independientemente del servicio de la casa en las lujuriosas vacaciones que se proponían, estas cuatro mujeres también tenían que participar en todas las reuniones para todas las diferentes tareas y servicios de lubricidad que cupiera exigirles.

Tomadas todas estas medidas y ya iniciado el verano, sólo se ocuparon del traslado de las diferentes cosas que, durante los cuatro meses de estancia en la propiedad de Durcet, debían hacer la vida cómoda y agradable. Hicieron transportar una gran cantidad de muebles y de espejos, víveres, vinos, licores de todo tipo, mandaron también a unos obreros, y poco a poco condujeron los sujetos que Durcet, que había tomado la delantera, recibía, alojaba e instalaba a medida que iban llegando. Pero ya es hora de ofrecer aquí al lector una descripción del famoso templo destinado a tantos sacrificios lujuriosos durante los cuatro meses proyectados. En ella se verá con qué cuidado habían elegido un retiro apartado y solitario, como si el silencio, el alejamiento y la tranquilidad fueran los poderosos vehículos del libertinaje, y como si todo lo que imprime mediante estas cualidades un terror religioso a los sentidos debiera evidentemente conferir a la lujuria un atractivo más. Describiremos este retiro, no como había sido anteriormente, sino en el estado tanto de embellecimiento como de soledad aún más perfecto en que lo habían dejado los cuidados de los cuatro amigos.

Para alcanzarlo, había que llegar primero a Basilea; se cruzaba el Rhin, pasado el cual el camino se estrechaba hasta el punto de que había que abandonar los carruajes. Poco después, se penetraba en la Selva Negra, en la que había que introducirse unas quince leguas por un camino difícil, tortuoso y absolutamente impracticable sin guía. Una miserable aldea de carboneros y de guardabosques se ofrecía a la vista a esta altura. Allí comienza el territorio de la propiedad de Durcet, y la aldea le pertenece. Como los habitantes de este villorrio son casi todos ladrones o contrabandistas, le fue fácil a Durcet ganarse su amistad, y, como primera orden, se les dio una consigna precisa de no dejar llegar a nadie al castillo a partir de la época del primero de noviembre, que era aquella en que la sociedad debía estar totalmente reunida. Armó a sus fieles vasallos, les concedió algunos privilegios que llevaban tiempo solicitando, y la barrera quedó cerrada. En realidad, la siguiente descripción permitirá ver hasta qué punto, bien cerrada esta puerta, era difícil poder llegar a Silling, nombre del castillo de Durcet. Tan pronto como se había pasado la carbonería, se comenzaba a escalar una montaña casi tan alta como el monte San Bernardo y de un acceso infinitamente más difícil, pues sólo es posible llegar hasta su cumbre a pie. No es que los mulos no pasen, sino que los precipicios rodean hasta tal punto por todas partes el sendero que hay que seguir que existe el mayor peligro en exponerse sobre ellos. Seis de los que transportaron los víveres y los equipajes perecieron, así como dos obreros que habían querido montar a dos de ellos. Se necesitan cerca de cinco largas horas para llegar a la cima de la montaña, la cual ofrece allí otro tipo de singularidad que, por las precauciones tomadas, se convirtió en una nueva barrera tan insuperable que sólo los pájaros podían franquearla. Este singular capricho de la naturaleza es una grieta de más de treinta toesas en la cima de la montaña, entre su parte septentrional y su parte meridional, de manera que, sin los recursos del arte, después de haber escalado la montaña, se hace imposible descender. Durcet ha hecho juntar estas dos partes, que dejan entre sí un precipicio de más de mil pies de profundidad, por un bellísimo puente de madera, que se destruyó tan pronto como hubieron llegado los últimos equipajes: y, a partir de ese momento, ni la menor posibilidad de comunicación con el castillo de Silling. Pues, al descender la parte septentrional, se llega a un pequeño altiplano de unas cuatro fanegas, que está rodeado por todas partes de rocas a pico cuyas cimas tocan las nubes, rocas que rodean la llanura como una pantalla y que no dejan la más pequeña abertura entre sí. Así pues, este paso, llamado el camino del puente, es el único que permite descender y comunicar con el altiplano, y, una vez destruido, no hay ya un solo habitante de la Tierra, de la especie que se quiera suponer, a quien le resulte posible abordarlo. Pues bien, en el centro de este pequeño altiplano tan bien rodeado, tan bien defendido, se halla el castillo de Durcet. Un muro de treinta pies de altura lo rodea también; más allá del muro, un foso muy profundo lleno de agua acaba de defender un último recinto que forma una galería sinuosa; una poterna baja y estrecha penetra finalmente en un gran patio interior alrededor del cual están construidos todos los alojamientos. Estos alojamientos, muy amplios, muy bien amueblados por las últimas disposiciones tomadas, ofrecen al principio del primer piso una galería enorme. Obsérvese que voy a describir los apartamentos no tal como podían ser antes, sino como acababan de ser arreglados y distribuidos de acuerdo con el plan proyectado. De la galería se entraba a un precioso comedor, provisto de armarios en forma de tornos que, comunicando con las cocinas, ofrecían la facilidad de un servicio caliente, rápido y que no necesitaba la ayuda de ningún lacayo. De este comedor, adornado con alfombras, estufas, otomanas, excelentes sillones, y todo lo que podía hacerlo tan cómodo como agradable, se pasaba a un salón de estar, sencillo, sin complicaciones, pero extremadamente cálido y provisto de muy buenos muebles, este salón comunicaba con un gabinete de reuniones, destinado a las narraciones de las historiadoras: allí estaba, por así decirlo, el campo de batalla de los combates proyectados, la capital de las asambleas lúbricas, y como había sido decorado en consecuencia, merece una breve descripción especial. Tenía una forma semicircular. En la parte cimbrada se encontraban cuatro camarines con espejos muy amplios y provistos cada uno de ellos de una excelente otomana; estos cuatro camarines, por su construcción, quedaban justamente frente al diámetro que cortaba el círculo. Un trono de cuatro pies de altura estaba adosado al muro que formaba el diámetro. Era para la historiadora: posición que no sólo la situaba justo enfrente de los cuatro camarines destinados a sus oyentes, sino que también, como el círculo era pequeño, y no la alejaba en exceso de ellos, les permitía no perder ni una palabra de su narración, pues se encontraba situada como el actor en un teatro, y los oyentes, situados en los camarines, estaban como se está en el anfiteatro. A los pies del trono había unas gradas sobre las que debían encontrarse los sujetos de libertinaje traídos para procurar calmar la irritación de los sentidos producida por los relatos: estas gradas, así como el trono, estaban recubiertas de paño de terciopelo negro adornado con franjas doradas, y los camarines estaban forrados con una tela parecida y no menos suntuosa, pero de color azul oscuro. Al pie de cada camarín había una portezuela que comunicaba una letrina medianera con el camarín y destinada a introducir a los sujetos deseados y a los que se hacía venir de las gradas, en el caso de que no se quisiera ejecutar delante de todo el mundo la voluptuosidad para cuya ejecución se llamaba al sujeto. Estas letrinas estaban provistas de canapés y de todos los demás muebles necesarios para las impurezas de todo tipo. A ambos lados del trono, había una única columna que llegaba hasta el techo; estas dos columnas estaban destinadas a retener al sujeto a quien alguna falta hubiera puesto en situación de necesitar una corrección. Todos los instrumentos necesarios para esta corrección estaban adosados a la columna, y esta visión imponente servía para mantener una subordinación tan esencial en las reuniones de este tipo, subordinación de la que nace casi todo el encanto de la voluptuosidad en el ánimo de los perseguidores. Este salón comunicaba con un gabinete que, por este lado, era la parte extrema del edificio. Este gabinete era una especie de tocador; era extremadamente silencioso y secreto, muy cálido, muy oscuro de día, y estaba destinado para los combates cuerpo a cuerpo o para algunas otras voluptuosidades secretas que se explicarán a continuación. Para pasar a la otra ala había que retroceder y, una vez en la galería al fondo de la cual se veía una capilla muy hermosa, se pasaba al ala paralela, que concluía con la torre del patio interior. Allí se encontraba una antecámara bellísima que comunicaba con cuatro bellísimos apartamentos, cada uno con su tocador y su letrina. Bellísimas camas turcas, en damasco de tres colores, con un mobiliario semejante, adornaban estos apartamentos cuyos tocadores ofrecían todo cuanto puede desear la más sensual, e incluso más rebuscada, lubricidad. Estas cuatro habitaciones estaban destinadas a los cuatro amigos y, como eran muy cálidas y muy cómodas, estuvieron perfectamente alojados. Como sus esposas debían ocupar, por los acuerdos tomados, los mismos apartamentos que ellos, no se les concedió alojamientos particulares. El segundo piso ofrecía igual cantidad de apartamentos, pero repartidos de un modo ligeramente distinto. Al principio aparecía, a un lado, un vasto apartamento formado por ocho camarines provisto cada uno de ellos de una camita, y este apartamento era el de las jóvenes, a cuyo lado se encontraban dos cuartitos para dos de las viejas que debían vigilarlas; más allá, dos bonitas habitaciones idénticas estaban destinadas a dos de las historiadoras. A la vuelta, se encontraba otro apartamento igual con ocho camarines en forma de alcoba para los ocho muchachos, que también tenían dos habitaciones al lado para las dos viejas destinadas a vigilarlos, y, más allá, otras dos habitaciones igualmente idénticas para las dos historiadoras restantes. Ocho lindas capillitas, encima de lo que acabamos de ver, eran el alojamiento de los ocho folladores, aunque estuvieran llamados a acostarse muy poco en su cama. En la planta baja se encontraban las cocinas, con seis celdas para los seis seres destinados a este trabajo, entre los cuales había tres célebres cocineras. Las habían preferido a los hombres para una reunión como aquella, y creo que con razón. Las ayudaban tres jóvenes robustas, pero nada de todo esto debía aparecer en los placeres, nada de todo esto les estaba destinado, y si las reglas que se habían impuesto a ese respecto fueron infringidas, es porque nada contiene al libertinaje, y la verdadera manera de ampliar y de multiplicar sus deseos es querer imponerles límites. Una de las tres criadas debía cuidar del numeroso ganado que habían traído, pues, a excepción de las cuatro viejas destinadas al servicio interior, no había otro doméstico que las tres cocineras y sus ayudantes. Pero la depravación, la crueldad, el hastío y la infamia, todas estas pasiones previstas o sentidas, habían erigido otro local del que es urgente ofrecer un esbozo, pues las leyes esenciales del interés de la narración impiden que lo describamos por entero. Una piedra fatídica se alzaba artísticamente sobre la grada del altar del templete cristiano que hemos señalado en la galería; había allí una escalera de caracol, muy estrecha y muy empinada, que, a través de trescientos peldaños, descendía a las entrañas de la Tierra hasta llegar a una especie de calabozo abovedado, cerrado por tres puertas de hierro y en el que se encontraba todo lo que el arte más cruel y la barbarie más refinada pueden inventar de más atroz, tanto para asustar los sentidos como para entregarse a los horrores. Y allí, ¡cuánta tranquilidad! ¡Hasta qué punto debía de sentirse tranquilo el malvado al que el crimen conducía allí con una víctima! Estaba en su casa, estaba fuera de Francia, en un país seguro, al fondo de un bosque inhabitable, en un reducto de este bosque que, por las medidas adoptadas, sólo podían abordar los pájaros del cielo, y estaba en el fondo de las entrañas de la Tierra. Ay, cien veces ay de la infortunada criatura que, en semejante abandono, se hallaba a la merced de un malvado sin ley y sin religión, a quien el crimen divertía, y que ya no tenía allí otro interés que sus pasiones ni otras medidas a guardar que las leyes imperiosas de sus pérfidas voluptuosidades. No sé lo que ocurrirá allí, pero sí puedo decir sin dañar el interés del relato que, cuando describieron el lugar al duque, se corrió tres veces seguidas.

Al fin, cuando todo estuvo a punto, todo perfectamente arreglado, los sujetos ya instalados, el duque, el obispo, Curval, y sus esposas, seguidos de los cuatro folladores secundarios, se pusieron en marcha (Durcet y su esposa, así como todo el resto, se habían adelantado, como ya se ha dicho), y no sin esfuerzos infinitos consiguieron llegar al castillo la noche del 29 de octubre. Durcet, que había ido por delante, hizo cortar el puente de la montaña tan pronto como hubieron pasado. Pero eso no fue todo: el duque, después de examinar el local, decidió que, puesto que todos los víveres se hallaban en el interior y ya no había ninguna necesidad de salir, convenía, para prevenir unos ataques exteriores poco temidos y unas evasiones interiores que lo eran más, convenía, digo yo, tapiar todas las puertas por las que se penetraba al interior, y encerrarse absolutamente en el lugar como en una ciudadela asediada, sin dejar la mínima salida, ni al enemigo, ni al desertor. El deseo fue ejecutado; se parapetaron hasta tal punto que ya ni siquiera era posible reconocer dónde habían estado las puertas, y se establecieron en el interior, de acuerdo con las disposiciones que se acababan de leer. Los dos días que todavía quedaban para el 1 de noviembre fueron dedicados al descanso de los sujetos, a fin de que pudieran parecer frescos así que comenzaran las escenas de orgía, y los cuatro amigos trabajaron en un código de leyes, que fue firmado por los jefes y promulgado a los súbditos no bien estuvo redactado. Antes de entrar en materia, es esencial que las hagamos conocer a nuestro lector, quien, a partir de la exacta descripción que le hemos hecho de todo, sólo tendrá ahora que seguir ligera y voluptuosamente el relato, sin nada que turbe su comprensión o venga a estorbar su memoria.

## REGLAMENTOS

Se levantarán todos los días a las diez de la mañana. En este momento, los cuatro folladores que no hayan estado de servicio durante la noche visitarán a los amigos acompañados cada uno de ellos de un muchacho; pasarán sucesivamente de una habitación a otra. Obedecerán los caprichos y los deseos de los amigos, pero al principio los muchachos que les acompañarán sólo servirán de espectáculo, pues está decidido y acordado que los ocho virgos de los coños de las jóvenes sólo serán tomados en el mes de diciembre, y los de sus culos, así como los de los culos de los ocho muchachos, sólo lo serán en el transcurso de enero, y eso para dejar irritar la voluptuosidad con el incremento de un deseo sin cesar inflamado y jamás satisfecho, estado que debe conducir necesariamente a un cierto furor lúbrico que los amigos procuran provocar como una de las situaciones más deliciosas de la lubricidad.

A las once, los amigos se dirigirán al apartamento de las jóvenes. Allí se servirá el desayuno, consistente en chocolate o en tostadas al vino de España, u otras reconfortantes restauraciones. Este desayuno será servido por las ocho muchachas desnudas, ayudadas por las dos viejas Marie y Louison, que se adjudican al serrallo de las jóvenes, debiendo estarlo las otras dos al de los muchachos. Si los amigos sienten deseos de cometer algunas impudicias con las muchachas durante, antes o después del desayuno, se prestarán a ello con la resignación que se les ha ordenado y a la cual no faltarán sin un duro castigo. Pero se decide que no se harán sesiones secretas y particulares en ese momento, y que, si se quiere disfrutar un poco, será entre sí y delante de cuantas asistan al desayuno. Las muchachas deberán como norma general arrodillarse siempre que vean o encuentren a un amigo, y así permanecerán hasta que se les diga que se levanten. Sólo ellas, las esposas y las viejas estarán sometidas a estas leyes. Se dispensa de ello a todo el resto, pero todos estarán obligados a llamar siempre monseñor a cada uno de los amigos.

Antes de salir de la habitación de las muchachas, el amigo encargado del orden del mes (la intención es que cada mes un amigo esté al detalle de todo y que todos los demás le sigan en el orden siguiente, a saber: Durcet durante noviembre, el obispo durante diciembre, el presidente durante enero y el duque durante febrero), aquel de los amigos, pues, que estuviera de mes, antes de salir del apartamento de las muchachas, las examinará a todas una tras otra, para ver si siguen en el estado en que se les habrá ordenado mantenerse, cosa que será explicada cada mañana a las viejas y regulada por la necesidad de mantenerlas en tal o cual estado. Como está severamente prohibido ir a otra letrina que a la de la capilla, que ha sido dispuesta y destinada a eso, y prohibido ir allí sin un permiso especial, el cual será frecuentemente denegado, y con razón, el amigo que estará de mes examinará cuidadosamente, inmediatamente después del desayuno, todas las letrinas particulares de las muchachas, y tanto en uno como en otro caso de contravención a los dos objetivos antes señalados, la delincuente será condenada a pena aflictiva.

De allí se pasará al apartamento de los muchachos, a fin de efectuar las mismas visitas y condenar igualmente a los delincuentes a la pena capital. Los cuatro chiquillos que no hayan estado por la mañana con los amigos les recibirán ahora, cuando vayan a su habitación, y se quitarán los calzones delante de ellos; los otros cuatro seguirán de pie sin hacer nada y esperarán las órdenes que se les den. Los señores se divertirán o no con estos cuatro a los que todavía no habrán visto en todo el día, pero lo que hagan será en público: nada de estar a solas a tales horas. A la una, aquellos o aquellas muchachas o muchachos, así mayores como pequeños, que hayan obtenido el permiso para ir a sus necesidades urgentes, es decir mayores (y este permiso sólo se concederá muy difícilmente y a un tercio como máximo de los sujetos), esos, digo, se dirigirán a la capilla donde todo ha sido artísticamente dispuesto para otras voluptuosidades análogas. Allí encontrarán a los cuatro amigos que les esperarán hasta las dos, y nunca más tarde, que los dispondrán, como estimen conveniente, para las voluptuosidades de ese tipo que tengan ganas de permitirse. De dos a tres, se servirán las dos primeras mesas que comerán a la misma hora, una en el gran apartamento de las muchachas, la otra en el de los muchachitos. Las tres sirvientas de la cocina servirán estas dos mesas. La primera estará formada por las ocho chiquillas y las cuatro viejas; la segunda por las cuatro esposas, los ocho muchachos y las cuatro historiadoras. Durante este invierno, los señores se dirigirán al salón de estar donde charlarán juntos hasta las tres. Poco antes de esta hora, aparecerán en el salón los ocho folladores lo más ajustados y lo más engalanados posible. A las tres se servirá el almuerzo de los amos, y los ocho folladores serán los únicos que disfrutarán del honor de ser admitidos. Este almuerzo será servido por las cuatro esposas completamente desnudas, ayudadas por las cuatro viejas vestidas de magas. Ellas sacarán los platos de los tornos, donde las criadas los meterán desde fuera y los entregarán a las esposas que los dejarán en la mesa. Durante el almuerzo, los ocho folladores podrán manosear cuanto quieran los cuerpos desnudos de las esposas, sin que estas puedan negarse o apartarse; podrán incluso llegar a los insultos y hacerse servir con la polla en ristre, apostrofándolas con todas las invectivas que se les antoje.

Se levantarán de la mesa a las cinco. Entonces, sólo los cuatro amigos (los folladores se retirarán hasta la hora de la asamblea general), los cuatro amigos, digo, pasarán al salón, donde dos muchachos y dos muchachas, que variarán todos los días, les servirán desnudos el café y los licores. Todavía no habrá llegado el momento en que puedan permitirse unas voluptuosidades capaces de enervar; tendrán que seguirse limitando al coqueteo. Un poco antes de las seis, las cuatro criaturas que han estado sirviendo se retirarán para vestirse con la mayor prisa posible. A las seis en punto, los señores pasarán al gran gabinete destinado a las narraciones y que ha sido descrito anteriormente. Cada uno de ellos se colocará en sus respectivos camarines, y los demás observarán el orden siguiente: en el trono mencionado estará la historiadora; los peldaños de la parte inferior de su trono estarán ocupados por dieciséis criaturas, ordenadas de manera que cuatro de ellas, o sea dos muchachas y dos muchachos, se encuentren frente a uno de los camarines; así que cada camarín tendrá un cuarteto de esas características delante: este cuarteto estará especialmente dedicado al camarín delante del que estará, sin que el camarín contiguo pueda albergar pretensiones sobre él, y estos cuartetos cambiarán todos los días, jamás el mismo camarín tendrá el mismo. Cada criatura del cuarteto llevará una cadena de flores artificiales en el brazo que terminará en el camarín, de manera que, cuando el propietario del camarín desee tal o cual criatura de su cuarteto, no tenga más que tirar de la guirnalda, y la criatura correrá a arrojarse a sus brazos. Encima del cuarteto, habrá una vieja a cargo de él, y a las órdenes del jefe del camarín de este cuarteto. Las tres historiadoras que no estarán de mes estarán sentadas en una banqueta, al pie del trono, sin ocuparse de nada, pero a las órdenes de todo el mundo. Los cuatro folladores que estén destinados a pasar la noche con los amigos podrán abstenerse de la asamblea; estarán en sus habitaciones ocupados en prepararse para esa noche, que siempre exige hazañas. Los cuatro restantes estarán cada uno de ellos a los pies de uno de los amigos en sus camarines, en cuyo sofá estará sentado el amigo al lado de una de las esposas, que irán cambiando. Esta esposa irá siempre desnuda; el follador llevará un chaleco y un calzón de tafetán de color rosa; la historiadora del mes irá vestida de cortesana elegante, así como sus tres compañeras; y los muchachos y las muchachas de los cuartetos vestirán siempre de manera diferente y elegante, un cuarteto a la asiática, otro a la española, otro a la turca, un cuarto a la griega, y al día siguiente otra cosa, pero todas sus ropas serán de tafetán y de gasa: la parte inferior del cuerpo jamás estará ceñida por nada y bastará soltar un alfiler para desnudarles. Respecto a las viejas, irán alternativamente de hermanas grises, de religiosas, de hadas, de magas y a veces de viudas. Las puertas de los gabinetes lindantes con los camarines estarán siempre entreabiertas, y el gabinete, muy calentado por las estufas de comunicación, dotado de todos los muebles necesarios para los diferentes excesos. Cuatro velas arderán en cada uno de esos gabinetes y cincuenta en el salón. A las seis en punto, la historiadora comenzará su narración, que los amigos podrán interrumpir siempre que se les antoje. Esta narración dura hasta las diez de la noche, y durante ese tiempo, como su objetivo es inflamar la imaginación, estarán permitidas todas las lubricidades, a excepción de aquellas que pudieran afectar el orden de la disposición tomada para las desfloraciones, que será siempre estrictamente observado. Pero, por lo que respecta al resto, se hará cuanto se quiera con el follador, la esposa, el cuarteto y la vieja del cuarteto, e incluso con las historiadoras, si se les antoja, y esto tanto en su camarín, como en el gabinete que depende de él. La narración se suspenderá mientras duren los placeres de aquel cuyas necesidades la interrumpen, y seguirá cuando él haya terminado.

A las diez, se servirá la cena. Las esposas, las historiadoras y las ocho muchachas irán inmediatamente a cenar juntas y aparte, no estando jamás admitidas las mujeres en la cena de los hombres, y los amigos cenarán con los cuatro folladores que no estén de servicio nocturno y cuatro muchachos. Los otros cuatro servirán, ayudados por las viejas. Al salir de la cena, se pasará al salón de asambleas para la celebración de lo que se llama las orgías. Allí, coincidirán todos, tanto los que hayan cenado aparte como los que hayan cenado con los amigos, pero siempre a excepción de los cuatro folladores del servicio de noche. El salón estará especialmente calentado e iluminado con arañas. Allí, todos estarán desnudos: historiadoras, esposas, muchachas, muchachos, viejas, folladores, amigos; todos mezclados, todos tumbados en cojines, en el suelo, y, a ejemplo de los animales, se cambiará, se mezclará, se cometerán incestos y adulterios, se sodomizará y, siempre exceptuadas las desfloraciones, se entregarán a todos los excesos y a todos los desenfrenos que mejor puedan calentar las cabezas. Cuando les llegue el momento de estas desfloraciones, serán realizadas, y tan pronto como una criatura esté desflorada, se podrá disfrutar de ella siempre y de la manera que se quiera. A las dos en punto de la madrugada, cesarán las orgías. Los cuatro folladores destinados al servicio nocturno vendrán con unas elegantes batas a buscar cada uno al amigo con el que deberá acostarse, el cual llevará consigo a una de las esposas, o a uno de los sujetos desflorados, cuando lo estén, o a una historiadora, o a una vieja, para pasar la noche entre ella y su follador, y todo a su capricho y con la única condición de someterse a los sabios acuerdos, de los que resulte que cada uno cambie todas las noches o pueda hacerlo.

Tal será el orden y la disposición de cada jornada. Independientemente de esto, cada una de las diecisiete semanas que debe durar la estancia en el castillo irá marcada por una fiesta. Primero serán las bodas: se explicarán en su momento y lugar. Pero como las primeras bodas se celebrarán entre las criaturas más jóvenes y no podrán consumarlas, no estorbarán en nada el orden establecido para las desfloraciones. Las bodas entre los mayores sólo se celebrarán después de las desfloraciones, y su consumación no perjudicará en nada, ya que, al actuar, sólo disfrutarán de lo que ya ha sido recogido.

Las cuatro viejas responderán del comportamiento de las cuatro criaturas. Cuando cometan faltas, se quejarán al amigo que esté de mes, y se procederá en común a las correcciones todos los sábados por la noche, a la hora de las orgías. Hasta este momento serán escrupulosamente anotadas. En cuanto a las faltas cometidas por las historiadoras, recibirán la mitad del castigo que las cometidas por las criaturas, porque su talento es útil y siempre hay que respetar el talento. Las de las esposas o de las viejas recibirán siempre doble castigo de las de las criaturas. Todo sujeto que se niegue a cosas que le sean pedidas, aunque esté en la imposibilidad de cumplirlas, será castigado muy severamente: a él le correspondía preverlo y tomar sus precauciones. La menor risa, o la menor falta de atención, o de respeto y de sumisión, en los juegos de libertinaje, será una de las faltas más graves y más cruelmente castigadas. Todo hombre sorprendido en flagrante delito con una mujer será castigado con la pérdida de un miembro cuando no haya recibido la autorización de disfrutar de la mujer. El mínimo acto religioso por parte de uno de los sujetos, sea quien fuere, será castigado con la muerte. Se encarece expresamente a los amigos que utilicen en todas las asambleas las frases más lascivas y libertinas y las expresiones más sucias, más fuertes y más blasfemas. El nombre de Dios jamás será pronunciado sin ir acompañado de invectivas o de imprecaciones, y se repetirá con la mayor frecuencia posible. Respecto a su tono, será siempre el más brutal, el más duro y el más imperioso con las mujeres y los muchachos, pero sumiso, putón y depravado con los hombres que los amigos, desempeñando con ellos el papel de mujeres, deben considerar como sus maridos. El señor que falte a todas estas cosas, o que muestre que tiene una sola luz de razón y sobre todo que pase un solo día sin acostarse borracho, pagará diez mil francos de multa.

Cuando un amigo necesite cagar, una mujer, de la clase que estime oportuno, estará obligada a acompañarle para ocuparse de los cuidados que se le indiquen durante este acto. Ninguno de los sujetos, sea hombre o sea mujer, podrá cumplir ningún tipo de deber de limpieza, y sobre todo después de cagar, sin un permiso expreso del amigo que esté de mes, y si le es negado, y pese a eso lo efectúa, su castigo será de los más duros. Las cuatro esposas no tendrán ningún tipo de prerrogativa sobre las restantes mujeres; al contrario, serán siempre tratadas con mayor rigor e inhumanidad, y con gran frecuencia serán utilizadas en las tareas más viles y más penosas, tales, por ejemplo, como la limpieza de las letrinas comunes y especiales instaladas en la capilla. Estas letrinas sólo se vaciarán cada ocho días, pero siempre a cargo de ellas, y serán rigurosamente castigadas si se resisten o lo hacen mal.

Si un sujeto cualquiera decide una evasión durante la celebración de la asamblea, será castigado al instante con la muerte, sea quien fuere.

Las cocineras y sus ayudantes serán respetadas, y los señores que infrinjan esta ley pagarán mil luises de multa. En cuanto a estas multas, serán todas ellas especialmente empleadas, a la vuelta a Francia, en los gastos iniciales de una nueva fiesta, sea de este género o de otro.

Tomadas estas medidas y promulgados los reglamentos en la jornada del 30, el duque pasó la mañana del 31 en comprobarlo todo, en hacer los ensayos de todo y sobre todo en examinar cuidadosamente el lugar, para ver si era susceptible, o de ser asaltado, o de favorecer alguna evasión. Habiendo reconocido que habría que ser pájaro o diablo para salir o entrar en él, dio cuentas a la asamblea de su encargo, y pasó la tarde del 31 arengando a las mujeres. Se juntaron todas por su orden en el salón de historias, y, habiendo subido a la tribuna o a la especie de trono destinado a la historiadora, he aquí más o menos el discurso que les dirigió:

«Seres débiles y encadenados, destinados únicamente a nuestros placeres, confío en que no supondréis que el dominio tan ridículo como absoluto que se os da en el mundo os será concedido en estos lugares. Mil veces más sometidas de lo que lo serían unos esclavos, sólo debéis esperar la humillación, y la obediencia debe ser la única virtud que os aconsejo que utilicéis: es la única adecuada para el estado en que os encontráis. No os ilusionéis, sobre todo con hacer valer vuestros encantos. Harto hastiados de estas trampas, podéis imaginar perfectamente que no será con nosotros que tales cebos podrían funcionar.

Recordad en todo momento que os utilizaremos a todas, pero que ni una sola de vosotras debe jactarse de poder inspirarnos el sentimiento de la piedad. Indignados contra los altares que han podido arrancarnos algunos granos de incienso, nuestro orgullo y nuestro libertinaje los rompen tan pronto como la ilusión ha satisfecho los sentidos, y el desprecio seguido casi siempre del odio sustituye e inmediatamente en nosotros el prestigio de la imaginación. ¿Qué ofreceríais, además, que no sepamos ya de memoria?, ¿qué ofreceríais que no pisoteemos, muchas veces en el mismo instante del delirio? Es inútil ocultároslo, vuestro servicio será rudo, será penoso y riguroso, y las menores faltas serán castigadas al instante con penas corporales y aflictivas. Debo, pues, recomendaros exactitud, sumisión y un olvido absoluto de vosotras mismas para escuchar únicamente nuestros deseos: que sean vuestras únicas leyes, adelantaos a ellos, prevenidlos y dadles vida. No porque tengáis mucho que ganar con esta conducta, sino únicamente porque tendríais mucho que perder si no la observáis. Pensad en vuestra situación, lo que sois, lo que somos, y que estas reflexiones os hagan estremeceros. Estáis fuera de Francia, en lo más profundo de un bosque inhabitable, más allá de una montaña escarpada cuyos pasos fueron cortados tan pronto como los franqueasteis. Estáis encerradas en una ciudadela impenetrable; nadie sabe que os halláis aquí; habéis sido robadas a vuestros amigos, a vuestros parientes, para el mundo ya habéis muerto y sólo respiráis para nuestros placeres. ¿Y cómo son los seres a los que estáis ahora subordinadas? Unos profundos y notorios malvados, que no tienen más dios que su lubricidad, más leyes que su depravación, más freno que su libertinaje, unos libertinos sin Dios, sin principios, sin religión, el menos criminal de los cuales está mancillado con más infamias de las que podríais nombrar y ante cuyos ojos la vida de una mujer, ¿qué digo de una mujer?, de todas las que habitan la superficie del globo es tan indiferente como la destrucción de una mosca. Habrá pocos excesos, sin duda, a los que no lleguemos: que ninguno os repugne, prestaos a ellos sin pestañear, y oponed a todos paciencia, sumisión y valor. Si desgraciadamente alguna de vosotras sucumbe a la inclemencia de nuestras pasiones, que asuma valerosamente su suerte; no estamos en este mundo para existir siempre, y lo mejor que puede ocurrirle a una mujer es morir joven. Os hemos leído unos reglamentos muy sabios, y muy adecuados tanto para vuestra seguridad como para nuestros placeres; cumplidlos ciegamente, y esperad cualquier cosa de nosotros si nos irritáis con un mal comportamiento. Ya sé que algunas de vosotras tenéis vínculos con nosotros, que quizás os enorgullecen y de los que esperáis indulgencia. Cometeríais un gran error si contarais con ello: ningún vínculo es sagrado a los ojos de personas como nosotros, y cuanto más os lo parezcan, más excitará su ruptura la perversidad de nuestros espíritus. Así que es a vosotras, hijas, esposas, a quienes me dirijo en este momento, no esperéis ninguna prerrogativa de nuestra parte; os advertimos que seréis tratadas con mayor rigor incluso que las demás, y esto precisamente para haceros ver cuán despreciables son para nosotros los vínculos con que tal vez nos creéis encadenados. Por otra parte, no esperéis que os especifiquemos siempre las órdenes que queremos que ejecutéis: un gesto, una mirada, a menudo un simple sentimiento interior por nuestra parte, os los explicará, y seréis tan castigadas por no haberlas adivinado y previsto como si, después de habéroslas notificado, vosotras las hubierais desobedecido. A vosotras os corresponde discernir nuestros movimientos, nuestras miradas, nuestros gestos, aclarar su expresión, y sobre todo no equivocaros respecto a nuestros deseos. Supongamos, por ejemplo, que este deseo fuera el de ver una parte de vuestro cuerpo y llegarais torpemente a ofrecer otra: pensad hasta qué punto semejante error estorbaría nuestra imaginación y todo lo que se arriesga al enfriar la cabeza de un libertino que, supongo, espera un culo para eyacular y al que se le presenta estúpidamente un coño. En general, ofreceos siempre muy poco por delante; recordad que esta parte infecta que la naturaleza sólo formó desatinadamente es siempre la que más nos repugna. Y respecto a vuestros mismos culos también hay precauciones que guardar, tanto para disimular, al ofrecerlo, el antro odioso que lo acompaña, como para evitar hacernos ver en determinados momentos ese culo en un determinado estado en que otra gente desearía encontrarlo siempre. Tenéis que entenderme, y además recibiréis por parte de las cuatro dueñas unas instrucciones posteriores que acabarán de explicároslo todo. En una palabra, temblad, adivinad, obedeced, prevenid, y así, si no sois al menos muy afortunadas, tal vez no seréis del todo desdichadas. Además, nada de historias entre vosotras, ninguna relación, nada de esta imbécil amistad entre muchachas que, reblandeciendo por un lado el corazón, lo vuelve por otra más arisco y menos dispuesto a la sola y simple humillación a que os destinamos. Pensad que no os contemplamos en absoluto como criaturas humanas, sino únicamente como animales que se ceban para el servicio que se espera de ellos y que son aplastados a golpes cuando se niegan a dicho servicio. Habéis visto hasta qué punto se os prohíbe todo lo que pueda parecer un acto religioso cualquiera; os prevengo que habrá pocos crímenes más severamente castigados que este. Sé perfectamente que entre vosotras todavía quedan unas cuantas imbéciles que no son capaces de abjurar de la idea de este infame Dios y de aborrecer la religión: serán cuidadosamente examinadas, no os lo oculto, y no habrá excesos que no cometamos con ellas, si desgraciadamente las pillamos en flagrante. Que estas estúpidas criaturas se persuadan, que se convenzan de que la existencia de Dios es una locura que no cuenta hoy en toda la Tierra con veinte secuaces, y que la religión que él invoca no es más que una fábula ridículamente inventada por unos bribones cuyo interés en engañarnos resulta ahora más evidente que nunca. En una palabra, decididlo vosotras mismas: si hubiera un dios, y este dios tuviera poder, ¿permitiría que la virtud que le honra y de la que vosotras hacéis profesión fuera sacrificada como lo será al vicio y al libertinaje? ¿Permitiría, este dios omnipotente, que una débil criatura como yo, que no significa respecto a él más de lo que una pústula de sarna a los ojos de un elefante permitiría, digo, que esta débil criatura le insultara, le escarneciera, le desafiara, le afrontara y le ofendiera, como yo hago a mi antojo a cada instante del día?».

Pronunciado este pequeño sermón, el duque bajó de la cátedra y, a excepción de las cuatro viejas y las cuatro historiadoras, que sabían perfectamente que estaban allí más como sacrificadoras y sacerdotisas que como víctimas, a excepción de estas ocho, digo, todo el resto se fundía en lágrimas, y el duque, importándole todo ello muy poco, las dejó conjeturar, cotorrear, lamentarse entre ellas, segurísimo de que las ocho espías le darían buena cuenta de todo, y se fue a pasar la noche con Hercule, uno del equipo de folladores que se había convertido en su más íntimo favorito como amante, mientras el pequeño Zéphire ocupaba siempre el primer lugar en su corazón como querida. Debiendo estar al día siguiente, de buena mañana, las cosas tal como habían sido dispuestas, cada cual se arregló como pudo para la noche, y tan pronto como sonaron las diez de la mañana, la escena de libertinaje se abrió, para ya no alterarse en nada ni sobre nada de todo lo que había sido prescrito hasta el 28 de febrero inclusive.

Es ahora, querido lector, cuando hay que preparar tu corazón y tu espíritu al relato más impuro que jamás ha sido hecho desde que el mundo existe, no encontrándose un libro semejante ni en los antiguos ni en los modernos. Imagínate que todo goce honesto o prescrito por esta bestia de la que hablas incesantemente sin conocerla y que tú llamas naturaleza, que estos goces, digo, serán expresamente excluidos de este libro, y cuando los encuentres, por azar, será siempre porque irán acompañados de algún crimen o coloreados por alguna infamia. Sin duda, muchos de todos los descarríos que verás pintados te disgustarán, lo sé, pero habrá algunos que te calentarán hasta el punto de hacerte eyacular, y esto es todo lo que queremos. Si no lo dijéramos todo, no lo analizáramos todo, ¿cómo quieres que hubiésemos podido adivinar lo que te conviene? Eres tú quien debe cogerlo y dejar el resto; otro hará lo mismo; y poco a poco todo habrá encontrado su lugar. Se trata de la historia de un magnífico banquete en el que seiscientos platos diferentes se ofrecen a tu apetito. ¿Te los comes todos? No, sin duda, pero este número prodigioso amplía los límites de tu elección, y, encantado por este aumento de facultades, no se te ocurre regañar al anfitrión que te obsequia. Haz lo mismo aquí: elige y deja el resto, sin declamar contra este resto, únicamente porque no tiene el talento de gustarte. Piensa que gustará a otros, y sé filósofo. En cuanto a la diversidad, ten la seguridad de que es exacta; estudia a fondo aquella pasión que podría parecerte igual que otra, y verás que existe una diferencia y que, por menuda que sea, sólo ella posee exactamente el refinamiento, el tacto que distingue y caracteriza el tipo de libertinaje de que aquí tratamos. Por otra parte, estas seiscientas pasiones se han fundido en el relato de las historiadoras: se trata de algo que conviene que el lector sepa. Habría sido demasiado monótono detallarlas de otra manera y de una en una, sin hacerlas entrar en un cuerpo narrativo. Pero como algún lector, poco avezado a este tipo de materias, podría tal vez confundir las pasiones designadas con la aventura o el mero acontecimiento de la vida de la narradora, se ha diferenciado cuidadosamente cada una de estas pasiones con una raya al margen, encima de la cual está el nombre que puede darse a esta pasión. Esta raya está en la línea justa donde comienza el relato de la pasión, y siempre hay un punto y aparte donde termina. Pero como intervienen muchos personajes en esta especie de trama, pese a la atención que hemos tenido en esta introducción de pintarlos y designarlos a todos, colocaremos una tabla que contendrá el nombre y la edad de cada actor, con un ligero esbozo de su retrato. Cada vez que aparezca un nombre que estorbe en los relatos, se podrá recurrir a esta tabla y, anteriormente, a los retratos amplios, si este ligero esbozo no basta para recordar lo que de él se ha dicho.

### Personajes de la novela de la Escuela de libertinaje

El duque de Blangis, cincuenta años, hecho como un sátiro, dotado de un miembro monstruoso y de una fuerza prodigiosa. Cabe contemplarle como el receptáculo de todos los vicios y de todos los crímenes. Ha matado a su madre, a su hermana y a tres de sus esposas.

El obispo de \*\*\* es su hermano; cuarenta y cinco años, más delgado y más delicado que el duque, una mala boca. Es pérfido, hábil, fiel secuaz de la sodomía activa y pasiva; desprecia por completo cualquier otro tipo de placer; ha hecho morir cruelmente a dos criaturas para las cuales un amigo había dejado una fortuna considerable en sus manos. Tiene el sistema nervioso de una sensibilidad tan grande que casi se desvanece al correrse.

El presidente de Curval, sesenta años. Es un hombre alto, seco, flaco, ojos apagados y hundidos, la boca podrida, la imagen ambulante de la crápula y del libertinaje, de una suciedad espantosa en su cuerpo y que le provoca la voluptuosidad. Ha sido circuncidado; su erección es escasa y difícil: sin embargo, se produce y sigue eyaculando casi todos los días. Su gusto se inclina preferentemente hacia los hombres; de todos modos, no desprecia en absoluto una doncella. Sus gustos tienen la singularidad de amar tanto la vejez como todo lo que se le asemeje en porquería. Está dotado de un miembro casi tan grueso como el del duque. Desde hace unos cuantos años, está como embrutecido por los excesos y bebe mucho. Debe su fortuna a unos asesinatos y es en particular culpable de uno horrible y que puede verse en detalle en su retrato. Siente al correrse una especie de cólera lúbrica que le lleva a la crueldad.

Durcet, financiero, cincuenta y tres años, gran amigo y compañero de escuela del duque. Es pequeño, bajo y rechoncho, pero su cuerpo es fresco, hermoso y blanco. Está hecho como una mujer y posee todos sus gustos; privado, por la pequeñez de su consistencia, de darles placer, la ha imitado, y se hace follar a cada instante del día. Le gusta bastante el placer de la boca; es el único que puede darle placeres como agente. Sus únicos dioses son sus placeres, y está siempre dispuesto a sacrificarles todo. Es listo, hábil y ha cometido muchos crímenes. Ha envenenado a su madre, a su mujer y a su sobrina para quedarse con su fortuna. Su alma es firme y estoica, absolutamente insensible a la compasión. Ya no empalma y sus eyaculaciones son muy escasas. Sus instantes de crisis van precedidos de una especie de espasmo que le precipita en una cólera lúbrica, peligrosa para aquellos o aquellas que sirvan sus pasiones.

Constance es mujer del duque e hija de Durcet. Tiene veintidós años; es una belleza romana, mayor majestad que finura, metida en carnes, aunque bien hecha, un cuerpo soberbio, el culo singularmente modelado y digno de servir de modelo, los cabellos y los ojos muy negros. Tiene ingenio y siente muy profundamente todo el horror de su suerte. Un gran fondo de virtud natural que nada ha podido destruir.

Adélaïde, mujer de Durcet e hija del presidente. Es una bonita muñeca, tiene veinte años, es rubia, los ojos muy tiernos y de un bonito y vivo azul; tiene todo el aspecto de una heroína de novela. El cuello largo y bien torneado, la boca un poco grande, es su único defecto. Un pecho pequeño y un culo pequeño, pero todo esto, aunque delicado, es blanco y bien moldeado. El espíritu novelesco, el corazón tierno, excesivamente virtuosa y devota, y se oculta para cumplir con sus deberes de cristiana.

Julie, mujer del presidente e hija mayor del duque. Tiene veinticuatro años, gorda, rolliza, hermosos ojos castaños, una bonita nariz, unas facciones acusadas y agradables, pero una boca horrible. Poco virtuosa e incluso con gran predisposición a la suciedad, la ebriedad, la glotonería y el puterío. Su marido la quiere a causa del defecto de su boca: esta singularidad entra en los gustos del presidente. Jamás se le han inculcado principios ni religión.

Aline, su hermana menor, supuesta hija del duque, aunque realmente sea hija del obispo y de una de las mujeres del duque. Tiene dieciocho años, una fisonomía muy pícara y muy agradable, mucha frescura, los ojos castaños, la nariz respingona, el aire travieso, aunque básicamente indolente y perezosa. No parece en absoluto tener todavía temperamento y detesta muy sinceramente todas las infamias de que es víctima. El obispo la desvirgó por detrás a los diez años. La han dejado en una crasa ignorancia, no sabe leer ni escribir, detesta al obispo y siente mucho miedo del duque. Quiere mucho a su hermana, es sobria y limpia, contesta graciosa y puerilmente; su culo es encantador.

La Duclos, primera historiadora. Tiene cuarenta y ocho años, grandes restos de belleza, mucha lozanía, el culo más hermoso que pueda tenerse. Morena, ancha de cintura, metida en carnes.

La Champville tiene cincuenta años. Es delgada, bien hecha y los ojos lúbricos; es tríbada, y todo lo delata en ella. Su oficio actual es el de alcahueta. Fue rubia, tiene bonitos ojos, el clítoris largo y cosquilloso, un culo muy gastado a fuerza de servir, y, sin embargo, es virgen por este lado.

La Martaine tiene cincuenta y dos años. Es alcahueta; es una abuela fresca y sana; está obstruida y sólo ha conocido el placer de Sodoma, para el cual parece haber sido especialmente creada, pues tiene, pese a su edad, el más hermoso culo del mundo: es muy gordo y tan acostumbrado a las introducciones que soporta los instrumentos más gruesos sin pestañear. Sigue teniendo bonitas facciones, pero, sin embargo, ya comienzan a marchitarse.

La Desgranges tiene cincuenta y seis años. Es la mayor malvada que jamás haya existido. Es alta, delgada, pálida, ha sido morena; es la imagen del crimen en persona. Su culo ajado parece de papel esmerilado y el orificio es inmenso. Tiene una sola teta, y le faltan tres dedos y seis dientes: *fructus belli*. No existe un solo crimen que no haya cometido o hecho cometer. Tiene un lenguaje agradable, ingenio, y es actualmente una de las celestinas titulares de la sociedad.

Marie, la primera de las dueñas, tiene cincuenta y ocho años. Ha sido azotada y marcada; ha sido sirvienta de ladrones. Los ojos apagados y legañosos, la nariz torcida, los dientes amarillos, una nalga roída por un absceso. Ha tenido y matado a catorce criaturas.

Louison, la segunda dueña, tiene sesenta años. Es menuda, jorobada, tuerta y coja, y, sin embargo, tiene todavía un culo muy bonito. Siempre está dispuesta a los crímenes y es extremadamente malvada. Estas dos primeras acompañan a las muchachas y las dos siguientes a los muchachos.

Thérèse tiene sesenta y dos años, parece un esqueleto, calva, desdentada, una boca hedionda, el culo acribillado de heridas, el agujero desmesuradamente ancho. Es de una porquería y de una hediondez atroces; tiene un brazo torcido y cojea.

Fanchon, de sesenta y nueve años de edad, ha sido ahorcada en efigie seis veces y ha cometido todos los crímenes imaginables. Es bizca, chata, baja, gorda, sin frente, sólo dos dientes. Una erisipela le cubre el culo, un paquete de hemorroides le sale del agujero, un chancro le devora la vagina, tiene un muslo quemado y un cáncer le roe el pecho. Siempre está borracha y vomita, suelta pedos y caga por todas partes y en cualquier momento sin darse cuenta.

### Serrallo de las muchachas

Augustine, hija de un barón de Languedoc, quince años, carita fina y despierta.

Fanny, hija de un consejero de Bretaña, catorce años, aspecto dulce y tierno.

Zelmire, hija del conde de Tourville, señor de Beauce, quince años, aspecto noble y alma muy sensible.

Sophie, hija de un gentilhombre de Berry, unas facciones encantadoras, catorce años.

Colombe, hija de un consejero del Parlamento de París, trece años, gran frescura.

Hébé, hija de un oficial de Orleans, aspecto muy libertino y unos ojos encantadores; tiene doce años.

Rosette y Michette, las dos el aspecto de bellas vírgenes. La primera tiene trece años y es hija de un magistrado de Chalon-sur-Saône; la segunda tiene doce y es hija del marqués de Sénanges: ha sido secuestrada en el Borbonesado, en casa de su padre.

Su talle, el resto de sus atractivos y principalmente su culo están por encima de cualquier expresión. Han sido elegidas entre ciento treinta.

### Serrallo de los muchachos

Zélamir, trece años, hijo de un gentilhombre de Poitou.

Cupidon, la misma edad, hijo de un gentilhombre de cerca de La Fleche.

Narcisse, doce años, hijo de un hombre notable de Rouen, caballero de Malta.

Zéphire, quince años, hijo de un oficial general de París; está destinado al duque.

Céladon, hijo de un magistrado de Nancy; tiene catorce años.

Adonis, hijo de un presidente de la Cámara de París, quince años, destinado a Curval.

Hyacinthe, catorce años, hijo de un oficial retirado en Champaña.

Giton, paje del rey, doce años, hijo de un gentilhombre del Nivernesado.

Ninguna pluma es capaz de pintar las gracias, las facciones y los secretos encantos de estas ocho criaturas, por encima de todo lo que se puede decir, y elegidas, como sabemos, entre un grandísimo número.

## Ocho folladores

Hercule, veintiséis años, bastante guapo, pero muy mala persona; favorito del duque; su polla tiene ocho pulgadas y dos líneas de perímetro por trece de longitud; eyacula mucho.

Antinoüs tiene treinta años, muy apuesto; su polla tiene ocho pulgadas de perímetro por doce de longitud.

Brise-Cul, veintiocho años, el aspecto de un sátiro; tiene la polla torcida; la cabeza o el glande es enorme; tiene ocho pulgadas y tres líneas de perímetro, y el cuerpo de la polla ocho pulgadas por trece de longitud; esta polla majestuosa está completamente combada.

Bande-Au-Ciel tiene veinticinco años, es muy feo, pero sano y vigoroso; gran favorito de Curval, siempre está empalmado, y su polla tiene siete pulgadas y once líneas de perímetro por once de longitud.

Los cuatro restantes, de nueve a diez y once pulgadas de longitud por siete, cinco y siete pulgadas y nueve líneas de perímetro, y tienen de veinticinco a treinta años.

## Fin de la introducción

Omisiones que he cometido en esta introducción:

Hay que decir que Hercule y Bande-Au-Ciel son, el primero, muy mata persona, y el segundo muy feo, y que ninguno de los ocho ha podido jamás disfrutar de hombre ni de mujer.

Que la capilla sirve de letrina, y detallarla a partir de esta utilización.

Que, en su expedición, las alcahuetas y los alcahuetes disponían de matones a sus órdenes.

Detallar un poco los pechos de las criadas y hablar del cáncer de Fanchon. Describir también un poco más los rostros de las dieciséis criaturas.

# PRIMERA PARTE

*Las ciento cincuenta pasiones simples, o de primera clase, que componen las treinta jornadas de noviembre ocupadas por la narración de la Duclos, a las que se mezclan los acontecimientos escandalosos del castillo, en forma de diario, durante este mes.*

## PRIMERA JORNADA

El 1 de noviembre se levantaron a las diez de la mañana, tal como estaba prescrito por los reglamentos, de los que se habían jurado mutuamente no apartarse en nada. Los cuatro folladores que no habían compartido la cama de los amigos los llevaron, a su despertar, a Zéphire ante el duque, Adonis a Curval, Narcisse a Durcet, y Zélamir al obispo. Los cuatro eran muy tímidos, todavía muy modosos, pero, animados por su guía, ejecutaron muy bien su tarea, y el duque se corrió. Los otros tres, más reservados y menos pródigos de su leche, se hicieron penetrar tanto como él, pero sin poner nada de la suya. A las once pasaron al apartamento de las mujeres, donde las ocho jóvenes sultanas aparecieron desnudas y así sirvieron el chocolate. Marie y Louison, que presidían este serrallo, las ayudaban y las dirigían. Manosearon, besaron mucho, y las ocho pobres y desdichadas niñas, víctimas de la más insigne lubricidad, se sonrojaban, se ocultaban con sus manos, intentaban defender sus encantos, y lo mostraban de inmediato todo tan pronto como veían que sus pudores irritaban y enfadaban a sus amos. El duque, que no tardó en volver a empalmar, midió el contorno de su instrumento con la fina y ligera cintura de Michette, y sólo hubo tres pulgadas de diferencia. Durcet, que estaba de mes, realizó los exámenes y las visitas prescritas. A Hébé y Colombe se las halló en falta, y su castigo fue prescrito y asignado acto seguido para el próximo sábado a la hora de las orgías. Lloraron, pero no enternecieron. De allí pasaron a los muchachos. Los cuatro que no habían aparecido por la mañana, a saber, Cupidon, Céladon, Hyacinthe y Giton, se quitaron los calzones siguiendo la orden, y se divirtieron un instante con la mirada. Curval los folló a los cuatro en la boca y el obispo les masturbó la polla un momento, mientras que el duque y Durcet hacían otra cosa. Se efectuaron las visitas, no se encontró a nadie en falta. A la una, los amigos se trasladaron a la capilla, donde ya se sabe que estaba instalado el gabinete de las letrinas. Como las necesidades que se preveía tener por la noche habían hecho negar muchos permisos, sólo aparecieron Constance, la Duclos, Augustine, Sophie, Zélamir, Cupidon y Louison. Todos los demás lo habían pedido, y se les había ordenado que se reservaran para la noche. Nuestros cuatro amigos, apostados alrededor del mismo asiento construido para este fin, hicieron aposentarse en este asiento a los siete sujetos uno tras otro y se retiraron después de haberse saciado del espectáculo. Bajaron al salón donde, mientras las mujeres comían, charlaron entre ellos hasta el momento en que se les sirvió. Cada uno de los cuatro amigos se situó entre dos folladores, siguiendo la regla que se habían impuesto de no admitir jamás mujeres a su mesa, y las cuatro esposas desnudas, ayudadas por viejas vestidas de hermanas grises, sirvieron la más magnífica y la más suculenta comida jamás imaginable. Nada más delicado ni más hábil que las cocineras que habían traído, y estaban tan bien pagadas y tan bien provistas que todo no podía sino ir a las mil maravillas. Debiendo ser esta comida menos fuerte que la cena, se contentaron con cuatro servicios soberbios, compuesto cada uno de doce platos. El vino de Borgoña apareció con los entremeses, se sirvió Burdeos en los entrantes, Champagne en los asados, Hermitage en los dulces, Tokai y Madeira en el postre. Poco a poco las cabezas se calentaron. Los folladores, a los que se había concedido en ese momento todos los derechos sobre las esposas, las maltrataron un poco. Constance fue incluso más o menos zarandeada y golpeada por no haber servido inmediatamente un plato a Hercule, el cual, viéndose crecer en los favores del duque, creyó poder llevar su insolencia hasta el punto de pegar y molestar a su mujer, ante lo cual este no hizo sino reír. Curval, muy achispado en el postre, arrojó un plato a la cara de su mujer, que le habría abierto la cabeza si esta no lo hubiera esquivado. Durcet, al ver empalmar a uno de sus vecinos, prescindió de todo tipo de ceremonias y pese a estar en la mesa, se desabrochó el calzón y presentó su culo. El vecino le enfiló y, terminada la operación, siguieron bebiendo como si nada. El duque no tardó en imitar con Bande-Au-Ciel la pequeña infamia de su antiguo amigo y apostó, aunque la polla fuera enorme, a que se bebería con toda sangre fría tres botellas de vino mientras le encularan.

¡Qué hábito, qué tranquilidad, qué sangre fría en el libertinaje! Ganó su apuesta, y como no las bebía en ayunas, porque estas tres botellas caían sobre otras quince más, se levantó de allí un poco aturdido. El primer objeto que se presentó ante él fue su mujer, llorando por los malos tratos de Hercule, y esta visión le animó hasta tal punto que se entregó inmediatamente a unos excesos con ella que todavía nos es imposible contar. El lector, que ve lo molestos que estamos en estos comienzos para poner orden en nuestras materias, nos disculpará que le dejemos todavía bajo velo unos pequeños detalles. Al fin pasaron al salón, donde nuevos placeres y nuevas voluptuosidades esperaban a nuestros campeones. Allí, el café y los licores les fueron presentados por un grupo encantador: estaba compuesto por los guapos muchachos Adonis y Hyacinthe, y por las muchachas Zelmire y Fanny. Thérèse, una de las dueñas, los dirigía, pues estaba reglamentado que, siempre que dos o tres criaturas estuvieran juntas, debía acompañarlas una dueña. Nuestros cuatro libertinos, medio borrachos, pero decididos, sin embargo, a respetar sus leyes, se contentaron con besos y caricias, que su mente libertina supo sazonar con todos los refinamientos del libertinaje y de la lubricidad. Se creyó por un momento que el obispo iba a correrse ante las cosas muy extraordinarias que exigía de Hyacinthe, mientras Zelmire le masturbaba. Sus nervios ya se estremecían y su crisis de espasmo se apoderaba de todo su cuerpo, pero se contuvo, alejó de sí los objetos tentadores dispuestos a triunfar de sus sentidos y, sabiendo que todavía le quedaba mucho por hacer, se reservó por lo menos hasta el final del día. Bebieron seis tipos diferentes de licores y tres clases de café, y, sonando al fin la hora, las dos parejas se retiraron para ir a vestirse. Nuestros amigos hicieron un cuarto de hora de siesta, y pasaron al salón del trono. Este era el nombre dado al apartamento destinado a las narraciones.

Los amigos se colocaron en sus canapés, teniendo el duque a su querido Hercule a sus pies, a su lado, desnuda, a Adélaïde, esposa de Durcet e hija del presidente, y como grupo frente a él, respondiendo a su camarín por unas guirnaldas, tal como se ha explicado, Zéphire, Giton, Augustine y Sophie vestidos de bucólicos pastorcillos, presididos por Louison de vieja campesina y desempeñando el papel de madre. Curval tenía a sus pies a Bande-Au-Ciel, en su canapé a Constance, esposa del duque e hija de Durcet, y como grupo cuatro jóvenes españoles, vestido cada sexo con su traje correspondiente y lo más elegantemente posible, a saber: Adonis, Céladon, Fanny y Zelmire, presididos por Fanchon de dueña. El obispo tenía a sus pies a Antinoüs, en el canapé a su sobrina Julie y cuatro salvajes casi desnudos como grupo: eran, los muchachos, Cupidon y Narcisse; y, las muchachas, Hébé y Rosette, presididos por una vieja amazona interpretada por Thérèse. Durcet tenía a Brise-Cul de follador, a su lado a Aline, hija del obispo, y frente a él cuatro sultanitas, a los muchachos, ahí vestidos como las muchachas, y este arreglo realzaba al máximo las figuras encantadoras de Zélamir, Hyacinthe, Colombe y Michette. Una vieja esclava árabe, representada por Marie, conducía este grupo. Las tres historiadoras, magníficamente vestidas a la manera de las prostitutas elegantes de París, se sentaron al pie del trono, en un canapé puesto allí ex profeso, y madame Duclos, narradora del mes, en un *déshabillé* muy ligero y muy elegante, con mucho rojo y diamantes, habiéndose asentado en su estrado, comenzó así la historia de los acontecimientos de su vida, en la que tenía que introducir los pormenores de las ciento cincuenta primeras pasiones, designadas bajo el nombre de *pasiones simples:*

«No es asunto baladí, señores, expresarse ante un círculo como el vuestro. Acostumbrados a todo lo que las letras producen de más fino y de más delicado, ¿cómo podréis soportar el relato informe y grosero de una desdichada criatura como yo, que jamás ha recibido otra educación que la que el libertinaje me ha dado? Pero vuestra indulgencia me tranquiliza; sólo exigís naturalidad y verdad, y a este título me atreveré sin duda a pretender vuestros elogios. Mi madre tenía veinticinco años cuando me trajo al mundo, y yo era su segundo hijo; el primero era una niña seis años mayor que yo. Su nacimiento no era ilustre. Era huérfana de padre y madre; lo había sido desde muy joven, y como sus padres vivían cerca de los Recoletos, en París, cuando se vio abandonada y sin ningún recurso, obtuvo de los buenos Padres el permiso de ir a pedir limosna en su iglesia. Pero, como tenía un poco de juventud y de lozanía, no tardaron en fijarse en ella y, poco a poco, de la iglesia subió a las habitaciones, de las que no tardó en bajar preñada. A semejantes aventuras debía la vida mi hermana, y es más que verosímil que mi nacimiento no tuviera otro origen. Sin embargo, los buenos Padres, contentos de la docilidad de mi madre y viendo cuánto fructificaba para la comunidad, la recompensaron de sus trabajos concediéndole el alquiler de las sillas de su iglesia; empleo que mi madre no tuvo antes de que, con el permiso de sus superiores, se casara con un aguador de la casa que nos adoptó inmediatamente, a mi hermana y a mí, sin la menor repugnancia. Nacida en la iglesia, yo vivía, por así decirlo, mucho más en la iglesia que en nuestra casa. Ayudaba a mi madre a colocar las sillas, secundaba a los sacristanes en sus diferentes operaciones, habría ayudado a decir misa si hubiera hecho falta, en caso necesario, aunque todavía no había cumplido cinco años. Un día, cuando volvía de mis santas ocupaciones, mi hermana me preguntó si todavía no había encontrado al padre Laurent... «No», le dije. «Bien», me dijo ella, «sé que te busca; quiere enseñarte lo que me enseñó a mí. No te escapes, obsérvale bien sin asustarte; no te tocará, pero te hará ver algo muy divertido y, si le dejas hacer, te recompensará bien. Ya somos más de quince, aquí, por los alrededores, a las que nos ha hecho ver lo mismo. En todo su placer y a todas nos ha hecho algún regalo». Ya podéis imaginaros, señores, que no necesité más, no sólo para no escapar del padre Laurent, sino incluso para buscarle. El pudor habla en voz muy baja a la edad que yo tenía, y su silencio, al salir de las manos de la naturaleza, ¿no es una prueba segura de que ese sentimiento ficticio depende mucho menos de esta primera madre que de la educación? Corrí inmediatamente a la iglesia y, mientras cruzaba un pequeño patio que se encontraba entre el portal de la iglesia, del lado del convento, y el convento, me di de narices con el padre Laurent. Era un religioso de unos cuarenta años, muy agraciado. Me detiene: «¿Adónde vas, Françon?», me dice. «A colocar las sillas, Padre». «Bueno, bueno, ya las colocará tu madre. Ven, ven a este gabinete», me dice arrastrándome a un cuartucho próximo, «te enseñaré algo que no has visto nunca». Le sigo, cierra la puerta a nuestras espaldas, y colocándome justo frente a él: «Mira, Françon», me dice, sacando una polla monstruosa de su calzón, yo creí que me caía de espaldas de miedo, «mira, hija mía», proseguía masturbándose, «¿has visto alguna vez algo parecido?... Se llama una polla, pequeña, sí, una polla... Sirve para follar, y lo que vas a ver, lo que ahora mismo saldrá, es la semilla con que tú estás hecha. Se la enseñé a tu hermana, se la enseño a todas las niñitas de tu edad; tráeme, tráeme, haz como tu hermana que me ha hecho conocer más de veinte... Les enseñaré mi polla y les salpicaré la cara con la leche... Es mi pasión, hija mía, no tengo otra... ahora verás». Y al instante me sentí completamente cubierta de un rocío blanco que me manchó por entero y del que unas cuantas gotas me saltaron a los ojos, porque mi cabecita se hallaba justo a la altura de los botones de su calzón. Mientras tanto Laurent gesticulaba. «¡Ah! La buena leche..., la buena leche que pierdo», exclamaba; «¡te he cubierto con ella!». Y, calmándose poco a poco, devolvió tranquilamente su instrumento a su sitio y se fue dejándome doce sueldos en la mano y recomendándome que le trajera mis amiguitas. Como podéis imaginaros fácilmente, lo primero que hice fue correr a contárselo todo a mi hermana, que me secó por todas partes con el mayor cuidado para que no se notara nada y que, por haberme buscado esta pequeña suerte, no dejó de pedirme la mitad de mi ganancia. Aleccionada por este ejemplo, me apresuré a buscar, con la esperanza de un reparto igual, el mayor número posible de niñas al padre Laurent. Pero cuando le traje una que ya conocía, la rechazó y, dándome tres sueldos para estimularme, me dijo: «Jamás las veo dos veces, hija mía, tráeme las que no conozca y nunca las que te digan que ya han tenido algo que ver conmigo». Me esmeré más: en tres meses, hice conocer al padre Laurent más de veinte chiquillas nuevas, con las que utilizó, para su placer, exactamente los mismos procedimientos que había usado conmigo. Junto a la condición de elegirlas desconocidas, también observé otra que me había infinitamente recomendado, respecto a la edad: no tenía que estar por debajo de cuatro años, ni por encima de siete. Y mi fortunita iba creciendo cuando mi hermana, descubriendo que le estaba pisando el terreno, me amenazó con contárselo todo a mi madre si no abandonaba este bonito comercio, y dejé de ver al padre Laurent.

Entretanto, mis funciones seguían llevándome por los alrededores del convento, y el mismo día en que acababa de cumplir los siete años encontré un nuevo amante cuya manía, aunque muy infantil, era, sin embargo, algo más seria. Este se llamaba padre Louis; era más viejo que Laurent y tenía un aspecto algo más libertino. Me enganchó al pasar por la puerta de la iglesia y me obligó a subir a su habitación. Al principio, opuse cierta resistencia, pero tras asegurarme él que mi hermana, hacía tres años, también había subido y que, todos los días, recibía allí chiquillas de mi edad, le seguí.

No bien llegamos a su celda la cerró cuidadosamente y, vertiendo jarabe en un cubilete, me hizo tragar tres vasos llenos seguidos. Efectuado este preparativo, el reverendo, más cariñoso que su colega, comenzó a besarme y, sin dejar de bromear, soltó mis enaguas, y subiendo mi camisa debajo de mi corpiño, pese a mis ligeras defensas, se apoderó de todas las partes delanteras que acababa de dejar al descubierto, y después de haberlas manipulado y examinado a conciencia, me preguntó si no tenía ganas de mear. Singularmente impelida a esta necesidad por la gran dosis de bebida que acababa de hacerme tragar, le aseguré que mi necesidad era de lo más considerable, pero que no quería hacerlo delante de él. «¡Oh!, pues claro que sí, bribonzuela», añadió el rijoso, «¡oh!, claro que sí, lo harás delante de mí, y, lo que es más, encima de mí. Mira», me dijo, sacando su polla del calzón, «ahí tienes el aparato que vas a inundar; tienes que mearte encima». Entonces, cogiéndome y colocándome sobre dos sillas, una pierna sobre la una y la otra pierna sobre la otra, me abrió lo más que pudo, y después me dijo que me agachara. Manteniéndome en esta actitud, colocó un orinal debajo de mí, se sentó en un pequeño taburete a la altura del orinal, con su instrumento en la mano, justo debajo de mi coño. Una de sus manos sostenía mis caderas, con la otra se masturbaba, y como mi boca, dada la posición, quedaba paralela a la suya, la besaba. «Vamos, pequeña, mea», me dijo, «inunda ahora mi polla con este líquido encantador, cuyo chorro cálido tiene tanto poder sobre mis sentidos. Mea, corazón, mea y procura inundar mi leche». Louis se animaba, se excitaba, era fácil ver que esta singular operación era la que más estimulaba todos sus sentidos. El más dulce éxtasis vino a coronarle en el mismo momento en que las aguas con que me había hinchado el estómago brotaban con mayor abundancia, y ambos llenamos a la vez el mismo orinal, él de leche y yo de orina. Terminada la operación, Louis me dirigió prácticamente el mismo discurso que Laurent; quiso convertir a su putita en una alcahueta, y esta vez, despreocupándome casi por completo de las amenazas de mi hermana, busqué osadamente para Louis a cuantas criaturas conocía. Les hizo hacer lo mismo a todas, y como las repetía perfectamente hasta dos o tres veces sin repugnancia y siempre me pagaba aparte, independientemente de lo que yo sacara de mis amiguitas, antes de seis meses me vi con una pequeña suma de la que disfruté a mis anchas con la única precaución de ocultarlo a mi hermana».

«Duclos», interrumpió aquí el presidente, «¿no se os ha advertido que vuestros relatos deben tener los máximos y más prolijos detalles?, ¿que sólo podremos juzgar la relación que la pasión que contáis tiene con las costumbres y con el carácter del hombre cuando no disimuléis ninguna circunstancia?, ¿que las menores circunstancias sirven además infinitamente para la irritación de nuestros sentidos que esperamos de vuestros relatos?». «Sí, monseñor», dijo la Duclos, «me avisaron que no descuidara ningún detalle y que entrara en las menores minucias siempre que sirvieran para aclarar los caracteres o el género. ¿He cometido alguna omisión de ese tipo?». «Sí», dijo el presidente, «no tengo la menor idea de la polla de vuestro segundo recoleto, ni la menor idea de su eyaculación. Además, ¿os masturbó el coño, y os hizo tocar su polla? ¿Veis?, ¡cuántos detalles olvidados!».  «Perdón», dijo la Duclos, «repararé mis faltas actuales y las evitaré en el futuro. El padre Louis tenía un miembro muy vulgar, más largo que grueso y en general de un aspecto muy común. Recuerdo incluso que empalmaba bastante mal y que sólo adquirió un poco de consistencia en el instante de la crisis. No me masturbó para nada el coño, se limitó a ensancharlo lo más que pudo con los dedos para que la orina saliera mejor. Acercó mucho su polla dos o tres veces y su eyaculación fue avara, breve, y sin más frases extraviadas por su parte que: «¡Ah!, joder, mea ya, criatura, mea ya, bonita fuente, mea ya, mea ya, ¿no ves que me corro?». Y mezclaba todo esto con besos en mi boca que no tenían nada de muy libertino». «Sí, Duclos», dijo Durcet, «el presidente tenía razón; no podía figurarme nada de eso en el primer relato, y ahora imagino a vuestro hombre». «Un momento, Duclos», dijo el obispo, viendo que ella se disponía a continuar, «siento por mi parte una necesidad algo más urgente que la de mear, hace tiempo que me aguanto y siento que es preciso que salga». Y al mismo tiempo atrajo hacia sí a Narcisse. El fuego salía de los ojos del prelado, tenía la polla pegada al vientre, sacaba espuma por la boca, era una leche retenida que quería absolutamente escapar y que sólo podía hacerlo por procedimientos violentos. Arrastró a su sobrina y al chiquillo al gabinete. Todo se paró: una eyaculación era considerada como algo demasiado importante para que no se suspendiera todo, en el momento en que se quisiera realizar, y que todo contribuyera a que fuera de manera deliciosa. Pero esta vez la naturaleza no respondió a los deseos del prelado, y unos minutos después de que se encerrara en su gabinete, salió de él furioso, en el mismo estado de erección, y dirigiéndose a Durcet, que estaba de mes: «Anota en la lista de castigos del sábado a este bribonzuelo», le dijo, arrojando violentamente a la criatura lejos de él, «y que sea severo, por favor». Se vio claramente, entonces, que el muchacho, sin duda, no había podido satisfacerle, y Julie corrió a contárselo en voz baja a su padre. «¡Vamos, anda!, toma otro», le dijo el duque, «elige en nuestros grupos, si el tuyo no te satisface». «¡Oh!, mi satisfacción quedaría por el momento muy alejada de lo que deseaba hace un instante», dijo el prelado. «Ya sabéis adonde nos lleva un deseo frustrado. Prefiero contenerme, pero no seáis indulgentes con ese bribonzuelo», prosiguió, «es todo lo que pido...». «¡Oh!, te aseguro que será reprendido», dijo Durcet.

«Es bueno que el primero dé ejemplo a los demás. Me molesta verte en ese estado; prueba otra cosa, que te den por el culo». «Monseñor», dijo la Martaine, «yo me siento muy capaz de satisfaceros, y si su Ilustrísima quisiera...». «¡No, no y no!», dijo el obispo; «¿acaso no sabéis que hay muchas ocasiones en que no se quiere un culo de mujer? Esperaré, esperaré... Que siga Duclos, ya saldrá esta noche; ya encontraré uno de mi gusto. Sigue, Duclos». Y después de que los amigos rieran con ganas de la franqueza libertina del obispo («hay muchas ocasiones en que no se quiere un culo de mujer»), la historiadora prosiguió su relato en estos términos:

«Acababa de alcanzar mi séptimo año, cuando un día en que, siguiendo mi costumbre, había llevado a Louis una de mis amiguitas, encontré en su casa a otro religioso de su orden. Como eso no había ocurrido nunca, me sorprendí y quise retirarme, pero, después de que Louis me tranquilizara, entramos atrevidamente mi amiguita y yo. «Mira, padre Geoffroi», dijo Louis a su amigo, empujándome hacia él, «¿no te había dicho que era bonita?». «Sí, es cierto», dijo Geoffroi sentándome sobre sus rodillas y besándome. «¿Qué edad tienes, pequeña?». «Siete años, Padre». «O sea, cincuenta menos que yo», dijo el buen Padre besándome de nuevo. Y durante este pequeño monólogo se preparaba el jarabe, y, como siempre, nos hicieron tragar tres grandes vasos a cada una. Pero como yo no estaba acostumbrada a beber cuando le llevaba presas a Louis, porque sólo se lo daba a la que yo le llevaba, y generalmente yo no me quedaba y me retiraba inmediatamente, me sorprendió en este caso la precaución, y, en un tono de la más ingenua inocencia, le dije: «¿Y por qué me hace beber, Padre? ¿Quiere que mee?». «Sí, hija mía», dijo Geoffroi, que seguía sosteniéndome entre sus muslos y que ya paseaba sus manos por mi delantera, «sí, queremos que mees, y esta vez la aventura será conmigo, y, quizás un poco diferente de la que te ha ocurrido aquí. Ven a mi celda, dejemos al padre Louis con su amiguita, y ocupémonos nosotros de lo nuestro. Cuando hayamos terminado ya nos reuniremos». Salimos; Louis me dijo en voz muy baja que fuera complaciente con su amigo y que no me arrepentiría. La celda de Geoffroi estaba bastante cerca de la de Louis y llegamos a ella sin que nos vieran. Tan pronto como hubimos entrado, Geoffroi, después de cerrar a cal y canto, me dijo que me quitara las faldas. Obedecí; él mismo me arremangó la blusa hasta encima del ombligo y, después de sentarme en el borde de su cama, me espatarró todo lo que pudo, sin dejar de bajarme, de modo que yo ofrecía la totalidad del vientre y todo mi cuerpo se sostenía por la rabadilla. Me ordenó que me mantuviera en esta posición y que comenzara a mear tan pronto como tocara ligeramente uno de mis muslos con su mano. Entonces, contemplándome por un instante en esta actitud y empeñado siempre en abrir con una mano los labios del coño, con la otra se desabrochó el calzón y comenzó a menearse con unos movimientos rápidos y violentos un pequeño miembro negro y desmirriado que no se veía muy dispuesto a responder a lo que parecía exigirse de él. Para conseguirlo con mayor éxito, nuestro hombre se dedicó, procediendo a su pequeña costumbre predilecta, a procurarle el mayor grado de excitación posible: así pues, se arrodilló entre mis piernas, examinó un instante el interior del pequeño orificio que yo le ofrecía, acercó su boca repetidas veces mascullando entre dientes algunas palabras lujuriosas que no retuve, porque en aquel entonces no las entendía, y todo ello sin dejar de menearse su miembro, que no se emocionaba demasiado. Al fin sus labios se pegaron herméticamente a los de mi coño, recibí la señal convenida y, desbordando inmediatamente en la boca del buen hombre el sobrante de mis entrañas, lo inundé con los chorros de una orina que tragó con la misma rapidez con que yo se la arrojaba al gaznate. De repente, su miembro se puso de manifiesto y su cabeza altiva se arrojó sobre uno de mis muslos. Noté que lo regaba orgullosamente con las estériles marcas de su débil vigor. Todo había ido tan bien acompasado que él engullía las últimas gotas en el mismo momento en que su polla, confusísima por su victoria, la lloraba con lágrimas de sangre. Geoffroi se levantó tambaleante, y creí descubrir que no sentía por su ídolo, cuando el incienso acababa de apagarse, un fervor de culto tan religioso como cuando el delirio, inflamando su homenaje, sostenía todavía el prestigio. Me entregó doce sueldos con bastante brusquedad, me abrió la puerta, sin pedirme como los demás que le trajera muchachas (al parecer se abastecía en otra parte), y, mostrándome el camino de la celda de su amigo, me dijo que me fuera, que la hora de su oficio se le echaba encima, no podía acompañarme, y se encerró en su pieza sin darme tiempo a contestarle».

«¡Ya!, pero es cierto», dijo el duque, «que hay muchas personas que no pueden soportar en absoluto el instante de la pérdida de la ilusión. Parece que el orgullo sufra por haberse mostrado ante una mujer en semejante estado de debilidad y que la repugnancia nace del malestar que entonces sienten». «No», dijo Curval, al que Adonis masturbaba de rodillas y que paseaba sus manos sobre Zelmire, «no, amigo mío, el orgullo no tiene nada que ver en todo esto, sino que el objeto que básicamente no tiene más valor que el que nuestra lubricidad le presta se muestra exactamente tal cual es cuando la lubricidad se ha apagado. Cuanto más violenta ha sido la irritación, más se afea el objeto cuando esta irritación ya no le apoya, al igual que nosotros estamos más o menos fatigados en razón del mayor o menor ejercicio que hayamos hecho, y la repugnancia que sentimos entonces no es más que el sentimiento de un espíritu saciado al que la felicidad disgusta porque acaba de fatigarle». «Pero, sin embargo, de esta repugnancia», dijo Durcet, «nace con frecuencia un proyecto de venganza cuyas consecuencias funestas hemos visto». «Entonces es otra cosa», dijo Curval, «y como la continuación de estas narraciones nos ofrecerá quizás unos ejemplos de lo que estáis diciendo, no adelantemos las disertaciones que los hechos producirán naturalmente». «Presidente, di la verdad», dijo Durcet: «en vísperas de extraviarte tú mismo, creo que en este momento prefieres prepararte para sentir cómo se disfruta a disertar sobre cómo se disgusta». «En absoluto, nada de eso», dijo Curval, «tengo la mayor sangre fría... Es cierto», seguía besando a Adonis en la boca, «que esa criatura es encantadora... pero no se la puede follar; no conozco nada peor que vuestras leyes... Hay que limitarse a cosas..., a cosas... Vamos, vamos, continúa, Duclos, porque siento que haría tonterías, y quiero que mi ilusión se mantenga por lo menos hasta que vaya a acostarme». El presidente, que veía que su instrumento comenzaba a amotinarse, mandó a las dos criaturas a su sitio y, recostándose al lado de Constance que por muy bonita que fuera no le calentaba suficientemente, urgió por segunda vez a la Duclos a que continuara, quien obedeció inmediatamente en estos términos:

«Busqué a mi amiguita. La operación de Louis había terminado y, bastante descontentas ambas, abandonamos el convento, yo con la casi firme resolución de no volver a él jamás. El tono de Geoffroi había humillado mi pequeño amor propio y, sin profundizar de dónde venía el rechazo, no me gustaban los resultados ni las consecuencias. Estaba escrito en mi destino, sin embargo, que todavía tendría algunas aventuras en el convento, y el ejemplo de mi hermana, que, según me había dicho, había tratado con más de catorce, debía convencerme de que no había llegado al final de mis peregrinaciones. Lo descubrí, tres meses después de esta última aventura, por las solicitaciones que me hizo uno de aquellos buenos reverendos, hombre de unos sesenta años. No hubo estratagema que no inventara para decidirme a acudir a su cuarto. Al fin una de ellas lo consiguió tan bien que una hermosa mañana de domingo me encontré en él sin saber cómo ni por qué. El viejo verde, que se llamaba padre Henri, me encerró con él no bien me vio entrar, y me abrazó de todo corazón. «¡Ah!, bribonzuela», exclamó en el colmo de su alegría, «ya te tengo, esta vez no te escaparás». Hacía mucho frío, mi naricita estaba llena de mocos, como suele ocurrirles a los niños. Quise sonarme. «¿Eh?, no, no», dijo Henri oponiéndose, «soy yo, soy yo quien te hará esa operación, pequeña». Y después de acostarme en su cama con la cabeza un poco inclinada, se sentó a mi lado, colocando mi cabeza echada hacia atrás sobre sus rodillas. Diríase que en esta posición devoraba con los ojos la secreción de mi cerebro. «¡Oh!, la preciosa mocosita», decía extasiándose, «¡cómo voy a chuparla!». Inclinándose entonces sobre mi cabeza e introduciendo toda mi nariz en su boca, no sólo devoró todos los mocos que me cubrían, sino que asaeteó lúbricamente con la punta de la lengua los orificios de mi nariz alternativamente, y con tanto arte, que provocó dos o tres estornudos que redoblaron el derrame que él deseaba y devoraba con tanto celo. Pero de todo esto, señores, no me pidáis más detalles: nada apareció, y sea que él no hiciera nada o que se lo hiciera en los calzones, no descubrí nada de nada, y en la multitud de sus besos y de sus lamidas nada señaló un éxtasis mayor, y por consiguiente creo que no se corrió. No me arremangó más, sus manos no me manosearon, y puedo aseguraros que la fantasía de aquel viejo libertino podría ejercerse con la muchacha más honesta y más inexperta del mundo, sin que ella pudiera sospechar la menor lubricidad.

«No ocurrió lo mismo con aquel que el azar me ofreció el mismo día en que acababa de cumplir nueve años. El padre Étienne, así se llamaba el libertino, ya había dicho varias veces a mi hermana que me llevara a él, y ella me había animado a ir a verle (sin querer de todos modos acompañarme, por miedo a que nuestra madre, que ya sospechaba algo, acabara por enterarse), cuando me encontré finalmente cara a cara con él, en un rincón de la iglesia, cerca de la sacristía. Se comportó con tanta gracia, utilizó unas razones tan persuasivas, que no tuvo que arrastrarme por la oreja. El padre Étienne tenía unos cuarenta años, era de tez fresca, apuesto y vigoroso. Tan pronto como llegamos a su habitación me preguntó si sabía masturbar una polla. «¡Ay!», le dije sonrojándome, «ni siquiera entiendo lo que quiere decirme». «¡Pues bien!, voy a enseñártelo, pequeña», me dijo besándome de todo corazón en la boca y en los ojos; «mi único placer es instruir a las chiquillas, y las lecciones que les doy son tan excelentes que jamás las olvidan. Comienza por quitarte las faldas, pues si yo te enseño lo que hay que hacer para darme placer, justo es que te enseñe al mismo tiempo qué debes hacer tú para recibirlo, y es preciso que nada nos estorbe para esa lección. Vamos, comencemos por ti. Eso que ves ahí», me dijo, poniéndome la mano sobre el pubis, «se llama un coño, y he aquí lo que debes hacer para conseguir ahí unos cosquilleos deliciosos: hay que frotar ligeramente con un dedo la pequeña elevación que notas ahí y que se llama el clítoris». Después, haciéndome actuar: «Ahí, ¿ves?, pequeña, así, mientras una de tus manos trabaja ahí, que un dedo de la otra se meta imperceptiblemente en esta rendija deliciosa...». Después colocándome la mano: «Así, eso es... ¡Bien!, ¿no sientes nada?», continuaba haciéndome seguir su lección. «No, Padre, se lo aseguro», contesté con ingenuidad. «¡Ah!, vaya, todavía eres demasiado joven, pero, dentro de dos años, ya verás el placer que esto te dará». «Espere», le dije, «creo que ya siento algo». Y yo frotaba, todo lo que podía, en los lugares que me había señalado... Efectivamente, unas suaves titilaciones voluptuosas acababan de convencerme de que la receta no era una quimera, y el gran uso que después he hecho de este caritativo método ha acabado de convencerme más de una vez de la habilidad de mi maestro. «Ahora me toca a mí», dijo Étienne, «pues tus placeres excitan mis sentidos, y es preciso que yo los comparta, ángel mío. Toma», me dijo, haciéndome empuñar un instrumento tan monstruoso que mis dos manitas apenas podían rodearlo, «toma, hija mía, esto se llama una polla, y este movimiento», proseguía guiando mi puño con rápidas sacudidas, «este movimiento se llama masturbar. Así pues, en este momento, me masturbas la polla. Adelante, hija mía, adelante, adelante con todas tus fuerzas. Cuanto más rápidos y repetidos sean tus movimientos, más apresurarás el instante de mi ebriedad. Pero cuida de una cosa esencial», añadía dirigiendo siempre mis sacudidas, «cuida de mantener siempre la cabeza al desnudo. No la cubras jamás con esta piel que llamamos el prepucio: si el prepucio cubriera esta parte que llamamos el glande, todo mi placer se desvanecería. Vamos, pequeña, veamos», proseguía mi maestro, «veamos que yo haga contigo lo que tú haces conmigo». Y arrimándose a mi pecho al decir esto, mientras yo seguía meneándosela, colocó sus dos manos tan hábilmente, movió sus dedos con tanto arte, que el placer acabó por asaltarme, y es a él a quien debo en verdad la primera lección. Entonces, como la cabeza comenzó a darme vueltas, abandoné mi faena, y el reverendo, que no estaba dispuesto a terminarla, consintió en renunciar por un instante a su placer para ocuparse únicamente del mío. Y cuando me lo hubo hecho saborear por entero, me hizo reanudar el trabajo que mi éxtasis me había obligado a interrumpir, y me ordenó muy claramente que no volviera a distraerme y que sólo me ocupara de él. Lo hice con toda mi alma. Era justo: le debía alguna gratitud. Lo hacía con tantas ganas, y obedecía tan bien todo lo que me ordenaba, que el monstruo, vencido por los repetidos meneos, vomitó finalmente toda su rabia y me cubrió con su veneno. Étienne pareció entonces transportado por el delirio más voluptuoso. Besaba mi boca con ardor, manoseaba y masturbaba mi coño y el extravío de sus palabras anunciaba aun mejor su trastorno. Los j... y los f..., enlazados con los nombres más tiernos, caracterizaban este delirio que duró mucho rato y del que el galante Étienne, muy diferente de su colega el bebedor de orina, sólo se apartó para decirme que era encantadora, que me rogaba que volviera a verle, y que me trataría siempre como acababa de hacerlo. Deslizándome un pequeño escudo en la mano, me acompañó al lugar donde me había encontrado y me dejó completamente maravillada y encantada de aquella nueva buena suerte que, reconciliándome con el convento, me hizo tomar a mí misma la decisión de volver a él con frecuencia en el futuro, convencida de que cuanto más avanzara en edad más agradables aventuras encontraría en ese lugar. Pero mi destino ya no estaba allí: acontecimientos más importantes me aguardaban en un nuevo mundo, y, volviendo a casa, me enteré de unas noticias que no tardaron en turbar la embriaguez que acababa de darme el afortunado sesgo de mi última historia».

Aquí una campana se dejó oír en el salón: era la que anunciaba que la cena estaba servida. En consecuencia, Duclos, unánimemente aplaudida por los interesantes comienzos de su historia, bajó de su tribuna y, después de haber remediado un poco la agitación en la que todos se encontraban, se ocuparon de nuevos placeres dirigiéndose a buscar con prisa los que Cornos ofrecía. Esta comida debían servirla las ocho muchachas desnudas. Estaban preparadas en el momento en que se cambió de salón, habiendo tenido la precaución de salir unos minutos antes. Los comensales debían ser en número de veinte: los cuatro amigos, los ocho folladores y los ocho muchachos. Pero el obispo, siempre furioso contra Narcisse, no quiso permitir que participara de la fiesta, y como habían convenido tener entre sí complacencias mutuas y recíprocas, nadie se preocupó de pedir la revocación de la disposición, y el chiquillo fue encerrado a solas en un cuarto oscuro esperando el instante de las orgías en que quizá monseñor se reconciliaría con él. Las esposas y las historiadoras fueron a cenar rápidamente a su habitación privada, para estar preparadas para las orgías; las viejas dirigieron el servicio de las ocho muchachas, y se sentaron a la mesa. Este banquete, mucho más copioso que el almuerzo, fue servido con mucha mayor magnificencia, brillo y esplendor. Hubo para comenzar un servicio de sopa de cangrejos y de entremeses compuestos de veinte platos. veinte entrantes los sustituyeron y fueron a su vez relevados por otros veinte entrantes finos, compuestos únicamente de pechugas de aves, de caza disfrazada bajo todo tipo de formas. Les siguió un servicio de asado donde apareció todo lo más raro que pueda imaginarse. Llegó después un relevo de repostería fría, que no tardó en ceder el lugar a veintiséis dulces de cocina de todas las figuras y de todas las formas. Vaciaron la mesa y sustituyeron lo que acababa de ser retirado por una guarnición completa de pasteles azucarados, fríos y calientes. Al fin, apareció el postre, que ofreció un número prodigioso de frutas, pese a la estación, seguidas de los helados, el chocolate y los licores, que se tomaron en la mesa. Respecto a los vinos, habían variado en cada servicio: en el primero el Borgoña, en el segundo y en el tercero dos tipos diferentes de vinos de Italia, en el cuarto vino del Rhin, en el quinto vinos del Ródano, en el sexto el Champagne espumoso y vinos griegos de dos tipos con dos diferentes servicios. Las cabezas se habían calentado prodigiosamente. Ni en la cena, ni en el almuerzo, tenían permiso para reprender a las sirvientas: siendo estas la quintaesencia de lo que ofrecía la sociedad, debían ser tratadas con los mayores miramientos, pero, en cambio, se permitieron con ellas una furiosa dosis de impurezas. El duque, medio borracho, dijo que sólo quería beber la orina de Zelmire, y tragó dos grandes vasos que le hizo mear haciéndola subir a la mesa, agazapada sobre su plato. «¡Vaya gracia», dijo Curval, «beber meados de virgen!» y, atrayendo a Fanchon, le dijo: «Ven, zorra, yo quiero beberlo de la misma fuente». Y, metiendo su cabeza entre las piernas de la vieja bruja, tragó golosamente los raudales impuros de la orina envenenada que ella le arrojó en el estómago. Finalmente, las conversaciones se calentaron, tocaron diferentes puntos de costumbres y de filosofía, y dejo al lector pensar que la moral quedó bien depurada. El duque emprendió un elogio del libertinaje y demostró que estaba en la naturaleza y que, cuanto más se multiplicaban sus extravíos, mejor la servían. Su opinión fue unánimemente aceptada y aplaudida, y se levantaron para ir a poner en práctica los principios que acababan de establecerse. Todo estaba dispuesto en el salón de las orgías: las mujeres estaban ya desnudas, acostadas en el suelo sobre montones de cojines, mezcladas con los jóvenes putos retirados de la mesa con esta intención un poco antes del postre. Nuestros amigos entraron tambaleándose; dos viejas les desnudaron, y cayeron en medio del rebaño como unos lobos que asaltan un aprisco. El obispo, cuyas pasiones estaban cruelmente excitadas por los obstáculos que habían encontrado para su salida, se apoderó del culo sublime de Antinoüs mientras Hercule le enculaba a él y, vencido por esta última sensación y por el importante y tan deseado servicio que Antinoüs le prestó sin duda, vomitó al final unos chorros de semen tan precipitados y tan agrios que se desvaneció en el éxtasis.

Los humos de Baco acabaron de encadenar unos sentidos que embotaba el exceso de lujuria, y nuestro héroe pasó del desvanecimiento a un sueño tan profundo que fue imprescindible llevarlo a la cama. El duque no se quedó atrás. Curval, recordando la oferta que había hecho la Martaine al obispo, la conminó a cumplir este ofrecimiento y se atiborró mientras lo enculaban. Mil horrores más, mil infamias más acompañaron y siguieron a estas, y nuestros tres bravos campeones, pues el obispo ya no pertenecía a este mundo, nuestros valerosos atletas, digo, escoltados por los cuatro folladores del servicio nocturno, que no se encontraban ahí y que vinieron a buscarlos, se retiraron con las mismas mujeres que habían tenido en los canapés, durante la narración. Desdichadas víctimas de sus brutalidades, a las que es más que verosímil que hicieron más ultrajes que caricias y a las que, sin duda, dieron más repugnancia que placer. Así fue la historia de la primera jornada.

## Segunda jornada

Se levantaron a la hora prevista. El obispo, totalmente recuperado de sus excesos y que desde las cuatro de la madrugada se había mostrado muy escandalizado de que le hubieran dejado acostarse solo, había llamado para que Julie y el follador que le estaba destinado vinieran a ocupar su puesto. Llegaron al instante y, en sus brazos, el libertino se zambulló en el seno de nuevas impurezas. Después de desayunar, siguiendo la costumbre, en el apartamento de las muchachas, Durcet efectuó la inspección, y nuevas delincuentes, pese a cuanto había podido decirse, siguieron ofreciéndosele. Michette era culpable de un tipo de falta, y Augustine, a la que Curval había ordenado decir que se mantuviera todo el día en un determinado estado, se encontraba en el estado absolutamente contrario: se le había olvidado, pedía muchas excusas y prometía que no volvería a ocurrir; pero el cuadrumvirato fue inexorable, y ambas fueron apuntadas en la lista de castigos del primer sábado. Singularmente descontentos de la torpeza de todas aquellas muchachas en el arte de la masturbación, impacientes por lo que a este respecto habían sentido la víspera, Durcet propuso establecer una hora en la mañana en la que se les daría lecciones sobre este tema, y que por turno uno de ellos se levantaría una hora antes, quedando fijado el momento de este ejercicio de las nueve a las diez, se levantaría, digo, a las nueve para ir a prestarse a este ejercicio. Se decidió que quien cumpliera esta función se sentaría tranquilamente en medio del serrallo, en un sillón, y que cada muchacha, conducida y guiada por la Duclos, la mejor pajillera que había en el castillo, iría a ensayar con él, que la Duclos dirigiría su mano, su movimiento, que le enseñaría la mayor o menor velocidad que había que imprimir a sus sacudidas de acuerdo con el estado del paciente, que prescribiría sus actitudes, sus posturas durante la operación, y que se establecerían castigos reglamentados para aquella que, pasada la primera quincena, no dominara perfectamente este arte sin necesidad de más lecciones. Sobre todo, les fue muy exactamente recomendado, a partir de los principios del recoleto, mantener siempre el glande descubierto durante la operación y que la segunda mano ociosa se ocupara incesantemente durante este tiempo de cosquillear los alrededores, siguiendo las diferentes fantasías de los interesados. Este proyecto del financiero gustó a todos. La Duclos, hecha venir, aceptó el encargo y, desde aquel mismo día, preparó en su apartamento un consolador sobre el cual ellas podían ejercitar siempre su puño para mantenerlo en el tipo de agilidad requerida. Se encargó a Hercule del mismo empleo entre los muchachos, siempre mucho más diestros en este arte que las muchachas, porque sólo se trata de hacer a los demás lo que ellos se hacen a sí mismos, y sólo necesitaron una semana para convertirse en los más deliciosos pajilleros que era posible encontrar. Entre ellos, aquella mañana, no se encontró a nadie en falta, y como el ejemplo de Narcisse, la víspera, había hecho rechazar casi todos los permisos, sólo acudieron a la capilla la Duclos, dos folladores, Julie, Thérèse, Cupidon y Zelmire. Curval empalmó mucho; se había asombrosamente excitado por la mañana con Adonis, en la visita de los muchachos, y pareció que iba a correrse, viendo actuar a Thérèse y los dos folladores, pero se contuvo. La comida transcurrió normalmente, pero el querido presidente, que bebió y disfrutó singularmente a lo largo de ella, se inflamó de nuevo a la hora del café, servido por Augustine y Michette, Zélamir y Cupidon, dirigidos por la vieja Fanchon, a la que por rareza se le había ordenado que fuera desnuda como las criaturas. De este contraste nació el nuevo furor lúbrico de Curval, y se entregó a unos cuantos extravíos de primera calidad con la vieja y Zélamir, que le valieron finalmente la pérdida de su leche. El duque, con la polla erecta, abrazaba estrechamente a Augustine; berreaba, blasfemaba, deliraba, y la pobre pequeña, totalmente temblorosa, no paraba de retroceder, como la paloma ante el ave de presa que la acecha y está a punto de capturarla. Se contentó, sin embargo, con unos cuantos besos libertinos y con darle una primera lección, a cuenta de la que debía comenzar a tomar al día siguiente. Y habiendo ya comenzado los otros dos, menos animados, sus siestas, nuestros dos campeones les imitaron, y no se despertaron hasta las seis, para pasar al salón de historias. Todos los grupos de la víspera habían cambiado, tanto los sujetos como sus trajes, y nuestros amigos, por compañeras en el canapé, tenían, el duque: Aline, hija del obispo y por consiguiente sobrina por lo menos del duque; el obispo: su cuñada Constance, mujer del duque e hija de Durcet; Durcet: Julie, hija del duque y mujer del presidente; y Curval, para despertarse y despejarse un poco: su hija Adélaïde, esposa de Durcet, una de las criaturas del mundo que más le gustaba molestar, a causa de su virtud y de su devoción. Comenzó con unas cuantas bromas de mal gusto y, habiéndole ordenado que adoptara durante toda la sesión una postura muy análoga a sus gustos, pero muy incómoda para la pobre mujer, la amenazó con todos los efectos de su cólera si se movía un solo instante. Cuando todo estaba a punto, Duclos subió a su tribuna y retomó así el hilo de su narración:

«Hacía tres días que mi madre no había aparecido por casa, cuando su marido, mucho más inquieto por sus propiedades y por su dinero que por la criatura, se decidió a entrar en su habitación, donde solían guardar lo más precioso que tenían. Pero cuál no fue su asombro cuando, en lugar de lo que buscaba, sólo encontró un billete de mi madre en el que le decía que se resignara respecto a la pérdida que sufría, porque estando decidida a separarse de él por siempre jamás, y no teniendo nada de dinero, era preciso que tomara todo lo que se llevaba; que, por otra parte, sólo podía reprocharse a sí mismo y a sus malos tratos el que ella le abandonara, y que le dejaba dos hijas que valían muy bien lo que ella se llevaba. Pero el buen hombre estaba muy lejos de pensar que una cosa equivaliera a la otra, y la despedida que nos propinó graciosamente, rogándonos que ni siquiera durmiéramos en casa, fue la prueba evidente de que no calculaba como mi madre. Bastante poco afligidas por un cumplido que nos daba, a mi hermana y a mí, plena libertad para entregarnos a nuestras anchas a un tipo de vida que empezaba a gustarnos mucho, sólo pensamos en llevarnos nuestras parcas propiedades y en despedirnos de nuestro querido padrastro tan rápidamente por lo menos como él se había complacido en hacerlo. Mi hermana y yo nos retiramos inmediatamente a un cuartito de los alrededores, en espera de tomar una decisión sobre nuestro destino. Allí, nuestros primeros razonamientos trotaron sobre la suerte de nuestra madre. No dudamos ni por un instante de que se encontraba en el convento, decidida a vivir secretamente con algún padre, o a hacerse mantener por él en algún rincón de los alrededores, y cultivábamos sin excesiva preocupación esta opinión, cuando un hermano del convento vino a traernos un billete que hizo cambiar nuestras conjeturas. Este billete decía en sustancia que lo mejor que podían aconsejarnos era ir, tan pronto como oscureciera, al convento, a casa del mismo padre guardián que escribía el billete; nos esperaría en la iglesia hasta las diez de la noche y nos llevaría al lugar donde estaba nuestra madre, cuya felicidad actual y tranquilidad nos haría compartir con gusto. Nos exhortaba vivamente a no faltar, y sobre todo a ocultar nuestros pasos con el mayor cuidado, porque era esencial que nuestro padrastro no supiera nada de todo lo que hacíamos, tanto por mi madre como por nosotras. Mi hermana, que en aquel entonces había alcanzado los quince años y que, por consiguiente, poseía más juicio y más inteligencia que yo, que sólo tenía nueve, después de haber despedido al portador del billete y contestado que se lo pensaría, no pudo dejar de asombrarse de todas estas maniobras. «Françon», me dijo, «no vayamos. Aquí hay algo raro. Si esta proposición fuera verdadera, ¿por qué mi madre no habría añadido un billete a este, o por lo menos no lo habría firmado? ¿Y con quién está en el convento mi madre? El padre Adrien, su mejor amigo, lleva casi tres años fuera de él. Desde entonces, ella sólo visita el convento de paso y ya no tiene en él ninguna relación fija. ¿Por qué motivo habría elegido este retiro? El padre guardián no es, ni ha sido jamás, su amante. Yo sé que ella lo ha divertido dos o tres veces, pero no es un hombre para prendarse de una mujer sólo por eso, pues es de lo más inconstante e incluso de lo más brutal hacia las mujeres, una vez que su capricho ha pasado. Así que ¿de dónde viene que haya tomado tanto interés por nuestra madre? Aquí hay algo raro, te lo digo yo. A mí jamás me ha gustado este viejo guardián: es malvado, duro, brutal. Una vez me atrajo a su habitación, donde estaba con tres más, y, después de lo que me sucedió allí, juré que no volvería a poner los pies. Créeme, dejemos a todos esos frailes tunantes. Ya no puedo ocultártelo por más tiempo, Françon, tengo una conocida, y me atrevo a decir que una buena amiga: la llaman madame Guérin. Llevo dos años frecuentándola y, durante todo este tiempo, no ha pasado una sola semana sin proporcionarme una buena sesión, pero no de esas sesiones de cuatro cuartos, como las que hacemos en el convento: no ha habido ni una de la que no haya sacado tres escudos. Toma, ahí tienes la prueba», prosiguió mi hermana mostrándome una bolsa en la que había más de diez luises, «ya ves que tengo de qué vivir. Bien, si quieres seguir mi consejo; haz como yo. Estoy segura de que la Guérin te recibirá; te vio hace ocho días cuando vino a buscarme para una sesión, y me encargó que te lo propusiera también y que, por joven que fueras, encontrarías siempre dónde colocarte. Haz como yo, te digo, y pronto triunfaremos en nuestros negocios. Por otra parte, es todo lo que puedo decirte, pues a excepción de esta noche en que corro con tus gastos, no cuentes más conmigo, pequeña. Cada cual a lo suyo en este mundo. Yo he ganado esto con mi cuerpo y mis dedos; haz otro tanto. Y si el pudor te retiene, vete al diablo, y sobre todo no vengas a buscarme, pues después de lo que te he dicho, aunque te viera con una lengua de dos palmos de larga, no te daría ni un vaso de agua. En cuanto a mi madre, muy lejos de estar enfadada por su suerte, sea cual fuere, te insisto en que me alegro y que lo único que deseo es que la puta esté tan lejos que no vuelva a verla en toda mi vida. Yo sé lo mucho que me ha estorbado en mi oficio, y todos los buenos consejos que me daba cuando la zorra se portaba tres veces peor. ¡Amiga mía, que se la lleve el diablo y sobre todo que no la devuelva! Eso es todo lo que le deseo». No teniendo yo, a decir verdad, el corazón más tierno, ni el alma mucho mejor puesta que mi hermana, compartí con absoluta buena fe todas las invectivas con que abrumó a tan excelente madre y, agradeciendo a mi hermana el conocimiento que me ofrecía, le prometí tanto seguirla a casa de aquella mujer como, una vez adoptada por ella, dejar de resultarle una carga. Respecto al rechazo de ir al convento, estuve de acuerdo con ella. «Si efectivamente es feliz, tanto mejor para ella», dije; «en tal caso, nosotras también podemos serlo por nuestra parte, sin necesidad de tener que compartir su suerte. Y si se nos está tendiendo una trampa, es muy necesario evitarla». Entonces mi hermana me abrazó. «Vamos», dijo, «ahora veo que eres una buena chica. Vaya, vaya, estoy segura de que haremos fortuna. Yo soy bonita, y tú también: ganaremos lo que queramos, amiga mía. Pero no hay que encariñarse, recuérdalo. Hoy uno, mañana otro, hay que ser puta, hija mía, puta de alma y de corazón. Mira, en mi caso», continuó, «ahora lo soy tanto que no hay confesión, ni cura, ni consejo, ni representación que pueda retirarme del vicio. ¡Me cago en Dios!, enseñaré mi culo en la plaza del mercado con la misma tranquilidad con que me bebería un vaso de vino. Imítame, Françon, siendo complaciente lo ganas todo de los hombres; el oficio es un poco duro al principio, pero una se acostumbra. Tantos hombres, tantos gustos; al principio, te desconciertas. Uno quiere una cosa, otro quiere otra, pero ¡qué más da!, estás ahí para obedecer, te sometes: se pasa pronto y el dinero queda». Confieso que me sorprendía oír unas palabras tan inconvenientes en boca de una muchacha tan joven y que siempre me había parecido tan decente. Pero como mi corazón compartía su espíritu, no tardé en decirle que estaba dispuesta no sólo a imitarla en todo, sino incluso a ser peor si ello era necesario. Encantada de mí, me abrazó de nuevo y, como comenzaba a ser tarde, encargamos un capón y un buen vino; cenamos y nos acostamos juntas, decididas a presentarnos a la mañana del día siguiente en casa de la Guérin y rogarle que nos admitiera entre sus pensionistas. Durante la cena mi hermana me enseñó todo lo que yo todavía ignoraba sobre el libertinaje. Se me mostró completamente desnuda, y puedo asegurar que era una de las más hermosas criaturas que había entonces en París. La piel más bella, las más agradables redondeces, y pese a ello el talle más esbelto y más interesante, los más bonitos ojos azules, y todo el resto en armonía. También me enteré del caso que le hacía la Guérin y del placer con que la entregaba a sus parroquianos quienes, jamás cansados de ella, volvían a reclamarla una y otra vez. Tan pronto como nos metimos en la cama recordamos que habíamos olvidado dar una respuesta al padre guardián, quien seguramente se irritaría por nuestra negligencia, y que convenía tratarle con consideración por lo menos mientras siguiéramos en el barrio. Pero ¿cómo reparar este olvido? Eran más de las once, y nos decidimos a dejar las cosas como estaban. Realmente el guardián se tomaba la aventura muy a pecho, y de allí era fácil presumir que trabajaba más para sí mismo que por la supuesta felicidad de que nos hablaba, pues, apenas dieron las doce, llamaron suavemente a nuestra puerta. Era el propio padre guardián. Llevaba dos horas, decía, esperándonos; al menos hubiéramos debido contestarle. Y, sentándose junto a nuestra cama, nos dijo que nuestra madre se había decidido a pasar el resto de sus días en un pequeño apartamento secreto que tenían en el convento y en el que le hacían preparar la mejor cocina del mundo, sazonada por la compañía de todos los peces gordos de la casa, que iban a pasar la mitad de su jornada con ella y con otra joven, compañera de mi madre; que sólo dependía de nosotras ir a aumentar el número, pero que, como todavía éramos demasiado jóvenes para establecernos, sólo nos contrataría por tres años, pasados los cuales juraba que nos devolvería nuestra libertad, amén de mil escudos para cada una; que mi madre le había encargado que nos asegurara que le causaríamos un gran placer si íbamos a compartir su soledad. «Padre», dijo descaradamente mi hermana, «le agradecemos su proposición. Pero, a nuestra edad, no tenemos ganas de encerrarnos en un claustro para convertirnos en putas de frailes; demasiado lo hemos sido ya».

«El guardián repitió su proposición; ponía en ello un ardor y un frenesí que demostraban hasta qué punto deseaba conseguirla. Viendo al final que no lo alcanzaría, se arrojó casi enfurecido sobre mi hermana. «¡Bien, putita!», le dijo, «satisfáceme por lo menos otra vez, antes de que me vaya». Y, desabrochando su calzón, se montó sobre ella, que no se opuso en absoluto, persuadida de que cuanto antes le dejara satisfacer su pasión antes se lo quitaría de encima. Y el viejo verde, sujetándola por debajo de sus rodillas, sacudió un instrumento bastante gordo a cuatro líneas de la superficie de la cara de mi hermana. «Cara bonita», exclamó, «¡carita bonita de puta! ¡Cómo voy a inundarte de leche! ¡Ah, me cago en Dios!». Y al instante las esclusas se abrieron, la esperma eyaculó, y todo el rostro de mi hermana, y muy especialmente la nariz y la boca, se vio cubierto por las pruebas del libertinaje de nuestro hombre, cuya pasión quizá no se hubiera satisfecho a tan bajo coste de haber triunfado su proyecto. El religioso, más calmado, sólo pensó en escapar. Y después de arrojarnos un escudo sobre la mesa y de volver a encender su linterna, nos dijo: «Sois unas pequeñas imbéciles, unas pequeñas pordioseras, dejáis escapar vuestra suerte. Ojalá el cielo os castigue precipitándoos en la miseria y ojalá tenga yo el placer de veros allí para mi venganza: estos son mis últimos deseos». Mi hermana, que se secaba la cara, le devolvió inmediatamente todas sus tonterías y, cerrando nuestra puerta para no volver a abrirla hasta la mañana, pasamos por lo menos el resto de la noche tranquilas. «Lo que has visto», me dijo mi hermana, «es una de sus pasiones favoritas. Le gusta con locura correrse sobre la cara de las muchachas. Si todo parara ahí..., bueno, pero el tunante tiene otros gustos y tan peligrosos que mucho me temo...». Pero mi hermana, vencida por el sueño, se durmió sin terminar su frase, y como el día siguiente trajo otras aventuras dejamos de pensar en aquella. Nos levantamos pronto y, tras arreglarnos lo mejor que pudimos, nos trasladamos a casa de madame Guérin. Esta heroína vivía en la rue Soli, en un apartamento muy limpio del primer piso, que compartía con seis señoritas de dieciséis a veintidós años, todas muy lozanas y muy hermosas. Permitidme, señores, que no os las describa hasta que esto sea necesario. La Guérin, encantada del proyecto que conducía a mi hermana a su casa, con el tiempo que hacía que la deseaba, nos recibió y nos alojó a las dos con el más vivo placer. «Por joven que vea a esta criatura», dijo mi hermana mostrándome, «le servirá bien, se lo aseguro. Es dulce, amable, tiene muy buen carácter y el puterío más arraigado en el alma. Entre sus conocidos hay muchos libertinos que quieren niñas, aquí tiene una como la que necesitan... Empléela». La Guérin, volviéndose hacia mí, me preguntó entonces si estaba decidida a todo. «Sí, señora», le contesté en un tono ligeramente descarado que le encantó, «a todo, con tal de ganar dinero». Nos presentó a nuestras nuevas compañeras de las que mi hermana ya era muy conocida y que, por amistad con ella, le prometieron cuidar de mí. Comimos todas juntas, y así fue en una palabra, señores, mi primera instalación en un burdel.

«No debía pasar mucho tiempo allí sin encontrar un parroquiano. Aquella misma noche, llegó un viejo negociante, envuelto en una capa, con el que la Guérin me casó para mi estreno. «¡Oh!, al fin», dijo presentándome al viejo libertino, «las queréis sin vello, monsieur Duclos: os garantizo que esta no lo tiene». «En efecto», dijo el viejo estrafalario examinándome, «tiene un aspecto muy infantil. ¿Qué edad tienes, pequeña?». «Nueve años, monsieur». «Nueve años... Bien, bien, madame Guérin, ya sabe, así es como me gustan. Y aún más jóvenes, si las tuviera: las tomaría, diantres, recién destetadas». Y al retirarse la Guérin riéndose de la ocurrencia, nos encerraron a los dos. Entonces el viejo libertino, acercándose a mí, me besó dos o tres veces en la boca. Acompañando con una de sus manos la mía, me hizo sacar de su bragueta un instrumento que estaba de cualquier modo menos empalmado, y, actuando siempre sin hablar demasiado, me desabrochó las enaguas, me acostó sobre el canapé, me subió la blusa hasta el pecho, y montando a horcajadas sobre mis muslos, que había espatarrado al máximo, con una mano entreabría mi coñito lo más que pudo, mientras con la otra se la meneaba con todas sus fuerzas. «Mi bonito pajarito», decía removiéndose y suspirando de placer, «¡cómo te domesticaría si aún pudiera!, pero ya no puedo; por más que haga, ni en cuatro años se pondría tiesa la bribona de mi polla. Ábrete, ábrete, pequeña, ábrete bien». Y al cabo de un cuarto de hora, por fin, vi que mi hombre suspiraba con mayor fuerza. Unos cuantos «me cago en Dios» acudieron a prestar energía a sus expresiones, y noté todos los bordes de mi coño inundados por una esperma cálida y espumosa que el tunante, sin poder arrojarla al interior, se esforzaba por lo menos en hacerla penetrar con los dedos. Tan pronto como hubo acabado partió como un relámpago, y todavía estaba yo ocupada en limpiarme cuando mi galán abría ya la puerta de la calle. Tal fue el origen, señores, que me valió el apellido de Duclos: era costumbre de aquella casa que cada pupila adoptara el apellido de su primer cliente, y yo me sometí a la usanza».

«Un momento», dijo el duque. «No he querido interrumpir hasta que no llegaras a una pausa, pero, como ya la has hecho, explícame mejor dos cosas: la primera es si tuviste noticias de tu madre y si conseguiste saber qué fue de ella, y la segunda es si las causas de la antipatía que tu hermana y tú le teníais estaban naturalmente en vosotras o si tenían alguna causa. Esto afecta a la historia del corazón humano, que es lo que trabajamos de manera especial». «Monseñor», contestó la Duclos, «ni mi hermana ni yo hemos tenido jamás la menor noticia de ella». «Bien», dijo el duque, «en tal caso está claro, ¿verdad, Durcet?».

«Incontestable», respondió el financiero. «No se puede dudar ni un momento, y fuisteis muy afortunadas de no tragar el anzuelo, porque no habríais vuelto jamás». «Es increíble», dijo Curval, «cómo se extiende esa manía». «Es que es muy deliciosa, a fe mía», dijo el obispo. «¿Y el segundo punto?», dijo el duque, dirigiéndose a la historiadora. «El segundo punto, monseñor, o sea el motivo de nuestra antipatía, la verdad es que me costaría mucho explicároslo; pero era tan violenta en nuestros corazones que nos confesamos recíprocamente que habríamos sido capaces de envenenarla, de no haber conseguido liberarnos de ella de otra manera. Nuestra aversión había llegado al colmo y, como ella no la provocaba en absoluto, es más que verosímil que nuestro sentimiento fuera obra de la naturaleza». «¿Y quién lo duda? Ocurre todos los días que ella nos inspire la inclinación más violenta hacia lo que los hombres llaman crimen, y la hubieseis envenenado veinte veces sin que esta acción fuera otra cosa que el resultado de la inclinación que ella os había inspirado para este crimen, inclinación que os hacía notar dotándoos de una antipatía tan fuerte. Es una locura imaginar que debamos nada a la madre. ¿En qué estaría basada tal gratitud? ¿En que se ha corrido mientras la jodían? ¡Seguramente, no es para menos! Por mi parte, sólo veo motivos de odio y de desprecio. ¿Nos da la felicidad al darnos la vida?... Ni mucho menos; nos arroja a un mundo lleno de escollos, y nos toca a nosotros salvarnos como podamos. Recuerdo que tuve una que me inspiraba casi los mismos sentimientos que Duclos sentía por la suya: la aborrecía. Tan pronto como pude, la mandé al otro mundo, y en toda mi vida he saboreado una voluptuosidad más viva que cuando cerró los ojos para no volver a abrirlos». En este momento se oyeron unos sollozos espantosos en uno de los grupos; el del duque, para ser exacto. Al mirar, vieron que la joven Sophie se fundía en lágrimas. Dotada de otro corazón que el de aquellos malvados, su conversación le devolvía a la mente el querido recuerdo de la que le había dado el día, pereciendo por defenderla cuando fue raptada, y esta idea cruel se ofrecía a su tierna imaginación con chorros de lágrimas. «¡Ah!, ¿con que esas tenemos?», dijo el duque, «está muy bien. Lloras por tu mamá, ¿verdad, pequeña mocosa? Acércate, acércate a que te consuele». Y excitado el libertino, tanto por los preliminares como por las conversaciones y por el efecto que producían, mostró una polla aterradora que parecía querer correrse. Mientras tanto Marie trajo a la criatura (era la dueña de este grupo). Sus lágrimas corrían en abundancia, y el hábito de novicia, que llevaba aquel día, parecía prestar aún mayor encanto a un dolor que la embellecía. Era imposible ser más bonita. «¡Maldito sea Dios!», dijo el duque, levantándose como un frenético, «¡está para comérsela! Quiero hacer lo que Duclos acaba de contar: quiero embadurnarle el coño de leche...

Que la desnuden». Y todo el mundo esperaba en silencio el final de aquella pequeña escaramuza. «¡Oh!, ¡señor, señor!», exclamó Sophie arrojándose a los pies del duque, «¡respetad por lo menos mi dolor! Gimo por la suerte de una madre que me fue muy querida, que murió defendiéndome y a la que no volveré a ver jamás. Tened piedad de mis lágrimas y concededme por lo menos una única noche de reposo». «¡Ah!, joder», dijo el duque, manoseando su polla que amenazaba el cielo, «jamás habría creído que esta escena fuera tan voluptuosa. ¡Desnúdala, desnúdala de una vez!», decía enfurecido a Marie, «ya debería estar desnuda». Y Aline, que estaba en el sofá del duque, lloraba cálidas lágrimas, al igual que la tierna Adélaïde, a la que se oía gemir en el camarín de Curval que, lejos de compartir el dolor de la bella criatura, la reñía violentamente por haber abandonado la postura en que la había colocado, además de contemplar con el más vivo interés el desarrollo de esta deliciosa escena. Entretanto desnudan a Sophie sin la menor consideración por su dolor; la colocan en la actitud que Duclos había descrito, y el duque anuncia que va a correrse. Pero ¿cómo? Lo que acababa de contar Duclos había sido ejecutado por un hombre que no empalmaba, y la eyaculación de su fláccida polla podía dirigirse adonde quería. Ahora no ocurría lo mismo: la amenazadora cabeza del instrumento del duque no quería desviarse del cielo al que parecía amenazar; hubiera sido preciso, por así decirlo, colocar a la criatura encima. No sabían cómo resolverlo, y, sin embargo, cuantos más obstáculos aparecían, más juraba y blasfemaba irritado el duque. Al fin la Desgranges acudió en su ayuda. Nada relacionado con el libertinaje era extraño para la vieja bruja. Cogió a la criatura y la colocó tan hábilmente sobre sus rodillas que, fuera cual fuese la posición del duque, la punta de su polla rozaba la vagina. Dos criadas corren a sostener las piernas de la criatura, y, si hubiera tenido que ser desvirgada, jamás la habría presentado mejor. Faltaba algo más: se necesitaba una mano diestra para hacer desbordar el torrente y dirigirlo con exactitud a su destino. Blangis no quería arriesgar la mano de una torpe criatura para una operación tan importante. «Toma a Julie», dijo Durcet, «quedarás contento; empieza a masturbar como un ángel». «¡Oh, joder!», dijo el duque, «la muy zorra lo hará mal, la conozco; basta con que yo sea su padre, tendrá un miedo espantoso». «A fe mía que te aconsejo un muchacho», dijo Curval, «toma a Hercule, su muñeca es flexible». «Sólo quiero a la Duclos», dijo el duque, «es la mejor de todas nuestras pajilleras, permitidle abandonar un instante su puesto y que venga». Duclos avanza, orgullosísima de una preferencia tan notable. Arremanga su brazo hasta el codo y, empuñando el enorme instrumento de monseñor, comienza a menearlo, la cabeza siempre descubierta, a removerlo con tanto arte, a agitarlo con unas sacudidas tan rápidas, y al mismo tiempo tan ajustadas al estado en que veía a su paciente, que al fin la bomba estalla sobre el agujero mismo que debe cubrir. Lo inunda; el duque grita, blasfema, vocifera. Duclos no se detiene; sus movimientos se determinan en razón del grado de placer que procuran. Antinoüs, convenientemente situado, hace penetrar la esperma en la vagina, a medida que fluye, y el duque, vencido por las más deliciosas sensaciones, ve, al expirar de voluptuosidad, reblandecerse poco a poco en los dedos de su pajillera el fogoso miembro cuyo ardor acababa de inflamarlo tan poderosamente a él mismo. Se recuesta en el sofá, la Duclos regresa a su puesto, la criatura se limpia, se consuela y vuelve a su grupo, y el relato continúa, dejando a los espectadores persuadidos de una verdad de la que creo que llevaban mucho tiempo imbuidos: que la idea del crimen siempre supo inflamar los sentidos y conducirnos a la lubricidad.

«Me quedé muy sorprendida», dijo la Duclos recuperando el hilo de su discurso, «al ver que todas mis compañeras se reían al reencontrarme y me preguntaban si me había limpiado, y mil cosas más que demostraban que sabían perfectamente lo que acababa de hacer. No me dejaron largo rato en la inquietud, y mi hermana, llevándome a una habitación vecina a aquella en la que se celebraban habitualmente las sesiones y en la que yo acababa de ser encerrada, me mostró un agujero que caía a plomo sobre el canapé y por el cual se veía fácilmente todo lo que ocurría allí. Me contó que aquellas señoritas se divertían entre sí viendo por allí lo que los hombres hacían a sus compañeras y que yo era muy dueña de ir cuando quisiera, siempre que no estuviera ocupado, pues sucedía a menudo, contaba, que este respetable agujero sirviera para unos misterios de los que me instruirían en su momento y lugar. No pasé ocho días sin aprovechar este placer y, una mañana que habían venido a preguntar por una tal Rosalie, una de las rubias más hermosas que era posible ver, sentí curiosidad por observar lo que le harían. Me oculté, y he aquí la escena de que fui testigo. El hombre que estaba con ella no tenía más de veintiséis o treinta años. Tan pronto como ella entró, la hizo sentar en un taburete muy alto y destinado a esta ceremonia. Una vez que ella se sentó, él soltó todas las horquillas que sujetaban su melena e hizo flotar hasta el suelo el bosque de soberbios cabellos rubios que adornaban la cabeza de la hermosa muchacha. Sacó un peine de su bolsillo, los peinó, los desenredó, los manoseó, los besó, acompañando cada gesto de un elogio sobre la belleza de aquella cabellera que le ocupaba por completo. Sacó finalmente de su calzón una minina seca y muy tiesa que envolvió inmediatamente con los cabellos de su Dulcinea y, meneándosela en el moño, se corrió pasando la otra mano alrededor del cuello de Rosalie, y sin cesar de besarla en la boca, desenvolvió su instrumento muerto. Vi los cabellos de mi compañera totalmente pegajosos de leche; ella los limpió, los sujetó, y nuestros amantes se separaron.

«Un mes después, vinieron a buscar a mi hermana para un personaje que nuestras damiselas me dijeron que fuera a mirar, porque también tenía una fantasía bastante barroca. Era un hombre de unos cincuenta años. Apenas hubo entrado, sin preliminares, sin caricias, mostró su trasero a mi hermana que, al corriente de la ceremonia, le hace agacharse sobre una cama, se apodera del viejo culo blando y arrugado, hunde sus cinco dedos en el orificio y comienza a sacudirlo con tan furiosa fuerza que la cama crujía. Mientras tanto, nuestro hombre, sin mostrar jamás otra cosa, se mueve, se zarandea, acompaña las sacudidas que recibe, se presta a todo ello con lubricidad y grita que se corre y que disfruta del mayor de los placeres. La agitación había sido realmente violenta, porque mi hermana estaba empapada de sudor. Pero ¡qué episodios tan pobres y qué imaginación tan estéril!

«Si bien el que me presentaron poco después no introdujo muchos detalles nuevos, por lo menos parecía más voluptuoso, y su manía, en mi opinión, poseía en mayor medida el colorido del libertinaje. Era un ricachón de unos cuarenta y cinco años, pequeño, gordinflón, pero fresco y vivaracho. No habiendo encontrado todavía ningún hombre de sus gustos, mi primer gesto, tan pronto como estuve con él, fue arremangarme hasta el ombligo. Un perro al que se le muestra un palo no pone una cara más larga. «¡Eh! ¡Voto a Judas, amiga mía, dejemos tranquilo el coño, por favor!». Y al mismo tiempo baja mis faldas con mayor prisa con que yo las había subido. «¡Estas putitas», prosiguió con buen humor, «siempre empeñadas en enseñar el coño! Es posible que consigas que no me corra en toda la noche... hasta que no me haya quitado este jodido coño de la cabeza». Y, diciendo esto, me dio la vuelta y levantó metódicamente mi refajo por detrás. En esta postura, guiándome él mismo y manteniendo siempre mis faldas levantadas, para ver los movimientos de mi culo al caminar, me hizo acercar a la cama, sobre la que me hizo acostar de bruces. Entonces examinó mi trasero con la más minuciosa atención, protegiéndose siempre con una mano de la visión del coño que parecía temer más que el fuego. Al fin, advirtiéndome que disimulara lo más posible esta indigna parte (utilizo su expresión), manoseó con sus dos manos largo rato y lúbricamente mi trasero. Lo abría, lo cerraba, a veces le acercaba la boca, y, una o dos veces, llegué a notarla directamente apoyada en el agujero; pero seguía sin tocarse, no mostraba nada. Sin embargo, de pronto sintió una aparente urgencia, y se preparó para el desenlace de su operación. «Échate por completo en el suelo», me dijo, arrojando a él unos cuantos cojines, «ahí, sí, así... Las piernas espatarradas, el culo un poco empinado y el agujero lo más abierto que puedas, lo más posible», continuó viendo mi docilidad. Y entonces, cogiendo un taburete, lo situó entre mis piernas y se sentó encima, de modo que la polla que sacó al fin del calzón y que meneó, quedó, por decirlo así, a la altura del agujero que adoraba. Entonces sus gestos se hicieron más rápidos. Con una mano se masturbaba, con la otra abría mis nalgas, y unos cuantos elogios sazonados de juramentos componían su discurso: «¡Ah, me cago en Dios, qué hermoso culo!», exclamó, «¡qué bonito agujero, cómo voy a inundarlo!». Cumplió su palabra. Me sentí completamente mojada; el libertino pareció aniquilado por su éxtasis. Es muy cierto que el homenaje rendido a ese templo requiere siempre más ardor que el que se quema en el otro. Y se retiró después de haberme prometido que volvería a verme, ya que tan bien satisfacía sus deseos. Volvió en efecto al día siguiente, pero su inconstancia le hizo preferir a mi hermana. Fui a observarlos y vi que empleaba absolutamente los mismos procedimientos, y que mi hermana se prestaba a ello con la misma complacencia».

«¿Tenía un hermoso culo tu hermana?», dijo Durcet. «Un solo detalle permitirá juzgarlo, monseñor», dijo Duclos. «Un famoso pintor, al que habían encargado pintar una Venus con bellas nalgas, la reclamó al año siguiente como modelo, después de buscar, decía, en todos los burdeles de París sin encontrar nada equivalente». «Pero, en fin, ya que tenía quince años y aquí hay chiquillas de esta edad, compáranos su trasero», prosiguió el financiero, «con alguno de los culos que tienes aquí a la vista». Duclos dirigió la mirada a Zelmire y dijo que le era imposible encontrar nada que, no sólo por el culo, sino también por la cara, se pareciera más desde todos los puntos de vista a su hermana. «Bueno, Zelmire», dijo el financiero, «ven pues a mostrarme tus nalgas». Ella estaba precisamente en su grupo. La encantadora muchacha se acerca temblando. La ponen a los pies del canapé, acostada de bruces; le levantan la grupa con unos cojines, el agujerito se ofrece por completo. El libertino, que empieza a empalmar, besa y manosea lo que se le presenta. Ordena a Julie que le masturbe; lo hace. Sus manos se pierden sobre otros objetos, la lubricidad le embriaga, su pequeño instrumento, bajo las sacudidas voluptuosas de Julie, parece endurecerse por un momento, el libertino blasfema, sale la leche, y suena la hora de la cena. Como la misma abundancia reinaba en todas las comidas, descrita una, descritas todas. Pero como casi todo el mundo se había corrido, en esta hubo necesidad de recuperar fuerzas y, por consiguiente, bebieron mucho. Zelmire, que era llamada la hermana de la Duclos, fue extraordinariamente festejada en las orgías y todo el mundo quiso besarle el culo. El obispo dejó en él leche, los otros tres volvieron a empalmar, y fueron a acostarse como la víspera, o sea cada cual con las mujeres que habían tenido en los canapés y con los cuatro folladores que no habían aparecido desde la comida.

## Tercera jornada

El duque se levantó a las nueve. Era él quien debía comenzar a prestarse a las lecciones que la Duclos tenía que dar a las muchachas. Se instaló en un sillón y experimentó durante una hora las diferentes caricias, masturbaciones, poluciones y posiciones diversas de cada una de las chiquillas, conducidas y guiadas por su maestra, y, como es fácil imaginar, su fogoso temperamento se sintió furiosamente excitado por tal ceremonia. Tuvo que efectuar increíbles esfuerzos para no correrse, pero, bastante dueño de sí mismo, supo contenerse y regresó triunfante a vanagloriarse de que acababa de soportar un asalto que desafiaba a sus amigos a sostener con la misma flema. Esto dio lugar a fijar unas apuestas y una multa de cincuenta luises impuesta a quien eyaculara durante las clases. En lugar del desayuno y de las visitas, aquella mañana se empleó en regular el cuadro de las diecisiete orgías proyectadas para el final de cada semana, así como en la definitiva determinación de los desvirgamientos, que, después de haber conocido un poco más a los sujetos se consideraron con mayor capacidad de decidir de lo que habría sido posible antes. Como dicho cuadro regulaba de manera decisiva todas las operaciones de la campaña, hemos creído necesario ofrecer una copia de él al lector. Nos ha parecido que, conociendo después de haberlo leído el destino de los sujetos, se interesaría más por ellos en el resto de las operaciones.

### Cuadro de los proyectos del resto del viaje

El 7 de noviembre, término de la primera semana, se procederá desde la mañana a la boda de Michette y Giton, y los dos esposos, a quienes la edad no permite unirse, así como a los tres himeneos siguientes, serán preparados desde aquella misma noche, sin guardar esta ceremonia mayor consideración que la de haber servido de distracción durante el día. Se procederá aquella misma noche a la corrección de los sujetos marcados en la lista del amigo del mes.

El 14, se procederá de igual manera a la boda de Narcisse y Hébé, con las mismas cláusulas anteriores.

El 21, de la misma manera, a la de Colombe y Zélamir. El 28, igualmente, a la de Cupidon y Rosette.

El 4 de diciembre, debiendo haber contribuido las narraciones de la Champville a las ejecuciones siguientes, el duque desvirgará a Fanny.

El 5, esta Fanny será casada con Hyacinthe, que gozará de su joven esposa delante de la asamblea. Esta será la fiesta de la quinta semana y, de noche, las correcciones habituales, porque las bodas se celebrarán por la mañana.

El 8 de diciembre, Curval desvirgará a Michette. El 11, el duque desvirgará a Sophie.

El 12, para celebrar la fiesta de la sexta semana, Sophie será casada con Céladon y con las mismas cláusulas que el matrimonio anterior. Lo que ya no se repetirá en los siguientes.

El 15, Curval desvirgará a Hébé.

El 18, el duque desvirgará a Zelmire, y el 19, para celebrar la fiesta de la séptima semana, Adonis se casará con Zelmire.

El 20, Curval desvirgará a Colombe.

El 25, día de Navidad, el duque desvirgará a Augustine, y el 26, para la fiesta de la octava semana, Zéphire se casará con Augustine.

El 29, Curval desvirgará a Rosette, y las estipulaciones anteriores han sido tomadas para que Curval, menos dotado que el duque, tenga las más jóvenes para él.

El 1 de enero, primer día en que las narraciones de la Martaine habrán permitido pensar en nuevos placeres, se procederá a las desfloraciones sodomitas en el orden siguiente:

El 1 de enero, el duque enculará a Hébé.

El 2, para celebrar la novena semana, habiendo sido Hébé desvirgada por delante por Curval, por detrás por el duque, será entregada a Hercule, que la disfrutará como se le mande delante de la asamblea.

El 4, Curval enculará a Zélamir.

El 6, el duque enculará a Michette, y el 9, para celebrar la fiesta de la décima semana, esta misma Michette, que habrá sido desvirgada por el coño por Curval, por el culo por el duque, será entregada a Brise-Cul para disfrutar de ella, etcétera.

El 11, el obispo enculará a Cupidon. El 13, Curval enculará a Zelmire. El 15, el obispo enculará a Colombe.

El 16, para la fiesta de la undécima semana, Colombe, que habrá sido desvirgada por el coño por Curval y por el culo por el obispo, será entregada a Antinoüs, que disfrutará de ella, etcétera.

El 17, el duque enculará a Giton. El 19, Curval enculará a Sophie.

El 21, el obispo enculará a Narcisse. El 22, el duque enculará a Rosette.

El 23, para la fiesta de la duodécima semana, Rosette será entregada a Bande-Au-Ciel.

El 25, Curval enculará a Augustine. El 28, el obispo enculará a Fanny.

El 30, para la fiesta de la decimotercera semana, el duque se casará con Hercule de marido y con Zéphire de esposa, y la boda se realizará, al igual que las tres siguientes, delante de todo el mundo.

El 6 de febrero, para la fiesta de la decimocuarta semana, Curval se casará con Brise-Cul de marido y con Adonis de esposa.

El 13 de febrero, para la fiesta de la decimoquinta semana, el obispo se casará con Antinoüs de marido y con Céladon de esposa.

El 20 de febrero, para la fiesta de la decimosexta semana, Durcet se casará con Bande-Au-Ciel de marido y con Hyacinthe de esposa.

En lo que se refiere a la fiesta de la decimoséptima semana que cae el 27 de febrero, víspera del final de las narraciones, se celebrará con unos sacrificios para los que los señores se reservan *in petto* la elección de las víctimas.

Mediante estas disposiciones, a partir del 30 de enero todos los virgos habrán caído, a excepción de los de los cuatro muchachos que los señores deben desposar como esposas y que se preservan intactos hasta entonces, a fin de hacer durar la diversión hasta el término del viaje. A medida que los objetos sean desvirgados, sustituirán a las esposas en los canapés, en las narraciones, y, de noche, al lado de los señores alternativamente a su elección, con los cuatro últimos putos, que los señores se reservan de esposas para el último mes. Tan pronto como una muchacha o un muchacho desvirgado haya sustituido a una esposa en el canapé, esta esposa será repudiada. A partir de ese momento, caerá en el descrédito general y tendrá el mismo rango que las sirvientas. Respecto a Hébé, de doce años de edad, a Michette, de doce años de edad, a Colombe, de trece años de edad, y de Rosette, de trece años de edad, a medida que hayan sido entregadas a los folladores y vistas por ellos, caerán de igual manera en el descrédito, sólo serán admitidas en las voluptuosidades duras y brutales, tendrán el mismo rango que las esposas repudiadas y serán tratadas con el más extremo rigor. Y, a partir del 24 de enero, las cuatro se encontrarán en el mismo plano a este respecto.

A través de este cuadro, se ve que el duque habrá tenido los virgos de los coños de Fanny, Sophie, Zelmire y Augustine, y de los culos de Hébé, Michette, Giton, Rosette y Zéphire; que Curval habrá tenido los virgos de los coños de Michette, Hébé, Colombe y Rosette, y de los culos de Zélamir, Zelmire, Sophie, Augustine y Adonis; que Durcet, que no folla, habrá tenido el único virgo del culo de Hyacinthe, con el que se casará de esposa; y que el obispo, que sólo folla en el culo, habrá tenido los virgos sodomitas de Cupidon, Colombe, Narcisse, Fanny y Céladon.

Habiendo dedicado el día entero tanto a establecer estas estipulaciones como a cotillear, y no habiendo encontrado a nadie en falta, todo transcurrió sin acontecimientos hasta la hora de la narración, en la que, siendo la disposición la misma, aunque siempre variada, la célebre Duclos subió a su tribuna y reanudó en estos términos su narración de la víspera:

«Un joven, cuya manía, aunque muy poco libertina en mi opinión, no por ello dejaba de ser bastante singular, apareció en casa de madame Guérin muy poco después de la última aventura de la que os hablé ayer. Necesitaba una nodriza joven y lozana; mamaba de sus tetas y se corría sobre los muslos de esta buena mujer mientras se atiborraba de su leche. Su polla me pareció muy mezquina y toda su persona bastante enclenque, y su eyaculación fue tan suave como su operación.

Apareció en la misma habitación otro, al día siguiente, cuya manía os parecerá sin duda más divertida. Quería que la mujer estuviera envuelta con un velo que le ocultara herméticamente todo el pecho y toda la cara. La única parte del cuerpo que deseaba ver, y que tenía que ser absolutamente excepcional, era el culo; todo el resto le era indiferente, y cabía asegurar que se habría enfadado mucho de verlo. Madame Guérin le llevó una mujer de fuera, de una amarga fealdad y con cerca de cincuenta años de edad, pero cuyas nalgas estaban torneadas como las de Venus. Nada más hermoso podía ofrecerse a la vista. Yo quería ver esta operación. La vieja dueña, tapada como una monja, se puso inmediatamente de bruces en el borde de la cama. Nuestro libertino, hombre de unos treinta años y que me pareció ser togado, le sube las faldas por encima de los riñones, se extasía a la vista de las beldades de su gusto que se le ofrecen. Toca, abre el soberbio trasero, lo besa con ardor, e inflamando mucho más su imaginación por lo que supone que por lo que veía sin duda realmente si la mujer hubiera estado descubierta y fuera incluso bonita, cree que trata con la propia Venus, y al cabo de una carrera bastante breve, su instrumento, endurecido a fuerza de sacudidas, arroja una lluvia benigna sobre el conjunto del soberbio trasero que se expone a sus ojos. Su eyaculación fue viva e impetuosa. Estaba sentado ante el objeto de su culto; con una mano lo abría mientras que con la otra lo manchaba, y exclamó diez veces: «¡Qué hermoso culo! ¡Ah, qué delicia inundar de leche un culo semejante!». Se levantó tan pronto como hubo terminado y desapareció sin manifestar siquiera el menor deseo de saber con quién había estado.

Un joven clérigo reclamó a mi hermana poco tiempo después. Era joven y guapo, pero apenas se le veía la pollita, de lo pequeña y blanda que era. La tendió casi desnuda sobre un canapé, se arrodilló entre sus muslos, sosteniéndole las nalgas con ambas manos y cosquilleando con una de ellas el bonito agujerito de su trasero. Durante este tiempo, acercó la boca al coño de mi hermana. Le cosquilleó el clítoris con la lengua, y lo hizo con tanta habilidad, con un uso tan acompasado y tan igual de sus dos movimientos, que en tres minutos la sumió en el delirio. Vi cómo su cabeza se inclinaba, sus ojos se extraviaban, y la bribona exclamó: «¡Ah, mi querido abate, me haces morir de placer!». El clérigo tenía por costumbre tragar todo el licor que su libertinaje hacía derramar. Lo hizo, y meneándosela, removiéndose a su vez mientras empujaba contra el canapé sobre el que estaba mi hermana, le vi esparcir por el suelo las marcas evidentes de su virilidad. A mí me tocó al día siguiente, y puedo aseguraros, señores, que es una de las más dulces operaciones que he vivido en toda mi vida. El bribón del clérigo obtuvo mis primicias, y la primera leche que perdí fue en su boca. Más diligente que mi hermana en devolverle el placer que me daba, agarré maquinalmente su polla flotante, y mi manita le devolvió lo que su boca me hacía sentir con tanta delicia».

Aquí el duque no pudo dejar de interrumpir. Especialmente excitado por las poluciones a las que se había prestado de mañana, creyó que este tipo de lubricidad, realizado con la deliciosa Augustine, cuyos ojos despiertos y pícaros anunciaban el más precoz de los temperamentos, le haría perder una leche que picoteaba con excesiva viveza sus cojones. Ella era de su grupo, a él le gustaba bastante, le estaba destinada para la desfloración: la llamó. Aquella noche iba vestida de niña y estaba encantadora bajo su disfraz. La dueña le arremangó las faldas y la colocó en la posición que había descrito Duclos. El duque se apoderó inmediatamente de sus nalgas, se arrodilló, metió un dedo en el borde del ano cosquilleándolo suavemente, agarró el clítoris que la amable criatura tenía ya muy marcado, y lo chupó. Las languedocianas tienen temperamento, y Augustine aportó la prueba: sus bonitos ojos se animaron, suspiró, sus muslos se elevaron automáticamente, y el duque se sintió bastante contento de obtener una joven leche que fluía sin duda por primera vez. Pero nunca se obtienen dos dichas consecutivas. Hay libertinos tan encallecidos en el vicio que, cuanto más sencillo y delicado es lo que hacen, menos se excita su maldita cabeza. Nuestro querido duque era uno de ellos; tragó la esperma de la deliciosa criatura sin que la suya quisiera salir. Viose llegar el instante, pues nada es tan inconsecuente como un libertino, el instante, digo, en que iba a acusar a la pobre y desdichada pequeña que, confusísima por haber cedido a la naturaleza, ocultaba su cabeza entre las manos e intentó regresar a su sitio. «Que traigan otra», dijo el duque lanzando unas miradas furiosas a Augustine, «se la chuparé a todas si no consigo correrme». Traen a Zelmire, la segunda muchacha de su grupo y que también le correspondía. Tenía la misma edad que Augustine, pero la pesadumbre de su situación cohibía en ella todas las facultades de un placer que, tal vez en otro caso, la naturaleza también le hubiera permitido saborear. La arremangan hasta mostrar dos pequeños muslos más blancos que el alabastro; enseña un pequeño pubis carnoso, cubierto de una suave pelusilla que apenas comenzaba a nacer. La colocan; obligada a ofrecerse, obedece maquinalmente, pero por mucho que el duque se esfuerce, no ocurre nada. Se incorpora furioso al cabo de un cuarto de hora y, precipitándose hacia su gabinete con Hercule y Narcisse, dice: «¡Ah, joder! Ya veo que no es la caza que necesito», refiriéndose a las dos muchachas, «y que sólo lo conseguiré con esta». Ignoramos cuáles fueron los excesos a que se entregó, pero al cabo de un instante se oyeron unos gritos y unos alaridos que demostraban que había alcanzado la victoria y que los muchachos eran, para una eyaculación, unos vehículos siempre mucho más seguros que las más adorables muchachas. Mientras tanto, el obispo se había encerrado igualmente con Giton, Zélamir y Bande-Au-Ciel, y, cuando los arrebatos de su eyaculación golpearon también los oídos, los dos hermanos que, probablemente, se habían entregado más o menos a los mismos excesos, regresaron para escuchar con mayor tranquilidad el resto del relato que nuestra heroína reanudó en estos términos:

«Pasaron cerca de dos años sin que aparecieran por casa de la Guérin otros personajes que personas de gustos demasiado corrientes para contároslos, o de los mismos que acabo de mencionaros, cuando me comunicaron que me arreglara y sobre todo que me lavara bien la boca. Obedecí, y bajé cuando me avisaron. Un hombre de unos cincuenta años, gordo y robusto, estaba con Guérin. «Mire, señor, ahí la tiene», dijo. «Sólo cuenta con doce años y es limpia y aseada como si saliera del vientre de su madre, puedo asegurarlo». El cliente me examina, me hace abrir la boca, examina mis dientes, respira mi aliento y, contento de todo sin duda, entra conmigo en el templo destinado a los placeres. Nos sentamos los dos cara a cara y

muy cerca. Nada tan serio como mi galán, nada más frío y más flemático. Me miraba de reojo, me inspeccionaba con los ojos semientornados,
y yo no acababa de entender a dónde podía llevar todo aquello, cuando,
rompiendo al fin el silencio, me dice que retenga en mi boca la mayor
cantidad posible de saliva. Le obedezco y, cuando considera que tengo la
boca llena, se arroja con ardor a mi cuello, rodea mi cabeza con su brazo
a fin de inmovilizarla y, pegando sus labios a los míos, bombea, succiona,
chupa y traga con avidez todo el licor encantador que yo había almacenado
y que parece colmarlo de éxtasis. Succiona mi lengua con igual furor y, tan
pronto como la nota seca y descubre que ya no queda nada en mi boca, me
ordena que recomience la operación. Él repite la suya, yo rehago la mía,
y así ocho o diez veces consecutivas. Chupó mi saliva con tanta furia que
sentí una opresión en el pecho. Creí que por lo menos algunas chispas de
placer coronarían su éxtasis; me equivocaba. Su flema, que sólo se alteraba
un poco en los momentos de las más ardientes succiones, volvía a ser la
misma cuando había terminado, y, cuando le dije que ya no podía más,
volvió a mirarme de reojo, a examinarme, como había hecho al comenzar,
se levantó sin decir palabra, pagó a la Guérin y se fue».

«¡Ah, me cago en Dios, me cago en Dios!», dijo Curval, «yo soy más
afortunado que él, porque yo me corro». Todas las cabezas se alzan, y todos
ven al querido presidente haciendo a su esposa Julie, compañera aquel día
en el canapé, lo mismo que Duclos acababa de contar. Había referencias de
que esta pasión era bastante de su gusto, y que Julie se la satisfacía a las mil
maravillas, mejor sin duda de lo que la Duclos había hecho con su galán,
si hay que creer por lo menos las búsquedas que este exigía y que distan
mucho de lo que el presidente deseaba.

«Un mes después», dijo Duclos, a la que habían ordenado que continuara, «traté con un mamón de una ruta absolutamente opuesta. Se trataba
de un viejo cura que, después de haberme previamente besado y acariciado
el trasero durante más de media hora, hundió su lengua en el agujero, la
penetró, la clavó, la revolvió una y otra vez con tanto arte que casi creí sen-
tirla en el fondo de mis entrañas. Pero este, menos flemático, abriendo mis
nalgas con una mano, se masturbaba muy voluptuosamente con la otra y se
corrió atrayendo hacia sí mi ano con tanta violencia, cosquilleándolo tan
lúbricamente, que compartí su éxtasis. Cuando terminó, examinó todavía
un instante mis nalgas, miró fijamente el agujero que acababa de ensan-
char, no pudo dejar de besarlo aún una vez más, y se marchó, asegurándome que volvería a reclamarme con frecuencia y que estaba muy contento
de mi culo. Cumplió su palabra y, durante cerca de seis meses, me visitó
tres o cuatro veces por semana para la misma operación a la que me había
acostumbrado tanto que no la realizaba sin hacerme expirar de placer. Episodio, por otra parte, que creo que le resultaba bastante indiferente, pues

jamás pensé que se informara o preocupara de ello. Es posible incluso, así son de raros los hombres, que tal vez le hubiera disgustado».

Aquí Durcet, a quien este relato acababa de inflamar, quiso, al igual que el viejo cura, chupar el agujero de un culo, pero no el de una muchacha. Llama a Hyacinthe: era el que más le gustaba de todos. Lo coloca, le besa el culo, le masturba la polla, se la chupa. Por el temblor de sus nervios, por el espasmo que precedía siempre a la eyaculación, parece que su miserable minina, que Aline meneaba lo mejor que podía, iba a soltar al fin su semilla, pero el financiero no era tan pródigo de su leche: ni siquiera empalmó. Piensan en cambiar de objeto, le ofrecen a Céladon y no adelanta nada. Una afortunada campana que anunciaba la cena salva el honor del financiero. «No es culpa mía», dice riendo a sus colegas, «lo estáis viendo, estaba a punto de conseguir la victoria; esta maldita cena la retrasa. Cambiaremos de voluptuosidad, así, cuando Baco me haya coronado, regresaré más ardiente a los combates del amor». La cena, tan suculenta como alegre, y tan lúbrica como siempre, fue seguida de orgías en las que se cometieron muchas pequeñas infamias. Hubo muchas bocas y culos chupados, pero una de las cosas con la que más se divirtieron fue tapar la cara y el pecho de las muchachas y apostar a identificarlas examinando sólo sus nalgas. El duque se equivocó varias veces, pero los tres restantes estaban tan acostumbrados a los culos que no se equivocaron ni una sola vez. Fueron a acostarse, y el día siguiente trajo nuevos placeres y algunas nuevas reflexiones.

## CUARTA JORNADA

Deseando los amigos poder distinguir claramente en cualquier instante del día a aquellos jóvenes, muchachas o muchachos, cuyos virgos debían pertenecerles, decidieron hacerles llevar, en todos sus diferentes atavíos, una cinta en el pelo que indicara a quién pertenecían. Así pues, el duque adoptó el rosa y el verde, y todo lo que llevara una cinta rosa delante le pertenecería por el coño, de la misma manera que todo lo que llevara una verde detrás sería suyo por el culo. A partir de ese momento Fanny, Zelmire, Sophie y Augustine colocaron un nudo rosa a un lado de su peinado, y Rosette, Hébé, Michette, Giton y Zéphire pusieron uno verde en la parte trasera de sus cabellos, como prueba de los derechos que el duque poseía sobre sus culos. Curval eligió el negro por delante y el amarillo por detrás, de modo que Michette, Hébé, Colombe y Rosette llevaron siempre en el futuro un nudo negro delante, y Sophie, Zelmire, Augustine, Zélamir y Adonis colocaron otro amarillo en el moño. Durcet marcó a Hyacinthe con una cinta lila por detrás, y el obispo, que sólo poseía cinco primicias sodomitas, ordenó a Cupidon, Narcisse, Céladon, Colombe y Fanny llevar una violeta por detrás. Jamás, vistieran lo que vistieran, debían abandonar dichas cintas, y bastaba una mirada, viendo a uno de los jóvenes con un color por delante y otro por detrás, para distinguir inmediatamente quién tenía derechos sobre su culo y quién los tenía sobre su coño. Curval, que había pasado la noche con Constance, se quejó vivamente de ella por la mañana. No se sabe muy bien a qué se referían sus quejas; basta con muy poco para disgustar a un libertino. El caso es que se disponía a incluirla en la lista de castigos del sábado próximo, cuando la buena mujer declaró que estaba embarazada, pues Curval, el único del que cabía sospechar, junto con su marido, sólo la había conocido carnalmente a partir de los comienzos de esta fiesta, o sea desde hacía cuatro días. Esta noticia divirtió mucho a nuestros libertinos por las voluptuosidades clandestinas que vieron perfectamente que les proporcionaría. El duque no salía de su asombro. En cualquier caso, el acontecimiento le valió la exención de la pena que, sin eso, hubiera debido sufrir por haber disgustado a Curval. Querían dejar madurar la pera, una mujer preñada les divertía, y lo que a partir de ahí se prometían divertía aún mucho más lúbricamente su pérfida imaginación. La dispensaron del servicio de mesa, de los castigos y de algunos otros pequeños detalles que su estado no hacía ya voluptuoso verle cumplir, pero siguió obligada al canapé y a compartir hasta nueva orden el lecho de quien quisiera elegirla. Fue Durcet quien, aquella mañana, se prestó a los ejercicios de poluciones, y, como su polla era extraordinariamente pequeña, dio más trabajo a las escolares. Sin embargo, trabajaron; pero el pequeño financiero, que había desempeñado toda la noche el oficio de mujer, no pudo jamás sostener el de hombre. Estuvo acorazado, intratable, y el arte de las ocho encantadoras escolares, dirigidas por la más hábil maestra, ni siquiera consiguió hacerle levantar la pilila. Salió triunfante de la prueba, y como la impotencia siempre da un poco de este humor que, en libertinaje, se llama rabieta, sus visitas fueron asombrosamente severas. Rosette entre las muchachas y Zélamir entre los muchachos fueron sus víctimas: el uno no estaba como se le había dicho que estuviera —este enigma se explicará— y la otra se había desprendido desgraciadamente de lo que se le había dicho que conservara. Sólo aparecieron en los servicios públicos la Duclos, Marie, Aline y Fanny, dos folladores de segunda clase, y Giton. Curval, que aquel día empalmaba mucho, se excitó mucho con la Duclos. La comida, donde se intercambiaron frases muy libertinas, no lo calmó en absoluto, y el café, servido por Colombe, Sophie, Zéphire, y su querido amigo Adonis, acabó de abrasar su cabeza. Cogió a este último y, derribándolo sobre un sofá, le colocó blasfemando su enorme miembro entre los muslos, por detrás, y como el enorme instrumento sobresalía más de seis pulgadas por el otro lado, ordenó al muchacho que masturbara con fuerza lo que salía y él se puso a masturbar a la criatura por encima del pedazo de carne con que lo tenía ensartado. Mientras tanto, ofrecía a la asamblea un culo tan sucio como ancho, cuyo orificio impuro acabó por tentar al duque. Viendo aquel culo a su alcance, hundió en él su nervioso instrumento, sin dejar de chupar la boca de Zéphire, operación que había iniciado antes de que concibiera la idea que ejecutaba. Curval, que no esperaba semejante ataque, blasfemó de alegría. Pataleó, se ensanchó, se prestó. En aquel momento, la joven leche del encantador muchacho que él masturbaba gotea sobre la enorme cabeza de su instrumento enfurecido. La cálida leche que le moja, las reiteradas sacudidas del duque que también comenzaba a correrse, lo arrastran, lo decide todo, y unos chorros de una esperma espumosa inundan el culo de Durcet, que había ido a colocarse allí, enfrente, para que no se perdiera nada, dijo, y cuyas nalgas blancas y rollizas fueron dulcemente sumergidas por un licor encantador que él hubiera preferido en sus entrañas. Tampoco el obispo permanecía ocioso; lamía sucesivamente los agujeros de los divinos culos de Colombe y de Sophie; pero, fatigado sin duda por algunos ejercicios nocturnos, ni siquiera dio muestras de existencia y, al igual que todos los libertinos a quienes el capricho y el hastío vuelven injustos, acusó duramente a las dos deliciosas criaturas de los errores harto merecidos por su débil naturaleza. Dormitaron unos instantes y, habiendo llegado la hora de las narraciones, fueron a escuchar a la amable Duclos, que reanudó su relato de la siguiente manera:

«Había habido algunos cambios en la casa de madame Guérin», dijo nuestra heroína. «Dos muchachas muy bonitas acababan de encontrar unos ingenuos que las mantenían y a los que engañaron como hacemos todas. Para sustituir esta pérdida, nuestra querida mamá había puesto los ojos en la hija de un tabernero de la rue Saint-Denis, de trece años de edad y una de las criaturas más bonitas que pueda imaginarse. Pero la pequeña, tan honesta como piadosa, se resistía a todas las seducciones, cuando la Guérin, después de utilizar un procedimiento muy astuto para atraerla un día a su casa, la puso inmediatamente en manos del singular personaje cuya manía voy a describiros. Era un eclesiástico de cincuenta y cinco o cincuenta y seis años, pero lozano y vigoroso y que no aparentaba más de cuarenta. Ningún ser en el mundo tenía un talento más singular que este hombre para arrastrar a las jóvenes al vicio y, como era su arte más sublime, lo convertía asimismo en su único y exclusivo placer. Toda su voluptuosidad consistía en desarraigar los prejuicios de la infancia, en hacer despreciar la virtud y en adornar el vicio con los más bellos colores. No descuidaba nada: cuadros seductores, promesas lisonjeras, ejemplos deliciosos, todo era puesto en práctica, todo era hábilmente compuesto, todo artísticamente proporcionado a la edad, al tipo de mente de la criatura, y jamás erraba el golpe. En solo dos horas de conversación, estaba seguro de hacer una puta de la chiquilla más honesta y más razonable, y en los treinta años que ejercía este oficio en París, como había confesado a madame Guérin, una de sus mejores amigas, tenía catalogadas a más de diez mil muchachas seducidas y arrojadas por él al libertinaje. Prestaba tales servicios a más de quince alcahuetas y, cuando no se los pedían, emprendía investigaciones por cuenta propia, corrompía cuanto encontraba y lo enviaba después a sus clientas. Pues lo más extraordinario, y lo que hace, señores, que os cite la historia de este singular personaje, es que jamás disfrutaba del fruto de sus trabajos; se encerraba a solas con la criatura, pero de todos los recursos que le prestaban su inteligencia y su elocuencia, salía muy inflamado. Era indudable que la operación excitaba sus sentidos, pero era imposible saber dónde y cómo los satisfacía. Minuciosamente observado, jamás se le vio otra cosa que un fuego prodigioso en la mirada al final de su discurso, algunos movimientos de su mano delante de su calzón, que anunciaba una franca erección producida por la obra diabólica que cometía, y nada más. Llegó; lo encerraron con la joven tabernera. Yo lo observaba, la entrevista fue larga, el seductor puso en ella un asombroso patetismo, la criatura lloró, animóse, pareció entrar en una especie de entusiasmo. Fue el instante en que los ojos del personaje se inflamaron más y cuando observamos los gestos sobre su calzón. Poco después se levantó, la criatura le tendió los brazos como para abrazarlo, él la besó como un padre y sin poner en ello ningún tipo de lubricidad. Salió él, y tres horas después la pequeña llegó a casa de madame Guérin con sus bultos».

«¿Y el hombre?», dijo el duque. «Desapareció tan pronto como hubo dado su lección», contestó la Duclos. «¿Sin volver para comprobar el resultado de sus trabajos?». «No, monseñor, estaba seguro; jamás le había fallado ni una». «Un personaje muy extraordinario», dijo Curval. «¿Qué piensa, señor duque?».

«Pienso», respondió este, «que sólo se calentaba con la seducción y que se corría en sus calzones». «No», dijo el obispo, «no es eso; esto no era más que un preparativo de sus excesos; al salir de allí, apuesto a que iba a consumar otros mayores». «¿Mayores?», dijo Durcet. «¿Y qué voluptuosidad más deliciosa hubiera podido buscar que la de disfrutar de su propia obra, ya que era su maestro?». «¡Bueno!», dijo el duque, «creo que lo he adivinado; esto, como dice, no era más que un preparativo: se calentaba la cabeza corrompiendo muchachas, y se iba a encular muchachos... Apuesto a que era bujarrón». Preguntaron a la Duclos si tenía alguna prueba de lo que allí se suponía, y si no seducía también a chiquillos. Nuestra historiadora contestó que no tenía prueba alguna de ello y, pese a la afirmación muy verosímil del duque, todos quedaron en suspenso respecto al carácter del extraño predicador, y después de que acordaran unánimemente que su manía era realmente deliciosa, pero que había que consumar la obra o hacer algo peor después, la Duclos retomó así el hilo de su narración:

«Al día siguiente de la llegada de nuestra joven novata, que se llamaba Henriette, apareció un lascivo fantasioso que nos unió, a ella y a mí, a las dos, a trabajar juntas. Este nuevo libertino no tenía más placer que el de contemplar por un agujero todas las voluptuosidades un poco extrañas que sucedían en una habitación contigua. Le gustaba sorprenderlas y encontraba así en los placeres de los demás un divino alimento a su lubricidad. Le pusieron en la habitación de que os he hablado y a la que yo iba con tanta frecuencia, al igual que mis compañeras, a espiar, para divertirme, las pasiones de los libertinos. Me destinaron a entretenerle mientras él fisgara, y la joven Henriette pasó al otro apartamento con el mamón del agujero del culo del que os hablé ayer. La pasión muy voluptuosa de aquel libertino era el espectáculo que se quería ofrecer al fisgón, y para excitarle más, y conseguir que su escena fuera más cálida y de visión más agradable, se le previno de que la muchacha que se le daba era una novata y que celebraba con él su primera sesión. Bastó para convencerle fácilmente el aspecto pudoroso e infantil de la pequeña tabernera. Así que él se portó de lo más caliente y de lo más lúbrico posible en sus ejercicios libidinosos, que estaba muy lejos de creer observados. En cuanto a mi hombre, con el ojo pegado al agujero, una mano en mis nalgas, la otra en su polla que meneaba poco a poco, parecía regular su éxtasis de acuerdo con el que sorprendía. «¡Ah, qué espectáculo!», decía de vez en cuando... «¡Qué bonito culo tiene esta chiquilla y qué bien lo besa el tipo!». Habiéndose corrido finalmente el amante de Henriette, el mío me tomó en sus brazos y, después de haberme besado un momento, me dio la vuelta, me magreó, me besó y lamió lúbricamente el trasero y me inundó las nalgas con las muestras de su virilidad».

«¿Masturbándose él mismo?», dijo el duque. «Sí, monseñor», replicó la Duclos, «y masturbándose una polla, os lo aseguro, que por su pequeñez increíble no vale ni la pena mencionarse». «El personaje que apareció a continuación», prosiguió Duclos, «tal vez no merecería aparecer en mi lista, de no haberme parecido digno de citároslo por la circunstancia, en mi opinión bastante singular, que unía a sus placeres, en sí bastante simples, y que os mostrará hasta qué punto el libertinaje degrada en el hombre todos los sentimientos de pudor, de virtud y de honestidad. Este no quería fisgar, quería que le fisgaran a él. Y, sabiendo que había hombres cuya fantasía consistía en sorprender las voluptuosidades de los demás, rogó a la Guérin que ocultara a un hombre semejante y que le ofreciera el espectáculo de sus placeres. La Guérin llamó al hombre que yo había divertido unos días antes en el agujero, y sin decirle que el hombre que iba a espiar sabía perfectamente que sería espiado, lo que habría turbado sus voluptuosidades, le hizo creer que sorprendería a sus anchas el espectáculo que se le iba a ofrecer. El fisgón fue encerrado en la habitación del agujero con mi hermana y yo pasé con el otro. Se trataba de un joven de veintiocho años, guapo y lozano. Enterado del lugar del agujero, se colocó despreocupadamente frente a él y me hizo poner a su lado. Le masturbé. Tan pronto como empalmó, se levantó, enseñó su polla al fisgón, se volvió, mostró su culo, me arremangó, enseñó el mío, se arrodilló ante él, me masturbó el ano con la punta de su picha, lo abrió bien, lo enseñó todo con deleite y exactitud y se corrió masturbándose él mismo, mientras me mantenía arremangada por detrás delante del agujero, de modo que el que lo ocupaba en aquel momento decisivo veía a un tiempo mis nalgas y la polla enfurecida de mi amante. Si este se deleitó, Dios sabe lo que sintió el otro. Mi hermana dijo que estaba en el séptimo cielo y que confesaba no haber sentido jamás tanto placer, y en todo eso sus nalgas quedaron por lo menos tan inundadas como lo habían sido las mías».

«Si el joven tenía una hermosa polla y un hermoso culo», dijo Durcet, «había motivos para tener una buena eyaculación». «Pues tuvo que ser deliciosa», dijo la Duclos, «ya que su polla era muy larga, bastante gorda y su culo tan suave, tan rollizo, tan bellamente formado, como el del propio Amor».

«¿Abriste sus nalgas?», dijo el obispo, «¿mostraste su agujero al fisgón?». «Sí, monseñor», dijo la Duclos, «él mostró el mío, yo presenté el suyo, lo ofrecía de la manera más lúbrica del mundo». «He presenciado una docena de escenas como esta en mi vida», dijo Durcet, «que me han costado profusión de leche. Las hay pocas más deliciosas: me refiero a las dos, pues tan bonito es sorprender como querer serlo».

«Un personaje que tenía más o menos los mismos gustos», continuó la Duclos, «me llevó a las Tullerías unos meses después. Quería que fuera a buscar hombres y que los masturbara exactamente delante de sus narices, en medio de un montón de sillas entre las cuales se había ocultado; y después de haber masturbado así a siete u ocho, se sentó en un banco de una de las avenidas más concurridas, arremangó mis faldas por detrás, mostró mi culo a los transeúntes, sacó su polla al aire y me ordenó que le masturbara delante de todo el mundo, cosa que, aunque fuera de noche, provocó un escándalo tal que, cuando soltó cínicamente su leche, había más de diez personas rodeándonos, y nos vimos obligados a escapar para que no nos pasara nada.

«Cuando le conté a la Guérin nuestra historia, se rio y me dijo que había conocido a un hombre en Lyon, donde los muchachos desempeñan el oficio de rufianes, un hombre, digo, cuya manía era por lo menos igual de extraña. Se disfrazaba como los alcahuetes, él mismo buscaba clientes a dos putas que pagaba y mantenía para eso, después se ocultaba en un rincón para ver desarrollarse el trabajo que, dirigido por la puta que él contrataba para ello, no dejaba de mostrarle la polla y las nalgas del libertino que ella trataba, única voluptuosidad que complacía a nuestro falso alcahuete y que tenía el arte de hacerle correrse».

Habiendo terminado aquella noche la Duclos su relato muy temprano, emplearon el resto de la velada, antes del momento del servicio, en algunas lubricidades especiales; y como tenían la cabeza recalentada por el cinismo, prescindieron del gabinete y todos se divirtieron delante de los demás. El duque hizo desnudar por completo a la Duclos, la hizo agacharse, apoyada en el respaldo de una silla, y ordenó a la Desgranges que lo masturbara a él sobre las nalgas de su compañera, de modo que la cabeza de su polla rozara a cada sacudida el agujero del culo de la Duclos. Añadieron a este unos cuantos episodios más que el orden de las materias todavía no nos permite desvelar, pero el caso es que el agujero del culo de la historiadora fue completamente regado y el duque, muy bien servido y rodeado por todos lados, se corrió con unos aullidos que demostraron hasta qué punto se había calentado su cabeza. Curval se hizo follar, el obispo y Durcet, por su parte, hicieron con uno y otro sexo cosas muy extrañas, y se sirvió la cena. Después de la cena, se bailó. Los dieciséis jóvenes, cuatro folladores y las cuatro esposas pudieron formar tres contradanzas, pero todos los actores de este baile iban desnudos, y nuestros libertinos, acostados negligentemente en los sofás, se divertían deliciosamente con todas las diferentes bellezas que les ofrecían sucesivamente las diversas actitudes que la danza les obligaba a adoptar. Tenían a su lado a las historiadoras, que les masturbaban con mayor o menor rapidez en proporción al mayor o menor placer que sentían, pero, agotados por las voluptuosidades del día, nadie se corrió, y cada cual fue a buscar en la cama las fuerzas necesarias para entregarse el día siguiente a nuevas infamias.

## Quinta jornada

Fue Curval quien, aquella mañana, se prestó a las masturbaciones de la escuela, y como las muchachas comenzaban a hacer progresos, le costó mucho esfuerzo resistir a las sacudidas multiplicadas, a las posturas lúbricas y variadas de las ocho encantadoras chiquillas. Pero como quería reservarse, abandonó el lugar, desayunaron, y aquella mañana decidieron que los cuatro jóvenes amantes de los señores, a saber: Zéphire, favorito del duque, Adonis, amado de Curval, Hyacinthe, amigo de Durcet, y Céladon, del obispo, serían a partir de entonces admitidos en todas las comidas al lado de sus amantes, en cuyo dormitorio se acostarían regularmente todas las noches, favor que compartirían con las esposas y los folladores; cosa que dispensó de una ceremonia que se solía hacer, como es sabido, por la mañana, y que consistía en que los cuatro folladores que no se habían acostado trajeran a cuatro muchachos. Vinieron solos y, cuando los señores pasaban al apartamento de los muchachos, sólo les recibían con las ceremonias prescritas los cuatro que quedaban. El duque, que desde hacía dos o tres días se había encaprichado de la Duclos, cuyo culo le parecía soberbio y agradable su conversación, exigió que también ella se acostara en su dormitorio, y, habiendo triunfado este ejemplo, Curval admitió también en la suya a la vieja Fanchon, que le enloquecía. Los dos restantes esperaron todavía algún tiempo antes de ocupar esta cuarta plaza de favor en sus apartamentos por la noche. Se decidió aquella misma mañana que los cuatro jóvenes amantes que acababan de elegir llevarían como atuendo normal, siempre que no estuvieran obligados a sus disfraces, como en los grupos, llevarían, digo, el traje y el atavío que voy a describir. Era una especie de pequeño sobretodo ceñido, ligero, suelto como un uniforme prusiano, pero infinitamente más corto y llegando únicamente a la mitad de los muslos; este pequeño sobretodo, abrochado en el pecho y en los faldones como todos los uniformes, debía ser de satén rosa forrado de tafetán blanco, las vueltas y las bocamangas eran de satén blanco y, debajo, había una especie de chaqueta corta o chaleco, también de satén blanco al igual que el calzón; pero este calzón estaba abierto en forma de corazón por detrás, desde la cintura, de modo que pasando la mano por esta rendija se tocaba el culo sin la menor dificultad; sólo la cerraba un gran nudo de tela y, cuando se quería tener a la criatura completamente desnuda por aquella parte, bastaba con deshacer el nudo, que era del color elegido por el amigo a quien pertenecía el virgo. Sus cabellos, descuidadamente alborotados con algunos rizos por los lados, caían absolutamente libres y flotantes por detrás, sujetos únicamente con una cinta del color prescrito. Unos polvos muy perfumados y de un color entre el gris y el rosa coloreaban su cabellera. Sus cejas muy cuidadas y habitualmente pintadas de negro, junto con un ligero toque de colorete en sus mejillas, acababan de provocar el estallido de su belleza; llevaban la cabeza desnuda; una media de seda blanca con las esquinas bordadas de rosa cubría su pierna que un zapato gris atado con un gran nudo rosa, calzaba agradablemente. Una corbata de gasa de color crema voluptuosamente anudada armonizaba con una pequeña chorrera de encaje, y, viéndolos así a los cuatro, podía asegurarse que era imposible, sin lugar a dudas, ver algo más encantador en todo el mundo. A partir del momento en que fueron así prohijados, todos los permisos del tipo de los que a veces se concedían por la mañana fueron absolutamente denegados, y se les concedió por otra parte tantos derechos sobre las esposas como tenían los folladores: pudieron maltratarlas a su antojo, no sólo en las comidas, sino también en todos los restantes momentos del día, seguros de que jamás serían castigados. Cumplidas estas ocupaciones, se procedió a las visitas habituales. La bella Fanny, a la que Curval había mandado decir que se encontrara en determinado estado, se encontró en el estado contrario (lo que sigue nos explicará todo esto); fue anotada en el cuaderno de las correcciones. En los muchachos, Giton había hecho lo que estaba prohibido hacer; se le marcó de igual manera. Y después de cumplir las funciones de la capilla, que ofrecieron poquísimos sujetos, se sentaron a la mesa. Fue la primera comida servida en que fueron admitidos los cuatro amantes. Cada uno de ellos se sentó al lado de quien le amaba, quien tenía a este a su derecha y a su follador favorito a la izquierda. Los encantadores pequeños invitados alegraron la comida; los cuatro eran muy simpáticos, de una gran dulzura, y ya comenzaban a adaptarse al tono de la casa. El obispo, muy animado aquel día, no paró de besar a Céladon durante casi toda la comida y, como la criatura debía formar parte del grupo que servía el café, salió un poco antes de los postres. Cuando monseñor, con la sangre caliente, volvió a verle completamente desnudo en el salón contiguo, ya no se retuvo. «¡Me cago en Dios!», dijo totalmente encendido, «ya que no puedo encularle, le haré por lo menos lo que Curval hizo ayer a su puto». Y, apoderándose de la criatura, diciendo esto lo acostó de bruces y le pasó la polla por los muslos. El libertino estaba en las nubes, el vello de su polla frotaba el lindo agujero que tanto le habría gustado perforar; con una mano sobaba las nalgas del delicioso Amorcillo, y con la otra le masturbaba la polla. Pegaba su boca a la de la hermosa criatura, absorbía el aire de su pecho, tragaba su saliva. El duque, para excitarlo con el espectáculo de su libertinaje, se colocó delante de él examinando el agujero del culo de Cupidon, el segundo de los muchachos que servían el café aquel día. Curval se acercó para que viera cómo se hacía masturbar por Michette, y Durcet le ofreció las nalgas abiertas de Rosette. Todo contribuía a procurarle el éxtasis al que se veía que aspiraba; llegó, sus nervios se estremecieron, sus ojos se inflamaron; habría resultado espantoso para cualquiera que no conociera qué efectos horribles tenía sobre él la voluptuosidad. Al fin soltó la leche y corrió sobre las nalgas de Cupidon, al que en el último momento se ocuparon de colocar debajo de su amiguito, para recibir unas muestras de virilidad que, sin embargo, no le correspondían. Llegó la hora de las narraciones, y se arreglaron. Por una disposición bastante singular tomada aquel día, todos los padres tenían a su propia hija en sus canapés, nadie se escandalizó, y la Duclos prosiguió en estos términos:

«Como no me habéis exigido, señores, que os haga una descripción exacta de lo que me sucedió día a día en casa de madame Guérin, sino únicamente de los acontecimientos un poco singulares que pudieron señalar alguno de aquellos días, pasaré por alto varias anécdotas poco interesantes de mi infancia, que sólo os ofrecerían unas repeticiones monótonas de lo que ya habéis oído, yo os diré que acababa de alcanzar mis dieciséis años, no sin una grandísima experiencia del oficio que practicaba, cuando me tocó en suerte un libertino cuya fantasía cotidiana merece ser referida. Era un grave presidente, con cerca de cincuenta años de edad, y que, si debo creer a madame Guérin, que me dijo conocerlo desde hacía muchos años, practicaba regularmente todas las mañanas la fantasía con la que me dispongo a entreteneros. Su alcahueta habitual, que acababa de retirarse, lo había recomendado antes a los cuidados de nuestra querida madre, y precisamente conmigo se estrenó en su casa. Se situaba a solas en el agujero del que os he hablado. En mi habitación, que correspondía a este agujero, se encontraba un mozo de cuerda o un saboyano, un hombre del pueblo, en fin, pero limpio y sano; era todo lo que deseaba: la edad y el rostro no le importaban. Bajo su mirada, y lo más cerca posible del agujero, comencé a masturbar al buen palurdo, este al corriente de lo que iba a ocurrir y a quien le parecía muy agradable ganar así un dinero. Después de haberme prestado sin ninguna restricción a todo lo que el buen hombre podía desear de mí, le hice correrse en un platillo de porcelana y, abandonándole allí tan pronto como hubo soltado la última gota, pasé precipitadamente a la otra habitación. Mi hombre me espera allí extasiado, se arroja sobre el platillo, engulle la leche bien caliente; suelta la suya; con una mano colaboro a su eyaculación, con la otra recibo preciosamente lo que cae y, a cada chorro, llevando rapidísimamente mi mano a la boca del libertino y, lo más ágil y lo más hábilmente que puedo, le hago tragar su leche a medida que la desparrama. Eso era todo. No me tocó ni me besó, ni me arremangó las faldas, y, levantándose de su sillón con tanta flema como calor acababa de mostrar, cogió su bastón y se retiró, diciendo que yo masturbaba muy bien y que había comprendido perfectamente sus gustos. A la mañana siguiente, trajeron a otro hombre, pues, así como la mujer había que cambiarlo todos los días. Ofició mi hermana; salió contento para repetir al día siguiente; y, durante todo el tiempo que he pasado en casa de madame Guérin, ni una sola vez le vi olvidar esta ceremonia a las nueve en punto de la mañana, sin que jamás arremangara a una sola muchacha, aunque llegaran a mostrarle algunas encantadoras».

«¿Quería ver el culo del mozo de cuerda?», dijo Curval. «Sí, monseñor», contestó la Duclos, «había que procurar, cuando se divertía al hombre cuya leche comía, hacerle dar vueltas y más vueltas, y también era preciso que el palurdo hiciera dar vueltas a la muchacha en todos los sentidos». «¡Ah! Ahora lo entiendo», dijo Curval, «si no, no lo entendía».

«Poco después», prosiguió Duclos, «vimos llegar al serrallo a una mujer de unos treinta años, bastante bonita, pero pelirroja como Judas. Al principio creímos que era una nueva compañera, pero ella no tardó en desengañarnos diciendo que sólo venía para una sesión. El hombre a quien le estaba destinada esta nueva heroína llegó pronto por su cuenta. Era un gran financiero de bastante buen aspecto, y la singularidad de su gusto, puesto que a él se destinaba una mujer que sin duda nadie más hubiera querido, esta singularidad, digo, me dio muchísimas ganas de ir a observarles. Tan pronto como estuvieron en la misma habitación, la mujer se desnudó por completo y nos mostró un cuerpo muy blanco y muy rollizo. «¡Vamos, salta, salta!», le dijo el financiero, «acalórate, sabes perfectamente que quiero que sudes» Y ya tenéis a la pelirroja haciendo cabriolas, corriendo por la habitación, saltando como una cabritilla, y nuestro hombre examinándola mientras se masturba, y todo ello sin que yo consiguiera adivinar todavía el objetivo de la aventura. Cuando la criatura estuvo empapada de sudor, se acercó al libertino, alzó un brazo y le dio a oler el sobaco, cuyos pelos chorreaban de sudor. «¡Ah, eso, eso es!», dijo nuestro hombre contemplando enardecido aquel brazo pegajoso bajo su nariz, «¡qué aroma, me encanta!». Después, arrodillándose ante ella, olió y respiró de igual manera en el interior de la vagina y en el agujero del culo, pero volvía siempre a los sobacos, bien porque esta parte le gustara más, bien porque encontrara ahí más husmo; siempre era ahí donde su boca y su nariz se dirigían con mayor celo. Finalmente, una polla bastante larga, aunque poco gruesa, polla que llevaba meneando vigorosamente desde hacía más de una hora sin éxito alguno, comienza a alzar la cabeza. La mujer se coloca, el financiero acude por detrás a hundirle su picha bajo la axila, ella aprieta el brazo, estrechando notablemente, por lo que me parece, aquel espacio. Mientras tanto, a juzgar por su actitud, disfrutaba de la visión y del aroma del otro sobaco; se adueña de él, hunde ahí toda su verga y se corre lamiendo y devorando esta parte que le proporciona tanto placer».

«¿Y era preciso», dijo el obispo, «que esta criatura fuera totalmente pelirroja?». «Sí, del todo», dijo la Duclos. «Vos no ignoráis, monseñor, que esas mujeres tienen en esta parte un husmo infinitamente más violento, y el sentido del olfato era sin duda aquel que, una vez zaherido por unas cosas fuertes, mejor despertaba en él los órganos del placer». «De acuerdo», continuó el obispo, «pero me parece, ¡caramba!, que yo habría preferido husmear a esa mujer en el culo que olerla debajo de los brazos». «¡Ah, ah!», dijo Curval, «los dos tienen sus atractivos, y os aseguro que si lo hubierais probado habríais visto que es muy delicioso». «¿Eso quiere decir, señor presidente», dijo el obispo, «que ese guiso también os divierte?». «Pero es que yo lo he probado», dijo Curval, «y, añadiéndole unas cuantas cosas, os afirmo que nunca ha sido sin correrme».

«¡Bien!, me imagino esos añadidos. ¿Verdad que olía el culo?...», replicó el obispo. «Bueno, bueno», interrumpió el duque. «No le obligue a confesarse, monseñor; nos contaría cosas que todavía no debemos escuchar. Sigue, Duclos, y no dejes que esos charlatanes te pisen el terreno».

«Hacía más de seis semanas», continuó nuestra narradora, «que la Guérin prohibía absolutamente a mi hermana que se lavara y exigía de ella, por el contrario, que se mantuviera en el estado más sucio y más impuro posible, sin que adivináramos sus motivos, cuando llegó finalmente un viejo verde granujiento que, como si estuviera medio borracho, preguntó groseramente a madame si la puta estaba bien sucia. «¡Oh!, respondo de ello», dijo la Guérin. Les juntan, les encierran, yo corro al agujero, y nada más llegar veo a mi hermana a horcajadas, desnuda, sobre una gran tinaja llena de vino de Champaña, y allí nuestro hombre, provisto de una gran esponja, la limpiaba, la inundaba, recogiendo con cuidado hasta las menores gotas que caían de su cuerpo o de su esponja. Hacía tanto tiempo que mi hermana no se había lavado ninguna parte de su cuerpo, pues incluso se habían opuesto firmemente a que se limpiara el trasero, que el vino no tardó en adquirir un color oscuro y sucio y verosímilmente un olor que no debía de ser muy agradable. Pero, cuanto más se corrompía este licor con las porquerías de que se llenaba, más gustaba a nuestro libertino. Lo saborea, lo encuentra delicioso, se hace con un vaso y, en media docena de grandes tragos, engulle el vino asqueroso y putrefacto en el que acaba de lavar un cuerpo cubierto desde hace tanto tiempo de porquerías. Cuando ha bebido, agarra a mi hermana, la pone de bruces en la cama y le vomita en las nalgas y en el agujero bien abierto los chorros del impúdico semen que hacían hervir los impuros detalles de su asquerosa manía.

«Pero otra, mucho más marrana todavía, debía ofrecerse inmediatamente a mis miradas. Teníamos en la casa a una de esas mujeres llamadas recaderas, en términos de burdel, y cuyo oficio consiste en correr noche y día para levantar nueva caza. Esta criatura, con más de cuarenta años de edad, unía a unos encantos muy marchitos y que jamás habían sido muy seductores, el asqueroso defecto de unos pies apestosos. Este era exactamente el tipo que convenía al marqués de ***. Llega, le presentan a la dama Louise (así se llamaba la heroína), la encuentra deliciosa, y tan pronto como la tiene en el santuario de los placeres, la hace descalzar. Louise, a la que habían recomendado que no se cambiara de medias ni de zapatos durante más de un mes, ofrece al marqués un pie infecto que hubiera hecho vomitar a cualquiera: pero era precisamente lo que este pie tenía de sucio y de asqueroso lo que inflamaba a nuestro hombre. Lo coge, lo besa con ardor, su boca separa sucesivamente cada dedo y su lengua recoge con el más vivo entusiasmo en cada intersticio esa mugre negruzca y hedionda que la naturaleza deposita allí y que el escaso cuidado de uno mismo multiplica. No sólo la chupa con la boca, sino que la engulle, la saborea, y la leche que pierde masturbándose en este momento es la prueba inequívoca del excesivo placer que le procura».

«¡Ah!, eso sí que no lo entiendo», dijo el obispo. «Veo que tendré que encargarme de hacérselo comprender», dijo Curval. «¡Cómo!, ¿le gusta eso?...», dijo el obispo. «Mírenme», dijo Curval. Se levantan, le rodean, ven al increíble libertino, que reunía todos los gustos de la más crapulosa lujuria, abrazando el asqueroso pie de Fanchon, de la sucia y vieja criada descrita anteriormente, y extasiándose de lujuria al chuparlo. «Yo sí que entiendo todo esto», dijo Durcet, «basta con sentirse hastiado para comprender todas esas infamias; la saciedad las inspira el libertinaje, que las pone en práctica inmediatamente. Estamos cansados de lo sencillo, la imaginación se despecha, y la mediocridad de nuestros medios, la debilidad de nuestras facultades, la corrupción de nuestra mente, nos conducen a tales abominaciones».

«Esta era sin duda la historia», dijo la Duclos volviendo a su discurso, «del viejo comendador Carrières, uno de los mejores clientes de la Guérin. Sólo quería mujeres taradas, o por el libertinaje, o por la naturaleza, o por la mano de la justicia. Sólo las aceptaba, en una palabra, tuertas, ciegas, cojas, jorobadas, tullidas, mancas, desdentadas, con algunos miembros mutilados, o azotadas y marcadas, o claramente mancilladas por algún otro acto de la justicia, y todo ello siempre de la edad más madura. Le habían ofrecido, en la escena que yo sorprendí, una mujer de cincuenta años, marcada como ladrona pública y que, además, era tuerta. Esta doble degradación le pareció un tesoro. Se encierra con ella, la hace desnudarse, besa con arrebato en sus hombros los signos evidentes de su envilecimiento, chupa con ardor cada surco de una llaga que él llamaba honorable. Hecho esto, todo su entusiasmo se trasladaba al agujero del culo, entreabrió sus nalgas, besó deliciosamente el marchito agujero que contenían, lo chupó largo rato y, volviendo a montar a horcajadas sobre la espalda de la mujer, frotó con su polla las marcas que traía de la justicia, elogiándola por haber merecido este triunfo; e, inclinándose sobre su trasero, consumó el sacrificio besando de nuevo el altar al que acababa de tributar un tan prolongado homenaje y derramando una leche abundante sobre las marcas halagadoras con las que tanto se había calentado».

«Me cago en Dios», dijo Curval, a quien la lubricidad enloquecía aquel día, «ved, amigos míos, ved, por esta polla empalmada, hasta qué punto me calienta el relato de esta pasión». Y llamando a la Desgranges: «Ven, bollera impura» le dijo, «ven, tú que te pareces tanto a la que acaban de describir, ven a procurarme el mismo placer que ella dio al comendador». La Desgranges se acerca, Durcet, amigo de estos excesos, ayuda al presidente a desnudarla. Al principio, ella pone algunos reparos; no se la creen, la riñen por ocultar una cosa que la hará más querida por la sociedad. Finalmente, aparece su espalda marcada y muestra, con una V y una M, que ha sufrido dos veces la infamante operación cuyos vestigios inflaman, sin embargo, de manera tan absoluta los impúdicos deseos de nuestros libertinos. El resto del cuerpo gastado y marchito, el culo de tafetán abigarrado, el agujero infecto y ancho que aparece en el centro, la mutilación de una teta y de tres dedos, la pierna corta que la hace cojear, la boca desdentada, todo ello excita y estimula a nuestros dos libertinos. Durcet la chupa por delante, Curval por detrás, y mientras que unos objetos de la mayor belleza y de la más extrema frescura se encuentran allí bajo sus ojos, dispuestos a satisfacer sus más pequeños deseos, será con lo que la naturaleza y el crimen han infamado, han mareado, con el objeto más sucio y más asqueroso, con lo que nuestros dos extasiados libertinos saborearán los más deliciosos placeres... Y después de esto, ¡que me expliquen al hombre! Los dos parecen disputarse aquel cadáver anticipado, como dos dogos encarnizados sobre una carroña, y después de haberse entregado a los más sucios excesos, escupen al final su leche y, pese al agotamiento en que este placer les sume, quizás hubieran recomenzado de nuevo al instante, aun en el mismo tipo de crápula y de infamia, si la hora de la cena no sonara para advertirles de que debían ocuparse de nuevos placeres. El presidente, desesperado por haber perdido su leche, y que en tales casos sólo se reanimaba mediante unos excesos de comida y de bebida, se atiborró como un auténtico cerdo. Quiso que el pequeño Adonis masturbara a Bande-Au-Ciel, y le hizo tragar la leche, e, insatisfecho de esta última infamia que fue ejecutada inmediatamente, se levantó, dijo que su imaginación le sugería unas cosas mucho más deliciosas y, sin dar mayores explicaciones, arrastró consigo a Fanchon, Adonis y Hercule, fue a encerrarse en el saloncito del fondo y sólo reapareció en el momento de las orgías; pero en un estado tan brillante que todavía fue capaz de entregarse a mil horrores más, a cual más singular, pero que el orden esencial que nos hemos propuesto no nos permite describir todavía a nuestros lectores. Fueron a acostarse, y Curval, el inconsecuente Curval, que teniendo aquella noche a la divina Adélaïde, su hija, por reparto, podía pasar con ella la más deliciosa de las noches, fue hallado a la mañana del día siguiente echado sobre la repugnante Fanchon, con la que había perpetrado nuevos horrores toda la noche, mientras que Adonis y Adélaïde, privados de su cama, estaban, el uno en una camita muy alejada, y la otra en el suelo sobre un colchón.

## SEXTA JORNADA

Le correspondía a monseñor presentarse a las masturbaciones; se presentó. Si las discípulas de la Duclos hubieran sido hombres, es más que probable que monseñor no hubiera resistido. Pero una pequeña hendidura en la parte inferior del vientre era un furioso agravio a sus ojos y, aunque las mismas Gracias le hubieran rodeado, habría bastado el ofrecimiento de esta maldita hendidura para calmarle. Así que resistió como un héroe; creo incluso que ni siquiera empalmó, y las operaciones continuaron. Era fácil ver que sentía el mayor de los deseos de descubrir a las ocho muchachas en culpa, a fin de procurarse al día siguiente, que era el funesto sábado de corrección, a fin de procurarse, digo, en aquel momento, el placer de castigarlas a las ocho. Ya tenían seis; la dulce y bella Zelmire fue la séptima, y, a decir verdad, ¿lo había merecido, o el placer de la corrección que se proponían con ella predominaba sobre la auténtica equidad? Dejamos el caso sobre la conciencia del honesto Durcet y nos limitamos a narrar. Una bellísima dama vino también a engrosar la lista de los delincuentes: era la tierna Adélaïde. Durcet, su esposo, decía que quería dar ejemplo perdonándole menos que a otra, y había sido a él mismo a quien ella acababa de faltar. La había llevado a un determinado lugar, donde los servicios que ella debía prestarle después de ciertas funciones no eran nada limpios. No todo el mundo es tan depravado como Curval y, aunque ella fuera su hija, no compartía en absoluto sus gustos. O bien ella se resistió, o bien se portó mal, o quizá no fue más que una rabieta por parte de Durcet: el caso es que fue apuntada en el libro de las penitencias, con gran regocijo de la asamblea. Resultando improductiva la visita a los muchachos, pasaron a los placeres secretos de la capilla, placeres tan picantes y tan singulares que llegaban a negar a los que pedían ser admitidos en ellos el permiso de contribuir a proporcionarlos. Aquella mañana sólo se vio allí a Constance, dos folladores subalternos, y Michette. En la comida, Zéphire, de quien cada vez estaban más contentos tanto por los encantos que parecían embellecerle más día a día como por el libertinaje voluntario al que llegaba, Zéphire, digo, insultó a Constance quien, aunque no sirviera, aparecía siempre de todos modos en el almuerzo. La llamó fabricante de niños y le dio unos cuantos manotazos en el vientre para enseñarle, decía, a aovar con su amante, después besó al duque, lo acarició, le masturbó un momento la polla, y supo calentarlo tan bien que Blangis juró que no acabaría la tarde sin que le empapara de leche. Y el chiquillo le provocaba, dijo que le desafiaba a hacerlo. Como estaba de servicio en el café, salió a los postres y apareció desnudo para servir al duque. En el instante en que abandonó la mesa, este, muy animado, se estrenó con algunas travesuras; le chupó la boca y la polla, lo colocó en una silla ante él, con el trasero a la altura de la boca, y lo lamió durante un cuarto de hora de esta manera. Al final su polla se amotinó, levantó su cabeza altiva, y el duque vio que el homenaje exigía finalmente alabanzas. Sin embargo, todo estaba prohibido, a excepción de lo que había hecho la víspera. Así que el duque decidióse a imitar a sus colegas. Tumba a Zéphire sobre un canapé, le hunde su instrumento en los muslos, pero sucede lo que le había sucedido a Curval: el instrumento sobresale seis pulgadas. «Haz lo que yo hice», le decía Curval, «masturba a la criatura sobre tu polla, riega tu glande con su leche». Pero al duque le pareció más divertido enfilar dos a la vez. Ruega a su hermano que le encaje allí a Augustine; se la pegan, las nalgas contra los muslos de Zéphire, y el duque, follando por así decirlo a la vez a una muchacha y a un muchacho, para introducir todavía una mayor lubricidad, masturba la polla de Zéphire sobre las bonitas nalgas redondas y blancas de Augustine y las inunda con la tierna leche infantil que, como es fácil imaginar, excitada por una cosa tan linda, no tarda en manar copiosamente. Curval, que encontró el caso divertido y que veía el culo del duque entreabierto, y como suspirando por una polla como lo están todos los culos de los bujarrones en los momentos en que su polla empalma, acudió a devolverle lo que de él había recibido la antevíspera, y el querido duque recién comenzaba a sentir las voluptuosas sacudidas de esta intromisión cuando su leche, saliendo casi al mismo tiempo que la de Zéphire, fue a inundar de revés los bordes del templo cuyas columnas regaba Zéphire. Pero Curval no se corrió y, retirando del culo del duque su instrumento orgulloso y nervioso, amenazó al obispo, que se masturbaba de la misma manera entre los muslos de Giton, con hacerle experimentar la suerte que acababa de hacer sufrir al duque. El obispo le desafía, se entabla el combate; el obispo es enculado y perderá deliciosamente entre los muslos de la bonita criatura que acaricia una leche libertina tan voluptuosamente provocada. Mientras tanto Durcet, benévolo espectador, a quien sólo le quedaban Hébé y la dueña, aunque casi borracho como una cuba, no perdía el tiempo y se entregaba silenciosamente a unas infamias que todavía estamos obligados a mantener bajo velo. Al fin llegó la calma, se durmieron, y llegando las seis de la tarde para despertar a nuestros actores, se dirigieron a los nuevos placeres que les preparaba la Duclos. Aquella noche, los grupos habían pasado de un sexo a otro: todas las muchachas de marineros y todos los muchachos de modistillas. El efecto fue encantador; nada inflama tanto la lubricidad como este pequeño trueque voluptuoso: gusta encontrar en un muchachito lo que le hace parecerse a una chiquilla, y la muchacha es mucho más interesante cuando adopta, para gustar, el sexo que se desearía que tuviera. Aquel día, cada cual tenía a su mujer en el canapé; se felicitaron recíprocamente por un orden tan religioso y, como todo el mundo estaba preparado para escuchar, la Duclos reanudó, como se verá, la continuación de sus lúbricas historias:

«Había en casa de madame Guérin una ramera de unos treinta años, rubia, un poco llenita, pero singularmente blanca y lozana. La llamaban Aurore; tenía la boca encantadora, los dientes hermosos y la lengua voluptuosa, pero, quien lo diría, fuera defecto de educación o debilidad de estómago, aquella boca adorable tenía el vicio de dejar escapar en todo instante una cantidad prodigiosa de gases; y sobre todo cuando había comido mucho, pasaba a veces una hora entera sin dejar de soltar unos eructos que habrían hecho girar un molino. Es muy cierto que no hay un solo defecto que no encuentre un secuaz, y esta hermosa mujer, debido precisamente a él, tenía uno de los más ardorosos. Era un sabio y serio doctor de la Sorbona que, cansado de demostrar sin provecho alguno la existencia de Dios en las aulas, venía a veces al burdel para convencerse de la de la criatura. Avisaba previamente, y aquel día Aurore comía hasta reventar. Curiosa ante esta devota entrevista, vuelo al agujero, y reunidos mis amantes, después de algunas caricias preliminares, dirigidas todas ellas a la boca, veo que nuestro retórico deposita delicadamente a su querida compañera en una silla, se sienta enfrente y, abandonándole sus reliquias en el estado más deplorable en las manos, le dice: «Muévete, muévete, pequeña: tú conoces los medios de sacarme de este estado de languidez; utilízalos pronto, te lo ruego, pues tengo prisa en gozar». Aurore, con una mano, recoge el fofo instrumento del doctor, con la otra le coge la cabeza, pega su boca a la de él, y ya la tenéis vomitándole en la mandíbula unos sesenta eructos, uno tras otro. Nada puede describir el éxtasis del servidor de Dios. Estaba en el séptimo cielo, respiraba, tragaba todo lo que le arrojaban, diríase que se hubiera sentido desolado de perder el más leve aliento, y, durante este tiempo, sus manos se extraviaban por el seno y bajo los refajos de mi compañera. Pero estos manoseos eran sólo episódicos: el objeto único y capital era aquella boca que le colmaba de suspiros. Al fin su polla, hinchada por los cosquilleos voluptuosos que esta ceremonia le hacía sentir, descarga finalmente en la mano de mi compañera, y se marcha afirmando que jamás ha sentido tanto placer.

Un hombre más extraordinario me exigió, cierto tiempo después, una particularidad que no merece ser pasada en silencio. Aquel día la Guérin me había hecho comer casi a la fuerza, tan copiosamente como días antes había visto engullir a mi compañera. Se había preocupado de que me sirvieran todo lo que ella sabía que más me gustaba, y después de contarme, al levantarnos de la mesa, todo lo que había que hacerle al viejo libertino con el que ella iba a unirme, me hizo tragar inmediatamente tres granos de emético en un vaso de agua caliente. Llega el viejo verde; era un habitual del burdel al que ya había visto muchas veces con nosotras, sin preocuparme demasiado de lo que venía a hacer. Me abraza, hunde una lengua sucia y repelente en mi boca, que acaba por completar con su hedor el efecto del vomitivo. Ve que mi estómago se altera, entra en éxtasis: «¡Valor, pequeña!», exclamaba, «¡valor!, no desperdiciaré ni una gota». Al corriente de lo que tenía que hacer, lo siento en un canapé, apoyo su cabeza sobre uno de los bordes. Él tenía los muslos abiertos; desabrocho su calzón, me apodero de un instrumento corto y fofo que no anuncia erección, alguna, lo sacudo, abre la boca. Mientras lo masturbó, y soporto los manoseos de sus manos impúdicas que se pasean por mis nalgas, le arrojo a quemarropa en la boca toda la incompleta digestión de la comida que hacía vomitar el emético. Nuestro hombre está en el séptimo cielo, se extasía, traga, busca él mismo en mis labios la impura eyaculación que le embriaga, no pierde ni una gota y, cuando cree que la operación va a terminar, provoca su continuación con unos cosquilleos de su lengua; y su polla, aquella minina que apenas toco, por lo abrumada que me siento por mi crisis, esa polla que sin duda sólo se calienta con tales infamias, se hincha, se yergue y deja llorando bajo mis dedos la prueba no sospechosa de las impresiones que esta porquería le procura».

«¡Ah!, me cago en Dios», dijo Curval, «esta sí que es una pasión deliciosa, pero todavía podría ser refinada». «¿Y cómo?», dice Durcet con una voz entrecortada por los suspiros de la lubricidad. «¿Cómo?», dice Curval, «¡ah!, me cago en Dios, con la elección de la mujer y de los manjares». «De la mujer... ¡Ah!, ya entiendo, tú querrías allí una Fanchon». «¡Ah!, sin duda». «¿Y los manjares?», prosiguió Durcet mientras Adélaïde lo masturbaba. «¿Los manjares?», replicó el presidente, «¡ah, carajo!, obligándole a devolverme lo que yo habría acabado de entregarle de la misma manera». «O sea», continuó el financiero cuya cabeza comenzaba a trastornarse por completo, «¿que le vomitarías en la boca, que ella tendría que tragarlo y después devolvértelo?».

«Exactamente». Y precipitándose los dos a su gabinete, el presidente con Fanchon, Augustine y Zélamir, Durcet con la Desgranges, Rosette y Bande-Au-Ciel, se vieron obligados a esperar cerca de media hora para continuar los relatos de Duclos. Al fin reaparecieron. «Acabas de hacer porquerías», le dijo el duque a Curval, que fue el primero en regresar. «Algunas», dijo el presidente, «es la felicidad de mi vida, y, por lo que a mí se refiere, sólo aprecio la voluptuosidad en lo que tiene de más sucio y más repulsivo». «Pero, por lo menos, ¿se ha derramado leche?». «Ni una gota», dijo el presidente, «¿acaso crees que me parezco a ti y que tengo, como tú, leche que perder a cada minuto? Dejo esas hazañas para ti y para los vigorosos campeones como Durcet», prosiguió al verle entrar, casi sin poder sostenerse de agotamiento. «Es cierto», dijo el financiero, «no he conseguido resistirme. Esta Desgranges es tan marrana tanto por lo que dice como por lo que hace, se presta con tanta facilidad a todo lo que uno quiere...». «Vamos, Duclos», dijo el duque, «prosigue, pues si no le quitamos de una vez la palabra, el pequeño indiscreto nos contará todo lo que ha hecho, sin pensar en lo horrible que resulta jactarse así de los favores recibidos de una mujer bonita». Y la Duclos, obediente, continuó así su historia:

«Ya que a estos señores les gustan tanto las extravagancias», dijo nuestra historiadora, «lamento que no hayan contenido por un instante su entusiasmo, porque me parece que su efecto habría sido más eficaz a partir de lo que todavía me resta por contaros esta noche. Lo que el señor presidente ha pretendido que faltaba para perfeccionar la pasión que acabo de contar se encontraba al pie de la letra en la siguiente. Lamento que no me haya dado tiempo a acabarla. El viejo presidente de Saclanges ofrece al pie de la letra las singularidades que el señor de Curval parecía desear. Habían elegido, para hacerle frente, a la decana de nuestro cabildo. Era una mujerona alta y robusta, de unos treinta y seis años, granujienta, borracha, blasfema, con modales de verdulera o de pescadera, aunque, por otra parte, bastante bonita. Llega el presidente; les sirven la cena; ambos se emborrachan hasta perder el sentido, ambos vomitan en la boca del otro, ambos engullen y se devuelven mutuamente lo que se prestan. Caen finalmente sobre los restos de la cena, sobre las porquerías con que acaban de regar el suelo. Entonces me mandan a mí, pues mi compañera ya no tenía conocimiento ni fuerzas. Era, sin embargo, el momento importante del libertino. Lo encuentro en el suelo, con la polla tiesa y dura como una barra de hierro; empuño el instrumento, el presidente balbucea y blasfema, me atrae hacia él, chupa mi boca y eyacula como un toro dando vueltas y vueltas y sin cesar de revolcarse sobre sus inmundicias.

«Aquella misma mujer nos ofreció poco después el espectáculo de una fantasía por lo menos tan sucia. Un grueso fraile, que le pagaba muy bien, se colocó a horcajadas sobre su vientre; los muslos de mi compañera estaban totalmente espatarrados, y atados a unos pesados muebles para que no pudieran moverse. En esta actitud, sirvieron varios manjares sobre el bajo vientre de la mujer, en crudo y sin ningún plato. El buen hombre agarra los pedazos con la mano, los hunde en el coño abierto de su Dulcinea, los revuelve una y otra vez y sólo los come después de haberlos impregnado por completo de las sales que la vagina le proporciona».

«He aquí una manera de comer completamente nueva», dijo el obispo. «Y que no os gustaría nada, ¿verdad, monseñor?», dijo Duclos. «¡No, voto a Dios!», contestó el servidor de la Iglesia, «no me gusta tanto el coño como para eso».

«¡Bien!», continuó nuestra historiadora, «escuchad, pues, la historia con la que voy a cerrar mis narraciones de esta noche. Estoy convencida de que os divertirá más».

«Llevaba ya ocho años en casa de madame Guérin. Acababa de cumplir los diecisiete, y durante todo aquel tiempo no había pasado un solo día sin ver llegar regularmente todas las mañanas a un cierto recaudador de impuestos con el que tenían las mayores consideraciones. Era un hombre que tendría entonces unos sesenta años, gordo, pequeño y bastante parecido desde todos los puntos de vista al señor Durcet. Tenía su misma frescura y sus mismas carnes. Necesitaba cada día una muchacha nueva, y las de la casa sólo le servían como último recurso o cuando la de fuera faltaba a la cita. El señor Dupont, así se llamaba nuestro financiero, era tan difícil en la elección de las muchachas como en sus gustos. No quería en absoluto que la muchacha fuera una puta, a menos que no hubiera más remedio, tal como acabo de contar: era preciso que fueran obreras, dependientas, sobre todo de tiendas de modas. La edad y el color estaban igualmente regulados: las quería rubias, entre los quince y los dieciocho años, ni más ni menos, y por encima de todas estas cualidades era preciso que tuvieran el culo torneado y de una limpieza tan excepcional que el mínimo grano en el agujero se convertía en un motivo de exclusión. Cuando eran vírgenes, les pagaba doble. Aquel día esperaban para él a una joven encajera de dieciséis años, cuyo culo pasaba por modélico; pero él no sabía que este era el regalo que querían hacerle, y como la joven mandó recado diciendo que no podía librarse aquella mañana de sus padres y que no la esperaran, la Guérin, que sabía que Dupont no me había visto nunca, me ordenó inmediatamente que me vistiera de burguesa, que tomase un coche de punto al final de la calle y que me presentara en la casa un cuarto de hora después de que Dupont hubiera entrado, interpretando bien mi papel y haciéndome pasar por una aprendiz de modas. Pero, por encima de todo, lo más importante que debía cumplir era llenarme inmediatamente el estómago de una media libra de anís, detrás de la cual me tragué un gran vaso de un licor balsámico que ella me dio y cuyo efecto debía ser el que oiréis inmediatamente. Todo salía perfectamente bien; disponíamos afortunadamente de unas cuantas horas, con lo cual nada falló. Llego con un aspecto totalmente ingenuo. Me presentan al financiero que comienza por mirarme atentamente, pero, como yo me comportaba con la más escrupulosa atención, no pudo descubrir nada en mí que desmintiera la historia que le vendían. «¿Es virgen?», dijo Dupont. «No por ahí», dijo la Guérin poniendo la mano sobre mi vientre, «pero por el otro lado yo respondo». Y mentía impúdicamente. Daba igual, nuestro hombre se lo creyó, y esto era lo que hacía falta. «Arremánguela, arremánguela», dijo Dupont. Y la

Guérin levantó mis faldas por detrás, inclinándome un poco sobre ella, y así descubrió al libertino el templo entero de su homenaje. Lo examina, toca un instante mis nalgas, sus dos manos las abren y, satisfecho sin duda de su examen, dice que el culo está bien y que le contentará. Después me hace unas cuantas preguntas sobre mi edad, sobre el oficio que desempeño, y satisfecho de mi supuesta inocencia, y del aire de ingenuidad que adopto, me hace subir a su apartamento, pues poseía uno propio en casa de la Guérin, donde sólo entraba él y no podía ser observado desde ningún lugar. Tan pronto como hubimos entrado, cierra con cuidado la puerta y, después de examinarme un instante más, me pregunta en un tono y un aire bastante brutal, actitud que mantuvo todo el tiempo, me pregunta, digo, si es cierto que jamás me han follado por el culo. Como estaba en mi papel ignorar una expresión semejante, me la hice repetir, explicándole que no le entendía, y cuando, con sus gestos, me hizo comprender lo que quería decir de una manera que no había más remedio que entenderle, le contesté con un aire de honor y de pudor que me sentiría muy molesta si alguna vez me hubiera prestado a semejantes infamias. Entonces me dice que me quite solamente las faldas, y tan pronto como le hube obedecido, dejando que mi blusa siguiera ocultando la parte delantera, la levantó por detrás cuanto pudo por debajo de mi corsé, y como al desnudarme se había caído mi pañoleta, y mi pecho quedó totalmente descubierto, se enfadó. «¡Que el diablo se lleve las tetas!», exclamó. «¡Eh!, ¿quién os pide tetas? Es lo que más me irrita de todas esas criaturas: siempre la impúdica manía de enseñar las tetazas». Y apresurándome a cubrirlas me acerqué a él como para pedirle excusas, pero al ver que le mostraba la parte delantera por la actitud que iba a adoptar, se enfureció de nuevo: «¡Eh!, quédate de una vez tal como te pongo, me cago en Dios», dijo, cogiendo mis caderas y colocándome de modo que sólo le presentara el culo, «quédate así, ¡diablos! Quiero tan poco tu coño como tus pechos: lo único que necesito es tu culo». Y al mismo tiempo se levantó y me llevó al borde de la cama, sobre la que me instaló medio boca abajo, sentándose después en una silla muy baja entre mis piernas, de modo que su cabeza se hallara a la altura exacta de mi culo. Sigue examinándome un instante más y, descontento todavía del resultado, se levanta para colocarme un cojín bajo el vientre, cosa que aún hacía sobresalir más mi culo; se sienta de nuevo, me mira, y todo ello con sangre fría, con la flema del libertinaje consciente. Al cabo de un momento, se apodera de mis dos nalgas, las abre, acerca su boca abierta al agujero, sobre el cual la pega herméticamente, e inmediatamente, obedeciendo la orden que he recibido y la urgente necesidad que sentía, le suelto en el fondo de su gaznate el pedo más ruidoso que debe haber recibido en toda su vida. Se aparta furioso. «¿Cómo es posible, pequeña insolente?», me dijo, «¿cómo te atreves a peerte en mi boca?». Y vuelve a colocarla inmediatamente. «Sí, señor», le dije, soltando una segunda ventosidad, «así trato yo a los que me besan el culo». «¡Bien!, ¡péate, péate pues, tunanta!, ya que no puedes aguantarte, pea cuanto quieras y puedas». A partir de este momento ya no me contengo, nada puede expresar la necesidad de soltar ventosidades que me dio la droga que había tomado; y nuestro hombre, extasiado, los recibe a veces en la boca y otras en las narices. Al cabo de un cuarto de hora de semejante ejercicio, se echa finalmente en un canapé, me atrae hacia él, siempre con mis nalgas sobre su nariz, me ordena que le masturbe en esta posición, sin abandonar un ejercicio con el que siente tan divinos placeres. Suelto pedos, le masturbó, meneo una minina blanducha poco más larga y poco más gruesa que el dedo; a fuerza de sacudidas y de pedos, el instrumento acaba por ponerse tieso. El aumento del placer de nuestro hombre, el instante de su crisis, me es anunciado por un redoblamiento de iniquidad por su parte. Es su propia lengua la que provoca ahora mis pedos; ella es la que se clava en el fondo de mi ano, como para provocar las ventosidades, quiere que las lance sobre ella, disparata, para que se pierda la cabeza, y su pequeño y miserable instrumento acaba por regar tristemente mis dedos con siete u ocho gotas de una esperma clara y pardusca que le devuelven por fin a la razón. Pero, como en su caso la brutalidad servía tanto para fomentar el extravío como para reemplazarlo apresuradamente, apenas me dio tiempo de vestirme. Gruñía, refunfuñaba, en una palabra, me ofrecía la imagen odiosa del vicio cuando ha satisfecho su pasión y esta inconsecuente grosería que, tan pronto como el prestigio, ha caído, intenta vengarse mediante el menosprecio del culto usurpado por los sentidos».

«He aquí a un hombre que me gusta más que todos los anteriores», dijo el obispo... «¿Y sabes si a la mañana siguiente tuvo su pequeña novicia de dieciséis años?». «Sí, monseñor, la tuvo, y al otro una virgen de quince años, aún más bonita. Como pocos hombres pagaban tanto, pocos había tan bien servidos». Habiendo excitado esta pasión unas cabezas tan acostumbradas a los desórdenes de este tipo y recordándoles un gusto que celebraban unánimemente, no quisieron esperar más para llevarlo a la práctica. Cada uno cogió lo que pudo y pilló un poco de todas partes. Llegó la cena; la sazonaron con casi todas las infamias que acababan de escuchar; el duque emborrachó a Thérèse y la hizo vomitar en su boca; Durcet hizo peerse a todo el serrallo y recibió más de sesenta a lo largo de la velada. Curval, a quien se le ocurría todo tipo de extravagancias, dijo que quería celebrar sus orgías a solas y se encerró en el saloncito del fondo con Fanchon, Marie, la Desgranges y treinta botellas de vino de Champaña. Tuvieron que llevarse a los cuatro: los encontraron nadando en las olas de sus porquerías y al presidente dormido, con la boca pegada a la de la Desgranges, que seguía vomitando. Los otros tres, en unos géneros semejantes o diferentes, habían hecho por lo menos otro tanto; habían pasado igualmente sus orgías bebiendo, habían emborrachado a sus putos, les habían hecho vomitar, habían hecho peerse a las muchachas, habían hecho de todo y, de no ser por la Duclos que había conservado el juicio, había puesto todo en orden y los llevó a acostarse, es más que probable que la Aurora de los dedos de rosa, al entreabrir las puertas del palacio de Apolo, los hubiera encontrado sumidos en sus inmundicias, más parecidos a cerdos que a hombres. Necesitados únicamente de descanso, cada uno se acostó a solas y fue a buscar en el seno de Morfeo un poco de fuerzas para el día siguiente.

## Séptima jornada

Los amigos se despreocuparon de prestarse una hora cada mañana a las lecciones de la Duclos. Fatigados de los placeres de la noche, temerosos, además, de que esta operación no les hiciera perder su leche tan de mañana, y pensando tan bien que esta ceremonia les hastiaba demasiado pronto respecto a unas voluptuosidades y unos objetos que estaban interesados en mimar, decidieron que cada mañana uno de los folladores ocupara su lugar. Efectuaron las visitas. Sólo faltaba una muchacha para que los ocho tuvieran que sufrir la corrección: era la hermosa e interesante Sophie, acostumbrada a respetar todos sus deberes. Por ridículos que pudieran parecerle, ella los respetaba, pero Durcet, que había prevenido a su guardiana Louison, supo hacerla caer tanbién en la trampa que fue declarada culpable y apuntada por consiguiente en el libro fatal. La dulce Aline, examinada igualmente muy de cerca, fue también estimada culpable, y, con ello, la lista de la noche quedó, pues, compuesta por las ocho muchachas, dos esposas y cuatro muchachos. Cumplimentadas estas tareas, sólo pensaron en ocuparse de la boda que debía celebrar la fiesta proyectada para el final de la primera semana. Aquel día no se concedió ningún permiso de necesidades públicas en la capilla, monseñor se revistió de pontifical, y se dirigieron al altar. El duque, que representaba al padre de la muchacha, y Curval, que representaba al del muchacho, condujeron respectivamente a Michette y a Giton. Ambos iban extraordinariamente ataviados en traje de calle, pero en sentido contrario, o sea que el chiquillo iba de muchacha y la muchacha de muchacho. Desgraciadamente, nos vemos obligados, por el orden que nos hemos prescrito para las materias, a retrasar todavía por algún tiempo el placer que sentiría sin duda el lector en conocer los detalles de esta ceremonia religiosa; pero llegará sin duda un momento en que podamos desvelárselos. Pasaron al salón y, mientras esperaban la hora de la comida, nuestros cuatro libertinos, encerrados a solas con la encantadora parejita, les hicieron desnudarse y les obligaron a cometer juntos cuantas ceremonias matrimoniales les permitía su edad, a excepción, sin embargo, de la introducción del miembro viril en la vagina de la muchacha, cosa que habría podido hacerse ya que el muchacho empalmaba muy bien, y que no se permitió, a fin de que nada marchitara una flor destinada a otros usos. Pero, por el resto, les dejaron tocarse y acariciarse; la joven Michette manchó a su maridito, y Giton, con la ayuda de sus amos, masturbó muy bien a su mujercita. Ambos, sin embargo, empezaban a sentir con harta claridad la esclavitud en la que estaban para que la voluptuosidad, incluso la que su edad les permitía sentir, pudiera nacer en su pequeño corazón. Comieron; los dos esposos participaron del festín, pero, en el café, habiéndose excitado con ellos, los desnudaron, como estaban Zélamir, Cupidon, Rosette y Colombe, que servían el café aquel día. Y, como la jodienda entre muslos se había puesto de moda en aquel momento del día, Curval se apoderó del marido, el duque de la mujer, y les enmuslaron a los dos. El obispo, que desde que había tomado el café se ensañaba con el culo encantador de Zélamir, lo chupaba y lo hacía peer, no tardó en enfilarlo de la misma manera, mientras Durcet castigaba con sus pequeñas marranadas predilectas el culo encantador de Cupidon. Nuestros dos principales atletas no se corrieron y, apoderándose inmediatamente, el uno de Rosette y el otro de Colombe, las enfilaron por detrás y entre los muslos de la misma manera que acababan de hacer con Michette y Giton, ordenando a las encantadoras criaturas que masturbaran con sus bonitas manitas, y de acuerdo con las instrucciones recibidas, las monstruosas puntas de polla que sobresalían más allá de su vientre; y, mientras tanto, los libertinos manoseaban a su antojo los agujeros de los frescos y deliciosos culos de sus pequeñas propiedades. Nadie, sin embargo, derramó leche; se sabía que aquella noche había un trabajo delicioso y se refrenaron. A partir de aquel momento, se esfumaron los derechos de los jóvenes esposos, y su matrimonio, aunque efectuado con todas las de la ley, no fue más que un juego. Cada uno de ellos se reintegró a los grupos a que estaban destinados, y fueron a escuchar a la Duclos, que prosiguió así su historia:

«Un hombre, más o menos de los mismos gustos que el financiero que concluyó mis relatos de anoche, comenzará, si les parece bien, señores, los de hoy. Era un relator del Consejo de Estado de unos sesenta años y que unía a la singularidad de sus fantasías la de querer únicamente mujeres más viejas que él. La Guérin le ofreció una vieja celestina, amiga suya, cuyas nalgas arrugadas parecían un viejo pergamino útil para humedecer el tabaco. Éste era, sin embargo, el objeto que debía servir a los homenajes de nuestro libertino. Se arrodilla delante de aquel culo decrépito, lo besa amorosamente; se le ventosea en la nariz, él se extasía, abre la boca, hace otro tanto, su lengua va a buscar con entusiasmo las blandas ventosidades que le sueltan. No puede resistir al delirio a que lo arrastra tal operación. Saca de su calzón un miembrecillo tan viejo, pálido y arrugado como la divinidad a la que ofrenda. «¡Ah!, ¡péate, péate, amiga mía!», exclama masturbándose con todas sus fuerzas, «pea, mi corazón, sólo de tus pedos espero yo el desencantamiento de este instrumento enmohecido». La alcahueta insiste, y el libertino, ebrio de voluptuosidad, pierde entre las piernas de su diosa dos o tres desdichadas gotas de esperma a las que debía todo su éxtasis».

¡Oh terrible efecto del ejemplo! ¿Quién lo hubiera dicho? En el mismo instante, y como si se hubieran puesto de acuerdo, nuestros cuatro libertinos llaman a su lado a las dueñas de sus grupos. Se apoderan de sus viejos y feos culos, solicitan unos pedos, los obtienen, y están a punto de ser tan felices como el relator del Consejo, si el recuerdo de los placeres que les aguardan en las orgías no les contuviera. Pero los recuerdan, se paran ahí, despiden a sus Venus, y la Duclos continúa:

«Insistiré poco sobre la siguiente, señores», dijo la amable mujer; «ya sé que entre vosotros tiene pocos seguidores, pero, como me ordenasteis que lo dijera todo, obedezco. Un hombre muy joven y muy buen mozo tuvo la fantasía de lamerme el coño con mis reglas. Yo estaba acostada de espaldas, con los muslos abiertos; él, arrodillado delante de mí, me chupaba levantando mis lomos con ambas manos para tener el coño más a su alcance. Tragó tanto la leche como la sangre, pues lo hizo con tanta destreza y era tan guapo que me corrí. Se masturbaba, estaba en el séptimo cielo, parecía que nada en el mundo pudiera ocasionarle tanto placer, y la eyaculación más cálida y más ardiente, hecha sin dejar de operar, no tardó en convencerme de que así era. Al día siguiente vio a Aurore, poco después a mi hermana, y en un mes nos pasó revista a todas, después de lo cual hizo sin duda lo mismo en todos los demás burdeles de París.

«Estaréis de acuerdo, señores, en que esta fantasía no es, sin embargo, más extraña que la de un hombre, antiguo amigo de la Guérin y al que ella había servido largo tiempo, de quien nos aseguró que toda su voluptuosidad consistía en comer embriones y abortos. Le avisaban cada vez que una pupila se encontraba en tal situación; acudía y engullía el embrión extasiándose de voluptuosidad».

«Yo conocí a ese hombre», dijo Curval, «su existencia y sus gustos son la cosa más cierta del mundo». «De acuerdo», dijo el obispo, «pero lo que es tan cierto como la existencia de vuestro hombre es que yo no lo imitaré». «¿Y por qué no?», dijo Curval. «Estoy convencido de que eso puede producir una eyaculación, y si Constance quiere dejarme, ya que se dice que está preñada, le prometo que le haré salir a su señor hijo antes de tiempo y que me lo comeré como una sardina». «¡Oh!, es harto sabido vuestro horror por las mujeres preñadas», contestó Constance, «sabemos que os librasteis de la madre de Adélaïde porque quedó embarazada por segunda vez y, si Julie quiere hacerme caso, que tenga cuidado». «Es muy cierto», dijo el presidente, «que no me gusta la paternidad, y que, cuando la bestia está preñada, me inspira una furiosa repugnancia, pero suponer que yo maté a mi mujer por tal motivo es algo que podría llevarte a engaño. Entérate, zorra, más que zorra, de que no necesito ningún motivo para matar a una mujer, y sobre todo a una vaca como tú a la que impediría hacer su becerro si me pertenecieras». Constance y Adélaïde se echaron a llorar, y esta circunstancia comenzó a desvelar el odio secreto que el presidente sentía por la encantadora esposa del duque, quien, muy lejos de defenderla en esta discusión, contestó a Curval que debía saber que le gustaba la paternidad tan poco como a él y que, si bien Constance estaba preñada, todavía no había parido. Aquí las lágrimas de Constance redoblaron; estaba en el canapé de Durcet, su padre, quien, por todo consuelo, le dijo que, si no se callaba inmediatamente, la echaría pese a su estado a puntapiés en el culo. La pobre desdichada ocultó en su corazón afligido las lágrimas, que le reprochaban y se limitó a decir; «¡Ay, Dios mío!, qué desgraciada soy, pero es mi suerte, tengo que cumplirla». Adélaïde, deshecha en lágrimas, y a la que el duque, en cuyo canapé estaba, fastidiaba con todas sus fuerzas para hacerla llorar aún más, consiguió secar igualmente su llanto, y concluida esta escena un poco trágica, aunque muy regocijante para el malvado espíritu de nuestros libertinos, Duclos prosiguió en estos términos:

«Había en casa de la Guérin una habitación construida con bastante gracia y que nunca servía más que para un solo hombre. Tenía un doble techo, y esta especie de entresuelo muy bajo, y en el que sólo se podía estar acostado, servía para instalar al libertino de extraña calaña cuya pasión satisfice. Se encerraba con una muchacha en esta especie de trampa, y su cabeza quedaba situada de manera que encajara con un agujero que daba a la habitación superior. La muchacha, encerrada con el hombre en cuestión, no tenía otra misión que masturbarle, y yo, colocada encima, debía hacer lo mismo a otro hombre. El agujero, situado en un lugar muy oscuro, estaba abierto como por descuido, y yo, como por limpieza y para no estropear el suelo, tenía que dejar caer la leche, al hacer la paja a mi hombre, en el agujero y, por consiguiente, sobre la cara del otro que correspondía exactamente a esta abertura. Todo estaba construido con tanto arte que era imposible descubrirlo, y la operación funcionaba a las mil maravillas: en el momento en que el paciente recibía en sus narices la leche del que era masturbado encima, él añadía la suya, y todo concluía.

«La vieja de la que acabo de hablaros hace un momento reapareció, pero para ocuparse de otro campeón. Este, un hombre de unos cuarenta años, la hizo desnudarse y le lamió después todos los agujeros de su viejo cadáver; culo, coño, boca, narices, sobaco, orejas, nada fue olvidado, y a cada mamada el ruin tragaba todo lo que recogía. No se detuvo ahí, le hizo masticar unos pedazos de pastel que él tragó tan pronto como ella los hubo desmenuzado; le hizo conservar largo rato en la boca unos buches de vino con los que ella se lavó, hizo gárgaras y él engulló de igual manera; y durante todo ese tiempo su polla permanecía en una erección tan prodigiosa que la leche parecía a punto de escapar sin que fuera necesario provocarla. Al fin la sintió a punto de salir y, abalanzándose sobre su vieja, le hundió, por lo menos un pie, la lengua en el agujero del culo y se corrió como un condenado».

«¡Eh, me cago en Dios!», dijo Curval, «¿acaso hace falta una persona joven y bonita para que te corras? Una vez más, en todos los placeres lo más sucio es lo que atrae la leche: cuanto más sucio, más voluptuosamente fluye». «Son las sales», dijo Durcet, «que se desprenden del objeto que ayuda a nuestra voluptuosidad, y excitan nuestros espíritus animales y los ponen en marcha; ahora bien, ¿quién puede negar que todo lo que es viejo, sucio o hediondo contiene una mayor cantidad de estas sales y, por consiguiente, más medios para provocar y determinar nuestra eyaculación?». Siguieron discutiendo un momento, por una y otra parte, esta tesis, y, como había mucho que hacer después de cenar, hicieron servir la cena un poco antes, y en los postres las muchachas, todas ellas condenadas a penitencias, pasaron al salón donde debían ser estas ejecutadas junto con los cuatro muchachos y las dos esposas igualmente condenadas, lo que daba un total de catorce víctimas, a saber: las ocho muchachas conocidas, Adélaïde y Aline, y los cuatro muchachos, Narcisse, Cupidon, Zélamir y Giton. Nuestros amigos, ebrios ya de la fortísima voluptuosidad de su gusto que les esperaba, acabaron de calentarse con una prodigiosa cantidad de vinos y de licores, y se levantaron de la mesa, para pasar al salón donde los esperaban los pacientes, en tal estado de embriaguez, de furor y de lubricidad que seguramente nadie hubiera querido encontrarse en el lugar de aquellos desdichados delincuentes. Aquel día sólo debían encontrarse en las orgías los culpables y las cuatro viejas para el servicio. Todos estaban desnudos, todos temblaban, todos lloraban, todos esperaban su suerte, cuando el presidente, sentándose en un sillón, preguntó el nombre y la falta de cada sujeto. Durcet, tan achispado como su colega, tomó el cuaderno y quiso leer, pero pareciéndole poco claros los objetos, y no pudiendo continuar, le sustituyó el obispo, y aunque tan borracho como su colega, pero aguantando mejor el vino, leyó en voz alta uno tras otro el nombre de cada culpable y su falta; e inmediatamente el presidente dictaba una penitencia proporcionada a las fuerzas y a la edad del delincuente, de todos modos, siempre muy dura. Celebrada esta ceremonia, las ejecutaron. Nos desespera que el orden de nuestro plan nos impida describir aquí estas lúbricas correcciones, pero que nos perdonen nuestros lectores. Sienten como nosotros la imposibilidad en que nos hallamos de satisfacerlos por ahora; pueden estar seguros de que no perderán nada. La ceremonia fue muy larga: había catorce sujetos que debían ser castigados, y se entremezclaron episodios muy divertidos. Todo fue, sin duda, delicioso, ya que nuestros cuatro malvados se corrieron y se retiraron ellos mismos tan cansados, tan ebrios tanto de vinos como de placeres que, sin la ayuda de los cuatro folladores que vinieron a recogerlos, jamás hubieran podido llegar a sus apartamentos donde, pese a todo lo que acababan de hacer, les seguían esperando nuevas lubricidades. El duque, que tenía aquella noche a Adélaïde para acostarse, no la quiso. Había estado entre las castigadas, y había sido tan bien castigada por él que, habiéndose corrido del todo en su honor, no quiso saber nada de ella aquella noche, y, haciéndola acostar en el suelo sobre un colchón, dio su lugar a la Duclos, siempre mejor que nunca en el disfrute de sus favores.

## Octava jornada

Habiendo infundido respeto los ejemplos de la víspera, no se encontró ni se pudo encontrar a nadie en falta a la mañana siguiente. Prosiguieron las lecciones sobre los folladores y, como no se produjo ningún acontecimiento hasta el café, comenzaremos esta jornada en aquel momento. Era servido por Augustine, Zelmire, Narcisse y Zéphire. Recomenzaron las jodiendas entre muslos; Curval se apoderó de Zelmire y el duque de Augustine, y después de haber admirado y besado sus bonitas nalgas, que tenían aquel día, no sé muy bien por qué, unas gracias, unos atractivos, un bermellón que no habían sido advertidos antes, después, digo, de que nuestros libertinos hubieran besado y acariciado a fondo los encantadores culitos, exigieron pedos. El obispo, que tenía a Narcisse, ya los había obtenido; se oían los que Zéphire arrojaba a la boca de Durcet...

¿Por qué no imitarles? Zelmire lo había conseguido, pero de Augustine, por más que hiciera, por más que se esforzara, por más que el duque la amenazara con una suerte para el sábado próximo semejante a la que había soportado la víspera, nada salió, y la pobre pequeña ya lloraba cuando un zullón vino finalmente a satisfacerle. Él respiró, y satisfecho de esta muestra de docilidad de la bonita criatura, a la que quería bastante, le plantó su enorme instrumento en los muslos y, retirándolo en el momento de correrse, le regó por completo las dos nalgas. Curval había hecho otro tanto con Zelmire, pero el obispo y Durcet se contentaron con lo que se llama la «pequeña oca». Y hecha la siesta, pasaron al salón, donde la bella Duclos, aquel día con todo lo que mejor podía hacer olvidar su edad, apareció realmente bella bajo las luces, hasta el punto de que nuestros libertinos, excitados, no la dejaron continuar sin que antes, desde lo alto de su tribuna, no hubiera mostrado sus nalgas a la asamblea. «Tiene realmente un hermoso culo», dijo Curval. «Pues sí, amigo mío», dijo Durcet, «te aseguro que he visto pocos mejores». Y, recibidos estos elogios, nuestra heroína bajó sus faldas, se sentó y retomó el hilo de su historia de la manera que el lector leerá, si se toma el trabajo de continuar, lo que le aconsejamos en interés de sus placeres:

«Una reflexión y un acontecimiento fueron la causa, señores, de que lo que me resta por contaros ahora ya no se desarrolle en el mismo campo de batalla. La reflexión es muy sencilla: la hizo nacer el desdichado estado de mi bolsa. Después de nueve años de vivir en casa de madame Guérin, y pese a que yo gastaba muy poco, no contaba, sin embargo, con cien luises en la bolsa. Esta mujer, extraordinariamente hábil y entendiendo de la mejor manera sus intereses, siempre encontraba la manera de quedarse con, por lo menos, las dos terceras partes de los ingresos, además de imponer grandes retenciones sobre el último tercio. Este tejemaneje me disgustó, y vivamente solicitada por otra alcahueta, llamada Fournier, para que fuera a vivir con ella, sabiendo que la tal Fournier recibía en su casa a viejos verdes de mucha mejor posición y mucho más ricos que la Guérin, me decidí a despedirme de esta para ir a casa de la otra. En cuanto al acontecimiento que vino a apoyar mi reflexión, fue la pérdida de mi hermana; le había tomado mucho afecto, y no pude quedarme por más tiempo en una casa donde todo me la recordaba sin encontrarla. Mi querida hermana llevaba cerca de seis meses siendo visitada por un hombre alto, enjuto y moreno cuya fisionomía me disgustaba infinitamente. Se encerraban juntos, y no sé lo que hacían, pues mi hermana jamás quiso decírmelo, y nunca se colocaban en el lugar donde yo habría podido verlos. Sea como fuere, una buena mañana viene a mi habitación, me abraza y me dice que ha tenido una suerte enorme, que el hombre que a mí no me gustaba la mantiene, y todo lo que supe es que debía a la belleza de sus nalgas su nueva fortuna. Dicho esto, me dio su dirección, liquidó sus cuentas con la Guérin, nos abrazó a todas y se fue. Como podéis imaginar, no pasaron dos días sin que me presentara en la dirección indicada, pero allí nadie sabía de qué les hablaba. Entendí perfectamente que mi hermana había sido engañada, pues era inimaginable que ella hubiera querido privarme del placer de verla. Cuando me quejé a la Guérin de lo que me sucedía a este respecto, vi que sonreía malignamente y que se negaba a dar explicaciones: así pues, de ahí deduje que ella estaba en el misterio de toda la aventura, pero que no quería que yo la desentrañara. Todo eso me afectó y me hizo tomar mi decisión, y, como ya no tendré ocasión de hablaros de mi querida hermana, os diré, señores, que por más pesquisas que realicé, por más trabajos que me tomé para descubrirla, me ha sido absolutamente imposible saber jamás qué fue de ella».

«No me extraña», dijo entonces la Desgranges, «porque veinticuatro horas después de haberte abandonado ya no existía. Ella no te mintió, estaba totalmente engañada, pero la Guérin sabía de qué se trataba». «¡Santo cielo!, ¡qué me dices!», exclamó entonces la Duclos. «¡Ay !, aunque privada de verla, me ilusionaba todavía con su existencia». «Te equivocabas», prosiguió la Desgranges, «pero ella no te mintió: fue la belleza de sus nalgas, la admirable superioridad de su culo lo que le deparó la aventura en la que ella se ilusionaba con encontrar la fortuna y en la que sólo encontró la muerte». «¿Y el hombre alto y enjuto?», preguntó la Duclos. «No era más que el correveidile de la aventura, no trabajaba por su cuenta». «Pero, sin embargo», dijo la Duclos, «llevaba seis meses viéndola asiduamente». «Para engañarla», continuó Desgranges, «pero prosigue tu relato, estas aclaraciones podrían aburrir a estos señores, y esa anécdota me corresponde a mí, yo se la contaré». «Basta de enternecimientos, Duclos», le dijo secamente el duque viendo el esfuerzo con que retenía unas cuantas lágrimas involuntarias, «aquí no conocemos penas semejantes, la naturaleza entera podría desplomarse sin que exhaláramos un solo suspiro. Deja las lágrimas para los imbéciles y para los niños, y que no manchen jamás las mejillas de una mujer razonable y a la que apreciamos». Ante estas palabras nuestra heroína se contuvo y reanudó inmediatamente su relato.

«Debido a las dos causas que acabo de explicar tomé, pues, mi decisión, señores, y ofreciéndome la Fournier un mejor alojamiento, una mesa mucho mejor servida, unas sesiones mucho más caras, aunque más penosas, pero siempre un reparto igual y sin ninguna retención, acepté de inmediato. Madame Fournier ocupaba entonces una casa entera, y cinco jóvenes y bonitas muchachas formaban su serrallo; yo fui la sexta. Estaréis de acuerdo en que haga en este caso como en el de madame Guérin, o sea que sólo os describa a mis compañeras a medida que interpreten un papel. Ya al día siguiente de mi llegada me dieron ocupación, pues los parroquianos abundaban en casa de la Fournier, y cada una de nosotras nos hacíamos con frecuencia cinco o seis por día. Pero sólo os hablaré, tal como he hecho hasta ahora, de los que pueden excitar vuestra atención por su picante o su extrañeza.

El primer hombre que vi en mi nueva morada fue un pagador de rentas, hombre de unos cincuenta años. Me ordenó que me arrodillara con la cabeza inclinada sobre la cama, e instalándose igualmente sobre la cama, de rodillas encima de mí, se masturbó la polla en mi boca, ordenándome que la mantuviera muy abierta. No perdí ni una gota, y el libertino se divirtió prodigiosamente con las contorsiones y los esfuerzos por vomitar que me provocó aquel repugnante gargarismo.

«Permitiréis, señores», continuó la Duclos, «que coloque seguidas, aunque sucedieron en tiempos diferentes, las cuatro aventuras del mismo tipo que tuve en casa de madame Fournier. Sé que estos relatos no disgustarán en absoluto al señor Durcet, y que le encantará que le entretenga, durante el resto de la velada, con uno de sus guisos predilectos y que me procuró el honor de conocerlo por primera vez».

«¿Cómo?», dijo Durcet, «¿piensas darme un papel en tu historia?». «Si no os parece mal, señor», contestó la Duclos, «lo haré limitándome únicamente a avisar a estos señores cuando llegue a vuestro caso». «Y mi pudor, ¿qué?... ¿Descubrirás, así como así, delante de estas jóvenes, todas mis infamias?». Y después de que todos se rieran del divertido temor del financiero, la Duclos continuó así:

«Un libertino, mucho más viejo y mucho más repulsivo que el que acabo de citar, me dio la segunda representación de esta manía. Me hizo acostar completamente desnuda en una cama, se echó él en sentido contrario encima de mí, metió su polla en mi boca y su lengua en mi coño, y, en esta actitud, exigió que yo le devolviera las titilaciones de voluptuosidad que él pretendía que debía proporcionarme su lengua. Chupé cuanto pude. Era mi virginidad para él; lamió, farfulló y trabajó sin duda en todas sus maniobras infinitamente más en su favor que en el mío. En cualquier caso, yo no sentí nada, muy contenta de no estar horriblemente asqueada, y el libertino se corrió; operación que, después del ruego de la Fournier, que me había prevenido de todo, operación, digo, que le hice realizar lo más lúbricamente posible, apretando mis labios, chupando, exprimiendo lo más posible en mi boca el jugo que desprendía y pasando mi mano por sus nalgas para cosquillearle el ano, cosa que él me indicó que le hiciera, llenándolo por su parte lo más que podía... Terminado el asunto, nuestro hombre se fue asegurando a la Fournier que nunca le habían ofrecido una muchacha que supiera satisfacerle tan bien como yo.

Poco después de esta aventura, llena de curiosidad por saber qué venía a hacer en la casa una vieja bruja con más de setenta años y que tenía el aspecto de esperar un cliente, me dijeron que así iba a ser dentro de un momento. Con excesiva curiosidad por ver para qué podía servir un esperpento semejante, pregunté a mis compañeras si no había allí una habitación desde la que se pudiera fisgonear, como ocurría en casa de la Guérin. Una de ellas, después de contestarme que sí, me acompañó y, como había sitio para dos, nos instalamos, y he aquí lo que vimos y lo que oímos, pues como las dos habitaciones sólo estaban separadas por un tabique, era muy fácil no perder ni una palabra. La vieja fue la primera en llegar y, mirándose al espejo, se arregló, como si creyera sin duda que sus encantos tendrían todavía algún éxito. A los pocos minutos vimos llegar al Dafnis de aquella nueva Cloe. Contaba a lo sumo con sesenta años; era un pagador de rentas, hombre muy acomodado y que antes prefería gastar su dinero con pelanduscas despreciables como aquella que, con muchachas bonitas, y esto por el gusto tan singular que, según decís, señores, entendéis y explicáis tan bien. Adelanta unos pasos, mira de arriba abajo a su Dulcinea, que le hace una profunda reverencia. «Menos monsergas, vieja zorra», le dice el libertino, «y desnúdate... Pero veamos antes, ¿tienes dientes?». «No, señor, no me queda ni uno», dijo la vieja abriendo su boca infecta, «mire». Entonces nuestro hombre se acerca y, cogiendo su cabeza, le da en los labios uno de los más ardientes besos que he visto dar en mi vida; no sólo la besaba, sino que la chupaba, la devoraba, hundía amorosamente su lengua en lo más profundo de aquel gaznate putrefacto, y la buena vieja, que desde hacía mucho tiempo no había disfrutado de semejante fiesta, se lo devolvía con una ternura... que me sería difícil describiros. «Vamos», dijo el financiero, «desnúdate». Y durante este tiempo suelta también él sus calzones y descubre un miembro negro y arrugado que prometía no engrosar en mucho rato. Entretanto, la vieja se ha desnudado y se acerca descaradamente a ofrecer a su amante un viejo cuerpo amarillo y arrugado, seco, colgante y descarnado, cuya descripción, por muy lejos que hayan llegado vuestras fantasías a este respecto, os horrorizaría en exceso para que yo quiera emprenderla. Pero, lejos de asquearse, nuestro libertino se extasía; la coge, la lleva a su lado en el sillón donde se hacía una paja en espera de que ella se desnudara, le hunde una vez más su lengua en la boca, y dándole la vuelta, ofrece al instante su homenaje al reverso de la medalla. Vi claramente cómo le sobaba las nalgas, pero ¿qué digo, las nalgas?: los dos pingos arrugados que le caían ondulantes de las caderas a los muslos. En el estado en que se hallaban, las abrió, pegó voluptuosamente sus labios sobre la cloaca infame que contenían, hundió allí su lengua varias veces, y todo ello mientras la vieja intentaba dar alguna consistencia al miembro muerto que sacudía. «Manos a la obra», dijo el enamorado; «sin mi pasión predilecta, todos tus esfuerzos serán inútiles. ¿Te han avisado?». «Sí, señor». «¿Y ya sabes qué hay que tragar?». «Sí, cachorrillo, sí, pichón, tragaré, devoraré todo lo que tú hagas». Y al mismo tiempo el libertino la planta sobre la cama con la cabeza hacia abajo; en esta posición le mete su instrumento blanduzco en el pico, lo hunde hasta los cojones, coge las dos piernas de su querida, se las echa sobre los hombros, y así su hocico se encuentra completamente enterrado entre las nalgas de la dueña. Su lengua vuelve a situarse en el fondo del delicioso agujero; una abeja que fuera a absorber el néctar de la rosa no chupa con mayor voluptuosidad. Mientras la vieja también chupa, nuestro hombre se remueve. «¡Ah, joder!», exclama al cabo de un cuarto de hora de este ejercicio libidinoso, «¡chupa, chupa, mamona!, chupa y traga, ¡ya sale, carajo!, ya sale, ¿no lo notas?». Y besando todo lo que se le ofrece, muslos, vagina, nalgas, ano, lo lame todo, lo chupa todo. La vieja engulle, y el pobre caduco, que se retira tan mustio como ha entrado y que hay que suponer que se ha corrido sin erección, se escapa avergonzadísimo de su extravío y alcanza lo antes que puede la puerta, a fin de no tener que ver, sereno, el repulsivo objeto que acaba de seducirle».

«¿Y la vieja?», preguntó el duque.

«La vieja tosió, escupió, se sonó, se vistió lo más deprisa que pudo y se fue.

Unos cuantos días después, le llegó el turno a la misma compañera que me había facilitado el placer de esta escena. Era una muchacha de unos dieciséis años, rubia y con el físico más interesante del mundo; no quería perdérmela mientras trabajaba. El hombre con quien la juntaban era por lo menos tan viejo como el pagador de rentas. La hizo arrodillarse entre sus piernas, le inmovilizó la cabeza cogiéndola de las orejas y le hundió en la boca una polla que me pareció más sucia y más repugnante que un trapo arrastrado por el arroyo. Mi pobre compañera, al ver acercarse a sus frescos labios la repulsiva verga, quiso echarse hacia atrás, pero no en vano nuestro hombre la tenía agarrada como un perro de aguas por las orejas. «¿Qué pasa, zorra?», le dijo, «¿te haces la estrecha?». Y amenazándola con llamar a la Fournier, que sin duda le había recomendado que fuera complaciente, consiguió vencer su resistencia. Ella abre los labios, retrocede, los abre de nuevo y engulle finalmente, hipando, aquella reliquia infame en la más gentil de las bocas. A partir de ese momento sólo se le oyeron al malvado frases malsonantes. «¡Ah, marrana!», decía enfurecido, «¡eres demasiado remilgada para mamar la polla más hermosa de Francia! ¿Acaso te crees que tengo que remojarla todos los días adrede para ti? ¡Vamos, chupa, zorra, lame el caramelo!» Y excitándose con estos sarcasmos y con la repugnancia que inspira a mi compañera (es muy cierto, señores, que la repugnancia que nos proporcionáis se convierte en un aguijón para vuestro placer), el libertino se extasía y deja en la boca de la pobre muchacha unas pruebas inequívocas de su virilidad. Menos complaciente que la vieja, ella no tragó nada y, mucho más asqueada que aquella, vomitó al instante cuanto tenía en el estómago, y nuestro libertino, vistiéndose sin prestarle mayor atención, reía entre dientes por los crueles resultados de su libertinaje.

«Llegó mi turno, pero, más afortunada que las dos anteriores, yo fui destinada al mismo Amor, y sólo me quedó, después de haberle satisfecho, el asombro de descubrir unos gustos tan extraños en un joven que lo tenía todo para gustar. Llega, me hace desnudarme, se tiende en la cama, me ordena que me agache sobre su cara y que con mi boca haga correrse una polla muy mediocre, pero que me encomienda y cuya leche me suplica que me trague no bien la note salir. «Pero no estés ociosa durante este tiempo», añadió el pequeño libertino: «que tu coño inunde mi boca de orina, te prometo que me la tragaré de la misma manera que tú te tragarás mi leche, y que este bonito culo pee en mi nariz». Me entrego a la labor y cumplo a la vez mis tres tareas con tanto arte que la pequeña minina no tarda en vomitar todo su furor en mi boca, mientras yo me lo trago, y mi Adonis hace otro tanto con la orina con que le inundo, y todo ello respirando los pedos con que no ceso de perfumarlo».

«A decir verdad, señorita», dijo Durcet, «habría podido prescindir muy bien de revelar de este modo las chiquilladas de mi juventud». «¡Ja!, ¡ja!», dijo el duque riendo, «¡vaya!, ¿así que tú, que apenas te atreves ahora a mirar un coño, los hacías mear en aquel tiempo?». «Es cierto», dijo Durcet, «me avergüenzo, es espantoso tener que reprocharse unas infamias semejantes; ahora, amigo mío, es cuando siento todo el peso de los remordimientos... ¡Culos deliciosos!», exclamó en su entusiasmo, besando el de Sophie, que había atraído hacia sí para manosearlo un instante, «¡culos divinos, cómo me reprocho el incienso que os he robado! ¡Oh, culos deliciosos!, os prometo un sacrificio expiatorio, juro sobre vuestros altares no volver a descarriarme en toda mi vida». Y, habiéndole excitado un poco aquel bonito trasero, el libertino colocó a la novicia en una posición sin duda muy indecente, pero en la que podía, como se ha visto anteriormente, hacer que le mamaran su pequeña minina mientras lamía el ano más fresco y más voluptuoso. Pero Durcet, hastiado en exceso de este placer, sólo muy rara vez recuperaba en él su vigor; por mucho que le chuparan, y que él hiciera otro tanto, tuvo que retirarse en el mismo estado de desfallecimiento y dejar, echando pestes y blasfemando contra la muchacha, para otro momento más afortunado los placeres que la naturaleza le negaba por ahora. No todo el mundo era tan desdichado. El duque, que había pasado a su gabinete con Colombe, Zélamir, Brise-Cul y Thérèse, entonó unos rugidos que demostraban su dicha, y Colombe, que escupía con todas sus fuerzas al salir de allí, no dejó ninguna duda sobre el templo en el que había arrojado su incienso. En cuanto al obispo, echado con toda naturalidad en su canapé, con las nalgas de Adélaïde en las narices y la polla en la boca de ella, se extasiaba haciendo peerse a la muchacha, mientras que Curval, de pie, haciendo embocar su enorme trompeta a Hébé, perdía su leche totalmente distraído. Sirvieron la cena. El duque quiso defender que, si la felicidad consistía en la total satisfacción de todos los placeres de los sentidos, era difícil ser más felices de lo que eran. «Esta reflexión no es la de un libertino», dijo Durcet. «¿Y cómo podrías ser feliz si pudieras satisfacerte en todo momento? La felicidad no consiste en el goce, consiste en el deseo, en romper los frenos que se oponen a este deseo. Ahora bien, ¿todo esto se encuentra aquí, donde sólo tengo que desear para tener? Juro», dijo, «que, desde que estoy aquí, mi leche no se ha derramado ni una sola vez por los objetos que aquí están; sólo se ha derramado por los que no están. Y, además», añadió el financiero, «en mi opinión falta una cosa esencial para nuestra felicidad: el placer de la comparación, placer que sólo puede nacer del espectáculo de los desdichados, y aquí no vemos nada de eso. De la visión del que no disfruta de lo que yo tengo, y que sufre por ello, nace el encanto de poder decir: «Yo soy más feliz que él». Allí donde los hombres sean iguales y donde estas diferencias no existan, la felicidad jamás existirá. Es la historia del hombre que sólo conoce el valor de la salud cuando ha estado enfermo». «En este caso», dijo el obispo, «¿sentiríais un placer real en ir a contemplar las lágrimas de los que están abrumados por la miseria?». «Sin duda», dijo Durcet, «es posible que no exista en el mundo voluptuosidad más sensual que la que acabáis de mencionar».

«¿Cómo, sin aliviarlas?», dijo el obispo, a quien le encantaba hacer hablar a Durcet de un tema tan del gusto de todos y del que le sabía tan capaz de tratar a fondo. «¿A qué llamáis aliviar?», dijo Durcet. «La voluptuosidad que en mí nace de esta dulce comparación de su estado con el mío ya no existiría si yo les aliviara, pues entonces, al sacarles de su estado de miseria, les haría saborear un instante de felicidad que, asimilándoles a mí, eliminaría todo el placer de la comparación». «Pues bien, en tal caso», dijo el duque, «convendría en cierto modo, para establecer mejor esta diferencia esencial para la felicidad, convendría más bien, digo, agravar su situación». «Sin duda alguna», dijo Durcet, «y eso explica las infamias que se me han reprochado toda mi vida. Las personas que no conocían mis razones me llamaban duro, feroz y bárbaro, pero, burlándome de todas las denominaciones, yo seguía mi camino; cometía, lo acepto, lo que los necios llaman atrocidades, pero establecía unos placeres de comparaciones deliciosas, y era feliz». «Confiesa la verdad», le dijo el duque, «acepta que más de veinte veces has arruinado a unos desgraciados, sólo para servir de ese modo unos gustos perversos que ahora aceptas». «¿Más de veinte veces?», dijo Durcet, «más de doscientas, amigo mío, y, sin exageración, podría citar a más de cuatrocientas familias reducidas ahora a la mendicidad gracias a mí». «Y, por lo menos, ¿te has beneficiado en algo?», preguntó Curval. «Casi siempre, pero con frecuencia solo lo he hecho por una cierta maldad que suele despertar en mí los órganos de la lubricidad. Se me pone dura haciendo el mal, encuentro en el mal un atractivo lo bastante picante como para despertar en mí todas las sensaciones del placer, y me entrego a él sólo por eso, sin más interés que él mismo». «No hay nada comparable a este gusto», dijo Curval. «Cuando estaba en el Parlamento, di cien veces mi voto para hacer ahorcar a unos desgraciados que yo sabía inocentes, y jamás me entregué a esta pequeña injusticia sin experimentar en mi interior un cosquilleo voluptuoso allí donde los órganos del placer de los cojones se inflaman con facilidad. Imaginad lo que he sentido cuando he hecho algo peor». «Es cierto», dijo el duque, que comenzaba a calentarse los sesos sobando a Zéphire, «el crimen tiene el suficiente encanto como para inflamar por sí sólo todos los sentidos, sin necesidad de recurrir a ningún otro procedimiento, y nadie mejor que yo para afirmar que las fechorías, incluso las más alejadas del libertinaje, pueden hacer empalmar tanto como las que se refieren a él. El que os habla ha empalmado robando, asesinando, incendiando, y está totalmente convencido de que no es el objeto del libertinaje lo que nos anima, sino la idea del mal; que, por consiguiente, es sólo por el mal que nos empalmamos y no por el objeto, de manera que si este objeto estuviera desprovisto de la posibilidad de impulsarnos al mal ya no nos empalmaríamos por él». «Nada más cierto», dijo el obispo, «y de ahí nace la certidumbre del mayor placer en la cosa más infame, y el sistema del cual no debemos alejarnos nunca es que, cuanto más queramos obtener placer del crimen, más necesario será que el crimen sea espantoso. Y en mi caso, señores, si se me permite citarme, os confieso que estoy a punto de dejar de sentir esta sensación de la que habláis, de dejar de experimentarla, digo, en los pequeños crímenes, y si el que cometo no reúne la mayor negrura, la mayor atrocidad, el mayor engaño y la mayor traición posible, ya no se obtiene la sensación». «Bien», dijo Durcet, «¿es posible cometer unos crímenes de las dimensiones que concebimos y explicáis? En mi caso, confieso que, en eso, mi imaginación siempre ha estado muy por encima de mis medios; siempre he imaginado mil veces más de lo que he hecho y siempre me he quejado de la naturaleza que, dándome el deseo de ultrajarla, me quitaba siempre los medios». «Sólo pueden cometerse dos o tres crímenes en el mundo», dijo Curval, «y, una vez cometidos, no queda nada por añadir; el resto es inferior y ya no se siente nada. ¿Cuántas veces, me cago en Dios, no habré deseado que se pudiera atacar al sol, privar de él al universo, o utilizarlo para abrasar el mundo? Esto sí que es un crimen, y no los pequeños extravíos a que nos entregamos, que se limitan a metamorfosear al cabo de un año a una docena de criaturas en montículos de tierra». Y en estas, cuando las cabezas se inflamaban, dos o tres muchachas comenzaban ya a resentirse y las pollas comenzaban a empinarse, se levantaron de la mesa para ir a derramar en unas bonitas bocas los chorros de aquel licor cuyos picotazos demasiado agudos hacían proferir tantos horrores. Aquella noche se limitaron a los placeres de la boca, pero inventaron cien maneras de variarlos y, cuando se hartaron, intentaron encontrar en unas cuantas horas de descanso las fuerzas necesarias para recomenzar.

## NOVENA JORNADA

La Duclos advirtió esa mañana que consideraba prudente, o bien ofrecer a las muchachas otros contrincantes para el ejercicio de la masturbación, o bien cesar sus lecciones, creyéndolas suficientemente instruidas. Dijo, con mucha sensatez y verosimilitud, que, utilizando a aquellos jóvenes conocidos bajo el nombre de folladores, podían surgir unos amoríos que era prudente evitar, que, además, aquellos jóvenes valían muy poco para aquel ejercicio, dado que se corrían inmediatamente, y que todo ello iba en menoscabo de los placeres que de ellos esperaban los culos de los señores. Se decidió, pues, que las lecciones concluyeran, y con mayor motivo porque entre ellas había ya varias que masturbaban a las mil maravillas. Augustine, Sophie y Colombe habrían podido enfrentarse respecto a la habilidad y la flexibilidad de la muñeca con las más famosas pajilleras de la capital. De todas ellas, Zelmire era la menos diestra: no es que no fuera muy ágil y muy mañosa en todo lo que hacía, sino que su temperamento tierno y melancólico no le permitía olvidar sus penas y siempre estaba triste y pensativa. En la visita del desayuno de aquella mañana, su dueña la acusó de haber sido sorprendida, la noche anterior, rezando a Dios antes de acostarse. La hicieron venir, la interrogaron, le preguntaron cuál era el tema de sus oraciones. Al principio se negó a decirlo, después, viéndose amenazada, confesó llorando que rogaba a Dios que la librara de los peligros en que se hallaba, y sobre todo antes de que se hubiera atentado contra su virginidad. El duque manifestó entonces que merecía la muerte, y le hizo leer el artículo concreto de las ordenanzas a este respecto. «Bien», dijo ella, «¡matadme! El Dios a quien invoco tendrá al menos piedad de mí. Matadme antes de deshonrarme, y por lo menos el alma que yo le consagro volará pura a su seno. Me liberaré del tormento de ver y de oír tantos horrores cada día». Una respuesta en la que reinaba tanta virtud, candor y amabilidad hizo empalmar prodigiosamente a nuestros libertinos. Los había que pensaban desvirgarla inmediatamente, pero el duque, recordándoles los compromisos inviolables que habían tomado, se limitó a condenarla unánimemente con sus colegas a un violento castigo para el sábado siguiente y, mientras tanto, a mamar de rodillas durante un cuarto de hora la polla de cada uno de los amigos, advirtiéndola de que, en caso de reincidencia, perdería decididamente la vida y sería juzgada con todo el rigor de las leyes. La pobre criatura cumplió la primera parte de su penitencia, pero el duque, a quien la ceremonia había excitado y que, después de pronunciar su sentencia, le había sobado prodigiosamente el culo, esparció villanamente todo su semen en la bonita boquita, amenazándola con estrangularla si rechazaba una sola gota, y la pobrecita desventurada se lo tragó todo, no sin tremendas repugnancias. Los otros tres fueron chupados a su vez, pero no perdieron nada, y después de las ceremonias habituales de la visita a los muchachos y a la capilla, que aquella mañana produjo poco porque casi todo el mundo había sido rechazado, comieron y pasaron al café. Lo servían Fanny, Sophie, Hyacinthe y Zélamir. Curval pensó en follar a Hyacinthe por los muslos y obligar a Sophie a chupar, entre los muslos de Hyacinthe, la parte sobresaliente de su polla. La escena fue divertida y voluptuosa; masturbó e hizo correrse al chiquillo en las narices de la muchacha, y el duque que, por la longitud de su polla, era el único que pudo imitar esta escena, la repitió de igual manera con Zélamir y Fanny. Pero el muchacho todavía no se corría; de modo que se vio privado de un episodio muy agradable del que disfrutaba Curval. A continuación, Durcet y el obispo buscaron cuatro criaturas y también se la hicieron chupar, pero nadie se corrió y, después de una breve siesta, pasaron al salón de las historias donde, cuando todos estuvieron en sus puestos, la Duclos retomó así el hilo de sus narraciones:

«Con cualquiera que no fuerais vosotros, señores», dijo la amable mujer, «temería abordar el tema de las narraciones que nos ocupará toda esta semana, pero, por muy crapuloso que sea, vuestros gustos me son harto conocidos para que en lugar de temer disgustaros no esté por el contrario más que persuadida de resultaros agradable. Os prevengo de que escucharéis unas porquerías abominables, pero vuestros oídos están habituados a ellas, vuestros corazones las aman y las desean, y entro en materia sin más demora. Teníamos un viejo parroquiano, en casa de madame Fournier, al que, no sé por qué ni cómo, llamábamos el caballero, que tenía la costumbre de venir regularmente todas las noches a la casa para una ceremonia tan simple como extravagante: se desabrochaba los calzones, y era preciso que una de nosotras, por turno, se le cagara dentro. Inmediatamente después se los abrochaba y salía rápidamente llevándose el paquete. Mientras se lo ofrecíamos se masturbaba un instante, pero jamás le veíamos correrse y tampoco sabíamos dónde iba con su cagada así envuelta».

«¡Oh, pardiez!», dijo Curval, que siempre que oía algo tenía ganas de hacerlo, «quiero que caguen en mis calzones y conservarlo toda la velada». Y ordenando a Louison que fuera a prestarle el servicio, el viejo libertino ofreció a la asamblea la representación real del gusto cuyo relato acababan de escuchar.

«Vamos, sigue», le dijo flemáticamente a la Duclos instalándose en el canapé, «sólo la bella Aline, mi encantadora compañera de velada, puede sentirse ofendida por este asunto, pues, por lo que a mí concierne, me encanta». Y Duclos prosiguió en estos términos:

«Avisada», dijo, «de todo lo que debía ocurrir en la casa del libertino adonde me enviaban, me vestí de muchacho, y como sólo tenía veinte años, unos hermosos cabellos y una bonita cara, el traje me sentaba a las mil maravillas. Tomé la precaución de hacer antes de partir, en mis calzones, lo que el señor presidente acaba de hacerse hacer en los suyos. Mi hombre me esperaba en la cama, me acerco, me besa dos o tres veces muy lúbricamente en la boca, me dice que soy el muchachito más bonito que nunca ha visto y, al mismo tiempo que me lisonjea, intenta desabrochar mis calzones. Yo me defiendo un poco, con la única intención de inflamar aún más sus deseos, insiste, lo consigue, pero cómo describir el éxtasis que le invade no bien descubre tanto el paquete que llevo como la plasta que ha formado entre mis dos nalgas. «¿Cómo, tunante?», me dice, «¡te has cagado en los calzones!... ¿Cómo puedes hacer cochinadas semejantes?». Y al instante, manteniéndome siempre enmerdada y con los calzones bajados, se masturba, se sacude, se pega a mi espalda y arroja su leche en la plasta hundiéndome su lengua en la boca».

«¡Vaya!», dijo el duque, «¿no tocó nada, no manoseó nada de lo que tú sabes?». «No, monseñor», dijo la Duclos, «yo os lo digo todo y no oculto ninguna circunstancia. Pero un poco de paciencia, y poco a poco llegaremos a lo que queréis decir».

«Vamos a ver a uno muy gracioso», me dijo una de mis compañeras; «no necesita mujer, se divierte a solas». Nos dirigimos al agujero, enteradas de que, en la habitación vecina, adonde él tenía que dirigirse, había una silla-retrete que desde hacía cuatro días nos habían ordenado llenar y que por lo menos debía de contener más de una docena de zurullos. Llega nuestro hombre; era un viejo oficial de recaudaciones de unos setenta años. Se encierra; va derecho al orinal que, como sabe, encierra los perfumes cuyo disfrute ha pedido. Lo toma y, sentándose en un sillón, examina amorosamente durante una hora todas las riquezas de que le hacen poseedor. Huele, toca, manosea, parece sacarlos todos uno tras otro para tener el placer de contemplarlos mejor. Al fin, extasiado, saca de su bragueta un viejo pingo negro que sacude con todas sus fuerzas; una mano masturba, la otra se hunde en el orinal, regala al instrumento que festeja un pienso capaz de inflamar sus deseos; pero ni aun así se levanta. Hay momentos en que la naturaleza es tan esquiva que ni los excesos que más nos deleitan consiguen arrancarle nada. Por mucho que hizo, no se levantó nada; pero a fuerza de sacudidas, hechas con la misma mano que acababa de ser pringada en los excrementos, brotó la eyaculación: se estira, se recuesta, huele, respira, frota su polla y se corre sobre el montón de mierda que tanto lo deleita.

«Otro cenó a solas conmigo y quiso en la mesa doce platos llenos del mismo manjar, mezclados con los de la cena. Los olía, los aspiraba uno tras otro y, después de la cena, me ordenó que le masturbara encima del que le había parecido más hermoso.

«Un joven relator del Consejo de Estado pagaba un tanto por cada lavativa que la mujer iba a recibir. Cuando estuve con él, tomé siete, que él mismo me administró con su propia mano. Después de conservar cada una de ellas unos minutos, tenía que subir a una escalera de mano, él se ponía debajo, y yo le devolvía sobre su polla, que él masturbaba, toda la inmersión con que acababa de regar mis entrañas».

Es fácil imaginar que toda esta velada transcurrió entre marranadas más o menos del tipo de las que se acababan de escuchar, y se creerá aún con mayor facilidad porque este gusto era general en nuestros cuatro amigos, y, aunque Curval fuera el que lo llevaba más lejos, los otros tres no estaban menos encaprichados. Los ocho zurullos de las muchachas fueron colocados entre los platos de la cena, y en las orgías sin duda se insistió también sobre todo eso con los muchachos, y así es como terminó esta novena jornada cuyo final se vio llegar con un placer incrementado porque se suponía que el día siguiente permitiría escuchar, sobre el tema que tanto le gustaba, unos relatos algo más detallados.

## DÉCIMA JORNADA

### No te olvides de velar más en un comienzo lo que aquí vas a aclarar

Cuanto más avanzamos, mejor podemos aclarar a nuestros lectores algunos hechos que nos hemos visto obligados a mantenerles velados en el comienzo. Ahora, por ejemplo, podemos decirles cuál era el objeto de las visitas matutinas a las habitaciones de las criaturas, la causa que obligara a castigarlas cuando en estas visitas aparecía algún delincuente y cuáles eran las voluptuosidades que se saboreaban en la capilla: les estaba expresamente prohibido a los sujetos, fueran del sexo que fuesen, ir al retrete sin un permiso expreso, a fin de que esas necesidades, así conservadas, pudieran ofrecerse a la necesidad de quienes las deseaban. La visita servía para saber si alguien había faltado a esta orden: el amigo de mes inspeccionaba con cuidado todos los orinales y, si encontraba uno lleno, el sujeto era inmediatamente anotado en el libro de los castigos. Se concedía, sin embargo, una facilidad a aquellos o aquellas que ya no podían aguantarse: era la de dirigirse un poco antes de comer a la capilla, donde se había instalado un retrete construido de manera que nuestros libertinos pudieran disfrutar del placer que la satisfacción de esta necesidad podía proporcionarles; y el resto, que había podido aguantar el paquete, lo perdía en el transcurso del día de la manera que más gustaba a los amigos, y siempre por lo menos con mucha probabilidad de una de aquellas cuyos detalles escucharemos, ya que dichos detalles abarcarán todas las maneras de entregarse a este tipo de voluptuosidad. Había también otro motivo de castigo y helo aquí. Lo que se llama la ceremonia del bidé no gustaba demasiado a nuestros cuatro amigos: Curval, por ejemplo, no podía soportar que los sujetos con los que debía tener relaciones se lavasen; a Durcet le ocurría lo mismo, por lo que ambos advertían a la dueña de los sujetos con los que preveían divertirse al día siguiente, y se prohibía a dichos sujetos que utilizaran en ningún caso cualquier tipo de ablución o frotamiento, de la índole que fuere, y los otros dos que no abominaban de esto, aunque no les resultara tan esencial como a los dos primeros, se prestaban a la ejecución de este episodio, y si, después de la advertencia de que estuviera impuro, algún sujeto resultaba estar limpio, era inmediatamente anotado en la lista de los castigos. Esta fue la historia de Colombe y de Hébé aquella mañana. Habían cagado la víspera, en las orgías, y sabiendo que estaban de café al día siguiente, Curval, que pensaba divertirse con las dos y que había incluso avisado que las haría peer, había recomendado que dejaran las cosas en el estado en que estaban. Cuando las criaturas fueron a acostarse, no hicieron nada. En la visita, Durcet, enterado, quedó muy sorprendido de descubrirlas con la mayor limpieza; se disculparon diciendo que no se habían acordado, cosa que no las libró de ser anotadas en el libro de los castigos. Aquella mañana no se concedió ningún permiso de capilla. (Que el lector se digne recordar en el futuro qué entendemos por ello.) Era más que previsible la necesidad que se tendría de aquello, por la noche, en la narración, para no reservarlo todo para aquel momento.

Aquel día concluyeron también las lecciones de masturbación de los muchachos; ya eran inútiles, y todos masturbaban como las más hábiles putas de París. Zéphire y Adonis sobresalían entre todos por su destreza y su ligereza, y había pocas pollas que no hubieran eyaculado hasta la sangre, masturbadas por unas manitas tan hábiles y tan deliciosas. No hubo novedad alguna hasta el café; era servido por Giton, Adonis, Colombe y Hébé. Las cuatro criaturas, prevenidas, se habían atiborrado con todas las drogas capaces de provocar más ventosidades, y Curval, que se había propuesto hacer peer, recibió una gran cantidad de pedos. El duque se hizo chupar por Giton, cuya boquita apenas podía abarcar la enorme polla que le presentaban. Durcet cometió sus pequeños horrores predilectos con Hébé y el obispo folló a Colombe entre los muslos. Dieron las seis, pasaron al salón donde, estando todo a punto, la Duclos comenzó a contar lo que se leerá:

«Acababa de llegar a casa de madame Fournier una nueva compañera que, debido al papel que desempeñará en el detalle de la pasión que sigue, merece que os la describa por lo menos a grandes rasgos. Era una joven modistilla, pervertida por el libertino del que os he hablado en casa de la Guérin y que también trabajaba para la Fournier. Tenía catorce años, cabellos castaños, los ojos oscuros y llenos de fuego, la carita más voluptuosa que era posible ver, la piel blanca como el lirio y suave como el satén, bastante bien hecha, aunque un poco gorda, ligero inconveniente del que resultaba el culo más fresco y más gracioso, el más rollizo y el más blanco que existió tal vez en París. El hombre que yo le vi despachar, por el agujero, era su estreno, pues todavía era virgen y muy probablemente por ambos lados. Así que un bocado semejante sólo lo entregaron a un gran amigo de la casa: era el viejo abad de Fierville, tan conocido por sus riquezas como por sus desenfrenos, gotoso hasta la punta de los dedos. Llega encubierto de pies a cabeza, se instala en la habitación, examina todos los utensilios que va a necesitar, lo prepara todo, y llega la pequeña; la llamaban Eugénie. Un poco asustada de la cara grotesca de su primer amante, baja la mirada y se sonroja. «Acércate, acércate», le dice el libertino, «y déjame ver tus nalgas». «Señor...», dice la criatura sorprendida. «Vamos, vamos», dice el viejo libertino; «no hay nada peor que estas pequeñas novicias; no conciben que se quiera ver un culo. ¡Vamos, arremángate, arremángate!». Y adelantándose al fin la pequeña, por miedo a disgustar a la Fournier, a la que había prometido ser muy complaciente, se arremanga a medias por detrás. «Más arriba, más arriba», dice el viejo verde. «¿Crees que voy a tomarme la molestia de hacerlo yo?». Y, al final, el bonito culo aparece por entero. El abad examina, la hace estirarse, la hace doblarse, le hace cerrar las piernas, le hace abrirlas y, apoyándola contra la cama, frota por un instante groseramente todas sus partes delanteras, que ha puesto al descubierto, contra el bonito culo de Eugénie, como para electrizarse, como para apropiarse de un poco del calor de la hermosa criatura. De ahí pasa a los besos, se arrodilla para estar más a sus anchas y, manteniendo con sus dos manos las bellas nalgas lo más abiertas posible, revuelve sus tesoros con su lengua y con su boca. «No me han mentido», dice, «tienes un culo bastante bonito. ¿Hace mucho que has cagado?». «Hace un momento, señor», dice la pequeña. «Antes de subir madame me ha hecho tomar esta precaución». «¡Ah!, ¡ah!... De modo que ya no tienes nada en las entrañas», dice el libertino. «Bien, vamos a verlo». Y, apoderándose entonces de la jeringa, la llena de leche, vuelve al lado de su objeto, apunta la cánula y clava el clister. Eugénie, prevenida, se presta a todo, pero tan pronto como el remedio está en el vientre, él, acostándose boca abajo en un canapé, ordena a Eugénie que se monte a horcajadas encima de él y que le devuelva en la boca todo lo que le ha metido. La tímida criatura se pone como le han dicho, empuja, el libertino se masturba, su boca, herméticamente pegada al agujero, no le deja perder ni una gota del precioso licor que de él mana. Lo traga todo con el máximo cuidado, y tan pronto como llega al último sorbo su leche se escapa y acaba de sumirle en el delirio. Pero ¿qué es exactamente ese humor, esa repugnancia que, en casi todos los auténticos libertinos, sigue a la caída de sus ilusiones? El abad, rechazando a la chiquilla lejos de él, brutalmente, tan pronto como ha terminado, se viste, afirma que le han engañado al decir que harían cagar a la criatura, que no había cagado y que él se ha tragado medio zurullo. Hay que hacer notar que el señor abad sólo quería leche. Gruñe, blasfema, echa pestes, dice que no pagará, que no volverá jamás, que no vale la pena moverse por una mocosa semejante, y se va añadiendo a todo eso otras mil invectivas que ya encontraré la ocasión de contaros en otra pasión de la que constituyen la parte principal, mientras que aquí sólo serían un accesorio muy débil».

«Pardiez», dijo Curval, «vaya un hombre delicado: ¿enfadarse porque ha recibido un poco de mierda? ¿Y los que la comen?». «Paciencia, paciencia, monseñor», dijo Duclos, «permitid que mi relato avance en el orden que vosotros mismos habéis exigido, y veréis cómo les llegará el turno a los singulares libertinos de que habláis».

*Esta banda ha sido escrita en veinte veladas, de las siete a las diez, y se ha terminado el 12 de septiembre de 1785.*

*Leed el resto en el reverso de la banda. Lo que sigue es la continuación del final del reverso.*

«Dos días después, me tocó a mí. Me habían avisado, y llevaba treinta y seis horas aguantándome. Mi héroe era un viejo limosnero del rey, tullido por la gota como el anterior. Tenía que acercarme a él desnuda, pero la parte delantera y el seno debían quedar cubiertos con el mayor cuidado; me habían recomendado esta condición con la mayor exactitud, asegurándome que si, desgraciadamente, él llegaba a descubrir el mínimo vestigio de estas partes, jamás lograría que se corriera. Me acerco, él examina atentamente mi trasero, me pregunta mi edad, si es cierto que tengo muchas ganas de cagar, de qué tipo es mi mierda, si es blanda, si es dura, y mil preguntas más que parecen animarlo, porque poco a poco, mientras charlábamos, su pene se empinó y me lo mostró. Esta minina, de unas cuatro pulgadas de longitud por dos o tres de circunferencia, tenía, pese a su brillo, un aspecto tan humilde y tan lastimoso que casi hacían falta anteojos para descubrir su existencia. A solicitud de mi hombre, sin embargo, la cogí y, viendo que mis sacudidas excitaban bastante bien sus deseos, se animó a consumar el sacrificio. «¿Es cierto, hija mía», me dijo, «el deseo de cagar que me anuncias? Porque no me gusta que me engañen. Veamos, veamos si tienes realmente mierda en el culo». Y, diciendo esto, me hunde el dedo medio de su mano derecha en el ano, mientras con la izquierda sostenía la erección que yo había provocado en su pene. El dedo sondeador no necesitó ir lejos para convencerse de la necesidad real que yo le aseguraba. Apenas la hubo tocado ya se extasiaba: «¡Ah, voto a Dios!», dijo, «no me engaña, la gallina está a punto de poner y acabo de tocar el huevo». El libertino encantado me besa al instante el trasero, y viendo que yo lo aprieto, y que ya no puedo aguantarme más, me hace subir a una especie de máquina bastante parecida a la que tenéis aquí, señores, en vuestra capilla: allí, mi trasero, perfectamente expuesto a sus ojos, podía dejar caer su deposición en un orinal colocado un poco más abajo, a dos o tres dedos de sus narices. Esta máquina había sido construida para él, y hacía de ella un uso frecuente, pues apenas pasaba un día sin venir por casa de la Fournier para dicha operación, tanto con extrañas como con mujeres de la casa. Un sillón, puesto debajo del aro que sostenía mi culo, era el trono del personaje. Tan pronto como se me ve allí, se sienta él y me ordena que comience. Como preludio, unos cuantos pedos; los aspira. Al fin aparece la mierda; se extasía: «¡Caga, mi pequeña, caga, ángel mío!», exclama completamente inflamado. «Deja que vea bien cómo la mierda sale de tu hermoso culo». Y la ayudaba; sus dedos, apretando el ano, facilitaban la expulsión; se masturbaba, observaba, se embriagaba de voluptuosidad, y el exceso del placer le transporta al final completamente fuera de sí; sus gritos, sus suspiros, sus manoseos, todo me convence de que alcanza la última fase del placer, y me aseguro de ello al girar la cabeza y ver cómo su instrumento en miniatura suelta unas pocas gotas de esperma en el mismo orinal que yo acababa de llenar. Este se fue sin malhumor; llegó a asegurarme que me haría el honor de volver a verme, aunque yo estuviese convencida de lo contrario, sabiendo perfectamente que jamás veía dos veces a la misma muchacha». «Me parece muy bien», dijo el presidente, que besaba el culo de Aline, su compañera de canapé; «hay que estar como nosotros estamos, hay que estar reducidos a la carestía que nos abruma para hacer cagar un culo más de una vez». «Señor presidente», dijo el obispo, «tenéis un cierto tono de voz entrecortado que me hace pensar que estáis empalmando». «¡Ah!, nada de eso», contestó Curval, «beso las nalgas de vuestra señorita hija, que ni siquiera tiene la amabilidad de soltarme un miserable pedo». «Yo soy entonces más afortunado que vos», dijo el obispo, «pues he aquí que vuestra señora esposa acaba de ofrecerme el zurullo más bonito y más suculento...». «Vamos, silencio, señores, ¡silencio!», dijo el duque, cuya voz parecía ahogada por algo que le cubría la cabeza; «¡silencio, demonios!, estamos aquí para escuchar y no para actuar». «Así que tú no haces nada», le dijo el obispo, «y para escuchar es por lo que te veo repantigado debajo de tres o cuatro culos». «Vamos, vamos, tiene razón. Sigue, Duclos, será más prudente que escuchemos unas tonterías y no que las hagamos, hay que reservarse». Y la Duclos iba a continuar, cuando se oyeron los gritos habituales y las blasfemias usuales de las eyaculaciones del duque, el cual, rodeado de su grupo, perdía lúbricamente su leche, masturbado por Augustine que se la meneaba, dijo, de manera deliciosa, y haciendo con Sophie, Zéphire y Giton todo tipo de tonterías muy parecidas a las que contaban.

«Ah, ¡me cago en Dios!, no puedo soportar estos malos ejemplos. No sé de nada que haga correrse tanto como ver que alguien se corre, y ahí tienes a esta putita», dijo hablando de Aline, «que hace un rato no podía hacer nada y que ahora hace todo lo que se quiere... No importa, me aguantaré. ¡Ah, por mucho que cagues, zorra, por mucho que cagues, no me correré!». «Ya veo, señores», dijo Duclos, «que después de haberos pervertido, también me corresponde a mí devolveros la sensatez, y para conseguirlo voy a reanudar mi relato sin esperar vuestras órdenes». «¡Eh!, no, no», dijo el obispo, «yo no soy tan reservado como el señor presidente; la leche me escuece y tiene que salir». Y, diciendo esto, se le vio hacer delante de todo el mundo ciertas cosas que el orden que nos hemos impuesto no nos permite todavía desvelar, pero cuya voluptuosidad hizo correr muy rápidamente la esperma cuyo escozor comenzaba a molestar sus cojones. A Durcet, absorbido en el culo de Thérèse, no se le oyó, y probablemente la naturaleza le negaba lo que concedía a los otros dos, porque habitualmente no estaba mudo cuando ella le concedía sus favores. La Duclos, en este momento, viéndoles a todos calmados, emprendió así la continuación de sus lúbricas aventuras:

«Un mes después, vi a un hombre al que había casi que violar para una operación bastante parecida a la que acabo de referiros. Yo cago en un plato y se lo acerco a la nariz, en un sillón donde estaba leyendo como si no tuviera nada que ver conmigo. Me insulta, me pregunta cómo puedo ser tan insolente como para hacer cosas semejantes en su presencia, pero no bien huele el zurullo, lo mira y lo manosea. Yo le pido excusas por mi atrevimiento, él sigue diciéndome tonterías y se corre, con la mierda bajo la nariz, diciéndome que ya volveríamos a vernos y que sabría lo que era bueno.

Un cuarto sólo utilizaba en semejante fiesta a mujeres de setenta años. Le vi operar con una que tenía por lo menos ochenta. Estaba acostado en un canapé; la matrona, a horcajadas sobre él, le depositó su vieja cagada en el vientre masturbándole una vieja minga arrugada que casi no se corrió.

Había en casa de la Fournier otro mueble bastante extraño: era una especie de silla-retrete en la que un hombre podía colocarse de tal manera que su cuerpo pasara a otra habitación y que sólo su cabeza se hallara a la altura del orinal. Yo estaba del lado de su cuerpo y, arrodillada entre sus piernas, le chupaba la polla lo mejor que sabía durante la operación. Ahora bien, la extraña ceremonia consistía en que un villano, pagado para eso sin saber ni investigar lo que hacía, entrara por el lado donde estaba el culo de la silla, se sentara encima y allí soltara su deposición que, así mediante, caía a plomo sobre el rostro del paciente que yo despachaba. Pero era preciso que este hombre fuera exactamente un palurdo y elegido entre lo más horrible que pudiera ofrecer la crápula; era necesario, además, que fuera viejo y feo. Antes lo mostraban, y sin todas estas cualidades era rechazado. Yo nada vi, pero lo oí: el momento espectacular fue el de la eyaculación de mi hombre; su leche penetró en mi gaznate a medida que la mierda le cubría la cara, y le vi salir de ahí en un estado que me confirmó que había sido bien servido. Terminada la operación, la casualidad me permitió encontrarme al caballero que acababa de ser utilizado: era un buen y honorable auvernés que trabajaba de peón albañil, encantadísimo de sacar un escudo de una ceremonia que, limitándose a liberar lo superfluo de sus entrañas, le resultaba infinitamente más suave y más agradable que transportar la artesilla. Era espantosamente feo y debía de tener más de cuarenta años». «Reniego de Dios», dijo Durcet, «eso sí que está bien». Y entrando en su gabinete con el mayor de los folladores, Thérèse y la Desgranges, se le oyó berrear unos minutos después, sin que a la vuelta quisiera comunicar a la compañía los excesos a que acababa de entregarse. Sirvieron la cena que, por lo menos, fue tan libertina como de costumbre, y los amigos tuvieron la fantasía, aquella sobremesa, de ir cada uno por su lado, en lugar de divertirse todos juntos como solían hacer. El duque ocupó el saloncillo del fondo con Hercule, la Martaine, su hija Julie, Zelmire, Hébé, Zélamir, Cupidon y Marie. Curval se apoderó del salón de historias con Constance, que se estremecía cada vez que debía encontrarse con él, que hacía cualquier cosa menos tranquilizarle, con Fanchon, la Desgranges, Brise-Cul, Augustine, Fanny, Narcisse y Zéphire. El obispo pasó al salón de reuniones con la Duclos, que aquella noche fue infiel al duque para vengarse de que él lo fuera llevándose a Martaine, con Aline, Bande-Au-Ciel, Thérèse, Sophie, la encantadora pequeña Colombe, Céladon y Adonis. Durcet se quedó en el comedor donde quitaron la mesa y colocaron alfombras y cojines por el suelo. Allí se encerró, digo, con Adélaïde, su querida esposa, Antinoüs, Louison, Champville, Michette, Rosette, Hyacinthe y Giton. Un redoblamiento de lubricidad más que cualquier otra razón había dictado sin duda aquel acuerdo, pues las cabezas se calentaron tanto aquella velada que, por opinión unánime, nadie se acostó, pero, a cambio, la cantidad de guarrerías y de infamias que se cometieron en cada habitación es inimaginable. Al amanecer, quisieron sentarse de nuevo a la mesa, pese a que habían bebido mucho a lo largo de la noche. Se sentaron todos mezclados, sin orden ni concierto, y las cocineras, que fueron despertadas, enviaron huevos revueltos, sopa de cebolla y tortillas. Siguieron bebiendo, pero Constance estaba con una tristeza que nada podía calmar. El odio de Curval crecía a la par que el pobre vientre de ella. Acababa de sufrir durante las orgías de aquella noche, a excepción de golpes porque habían decidido dejar crecer el fruto, de sufrir, digo, a excepción de eso, los peores tratos imaginables. Quiso quejarse a Durcet y al duque, su padre y su marido, que la mandaron al diablo y le dijeron que debía de tener algún defecto que ellos no veían para disgustar así al más virtuoso y al más honesto de los hombres: eso es todo lo que consiguió. Y fueron a acostarse.

## UNDÉCIMA JORNADA

Se levantaron muy tarde y, suprimiendo por completo aquel día todas las ceremonias habituales, se sentaron a la mesa al salir de la cama. El café, servido por Giton, Hyacinthe, Augustine y Fanny, fue bastante tranquilo. Aunque Durcet se empeñó absolutamente en hacer peer a Augustine, y el duque en metérsela en la boca a Fanny. Ahora bien, como del deseo al efecto en semejantes mentes sólo hay siempre un paso, lo hicieron. Menos mal que Augustine estaba preparada; soltó cerca de una docena en la boca del pequeño financiero, que casi estuvo a punto de hacerle empalmar. Curval y el obispo se limitaron a sobar las nalgas de los dos chiquillos, y pasaron al salón de historias.

«Fíjate», me dijo un día la pequeña Eugénie, que empezaba a familiarizarse con nosotras, y a la que seis meses de burdel no habían hecho más que embellecer, «fíjate, Duclos», me dijo arremangándose las faldas, «cómo quiere madame Fournier que lleve el culo todo el día». Y, diciendo esto, me mostró una capa de mierda de una pulgada de espesor, que cubría por completo su pequeño y bonito agujero del culo. «¿Y qué quiere que hagas con eso?», le dije. «Es para un viejo señor que viene esta noche», dijo, «y que quiere encontrarme mierda en el culo». «Bueno», dije, «quedará contento, porque es imposible llevar más». Y me dijo que, después de haber cagado, la Fournier la había embadurnado así intencionadamente. Llena de curiosidad por ver esta escena, tan pronto como llamaron a la linda criaturita, corrí al agujero. Era un fraile, pero de los principales; era de la orden del Cister, gordo, alto, vigoroso y casi sexagenario. Acaricia a la criatura, la besa en la boca y, después de preguntarle si está bien limpia, la arremanga para comprobar por sí mismo el estado constante de limpieza que Eugénie le aseguraba, aunque ella supiera muy bien que no era así, pero le habían dicho que hablara de este modo. «¿Cómo, pillina?», le dijo el fraile viendo el estado de las cosas, «¿cómo te atreves a decirme que estás limpia con un culo así de cochino? Seguro que hace más de quince días que no te lo has limpiado. Ahora verás el trabajo que me da; pues yo quiero verlo limpio, y tendré que ser yo mismo el que se encargue de limpiarlo». Y, diciendo esto, había apoyado a la muchacha contra la cama y se había puesto de rodillas, debajo de las nalgas, abriéndolas con ambas manos. Diríase al principio que no hace más que examinar la situación; parece como sorprendido; poco a poco se familiariza con ella, su lengua se acerca, despega algunos pedazos, sus sentidos se inflaman, su polla se empina, la nariz, la boca, la lengua, todo parece trabajar a un tiempo, su éxtasis resulta tan delicioso que casi no tiene fuerzas para hablar; al fin sube la leche: se coge la polla, la masturba y, corriéndose, acaba por limpiar tan completamente este ano, que se diría que no había podido estar sucio ni un solo instante. Pero el libertino no se detenía ahí, y esta voluptuosa manía sólo era para él un preliminar. Se levanta, besa una vez más a la chiquilla, le muestra un feo y sucio culazo que le ordena zarandear y masturbar; la operación le hace empalmar de nuevo, vuelve a apoderarse del culo de mi compañera, lo colma de más besos, y como lo que hizo después no es de mi competencia, ni está situado en estas narraciones preliminares, os parecerá bien que deje para madame Martaine hablaros de los excesos de un malvado que ella ha conocido sobradamente y, para evitar incluso todo tipo de preguntas por vuestra parte, señores, a las que no me sería posible, por vuestras mismas leyes, contestar, paso a otro detalle».

«Sólo una palabra, Duclos», dijo el duque. «Hablaré con palabras encubiertas: así tus respuestas no infringirán nuestras leyes. ¿El fraile la tenía gorda y era la primera vez que Eugénie...?». «Sí, monseñor, era la primera vez, y el fraile la tenía casi tan gorda como vos». «¡Ah, joder!», dijo Durcet, «¡vaya escena, cómo me habría gustado verla!».

«Quizás hubieseis sentido la misma curiosidad», dijo Duclos al continuar, «por el personaje que pasó unos días después por mis manos. Provista de un orinal que contenía ocho o diez zurullos sacados de todas partes, y a cuyos autores le habría molestado mucho conocer, era preciso que, con mis propias manos, le frotara todo el cuerpo con esta pomada odorífera. No pasé nada por alto, ni siquiera la cara, y cuando llegué a la polla, que le masturbaba al mismo tiempo, el infame marrano, que se contemplaba complacidamente ante un espejo, me dejó en la mano las pruebas de su triste virilidad.

«Por fin hemos llegado, señores, al fin el homenaje se dirigirá al auténtico templo. Me habían dicho que estuviera preparada, llevaba dos días aguantándome. Era un comendador de Malta que, para semejante operación, veía todas las mañanas a una muchacha nueva; la escena se desarrollaba en su casa. «Hermosas nalgas», me dijo abrazándome el trasero; «pero, hija mía», prosiguió, «no basta con tener un bonito culo, es preciso también que ese bonito culo cague. ¿Tienes ganas?». «Me muero de ganas, señor», le contesté. «¡Ah, diablos!, es delicioso», dijo el comendador; «eso es lo que se llama servir al cliente como es debido, pero ¿te importará cagar, pequeña, en el orinal que voy a presentarte?». «A fe mía, señor», le contesté, «que tengo tantas ganas que cagaría en cualquier parte, incluso en su boca...». «¡Ah!, ¡en mi boca!, ¡qué deliciosa! Pues bien, este es precisamente el único orinal que tengo para ofrecerte». «¡Bien!, dádmelo, señor, dádmelo cuanto antes», le contesté, «porque ya no puedo más». Se coloca, yo me subo a horcajadas sobre él; entretanto, le masturbó; sostiene mis caderas con sus manos y recibe, pero entregándoselo cagarruta a cagarruta, todo lo que le cago en el pico. Mientras, se extasía; mi puño apenas consigue sacarle los chorros de semen que pierde; le masturbó, termino de cagar, nuestro hombre se extasía, y le dejo satisfechísimo de mí, porque tuvo por lo menos la amabilidad de decírselo a la Fournier al pedirle otra para el día siguiente.

«El que siguió sumaba a unos episodios bastante semejantes el de conservar por más tiempo los pedazos en la boca. Los reducía a líquido, se enjugaba largo rato la boca con él y los devolvía hechos agua.

«El quinto tenía, si cabe, una fantasía aún más extravagante. Quería encontrar cuatro zurullos sin una sola gota de orina en el orinal de una silla-retrete. Le encerraban a solas en la habitación donde se hallaba este tesoro;

jamás llevaba a ninguna muchacha consigo, y había que tener el mayor cuidado en que todo quedara bien cerrado, que no pudiera ser visto ni divisado por ningún lado. Entonces actuaba; pero deciros cómo me resulta imposible, pues nunca lo vio nadie. Todo lo que se sabe es que, cuando entraban en la habitación después de él, encontraban el orinal muy vacío y extremadamente limpio: pero lo que hacía de los cuatro zurullos, creo que al propio diablo le costaría contároslo. Tenía la posibilidad de arrojarlo a los retretes, pero tal vez hacía otra cosa. Lo que permite pensar que no hacía en absoluto eso que podríais suponer es que dejaba a la Fournier la tarea de procurarle los cuatro zurullos sin informarse jamás de dónde venían y sin hacer nunca la mínima recomendación al respecto. Un día, para ver si lo que íbamos a decirle le alarmaría, alarma que habría podido ofrecernos alguna luz sobre la suerte de las cagadas, le dijimos que las que le habíamos dado aquel día provenían de varias personas enfermas y aquejadas de sífilis. Se rio con nosotras sin enfadarse, cosa que, sin embargo, es verosímil de haber hecho con estos zurullos otra cosa que tirarlos. Cuando a veces quisimos profundizar nuestras preguntas, nos hizo callar y nunca supimos más.

«Es todo lo que tengo que deciros esta noche», dijo Duclos, «en espera de entrar mañana en un nuevo orden de cosas, por lo menos respecto a mi existencia; pues, en lo que se refiere al gusto encantador que idolatráis, me faltan, señores, por lo menos dos o tres días para tener el honor de entreteneros con él».

Las opiniones se dividieron respecto a la suerte de las ñordas del hombre del que se acababa de hablar, y mientras se hablaba de ello hicieron salir a unos cuantos; y el duque, que quería que todo el mundo viera la predilección que sentía por la Duclos, mostró a toda la sociedad la manera libertina con que se divertía con ella, y la desenvoltura, la destreza, la prontitud, acompañada de las más bonitas frases, con que ella tenía el arte de satisfacerle. La cena y las orgías fueron bastante tranquilas y, como no hubo ningún acontecimiento de importancia hasta la velada siguiente, será con los relatos con que la Duclos la amenizó con los que comenzaremos la historia de la duodécima jornada.

## DUODÉCIMA JORNADA

«El nuevo estado en que voy a entrar me obliga», dijo la Duclos, «a encaminaros por un instante, señores, hacia el detalle de mi persona. Es más fácil imaginar los placeres que se describen cuando el objeto que los proporciona es conocido. Yo acababa de alcanzar los veintiún años. Era morena, pero la piel, pese a eso, de la más agradable blancura. La abundante cabellera que cubría mi cabeza descendía en ondas flotantes y naturales hasta el final de mis muslos. Tenía los ojos que veis y que siempre han sido considerados hermosos. Mi talle estaba un poco lleno, aunque alto, flexible

y fino. Respecto a mi trasero, a esta parte tan interesante para los libertinos de hoy, era, por confesión de todo el mundo, superior a cuanto puede
verse de más sublime en la materia, y pocas mujeres en París lo tenían tan
deliciosamente torneado: era lleno, redondo, muy gordo y muy rollizo, sin
que esta gordura disminuyera un ápice su elegancia; el más ligero movimiento descubría al instante la rosita que tanto os gusta, señores, y que, yo
estoy totalmente de acuerdo con vosotros, es el atractivo más delicioso de
una mujer. Aunque llevaba mucho tiempo en el libertinaje, era imposible
estar más lozana, tanto a causa del buen temperamento que me había dado
la naturaleza como por mi extrema prudencia respecto a los placeres que
podían ajar mi lozanía o perjudicar mi temperamento. Me gustaban muy
poco los hombres, y sólo me había apegado a ellos una única vez. Casi lo
único que tenía de libertina era la mente, pero de manera tan extraordinaria que, después de haberos descrito mis atractivos, es muy justo que os
entretenga un poco con mis vicios. Me han gustado las mujeres, señores,
no lo oculto. Sin llegar, no obstante, al extremo de mi querida compañera,
madame Champville, que os contará sin duda que se ha arruinado por ellas,
pero siempre las he preferido a los hombres en mis placeres, y los que ellas
me proporcionaban han ejercido siempre sobre mis sentidos un dominio
más poderoso que las voluptuosidades masculinas. He tenido, además, el
defecto de que me gustara robar: es increíble hasta qué punto he llevado
esta manía. Totalmente convencida de que todos los bienes deben ser iguales sobre la Tierra y de que sólo la fuerza y la violencia se oponen a esta
igualdad, primera ley de la naturaleza, he intentado corregir la suerte y
restablecer el equilibrio lo mejor que he podido. Y sin esta maldita manía
tal vez seguiría con el bienhechor mortal del que voy a hablaros».

«¿Y has robado mucho en tu vida?», le preguntó Durcet. «Muchísimo,
señor; si no hubiera gastado siempre lo que robaba, hoy sería muy rica».
«Pero ¿le has añadido alguna circunstancia agravante?», prosiguió Durcet. «¿Ha habido fractura, abuso de confianza, engaño manifiesto?». «Ha
habido todo lo que puede haber», dijo la Duclos; «he creído que no debía
detenerme en estos temas para no alterar el orden de mi narración, pero, ya
que veo que esto puede divertiros, no olvidaré en un futuro comentároslos.
A este defecto siempre me he reprochado añadir otro, tener muy mal corazón; pero ¿es culpa mía? ¿Acaso no proceden de la naturaleza nuestros
vicios o nuestras perfecciones, y puedo yo endulzar un corazón que ella ha
hecho insensible? No recuerdo que en toda mi vida haya llorado por mis
males y mucho menos por los ajenos. Amé a mi hermana y la perdí sin el
menor dolor: habéis sido testigos de la flema con la que acabo de enterarme
de su pérdida. Vería, a Dios gracias, perecer el universo sin derramar una
sola lágrima». «Así hay que ser», dijo el duque; «la compasión es la virtud
de los necios, y, pensándolo bien, se advierte que siempre es ella la que

nos hace perder voluptuosidades. Pero con ese defecto, tú debes de haber cometido crímenes, pues la insensibilidad conduce allí directamente».

«Monseñor», dijo la Duclos, «las reglas que habéis prescrito a nuestros relatos me impiden hablaros de muchísimas cosas; las habéis dejado para mis compañeras. Pero sólo puedo deciros una cosa: y es que, por muy malvadas que se describan ante vuestros ojos, podéis estar perfectamente seguros de que yo jamás he valido más que ellas». «He aquí lo que se llama hacerse justicia», dijo el duque. «Vamos, sigue; tenemos que contentarnos con lo que nos digas, ya que nosotros mismos te hemos limitado, pero recuerda que, en nuestros encuentros, no prescindiré de tus malos comportamientos».

«No os ocultaré nada, monseñor. Y ojalá, después de haberme oído, no os arrepintáis de haber concedido un poco de benevolencia a un ser tan malvado. Y prosigo. Pese a todos estos defectos y, por encima de todos, al de desconocer por entero el humillante sentimiento de la gratitud, que yo sólo admitía como un peso injurioso para la humanidad y que degrada por completo el orgullo que hemos recibido de la naturaleza, con todos estos defectos, digo, mis compañeras me querían, y de todas ellas era la más buscada por los hombres. Así era mi situación, cuando un recaudador de impuestos llamado D'Aucourt vino a echar una cana al aire a casa de la Fournier. Como era uno de sus parroquianos habituales, aunque más con muchachas de fuera que con las de la casa, tenían grandes consideraciones con él, y madame, que estaba empeñada en que nos conociéramos, me avisó con dos días de antelación de que le guardara lo que ya sabéis y que le gustaba más que a ninguno de los hombres que había visto; ahora lo veréis en detalle. D'Aucourt llega y, después de examinarme, riñe a madame Fournier por no haberle ofrecido antes una criatura tan bonita. Yo le agradezco su honradez, y subimos. D'Aucourt era un hombre de unos cincuenta años, grueso, gordo, pero de un semblante agradable, dotado de ingenio y, lo que más me gustaba de él, de una dulzura y una honradez de carácter que me encantaron desde el primer momento. «Debes de tener el culo más hermoso del mundo», me dijo D'Aucourt atrayéndome hacia él y metiendo bajo las faldas una mano que dirigió inmediatamente al trasero: «Soy un entendido en la materia, y las muchachas de tu porte tienen casi siempre un hermoso culo. ¡Bueno!, ¿no lo decía?», prosiguió no bien lo hubo palpado un instante; «¡qué fresco, qué redondo!». Y dándome la vuelta con presteza, mientras levantaba con una mano mis faldas hasta las caderas y palpaba con la otra, se dispuso a examinar el altar adonde se dirigían sus deseos. «¡Vaya!», exclamó, «es realmente uno de los culos más bonitos que he visto en toda mi vida, y vaya si habré visto... Ábrete... Veamos esta fresa... que la chupo..., que la devoro... Es realmente un culo precioso... ¡Eh!, dime, pequeña, ¿te han avisado?». «Sí, señor». «¿Te han dicho que yo hacía cagar?». «Sí, señor». «Pero ¿y tu salud?», prosigue el financiero. «¡Oh, señor!, no hay problema». «Es que yo llevo la cosa un poco lejos», continuó, «y, si no estás completamente sana, correría cierto peligro». «Señor», le dije, «puede hacer absolutamente todo lo que quiera. Respondo de mí como de un niño recién nacido; puede actuar con toda seguridad». Después de este preámbulo, D'Aucourt me ordenó inclinarme sobre él, manteniendo siempre mis nalgas abiertas, y pegando su boca a la mía sorbió mi saliva durante un cuarto de hora. Lo dejaba para soltar algún «¡joder!» y volvía de nuevo a succionar amorosamente. «Escupe, escupe en mi boca», me decía de vez en cuando, «llénala de saliva». Y entonces noté su lengua que giraba alrededor de mis encías, que se hundía cuanto podía y que parecía atraer hacia sí todo lo que encontraba. «Vamos», dijo, «se me pone tiesa, manos a la obra». Entonces volvió a mirar mis nalgas, ordenándome que diera vuelo a su polla. Saqué un pequeño instrumento de tres dedos de grosor, liso y de unas cinco pulgadas de largo, que estaba muy tieso y muy enfurecido. «Quítate las faldas», me dijo D'Aucourt, «yo voy a quitarme los calzones; es preciso que ambos culos estén a sus anchas para la ceremonia que vamos a celebrar». Después, tan pronto como le hube obedecido, continuó: «Súbete bien la camisa hasta debajo del corsé y muestra el trasero del todo... Échate de bruces en la cama». Entonces se sentó en una silla y siguió acariciándome las nalgas, cuya visión parecía embriagarle. De pronto las separó, y noté como su lengua penetraba en lo más hondo para comprobar, decía, de una manera incontestable si era cierto que la gallina tenía ganas de poner: utilizo sus propias expresiones. Mientras tanto, yo no le tocaba: él mismo meneaba ligeramente el pequeño miembro seco que yo acababa de descubrir. «Vamos», dijo, «hija mía, manos a la obra; la mierda está a punto, la he tocado, acuérdate de cagar poco a poco y de esperar siempre a que haya devorado un pedazo antes de empujar el siguiente. Mi operación es larga, pero no la precipites. Un golpecito en las nalgas te avisará de que empujes, pero que siempre sea poco a poco». Habiéndose instalado entonces lo más cómodo posible respecto al objeto de su culto, pega su boca, y yo le suelto casi inmediatamente una cagarruta del tamaño de un pequeño huevo. Lo chupa, le da vueltas y más vueltas en la boca, lo mastica, lo saborea, y, al cabo de dos o tres minutos, veo claramente que lo traga. Empujo: idéntica ceremonia, y como mis ganas eran prodigiosas, diez veces consecutivas su boca se llena y se vacía sin que tenga jamás el aspecto de estar harto. «Ya está, señor», le dije al final; «por más que empuje será inútil». «Sí», dijo, «mi pequeña, ¿ya no queda más? Vamos, entonces tengo que correrme, sí, tengo que correrme rebañando este hermoso culo. ¡Oh, me cago en Dios!, ¡cuánto placer me das! Jamás he comido una mierda más deliciosa, se lo pregonaré a todo el mundo. Dame, dame, ángel mío, dame este hermoso culo para que lo chupe, para que lo siga devorando». Y hundiendo en él un pie de lengua, y masturbándose él mismo, el libertino esparce su leche por mis piernas, no sin una multitud de palabras soeces y de blasfemias, imprescindibles, por lo que me pareció, para completar su éxtasis. Cuando hubo terminado, se sentó, me dijo que me acercara y, contemplándome con interés, me preguntó si no estaba cansada de la vida de burdel y si no me gustaría encontrar a alguien que se decidiera a retirarme. Viéndole atrapado, me hice la difícil, y para evitaros unos pormenores que no tienen nada de interesante, después de una hora de discusión, me dejé persuadir, y decidimos que a partir del día siguiente iría a vivir a su casa a razón de veinte luises por mes y la alimentación; que, como era viudo, podría ocupar sin inconveniente alguno un entresuelo de su hotelito; que allí tendría una muchacha para servirme y la compañía de tres de sus amigos y de sus queridas, con los cuales se reunía para unas cenas libertinas cuatro veces por semana, a veces en casa de uno y a veces en casa de otro; que dijera que mi única preocupación sería comer mucho, y siempre lo que él me sirviera, porque, haciendo lo que él hacía, era esencial que me hiciera alimentar a su manera, comer mucho, digo, dormir mucho para que las digestiones fueran fáciles, purgarme regularmente todos los meses, y cagar dos veces al día en su boca; que esto no debía asustarme porque, hinchándome de comida como iba a hacer, más bien sentiría la necesidad de hacerlo tres veces que dos. El financiero, como primera prenda del acuerdo, me entregó un diamante muy hermoso, me abrazó, me dijo que me arreglara con la Fournier y que estuviera preparada a la mañana del día siguiente, momento en que él mismo vendría a buscarme. Mis adioses fueron breves; mi corazón no lamentaba nada, pues ignoraba el arte de encariñarse, pero mis placeres lamentaban a Eugénie, con la que mantenía desde hacía seis meses unas relaciones muy íntimas, y me fui. D'Aucourt me recibió a las mil maravillas y me instaló él mismo en el precioso apartamento que habría de ser mi vivienda, y no tardé en estar perfectamente instalada. Estaba condenada a hacer cuatro comidas, de las que se eliminaban una infinidad de cosas que, sin embargo, me habrían apetecido mucho, como el pescado, las ostras, las salazones, los huevos y todo tipo de productos lácteos; pero estaba tan bien compensada por otro lado que, a decir verdad, habría sido muy caprichoso por mi parte quejarme. La base de mi alimentación consistía en una inmensidad de pechugas de ave, y de caza desosada preparada de todo tipo de maneras, poca carne de carnicería, ningún tipo de grasa, muy poco pan y muy poca fruta. Tenía que comer este tipo de manjares incluso en el desayuno de la mañana y en la merienda de la tarde; a esas horas, me los servían sin pan, y D'Aucourt me rogó que poco a poco me fuera absteniendo por completo de él, hasta el punto que en los últimos momentos ya ni lo probaba, así como tampoco la sopa. El resultado de esta dieta, como él había ya previsto: dos deposiciones diarias, muy suaves, muy blandas y con el sabor más exquisito, que es lo que él pretendía, y que no podía darse con una nutrición normal; y había que creerle, porque era un experto. Nuestras operaciones se hacían cuando se levantaba y cuando se acostaba. Los detalles eran más o menos los mismos que os he contado: comenzaba siempre por chupar largo rato mi boca, que tenía que presentarle siempre en su estado natural y antes de lavarla; sólo se me permitía enjuagarla después. Además, no se corría en cada ocasión. Nuestro acuerdo no exigía ninguna fidelidad por su parte: D'Aucourt me tenía en su casa como el plato fuerte, como el asado de buey, pero no por ello dejaba de salir todas las mañanas a divertirse a otra parte. Dos días después de mi llegada, sus compañeros de orgía vinieron a cenar a casa, y como cada uno de los tres ofrecía en el gusto que analizamos un tipo de pasión diferente, aunque igual en el fondo, estaréis de acuerdo, señores, en que, debiendo constar en nuestra colección, insista un poco sobre las fantasías a las que se entregaron. Llegaron los invitados. El primero era un viejo consejero del Parlamento, de unos sesenta años, que se llamaba D'Erville; tenía por querida una mujer de cuarenta años, muy hermosa, y que no tenía más defecto que un cierto exceso de gordura; la llamaban madame du Cange. El segundo era un militar retirado, de cuarenta y cinco a cincuenta años, que se llamaba Desprès; su querida era una mujer muy bonita de veintiséis años, con el cuerpo más hermoso que pueda imaginarse; se llamaba Marianne. El tercero era un viejo abate de sesenta años, que se llamaba Du Coudrais y cuya querida era un muchacho de dieciséis años, hermoso como el día y que presentaba como su sobrino. Se sirvió en los entresuelos de los que yo ocupaba una parte. La comida fue tan alegre como exquisita, y observé que la señorita y el muchacho estaban prácticamente a la misma dieta que yo. Los caracteres se mostraron durante la cena. Era imposible ser más libertino de lo que era D'Erville; sus ojos, sus frases, sus gestos, todo anunciaba el desenfreno, todo describía el libertinaje. Desprès parecía más tranquilo, pero no por ello la lujuria era menos el alma de su vida. El abate, por su parte, era el ateo más orgulloso que cabía ver: las blasfemias volaban sobre sus labios casi a cada palabra. En cuanto a las señoritas, imitaban a sus amantes, eran charlatanas y, en cualquier caso, bastante agradables. El muchacho, por su parte, me pareció tan tonto como guapo, y por más que la Du Cange, a la que se veía un poco prendada de él, le lanzara de vez en cuando tiernas miradas, él apenas tenía el aire de percibirlas. Todos los modales se perdieron en los postres y las conversaciones se volvieron tan marranas como los gestos. D'Erville felicitó a D'Aucourt por su nueva adquisición y le preguntó si yo tenía un culo hermoso, y si cagaba bien. «¡Pardiez!», dijo mi financiero, «puedes averiguarlo cuando quieras; ya sabes que entre nosotros todos los bienes son comunes y que nos prestamos de tan buen grado las queridas como las bolsas». «¡Ah, pardiez!», dijo D'Erville, «acepto». Y, cogiéndome inmediatamente de la mano, me propuso pasar a un gabinete. Como yo titubeara, la Du Cange me dijo descaradamente: «Vaya, vaya, señorita, aquí no gastamos cumplidos; mientras tanto, yo me ocuparé de su amante». Y habiéndome hecho D'Aucourt, a quien consulté con la mirada, un signo de aprobación, seguí al viejo consejero. Él es, señores, quien os ofrecerá, al igual que los dos siguientes, los tres episodios del gusto que tratamos y que deben componer la mayor parte de mi narración de esta velada.

«Tan pronto como me hube encerrado con D'Erville, muy excitado por los vapores de Baco, me besó en la boca con los mayores arrebatos y me lanzó tres o cuatro eructos de vino de Aï que estuvieron a punto de hacerme arrojar por la boca lo que me pareció inmediatamente que él tenía muchas ganas de ver salir por otra parte. Me alzó las faldas, examinó mi trasero con toda la lubricidad de un libertino consumado, después me dijo que no le sorprendía la elección de D'Aucourt, porque yo tenía uno de los culos más hermosos de París. Me rogó que empezara con unos cuantos pedos, y cuando hubo recibido una media docena volvió a besarme la boca, sobándome y abriéndome fuertemente las nalgas. «¿Te vienen ganas?», me dijo. «Ya han venido», le dije. «Pues bien, preciosa criatura», me dijo, «caga en este plato». Y, para ello, había traído uno de porcelana blanca, que sostuvo mientras yo empujaba y él examinaba escrupulosamente la salida del zurullo de mi trasero, espectáculo delicioso que lo embriagaba, decía, de placer. Cuando hube terminado, recogió el plato, respiró deliciosamente el voluptuoso manjar que contenía, manoseó, besó, olisqueó el zurullo, después, diciéndome que ya no podía más y que la lubricidad lo embriagaba a la vista de la ñorda más deliciosa que había visto en toda su vida, me rogó que le chupara la polla. Aunque esta operación no tuvo nada de agradable, el temor de enfadar a D'Aucourt enojando a su amigo me hizo aceptar. Se sentó en un sillón, con el plato apoyado en una mesa vecina sobre la cual se echó de bruces, con la nariz metida en la mierda; estiró las piernas, yo me coloqué en un asiento más bajo, cerca de él, y después de extraer de su bragueta una fofa sospecha de pene en lugar de un miembro real, me vi, pese a mi repugnancia, chupeteando la bonita reliquia, esperando que en mi boca adquiriría por lo menos un poco de consistencia: me equivocaba. Tan pronto como la hube recogido, el libertino empezó su operación; devoró más que comió el lindo huevecito fresquísimo que yo acababa de poner para él: no tardó más de tres minutos, durante los cuales sus extensiones, sus movimientos, sus contorsiones, me anunciaron una voluptuosidad de las más ardientes y de las más expresivas. Pero, por mucho que hizo, nada se levantó, y el miserable diminuto instrumento, después de haber llorado de despecho en mi boca, se retiró más avergonzado que nunca y dejó a su dueño en ese abatimiento, en ese abandono, en ese agotamiento que es la consecuencia funesta de las grandes voluptuosidades. Volvimos. «¡Ah, maldito sea Dios!», dijo el consejero; «jamás he visto cagar así».

«Cuando regresamos, sólo estaban el abate y su sobrino, y acto seguido os contaré lo que hacían. Por mucho que los demás intercambiaran sus queridas, Du Coudrais, muy satisfecho, jamás tomaba otra y jamás cedía la suya. Le habría sido imposible, contaron, divertirse con una mujer; era la única diferencia que había entre D'Aucourt y él. En todo lo restante, efectuaba la misma ceremonia, y, cuando aparecimos, el muchacho estaba apoyado en una cama, ofreciendo el culo a su querido tío que, arrodillado ante él, recibía amorosamente en su boca y después engullía, todo ello masturbándose él mismo una minina muy pequeña que vimos colgar entre sus muslos. Pese a nuestra presencia, el cura se corrió perjurando que aquella criatura cada día cagaba mejor.

«Marianne y D'Aucourt, que se divertían juntos, no tardaron en reaparecer, seguidos de Desprès y de la Du Cange, quienes, por lo que dijeron, sólo se habían magreado mientras me esperaban. «Porque», dijo Desprès, «ella y yo somos viejos conocidos, y en cambio, tú, mi hermosa reina, a la que veo por vez primera, me inspiras el más ardiente deseo de solazarme inmediatamente contigo». «Pero, señor», le dije, «el señor consejero se lo ha llevado todo; ya no me queda nada por ofrecerle». «Bien», me dijo riendo, «no te pido nada, soy yo quien te ofrecerá todo; sólo necesito tus dedos». Con curiosidad por ver qué significaba ese enigma, le sigo y, tan pronto como nos encerramos, me pide besarme el culo sólo un minuto. Se lo ofrezco y, después de dos o tres chupadas en el agujero, desabrocha sus calzones y me pide que le devuelva lo que acaba de prestarme. La actitud que había adoptado me inspiraba algunas sospechas; estaba a horcajadas en una silla, apoyándose en el respaldo y teniendo debajo de él una bandeja a punto de ser utilizada. Por lo que, viéndole dispuesto a realizar él mismo la operación, le pregunté qué necesidad había de que yo le besara el culo. «La mayor, corazón mío», me contestó, «pues mi culo, el más caprichoso de todos los culos, sólo caga cuando lo besan». Obedecí, pero con cierta timidez, y él dándose cuenta, me dijo imperiosamente: «¡Más cerca, carajo!, más cerca, señorita, ¿le asusta un poco de mierda?». Al fin, por condescendencia, llevé mis labios hasta las cercanías del agujero; pero tan pronto como los notó se desahoga, y la irrupción fue tan violenta que una de mis mejillas se encontró totalmente tiznada. Sólo necesitó de un tirón para llenar el plato; en toda mi vida había visto yo una cagada semejante: colmaba por sí sola una profundísima ensaladera. Nuestro hombre se apodera de ella, se acuesta encima de ella en el borde de la cama, me presenta su culo completamente lleno de mierda y me ordena que le masturbe enérgicamente mientras que él devolverá inmediatamente a sus entrañas lo que acaba de vomitar. Por muy sucio que estuviera aquel trasero, tuve que obedecer. «Sin duda su querida lo hace», me dije; «no puedo ser más remilgada que ella». Hundo tres dedos en el orificio cenagoso que se presenta; nuestro hombre está en el séptimo cielo, se hunde en sus propios excrementos, chapotea en ellos, se nutre de ellos, una de sus manos sostiene la bandeja, la otra sacude una polla que se anuncia muy majestuosamente entre sus muslos. Mientras tanto yo reduplico mis cuidados, triunfan; descubro por el estrechamiento de su ano que los músculos erectores están a punto de arrojar la semilla; no me turbo, la bandeja se vacía y el buen hombre se corre. De vuelta al salón, descubro al inconstante D'Aucourt con la bella Marianne. El tunante se había pasado por la piedra a las dos. Ya sólo le quedaba el paje, con el que creo que también se habría arreglado la mar de bien si el celoso cura hubiera accedido a cedérselo. Cuando nos reunimos todos, se habló de desnudarnos y de hacer en grupo unas cuantas extravagancias. El proyecto me encantó, porque me daba la ocasión de ver el cuerpo de Marianne, que tenía muchas ganas de examinar. Era delicioso, firme, blanco, esbelto, y su culo, que sobé dos o tres veces bromeando, me pareció una auténtica obra maestra. «¿De qué os sirve una muchacha tan bonita», le dije a Desprès, «para el placer que creo que preferís?». «¡Ah!», me dijo, «no conoces todos nuestros misterios». No conseguí saber más y, aunque viví más de un año con ellos, ninguno de los dos quiso aclararme nada, y siempre he ignorado el resto de sus acuerdos secretos que, sean de la suerte que fueran, no impiden que el gusto que su amante satisfizo conmigo no sea una pasión completa y digna bajo todos los aspectos de ocupar un lugar en esta colección. En cualquier caso, sólo podía ser algo episódico, y que ya ha sido o sin duda será a lo largo de nuestras veladas. Después de unos cuantos libertinajes bastante indecentes, algunos pedos, unas pocas cagarrutas restantes, muchas palabras y grandes impiedades por parte del cura, que parecía sentir en decirlas una de sus más perfectas voluptuosidades, nos vestimos y fuimos todos a acostarnos. A la mañana del día siguiente, acudí como de costumbre al despertar de D'Aucourt, sin que ninguno de los dos nos reprocháramos nuestras pequeñas infidelidades de la víspera. Me dijo que, después de mí, no conocía a muchacha alguna que cagara mejor que Marianne. Le hice unas cuantas preguntas sobre lo que ella hacía con un amante que se bastaba tan bien a sí mismo, pero me dijo que era un secreto que ni el uno ni el otro habían querido jamás revelar. Y recuperamos, mi amante y yo, nuestra rutina habitual. Yo no estaba tan arrestada en casa de D'Aucourt como para que a veces no se me permitiera salir. Decía que se fiaba plenamente de mi honestidad; yo debía ver el peligro a que le expondría estropeando mi salud, y me dejaba dueña de todo. Así que le atendí y obedecí en todo lo que se refería a esta salud por la que se tomaba egoístamente tanto interés, pero en todo lo demás me consideré autorizada a hacer más o menos todo lo que me granjeara dinero. Y, en consecuencia, vivamente solicitada por la Fournier para ir a hacer sesiones a su casa, me entregué a todas aquellas en las que ella me aseguró un honesto beneficio. Ya no era una pupila suya: era una señorita mantenida por un recaudador de impuestos y que, para complacerla, accedía a pasar una hora en su casa... Podéis imaginaros cómo se pagaba esto. En una de estas infidelidades pasajeras fue cuando encontré al nuevo secuaz de mierda del que voy a hablaros».

«Un momento», dijo el obispo; «no he querido interrumpirte antes de que llegaras a una pausa, pero, ya que has llegado, acláranos, por favor, dos o tres objetos esenciales de esta última parte. Cuando celebrabais las orgías después de los encuentros a dos, el cura, que hasta entonces sólo había acariciado a su puto, ¿le fue infiel y te manoseó, y los otros lo fueron a sus mujeres para acariciar al muchacho?». «Monseñor», dijo la Duclos, «el cura jamás abandonó a su muchacho; apenas nos miró a nosotras, aunque estuviéramos desnudas y a su lado. Pero se divirtió con los culos de D'Aucourt, de Desprès y de D'Erville; los besó, los lamió; D'Aucourt y D'Erville le cagaron en la boca, y él se tragó más de la mitad de cada una de las dos cagadas. Pero a las mujeres no las tocó. No ocurrió lo mismo con los otros tres amigos, respecto a su joven puto; le besaron y le lamieron el agujero del culo. Desprès se encerró con él para no sé qué operación». «Bien», dijo el obispo, «ya ves que no lo habías dicho todo, y que esto, que no contaste, representa una pasión más, ya que ofrece la imagen del gusto de un hombre que se hace cagar en la boca por otros hombres, aunque sean muy ancianos». «Es cierto, monseñor», dijo Duclos; «hacéis que me dé cuenta de que estaba equivocada, pero no me enfado, porque así se termina mi velada, que ya iba siendo demasiado larga. Una cierta campana que oiremos dentro de poco me habría convencido de que no tendría tiempo de terminar la velada con la historia que iba a empezar, y que, si os parece bien, la dejaremos para mañana».

En efecto, sonó la campana, y como nadie se había corrido en toda la velada y todas las pollas, sin embargo, estaban enhiestas, fueron a cenar prometiéndose desquitarse en las orgías. Pero el duque no consiguió llegar tan lejos y, después de ordenar a Sophie que le presentara las nalgas, hizo cagar a la hermosa muchacha y se tragó el zurullo de postre. Durcet, el obispo y Curval, todos ellos igualmente ocupados, exigieron la misma operación, el primero a Hyacinthe, el segundo a Céladon y el tercero a Adonis. Como este último no pudo satisfacerle, fue anotado en el siniestro libro de castigos, y Curval, blasfemando como un malvado, se vengó en el culo de Thérèse, que le soltó a bocajarro la mierda más completa que era posible ver. Las orgías fueron libertinas, y Durcet, renunciando a las cagadas de la juventud, dijo que aquella noche sólo quería las de sus tres viejos amigos. Le contentaron, y el pequeño libertino se corrió como un semental devorando la mierda de Curval. La noche introdujo un poco de calma en tanta intemperancia y devolvió a nuestros libertinos los deseos y las fuerzas.

## DECIMOTERCERA JORNADA

El presidente, que se acostaba aquella noche con su hija Adélaïde, habiéndose divertido con ella hasta el momento de su primer sueño, la había relegado a un jergón, en el suelo, cerca de su cama, para dar su sitio a Fanchon, a la que siempre quería cerca de él cuando la lubricidad lo despertaba, lo que le sucedía casi todas las noches. A eso de las tres, se despertaba con un sobresalto, juraba y blasfemaba, como un poseso. Le invadía entonces una especie de furor lúbrico que, a veces, resultaba peligroso. He aquí por qué le gustaba entonces tener cerca de él a la vieja Fanchon, pues ella dominaba al máximo el arte de calmarlo, bien ofreciéndose a sí misma, bien presentándole inmediatamente alguno de los objetos que dormían en su habitación. Aquella noche, el presidente, que recordó inmediatamente algunas infamias cometidas con su hija mientras se dormía, volvió a pedirla inmediatamente para reanudarlas, pero ella no estaba. Imagínese la turbación y el rumor que provoca inmediatamente un acontecimiento semejante. Curval se levanta enfurecido, pregunta por su hija; encienden las velas, buscan, escudriñan, no aparece. El primer movimiento fue pasar al apartamento de las muchachas; visitan todas las camas, y la interesante Adélaïde es encontrada finalmente en bata, sentada al lado de la cama de Sophie. Las dos encantadoras muchachas, a las que unía un carácter de ternura similar, una piedad, unos sentimientos de virtud, de candor y de amenidad absolutamente idénticos, habían concebido la una por la otra la más bella ternura y se consolaban mutuamente de la horrible suerte que las abrumaba. Hasta entonces nadie se había dado cuenta, pero las investigaciones permitieron descubrir que no era la primera vez que aquello sucedía, y se supo que la mayor inspiraba a la otra los mejores sentimientos y la alentaba, sobre todo a no alejarse de la religión y de sus deberes hacia un Dios que las consolaría un día de todos sus males. Dejo al lector imaginar el furor y los arrebatos de Curval cuando descubrió allí a la bella misionera. La cogió por el pelo y, llenándola de injurias, la arrastró a su habitación, donde la ató a la columna de la cama, y la dejó allí hasta la mañana siguiente reflexionando sobre su despropósito. Habiendo acudido cada uno de los amigos a esta escena, es fácil imaginar con qué vehemencia hizo anotar Curval a las dos delincuentes en el libro de castigos. El duque era partidario de una corrección inmediata, y la que proponía no era suave; pero, habiéndole formulado el obispo una objeción muy razonable sobre lo que él quería hacer, Durcet se contentó con apuntarlas. No había manera de meterse con las viejas. Aquella noche los señores las habían hecho acostarse a todas en sus habitaciones. Así pues, esto aclaró un vicio de administración, y se decidió para el futuro que permaneciera siempre asiduamente al menos una vieja con las muchachas y otra con los muchachos. Se acostaron de nuevo, y Curval, a quien la ira había puesto aún más cruelmente impúdico, hizo a su hija unas cosas que todavía no podemos contar, pero que, precipitando su eyaculación, le dejaron por lo menos dormir tranquilo. Al día siguiente, todas las gallinas estaban tan asustadas que no se encontró a ninguna delincuente, y entre los muchachos sólo al pequeño Narcisse, a quien Curval había prohibido, desde la víspera, limpiarse el culo, queriendo encontrarlo lleno de mierda en el café, que esta criatura debía servir aquel día, y que, habiendo desdichadamente olvidado la orden, se había limpiado el ano con el mayor cuidado. Por mucho que él dijera que su falta era reparable, ya que tenía ganas de cagar, se le había ordenado que la conservara y, por consiguiente, sería anotado en el libro fatal; ceremonia que el temible Durcet realizó al instante bajo sus ojos, haciéndole sentir toda la enormidad de su culpa y que tal vez sólo faltaba eso para frustrar la eyaculación del señor presidente. Constance, a la que ya no molestaban a ese respecto a causa de su estado, la Desgranges y Brise-Cul fueron los únicos que obtuvieron permiso de capilla, y todo el resto recibió orden de reservarse para la noche. El acontecimiento nocturno ocupó la conversación del almuerzo; se rieron del presidente por dejar escapar así los pájaros de su jaula; el vino de Champaña le devolvió la alegría, y pasaron al café. Narcisse y Céladon, Zelmire y Sophie, lo sirvieron. Esta última estaba muy avergonzada; le preguntaron cuántas veces había ocurrido aquello, ella contestó que sólo era la segunda y que madame de Durcet le daba tan buenos consejos que era realmente muy injusto castigarlas a las dos por esto. El presidente le aseguró que lo que ella llamaba buenos consejos eran, en su situación, muy malos, y que la devoción que ella le metía en la cabeza sólo serviría para que la castigaran todos los días; que no debía tener, allí donde se encontraba, otros maestros y otros dioses que sus tres colegas y él, ni otra religión que la de servirlos y obedecerlos ciegamente en todo. Y, mientras la sermoneaba, la hizo arrodillarse entre sus piernas y le ordenó que le chupara la polla, cosa que la pobrecita desdichada realizó temblorosa. El duque, siempre partidario, a falta de algo mejor, de follar entre los muslos, enfilaba a Zelmire de esta manera, mientras ella le cagaba en su mano y él se lo tragaba a medida que lo recibía, y todo esto a la vez que Durcet hacía correrse a Céladon en su boca y que el obispo hacía cagar a Narcisse. Se entregaron a unos minutos de siesta y, después de acomodarse en el salón de historias, la Duclos continuó así el hilo de su relato:

«El galán octogenario que me destinaba la Fournier era, señores, un inspector del Tribunal de Cuentas, pequeño, rechoncho y con una cara muy desagradable. Colocó un orinal entre nosotros dos, nos pusimos de espalda, cagamos a la vez, se apodera del orinal, mezcla con sus dedos las dos cagadas, y se las traga, mientras que yo le hago correrse en mi boca. Apenas si contempló mi trasero. No lo besó en absoluto, pero no por ello su éxtasis fue menos intenso; pataleó, blasfemó mientras comía y se corría, y se fue dándome cuatro luises por la extravagante ceremonia».

«Entretanto, mi financiero me tomaba cada día más confianza y más amistad, y esta confianza, de la que no tardé en abusar, fue muy pronto la causa de nuestra eterna separación. Un día en que me había dejado sola en su gabinete, observé que llenaba su bolsa, para salir, en un cajón muy grande y totalmente lleno de oro. «¡Oh!, ¡qué botín!», me dije a mí misma. Y, habiendo desde aquel instante concebido la idea de apoderarme de aquella suma, observé con el mayor cuidado todo lo que podía ayudar a apropiármela. D'Aucourt no cerraba nunca aquel cajón, pero se llevaba la llave del gabinete, y, habiendo visto que la puerta y la cerradura eran muy endebles, supuse que necesitaría muy poco esfuerzo para hacer saltar una y otra con facilidad. Adoptado este proyecto, sólo me preocupé de aprovechar con diligencia el primer día en que D'Aucourt se ausentaría a lo largo de todo el día, como solía hacer dos veces por semana, día de bacanal especial, en que se juntaba con Desprès y con el abate para unas cosas que madame Desgranges tal vez os contará, pero que no son de mi incumbencia. Los lacayos, tan libertinos como su amo, jamás dejaban de ir a sus fiestas aquel día, de manera que me encontré casi sola en la casa. Llena de impaciencia por ejecutar mi proyecto, me dirijo inmediatamente a la puerta del gabinete, la abro de un puñetazo, corro al cajón, tiene la llave puesta: lo sabía. Saco todo lo que encuentro; no había menos de tres mil luises. Lleno mis bolsillos, busco en los otros cajones; un joyero muy rico se me ofrece, me apodero de él; pero ¡qué encontré en los otros cajones del famoso escritorio!... ¡Dichoso D'Aucourt! ¡Qué suerte para ti que tu imprudencia sólo fuera descubierta por mí! Había allí motivo sobrado para llevarle a la tortura, señores, es todo lo que puedo deciros. Aparte de los claros y expresivos billetes que Desprès y el cura le dirigían sobre sus bacanales secretas, había todos los enseres que podían servir para aquellas infamias... Pero no sigo; los límites que me habéis prescrito me impiden deciros más, y la Desgranges os explicará todo eso. Realizado mi robo, escapé temblando internamente por todos los peligros en que tal vez había incurrido por frecuentar a semejantes malvados. Pasé a Londres, y como mi estancia en aquella ciudad en la que viví seis meses en la mayor abundancia no os ofrecería, señores, ninguno de los detalles que exclusivamente os interesan, permitidme que sobrevuele ligeramente sobre esta parte de los acontecimientos de mi vida. No mantenía más trato en París que con la Fournier y, como ella me informó de todo el alboroto que hacía el financiero por el desdichado robo, decidí al final hacerlo callar, escribiéndole secamente que la que había encontrado el dinero había encontrado también otra cosa, y que, si se decidía a continuar sus persecuciones, se lo permitía, pero que el mismo juez ante el cual yo informaría de lo que había en los cajones pequeños lo citaría para informar de lo que había en los grandes Nuestro hombre se calló, y como seis meses después su triple libertinaje estalló, y ellos mismos se fueron a un país extranjero, sin nada ya que temer volví a París, y, ¿tengo que confesaros mi mala conducta, señores? Volví tan pobre como me había ido, hasta el punto de que tuve que regresar a la casa de la Fournier. Como sólo tenía veintitrés años, no escasearon las aventuras. Voy a dejar las que no son de nuestro tema y a reanudar, si os parece, señores, las únicas por las que sé que sentís ahora algún interés.

«Ocho días después de mi vuelta, colocaron en el apartamento destinado a los placeres un tonel lleno de mierda. Llega mi Adonis; es un santo eclesiástico, pero hasta tal punto hastiado de los placeres que sólo era capaz de conmoverse con el exceso que voy a describir. Entra; yo estaba desnuda.

Mira por un momento mis nalgas, y, después de haberlas tocado bastante brutalmente, me dice que lo desnude y que lo ayude a entrar en el tonel. Lo desnudo, lo sostengo, el viejo marrano se coloca en su elemento, por un agujero adecuado hace salir al cabo de un instante su polla casi empalmada y me ordena que le masturbe pese a las porquerías y los horrores de que está cubierta. Lo hago, él hunde la cabeza en el tonel, chapotea, traga, aúlla, se corre, y se arroja desde allí a una bañera donde le dejo en las manos de dos criadas de la casa que pasaron un cuarto de hora limpiándolo.

Poco después apareció otro. Ocho días atrás yo había cagado y meado en un orinal cuidadosamente conservado; este plazo era necesario para que la deposición estuviera en el punto que deseaba nuestro libertino. Era un hombre de unos treinta y cinco años y al que yo sospechaba en las finanzas. Me pregunta al entrar dónde está el orinal; se lo ofrezco, lo huele: «¿Seguro», me dijo, «que lleva ocho días?». «Respondo de ello, señor», le dije, «vea que está casi enmohecido». «¡Oh!, es lo que necesito», me dijo; «jamás lo está demasiado para mí. Muéstrame, por favor», continuó, «el hermoso culo que ha cagado esto». Se lo muestro. «Vamos», dijo, «pónmelo enfrente, y de manera que yo lo tenga a la vista mientras devoro su obra». Nos colocamos, lo prueba, se extasía, se sume en su operación y devora en un minuto aquel manjar delicioso deteniéndose únicamente para contemplar mis nalgas, pero sin ningún otro tipo de incidente, pues ni siquiera sacó la polla de su calzón.

Un mes después, el libertino que se presentó sólo quiso tratar con la propia Fournier. ¡Vaya objeto que elegía, Dios mío! Tenía entonces sesenta y ocho años cumplidos; una erisipela le devoraba toda la piel, y los ocho dientes podridos que decoraban su boca le comunicaban un olor tan fétido que resultaba imposible hablarle de cerca. Pero eran precisamente estos defectos los que encantaban al amante que quería encerrarse con ella. Curiosa por semejante escena, corro al agujero: el Adonis era un viejo médico, pero, sin embargo, más joven que ella. Tan pronto como la tiene, la besa en la boca un cuarto de hora, después, haciéndole presentar unas viejas posaderas arrugadas que parecían las ubres de una vaca vieja, las besa y las chupa con avidez. Traen una jeringa y tres medias botellas de licores; el secuaz de Esculapio introduce, mediante la jeringa, la anodina bebida en las entrañas de su Iris; ella la recibe y la conserva; mientras tanto el médico no para de besarla y de lamerla en todo el cuerpo. «¡Ah!, amigo mío», dijo al fin la abuela, «¡ya no puedo más, ya no puedo más! Prepárate, amigo mío, tengo que sacarlo». El escolar de Salerno se arrodilla, saca de su calzón un pingo negro y arrugado que masturba con énfasis; la Fournier le hunde sus enormes y feas posaderas en la boca, empuja, el médico bebe, alguna se mezcla sin duda con el líquido, todo cuela, el libertino se corre y cae de espaldas borracho como una cuba. Así era como este disoluto satisfacía a un tiempo dos pasiones: su borrachera y su lujuria».

«Un momento», dijo Durcet; «esos excesos siempre me la ponen tiesa. Desgranges», continuó, «te imagino un culo muy parecido al que Duclos acaba de describir: ven a ponérmelo sobre la cara». La vieja alcahueta obedece.

«¡Suelta, suelta!», le dijo Durcet, cuya voz parecía sofocada bajo el espantoso par de nalgas. «¡Suelta, bribona!, si no es líquido, que sea sólido, me lo tragaré de todas maneras». Y la operación termina mientras el obispo hace otro tanto con Antinoüs, Curval con Fanchon y el duque con Louison. Pero nuestros cuatro atletas, duchos en todos los excesos, se entregaron a él con su flema habitual, y los cuatro zurullos fueron engullidos sin que ninguno de ellos derramara una sola gota de leche. «Vamos, ahora termina, Duclos», dijo el duque; «aunque no estemos más tranquilos, por lo menos estamos menos impacientes y somos más capaces de escucharte». «¡Ay!, señores», dijo nuestra heroína, «lo que me queda por contaros esta noche, creo que es excesivamente simple para el estado en que os veo. Da igual, le toca el turno; es preciso que ocupe su lugar:

«El protagonista de la aventura era un viejo brigadier del Ejército Real. Había que desnudarle por completo, y después fajarle como un niño; en tal estado, yo debía cagar delante de él en un plato y hacerle comer mi mierda con la punta de mis dedos a modo de papilla. Así se hace, nuestro libertino se lo come todo y se corre en sus pañales imitando los gritos de una criatura».

«Recurramos pues a las criaturas», dijo el duque, «ya que nos dejas con una historia de criaturas. Fanny», continúa el duque, «ven a cagarte en mi boca, y acuérdate de chuparme la polla mientras tanto, pues todavía tengo que correrme». «Que ocurra como está mandado», dijo el obispo. «Acércate pues, Rosette; ya oíste lo que se le ordena a Fanny; haz otro tanto». «Que la misma orden te sirva», dijo Durcet a Hébé, que se acerca también. «Sigamos la moda», dijo Curval. «Augustine, imita a tus compañeras y haz, hija mía, haz correr a la vez mi leche en tu garganta y tu mierda en mi boca». Todo se hizo, y por una vez todo resultó; se oyeron por doquier pedos mierdosos y eyaculaciones, y satisfecha la lujuria, fueron a contentar el apetito. Pero en las orgías se refinaron e hicieron acostar a todas las criaturas. Aquellas horas deliciosas sólo fueron empleadas con los cuatro folladores de primera, las cuatro criadas y las cuatro historiadoras. Se emborracharon por completo y cometieron unos horrores de una guarrería tan absoluta que no podría describirlos sin menoscabo de las escenas menos libertinas que todavía me quedan por ofrecer a los lectores. A Curval y a Durcet los sacaron sin conocimiento, pero el duque y el obispo, tan severos como si no hubieran hecho nada, siguieron entregándose todo el resto de la noche a sus voluptuosidades normales.

## Decimocuarta jornada

Aquel día descubrieron que el tiempo venía a favorecer todavía más los infames proyectos de nuestros libertinos y a sustraerlos, mejor aún que su precaución, de los ojos del universo entero. Había caído una tremenda nevada que, llenando el pequeño valle que los rodeaba, parecía proteger el retiro de nuestros cuatro malvados incluso de las aproximaciones de los animales; pues, en el caso de los humanos, ya no podía existir ni uno sólo que osara llegar hasta ellos. No es fácil imaginar cómo favorecen la voluptuosidad tales seguridades y lo que se llega a hacer cuando uno puede decirse: «Estoy solo aquí, estoy en el confín del mundo, sustraído a todas las miradas y sin que ninguna criatura pueda llegar hasta mí; ya no hay frenos, ya no hay barreras». A partir de ese momento, los deseos se precipitan con un ímpetu que ya no conoce límites, y la impunidad que los favorece incrementa muy deliciosamente toda la ebriedad. Sólo quedan entonces Dios y la conciencia: ahora bien, ¿qué fuerza puede ejercer el primer freno a los ojos de un ateo de corazón y de pensamiento? ¿Y qué dominio puede poseer la conciencia sobre aquel que se ha acostumbrado hasta tal punto a vencer sus remordimientos que se convierten para él casi en goces? ¡Desdichado rebaño, entregado a la dentellada asesina de semejantes malvados, cómo hubieras temblado si la experiencia de la que carecías te hubiera permitido el uso de estas reflexiones! Aquel día era el de la fiesta de la segunda semana; sólo se preocuparon de celebrarla. El matrimonio que debía efectuarse era el de Narcisse y Hébé, pero lo que tenía de más cruel era que ambos esposos estaban en el caso de ser castigados aquella misma noche. Así que, del seno de los placeres del himeneo, tenían que pasar a las amarguras de la escuela; ¡qué pena! El pequeño Narcisse, que era inteligente, lo hizo notar, pero ello no impidió que se celebraran las ceremonias habituales. El obispo ofició, unieron a los dos esposos y se les permitió que se hicieran, uno al otro y a los ojos de todo el mundo, todo lo que quisieran. Pero ¿quién lo creería? El orden estaba ya demasiado extendido, y el chiquillo, que aprendía muy bien, encantadísimo del aspecto de su mujercita y consciente de que no era capaz de metérsela, se disponía, sin embargo, a desvirgarla con sus dedos si le hubieran dejado. Lo evitaron a tiempo, y el duque, apoderándose de ella, la jodió entre los muslos inmediatamente, mientras que el obispo le hacía otro tanto al esposo. Comieron, fueron admitidos al festín y, como se les hizo comer de manera prodigiosa, ambos, al salir de la mesa, se satisficieron cagando, el uno a Durcet y el otro a Curval, que engulleron deliciosamente las pequeñas digestiones infantiles. El café lo sirvieron Augustine, Fanny, Céladon y Zéphire. El duque ordenó a Augustine que masturbara a Zéphire y a este que le cagara en la boca al mismo tiempo que él se corría. La operación salió a las mil maravillas, hasta el punto de que el obispo quiso hacer lo mismo con Céladon: Fanny le hizo una paja, y la criatura recibió la orden de cagar en la boca de monseñor tan pronto como sintiera manar su leche. Pero por este lado no se produjo un éxito tan brillante como por el otro; la criatura jamás consiguió cagar al mismo tiempo que se corría, y como esto no era más que un experimento, y los reglamentos no ordenaban nada al respecto, no se le infligió ningún castigo. Durcet hizo cagar a Augustine, y el obispo, que la tenía empinada, se la hizo mamar por Fanny a la vez que ella le cagaba en la boca; se corrió y, como su crisis había sido violenta, brutalizó un poco a Fanny y no consiguió, desgraciadamente, que fuera castigada, por muchos deseos que parecía tener de que así fuera. No había nadie tan provocador como el obispo. Tan pronto como se había corrido, le habría encantado enviar al diablo al objeto de su placer; se sabía, y no había nada que las muchachas, las esposas y los muchachos temieran más que hacerle correrse. Después de la siesta, pasaron al salón donde, una vez que cada uno hubo ocupado su lugar, la Duclos retomó así el hilo de su narración:

«Yo iba de vez en cuando a hacer unas sesiones en la ciudad, y, como habitualmente eran más lucrativas, la Fournier intentaba quedarse de ellas lo más que podía. Un día me mandó a casa de un viejo caballero de Malta, que me abrió una especie de armario completamente lleno de cajas que contenían cada una de ellas un orinal de porcelana en el que había un zurullo. Este viejo verde había llegado a un acuerdo con una de sus hermanas, que era abadesa de uno de los más importantes conventos de París. Solicitada por él, esta buena mujer le enviaba todas las mañanas unas cajas llenas de las mierdas de sus pupilas más bonitas. Él las ordenaba, y cuando llegué me ordenó que tomara el número que me indicó y que era el más antiguo. Se lo ofrecí, «¡Ah!», dijo, «es de una muchacha de dieciséis años hermosa como el día. Mastúrbame mientras me la como». Toda la ceremonia consistía en meneársela y en presentarle las nalgas mientras él devoraba, y dejar después en el mismo plato mi mierda en lugar de la que él acababa de comerse. Me contemplaba mientras lo hacía, me limpiaba el culo con la lengua y se corría chupándome el ano. A continuación, se cerraban los cajones, me pagaba, y nuestro hombre, a quien visitaba de muy buena mañana, volvía a dormirse como si nada hubiera ocurrido.

Otro, en mi opinión más extraordinario (era un viejo fraile), entra, pide ocho o diez zurullos de quien sea, muchachas o muchachos, le da igual. Los mezcla, los amasa, muerde en medio y se corre devorando por lo menos la mitad mientras yo se la chupo.

Un tercero, y es el que me ha dado más asco de todos en toda mi vida. Me ordena que abra bien la boca. Yo estaba desnuda, acostada en el suelo sobre un colchón, y él a horcajadas encima de mí; me deposita su mierda en el gaznate, y el miserable viene a comérsela en mi boca regándome los pechos de leche».

«¡Ja, ja!, ese es gracioso», dijo Curval; «carajo, me entran ganas de cagar, tengo que probarlo. ¿A quién elijo, señor duque?». «¿A quién?», replicó Blangis; «a fe mía que os aconsejo a mi hija Julie; está ahí, al alcance de vuestra mano, su boca os gusta, utilizadla». «Gracias por el consejo», dijo Julie refunfuñando; «¿qué os he hecho yo para que digáis tales cosas contra mí?». «¡Eh!, ya que eso la enoja», dijo el duque, «y es una hija bastante buena, tomad a mademoiselle Sophie; es fresca, es bonita, sólo tiene catorce años». «De acuerdo, vaya por Sophie», dijo Curval cuya polla turbulenta comenzaba ya a gesticular. Fanchon se aproxima a la víctima; el corazón de la pobre y desdichada pequeña ya se altera de antemano. Curval se ríe, acerca su enorme, feo y sucio trasero a la carita encantadora y nos ofrece la imagen de un sapo que se dispone a marchitar una rosa. Lo masturban, la bomba sale. Sophie no pierde ni una migaja, y el crápula comienza a reabsorber lo que ha soltado y se lo traga todo en cuatro bocados, mientras le hacen una paja sobre el vientre de la pobre e infortunada pequeña que, terminada la operación, echa las tripas en la cara de Durcet que las recibe con énfasis y que se masturba mientras el vómito lo cubre. «Vamos, Duclos, continúa», dijo Curval, «y alégrate del efecto de tus discursos; ya ves qué resultados provocan». Entonces Duclos continuó en estos términos, encantadísima en el fondo de su alma por el gran éxito de sus relatos:

«El hombre que vi después de aquel cuyo ejemplo acaba de seduciros», dijo Duclos, «quería absolutamente que la mujer que se le presentara tuviera una indigestión. En consecuencia, la Fournier, que no me había avisado de nada, me hizo tragar en la comida una cierta droga que reblandeció mi digestión y la volvió fluida, como si mi plasta fuera la consecuencia de una medicina. Llega nuestro hombre, y después de unos cuantos besos preliminares en el objeto de su culto, cuyo retraso yo no podía soportar a causa de los cólicos que comenzaban a atormentarme, me deja libre para operar. La inyección sale, yo sostengo su polla, él desfallece, traga todo, me pide más; le ofrezco una segunda andanada, pronto seguida de una tercera, y la pilila libertina deja finalmente en mis dedos unas pruebas inequívocas de la sensación que ha recibido.

Al día siguiente, despaché a otro personaje cuya barroca manía tendrá quizás algunos secuaces entre vosotros, señores. Comenzaron por colocarle en la habitación contigua a la que nosotros solíamos trabajar y en la que había aquel agujero tan cómodo para las observaciones. Se queda solo. Otro actor me esperaba en la habitación vecina: era un cochero de simón que había sido contratado al azar y que estaba al corriente de todo. Como yo también lo estaba, interpretamos bien nuestros personajes. Se trataba de hacer cagar al Faetón exactamente en frente del agujero, para que el libertino oculto no se perdiera nada de la operación. Recibo el zurullo en un plato, ayudo a que salga por entero, le abro las nalgas, le aprieto el ano, no olvido nada de lo que puede hacer cagar cómodamente. Tan pronto como mi hombre ha terminado, le cojo la polla y lo hago correrse sobre su mierda, y todo esto siempre muy a la vista de nuestro observador. Al fin, con el plato lleno, corro a la otra habitación. «Tenga, cómaselo rápido, señor», exclamé, «¡está caliente!». No se lo hace decir dos veces; coge el plato, me ofrece su polla, que yo masturbo, y el tunante se come todo lo que le presento, mientras su leche exhala bajo los movimientos elásticos de mi mano diligente».

«¿Y qué edad tenía el cochero?», dice Curval. «Más o menos treinta años», dice Duclos. «¡Oh!, eso no es nada», contestó Curval. «Durcet puede contarte cuando quieras que conocimos a un hombre que hacía lo mismo, y exactamente en las mismas circunstancias, pero con un hombre de sesenta a setenta años que había que buscar entre lo más crapuloso que daba la hez del pueblo». «Pero sólo así es bonito», dijo Durcet, cuyo pequeño instrumento comenzaba ya a levantar cabeza después de la aspersión de Sophie; «cuando os parezca, apuesto a que lo hago con el decano de los inválidos». «Estáis empalmando, Durcet», dijo el duque, «os conozco: cuando comenzáis a poneros marrano, es que vuestra lechada hierve. ¡Tomad!, yo no soy el decano de los inválidos, pero para satisfacer vuestra intemperancia os ofrezco lo que llevo en las entrañas y que creo que será abundante». «¡Oh, tripas de Dios!», dijo Durcet, «esto sí que es una suerte, mi querido duque». Acercándose al duque actor, Durcet se arrodilla al pie de las nalgas que van a colmarlo de gusto; el duque empuja, el financiero engulle, y el libertino, a quien este exceso de crápula transporta, se corre jurando que nunca ha sentido tanto placer. «Duclos», dijo el duque, «ven a devolverme lo que yo he dado a Durcet». «Monseñor», contestó nuestra historiadora, «ya sabe que lo he hecho esta mañana, y que vos mismo os lo habéis tragado».

«¡Ah!, es cierto, es cierto», dijo el duque. «Pues bien, Martaine, tengo que recurrir a ti, porque no quiero un culo de criatura; noto que mi leche quiere salir, y que, sin embargo, exigirá un cierto esfuerzo, por lo que quiero algo especial». Pero Martaine se hallaba en el mismo caso que Duclos; Curval la había hecho cagar por la mañana. «¡Cómo, rediós!», dijo el duque, «¿así que esta noche no encontraré una mierda?». Y entonces Thérèse se adelantó y ofreció el culo más sucio, más ancho y más hediondo que era posible ver. «¡Ah!, paso por esto», dijo el duque colocándose, «y si en el desorden en que me hallo este infame culo no surte efecto, ¡ya no sé a qué tendré que recurrir!». Thérèse empuja, el duque recibe; el incienso era tan horrendo como el templo desde donde se exhalaba, pero cuando uno se empalma como empalmaba el duque, no se queja jamás del exceso de porquería. Ebrio de voluptuosidad, el malvado lo engulle todo y hace saltar a las narices de Duclos, que lo masturba, las pruebas más incontestables de su vigor viril. Se sentaron a la mesa, las orgías estuvieron dedicadas a las penitencias. Aquella semana había siete delincuentes: Zelmire, Colombe, Hébé, Adonis, Adélaïde, Sophie y Narcisse. La tierna Adélaïde sufrió la peor de las suertes. Zelmire y Sophie también quedaron con algunas huellas de los tratos a que fueron sometidas, y sin más detalles, ya que las circunstancias todavía no nos lo permiten, todos fueron a acostarse y a buscar en los brazos de Morfeo las fuerzas necesarias para hacer sacrificios de nuevo a Venus.

## DECIMOQUINTA JORNADA

Rara vez el día posterior a una corrección ofrecía culpables. No hubo ninguno aquel día, pero siempre estrictos respecto a los permisos de cagar por la mañana, sólo se concedió este favor a Hercule, Michette, Sophie y la Desgranges, y Curval estuvo a punto de correrse viendo actuar a esta última. Hicieron pocas cosas en el café, se contentaron con sobar unas cuantas nalgas y con chupar algunos agujeros de culos, y, llegada la hora, fueron rápidamente a instalarse en el gabinete de historias donde Duclos prosiguió en estos términos:

«Acababa de llegar a casa de la Fournier una muchacha de unos doce o trece años, siempre fruto de las seducciones de aquel hombre singular del que ya os he hablado. Pero yo dudo de que en mucho tiempo hubiera pervertido algo tan gracioso, tan fresco y tan bonito. Era rubia, alta para su edad, hecha como para pintarla, la fisonomía tierna y voluptuosa, los más hermosos ojos imaginables, y en toda su encantadora persona un conjunto dulce e interesante que acababa de hacerla hechicera. Pero ¡a qué envilecimiento habían sido entregados tantos encantos y qué vergonzoso estreno se les preparaba! Era la hija de una lencera de Palacio, muy acomodada y que seguramente estaba destinada a una suerte más dichosa que la de hacer de puta. Pero cuanta más felicidad hacía perder a sus víctimas con sus pérfidas seducciones nuestro hombre en cuestión, más disfrutaba. La pequeña Lucile estaba destinada a satisfacer desde su llegada los caprichos sucios y repugnantes de un hombre que, no contento con tener el gusto más crapuloso, quería además ejercerlo sobre una doncella. Llega: era un viejo notario forrado de oro y que poseía, con su riqueza, toda la brutalidad que dan la avaricia y la lujuria cuando se juntan en un alma vieja. Le muestran la criatura; por bonita que fuera, su primer gesto es de desdén; refunfuña, murmura entre dientes que ahora ya no es posible encontrar una muchacha linda en París; pregunta finalmente si es cierto que es virgen, le aseguran que sí, le ofrecen hacérselo ver. «¿Yo, ver un coño, señora Fournier, yo, ver un coño? Imagino que ni usted se lo cree; ¿me ha visto contemplar muchos desde que vengo a su casa? Los utilizo, es cierto, pero de una manera, me parece, que no demuestra un gran cariño por ellos». «¡Bien!, señor», dijo la Fournier, «en tal caso fíese de mí, le aseguro que es tan virgen como una criatura recién nacida». Suben, y como podéis imaginar, curiosa ante tal mano a mano, corro a establecerme en mi agujero. La pobrecilla Lucile sentía una vergüenza que sólo podría describirse con las expresiones superlativas que habría que utilizar para describir la desvergüenza, la brutalidad y el mal humor de su sexagenario amante. «¡Bien!, ¿qué haces ahí, tiesa, como una imbécil?», le dijo en un tono brusco. «¿Tengo que decirte que te subas las faldas? ¿No hace ya más de dos horas que tendría yo que haber visto tu culo?... ¡Hala!, ¿qué esperas?». «Pero, señor, ¿qué tengo que hacer?». «¡Me cago en Dios!, ¿crees que esto se pregunta?... ¿Qué tengo que hacer? Tienes que subirte las faldas y enseñarme el culo». Lucile obedece temblando y descubre un culito blanco y delicioso como el de la misma Venus. «Hum... Bonito medallón...», dijo el bruto, «acércate...». Después, agarrándole y separándole duramente las dos nalgas: «¿Seguro que nadie te ha hecho nunca nada por ahí?». «¡Oh!, señor, nadie me ha tocado jamás». «¡Vamos!, échate un pedo». «Pero, señor, no puedo». «¡Venga!, esfuérzate». Ella obedece, se escapa una ligera ventosidad y resuena en la boca emponzoñada del viejo libertino que se deleita murmurando. «¿Tienes ganas de cagar?», prosigue el libertino. «No, señor». «¡No importa!, yo sí que tengo ganas, y muchas, para que lo sepas. Así que prepárate a satisfacerlas... Quítate las faldas». Desaparecen. «Ponte en el sofá, con los muslos bien altos y la cabeza bien baja». Lucile se coloca, el viejo notario corrige su postura hasta que las piernas espatarradas muestran su lindo coñito lo más abierto posible, y exactamente a la altura del trasero de nuestro hombre, que puede utilizarlo como un orinal. Tal era su celestial intención, y, para hacer el orinal más cómodo, comienza por abrirlo con toda la fuerza de sus dos manos. Se acomoda, empuja, un zurullo acaba por depositarse en el santuario donde el mismo Amor no hubiera desdeñado tener un templo. Se vuelve y, con sus dedos, hunde cuanto puede en la vagina entreabierta el sucio excremento que acaba de soltar. Se coloca de nuevo, saca un segundo, después un tercero, y en cada uno de ellos siempre la misma ceremonia de introducción. Al llegar al último, la realizó con tanta brutalidad que la pequeña lanzó un grito y perdió quizás en esta repelente operación la preciosa flor con que la naturaleza la había adornado para entregarla en el himeneo. Aquel era el momento de goce de nuestro libertino. Haberle llenado el tierno y lindo coñito de mierda, prensarla y comprimirla, era su delicia suprema. Siempre saca al actuar una especie de pene de su bragueta; por blando que esté, lo menea y consigue, entregado a su repugnante tarea, arrojar al suelo unas pocas gotas de una esperma escasa y marchita cuya pérdida debía de lamentar muchísimo cuando sólo la conseguía con semejantes infamias. Acabado el asunto desaparece; Lucile se lava, y no hay más que decir.

Me endilgaron, cierto tiempo después, a uno cuya manía me pareció todavía más asquerosa. Era un viejo consejero de cámara. No sólo había que verle cagar, sino ayudarle, facilitar con mis dedos el desatascamiento de la materia apretando, abriendo, comprimiendo adecuadamente el ano, y terminada la operación, limpiar con mi lengua con el mayor cuidado toda la parte que acababa de ser manchada».

«¡Ah, carajo!, una tarea muy fatigosa, en efecto», dijo el obispo: «¿acaso las cuatro damas que ves aquí, y que son, sin embargo, nuestras esposas, nuestras hijas o nuestras sobrinas, no cumplen este encargo todos los días? ¿Y para qué diablos sirve, dime, por favor, la lengua de una mujer, si no es para limpiar culos? Yo no le conozco otra utilidad». «Constance», dijo el obispo a la hermosa esposa del duque que estaba aquel día en su sofá, «demuéstrale un poco a la Duclos tu habilidad en este juego; toma, aquí tienes mi culo sucísimo, no ha sido limpiado desde esta mañana, lo guardaba para ti... Vamos, despliega tus talentos». Y la desdichada, harto acostumbrada a estos horrores, lo ejecuta como una mujer consumada. ¡Qué no producen, Dios mío, el temor y la esclavitud!

«¡Oh, carajo!», dijo Curval presentando su feo y cenagoso agujero a la encantadora Aline, «no serás tú el único en dar aquí ejemplo. Venga, putita», le dijo a la bella y virtuosa muchacha, «supera a tu compañera». Y lo ejecutan.

«Vamos, prosigue, Duclos», dijo el obispo, «sólo queríamos demostrarte que tu hombre no pedía nada demasiado extraño y que una lengua de mujer sólo es buena para limpiar el culo». La amable Duclos soltó una carcajada y continuó con lo que se leerá a continuación:

«Permitidme, señores», dijo, «que interrumpa por un instante el relato de las pasiones para comunicaros un acontecimiento que no tiene nada que ver con ellas. Sólo me concierne a mí, pero como me habéis ordenado que siguiera los acontecimientos interesantes de mi historia, incluso cuando se refirieran al relato de los gustos, he creído que este era de tal índole que no debía quedar en silencio. Yo llevaba ya mucho tiempo en casa de madame Fournier, convertida en la más antigua de su serrallo y en la que tenía mayor confianza. Era casi siempre yo quien concertaba las sesiones y recibía los fondos. Aquella mujer me había hecho de madre, me había socorrido en diferentes necesidades, me había escrito fielmente a Inglaterra, me había abierto amistosamente su casa a mi vuelta, cuando mi extravío me hizo desear un nuevo asilo. Veinte veces me había prestado dinero y muchas de ellas sin exigir su devolución. Llegó el instante de demostrarle mi gratitud y de responder a su extrema confianza en mí, y ahora juzgaréis, señores, cómo se abría mi alma a la virtud y el fácil acceso que esta encontraba allí. La Fournier cae enferma, y su primera preocupación es hacerme llamar. «Duclos, hija mía, te quiero», me dijo, «tú lo sabes y voy a demostrártelo con la extrema confianza que voy a tener en ti en este momento. Pese a tu mala cabeza, te considero incapaz de engañar a una amiga; estoy muy enferma, soy vieja y no sé, en consecuencia, en qué acabará esto. Tengo unos parientes que se echarán sobre mi sucesión: quiero por lo menos sustraerles cien mil francos en oro que guardo en este cofrecito. Toma, hija mía», dijo, «aquí los tienes, te los entrego y te exijo que dispongas de ellos de la manera que voy a prescribirte». «Oh, mi querida madre», le dije tendiéndole los brazos, «estas precauciones me llenan de tristeza; seguramente serán inútiles, pero, si desgraciadamente se revelaran necesarias, os juro que cumpliré exactamente vuestras intenciones». «Lo creo, hija mía», me dijo, «y por ello he pensado en ti. Así que este cofrecito contiene cien mil francos en oro; siento algunos escrúpulos, querida amiga, algunos remordimientos por la vida que he llevado, por la cantidad de muchachas que he arrojado al crimen y que he arrancado de Dios. De modo que quiero emplear dos medios para que la divinidad sea menos severa conmigo: el de la limosna y el de la oración. Las dos primeras partes de esta suma, de quince mil francos cada una de ellas, serán, la primera para ser entregada a los capuchinos de la rue Saint-Honoré, a fin de que esos buenos padres celebren a perpetuidad una misa para la salvación de mi alma; la otra parte, con la misma cantidad, la entregarás, tan pronto como yo haya cerrado los ojos, al cura de la parroquia, a fin de que la reparta como limosnas entre los pobres del barrio. La limosna es una cosa excelente; nada como ella repara, a los ojos de Dios, los pecados que hemos cometido en la Tierra. Los pobres son sus hijos y él quiere a todos los que los alivian; con nada se le complace tanto como con las limosnas. Es la verdadera manera de ganar el cielo, hija mía. Respecto a la tercera parte, la harás de sesenta mil libras, que entregarás, inmediatamente después de mi muerte, al llamado Petignon, aprendiz de remendón, en la rue du Bouloir. Ese desdichado es mi hijo, él no lo sabe, es un bastardo adulterino; quiero darle al pobre huérfano, al morir, unas muestras de mi ternura. Respecto a las diez mil libras restantes, querida Duclos, te ruego que te las quedes como una pobre muestra de mi cariño por ti y para compensarte de las molestias que te dará el empleo del resto. Ojalá esta pobre suma te ayude a tomar una decisión y a abandonar el indigno oficio que ejercemos, en el que no hay salvación, ni esperanza de tenerla jamás». Interiormente encantada de poseer una tan buena suma y muy decidida, por miedo a confundirme en los repartos, a convertirla en un único lote para mí misma, me arrojé con lágrimas artificiosas en los brazos de la vieja matrona, renovándole mis juramentos de fidelidad, y ya sólo me ocupé de los medios de impedir que un cruel regreso de la salud cambiara su resolución. Este medio se presentó al día siguiente: el médico ordenó un emético y, como era yo quien la cuidaba, fue a mí a quien entregó el paquete, advirtiéndome que contenía dos dosis, que me preocupara de separarlas, porque la haría reventar si se lo daba todo a la vez, y que sólo le administrara la segunda dosis en el caso de que la primera no surtiera suficiente efecto. Prometí al Esculapio que tomaría todas las precauciones posibles, y tan pronto como dobló la espalda, expulsando de mi corazón todos aquellos fútiles sentimientos de gratitud que habrían detenido a un alma débil, descartando cualquier arrepentimiento y cualquier debilidad, y considerando únicamente mi oro, el dulce encanto de poseerlo y el delicioso cosquilleo que se experimenta cada vez que se proyecta una mala acción, pronóstico seguro del placer que proporcionará, entregándome únicamente a todo eso, digo, vertí inmediatamente las dos tomas en un vaso de agua y presenté el brebaje a mi dulce amiga, que, tragándolo con seguridad, no tardó en encontrar la muerte que yo había intentado procurarle. No puedo describiros lo que sentí cuando vi el éxito de mi acción.

Cada uno de los vómitos con los que exhalaba su vida producían una sensación realmente deliciosa en todo mi organismo: la escuchaba, la miraba, estaba prácticamente ebria. Ella me tendía los brazos, me dirigía un último adiós, y yo disfrutaba, y concebía ya mil proyectos con el oro que iba a poseer. No fue largo; la Fournier la diñó aquella misma noche y yo me vi dueña de sus ahorros».

«Duclos», dijo el duque, «di la verdad: ¿te masturbaste? ¿La sensación fina y voluptuosa del crimen alcanzó el órgano de la voluptuosidad?». «Sí, monseñor, lo confieso; y aquella misma noche me corrí cinco veces seguidas». «¡Así que es cierto!», dijo el duque exaltado, «¡así que es cierto que el crimen tiene por sí mismo un atractivo tal que, independientemente de cualquier voluptuosidad, puede bastar para inflamar todas las pasiones y arrojar en el mismo delirio que los actos propios de la lubricidad! ¿Y después?...».

«Y después, señor duque, hice enterrar honorablemente a la patrona, heredé del bastardo Petignon, me guardé muy bien de hacer decir misas y aún más de distribuir limosnas, clase de acción que siempre me ha producido un auténtico horror, por muy bien que de ella hubiese hablado la Fournier. Sostengo que es preciso que haya desdichados en el mundo, que la naturaleza así lo quiere, que lo exige, y que es ir contra sus leyes pretender restablecer el equilibrio, si ella ha querido el desorden». «¡No me digas, Duclos, que tienes principios!», dijo Durcet. «Me encanta verte así; cualquier alivio ocasionado al infortunio es un crimen real contra el orden de la naturaleza. La desigualdad que ha instaurado en los individuos demuestra que esta discordancia le gusta, ya que la ha establecido y que la quiere tanto en las fortunas como en los cuerpos. Y de la misma manera que le está permitido al débil repararla mediante el robo, también le está permitido al fuerte restablecerla con el rechazo de sus ayudas. El universo no subsistiría un instante si todos los seres fueran exactamente semejantes; de esta desemejanza nace el orden que lo conserva y lo conduce todo. Así que hay que guardarse muy bien de turbarlo. Además, creyendo hacer un bien a esa desdichada clase de hombres, hago mucho mal a otra, pues el infortunio es el vivero donde el rico va a buscar los objetos de su lujuria o de su crueldad; yo le privo de esta rama de placer impidiendo mediante mis ayudas que esta clase se entregue a él. Así pues, con mis limosnas, sólo he ayudado débilmente a una parte de la raza humana, y perjudicado extraordinariamente a la otra. De modo que considero la limosna no sólo como una cosa mala en sí, sino como un crimen real contra la naturaleza que, al indicarnos las diferencias, no ha pretendido para nada que las turbemos. Así que, muy lejos de ayudar al pobre, de consolar a la viuda y de aliviar al huérfano, si actúo de acuerdo con las auténticas intenciones de la naturaleza, no sólo les dejaré en el estado en que la naturaleza les ha puesto, sino que ayudaré incluso a sus intenciones prolongándoles ese estado y oponiéndome vivamente a que lo cambien, y para ello creeré permitidos todos los medios». «¿Cómo?», dijo el duque, «¿hasta robarlos o arruinarlos?». «Sin duda», dijo el financiero; «incluso aumentar su número, y a que su clase sirve a otra, y, multiplicándolos, si bien ocasiono un poco de dolor a la una, haré mucho bien a la otra». «Es un sistema muy duro, amigos míos», dijo Curval. «¡Se dice, sin embargo, que es muy dulce hacer bien a los desdichados!». «¡Error!», replicó Durcet, «este placer no se sostiene frente al otro. El primero es quimérico, el otro es real; el primero procede de los prejuicios, el otro está basado en la razón; uno, a través del órgano del orgullo, la más falsa de todas nuestras sensaciones, puede halagar por un instante el corazón, el otro es un auténtico placer del espíritu e inflama todas las pasiones por la misma razón de que contradice las opiniones habituales. En una palabra, con uno se me pone tiesa», dijo Durcet, «y siento muy poca cosa con el otro». «Pero ¿siempre hay que referirlo todo a los sentidos?», preguntó el obispo. «Todo, amigo mío», dijo Durcet, «son los únicos que deben guiarnos en todas las acciones de la vida, porque son los únicos cuyo órgano es realmente imperioso». «Pero miles y miles de crímenes pueden nacer de este sistema», dijo el obispo. «Y qué me importa el crimen», contestó Durcet, «con tal de que yo me deleite. El crimen es un modo de la naturaleza, una manera con la que mueve al hombre. ¿Por qué no queréis que yo me deje mover tan bien por ella en este sentido como por el de la virtud? Ella necesita a los dos, y yo la sirvo tan bien en el uno como en el otro. Pero estamos metidos en una discusión que nos llevaría muy lejos. La hora de cenar está a punto de llegar, y Duclos está muy lejos de haber terminado su tarea. Prosigue, encantadora mujer, prosigue, y ten por seguro que acabas de confesarnos una acción y unos sistemas que te valdrán para siempre jamás nuestra estima, así como la de todos los filósofos».

«Mi primera idea, tan pronto como mi buena patrona estuvo enterrada, fue la de ocupar yo misma su casa y regirla como había hecho ella. Comuniqué el proyecto a mis compañeras, y todas, pero sobre todo Eugénie, que seguía siendo mi bienamada, me prometieron considerarme como su mamá. Yo no era excesivamente joven para pretender este título: tenía cerca de treinta años y todo el juicio que hacía falta para dirigir el convento. Así que, señores, ya no es como prostituta que voy a terminar el relato de mis aventuras, sino como abadesa, lo bastante joven y suficientemente bonita como para ocuparme muchas veces del cliente yo misma, como ocurrió con mucha frecuencia y como me preocuparé de haceros notar cada vez que ocurra. Todos los parroquianos de la Fournier siguieron conmigo, y conseguí el secreto de atraer otros nuevos, tanto por la limpieza de mis apartamentos como por la excesiva sumisión de mis pupilas a todos los caprichos de los libertinos y por la elección afortunada de mis súbditos.

El primer cliente que llegó fue un viejo tesorero de Francia, antiguo amigo de la Fournier. Yo lo di a la joven Lucile, con la que pareció muy entusiasmado.

Su manía habitual, tan sucia como desagradable para la muchacha, consistía en cagar sobre la misma cara de su Dulcinea, embadurnarle todo el rostro con su mierda, y después besarla y chuparla en este estado. Lucile, por amistad hacia mí, se dejó hacer todo lo que quiso el viejo sátiro, y él se le corrió en el vientre besando una y otra vez su repelente obra.

Poco después, vino otro que recibió Eugénie. Se hacía traer un tonel lleno de mierda, sumergía en él a la muchacha desnuda y la lamía en todas las partes del cuerpo comiéndose la porquería, hasta que la devolvía tan limpia como la había recibido. Era un famoso abogado, hombre rico y muy conocido y que, poseyendo para el disfrute de las mujeres las más débiles cualidades, lo remediaba con este tipo de libertinaje que había amado toda su vida.

El marqués de ***, antiguo parroquiano de la Fournier, vino, poco después de su muerte, a asegurarme su favor. Me aseguró que seguiría viniendo a mi casa y, para convencerme de ello, aquella misma noche vio a Eugénie. La pasión de aquel viejo libertino consistía en empezar por besar prodigiosamente la boca de la muchacha. Tragaba la mayor cantidad posible de saliva, después le besaba las nalgas un cuarto de hora, la hacía peerse, y finalmente pedía el gran paquete. Tan pronto como había terminado, conservaba el zurullo en su boca y, haciendo agachar a la muchacha encima de él, que le abrazaba con una mano y le masturbaba con la otra, mientras él saboreaba el placer de esta masturbación cosquilleándole el agujero mierdoso, era preciso que la señorita se comiera el zurullo que ella acababa de dejarle en la boca. Aunque pagaba este gusto muy caro, encontraba muy pocas muchachas que quisieran prestarse. Fie ahí por qué el marqués vino a hacerme la corte; estaba tan deseoso de conservar mi trato como yo podía estarlo de conservar el suyo».

En aquel instante, el duque, excitado, dijo que, aunque sonara la cena, él quería, antes de sentarse a la mesa, llevar a la práctica esta fantasía. Y he aquí lo que hizo: hizo acercarse a Sophie, recibió su cagada en la boca, después obligó a Zélamir a comer la cagada de Sophie. Esta manía hubiera podido ser un placer para cualquier otro menos para una criatura como Zélamir; poco formado para percibir toda su delicia, sólo la vivió con repugnancia y se anduvo con remilgos. Pero, amenazándole el duque con toda su cólera si titubeaba un sólo minuto, lo hizo. La idea pareció tan divertida que todos la imitaron en mayor o menor medida, pues Durcet pretendió que había que repartir los favores y que no era justo que los muchachos comieran la mierda de las muchachas y que las muchachas no tuvieran nada para ellas, y, en consecuencia, hizo que Zéphire se le cagara en la boca y ordenó a Augustine que viniera a comer la papilla, cosa que la hermosa é interesante muchacha hizo hasta vomitar las entrañas. Curval imitó este trastorno y recibió la ñorda de su querido Adonis, que Michette vino a comer no sin imitar la repugnancia de Augustine. El obispo imitó a su hermano, e hizo cagar a la delicada Zelmire, obligando a Céladon a tragar la compota. Hubo detalles de repugnancia muy interesantes para unos libertinos ante cuyos ojos los tormentos que infligen son placeres. El obispo y el duque se corrieron, los otros dos, o no pudieron, o no quisieron, y se pasó a la cena. Allí la acción de la Duclos fue extraordinariamente elogiada. «Ha tenido la inteligencia de sentir», dijo el duque, que la protegía enormemente, «que el agradecimiento era una quimera y que sus vínculos jamás debían detener y ni siquiera aplazar los efectos del crimen, porque el objeto que nos ha servido no tiene ningún derecho en nuestro corazón; sólo ha trabajado en su favor, su mera presencia es una humillación para un espíritu fuerte, y hay que odiarlo o deshacerse de él». «Eso es tan cierto», dijo Durcet, «que jamás veréis a un hombre inteligente intentar provocar la gratitud. Convencidísimo de que va a crearse enemigos, no lo procurará jamás». «No es para agradarnos para lo que trabaja el que nos sirve», interrumpió el obispo: «es para situarse por encima de nosotros con sus buenas acciones. Ahora bien, yo me pregunto qué merece un proyecto semejante. Al servirnos no dice: «Os sirvo, porque quiero vuestro bien»; dice únicamente: «Os obligo para rebajaros y para situarme por encima de vos».

«Estas reflexiones», dijo Durcet, «demuestran, por consiguiente, el engaño de los servicios que se prestan y cuán absurda es la práctica del bien. Pero, se dice, es para uno mismo: de acuerdo, para aquellos cuya debilidad de espíritu puede prestarse a esos mediocres goces, pero para aquellos, como nosotros, a los que nos repugnan sería muy tonto, a fe mía, procurárselos». Habiendo esta conversación calentado las cabezas, se bebió mucho y fueron a celebrar las orgías, para las que nuestros inconstantes libertinos decidieron hacer acostar a las criaturas y pasar una parte de la noche bebiendo, sólo con las cuatro viejas y las cuatro historiadoras, y entregarse allí, a cuantas más mejor, a todo tipo de infamias y de atrocidades. Como entre aquellas doce interesantes personas no había ni una que no hubiera merecido la horca o la rueda varias veces, dejo al lector pensar e imaginar lo que allí se dijo. De las palabras pasaron a los actos, el duque se calentó, y no sé por qué, ni cómo, pero se dijo que Thérèse llevó durante algún tiempo sus marcas. Sea como fuere, dejemos a nuestros actores pasar de esas bacanales al casto lecho de sus esposas, que se les había preparado a cada uno de ellos para aquella noche, y veamos lo que ocurrió al día siguiente.

## DECIMOSEXTA JORNADA

Todos nuestros héroes se levantaron frescos como si hubieran vuelto de la confesión, a excepción del duque, que comenzaba a agotarse un poco.

Acusaron de ello a Duclos: la verdad es que esta mujer se había adueñado por completo del arte de procurarle las voluptuosidades y que él confesó que sólo se corría lúbricamente con ella. Es muy cierto que, en esas cosas, todo depende solamente del capricho, que la edad, la belleza, la virtud, todo esto cuenta poco, que sólo se trata de un cierto tacto dominado con mucha mayor frecuencia por las bellezas otoñales que por aquellas sin experiencia que la primavera sigue coronando con todos sus dones. Había también otra criatura en la sociedad que comenzaba a hacerse muy amable y a volverse muy interesante: era Julie. Ya anunciaba la imaginación, el desenfreno y el libertinaje. Lo bastante política como para sentir que necesitaba protección, lo bastante falsa como para acariciar incluso a aquellos de los que tal vez se preocupaba muy poco en el fondo, se hacía amiga de la Duclos para intentar mantenerse siempre un poco en el favor de su padre, cuyo crédito en la sociedad conocía. Cada vez que le tocaba acostarse con el duque, se conjuntaba tan bien con la Duclos, utilizaba tanta destreza y tanta complacencia, que el duque siempre estaba seguro de conseguir unas eyaculaciones deliciosas cuando esas dos criaturas se esmeraban en procurárselas. De todos modos, él se hastiaba prodigiosamente de su hija, y es posible que, sin la ayuda de la Duclos, que la apoyaba con todo su crédito, jamás habría podido alcanzar sus miras. Su marido, Curval, se hallaba más o menos en la misma situación, y, aunque por medio de su boca y de sus besos impuros ella le provocaba todavía algunas eyaculaciones, la repulsión estaba, sin embargo, próxima: diríase que nacía bajo el fuego mismo de sus impúdicos besos. Durcet la apreciaba muy poco, y ella sólo lo había hecho correrse dos veces desde que se habían juntado. De modo que casi sólo le quedaba el obispo, que apreciaba mucho su jerga libertina y que le encontraba el culo más lindo del mundo. La verdad es que lo tenía dotado como el de la propia Venus. Así que se encastilló en ese lado, pues estaba absolutamente determinada a gustar, y al precio que fuera; como sentía la extrema necesidad de una protección, buscaba una. Aquel día sólo aparecieron en la capilla Hébé, Constance y la Martaine, y no se había encontrado a nadie en falta por la mañana. Después de que los tres sujetos hubieran soltado su deposición, Durcet tuvo ganas de hacer otro tanto. El duque, que merodeaba desde la mañana en torno a su trasero, aprovechó aquel momento para satisfacerse, y se encerraron en la capilla a solas con Constance, a quien mantuvieron para el servicio. El duque se satisfizo, y el pequeño financiero se le cagó por completo en la boca. Aquellos señores no se limitaron a esto, y Constance explicó al obispo que habían estado cometiendo infamias juntos una media hora seguida. Ya lo he dicho..., eran amigos desde la infancia y desde entonces no habían cesado de recordar sus placeres escolares. En cuanto a Constance, sirvió de poca cosa en este mano a mano; como máximo, limpió los culos, chupó y masturbó unas pollas. Pasaron al salón donde, después de un poco de conversación entre los cuatro amigos, se les anunció la comida. Fue espléndida y libertina como de costumbre, y, después de algunos manoseos y besos libertinos, de varias frases escandalosas que la sazonaron, pasaron al salón, en el que encontraron a Zéphire y Hyacinthe, Michette y Colombe, para servir el café. El duque folló entre los muslos a Michette, y Curval a Hyacinthe; Durcet hizo cagar a Colombe y el obispo se la metió en la boca a Zéphire. Curval, acordándose de una de las pasiones descritas la víspera por Duclos, quiso cagar en el coño de Colombe; la vieja Thérèse, que estaba en el café, la colocó, y Curval actuó. Pero, como hacía unas cagadas prodigiosas y proporcionadas a la inmensa cantidad de víveres con que se atiborraba todos los días, casi todo cayó al suelo y sólo enmerdó superficialmente, por decirlo así, el bonito coñito virgen, que indudablemente no parecía destinado por la naturaleza a placeres tan guarros. El obispo, deliciosamente masturbado por Zéphire, perdió su leche filosóficamente, sumando al placer que sentía el de la deliciosa escena de que era espectador. Estaba furioso; riñó a Zéphire, riñó a Curval, se enfadó con todo el mundo. Le hicieron beber un gran vaso de elixir para reparar sus fuerzas. Michette y Colombe le acostaron en un sofá para su siesta y no le abandonaron. Se despertó bastante recuperado y, para devolverle aún más sus fuerzas, Colombe se la chupó un instante: su instrumento levantó la cabeza, y pasaron al salón de historias. Aquel día tenía a Julie en su canapé; como le gustaba bastante, esta visión le devolvió un poco de buen humor. El duque tenía a Aline, Durcet a Constance, y el presidente a su hija. Cuando todo estuvo preparado, la bella Duclos se instaló en su trono y comenzó así:

«Es completamente falso decir que el dinero adquirido por medio de un crimen no da la felicidad. Puedo afirmar que no hay sistema tan falso. Todo prosperaba en mi casa; jamás la Fournier había visto tantos parroquianos. Fue entonces cuando se me ocurrió una idea, un poco cruel, lo confieso, pero que, sin embargo, me atrevo a vanagloriarme, señores, no os disgustará demasiado. Me pareció que, cuando no se le había hecho a alguien el bien que debía hacérsele, había una cierta malvada voluptuosidad en hacerle mal, y mi pérfida imaginación me inspiró esta broma libertina contra el tal Petignon, hijo de mi bienhechora y a quien yo había sido encargada de entregar una fortuna muy atractiva probablemente para ese desdichado, y que yo comenzaba a despilfarrar en locuras. He aquí lo que dio lugar a la oportunidad. Aquel desdichado aprendiz de remendón, casado con una pobre mujer de su condición, tenía como único fruto de aquel himeneo infortunado una muchacha de unos doce años, y que me había sido descrita como uniendo a los rasgos de la infancia todos los atributos de la más tierna belleza. Aquella criatura, educada pobremente, pero, sin embargo, con todo el cuidado que podía permitir la indigencia de los padres, cuyas delicias constituía, me pareció una excelente captura a realizar. Petignon jamás venía a casa; ignoraba los derechos que sobre ella tenía. Pero tan pronto como la Fournier me hubo hablado de él, mi primera preocupación fue hacerme informar sobre él y todas sus circunstancias, y así fue como supe que poseía un tesoro en casa. Al mismo tiempo, el marqués de Mesanges, libertino famoso y de profesión de la que la Desgranges tendrá sin duda más de una oportunidad de hablaros, se dirigió a mí para que le procurara una virgen menor de trece años, y esto al precio que fuere. Ignoro lo que quería hacer con ella, pues no pasaba por ser un hombre riguroso a este respecto, pero ponía como condición, después de que su virginidad hubiera sido comprobada por unos expertos, comprarla de mis manos por una suma establecida, y, a partir de aquel momento, ya no volvería a hablarse del asunto, dado que, decía, la criatura sería desterrada y tal vez no volvería jamás a Francia. Como el marqués era uno de mis parroquianos, y no tardaréis en verlo vosotros mismos en escena, puse todo en práctica para satisfacerlo, y la hijita de Petignon me pareció exactamente lo que necesitaba. Pero ¿cómo conseguirla? La criatura no salía jamás, la instruían en su misma casa, la cuidaban con una prudencia y una circunspección que no me permitían ninguna esperanza. No me era posible emplear por aquel entonces al famoso pervertidor de muchachas de que he hablado: estaba en el campo, y el marqués me urgía. Así que sólo encontré un medio, y ese medio se ajustaba a las mil maravillas a la secreta malignidad que me empujaba a cometer aquel crimen, pues lo agravaba. Me decidí a crear problemas al marido y a la mujer, a intentar hacerlos encerrar a los dos, y, encontrándose así la chiquilla, o menos vigilada o en casa de amigos, me resultaría fácil atraerla a mi trampa. De modo que les lancé a un procurador amigo mío, hombre de armas tomar y en quien confiaba para estas canalladas. Se informa, desentierra a unos acreedores, los excita, los apoya; en pocas palabras, en ocho días el marido y la mujer están en la cárcel. A partir de aquel momento todo se hizo fácil; una astuta trotaconventos no tardó en acercarse a la chiquilla abandonada en casa de unos pobres vecinos; apareció en mi casa. Todo respondía en su aspecto: tenía la piel más suave y más blanca, los encantos más redondos, mejor formados... En una palabra, era difícil encontrar una criatura más bonita. Como, pagados todos los gastos, me salía a cerca de veinte luises, y el marqués daba por ella una cantidad determinada, más allá de la cual pretendía no tener que hablar ni tratar con nadie, se la dejé por cien luises, y como era esencial para mí que jamás se sospechara ninguna de mis intervenciones, me contenté con ganar sesenta luises en aquel negocio, y entregué otros veinte a mi procurador para liar las cosas, de modo que el padre y la madre de la joven criatura no pudieran durante mucho tiempo tener noticias de su hija. Supieron algo; su fuga era imposible de ocultar. Los vecinos culpables de negligencia se excusaron como pudieron y, en cuanto al querido remendón y a su esposa, mi procurador se movió tan bien que jamás pudieron solucionar este accidente, pues murieron ambos en la cárcel al cabo de cerca de once años de captura. Yo gané doblemente en esta pequeña desgracia, pues a la vez que me aseguraba la posesión cierta de la criatura que había vendido, me aseguraba asimismo la de los sesenta mil francos que me habían sido entregados para él. En cuanto a la chiquilla, el marqués llevaba razón: jamás volví a oír hablar de ella, y será seguramente madame Desgranges quien os terminará su historia. Ya es hora de volver a la mía y a los acontecimientos cotidianos que pueden ofreceros los detalles voluptuosos cuya lista hemos comenzado».

«¡Oh, pardiez!», dijo Curval, «me gusta con locura tu prudencia. Se ve en ello una maldad reflexiva, un orden que me complace de manera extrema; y, además, la malicia de haber dado el tiro de gracia a una víctima que sólo habías arañado accidentalmente, eso me parece un refinamiento de infamia que puede colocarse al lado de nuestras obras maestras». «Yo habría hecho quizás algo peor», dijo Durcet, «pues, al fin y al cabo, esas personas podían conseguir su liberación. Hay tantos necios en el mundo que sólo piensan en ayudar a esa clase de gente: durante todo el resto de su vida significan preocupaciones para uno». «Señor», replicó la Duclos, «cuando en la sociedad no se dispone del crédito de que vos disponéis y, para las bellaquerías, hay que utilizar personas subalternas, la circunspección se hace a menudo necesaria, y uno no se atreve entonces a todo lo que quisiera hacer». «Muy justo, muy justo», dijo el duque; «no podía hacer más». Y la amable criatura prosiguió así la continuación de su relato:

«Es espantoso, señores», dijo la buena mujer, «tener que seguiros hablando de infamias semejantes a las que llevo varios días exponiéndoos. Pero me habéis exigido que reuniera todo lo que pudiera tener que ver con ellas y que no deje nada velado. Tres ejemplos más de estas atroces marranadas, y pasaremos a otras fantasías.

El primero que os citaré es el de un viejo director de patrimonios, de unos sesenta y seis años de edad. Hacía desnudar por completo a la mujer y, después de haberle acariciado un instante las nalgas con más brutalidad que delicadeza, la obligaba a cagar delante de él, en el suelo, en medio de la habitación. Cuando había disfrutado del panorama, acudía él a cagar en el mismo lugar, y después, juntando con sus manos las dos deposiciones, obligaba a la muchacha a acercarse de cuatro patas a comer la plasta, siempre mostrando bien el trasero, que debía haber tenido el cuidado de dejar bien enmerdado. Se hacía una paja durante la ceremonia y se corría cuando todo había sido comido. Pocas muchachas, como comprenderéis, señores, consentían en someterse a semejantes cochinadas, y, sin embargo, las quería jóvenes y lozanas... Yo las encontraba porque en París todo se encuentra, pero yo se las hacía pagar.

El segundo ejemplo de los tres que me quedan por contaros en este género exigía también una absoluta docilidad por parte de la muchacha; pero, como el libertino la quería extremadamente joven, me era más fácil encontrar niñas para prestarse a semejantes cosas que mujeres hechas. Entregaba al que voy a citaros una pequeña florista de trece a catorce años, muy bonita. Llega, hace quitar a la chiquilla sólo lo que la cubre de cintura para abajo; le manosea un instante el trasero, la hace peer, después se propina a sí mismo cuatro o cinco lavativas que obligan a la chiquilla a recibir en su boca y a tragar a medida que el chorro cae en su garganta. Durante aquel tiempo, como él estaba a horcajadas sobre su pecho, con una mano se masturbaba una polla bastante gorda y con la otra le sobaba el pubis, y, para esto, la quería siempre sin un solo pelo. Aquel del que os hablo quiso volver a empezar después de seis veces, porque todavía no se había corrido. La chiquilla, que no paraba de vomitar, le pidió tregua, pero él se le rio en las narices e hizo lo que quiso, y sólo a la sexta vi correr su leche.

Un viejo banquero viene finalmente a ofrecernos el último ejemplo de estas marranadas tomadas como tema principal, pues os advierto que, como accesorio, volveremos a verlas con bastante frecuencia. Necesitaba una mujer hermosa, pero de cuarenta a cuarenta y cinco años y con los pechos extremadamente caídos. Tan pronto como estuvo con ella, la hizo desnudarse sólo de cintura para arriba, y después de manosear brutalmente sus tetas, «¡qué bonitas tetas de vaca!», exclamó. «¿Para qué pueden servir unas tripas semejantes si no es para limpiarse el culo?». Después, las retorcía, las estrujaba entre sí, las estiraba, las trituraba, les escupía encima, y les ponía a veces su pie mugriento encima, sin parar de decir que no había cosa más infame que un pecho y que no entendía a qué había podido destinar la naturaleza aquellos pellejos y por qué había estropeado y deshonrado con ellos el cuerpo de la mujer. Después de todas estas frases estrafalarias, se quedó desnudo como la palma de la mano. ¡Pero, Dios, qué cuerpo! ¿Cómo describíroslo, señores? No era más que una úlcera, supurando incesantemente pus de los pies a la cabeza y cuyo infecto olor se olía incluso en la habitación vecina donde yo estaba. Esta era, sin embargo, la bonita reliquia que había que chupar».

«¿Chupar?», dijo el duque.

«Sí, señores», dijo Duclos, chuparlo de los pies a la cabeza sin dejar ni un espacio del tamaño de un luis de oro por donde no hubiera pasado la lengua. Por muy prevenida que estuviera la muchacha que yo le había dado, en cuanto vio aquel cadáver ambulante, retrocedió horrorizada. «¿Qué pasa, zorra?», dijo, «¿acaso te doy asco? Sin embargo, tienes que chuparme, tu lengua tiene que lamer absolutamente todas las partes de mi cuerpo. ¡Ah!, ¡no te hagas la remilgada! Otras lo han hecho; vamos, vamos, basta de miramientos».

«Es muy cierto que el dinero lo puede todo; la desdichada que yo le había dado estaba en la más absoluta miseria, tenía dos luises que ganarse con ello; ella hizo todo que se le pidió, y el viejo gotoso, encantado de notar una suave lengua pasearse por su cuerpo repelente y suavizar el ardor que lo devoraba, se masturbaba voluptuosamente durante la operación. Cuando estuvo terminada, y me creeréis si os digo que no fue sin terribles repugnancias por parte de la infortunada, cuando estuvo terminada, digo, la hizo tenderse en el suelo de espaldas, se montó a horcajadas sobre ella, se le cagó en las tetas, y apretándolas después, una tras otra, las utilizó para limpiarse el trasero. Pero no vi ni una sola eyaculación, y, cierto tiempo después, supe que necesitaba varias operaciones semejantes para conseguir una; y como era un hombre que rara vez iba dos veces al mismo lugar, ya no le vi más y, a decir verdad, me sentí muy cómoda».

«A fe mía», dijo el duque, «que el final de la operación de ese hombre me parece muy razonable, y jamás he entendido que unas tetas pudieran servir realmente para otra cosa que para limpiar culos». «Es cierto», dijo Curval, que sobaba brutalmente las de la tierna y delicada Aline, «es cierto, a decir verdad, que eso de las tetas es una cosa muy infame. Yo nunca las veo sin enfurecerme; siento, al verlas, como un asco, como una repugnancia... Sólo el coño me da un asco más fuerte». Y al mismo tiempo se lanzó a su gabinete, arrastrando por el pecho a Aline, y haciéndose seguir por Sophie y por Zelmire, las dos muchachas de su serrallo, y por Fanchon. No sabemos muy bien lo que allí hizo, pero se oyó un gran grito de mujer y, poco después, los aullidos de su eyaculación. Regresó; Aline lloraba y se tapaba el seno con un pañuelo, y como todos esos acontecimientos jamás impresionaban, o como máximo daban risa, Duclos reanudó imperturbable el hilo de su historia:

«Yo misma despaché», dijo, «unos días después, a un viejo fraile cuya manía, más fatigosa para la mano, no era, sin embargo, tan repugnante para el corazón. Me entregó un enorme y asqueroso trasero cuya piel era como de pergamino: había que masajearle el culo, sobárselo, apretarlo con todas mis fuerzas, pero, cuando llegué al agujero, nada le parecía bastante violento; había que agarrar las pieles de esta parte, frotarlas, pellizcarlas, estrujarlas violentamente entre mis dedos, y sólo derramaba su leche por el vigor de la operación. Además, se masturbaba a sí mismo durante la operación, y ni siquiera me arremangó las faldas. Pero se veía que aquel hombre estaba tremendamente habituado a esta manipulación, pues su trasero, por otra parte, fofo y colgante, estaba revestido, sin embargo, de una piel tan gruesa como el cuero. Al día siguiente, por los elogios, sin duda, que hizo en su convento de mi manera de actuar, me trajo a uno de sus colegas, cuyo culo debía ser abofeteado con todas las fuerzas de mi mano; pero este, más libertino y más curioso, y cuidadosamente, antes, las nalgas de la mujer, y mi culo fue besado, lamido diez o doce veces seguidas, con unas pausas cubiertas por unas bofetadas sobre el suyo. Cuando su piel se puso escarlata, su polla se empinó, y puedo asegurar que era uno de los más hermosos instrumentos que he manejado; entonces, la puso entre mis manos, ordenándome que lo masturbara con una mientras seguía abofeteándole con la otra».

«O me engaño», dijo el obispo, «o ya hemos llegado a la sección de las fustigaciones pasivas». «Sí, monseñor», dijo la Duclos, «y como ya he cumplido mi tarea de hoy, estaréis de acuerdo en que deje para mañana el comienzo de los gustos de esta índole de los que nos ocuparemos durante varias veladas seguidas». Como todavía faltaba cerca de media hora para la cena, Durcet dijo que, para estimular el apetito, quería tomar unas cuantas lavativas; sospecharon sus intenciones, y todas las mujeres se estremecieron, pero la decisión estaba tomada, no había manera de escaparse. Thérèse, que le servía aquel día, aseguró que las ponía a las mil maravillas; de la afirmación pasó a la prueba, y, tan pronto como el pequeño financiero tuvo las entrañas llenas, dijo a Rosette que tenía que venir a ofrecer el pico. Hubo un poco de resistencia, un poco de dificultades, pero no había más remedio que obedecer, y la pobre pequeña tragó dos, para vomitarlas después, cosa que, como es fácil imaginar, no tardó en ocurrir. Afortunadamente llegó la hora de la cena, pues se disponía sin duda a recomenzar. Pero habiendo cambiado esta novedad la disposición de todos los ánimos, decidieron ocuparse de otros placeres. En las orgías, soltaron unas cuantas cagadas sobre las tetas y se hicieron cagar muchos culos; el duque comió delante de todo el mundo la mierda de la Duclos, mientras la buena mujer se la chupaba y las manos del libertino se perdían un poco por todas partes; su leche salió con abundancia, y habiéndole imitado Curval con la Champville, hablaron finalmente de ir a acostarse.

## DECIMOSÉPTIMA JORNADA

La terrible antipatía del presidente hacia Constance estallaba a diario. Había pasado la noche con ella por un acuerdo especial con Durcet, a quien correspondía, y formuló a la mañana siguiente las quejas más amargas. «Ya que a causa de su estado», dijo, «no queremos someterla a los castigos normales, por miedo de que aborte antes del momento en que nos dispongamos a recibir ese fruto, por lo menos, maldito sea», decía, «habría que encontrar un medio de castigar a esta puta cuando comete tonterías». Pero fijémonos un poco en el maldito espíritu de los libertinos. Cuando se analiza este error prodigioso, oh lector, adivina de qué se trataba: se trataba de que se había desgraciadamente puesto de frente cuando se le pedía el trasero, y esos errores no se perdonaban. Pero lo peor de todo es que negaba el hecho: pretendía, con bastante fundamento, que era una calumnia del presidente, que sólo intentaba perderla, y que jamás se acostaba con él sin inventar semejantes mentiras. Pero como las leyes eran formales a este respecto, y a las mujeres jamás se las creía, se trató de saber cómo se castigaría en el futuro a esta mujer sin riesgo de estropear su fruto. Se decidió que por cada delito se le obligaría a comer un zurullo y, en consecuencia, Curval exigió que comenzara inmediatamente. Fue aprobado. Estaban entonces desayunando en el apartamento de las muchachas; le dieron la orden de presentarse, el presidente cagó en medio de la habitación, y se le ordenó que se acercara a cuatro patas a devorar lo que aquel hombre cruel acababa de hacer. Ella se prosternó, pidió perdón, nada los enterneció; y la naturaleza había puesto bronce en lugar de corazón en aquellos vientres. Nada tan divertido como todos los melindres que la pobre mujercita hizo antes de obedecer, y Dios sabe cómo se rieron. Al fin tuvo que decidirse; el corazón le brincó a media operación, pero no le quedaba más remedio que acabarla, y todo pasó. Cada uno de nuestros malvados, excitado por aquella escena, se hacía masturbar, viéndola, por una chiquilla, y Curval, singularmente excitado por la operación y al que Augustine masturbaba a las mil maravillas, sintiéndose a punto de correrse, llamó a Constance, que estaba terminando su triste desayuno y le dijo: «Ven, puta, cuando se ha comido pescado, hay que echarle salsa; es blanca, ven a recibirla». También tuvo que pasar por esto, y Curval, que mientras tanto hacía cagar a Augustine, soltó la esclusa en la boca de la desdichada esposa del duque, comiendo la fresca y delicada mierdecita de la interesante Augustine. Se realizaron las visitas; Durcet encontró mierda en el orinal de Sophie. La joven se disculpó diciendo que se había sentido indispuesta. «No», dijo Durcet manipulando los excrementos, «no es verdad: una cagalera de indigestión es una plasta, y esto es un zurullo muy sano». Y, tomando inmediatamente su funesto cuaderno, anotó en él el nombre de la encantadora criatura, que corrió a ocultar sus lágrimas y deplorar su situación. Todo el resto estaba en regla, pero en la habitación de los muchachos, Zélamir, que había cagado la víspera en las orgías y a quien se había comunicado que no se limpiara el culo, se lo había limpiado sin permiso. Todo aquello eran crímenes capitales: Zélamir fue anotado. Pese a ello, Durcet le besó el culo y se hizo chupar por él un instante; después pasaron a la capilla, donde vieron cagar a dos folladores subalternos, y a Aline, Fanny, Thérèse y la Champville. El duque recibió en su boca la mierda de Fanny y se la comió, el obispo la de los dos folladores, de las que engulló una, Durcet la de Champville, y el presidente la de Aline, que se zampó, pese a correrse, al lado de la de Augustine. La escena de Constance había calentado las cabezas, pues llevaban mucho tiempo sin permitirse semejantes extravagancias por la mañana. En la comida se habló de moral. El duque dijo que no concebía cómo las leyes, en Francia, castigaban el libertinaje, ya que el libertinaje, al ocupar a los ciudadanos, los distraía de cábalas y de revoluciones; el obispo dijo que las leyes no castigaban exactamente el libertinaje sino sus excesos. Entonces se analizaron estos, y el duque demostró que ninguno de ellos era peligroso, ninguno podía resultar sospechoso al gobierno, y que no sólo era crueldad sino también un absurdo querer censurar semejantes minucias. De las palabras pasaron a los efectos. El duque, medio borracho, se abandonó en brazos de Zéphire, y chupó durante una hora la boca de la hermosa criatura, mientras Hercule, aprovechando la situación, hundía su enorme instrumento en el ano del duque. Blangis se dejó hacer, y sin otra acción, sin otro gesto que besar, cambió de sexo sin darse cuenta. Sus compañeros se entregaron por su parte a otras infamias, y fueron a tomar el café. Como acababan de hacer muchas tonterías, fue bastante tranquilo y quizás el único de todo el viaje en que no se derramó leche. Duclos, ya encima del estrado, esperaba a la compañía y, cuando esta se hubo acomodado, comenzó de la siguiente manera:

«Acababa de sufrir una pérdida en mi casa que me resultaba dolorosa por muchos aspectos: Eugénie, a la que amaba apasionadamente, y que me era extremadamente útil a causa de sus extraordinarias complacencias con todo lo que podía procurarme dinero, Eugénie, digo, acababa de serme robada de la manera más singular. Un criado, después de pagar la suma convenida, había venido a buscarla, decía, para una cena en el campo, de la que traería quizá siete u ocho luises. Yo no estaba en casa cuando eso ocurrió, pues jamás la habría dejado salir así con un desconocido; pero sólo se dirigieron a ella, y ella aceptó... No he vuelto a verla en toda mi vida».

«Ni la verás», dijo Desgranges; «la fiesta que le proponían era la última de su vida, y me tocará a mí desenlazar esa parte de la novela de la hermosa muchacha». «¡Ah! ¡Dios mío!», dijo Duclos, «¡una muchacha tan hermosa, con veinte años, la cara más fina y más agradable!». «Y añadid», dijo Desgranges, «el más bello cuerpo de París: todos esos atractivos le fueron funestos. Pero continúa, y no avancemos ahora las circunstancias».

«Fue Lucile», dijo la Duclos, «quien la sustituyó tanto en mi corazón como en mi cama, pero no en los trabajos de la casa, pues estaba muy lejos de poseer su sumisión y su complacencia. De todos modos, en sus manos confié poco después al prior de los benedictinos, que de vez en cuando venía a visitarme, y que habitualmente se divertía con Eugénie. Después de que el buen padre le masturbara el coño con la lengua, y le chupara bien la boca, había que azotarle ligeramente con unas varas, sólo en la polla y en los cojones, y se corría sin empalmar, por el mero frote, por la mera aplicación de las varas sobre aquellas partes. Su mayor placer, entonces, consistía en ver a la muchacha hacer saltar por el aire, con las puntas de las varas, las gotas de leche que salían de su polla.

Al día siguiente, yo misma despaché a otro al que había que aplicar cien azotes exactos en el trasero; anteriormente él besaba el culo, y, mientras se le azotaba, se masturbaba él mismo.

Algún tiempo después me reclamó un tercero; este ponía más ceremonia en todos los puntos: me avisaba con ocho días de antelación, y era preciso que yo hubiera pasado todo ese tiempo sin lavar ninguna parte de mi cuerpo, y especialmente el coño, el culo y la boca; y que, a partir del momento del aviso, pusiera a macerar en un orinal lleno de mierda y de orina por lo menos tres haces de varas. Al fin llegó; era un viejo recaudador de gabelas, hombre muy acomodado, viudo sin hijos, y que celebraba con frecuencia fiestas semejantes. La primera cosa de la que se informó era de si yo había sido exacta respecto a la abstinencia de las abluciones que me había prescrito; le aseguré que sí, y, para convencerse, comenzó por darme un beso en los labios que sin duda le satisfizo, y yo sabía que si, al darme aquel beso, estando yo en ayunas, hubiera reconocido que yo había utilizado algún lavatorio, no habría querido proseguir la sesión. Así que subimos; contempla las varas en el orinal donde yo las había puesto, después, ordenando que me desnudara, husmea atentamente todas las partes del cuerpo que me había prohibido más explícitamente que lavara. Como yo había sido muy exacta, encontró sin duda el olorcillo que él deseaba, pues le vi calentarse en sus arreos y exclamar: «¡Ah, leche!, ¡esto, esto es lo que quiero!». Entonces le manoseé a mi vez el trasero; era exactamente un cuero hervido, tanto por el color como por la dureza de la piel. Después de haber acariciado por un instante, manoseado, entreabierto las ásperas cachas, me apodero de las varas, y, sin secarlas, comienzo por atizarle diez golpes con todas mis fuerzas; pero no sólo no hizo ningún movimiento, sino que mis golpes parecía que ni siquiera rozaban aquella inexpugnable ciudadela. Después de aquella primera tanda, le hundí tres dedos en el ano y los removí con todas mis fuerzas; pero nuestro hombre era igualmente insensible en todas partes: ni siquiera se movió. Terminadas estas dos primeras operaciones, fue él quien actuó; apoyé el vientre en la cama, él se arrodilló, abrió mis nalgas, y paseó alternativamente su lengua por los dos agujeros, los cuales, sin duda, de acuerdo con sus órdenes no debían ser muy aromáticos. Después de que él me chupara a fondo, yo vuelvo a azotarle y a meterle los dedos, él se arrodilla de nuevo y me lame, y así sucesivamente por lo menos quince veces. Al fin, conocedora de mi papel y rigiéndome por el estado de su pene que yo observaba sin tocar, con el mayor cuidado, en una de sus genuflexiones le suelto mi zurullo en las narices. Se echa hacia atrás, grita que soy una insolente, y se corre masturbándose él mismo y lanzando unos gritos que se habrían oído en la calle, de no ser por las precauciones que yo había tomado para impedir que pudieran llegar. Pero la ñorda cayó en el suelo; no hizo más que verla y olerla, no la recogió en su boca y no la tocó en absoluto. Había recibido por lo menos doscientos azotes, y, puedo decirlo, sin que apareciera, sin que su trasero endurecido por una prolongada costumbre mostrara la más ligera marca».

«¡Oh, diantre!», dijo el duque, «he aquí un culo, presidente, que puede competir con el tuyo». «Es muy cierto», dijo Curval balbuceando, porque Aline lo masturbaba, «es muy cierto que el hombre del que se habla tiene exactamente mis nalgas y mis gustos, pues yo apruebo infinitamente la ausencia del bidé, pero la preferiría más prolongada: me gustaría que no hubiera tocado agua en por lo menos tres meses». «Presidente, se te está poniendo gorda», le dijo el duque. «¿Tú crees?», dijo Curval. «A fe mía que es mejor que se lo preguntes a Aline, ella te dirá lo que pasa, pues por mi parte estoy tan acostumbrado a este estado que jamás me doy cuenta de cuando termina, ni de cuando empieza. Todo lo que puedo asegurarte es que, en este momento en que te hablo, quería una puta muy marrana; quería que cayera sobre mí desde el agujero del retrete, que su culo oliera mucho a mierda, y que su coño oliera a marea. ¡Hola, Thérèse!, tú, cuya mugre se remonta al diluvio, tú que desde el bautizo no te has limpiado el culo, y cuyo infame coño apesta a tres leguas a la redonda, tráeme todo esto a la nariz, por favor, y añádele, si quieres, una cagada». Thérèse se acerca; con sus encantos sucios, repulsivos y marchitos, frota la nariz del presidente, deposita además la mierda desecada; Aline masturba, el libertino se corre; y Duclos reanuda así el resto de su narración:

«Un viejo solterón, que recibía todos los días a una nueva muchacha para la operación que voy a contaros, me rogó a través de una amiga mía que fuera a verle, y me explicaron al mismo tiempo el ceremonial habitual de aquel inveterado viejo verde. Llego, me examina con la mirada flemática que proporciona la costumbre del libertinaje, mirada segura y que, en un minuto, aprecia el objeto que se le ofrece. «Me han dicho que teníais un hermoso culo», me dijo, «y como yo tengo, desde hace cerca de sesenta años, una gran debilidad por las bellas nalgas, he querido ver si estabais a la altura de vuestra reputación... Arremangaos». Esta palabra enérgica era una orden suficiente; no solamente ofrezco la medalla, sino que la acerco cuanto puedo a las narices de aquel libertino profesional. Primero me mantengo erguida; poco a poco me inclino y le muestro el objeto de su culto de todas las formas que pueden gustarle más. A cada movimiento, notaba las manos del viejo verde que se paseaban por la superficie y que perfeccionaban la situación, ora consolidándola, ora poniéndola más a su guisa. «El agujero es muy ancho», me dijo, «parece que te has prostituido sodomitamente con mucha violencia en tu vida». «Ay, señor», le dije, «vivimos en un siglo en que los hombres son tan caprichosos que, para gustarles, hay que prestarse un poco a todo». Entonces sentí que su boca se pegaba herméticamente al agujero de mis nalgas, y su lengua intentaba penetrar en el orificio. Aproveché el momento con habilidad, tal como se me había recomendado, y dejé caer sobre su lengua la ventosidad más densa y más suave. El procedimiento no le disgusta en absoluto, pero tampoco le conmueve; al fin, después de una media docena, se levanta, me lleva a la esquina de su cama, y me muestra un cubo de loza en el que se remojaban cuatro haces de varas; encima del cubo pendían varias disciplinas colgadas de unas escarpias doradas. «Ármate», me dijo el libertino, «con ambas armas; ahí tienes mi culo: como ves, es seco, flaco y muy curtido; toca». Y después de que le obedeciera: «Ya ves», continuaba, «es un viejo cuero hecho a los golpes y que sólo se excita con los excesos más increíbles. Voy a mantenerme en esta actitud», dijo, echándose a los pies de su cama, boca abajo y con las piernas en el suelo; «sírvete sucesivamente de los dos instrumentos, unas veces las varas y otras las disciplinas. Será largo, pero tendrás una señal segura de la proximidad del desenlace: tan pronto como veas que a este culo le va a ocurrir algo extraordinario, prepárate para imitar lo que le verás hacer; nos cambiaremos de sitio, yo me arrodillaré delante de tus hermosas nalgas, harás lo que me has visto hacer, y me correré. Pero sobre todo no te impacientes, porque te prevengo una vez más de que hace falta mucho tiempo». Comienzo, cambio de instrumento como me ha recomendado. Pero ¡vaya flema, Dios mío!, estaba empapada en sudor; para golpear con mayor comodidad, me había arremangado el brazo hasta el hombro. Ya llevaba más de tres cuartos de hora dándole con todas mis fuerzas, a veces con las varas, otras con las disciplinas, y no veía que mi trabajo avanzara. Nuestro libertino, inmóvil, se estaba más quieto que si hubiera estado muerto; se diría que saboreaba en silencio los movimientos internos de voluptuosidad que recibía de esta operación, pero ningún vestigio exterior, ninguna apariencia que influyera lo más mínimo en su piel. En fin, sonaron las dos y yo llevaba desde las once metida en harina; de repente, lo veo levantar el lomo y abrir las nalgas; paso por allí una y otra vez mis vergas a determinados intervalos, sin dejar de azotarle; sale un zurullo, azoto, mis golpes hacen volar la mierda al suelo. «Vamos, ánimo», le digo, «ya hemos llegado». Entonces nuestro hombre se levanta enfurecido; su polla dura y revoltosa pegada al vientre. «Imítame», dice, «imítame, sólo necesito mierda para darte leche». Me agacho rápidamente en su lugar, se arrodilla como había dicho, y le pongo en la boca un huevo que guardaba para él desde hacía casi tres días. Al recibirlo, le sale la leche, y se echa hacia atrás aullando de placer, pero sin tragarlo y sin conservar más de un segundo el zurullo que acabo de depositarle. Por otra parte, exceptuando a vosotros, señores, que sois sin duda unos modelos en este género, he visto a pocos hombres con unas crispaciones más agudas; casi se desmayó al derramar su leche. La sesión me valió dos luises.

Pero, apenas de vuelta a casa, encontré a Lucile ocupada con otro anciano que, sin haberle hecho ninguna caricia preliminar, se hacía simplemente fustigar desde los riñones hasta el final de las piernas con unas varas empapadas en vinagre, y, asestados los golpes con la máxima fuerza que su brazo alcanzaba, este terminaba la operación haciéndose chupar. La muchacha se arrodillaba delante de él tan pronto como le daba la señal, y, haciendo flotar sus viejos cojones gastados sobre sus tetas, tomaba el fofo instrumento en su boca donde el pecador arrepentido no tardaba en llorar sus faltas».

Y habiendo terminado así la Duclos lo que tenía que decir en su velada, como la hora de la cena todavía no había llegado, hicieron algunas bribonadas aguardándola. «Debes de estar rendido, presidente», dijo el duque a Curval; «hoy ya te he visto correrte dos veces, y tú no estás demasiado acostumbrado a perder en un día tanta cantidad de leche». «Apostemos por una tercera», dijo Curval que manoseaba las nalgas de la Duclos. «¡Oh!, todo lo que tú quieras», dijo el duque. «Pero con una condición», dijo Curval, «y es que todo me esté permitido». «¡Oh!, no», replicó el duque, «sabes muy bien que hay cosas que nos hemos prometido no hacer antes de la época en que nos corresponda. Hacernos follar era una de ellas: antes de hacerlo debíamos esperar a que se nos citara en el orden recibido algún ejemplo de esta pasión; y, sin embargo, por nuestras propias representaciones, señores, todos nos lo hemos saltado. Hay muchos placeres especiales que también habríamos debido prohibirnos hasta el momento de su narración, y que toleramos con la condición de que transcurran en nuestras habitaciones o en nuestros gabinetes. Tú acabas de entregarte a ellos hace un momento con Aline: ¿no quiere decir nada que ella haya lanzado un grito desgarrador, y que se cubra ahora el pecho con un pañuelo? ¡Bien! Elige, pues, o entre esos placeres misteriosos, o entre los que nos permitimos públicamente, y que tu tercera eyaculación provenga de uno de esos dos tipos de cosas, y apuesto cien luises a que no la consigues». Entonces el presidente preguntó si podía pasar al tocador del fondo, con los sujetos que se le antojaran; se lo concedieron, con la única condición de que Duclos estaría presente y que ella sería quien certificaría la exactitud de esta eyaculación. «Vamos», dijo el presidente, «acepto». Y, para comenzar, se hizo dar, primeramente, delante de todo el mundo, quinientos latigazos por la Duclos; hecho esto, se llevó consigo a su querida y fiel amiga Constance, a quien se le rogó, no obstante, que no hiciera nada que pudiera perjudicar su embarazo; se le sumó su hija Adélaïde, Augustine, Zelmire, Céladon, Zéphire, Thérèse, Fanchon, la Champville, la Desgranges, y la Duclos con tres folladores. «¡Oh!, joder», dijo el duque, «no habíamos convenido que utilizaras tantos sujetos». Pero el obispo y Durcet, tomando el partido del presidente, aseguraron que no se había hablado del número. De modo que el presidente se encerró con su equipo, y al cabo de una media hora, que el obispo, Durcet y Curval, con los sujetos que les quedaban, no pasaron rezando a Dios, al cabo de una media hora, digo, Constance y Zelmire regresaron llorando, y el presidente no tardó en seguirlas con el resto de su equipo, apoyado por la Duclos, que rindió testimonio de su vigor y certificó que merecía en justicia una corona de mirto. El lector aceptará que no le revelemos lo que el presidente había hecho: las circunstancias todavía no nos lo permiten; pero había ganado la apuesta y esto era lo esencial. «He aquí cien luises», dijo al recibirlos, «que me servirán para pagar una multa a la cual temo que pronto seré condenado». Esta es también otra cosa que rogamos al lector que nos permita no explicarle hasta el momento debido, pero que vea aquí solamente cómo el malvado preveía sus faltas de antemano y cómo tomaba su decisión sobre el castigo que debían acarrearle, sin preocuparse lo más mínimo de prevenirlas o evitarlas. Puesto que, a partir de aquel instante hasta el del comienzo de las narraciones del día siguiente, sólo ocurrieron cosas normales, trasladaremos inmediatamente allí al lector.

## Decimoctava jornada

Duclos, bella, engalanada, y más brillante que nunca, comenzó así los relatos de su decimoctava jornada:

«Acababa de realizar la compra de una alta y robusta criatura llamada Justine; tenía veinticinco años, cinco pies y seis pulgadas de estatura, robusta como una criada de taberna, además de hermosas facciones, una bella piel, y el más bello cuerpo del mundo. Como en mi casa abundaba aquella clase de libertino que sólo encuentra algún atisbo de placer en los suplicios que se le hace experimentar, creí que una pupila semejante podía serme de gran ayuda. Al día siguiente de su llegada, para poner a prueba sus talentos fustigadores que me habían elogiado prodigiosamente, la enfrenté con un viejo comisario de barrio, al que había que fustigar con toda la fuerza desde la parte inferior del pecho hasta las rodillas y desde la mitad de la espalda hasta las pantorrillas, y esto hasta que la sangre brotara por todas partes. Terminada la operación, el libertino se limitaba a arremangar a la doncella y plantarle su paquete sobre las nalgas. Justine se comportó como una auténtica heroína de Citerea, y nuestro libertino vino a confesarme que poseía con ella un tesoro, y que, en toda su vida, jamás había sido fustigado como por aquella tunanta.

Para demostrarle el caso que le hacía a ella, pocos días después la junté con un viejo inválido de Citerea que se hacía dar más de mil latigazos en todas las partes del cuerpo indistintamente, y cuando estaba completamente ensangrentado, era preciso que la muchacha meara en su propia mano, y le frotara con su orina todas las partes más lastimadas del cuerpo. Aplicada esta loción, recomenzaban la sesión; entonces él se corría, la muchacha recogía cuidadosamente en su mano la leche que él soltaba, y le friccionaba por segunda vez con el nuevo bálsamo.

Idéntico éxito por parte de mi nueva compra, y cada día mayores elogios; pero ya no era posible utilizarla con el campeón que se presentaba esta vez. Aquel hombre singular sólo quería de lo femenino el traje, pero, en realidad, era preciso que fuera un hombre, y, para explicarme mejor, era por un hombre vestido de mujer que el lascivo quería ser azotado. ¡Y vaya arma que utilizaba! No imaginéis que eran varas: era un haz de tallos de mimbre, con los que había que desgarrarle bárbaramente las nalgas. En realidad, como esta historia olía un poco a sodomía, yo no hubiera debido meterme demasiado; sin embargo, por tratarse de un antiguo parroquiano de la Fournier, un hombre realmente apegado en todo tiempo a nuestra casa, y que, por su posición, podía prestarnos algún servicio, no me hice la difícil, y después de hacer disfrazar lindamente a un muchacho de dieciocho años que hacía a veces encargos para nosotras y que era muy guapo, lo presenté armado con el haz de mimbres. Nada tan divertido como la ceremonia (ya podéis imaginaros que quise verla). Comenzó por contemplar a fondo su supuesta doncella, y habiéndola encontrado sin duda muy de su agrado, se estrenó con cinco o seis besos en la boca que olían a chamusquina a una legua de distancia; hecho esto, él mostró sus nalgas y, denotando con sus palabras que confundía al muchacho con una muchacha, le dijo que las manoseara y las masajeara con cierta dureza; el muchachito, a quien yo había instruido bien, hizo todo lo que se le pedía. «Vamos», dijo el libertino, «azótame, y sobre todo no seas compasivo». El joven se apodera del haz de varas, asesta entonces con brazo vigoroso cincuenta golpes consecutivos sobre las nalgas que se le ofrecen; el libertino, ya fuertemente marcado por los latigazos provocados por aquellas verdascas, se arroja sobre su masculina fustigadora, le levanta las faldas, comprueba con una mano su sexo, con la otra se agarra ávidamente a las dos nalgas. Al principio, no sabe qué templo incensar en primer lugar: acaba por decidirse por el culo, pega a él su boca con ardor. ¡Oh!, ¡qué diferencia del culto rendido por la naturaleza de aquel que se dice que la ultraja! ¡Dios justo!, si esta obra fuera real, ¿tendría el homenaje tanto ardor? Jamás culo de mujer ha sido besado como lo fue el de aquel muchacho; por tres o cuatro veces la lengua del viejo verde desapareció por entero en su ano. Al final volvieron a las posiciones anteriores. «¡Oh querida criatura!», exclamó, «prosigue tu operación». Es flagelado de nuevo; pero, como estaba más animado, sobrelleva este segundo ataque con mucha mayor fuerza. Sangra; inmediatamente su polla se alza, y se la hace empuñar con apresuramiento al joven objeto de sus transportes. Mientras este la manosea, el otro quiere devolverle un servicio semejante; le arremanga aún más, pero esta vez lo que quiere es la polla: la toca, la masturba, se la menea, y la introduce inmediatamente en su boca. Después de estas caricias preliminares, se ofrece por tercera vez a los golpes. Esta última escena lo endurece por completo; arroja a su Adonis sobre la cama, se echa sobre él, aprieta a la vez los dos pijos, pega su boca a los labios del hermoso muchacho, y, habiendo conseguido calentarle con sus caricias, le procura el divino placer al mismo tiempo que él lo saborea; los dos se corren a la vez. Nuestro libertino, encantado con la escena, intentó disipar mis escrúpulos, y me hizo prometer que le procuraría con frecuencia el mismo placer, fuera con aquel, fuera con otros. Yo quise trabajar en su conversión, le aseguré que tenía unas muchachas encantadoras que lo fustigarían igual de bien: ni siquiera quiso mirarlas».

«Me lo creo», dijo el obispo. «Cuando se tiene decididamente el gusto por los hombres, no se cambia; la diferencia es tan extrema que nadie siente la tentación de probarlo». «Monseñor», dijo el presidente, «abordáis una tesis que merecería una disertación de dos horas». «Y que siempre terminaría en favor de mi afirmación», dijo el obispo, «porque es incontestable que un muchacho vale más que una muchacha». «No lo niego», replicó Curval, «pero, sin embargo, podría deciros que hay algunas objeciones al sistema y que, para los placeres de determinado tipo, tales como los que, por ejemplo, nos contarán Martaine y Desgranges, una muchacha es mejor que un muchacho». «Lo niego», dijo el obispo; «incluso para lo que queréis decir, el muchacho es mejor que la muchacha. Consideradlo desde el punto de vista del mal, que casi siempre es el auténtico atractivo del placer, el crimen os parecerá mayor con un ser absolutamente de vuestra especie que con otro que no lo es, y, a partir de este momento, la voluptuosidad se duplica». «Sí», dijo Curval, «pero y el despotismo, el dominio, la delicia que nace del abuso de la fuerza sobre el débil...». «También está ahí», contestó el obispo. «Si la víctima es bien vuestra, el dominio que, en tales casos, creéis mejor establecido sobre una mujer que sobre un hombre sólo procede del prejuicio, sólo procede de la costumbre que somete más habitualmente aquel sexo a vuestros caprichos que el otro. Pero renunciad por un instante a estos prejuicios de opinión, y que el otro esté perfectamente en vuestras cadenas: con la misma autoridad, reencontráis la idea de un crimen mayor, y necesariamente vuestra lubricidad debe reduplicarse».

«Yo pienso como el obispo», dijo Durcet, «y una vez que sea seguro que el dominio está bien establecido, creo más delicioso el abuso de fuerza que se practica con un semejante que con una mujer». «Señores», dijo el duque, «me gustaría que dejarais vuestras discusiones para la hora de las comidas, y que estas, que están destinadas a escuchar las narraciones, no las llenarais con sofismas». «Tiene razón», dijo Curval. «Vamos, Duclos, continúa». Y la amable directora de los placeres de Citerea reanudó en los términos siguientes:

«Un anciano, escribano forense del Parlamento», dijo, «vino a visitarme una mañana, y como, desde los tiempos de la Fournier, sólo estaba acostumbrado a tratar conmigo, no quiso cambiar de método. Se trataba, mientras se le masturbaba, de abofetearle gradualmente, es decir suavemente en un principio, después un poco más fuerte a medida que su polla tomaba consistencia, y finalmente con todas las fuerzas cuando se corría. Yo había entendido tan bien la manía de este personaje que a la vigésima bofetada le hacía soltar la leche».

«¡A la vigésima!», dijo el obispo, «¡pardiez!, yo no necesitaría tantas para que se me aflojara de repente». «Ya ves, amigo mío», dijo el duque, «cada cual tiene su manía; jamás debemos censurar, ni sorprendernos de la de nadie. Vamos, Duclos, una más y termina».

«La que me resta por contaros esta noche», dijo Duclos, «me la contó una de mis amigas; llevaba dos años viviendo con un hombre a quien no se le empinaba si no se le habían dado veinte papirotazos en la nariz, tirado de las orejas hasta hacerle sangrar, mordido las nalgas, la polla y los cojones. Excitado por las duras titilaciones de estos preliminares, se le ponía como a un garañón, y se corría blasfemando como un diablo, casi siempre en la cara de quien acababa de aplicarle un tratamiento tan singular».

De todo lo que acababa de ser dicho, los señores sólo calentaron su cerebro con lo que se refería a las fustigaciones masculinas, así que aquella noche imitaron esa fantasía. El duque se hizo golpear hasta sangrar por Hercule, Durcet por Bande-Au-Ciel, el obispo por Antinoüs y Curval por Brise-Cul; el obispo, que no había hecho nada en todo el día, se corrió, dicen, comiendo la mierda de Zélamir, que llevaba dos días guardándosela. Y fueron a acostarse.

## Decimonovena jornada

Desde la mañana, a partir de algunas observaciones hechas sobre la mierda de los súbditos destinados a las lubricidades, se decidió que había que probar una cosa de la que Duclos había hablado en sus narraciones: me refiero a la supresión del pan y de la sopa en todas las mesas, a excepción de la de los señores. Esos dos objetos fueron eliminados; se dobló, por el contrario, las aves y la caza. No tardaron ni ocho días en descubrir una diferencia esencial en los excrementos: eran más blandos, más fundentes, de una delicadeza infinitamente mayor, y opinaron que el consejo de D'Aucourt a Duclos era el de un libertino realmente entendido en tales materias. Se pretendió que eso provocaría tal vez una cierta alteración en los alientos. «¡Bueno!, ¡qué importa!», dijo a este respecto Curval, a quien el duque formulaba la objeción; «está muy mal visto decir que, para dar placer, es preciso que la boca de una mujer o de un muchacho esté absolutamente sana. Dejando a un lado cualquier manía, os admitiré cuanto os parezca que el que quiere una boca hedionda sólo actúa por depravación, pero concededme por vuestra parte que una boca que no tiene el menor olor no da ningún tipo de placer al ser besada: es preciso añadir siempre un poco de sal, un poco de picante a todos esos placeres, y este picante sólo se encuentra en un poco de porquería. Por muy limpia que esté la boca, el amante que la chupa comete seguramente una porquería, y no tiene la menor duda de que es precisamente esa porquería lo que le gusta. Dad un grado más de fuerza al impulso, y querréis que aquella boca tenga algo de impuro: de acuerdo en que no huela a podredumbre o a cadaverina, pero que tampoco huela a leche o a niño, esto es lo que yo afirmo que no debe ser. Así que el régimen que les haremos seguir tendrá, como máximo, el inconveniente de alterar un poco sin corromper, y no hace falta más». Las visitas de la mañana no consiguieron nada: se cuidaban. Nadie pidió permiso para el retrete de la mañana, y se sentaron a la mesa. Habiendo sido solicitada Adélaïde, de servicio, por Durcet para que se meara en una copa de vino de Champaña, y no habiéndolo podido hacer, fue inmediatamente inscrita en el libro fatal por su bárbaro marido que, desde el comienzo de la semana, no hacía sino buscar la ocasión de encontrarla en falta. Pasaron al café; estaba servido por Cupidon, Giton, Michette y Sophie. El duque se folló a Sophie entre los muslos haciéndola cagar en su mano y embadurnándose con la mierda la cara, el obispo hizo otro tanto a Giton, y Curval a Michette; Durcet se la metió en la boca a Cupidon, después de hacerlo cagar. Nadie se corrió, y hecha la siesta fueron a escuchar a la Duclos.

«Un hombre al que todavía no habíamos visto», dijo la gentil mujer, «vino a proponernos una ceremonia bastante singular: se trataba de amarrarlo al tercer travesaño de una escalera de tijera; en ese tercer travesaño le ataban los pies, el cuerpo donde quedase, y sus manos, levantadas, en el punto superior de la escalera. En esta situación estaba desnudo; había que flagelarle con todas las fuerzas, y con el mango de las vergas cuando las puntas se habían gastado. Estaba desnudo, no hacía ninguna falta tocarlo, él tampoco se tocaba; pero, al cabo de una cierta dosis, su monstruoso instrumento emprendía el vuelo, se lo veía bambolearse entre los travesaños como el badajo de una campana, y poco después, impetuosamente, arrojaba su leche en medio de la habitación. Lo soltaban, pagaba, y todo había terminado.

Nos mandó al día siguiente a uno de sus amigos, a quien había que pinchar la polla y los cojones, las nalgas y los muslos, con una aguja de oro; sólo se corría cuando estaba ensangrentado. Yo misma lo despaché, y como siempre me decía que actuara con mayor energía, al hundirle la aguja casi hasta la cabeza en el glande, fue cuando vi caer su leche en mi mano. Al soltarlo, se arrojó sobre mi boca, que chupó prodigiosamente, y todo hubo terminado.

Un tercero, también amigo de los dos primeros, me ordenó que lo flagelara con unas púas de hierro en todas las partes del cuerpo indistintamente. Lo hice sangrar; se miró en un espejo, y le bastó con verse en aquel estado para soltar su leche, sin tocar nada, sin sobar nada, sin exigirme nada.

Aquellos excesos me divertían mucho, y yo sentía una secreta voluptuosidad en servirlos; o sea que todos los que se me entregaban quedaban encantados de mí. Fue más o menos en la época de esas tres escenas cuando un señor danés, que me había sido enviado para unas sesiones de placer diferentes y que no son de mi incumbencia, cometió la imprudencia de presentarse en mi casa con diez mil francos en diamantes, otro tanto en joyas, y quinientos luises en dinero contante y sonante. La presa era demasiado buena para dejarla escapar: entre Lucile y yo, robamos al gentilhombre hasta la última moneda. Él quiso querellarse, pero como yo sobornaba copiosamente a la policía, y, en aquel tiempo, con el oro se hacía lo que se quería, el gentilhombre recibió la orden de callarse y sus efectos pasaron a pertenecerme, a excepción de unas cuantas joyas que tuve que ceder a los oficiales de justicia para disfrutar tranquilamente del resto. Jamás había robado algo sin que al día siguiente me ocurriera algo afortunado: esta vez la buena suerte fue un nuevo cliente, pero uno de esos clientes cotidianos que hay que considerar como el plato fuerte de una casa.

Se trataba de un viejo cortesano que, cansado de los homenajes que recibía en el Palacio Real, le gustaba cambiar de papel en los prostíbulos. Quiso entrenarse conmigo; era preciso que yo le hiciera recitar su lección y, a cada falta que cometía, era condenado a arrodillarse y a recibir, unas veces en las manos, y otras en el trasero, unos fuertes azotes con una palmeta de cuero, como las que los maestros utilizan en clase. Yo debía descubrir cuándo estaba excitado al máximo; me apoderaba entonces de su polla y la meneaba hábilmente, sin dejar de reñirle, llamándole pequeño libertino, pequeño canalla, y otros insultos infantiles que le hacían correrse voluptuosamente. Cinco veces por semana semejante ceremonia debía celebrarse en mi casa, pero siempre con una muchacha nueva y bien instruida, y yo recibía a cambio veinticinco luises al mes. Como conocía a tantas mujeres en París, me resultó fácil prometerle lo que pedía y cumplirlo; tuve diez años en mi pensión a aquel encantador colegial, que por aquella época se decidió por ir a tomar otras lecciones en el infierno.

Sin embargo, yo iba envejeciendo y, aunque mi rostro fuera de los que se conservaban, comenzaba a darme cuenta de que casi sólo era por capricho que los hombres querían tratar conmigo. Seguía teniendo, sin embargo, clientes bastante buenos, pese a mis treinta y seis años de edad, y el resto de aventuras en que participé ocurrieron entre aquella edad y la de cuarenta.

Aunque, digo, con treinta y seis años, el libertino de quien voy a contaros la manía que cerrará esta velada sólo quería tratar conmigo. Era un cura, de unos sesenta años de edad (pues yo sólo recibía a personas de una cierta edad, y cualquier mujer que quiera hacer fortuna en nuestro oficio me imitará, sin duda, en esto). Llega el santo hombre y, tan pronto como estamos juntos, pide ver mis nalgas. «He aquí el culo más hermoso del mundo», me dijo; «pero desgraciadamente no será el que me proporcionará la pitanza que voy a devorar. Mira», me dijo, poniéndome sus nalgas en las manos: «aquí está el que me la proporcionará... Hazme cagar, por favor». Me apodero de un orinal de porcelana que coloco sobre mis rodillas, el cura se sitúa a la altura conveniente, yo aprieto su ano, lo entreabro, y le proporciono en una palabra todas las diferentes agitaciones que imagino que pueden acelerar su evacuación. Se produce; un enorme zurullo llena el plato, lo ofrezco al libertino, lo coge, se echa encima, devora, y se corre al cabo de un cuarto de hora de la más violenta fustigación administrada por mí sobre las mismas nalgas que acaban de poner un huevo tan hermoso. Todo había sido engullido; había acompasado tan bien su trabajo que la eyaculación sólo se produjo con el último bocado. Durante todo el tiempo que yo le había estado azotando, no paraba de excitarle con frases como: «¡Vamos, guarro!», le decía, «¡marrano más que marrano!, ¿cómo puedes comer mierda así? ¡Ah, ya te enseñaré, bribón, a entregarte a semejantes infamias!». Y era con estos procedimientos y con estas palabras con lo que el libertino alcanzaba el colmo del placer».

Aquí, Curval, antes de cenar, quiso ofrecer a la sociedad la realidad del espectáculo que Duclos acababa de ofrecer en pintura. Llamó a Fanchon, esta lo hizo cagar, y el libertino devoró, mientras la vieja bruja lo zurraba con todas sus fuerzas. Como esta lubricidad calentó las cabezas, quisieron mierda por todas partes, y entonces Curval, que no se había corrido, mezcló su zurullo con el de Thérèse, a la que hizo cagar inmediatamente. El obispo, acostumbrado a servirse de los placeres de su hermano, hizo otro tanto con la Duclos, el duque con Marie, y Durcet con Louison. Era atroz, increíble, lo repito, utilizar a unas viejas tortilleras, cuando tenían a sus órdenes unos objetos tan lindos: pero ya se sabe que la saciedad nace en el seno de la abundancia, y que en medio de las voluptuosidades uno se deleita con los suplicios. Cometidas estas porquerías sin que costaran más que una sola eyaculación, y fue a cargo del obispo, se sentaron a la mesa. Decididos a seguir con las marranadas, sólo quisieron en las orgías a las cuatro viejas y las cuatro historiadoras, y despidieron al resto. Se dijeron y se hicieron tantas que al fin todo el mundo se corrió, y nuestros libertinos sólo fueron a acostarse en brazos del agotamiento y de la embriaguez.

## Vigésima jornada

La noche anterior había ocurrido algo muy divertido: el duque, absolutamente borracho, en lugar de ir a su dormitorio, se había metido en la cama de la joven Sophie, y por mucho que le dijera esta criatura, que sabía perfectamente que lo que él hacía iba contra las reglas, se mantuvo en sus trece, sin dejar de sostener que estaba en su cama con Aline, que debía ser su compañera nocturna. Pero como con Aline podía tomarse determinadas confianzas que todavía le estaban prohibidas con Sophie, cuando quiso colocarla en posición para divertirse a su antojo, y la pobre criatura, a la que nunca habían hecho todavía nada semejante, sintió la enorme cabeza de la polla del duque golpear a la angosta puerta de su joven trasero y tratar de derribarla, la pobre pequeña comenzó a lanzar unos gritos espantosos y se escapó completamente desnuda hacia el centro de la habitación. El duque la siguió, blasfemando como un demonio, confundiéndola siempre con Aline: «Bribona», le decía, «¿así que es la primera vez?». Y, creyendo atraparla en su huida, tropieza con la cama de Zelmire, que confunde con la suya, y abraza a la joven, creyendo que Aline ha entrado en razón. Idéntico procedimiento con esta que, con la otra, porque decididamente el duque quería lograr sus fines; pero tan pronto como Zelmire se da cuenta del proyecto, imita a su compañera, lanza un grito terrible y escapa. Sin embargo, Sophie, que había sido la primera en escapar, entendiendo perfectamente que no había otro medio de poner orden en este *quid pro quo* que ir en busca de la luz y de alguien con sangre fría que pudiera enderezarlo todo, había ido, en consecuencia, al encuentro de la Duclos. Pero esta, que en las orgías se había emborrachado como una bestia, estaba acostada casi sin conocimiento en medio del lecho del duque, y no pudo darle ninguna respuesta. Desesperada, sin saber a quién recurrir en tal circunstancia, y oyendo que todas sus compañeras pedían ayuda, se atrevió a entrar en el dormitorio de Durcet, que dormía con su hija Constance, y le contó lo que ocurría. Constance, ante este evento, se atrevió a levantarse, pese a los esfuerzos que Durcet, borracho, hacía por retenerla, diciéndole que quería correrse. Cogió una vela y se presentó en el dormitorio de las muchachas: las encontró a todas en camisón en medio de la estancia, y al duque persiguiéndolas sucesivamente a todas ellas y creyendo siempre que sólo se trataba de la misma, que tomaba por Aline y de la que decía que aquella noche se había vuelto bruja. Al fin Constance le mostró su error, y rogándole que le permitiera llevarle a su dormitorio donde encontraría a Aline muy sumisa a todo lo que de ella quisiera exigir, el duque que, muy borracho y muy de buena fe, no tenía realmente otra intención que la de dar por el culo a Aline, se dejó llevar; la hermosa muchacha lo recibió, y se acostaron; Constance se retiró, y todo volvió a la calma en el aposento de las muchachas. Durante todo el día siguiente se rieron mucho de esa aventura nocturna, y el duque pretendió que si desgraciadamente, en un caso como aquel, hubiera desvirgado a alguien, no habría estado obligado a pagar una multa porque estaba borracho: le aseguraron que se equivocaba, y que la habría pagado con el mayor rigor. Desayunaron en el apartamento de las sultanas como de costumbre, y todas confesaron que habían pasado un miedo terrible. Sin embargo, pese a la revolución, no encontraron a ninguna en falta; todo estaba también en orden entre los muchachos, y como la comida, al igual que el café, no ofreció nada de extraordinario, pasaron al salón de historias, donde Duclos, totalmente recuperada de sus excesos de la víspera, divirtió aquella noche a la asamblea con los cinco relatos siguientes:

«También fui yo, señores», dijo, «quien sirvió en la sesión que voy a contaros. Era un médico; su primera preocupación fue visitar mis nalgas y, como las encontró soberbias, pasó más de una hora sin hacer otra cosa que besarlas. Por fin, me confesó sus pequeñas debilidades: se trataba de cagar; yo lo sabía, y me había preparado para ello. Llené un orinal de porcelana blanca que me servía para ese tipo de trabajos; tan pronto como él se adueña de mi ñorda, se arroja encima y la devora; mientras lo hace, me armo de un vergajo (era el instrumento con el que había que acariciarle el trasero), lo amenazo, golpeo, lo riño por las infamias a las que se entrega, y sin escucharme, el libertino, mientras engulle, se corre, y escapa con la velocidad del rayo arrojando un luis sobre la mesa.

Poco después, puse a otro en manos de Lucile, a quien le costó grandes esfuerzos hacerle correrse. Hacía falta en primer lugar que estuviera seguro de que el zurullo que se le ofrecía era de una vieja pordiosera, y, para que se convenciera, la vieja estaba obligada a cagar delante de él. Le proporcioné una de setenta años, llena de úlceras y de erisipela, y que llevaba unos quince años sin un solo diente en las encías: «Está bien, es excelente», dijo, «así es como las quiero». Después, encerrándose con Lucile y la cagada, fue preciso que la muchacha, tan hábil como complaciente, le excitara a comer aquella mierda infame. Él la olisqueaba, la miraba, la tocaba, pero tardaba en decidirse a más. Entonces Lucile, recurriendo a procedimientos decisivos, mete la pala en el fuego y, retirándola al rojo vivo, le anuncia que le quemará las nalgas para decidirlo a lo que exige de él, si no lo hace inmediatamente. Nuestro hombre se estremece, lo intenta una vez más: idéntica repugnancia. Entonces Lucile, despiadada, le baja los calzones, y exponiendo un feo culo completamente ajado, completamente escoriado por operaciones semejantes, le chamusca ligeramente las nalgas. El viejo verde blasfema, Lucile insiste, acaba por quemarlo con decisión en el centro del trasero; el dolor lo decide por fin, muerde un bocado; lo excitan otra vez con nuevas quemaduras, y al final todo pasa. Aquel fue el instante de su eyaculación, y he visto pocas más violentas; lanzó unos gritos agudísimos, se revolcó por el suelo; le creí loco o epiléptico. Encantado de nuestras buenas maneras, el libertino me prometió su asistencia, pero con la condición de darle siempre la misma muchacha y viejas diferentes. «Cuanto más asquerosas sean», me dijo, «mejor las pagaré. No puedes imaginar», añadió, «hasta dónde llega mi depravación en esto; casi ni yo mismo me atrevo a admitirlo».

Sin embargo, uno de sus amigos, que me envió al día siguiente, la llevaba, en mi opinión, mucho más lejos que él, pues, con la única diferencia de que, en lugar de chisporrotearle las nalgas, había que herírselas duramente con unas tenacillas al rojo vivo, con la única diferencia, digo, de que necesitaba el zurullo del más viejo, del más sucio y del más repulsivo de todos los ganapanes. Un viejo criado de ochenta años, que teníamos en la casa desde hacía una inmensidad de tiempo, le gustó asombrosamente para esta operación, y engulló con deleite su cálida mierda, mientras Justine le daba una tunda con unas tenacillas que apenas podía agarrar de lo ardientes que estaban. Y además había que pellizcarle grandes pedazos de carne y casi asárselos.

Otro se hacía cortar las nalgas, el vientre, los cojones y la polla con una gran lezna de zapatero, más o menos con las mismas ceremonias, o sea hasta que hubiera comido un zurullo que yo le presentaba en un orinal sin que él quisiera saber de quién era.

Uno no se imagina, señores, hasta dónde los hombres llevan el delirio en el fuego de su imaginación. ¿Acaso no he visto a uno que, siempre dentro de los mismos principios, exigía que le asestara grandes bastonazos en las nalgas, hasta que se había comido la mierda que hacía sacar en su presencia del mismo fondo de la fosa séptica? Y su pérfida eyaculación sólo llegaba a mi boca, en esta operación, cuando él había devorado aquel fango impuro».

«Todo es imaginable», dijo Curval sobando las nalgas de Desgranges; «estoy convencido de que todavía se puede llegar mucho más lejos». «¿Más lejos?», dijo el duque, que magreaba con alguna brusquedad el trasero desnudo de Adélaïde, su mujer del día. «¿Y qué diablos crees que se puede hacer?».

«¡Peor!», dijo Curval, «¡mucho peor! Creo que nunca se va demasiado lejos en esas cosas». «Yo pienso lo mismo», dijo Durcet, que enculaba a Antinoüs, «y siento que mi cabeza refinaría mucho más todas esas marranadas». «Apuesto a que sé lo que Durcet quiere decir», dijo el obispo, que estaba ocioso. «¿De qué diablos se trata?», dijo el duque. Entonces el obispo se levantó, habló en voz baja con Durcet, que asintió, y el obispo fue a contárselo a Curval que dijo: «¡Ah!, claro que sí», y al duque que exclamó: «¡Ah!, joder, jamás se me habría ocurrido». Como esos señores no se explicaron más, nos ha resultado imposible saber qué quisieron decir. Y, aunque lo supiéramos, creo que por pudor haríamos bien en mantenerlo siempre bajo velo, pues hay muchísimas cosas que basta con insinuar; lo exige una prudente circunspección; podemos tropezarnos con unos oídos castos, y estoy infinitamente convencido de que el lector ya nos agradece toda la que utilizamos con él; a medida que vayamos avanzando, más dignos de sus más sinceros elogios seremos respecto a este tema, cosa que ya casi podemos asegurarle. En fin, dígase lo que se diga, todos tenemos nuestra alma que salvar: ¿y de qué castigo, tanto en este mundo como en el otro, no sería digno aquel que, sin ninguna moderación, se complaciera, por ejemplo, en divulgar todos los caprichos, todos los gustos, todos los horrores secretos a que están sujetos los hombres en el fuego de su imaginación? Significaría revelar unos secretos que deben permanecer ocultos para la dicha de la humanidad; sería provocar la corrupción general de las costumbres, y precipitar a nuestros hermanos en Jesucristo en todos los extravíos adonde podrían conducirlos semejantes cuadros; y Dios, que ve el fondo de nuestros corazones, ese Dios poderoso que ha creado el cielo y la Tierra, y que un día debe juzgarnos; ¡sabe si desearíamos tener que oírnos reprochar por él semejantes crímenes!

Terminaron unos horrores que habían comenzado. Curval, por ejemplo, hizo cagar a Desgranges; los demás, o lo mismo con diferentes sujetos, u otras cosas que no eran mejores, y pasaron a la cena. En las orgías, Duclos, que había oído disertar a los señores sobre el nuevo régimen anteriormente indicado, y cuyo objeto era que la mierda fuera más abundante y más delicada, les dijo que, siendo unos aficionados como ellos eran, le sorprendía verlos ignorar el auténtico secreto para conseguir unas cagadas muy abundantes y muy delicadas. Interrogada respecto a la manera como debía hacerse, dijo que el único medio era provocar inmediatamente una ligera indigestión en el sujeto, no por hacerle comer unas cosas contrarias o malsanas, sino obligándole a comer precipitadamente fuera de las horas de las comidas. La experiencia se realizó aquella misma noche: fueron a despertar a Fanny, a la que nadie había reclamado aquella noche y que se había acostado después de la cena, y la obligaron a comer inmediatamente cuatro enormes bizcochos, y, a la mañana del día siguiente, ofreció uno de los mayores y más hermosos zurullos que habían tenido. Así que adoptaron este sistema, con la cláusula, sin embargo, de no dar pan, cosa que la Duclos aprobó y que sólo podía mejorar los frutos que produciría el otro secreto. No pasó un día sin que no se provocaran así unas medio indigestiones a las muchachas y a los lindos muchachos, y lo que así se obtuvo es inimaginable. Lo digo de pasada, a fin de que, si algún aficionado quiere utilizar este secreto, esté firmemente convencido de que no lo hay mejor. Como el resto de la velada no produjo nada extraordinario, fueron a acostarse con objeto de prepararse al día siguiente para las brillantes nupcias de Colombe y de Zélamir, que debían ser la celebración de la fiesta de la tercera semana.

## VIGESIMOPRIMERA JORNADA

Se ocuparon desde la mañana de aquella ceremonia, siguiendo la usanza habitual, aunque, no sé si estaba hecho adrede o no, la joven esposa fue descubierta culpable desde la mañana: Durcet aseguró que había encontrado mierda en su orinal. Ella lo negó, dijo que, para que la castigaran, era la vieja quien la había hecho, y que les tendían con frecuencia esas añagazas cuando querían castigarlas: por mucho que dijera, no la escucharon y, como su joven marido estaba ya en la lista, se divirtieron mucho con el placer de castigarlos a los dos. Sin embargo, los jóvenes esposos fueron conducidos con toda la pompa, después de la misa, al gran salón de reuniones, donde debía completarse la ceremonia antes de la hora de la comida. Ambos eran de la misma edad, y entregaron a la joven desnuda a su marido, permitiéndole hacer con ella todo lo que quisiera. Nada tan elocuente como el ejemplo; era imposible recibirlos más malos y más contagiosos. De modo que el joven salta como un rayo sobre su mujercita, y como la tenía muy empinada y muy dura, aunque todavía no se corriera, la hubiera inevitablemente traspasado; pero, por ligera que hubiera sido la brecha, los señores ponían toda su gloria en que nada alterara aquellas tiernas flores que querían ser los únicos en recoger. Y por ello el obispo, deteniendo el entusiasmo del joven, aprovechó él mismo la erección y se hizo introducir en el culo el muy bonito y ya muy formado instrumento con el que Zélamir iba a enfilar a su joven mitad. ¡Qué diferencia para aquel muchacho!, ¡y qué distancia entre el anchísimo culo del viejo obispo y el angosto y tierno coño de una virgencita de trece años! Pero se trataba de gentes con las que no se podía razonar. Curval se apoderó de Colombe y la folló entre los muslos por delante, mientras le lamía los ojos, la boca, la nariz y la totalidad de la cara. Sin duda durante aquel tiempo se le prestaron algunos servicios, ya que se corrió, y Curval no era un hombre que perdiera su leche con cualquier tontería. Comieron; los dos esposos fueron admitidos al café, como lo habían sido a la comida, y el café fue servido aquel día por la élite de los sujetos, quiero decir por Augustine, Zelmire, Adonis y Zéphire. Curval, que quería volver a empalmar, exigió perentoriamente mierda, y Augustine le soltó el más hermoso zurullo que cabía imaginar. El duque se la hizo chupar por Zelmire, Durcet por Colombe y el obispo por Adonis. Este último cagó en la boca de Durcet, cuando hubo despachado al obispo. Pero nada de leche; comenzaba a escasear: en los comienzos no se habían privado de nada y, como sentían la extrema necesidad que de ella tendrían al final, iban con cuidado. Pasaron al salón de historias, donde la bella Duclos, invitada a mostrar su trasero antes de comenzar, después de haberlo libertinamente expuesto a los ojos de la asamblea, reanudó así el hilo de su discurso:

«Ahora otro rasgo de mi carácter, señores», dijo la bella mujer, «después del cual, cuando os lo haya hecho conocer suficientemente, podréis juzgar con exactitud lo que os ocultaré sobre lo que os habré dicho, y me dispensaréis de seguiros hablando de mí. La madre de Lucile acababa de caer en una miseria terrible, y fue por la mayor casualidad del mundo por la que la encantadora muchacha, que no había tenido noticias suyas desde que se había escapado de casa, conoció su desdichado desamparo. Una de nuestras trotaconventos, al acecho de una muchacha que uno de mis parroquianos me pedía con la misma intención que el marqués de Mesanges, o sea comprarla para que no se volviera a oír hablar de ella, una de nuestras trotaconventos, digo, vino a contarme, cuando yo estaba en la cama con Lucile, que había encontrado a una chiquilla de quince años, muy probablemente virgen, extremadamente bonita, y asemejándose, decía ella, como dos gotas de agua a la señorita Lucile, pero que se hallaba en tal estado de miseria que habría que tenerla unos cuantos días engordándola antes de venderla. Y entonces hizo la descripción de la anciana con quien la había encontrado, y del estado de espantosa indigencia en que se hallaba aquella madre. Por sus características, por los detalles de la edad y del rostro, por todo lo que se refería a la criatura, Lucile tuvo el presentimiento secreto de que podían ser su madre y su hermana: ella sabía que, en el momento de su fuga, la había dejado muy niña con su madre, y me pidió permiso para ir a verificar sus dudas. Mi infernal espíritu me sugirió entonces un pequeño horror cuyo efecto abrasó tan rápidamente mi persona que, haciendo salir inmediatamente a nuestra trotaconventos, y sin poder calmar el ardor de mis sentidos, comencé por rogar a Lucile que me masturbara. Después, parándome en medio de la operación: «¿Para qué quieres ir a casa de esa vieja», le dije, «y cuál es tu intención?». «¡Ah!», dijo Lucile, que todavía no tenía mis sentimientos, «pues... aliviarla, si puedo, y principalmente si es mi madre». «Imbécil», le dije rechazándola, «vete, vete a sacrificar tú sola a tus indignos prejuicios populares, ¡y pierde, al no atreverte a desafiarlos, la más hermosa ocasión de excitar tus sentidos con un horror que te hará correrte durante diez años seguidos!». Lucile, asombrada, me miró, y vi entonces que había que explicarle una filosofía que estaba lejos de entender. Lo hice, le hice comprender cuán viles son los vínculos que nos encadenan a los autores de nuestros días; le demostré que una madre, por habernos llevado en su seno, en lugar de merecer de nosotros alguna gratitud, sólo merecía el odio, ya que, sólo por su placer, y a riesgo de exponernos a todas las desdichas que podían alcanzarnos en el mundo, nos había, no obstante, dado a luz con la única intención de satisfacer su brutal lubricidad. Añadí a eso cuanto podía decirse para apuntalar un sistema que el sentido común dicta, y que el corazón aconseja cuando no está absorbido por los prejuicios de la infancia. «¿Y qué te importa», añadí, «que esa criatura sea feliz o desdichada? ¿Sientes tú algo de su situación? Aleja, pues, estos viles vínculos cuya absurdidad acabo de demostrarte, y aislando entonces totalmente a esta criatura, separándola por completo de ti, verás que no sólo su infortunio debe serte indiferente, sino que incluso puede llegar a ser muy voluptuoso incrementarlo. Pues, a fin de cuentas, tú le debes odio, esto queda demostrado, y te vengas; cometes lo que los necios llaman una mala acción, y bien sabes el dominio que el crimen ejerció siempre sobre los sentidos. He aquí, por consiguiente, dos motivos de placer en las ofensas que yo quiero que le hagas: las delicias de la venganza, y las que siempre se saborean haciendo el mal». Sea que yo pusiera con Lucile mayor elocuencia de la que utilizo aquí para narraros el hecho, sea que su espíritu, ya muy libertino y muy corrompido, alertara inmediatamente a su corazón de la voluptuosidad de mis principios, pero el caso es que los saboreó, y vi colorearse sus bellas mejillas con aquella llama libertina que no deja jamás de aparecer cada vez que se rompe un freno. «¡Bien!», me dijo, «¿qué debo hacer?». «Divertirnos», le dije, «y sacar dinero. En cuanto al placer, lo tienes seguro si adoptas mis principios; y respecto al dinero, ocurre lo mismo, porque yo puedo utilizar, tanto a tu vieja madre como a tu hermana, en dos sesiones diferentes que nos resultarán muy lucrativas». Lucile acepta, yo la masturbó para excitarla aún más al crimen, y ya nos ocupamos únicamente de las disposiciones a tomar. Me dedicaré en primer lugar a detallaros el primer plan, ya que forma parte de la clase de gustos que tengo que contaros, aunque lo desplace un poco de su lugar para seguir el orden de los acontecimientos, y, cuando estéis enterados de la primera rama de mis proyectos, os esclareceré la segunda.

«Había un hombre de la buena sociedad, muy rico, muy acreditado y de un desenfreno moral que supera cuanto pueda decirse. Como sólo lo conocía bajo el título de conde, permitidme, aunque yo supiera su nombre, que me limite a designarlo con ese título. El conde estaba en la plenitud de la fuerza de sus pasiones, con una edad máxima de treinta y cinco años, sin fe, sin ley, sin Dios, sin religión, y dotado sobre todo, como vosotros, señores, de un invencible horror por lo que se llama el sentimiento de la caridad;

decía que comprenderlo superaba sus posibilidades, y que no admitía que se pudiera ultrajar la naturaleza hasta el punto de alterar el orden que había puesto en las diferentes clases de sus individuos, elevando al uno mediante ayudas al lugar del otro, y utilizando en esas absurdas y repulsivas ayudas unas sumas mucho más agradablemente utilizadas en los propios placeres. Imbuido de estos sentimientos, no se quedaba ahí; no solamente descubría un goce real en el rechazo de la ayuda, sino que llegaba a mejorar este goce con ultrajes al infortunado. Una de sus voluptuosidades, por ejemplo, era descubrir cuidadosamente aquellos asilos tenebrosos donde la hambrienta indigencia come como puede un pan regado con sus lágrimas y debido a sus trabajos. Se le ponía tiesa no tan sólo con ir a disfrutar de la amargura de tales lágrimas, sino incluso..., sino incluso con incrementar su origen y arrebatar, si podía, aquel desdichado sostén de los días de los infortunados. Y ese gusto no era una fantasía, era un furor; no existían, decía, delicias más intensas, y nada podía excitar e inflamar tanto su espíritu como aquel exceso. No se trataba, me aseguraba un día, del fruto de la depravación: poseía desde la infancia esta extraordinaria manía, y su corazón, perpetuamente encallecido ante los acentos lastimeros de la desdicha, jamás había conocido sentimientos más dulces. Como es esencial que conozcáis al sujeto, es preciso que sepáis que el mismo hombre tenía tres pasiones diferentes: la que voy a contaros, una que os explicará la Martaine, recordádnoslo por su título, y una aún más atroz, que la Desgranges os reservará sin duda para el final de sus relatos, como una de las más fuertes que tendrá, sin duda, para contaros. Pero comencemos por la que me incumbe. Tan pronto como hube avisado al conde del asilo infortunado que le había descubierto, y de las peculiaridades que poseía, enloqueció de alegría. Pero como unos asuntos de la mayor importancia para su fortuna y su promoción, que cuidaba en la medida que veía en ellas una especie de puntal para sus excesos, como, digo, estos asuntos iban a ocuparle unos quince días, y no quería perder a la chiquilla, prefirió menoscabar en algo el placer que se auguraba de la primera escena para asegurarse la segunda. En consecuencia, me ordenó hacer raptar al instante a la criatura al precio que fuere, y entregarla en la dirección que me indicó. Y para no teneros más tiempo en suspenso, señores, esta dirección era la de Desgranges, que era la proveedora de sus terceros juegos secretos. A continuación, fijamos el día. Mientras tanto, fuimos a ver a la madre de Lucile, tanto para preparar el reconocimiento con su hija como para pensar en la manera de raptar a su hermana. Lucile, bien aleccionada, sólo reconoció a su madre para insultarla, decirle que era la causa de que ella se hubiera arrojado al libertinaje, y mil otras frases parecidas que desgarraban el corazón de la pobre mujer y turbaban todo el placer que sentía en recuperar a su hija. Creí, al principio, que iba por buen camino, y expliqué a la madre que, habiendo retirado a su hija mayor del libertinaje, me ofrecía a hacer lo mismo con la segunda. Pero la estratagema no surtió efecto; la desdichada lloró y dijo que por nada del mundo le arrancarían el único auxilio que le quedaba en su segunda hija; que era vieja, inválida, que recibía los cuidados de esta criatura, y que privarla de ella sería arrancarle la vida. Aquí, lo confieso con vergüenza, señores, sentí en el fondo de mi corazón un pequeño movimiento que me permitió conocer que mi voluptuosidad aumentaría con el refinamiento de horror que iba, en este caso, a sumar a mi crimen, y habiendo prevenido a la vieja de que, dentro de pocos días, su hija la visitaría de nuevo con un hombre rico que podría prestarle grandes servicios, nos retiramos, y sólo me ocupé de utilizar mis recursos habituales para adueñarme de la muchacha. La había examinado a fondo, valía la pena: quince años, un bonito talle, una hermosísima piel y facciones muy lindas. Tres días después llegó a casa, y después de haberla examinado por todas las partes de su cuerpo y no haber encontrado nada que no fuera encantador, muy rollizo y muy lozano, pese a la mala alimentación a la que estaba condenada desde hacía tanto tiempo, se la entregué a madame Desgranges, con la que trataba por vez primera en mi vida. Nuestro hombre regresó por fin de sus negocios; Lucile lo llevó a casa de su madre, y aquí es donde comienza la escena que voy a describiros. Encontraron a la anciana madre en la cama, sin fuego, aunque en la mitad de un invierno muy frío, teniendo junto a su cama un recipiente de madera con un poco de leche, donde el conde se meó nada más entrar. Para impedir todo tipo de alboroto y ser dueño absoluto del reducto, el conde había apostado en la escalera a dos malhechores que tenía a sueldo, con el encargo de oponerse firmemente a cualquier subida o bajada sin justificación. «Vieja bribona», le dijo el conde, «venimos aquí con tu hija, y, a fe mía, que es una puta muy bonita; venimos, vieja bruja, para aliviar tus males, pero tienes que contárnoslos. Vamos», dijo sentándose y comenzando a sobar las nalgas de Lucile, «cuenta con detalle tus sufrimientos». «¡Ay!», dijo la buena mujer, «venís con esta bribona más para insultarlos que para aliviarlos». «¡Tunanta!», dijo el conde, «¿te atreves a insultar a tu hija? Vamos», dijo levantándose y arrancando a la vieja de su jergón, «sal de la cama inmediatamente, y pídele perdón de rodillas por el insulto que acabas de dirigirle». No había manera de resistir. «Y tú, Lucile, súbete las faldas, déjate besar las nalgas por tu madre, que yo me cerciore de que las besa, y que se produzca una reconciliación». La insolente Lucile frota su culo sobre el viejo rostro de su pobre madre, abrumándola con inconveniencias. El conde permitió que la anciana se acostara de nuevo, y reanudó la conversación: «Te digo una vez más», prosiguió, «que, si me cuentas todas tus desgracias, las remediaré». Los desdichados creen todo lo que se les dice, les gusta lamentarse; la vieja contó todos sus sufrimientos, y se quejó amargamente sobre todo de que le habían robado a la hija, acusando vivamente a Lucile de saber dónde estaba, ya que la dama con la que había venido a verla, hacía poco tiempo, le había propuesto ocuparse de ella, y deducía a partir de ahí, con bastante razón, que aquella dama era la que la había secuestrado. Entretanto, el conde, frente al culo de Lucile, a la que había hecho quitar las faldas, besaba de vez en cuando aquel hermoso culo, se masturbaba, escuchaba, preguntaba, inquiría detalles, y regulaba todas las titilaciones de su pérfida voluptuosidad con las respuestas que se le daban. Pero cuando la vieja dijo que la ausencia de su hija, la cual con su trabajo le procuraba de qué vivir, iba a conducirla insensiblemente a la tumba, ya que carecía de todo y llevaba los últimos cuatro días viviendo exclusivamente de aquel poco de leche que acababan de estropearle: «¡Pues bien, zorra!», dijo dirigiendo su semen sobre la vieja y manteniendo fuertemente abrazadas las nalgas de Lucile, «¡pues bien, puta, reventarás, no será una desdicha muy grande!». Y acabando de soltar su esperma: «Si esto sucede, sólo lamentaré una única cosa, no haber sido yo mismo quien adelantara el instante». Pero esto no era todo, el conde no era un hombre que se apaciguara con una eyaculación. Lucile, que interpretaba su papel, se ocupó, tan pronto como él lo hubo hecho, de impedir que la vieja descubriera sus movimientos, y el conde, hurgando por todas partes, se apoderó de un cubilete de plata, único resto del pequeño bienestar que había vivido anteriormente aquella desdichada, y se lo metió en el bolsillo. Este nuevo ultraje le hizo empalmar de nuevo, sacó a la vieja de la cama, la desnudó, y ordenó a Lucile que lo masturbara sobre el cuerpo ajado de la vieja matrona. No le quedó más remedio que soportarlo, y el malvado lanzó su leche sobre las viejas carnes aumentando sus injurias y diciéndole a la pobre desdichada que podía estar segura de que la cosa no terminaría ahí, y que pronto tendría noticias suyas y de su hijita que le comunicaba que estaba en sus manos. Acompañó esta última eyaculación con unos inflamadísimos transportes de lubricidad por el cúmulo de horrores que su pérfida imaginación ya le permitía concebir sobre toda esta desdichada familia, y se fue. Pero para no tener que insistir sobre este caso, escuchad, señores, hasta qué punto colmé la medida de mi maldad. Viendo el conde que podía confiar en mí, me informó de la segunda escena que preparaba para aquella anciana y su hijita; me dijo que la secuestrara inmediatamente, y que, además, como quería reunir a toda la familia, le cediera también a Lucile, cuyo hermoso cuerpo lo había conmovido vivamente, y cuya pérdida, al igual que la de las otras dos, proyectaba. Yo amaba a Lucile, pero todavía amaba más el dinero; me dio un precio increíble por las tres criaturas, y yo consentí a todo. Cuatro días después, Lucile, su hermanita y la vieja madre estuvieron reunidas: corresponderá a madame Desgranges contaros de qué manera. En cuanto a mí, reanudo el hilo de mis relatos interrumpido por esta anécdota, que habría debido contaros al final de mis relatos, como uno de los más fuertes».

«Un momento», dijo Durcet; «yo no escucho cosas así con la cabeza fría; ejercen un poder sobre mí que es difícil describir. Estoy reteniendo mi leche desde la mitad de la historia, si no os parece mal la perderé». Y precipitándose a su gabinete con Michette, Zélamir, Cupidon, Fanny, Thérèse y Adélaïde, se le oyó aullar al cabo de unos minutos, y Adélaïde regresó llorando y diciendo que le parecía muy mal que siguieran calentando la cabeza de su marido con relatos como aquellos, y que su víctima debería ser la persona que los contaba. Mientras tanto, el duque y el obispo no habían perdido el tiempo, aunque lo que habían hecho sigue siendo de aquellas cosas que las circunstancias nos obligan a velar, y rogamos a nuestros lectores que acepten que corramos la cortina y pasemos inmediatamente a los cuatro relatos que le quedaban a Duclos para terminar su vigesimoprimera jornada.

«Ocho días después de la marcha de Lucile, despaché a un libertino dotado de una manía bastante divertida. Avisada con varios días de antelación, había dejado acumular en mi silla-retrete un gran número de zurullos, y había pedido a alguna de mis damiselas que añadiera los suyos. Llega nuestro hombre disfrazado de saboyano; era de mañana, barre mi dormitorio, se apodera del orinal de la silla-retrete, sube a los excusados para vaciarlo (operación que, entre paréntesis, le ocupó mucho tiempo); vuelve, me muestra con qué cuidado lo ha limpiado y me pide su paga. Pero, prevenida del ceremonial, caigo sobre él con el palo de la escoba en la mano. «¿Tu paga, malvado?», le digo, «¡toma, ahí tienes tu paga!». Y le asesto por lo menos una docena de golpes. Intenta escapar, lo persigo, y el libertino, a quien había llegado el momento, se corre por todo lo largo de la escalera pregonando a grito pelado que lo lisiaban, que lo mataban, y que él creía que había ido a casa de una mujer honrada y no de una tunanta.

Otro quería que yo le introdujera en el canal de la uretra un bastoncito nudoso que llevaba con tal intención en un estuche; había que remover fuertemente el bastoncito que se introducía unas tres pulgadas, y con la otra mano masturbarle la polla con el glande descubierto; en el momento de correrse, le sacaba el bastón, él me arremangaba por delante y eyaculaba sobre mi coño.

Un cura, al que vi seis meses después, quería que le dejara gotear la cera de una vela encendida sobre la polla y los cojones; le bastaba esta sensación para correrse y sin que fuera necesario tocarlo; pero no se le empinaba jamás y, para que su leche saliera, era preciso que todo quedara cubierto de cera y que no se reconociera forma humana.

Un amigo de este último se hacía acribillar el culo con alfileres de oro, y cuando su trasero, así adornado, se asemejaba mucho más a una cacerola que a un culo, se sentaba para sentir mejor los pinchazos; se le ofrecían las nalgas muy abiertas, él mismo se masturbaba y se corría sobre el agujero del culo».

«Durcet», dijo el duque, «me gustaría bastante ver tu hermoso culo rechoncho totalmente cubierto de alfileres de oro: estoy convencido de que sería de lo más interesante». «Señor duque», dijo el financiero, «ya sabéis que desde hace cuarenta años mi mayor gloria y honor consiste en imitaros; tened la bondad de darme el ejemplo y le respondo que le seguiré». «¡Maldito sea Dios!», dijo Curval, al que todavía no se había oído, «¡cómo me ha hecho empalmar la historia de Lucile! Me mantenía callado, pero no por ello dejaba de pensar: mirad», dijo, mostrando su polla pegada contra su vientre, «ved si miento. Tengo una furiosa impaciencia por saber el desenlace de la historia de las tres bribonas; me imagino que debe de reunirlas una misma tumba». «Calma, calma», dijo el duque, «no precipitemos los acontecimientos. Porque se os empina, señor presidente, ya os gustaría que se os hablara inmediatamente de tortura y de cadalso; todos los magistrados os parecéis mucho, se dice que se os empina siempre que condenáis a muerte». «Dejemos a un lado el Estado y la magistratura», dijo Curval; «la verdad es que estoy encantado con los procedimientos de Duclos, que me parece una mujer encantadora, y que su historia del conde me ha puesto en un estado terrible, en un estado en el que creo que iría gustosamente al camino real a detener y asaltar una diligencia». «Hay que poner orden en todo esto, presidente», dijo el obispo; «de lo contrario no estaríamos seguros aquí, y lo menos que podrías hacer sería condenarnos a todos a la horca». «No, a vosotros no, pero no os oculto que condenaría de buena gana a estas damiselas, y principalmente a madame la duquesa, que ahí la tenéis, echada como una ternera sobre mi canapé, y que, como tiene un poco de leche modificada en la matriz, se imagina que ya no se la puede tocar». «¡Oh!», dijo Constance, «seguramente no es de vos de quien sospecharía que mi estado puede atraerme un tal respeto; demasiado sé hasta qué punto detestáis a las mujeres embarazadas». «¡Oh!, prodigiosamente», dijo Curval, «es la verdad». Y, en su excitación, creo que iba a cometer algún sacrilegio sobre aquel hermoso vientre, cuando Duclos se apoderó de él. «Venid, venid», dijo, «señor presidente; ya que soy yo quien ha ocasionado el mal, quiero repararlo». Y pasaron juntos al saloncito del fondo, seguidos de Augustine, Hébé, Cupidon y Thérèse. No se tardó mucho en oír bramar al presidente y, pese a todos los cuidados de Duclos, la pequeña Hébé regresó hecha un mar de lágrimas; había también algo más que las lágrimas, pero todavía no nos atrevemos a decir lo que era; las circunstancias no nos lo permiten. Un poco de paciencia, amigo lector, y pronto ya no te ocultaremos nada. Una vez regresó Curval, que seguía murmurando entre dientes, diciendo que todas esas leyes hacían que uno no pudiera correrse a sus anchas, etcétera, fueron a sentarse a la mesa. Después de la cena, se encerraron para los castigos; aquella noche eran poco numerosos: sólo estaban en falta Sophie, Colombe, Adélaïde y Zélamir. Durcet, cuya mente, desde el comienzo de la velada, estaba fuertemente irritada contra Adélaïde, no fue indulgente con ella; Sophie, a la que habían sorprendido llorando durante el relato de la historia del conde, fue castigada por su antiguo delito y por este; y la parejita del día, Zélamir y Colombe, fue, se dice, tratada por el duque y Curval con una severidad que lindaba con la barbarie.

El duque y Curval, extraordinariamente excitados, dijeron que no querían acostarse, hicieron servir licores, y pasaron la noche bebiendo con las cuatro historiadoras y Julie, cuyo libertinaje iba en aumento de día en día y la convertía en una criatura muy amable y que merecía ser situada en el rango de los objetos por los cuales se tenían consideraciones. Al día siguiente, los siete fueron hallados borrachos como cubas por Durcet, que fue a visitarlos; encontraron a la muchacha desnuda entre el padre y el marido, y en una actitud que no demostraba ni virtud, ni tan sólo decencia en el libertinaje. Parecía, en fin, por no tener al lector en vilo, que habían disfrutado de ella los dos a la vez. Duclos, que verosímilmente había servido de suplente, estaba tirada en el suelo, completamente borracha, a su lado, y los restantes estaban amontonados entre sí, en la otra esquina, junto al gran fuego que habían procurado mantener toda la noche.

## Vigesimosegunda jornada

El resultado de las bacanales nocturnas fue que se hicieran muy pocas cosas aquel día; olvidaron la mitad de las ceremonias, comieron de cualquier manera, y sólo en el café comenzaron a reconocerse. Era servido por Rosette y Sophie, Zélamir y Giton. Curval, para reponerse, hizo cagar a Giton, y el duque se comió la mierda de Rosette; el obispo se la hizo chupar por Sophie y Durcet por Zélamir; pero nadie se corrió. Pasaron al salón; la bella Duclos, muy indispuesta por los excesos de la víspera, sólo ofreció una mínima parte de sí misma, y sus relatos fueron tan breves, mezcló en ellos tan pocos episodios, que hemos tomado la decisión de suplirla y de extractar para el lector lo que dijo a los amigos. Siguiendo la costumbre, contó cuatro pasiones.

La primera fue la de un hombre que se hacía masturbar el culo con un consolador de estaño que llenaban de agua caliente, y que le jeringaban en el ano en el momento de su eyaculación, que realizaba por sí mismo y sin que nadie lo tocara.

El segundo tenía la misma manía, pero la realizaba con un número mucho mayor de instrumentos; comenzaban por uno muy pequeño, y aumentaban poco a poco, y de línea en línea, se llegaba hasta el último, cuyo tamaño era enorme, y sólo se corría con él.

El tercero precisaba mucho más misterio. Se hacía meter de entrada uno enorme en el culo; después se lo retiraban; cagaba, comía lo que acababa de hacer, y entonces lo azotaban. Hecho esto, devolvían el instrumento a su trasero, lo retiraban una vez más. Pero esta vez, era la puta la que cagaba y le azotaba, mientras que él comía lo que ella acababa de hacer. Le hundían por tercera vez el instrumento: en esta ocasión, soltaba su leche sin que se le tocara y mientras terminaba de comer el zurullo de la muchacha.

Duclos habló, en el cuarto relato, de un hombre que se hacía atar todas las articulaciones con unos cordeles. Para hacer su eyaculación más deliciosa, le llegaban a anudar el cuello, y, en este estado, soltaba su leche frente al culo de la puta.

Y, en el quinto, de otro que se hacía atar fuertemente el glande con una cuerda; en la otra punta de la habitación, una muchacha desnuda se pasaba entre los muslos el extremo de la cuerda y tiraba de ella hacia delante presentando sus nalgas al paciente; así se corría.

La historiadora, realmente agotada después de cumplir su tarea, pidió permiso para retirarse; le fue concedido. Hicieron travesuras durante unos instantes, después de lo cual se sentaron a la mesa, pero todo se resentía todavía del desorden de nuestros dos actores principales. De modo que en las orgías fueron tan prudentes como podían serlo semejantes libertinos, y todo el mundo se fue a la cama bastante tranquilo.

## Vigesimotercera jornada

¡Cómo se puede bramar, cómo se puede aullar como lo haces tú al correrte!», le dijo el duque a Curval, al verlo en la mañana del 23. «¿A quién diablos tenías para gritar de esa manera? Jamás he visto correrse a nadie con tal violencia». «¡Ah!, pardiez», dijo Curval, «¡y eres tú, a quien se oye desde una legua, quien me dirige semejante reproche! Esos gritos, amigo mío, vienen de la extrema sensibilidad de la organización: los objetos de nuestras pasiones comunican una conmoción tan viva al fluido eléctrico que corre por nuestros nervios, el choque recibido por los espíritus animales que componen este fluido es de tal grado de violencia, que toda la máquina se estremece, y uno es tan poco dueño de retener sus gritos ante las terribles sacudidas del placer como lo sería ante las poderosas emociones del dolor». «Vaya, lo has definido muy bien. Pero ¿cuál era el delicado objeto que ponía de tal modo en vibración tus espíritus animales?». «Chupaba violentamente la polla, la boca y el agujero del culo de Adonis, mi compañero de cama, desesperado por no poder hacerle todavía nada más, y esto mientras Antinoüs, ayudado por tu querida hija Julie, trabajaba, cada cual en su estilo, en hacer evacuar este licor cuya salida ha ocasionado los gritos que han herido tus oídos». «Así que hoy», continuó el duque, «estás reventado». «En absoluto», dijo Curval; «si te dignas seguirme y me haces el honor de observarme, verás que, por lo menos, me portaré tan bien como tú». Así conversaban, cuando Durcet vino a decirles que el desayuno estaba servido. Pasaron al apartamento de las muchachas, donde vieron a las ocho encantadoras sultanitas desnudas presentar unas tazas de café. Entonces el duque preguntó a Durcet, el director del mes, por qué sólo café aquella mañana. «Será con leche cuando queráis», dijo el financiero. «¿La deseáis?». «Sí», dijo el duque.

«Augustine», dijo el duque, «sirve leche al señor duque». Entonces la muchacha, ya preparada, colocó su bonito culito sobre la taza del duque, y soltó por su ano tres o cuatro cucharadas de una leche muy clara y nada sucia. Se rieron mucho de la broma, y todos pidieron leche. Todos los culos estaban preparados como el de Augustine: era una agradable sorpresa que el director de los placeres del mes quería dar a sus amigos. Fanny la soltó en la taza del obispo, Zelmire en la de Curval y Michette en la del financiero; tomaron una segunda taza y las otras cuatro sultanas efectuaron en las nuevas tazas, la misma operación que sus compañeras habían hecho en las anteriores. Todos encontraron la broma estupenda; calentó la cabeza del obispo, que quiso otra cosa que leche, y la bella Sophie lo satisfizo. Aunque todas tuvieron ganas de cagar, se les había recomendado especialmente que se retuvieran en el ejercicio de la leche, y que la primera vez no dieran otra cosa que leche. Pasaron a los muchachos: Curval hizo cagar a Zélamir y el duque a Giton. Los retretes de la capilla sólo ofrecieron dos folladores subalternos, Constance y Rosette [sic]; era una de aquellas con las que habían probado la víspera la historia de las indigestiones; le había costado un esfuerzo espantoso contenerse en el café, y soltó, entonces, el más soberbio zurullo imaginable. Felicitaron a Duclos por su secreto, y, a partir de entonces, lo utilizaron todos los días, con el mayor éxito. La broma del desayuno animó la conversación de la comida y llevó a imaginar, en el mismo género, unas cosas de las que quizá tendremos ocasión de hablar a continuación. Pasaron al café, servido por cuatro jóvenes sujetos de la misma edad: Zelmire, Augustine, Zéphire y Adonis, los cuatro de quince años. El duque folló a Augustine entre los muslos cosquilleándole el ano; Curval hizo lo mismo a Zelmire, el duque [sic] a Zéphire, y el financiero se folló a Adonis en la boca. Augustine dijo que esperaba que la hicieran cagar, porque ya no podía aguantar más: era también una de aquellas con las que se habían probado las indigestiones de la víspera. Curval le ofreció el morro, al instante, y la encantadora chiquilla depositó en él un zurullo monstruoso que el presidente se tragó en tres bocados, no sin perder en manos de Fanchon, que le hacía una paja, un abundante río de leche. «¡Bien!», dijo al duque, «ya veis que los excesos de la noche no perjudican para nada el placer del día, ¡y os veo un poco rezagado, señor duque!». «No será por mucho tiempo», dijo este, a quien Zelmire, no menos apresurada, prestaba el mismo servicio que Augustine acababa de prestar a Curval. Y en el mismo instante el duque se echa hacia atrás, lanza gritos, come la mierda, y se corre como un loco furioso. «Ya basta», dijo el obispo; «que por lo menos dos de nosotros conserven sus fuerzas para los relatos». Durcet, que no disponía, como aquellos dos señores, de leche a su voluntad, asintió con todo su corazón, y, después de una breve siesta, fueron a instalarse en el salón, donde la interesante Duclos reanudó en los términos siguientes el hilo de su brillante y lasciva historia:

«¿Cómo es posible, señores», dijo la hermosa mujer, «que haya personas en el mundo a quienes el libertinaje haya embotado hasta tal punto el corazón, embrutecido hasta tal punto todos los sentimientos de honor y de delicadeza, que únicamente se les vea complacerse y divertirse con lo que les degrada y envilece? Diríase que su placer sólo se encuentra en el seno del oprobio, que sólo puede existir para ellos en lo que les acerca al deshonor y a la infamia. En lo que voy a contaros, señores, en los diferentes ejemplos que os presentaré como prueba de mi afirmación, no me aleguéis la sensación física; sé que interviene, pero estad perfectamente seguros de que sólo existe en cierto modo por el poderoso apoyo que le da la sensación moral, y que, si ofrecierais a esas personas la misma sensación física sin añadir todo lo que ellos sacan de la moral, no conseguiríais conmoverlas.

Venía con frecuencia a mi casa un hombre cuyo nombre y calidad ignoraba, pero del que, sin embargo, sabía con toda certeza que era un hombre importante. El tipo de mujer con quien lo juntara le daba exactamente igual: hermosa o fea, vieja o joven, todo le era indiferente; valoraba únicamente que desempeñara bien su papel, y he aquí de qué se trataba. Llegaba habitualmente por la mañana, se metía como por equivocación en una habitación donde se encontraba una muchacha en la cama, arremangada hasta la mitad del vientre y en la actitud de una mujer que se masturba. Tan pronto como lo veía entrar, la mujer, fingiéndose sorprendida, saltaba inmediatamente de la cama. «¿Qué vienes a hacer aquí, malvado?», le decía ella: «¿quién te ha dado, tunante, permiso para estorbarme?». Él pedía excusas, no le escuchaban, y castigándole con un nuevo diluvio de los más duros y escocedores insultos, ella caía sobre él con grandes puntapiés en el culo, y le era tanto más difícil errar el golpe en la medida en que el paciente, lejos de evitarle, jamás dejaba de volverse y presentar el trasero, aunque tuviera el aire de evitarlo y de intentar huir. Se incrementaban los golpes, él pedía perdón; golpes e insultos eran todas las respuestas que recibía; y, cuando se sentía suficientemente excitado, sacaba inmediatamente su polla de unos calzones que, hasta entonces, había mantenido cuidadosamente abrochados, y, meneándosela ligeramente con tres o cuatro golpes de muñeca, se corría escapándose, mientras proseguían las invectivas y los golpes.

El segundo, o más duro, o más acostumbrado a esta especie de ejercicio, sólo quería actuar con un mozo de cuerda o con un ganapán que contaba su dinero. El libertino entraba furtivamente, el patán gritaba: «¡Al ladrón!»; a partir de ese momento, igual que en el otro caso, caían los golpes y los insultos, pero con la diferencia de que este, manteniendo siempre sus calzones bajados, quería recibir de lleno en el centro de las nalgas desnudas los golpes que le soltaban, y era preciso que el agresor calzara un grueso zapato con clavos lleno de lodo. En el momento de correrse, este no se iba; de pie, con los calzones caídos, en el centro de la habitación, masturbándose con todas sus fuerzas, desafiaba los golpes de su enemigo, y, en el último instante, lo retaba a hacerle pedir cuartel, insultándolo a su vez y jurando que se moría de placer. Cuanto más vil era el hombre que le daba, cuanto más pertenecía a la hez del pueblo, cuanto más grosero y sucio era su calzado, más lo colmaba de voluptuosidad; había que poner a estos refinamientos las mismas atenciones que habría que utilizar con otro hombre para pintar y embellecer a una mujer.

Un tercero quería encontrarse en lo que se llama, en un prostíbulo, el salón, en el momento en que dos hombres, pagados y aleccionados para ello, iniciaban una pelea. Se volvían contra él, pedía perdón, se arrodillaba, no le atendían, y uno de los dos campeones se arrojaba inmediatamente sobre él y le perseguía a garrotazos hasta la entrada de una habitación preparada y por donde se escapaba; allí lo recibía una prostituta, lo consolaba, lo acariciaba como se haría con una criatura que acude a quejarse, ella se levantaba las faldas, le mostraba el trasero, y el libertino se corría encima.

El cuarto exigía los mismos preliminares, pero, así que los garrotazos comenzaban a llover sobre su espalda, se masturbaba delante de todo el mundo. Entonces se suspendía por un instante la última operación, aunque los garrotazos y las invectivas siguieran diluviando, y después, cuando lo veían animarse, y su leche estaba a punto de salir, abrían una ventana, lo cogían por la cintura y lo arrojaban al otro lado sobre un muladar preparado adrede, lo que significaba una caída desde una altura aproximada de seis pies. Era el momento en que se corría; su moral estaba excitada por los preparativos anteriores, y su físico alcanzaba el mismo estado con el impulso de la caída, y su leche siempre manaba sobre el muladar. Ya no volvía a vérsele; abajo había una puertecita de cuya llave disponía, y desaparecía inmediatamente.

Un hombre, pagado para hacer el papel de camorrista, entraba bruscamente en la habitación donde el hombre que nos ofrece el quinto ejemplo estaba encerrado con una prostituta, cuyo trasero besaba en espera de la ejecución. El camorrista, asaltando al cliente, le preguntaba con insolencia, derribando la puerta, con qué derecho tenía así a su querida, y después, llevando la mano a la espada, le decía que se defendiera. El cliente, confusísimo, caía de rodillas, pedía perdón, besaba el suelo, besaba los pies de su enemigo, y le juraba que podía recuperar a su querida y que él no tenía ganas de batirse por una mujer. El camorrista, envalentonado por las debilidades de su adversario, se volvía mucho más imperioso: trataba a su enemigo de cobarde, de capón, de mamarracho, y lo amenazaba con rajarle la cara con la hoja de su espada. Y cuanto más malvado se ponía uno, más se humillaba inmediatamente el otro. Al fin, después de unos instantes de discusión, el asaltante ofrecía un arreglo a su enemigo: «Ya veo que eres un capón», le decía; «te perdono, pero a condición de que me beses el culo». «¡Oh!, señor, todo lo que queráis», decía el otro, encantado. «Os lo besaré, aunque esté lleno de mierda, si queréis, con tal de que no me hagáis ningún daño». El camorrista, refunfuñando, exponía al instante su trasero; el contentísimo cliente se arrojaba encima con entusiasmo y, mientras el joven le soltaba una media docena de pedos en las narices, el viejo verde, en el colmo de su alegría, derramaba su leche muriendo de placer».

«Todos estos excesos se conciben», dijo Durcet tartamudeando (porque al pequeño libertino se le empinaba con el relato de esas marranadas). «Nada más simple que amar el envilecimiento y encontrar goces en el desprecio. El que ama con ardor las cosas que deshonran descubre placer en serlo y debe empalmar cuando se le dice que lo es. La bajeza es un goce muy familiar a ciertos espíritus; uno gusta de escuchar lo que se complace en merecer, y es imposible saber hasta dónde puede llegar en esto el hombre que ya no se sonroja de nada. Es lo mismo que la historia de determinados enfermos que se complacen de su cacoquimia». «Todo esto depende del cinismo», dijo Curval sobando las nalgas de Fanchon: «¿quién no sabe que el mismo castigo produce entusiasmos? ¿Y no hemos visto ponérsela tiesa a alguien en el momento en que se le deshonraba públicamente? Todo el mundo conoce la historia del marqués de ***, el cual, en cuanto se le comunicó la sentencia que le condenaba a ser quemado en efigie, sacó la polla de los calzones y exclamó: «¡Me cago en Dios!, he llegado al punto que quería, ya estoy cubierto de oprobio y de infamia: dejadme, dejadme, ¡tengo que correrme!». Y lo hizo en aquel mismo instante».

«Son hechos reales», dijo a eso el duque; «pero explicadme la causa». «Está en nuestro corazón», replicó Curval. «Una vez que el hombre se ha degradado, se ha envilecido por los excesos, ha hecho que su espíritu adopte una especie de inclinación viciosa de la que ya nada puede sacarle. En cualquier otro caso, la vergüenza serviría de contrapeso a los vicios a los que su espíritu le aconsejaría entregarse; pero en este ya no es posible: es el primer sentimiento que ha extinguido, es el primero que ha expulsado lejos de sí; y del estado en que se encuentra, de no sonrojarse, al de amar todo lo que le haría sonrojarse, no hay más que un paso. Todo lo que le afectaba desagradablemente, al encontrar un alma preparada diferentemente, se metamorfosea en placer, y, a partir de ese momento, todo lo que recuerde el nuevo estado que se adopta sólo puede ser voluptuoso». «Pero ¡cuánto camino hay que haber recorrido en el vicio para llegar ahí!», dijo el obispo. «De acuerdo», dijo Curval; «pero este camino se recorre imperceptiblemente, es un camino de flores; un exceso lleva al otro; la imaginación, siempre insaciable, no tarda en llevarnos al último jalón, y, como sólo ha recorrido su carrera endureciendo el corazón, en cuanto ha llegado a la meta, ese corazón, que contenía anteriormente algunas virtudes, ya no reconoce ninguna. Acostumbrado a las cosas más intensas, aleja prontamente las primeras impresiones blandas y desprovistas de dulzura que le habían embriagado hasta entonces, y como percibe perfectamente que la infamia y el deshonor serán la consecuencia de sus nuevos impulsos, para no tener que temerlos, comienza por familiarizarse con ellos. Basta con que los haya acariciado para amarlos, porque corresponden a la naturaleza de sus nuevas conquistas, y ya no cambia». «Así que esto es lo que hace tan difícil la corrección», dijo el obispo. «Decid mejor imposible, amigo mío, ¿y cómo los castigos infligidos al que queréis corregir conseguirían convertirlo, si, a excepción de unas pocas privaciones, el estado de envilecimiento que caracteriza a aquel en que le situáis al castigarlo, le gusta, lo divierte, lo deleita, y disfruta interiormente por haber ido tan lejos como para merecer ser tratado de esta manera?». «¡Oh! ¡Qué enigma es el hombre!», dijo el duque. «Sí, amigo mío», dijo Curval. «Y esto es lo que llevó a decir a un hombre muy inteligente que era mejor joderlo que comprenderlo». Y como la cena vino a interrumpir a nuestros interlocutores, se sentaron a la mesa sin haber hecho nada en toda la velada. Pero Curval, en los postres, empalmando como un condenado, manifestó que quería romper un virgo, aunque tuviera que pagar veinte multas, y apoderándose inmediatamente de Zelmire que le estaba destinado, iba a arrastrarla al saloncito, cuando los tres amigos, cerrándole el paso, le suplicaron que se sometiera a lo que él mismo había prescrito, y ya que ellos, que tenían por lo menos tantas ganas de infringir estas leyes, se sometían, sin embargo, a ellas, él debía imitarlos como mínimo por amabilidad. Y como habían ido inmediatamente a buscar a Julie, que a él le gustaba, esta se apoderó de él, junto con la Champville y Brise-Cul, y pasaron los tres al salón, donde los restantes amigos, uniéndose pronto a ellos para iniciar las orgías, les encontraron enzarzados, ya Curval soltando por fin su leche, en medio de las más lúbricas posturas y de los episodios más libertinos. Durcet, en las orgías, se hizo asestar doscientos o trescientos puntapiés en el culo por las viejas; el obispo, el duque y Curval por los folladores; y nadie, antes de ir a acostarse, quedó exento de perder más o menos leche, de acuerdo con la facultad que para ello había recibido de la naturaleza. Como temían alguna reaparición de la fantasía desfloradora que Curval acababa de anunciar, hicieron acostar prudentemente a las viejas en el dormitorio de las muchachas y de los muchachos. Pero esta precaución no fue necesaria, y Julie, que se encargó de él toda la noche, lo devolvió tan suave como un guante el día siguiente a la sociedad.

## VIGESIMOCUARTA JORNADA

La devoción es una auténtica enfermedad del alma; por mucho que se haga, no se corrige. Más fácil de empapar el alma de los desdichados, porque los consuela, porque les ofrece unas quimeras para consolarlos de sus males, es mucho más difícil también extirparla de estas almas que de las otras. Así era la historia de Adélaïde: cuanto más se desplegaba ante sus ojos el cuadro del desenfreno y del libertinaje, más se arrojaba en los brazos de ese Dios consolador que confiaba tener un día como liberador de los males a los que veía con toda certeza que iba a arrastrarle su desdichada situación. Nadie sentía mejor su estado que ella; su mente le presagiaba con claridad todo lo que debía seguir al funesto comienzo del que ya era víctima, aunque sólo ligera; comprendía a las mil maravillas que a medida que los relatos se volvieran más fuertes, los procedimientos de los hombres, respecto a sus compañeras y a ella, se volverían también más feroces. Todo ello, por mucho que pudieran decirle, le llevaba a buscar con avidez siempre que podía la compañía de su querida Sophie. Ya no se atrevía a visitarla de noche; estaban demasiado avisados, y habían puesto todo tipo de obstáculos para que tal despropósito pudiera ocurrir ahora, pero tan pronto como tenía un instante, volaba hacia ella; y esta misma mañana cuya crónica escribimos, habiéndose despertado muy pronto al lado del obispo, con quien se había acostado, había ido al dormitorio de las muchachas a departir con su querida Sophie. Durcet que, debido a las funciones de su mes, también se levantaba antes que los demás, la encontró allí, y le manifestó que no le quedaba más remedio que contarlo, y que la sociedad decidiría lo que él quisiera. Adélaïde lloró, no tenía más armas, y se resignó; la única gracia que se atrevió a pedir a su marido fue que procurara no hacer castigar a Sophie, la cual no podía ser culpable ya que era ella quien había ido a buscarla, y no Sophie la que había ido a su dormitorio. Durcet dijo que contaría el hecho tal cual era y que no disimularía nada: nada se enternece menos que un corrector que tiene el mayor interés en la corrección. Y este era el caso; nadie tan bonita para ser castigada como Sophie: ¿por qué motivo tendría que perdonarla Durcet? Se reunieron, y el financiero explicó lo ocurrido. Se trataba de una reincidencia; el presidente recordó que, cuando estaba en el tribunal, sus ingeniosos colegas pretendían que como una reincidencia demostraba que la naturaleza mandaba en un hombre con mayor fuerza que la educación y los principios, por consiguiente, al reincidir, demostraba, por así decirlo, que no era dueño de sí mismo, y había que castigarle doblemente; quiso razonar con tanta consecuencia, con tanta inteligencia como sus antiguos condiscípulos, y declaró que, por consiguiente, había que castigarlas, a ella y a su compañera, con todo el rigor de las ordenanzas. Pero como estas ordenanzas prescribían la pena de muerte para semejante caso, y tenían ganas de divertirse todavía un tiempo más con esas damas antes de llegar a tal punto, se contentaron con hacerlas venir, hacerlas arrodillarse, y leerles el artículo de la ordenanza, para que oyeran lo que acababan de arriesgar al exponerse a semejante delito. Hecho esto, se les infligió una penitencia triple de la que habían sufrido el sábado anterior; se les hizo jurar que aquello no volvería a ocurrir, se les aseguró que, si se repetía, se emplearía con ellas todo el rigor; y fueron anotadas en el libro fatal. La visita de Durcet introdujo tres nombres más: dos muchachas y un muchacho. Era el resultado de la nueva experiencia de las pequeñas indigestiones; daban muy buen resultado, pero ocurría que las pobres criaturas, incapaces de contenerse, se ponían a cada instante en el caso de tener que ser castigadas. Era la historia de Fanny y de Hébé entre las sultanas, y de Hyacinthe entre los muchachos: lo que se encontró en su orinal era enorme, y Durcet se divirtió largo rato con ello. Jamás se habían pedido tantos permisos por la mañana, y todo el mundo renegaba de la Duclos por haber revelado un secreto semejante. Pese a los muchos permisos pedidos, sólo se les concedieron a Constance, Hercule, dos folladores subalternos, Augustine, Zéphire y la Desgranges. Se divirtieron un instante, y se sentaron a la mesa. «Ya ves», dijo Durcet a Curval, «el error que cometiste al dejar que tu hija fuera instruida en la religión; ahora ya no es posible hacerla renunciar a esas imbecilidades; bien te lo había dicho en su momento». «A fe mía», dijo Curval, «yo creía que conocerlas sería para ella una razón de más para detestarlas, y que con la edad se convencería de la imbecilidad de esos infames dogmas». «Lo que dices sirve para las cabezas razonables», dijo el obispo; «pero no hay que hacerse ilusiones con una criatura». «Nos veremos obligados a tomar decisiones violentas», dijo el duque, que sabía perfectamente que Adélaïde lo escuchaba. «Las tomaremos», dijo Durcet. «Yo le aseguro de antemano que, si me tiene sólo a mí de abogado, estará mal defendida». «¡Oh!, ya lo sé, señor», dijo Adélaïde llorando; «vuestros sentimientos hacia mí son bastante conocidos».

«¿Sentimientos?», dijo Durcet. «Empiezo, mi bella esposa, por advertirte que jamás los he tenido por ninguna mujer, y menos probablemente por ti, que eres la mía, que por cualquier otra. Odio la religión, así como a todos los que la practican, y, de la indiferencia que siento por ti, te prevengo que pasaré muy rápidamente a la más violenta aversión, si continúas reverenciando las infames y execrables quimeras que constituyeron en todo momento el objeto de mi desprecio. Hay que haber perdido el juicio para admitir un Dios, y haberse vuelto completamente imbécil para adorarlo. Te declaro, en una palabra, delante de tu padre y de estos señores, que no habrá violencia que no te inflija, si vuelvo a atraparte en tamaña falta. Tendrías que haberte hecho monja, para adorar a tu mamarracho de Dios; allí podrías haber rezado a tus anchas». «¡Ah!», replicó Adélaïde gimiendo, «¡monja, Dios mío!, ¡monja, ojalá lo fuera!». Y Durcet, que entonces se encontraba frente a ella, impacientado por la respuesta, le arrojó de canto un plato de plata a la cara, que la habría matado si le hubiera alcanzado en la cabeza, pues el choque fue tan violento que se dobló al dar contra la pared. «Eres una criatura insolente», dijo Curval a su hija, que, para evitar el plato, se había arrojado entre su padre y Antinoüs; «merecerías que te diera cien patadas en el vientre». Y, rechazándola con un puñetazo, le dijo: «Ve a pedir perdón de rodillas a tu marido, o vamos a hacerte sufrir inmediatamente el más cruel de los castigos». Ella corrió a arrojarse llorando a los pies de Durcet, pero este, que había empalmado vivamente al arrojar el plato, y que decía que daría mil luises por no haber errado el golpe, dijo que era preciso que hubiera inmediatamente un castigo general y ejemplar, sin menoscabo del de ese sábado; y pedía que, por esta vez, sin que sentara precedente, se despidiera a las criaturas del café, y que esta operación se hiciera a la hora en que solían divertirse después de tomar café. Todos estuvieron de acuerdo. Adélaïde y sólo dos viejas, Louison y Fanchon, las más malvadas de las cuatro y las mujeres más temidas, pasaron al salón del café, donde las circunstancias nos obligan a correr un velo sobre lo que allí ocurrió. Lo indudable es que nuestros cuatro héroes se corrieron, y que se permitió a Adélaïde que fuera a acostarse. Al lector corresponde establecer su combinación, y aceptar gustoso, si le parece, que le traslademos inmediatamente a las narraciones de Duclos. Colocado cada uno de ellos junto a las esposas, a excepción del duque que, aquella noche, debía tener a Adélaïde y la hizo sustituir por Augustine, habiéndose situado, pues, todos, Duclos reanudó así el hilo de su historia:

«Un día», dijo la hermosa mujer, «en que yo sostenía ante una de mis compañeras que había visto seguramente, en materia de flagelaciones pasivas, todo lo más fuerte que era posible ver, ya que había azotado y visto azotar a hombres con espinas y con vergajos, ella me replicó: «¡Ni hablar!, para convencerte de que ni de lejos has visto lo más fuerte en este género, voy a enviarte mañana a uno de mis parroquianos». Y habiéndome hecho avisar, al día siguiente, de la hora de la visita y del ceremonial que debía observar con el viejo recaudador, que recuerdo que se llamaba monsieur De Grancourt, preparé todo lo necesario, y esperé a nuestro hombre; habíamos estipulado que sería yo quien se ocuparía de él. Llega y, después de encerrarnos, le digo: «Señor, me siento desolada por la noticia que tengo que daros, pero estáis preso, y ya no podéis salir de aquí. Deploro y muchísimo que el Parlamento haya puesto los ojos en mí para ejecutar vuestra detención, pero así lo ha querido, y tengo su orden en el bolsillo. La persona que os ha enviado a mi casa os ha tendido una trampa, pues sabía muy bien de qué se trataba, y sin duda habría podido evitaros esta escena. Por el resto, ya conocéis vuestro caso; es difícil salir impune de los lúgubres y espantosos crímenes que habéis cometido, y os considero muy afortunado por salir del paso a tan bajo coste». Nuestro hombre había escuchado mi arenga con la mayor atención, y, tan pronto como hube terminado, se arrojó llorando a mis rodillas, suplicándome que le perdonara. «Ya sé», dijo, «lo mucho que me he desmandado. He ofendido gravemente a Dios y a la Justicia; pero ya que sois vos, mi buena señora, la encargada de mi castigo, os suplico que me perdonéis». «Señor», le dije, «cumpliré con mi deber. ¿Acaso sabéis si no seré yo misma también examinada, y si soy dueña de entregarme a la compasión que me inspiráis? Desnudaros y comportaros con docilidad, eso es todo lo que puedo deciros». Grancourt obedece, y, en un minuto, queda desnudo como la palma de la mano. Pero ¡Dios mío!, ¡qué cuerpo ofrecía a mi vista! Sólo puedo compararlo con tafetán coloreado. No había ni un solo lugar de este cuerpo totalmente marcado que no llevara la huella de una herida. Mientras tanto yo había puesto al fuego una disciplina de hierro, muy puntiaguda, que me habían enviado por la mañana junto con las instrucciones. El arma asesina se pone al rojo vivo casi en el mismo instante en que Grancourt quedó desnudo. La empuño, y comienzo a flagelarle con ella, suavemente en un principio, después más fuerte, y a continuación con todo el vigor de mi brazo, indistintamente, desde la nuca hasta los talones, en un instante hago sangrar a mi hombre. «Sois un malvado», le decía mientras lo golpeaba, «un bribón que ha cometido todo tipo de crímenes. Nada es sagrado para vos, y últimamente se dice que también habéis envenenado a vuestra madre». «Es cierto, señora, es cierto», decía masturbándose, «soy un monstruo, soy un criminal; no hay infamia que no haya cometido y que no esté dispuesto a seguir cometiendo. Ved, vuestros golpes son inútiles; no me corregiré jamás, el crimen me produce demasiada voluptuosidad; aunque me matarais seguiría cometiéndolos. El crimen es mi elemento, es mi vida, en él he vivido y en él quiero morir». Y podéis imaginar cómo, animándome él mismo con sus palabras, incrementaba tanto mis insultos como mis golpes. Sin embargo, se le escapa un «¡joder!»: era la señal; ante esa palabra, reduplico mis esfuerzos y procuro golpearle en los lugares más sensibles. Da volteretas, salta, se me escapa, y se arroja, corriéndose, a una cuba de agua tibia preparada adrede para purificarlo de la sangrante ceremonia. ¡Oh!, por una vez, cedí a mi compañera el honor de haber visto más que yo a ese respecto, y creo que, entonces, podíamos decir con toda la razón que éramos las dos únicas de París que habíamos visto tanto, pues nuestro Grancourt no variaba jamás, y llevaba más de veinte años yendo cada tres días a casa de aquella mujer para semejante trato.

«Poco después, aquella misma amiga me dirigió a la casa de otro libertino cuya fantasía creo que os parecerá, como mínimo, tan singular. La escena transcurría en su casita, en el Roule. Me introdujeron en un dormitorio bastante oscuro, donde veo a un hombre en la cama y, en el centro de la habitación, un ataúd. «Estáis viendo», me dice nuestro libertino «a un hombre en su lecho de muerte, y que no ha querido cerrar los ojos sin rendir una vez más homenaje al objeto de su culto. Adoro los culos, y quiero morir besando uno. Tan pronto como haya cerrado los ojos, vos misma me colocaréis en este ataúd después de haberme amortajado, y lo clavetearéis. Entra en mis intenciones morir así en el seno del placer, y ser servido hasta el último momento por el mismo objeto de mi lubricidad. Vamos», prosigue con una voz débil y entrecortada, «daos prisa, pues me hallo en el último momento». Me acerco, me doy la vuelta, le muestro mis nalgas. «¡Ah!, ¡qué hermoso culo!», dijo. «¡Qué feliz me siento de llevarme a la tumba la imagen de un trasero tan bonito!». Y lo manoseaba, y lo entreabría, y lo besaba, como si fuera el hombre más sano del mundo.

«¡Ah!», dijo al cabo de un instante, abandonando la tarea y volviéndose del otro lado, «¡ya sabía que no disfrutaría largo tiempo de este placer!

Expiro, acordaos de lo que os he recomendado». Y, diciendo esto, lanza un gran suspiro, se estira, y desempeña tan bien su papel que el diablo se me lleve si no lo creí muerto. No pierdo la cabeza: curiosa por ver el final de una ceremonia tan divertida, lo amortajo. Ya no se movía, y sea que tuviera un secreto para aparecer de aquel modo, sea que mi imaginación se hallara impresionada, el caso es que estaba tieso y frío como una barra de hierro; sólo su polla daba algunas señales de vida, pues estaba dura y pegada a su vientre y algunas gotas de leche parecían desprenderse de ella como a su pesar. Tan pronto como lo hube envuelto en una sábana, lo levanto, y no fue nada fácil, pues su rigidez le hacía tan pesado como un buey. Finalmente, lo consigo, sin embargo, y lo tiendo en su ataúd; e, inmediatamente después, comienzo a recitar un responso y a clavetearlo. Era el instante de la crisis: apenas ha oído los martillazos, grita como un loco furioso: «¡Ah!, ¡me cago en Dios, me corro! ¡Escápate, puta, escápate, pues si te cojo te mato!». Me invade el miedo, me precipito a la escalera, donde encuentro a un lacayo hábil y al corriente de las manías de su amo, que me entrega dos luises, y que entra precipitadamente en el dormitorio del paciente para librarlo del estado en que yo lo había dejado».

«Vaya un gusto divertido», dijo Durcet. «¡Bien!, Curval, ¿eres capaz de entenderlo?». «A las mil maravillas», dijo Curval, «ese personaje es un hombre que quiere familiarizarse con la idea de la muerte, y que no ha visto mejor medio para ello que unirla con una idea libertina. Estoy completamente seguro de que ese hombre morirá sobando culos». «Lo cierto», dijo Champville, «es que es un orgulloso impío; yo lo conozco, y ya tendré ocasión de mostraros como las gasta con los más santos misterios de la religión». «Así debe ser», dijo el duque; «es un hombre que se burla de todo y quiere acostumbrarse a pensar y actuar de la misma manera en sus últimos instantes». «Por mi parte», añadió el obispo, «encuentro algo muy estimulante en esta pasión, y no os oculto que se me pone dura. Sigue, Duclos, sigue, pues siento que haría alguna tontería y hoy ya no quiero hacer más».

«Bien», dijo la hermosa mujer, «he aquí a uno menos complicado: se trata de un hombre que me ha perseguido más de cinco años seguidos por el único placer de hacerse coser el agujero del culo. Se echaba de bruces en la cama, yo me sentaba entre sus piernas, y allí, armada de una aguja y de media vara de hilo grueso encerado, le cosía exactamente todo el perímetro del ano; tenía la piel de esta parte tan endurecida, y tan habituada a las puntadas, que mi operación no le hacía brotar ni una gota de sangre. Durante todo el tiempo él mismo se masturbaba, y se corría como un condenado a la última puntada. Disipada su embriaguez, yo deshacía rápidamente mi labor y a otra cosa.

Otro se hacía frotar con alcohol todos los lugares de su cuerpo donde la naturaleza había colocado pelos, luego yo encendía aquel licor espirituoso, que consumía al instante todos los pelos. Se corría al verse inflamado mientras yo le mostraba mi vientre, mi pubis, y el resto, pues ese tenía el mal gusto de mirar únicamente las partes delanteras».

«Pero ¿quién de vosotros, señores, ha conocido a Mirecourt, hoy presidente de la Gran Cámara, y en aquel tiempo consejero?». «Yo», contestó Curval.

«Pues bien, señor», dijo Duclos, «¿sabe cuál era y cuál sigue siendo, por lo que creo, su pasión?». «No, y como pasa, o pretende pasar, por un devoto, me encantaría saberlo». «Pues bien», contestó Duclos, «quiere que le traten como un asno...». «¡Ah, diablos!», dijo el duque a Curval, «¡amigo mío, eso sí que es un gesto de Estado! Apostaría a que este hombre cree entonces que va a juzgar...». «Bueno, ¿y después?», dijo el duque. «Después, monseñor, hay que llevarlo del ronzal, pasearlo así una hora por la habitación; rebuzna, una lo monta, y tan pronto como está arriba, lo azota en todo el cuerpo con una vara como para que corra más; él obedece, y como durante este tiempo se masturba, tan pronto como eyacula, lanza unos gritos enormes, suelta una coz, y tira al suelo a la muchacha con los cuatro cascos por el aire». «¡Oh!, en tal caso», dijo el duque, «es más graciosa que lúbrica. Y dime, por favor, Duclos, ¿te dijo ese hombre si tenía algún compañero con el mismo gusto?». «Sí», dijo la amable Duclos participando ingeniosamente en la broma y, bajando de su estrado porque había terminado su tarea, le dijo: «sí, monseñor; me dijo que tenía muchos, pero que no todos querían dejarse montar». Como la sesión había terminado, quisieron hacer alguna tontería antes de cenar; el duque abrazaba estrechamente a Augustine. «No me sorprende», decía, masturbándole el clítoris y haciéndole empuñar su polla, «no me sorprende que a veces le entren tentaciones a Curval de romper el pacto y de desvirgar a alguien, pues yo siento que, en este momento, por ejemplo, de buena gana mandaría al diablo el virgo de Augustine». «¿Por dónde?», dijo Curval. «A fe mía, los dos», dijo el duque; «pero hay que ser juicioso: esperando así nuestros placeres, conseguiremos que sean mucho más deliciosos. Vamos, chiquilla», continuó, «muéstrame tus nalgas, es posible que esto haga cambiar la naturaleza de mis ideas... ¡Me cago en Dios!, ¡vaya culo que tiene esta putita! Curval, ¿qué me aconsejas que haga con él?». «Follártelo», dijo Curval. «¡Ojalá!», dijo el duque. «Pero, paciencia..., ya verás como con el tiempo todo llega». «Queridísimo hermano», dijo el prelado con la voz entrecortada, «decís cosas que huelen a leche». «¡Eh!, es cierto, es que tengo unas ganas enormes de perderla».

«¡Bueno!, ¿quién os lo impide?», dijo el obispo. «¡Oh!, muchas cosas», replicó el duque. «En primer lugar no hay mierda, y me gustaría que la hubiera; y además no sé: tengo ganas de muchísimas cosas». «¿Y de qué?», dijo el duque.

«De una pequeña infamia a la que tengo que entregarme». Y pasando al saloncillo del fondo con Augustine, Zélamir, Cupidon, Duclos, Desgranges y Hercule, oyeron al cabo de un minuto unos gritos y unas blasfemias que demostraban que por fin el duque había conseguido calmar tanto su cabeza como sus cojones. No se sabe muy bien lo que le había hecho a Augustine, pero, pese a su amor por ella, se la vio volver llorando y con uno de sus dedos vendado. Sentimos mucho no poder explicar todavía todo eso, pero es evidente que esos señores, bajo mano y antes de que les estuviera exactamente permitido, se entregaban a unas cosas que todavía no les habían sido contadas, y en eso infringían formalmente las convenciones que habían establecido; pero, cuando una sociedad entera comete las mismas faltas, se las perdona con bastante facilidad. El duque regresó, y vio con placer que Durcet y el obispo no habían perdido el tiempo, y que Curval, entre los brazos de Brise-Cul, hacía deliciosamente todo lo que se puede hacer con todos los objetos voluptuosos que había podido congregar a su alrededor. Sirvieron la cena. Las orgías como siempre; y fueron a acostarse. Por muy lisiada que estuviera Adélaïde, el duque, que debía tenerla aquella noche, la quiso, y, como de las orgías había vuelto tan borracho como de costumbre, se dijo que no le había dispensado de nada. En fin, la noche pasó como todas las anteriores, es decir, en el seno del delirio y del desenfreno; y cuando llegó la dorada Aurora, como dicen los poetas, a abrir las puertas del palacio de Apolo, este dios, también él bastante libertino, sólo subió a su carro de azur para iluminar nuevas lujurias.

## VIGESIMOQUINTA JORNADA

Un nuevo amorío se formaba, en sordina, dentro de los muros impenetrables del castillo de Silling, aunque no tuviera unas consecuencias tan peligrosas como el de Adélaïde y Sophie. Esta nueva asociación se tramaba entre Aline y Zelmire; la conformidad del carácter de las dos jóvenes había ayudado mucho a unirlas: ambas dulces y sensibles, con un máximo de dos años y medio de diferencia de edad, mucha puerilidad, mucha simplicidad en su carácter, en una palabra, ambas casi con las mismas virtudes y ambas casi con los mismos defectos, pues, Zelmire, dulce y tierna, era indolente y perezosa como Aline. En una palabra, se agradaban tanto que, la mañana del 25, fueron encontradas en la misma cama, y he aquí cómo eso ocurrió. Zelmire, que estaba destinada a Curval, dormía, como se sabe, en su dormitorio; esta misma noche, Aline era compañera de cama de Curval; pero Curval, que había vuelto borracho como una cuba de las orgías, sólo quiso acostarse con Bande-Au-Ciel, y gracias a ello las dos pichonas, abandonadas y reunidas por este azar, se metieron, por temor al frío, en la misma cama, y allí se pretendió que su meñique había rascado algo más que los codos. Curval, abriendo los ojos por la mañana, y viendo a los dos pájaros en el mismo nido, les preguntó qué hacían allí, y, ordenándoles que acudieran al acto las dos a su cama, las olfateó por debajo el clítoris, y descubrió claramente que las dos seguían todavía llenas de flujo. El caso era grave:

todos estaban de acuerdo en que aquellas señoritas fueran víctimas del impudor, pero se exigía que entre ellas reinara la decencia (¡qué no exigirá el libertinaje en sus perpetuas inconsecuencias!), y, si alguna vez se llegaba a permitirles ser impuras entre sí, era a condición de que fuera por orden de los señores y bajo sus miradas. Por ello el caso fue llevado al consejo, y las dos delincuentes, que no pudieron o no se atrevieron a desmentirlo, recibieron la orden de mostrar lo que hacían, y de exhibir ante todo el mundo cuál era su pequeña habilidad privada. Lo hicieron sonrojadísimas, llorando, y pidiendo perdón por lo que habían hecho. Pero era demasiado apetitoso tener que castigar a la bonita parejita el sábado siguiente para que imaginaran que podían perdonarla, y fueron inmediatamente inscritas en el libro fatal de Durcet, que, entre paréntesis, esta semana iba agradablemente lleno. Terminada esta diligencia, acabaron el desayuno, y Durcet hizo sus visitas. Las fatales indigestiones dieron un delincuente más: era la pequeña Michette; ya no podía más, decía, la víspera la habían hecho comer demasiado, y mil pequeñas excusas infantiles más que no impidieron que fuera anotada. Curval, que empalmaba mucho, cogió el orinal y devoró todo lo que contenía. Y lanzando después sobre ella unas miradas enojadas: «¡Oh!, sí, claro, pillina», le dijo, «¡oh!, sí, claro, serás castigada, y además por mi mano. No se puede cagar así; por lo menos, podías habernos avisado; sabes perfectamente que no hay hora en que no estemos dispuestos a recibir mierda». Y, mientras le soltaba la lección, le sobaba fuertemente las nalgas. Los muchachos estaban intactos; no se concedió ningún permiso para la capilla, y se sentaron a la mesa. Durante la comida se discutió mucho sobre la acción de Aline: la creían una mosquita muerta, y, de pronto, ahí estaban las pruebas de su temperamento.

«¡Qué, amigo mío!», dijo Durcet al obispo, «¿hay que fiarse ahora del aspecto de las muchachas?». Convinieron unánimemente en que no había nada más engañoso, y que, como todas eran falsas, sólo se servían de su inteligencia para serlo con mayor habilidad. Estas frases llevaron la conversación sobre las mujeres, y el obispo, que las abominaba, se entregó a todo el odio que le inspiraban; las rebajó al estado de los animales más viles, y demostró su existencia tan absolutamente inútil en el mundo, que se podría extirparlas a todas de la faz de la Tierra sin perjudicar en nada las intenciones de la naturaleza que, habiendo encontrado anteriormente el medio de crear sin ellas, volvería a encontrarlo cuando sólo existieran hombres. Pasaron al café; era servido por Augustine, Michette, Hyacinthe y Narcisse. El obispo, uno de cuyos mayores placeres simples era chupar el pito de los chiquillos, llevaba unos minutos divirtiéndose con este juego con Hyacinthe, cuando de pronto exclamó retirando su boca llena: «¡Ah!, ¡me cago en Dios, amigos!, ¡un desvirgamiento! Seguro que es la primera vez que este bribonzuelo se corre». Y, en realidad, nadie había visto todavía a Hyacinthe llegar a este punto; le creían incluso demasiado joven para conseguirlo; pero ya tenía catorce años cumplidos, la edad en que la naturaleza suele colmarnos con sus favores, y nada había más real que la victoria que el obispo se imaginaba haber alcanzado. Quisieron, sin embargo, comprobar el hecho y, como todos querían ser testigos de la aventura, se sentaron en semicírculo alrededor del joven. Augustine, la más célebre pajillera del serrallo, recibió la orden de hacer una paja a la criatura ante la asamblea, y el joven tuvo permiso para sobarla y acariciarla en la parte del cuerpo que deseara: ¡ningún espectáculo más voluptuoso que el de ver a una joven de quince años, bella como el día, prestarse a las caricias de un muchacho de catorce y excitarlo a correrse con la más deliciosa masturbación! Hyacinthe, tal vez ayudado por la naturaleza, pero más claramente sin duda por los ejemplos que tenía a la vista, se limitó a tocar, sobar y besar las lindas nalguitas de su pajillera, y, al cabo de un instante, sus hermosas mejillas se colorearon, lanzó dos o tres suspiros, y su linda colita despidió a tres pies de distancia cinco o seis chorros de una leche suave y blanca como la nata, que cayó sobre el muslo de Durcet, que estaba lo más cerca posible de él, y que se hacía masturbar por Narcisse contemplando la operación. Comprobado a conciencia el hecho, acariciaron y besaron a la criatura por todas partes; cada uno de ellos quiso recoger una pequeña parte de aquella joven esperma, y como les pareció que, a su edad y para un estreno, seis eyaculaciones no eran un exceso, a las dos que acababa de tener, nuestros libertinos le hicieron añadir una por cabeza, que él les derramó en la boca. El duque, excitándose con el espectáculo, se apoderó de Augustine y le masturbó el clítoris con la lengua hasta que ella se corrió dos o tres veces, cosa que la tunantuela, llena de fuego y de temperamento, no tardó en hacer. Mientras el duque masturbaba así a Augustine, no había nada tan gracioso como ver a Durcet, que se disponía a recibir los síntomas del placer que él no procuraba, besar mil veces en la boca a la hermosa criatura, y tragar, por así decirlo, la voluptuosidad que otro hacía circular en sus sentidos. Era tarde, se vieron obligados a saltarse la siesta y a pasar al salón de historias, donde Duclos llevaba tiempo esperando. Tan pronto como todos se hubieron acomodado, prosiguió el relato de sus aventuras en los términos siguientes:

«Ya he tenido el honor de decíroslo, señores, es muy difícil comprender todos los suplicios que el hombre inventa contra sí mismo para recuperar, en su envilecimiento o en sus dolores, las chispas de placer que la edad o la saciedad le han hecho perder. ¿Creeríais que una de esas personas, hombre de sesenta años, y singularmente hastiado de todos los placeres de la lubricidad, ya sólo los espabilaba en sus sentidos haciéndose quemar con una vela todas las partes de su cuerpo y principalmente las que la naturaleza destina a tales placeres? Se la apagaban despiadadamente en las nalgas, la polla, los cojones, y sobre todo en el agujero del culo; durante ese tiempo besaba un trasero, y cuando le habían repetido fuertemente quince o veinte veces esta dolorosa operación, se corría chupando el ano que su incendiaria le presentaba.

Vi a otro, poco después, que me obligaba a utilizar una almohaza de caballo, y a pasársela por todo el cuerpo, exactamente como habrían hecho con el animal que acabo de nombrar. Tan pronto como su cuerpo estaba completamente ensangrentado, lo frotaba con alcohol, y este segundo dolor le hacía correrse abundantemente sobre mi pecho, que era el campo de batalla que quería regar con su leche. Me arrodillaba ante él, apretaba su polla con mis tetas, y él derramaba cómodamente el agrio sobrante de sus cojones.

El tercero se hacía arrancar uno a uno todos los pelos de las nalgas. Se masturbaba durante la operación sobre un zurullo calentísimo que yo acababa de soltar. Después, en el instante en que un convenido «joder» me informaba de la proximidad de la crisis, hacía falta, para reafirmarla, que le hundiera en cada nalga un tijeretazo que lo hiciera sangrar. Tenía el culo abierto por las llagas, y me costó encontrar un lugar intacto para hacer en él mis dos heridas; en aquel momento, su nariz se hundía en la mierda, se embadurnaba con ella toda la cara, y unos chorros de esperma coronaban su éxtasis.

El cuarto me metía la polla en la boca y me ordenaba que la mordiera con todas mis fuerzas. Entretanto, le desgarraba las dos nalgas con un peine de hierro de púas muy puntiagudas, y después, en el momento en que notaba su instrumento a punto de fundirse, cosa que me anunciaba con una levísima y debilísima erección, entonces, digo, le abría al máximo las dos nalgas, y le acercaba el agujero del culo a la llama de una vela plantada en el suelo para este fin. Sólo la sensación de la quemadura de la vela en su ano decidía la emisión: endurecía yo entonces mis mordiscos, y mi boca no tardaba en llenarse».

«Un momento», dijo el obispo. «Hoy no podré oír hablar de correrse en una boca, sin que esto no me recuerde el golpe de suerte que acabo de tener, y no prepare mi mente para placeres del mismo tipo». Diciendo esto, atrae hacia sí a Bande-Au-Ciel, quien estaba a su lado aquella noche, y comienza a chuparle la polla con toda la lubricidad de un auténtico bujarrón. La leche sale, él se la traga, y repite inmediatamente la misma operación con Zéphire. La tenía tiesa, y pocas veces las mujeres salían airosas cuando las tenía a su lado en el momento de la crisis. Desgraciadamente, era Aline, su sobrina. «¿Qué haces aquí, zorra», le dijo, «cuando lo que quiero son hombres?». Aline quiere escapar, él la agarra por los pelos, y arrastrándola a su gabinete con Zelmire y Hébé, las dos muchachas de su serrallo, «ahora veréis, ahora veréis», dijo a sus amigos, «¡voy a enseñar a esas bribonas a ponerme unos coños bajo la mano cuando son pollas lo que quiero!». Fanchon, por orden suya, siguió a las tres doncellas, y al cabo de un instante se oyó gritar agudamente a Aline, y los aullidos de la eyaculación de monseñor se juntaron a los acentos dolorosos de su querida sobrina. Todos regresaron. Aline lloraba, apretaba y meneaba el trasero. «¡Ven a enseñármelo!», le dijo el duque. «Me enloquece ver las huellas de la brutalidad de mi señor hermano». Aline mostró no sé qué, pues siempre me ha sido imposible descubrir lo que ocurría en aquellos infernales gabinetes, pero el duque exclamó: «¡Ah, joder, es delicioso! Creo que voy a hacer otro tanto». Pero habiéndole hecho notar Curval que era tarde y que tenía que comunicarle un proyecto de diversión para las orgías, que exigía tanto toda su cabeza como toda su leche, rogaron a Duclos que iniciara el quinto relato con el que debía cerrar su velada, y continuó en estos términos:

«Entre las personas extraordinarias», dijo la hermosa mujer, «cuya manía consiste en hacerse envilecer y degradar, había cierto presidente de la Cámara de Cuentas llamado Foucolet. Es imposible imaginar hasta qué punto avivaba su manía; había que ofrecerle una muestra de todos los suplicios. Yo lo colgaba, pero la soga se rompía a tiempo, y caía sobre el colchón; al instante siguiente, lo tendía sobre una cruz de san Andrés y fingía romperle los miembros con una barra de cartón; le marcaba el hombro con un hierro casi candente que le dejaba una ligera huella; le azotaba la espalda, exactamente como el verdugo, y había que mezclar todo eso con insultos atroces, amargos reproches de diferentes crímenes, de los cuales, durante cada una de estas operaciones, en camisón, con un cirio en la mano pedía muy humildemente perdón a Dios y a la Justicia. Finalmente, la sesión terminaba sobre mi trasero, donde el libertino venía a perder su leche, cuando su cabeza había alcanzado el último grado de calentura».

«¡Bien!, ¿me dejarás correrme en paz ahora que Duclos ha terminado?», dijo el duque a Curval. «No, no», dijo el presidente; «conserva tu leche: te digo que la necesito para las orgías». «¡Oh!, soy tu criado», dijo el duque; «¿me tomas acaso por un hombre gastado, y te imaginas que un poco de leche que pierda ahora me impedirá ceder y corresponder a todas las infamias que se te ocurrirán dentro de cuatro horas? No temas, estaré siempre dispuesto; pero mi señor hermano se ha complacido en ofrecerme un pequeño ejemplo de atrocidad, que me molestaría no realizar con Adélaïde, tu querida y amable hija». Y empujándola acto seguido al saloncito con Thérèse, Colombe y Fanny, las mujeres de su grupo, le hizo verosímilmente lo que el obispo había hecho a su sobrina, y se corrió con los mismos incidentes, pues se escuchó igual que un momento antes un grito terrible de la joven víctima y el aullido del libertino. Curval quiso decidir cuál de los dos hermanos se había portado mejor; hizo acercarse a las dos mujeres y, después de examinar prolongadamente los dos traseros, sentenció que el duque había imitado al otro superándolo. Se sentaron a la mesa y, habiendo rellenado de flatulencias mediante alguna droga las entrañas de todos los sujetos, hombres y mujeres, jugaron después de cenar a soltar pedos en la cara. Los cuatro amigos estaban echados de espaldas, sobre los canapés, con la cabeza levantada, y los demás iban por turnos a peerles en la boca; Duclos estaba encargada de contar y marcar y, como había treinta y seis peedores y peedoras frente a únicamente cuatro engullidores, los hubo que recibieron hasta ciento cincuenta pedos. Para esta lúbrica ceremonia Curval quería que el duque se reservara, pero se trataba de algo perfectamente inútil; era demasiado amigo del libertinaje como para que un nuevo exceso no le ocasionara siempre el mayor efecto, fuera cual fuese la situación que se le propusiera, y está claro que se corrió completamente por segunda vez con las ventosidades blandas de la Fanchon. En el caso de Curval, fueron los pedos de Antinoüs los que le costaron la leche, mientras que Durcet perdió la suya, excitado por los de Martaine, y el obispo excitado por los de Desgranges. Pero las jóvenes beldades no consiguieron nada, hasta tal punto es verdad que es preciso que todo concuerde y que sean siempre las personas crapulosas quienes ejecuten las cosas infames.

## VIGESIMOSEXTA JORNADA

Como no había nada tan delicioso como los castigos, ni nada que predispusiera tanto a los placeres, y de aquellos tipos de placeres que se habían prometido no saborear, hasta que los relatos permitieran, desarrollándolos, entregarse a ellos con mayor amplitud, se imaginó de todo para hacer caer a los sujetos en unas faltas que proporcionaran la voluptuosidad de castigarlos. A tal efecto, los amigos, después de reunirse de manera extraordinaria aquella mañana para razonar sobre este asunto, añadieron diferentes artículos a los reglamentos, cuya infracción debía ocasionar necesariamente unos castigos. En primer lugar, se prohibió expresamente a las esposas, a los muchachos y a las muchachas, peer en otro lugar que en la boca de los amigos; tan pronto como les entraran ganas, debían ir a buscar inmediatamente a uno de ellos y soltarle lo que se retenía; una dura pena aflictiva era infligida a los delincuentes. Se prohibió absolutamente, de igual manera, el uso de los bidés y de las limpiezas de culo; se ordenó a todos los sujetos, en general y sin ninguna excepción, que jamás se lavaran y sobre todo que jamás se limpiaran el culo después de cagar; que cuando se les encontrara el culo limpio, era preciso que el sujeto demostrara que había sido uno de los amigos quien se lo había limpiado, y que lo citara. Mediante lo cual el amigo interrogado, disponiendo de la facilidad de negar el hecho cuando se le antojara, se procuraba a la vez dos placeres; el de limpiar un culo con su lengua, y el de castigar al sujeto que acababa de ofrecerle este placer... Veremos unos ejemplos. Se introdujo después una nueva ceremonia: de buena mañana, en el café, tan pronto como entraban en la habitación de las muchachas, y lo mismo cuando se pasaba después a la de los muchachos, cada uno de los sujetos debía abordar a cada uno de los amigos, y decirle en voz alta e inteligible: «¡Me cago en Dios! ¿Queréis mi culo?, lleva mierda». Y aquellos o aquellas que no pronunciaran tanto la blasfemia como la proposición en voz alta; serían inmediatamente anotados en el libro fatal. Es fácil imaginar con cuánto esfuerzo la devota Adélaïde y su joven discípula pronunciaron semejantes infamias, y esto les divertía infinitamente. Resuelto todo eso, admitieron las delaciones; este medio bárbaro de multiplicar las vejaciones, admitido por todos los tiranos, fue abrazado con calor. Se decidió que cualquier sujeto que presentara una queja contra otro ganaría la supresión de la mitad de su castigo en la primera falta que cometiera; lo que no comprometía a nada en absoluto, porque el sujeto que acababa de acusar a otro ignoraba siempre hasta dónde debía llegar el castigo cuya mitad le prometían perdonarle; por lo cual les era muy fácil darle todo lo que se le quería dar, y seguirlo convenciendo de que había ganado. Decidieron y publicaron que la delación sería creída sin prueba, después de lo cual bastaría ser acusado por cualquiera para que pudieran anotarle inmediatamente. Aumentaron, además, la autoridad de las viejas, y a partir de su mínima queja, verdadera o no, el sujeto era inmediatamente condenado. En una palabra, se estableció sobre el pueblo humilde toda la vejación, toda la injusticia que pueda imaginarse, convencidos de obtener cantidades de placeres tanto mayores cuanto mejor ejercida estuviera la tiranía. Hecho eso, visitaron los retretes. Colombe fue hallada culpable; se disculpó por lo que la víspera le habían hecho comer entre comidas y no había podido aguantar, que era muy desdichada, y la cuarta semana consecutiva que era castigada. El hecho era cierto, y toda la culpa la tenía su culo, que era el más fresco, el mejor torneado y el más lindo que se pudiera ver. Ella objetó que no se había limpiado, y que esto debía por lo menos valerle de algo. Durcet lo examinó y, habiéndole descubierto efectivamente una enorme y anchísima capa de mierda, se le aseguró que no sería tratada con tanto rigor. Curval, que estaba empalmando, la cogió, y después de limpiarle por completo el culo, se hizo traer el excremento, que comió mientras ella le masturbaba, y alternaba la comida con muchos besos en la boca y con órdenes terminantes de engullir a su vez todo lo que él le devolvía de su propia deposición. Visitaron a Augustine y Sophie, a las que se había recomendado que, después de las deposiciones hechas la víspera, siguieran en el estado más impuro. Sophie estaba en regla, aunque se hubiera acostado con el obispo, tal como exigía su posición; pero Augustine estaba extremadamente limpia. Segura de su respuesta, se adelantó orgullosamente, y dijo que ellos sabían perfectamente que ella había pasado la noche, según su costumbre, en el dormitorio del señor duque, y que antes de dormir la había hecho acercarse a su cama, donde él le había chupado el agujero del culo mientras que ella le masturbaba la polla con la boca. Interrogado el duque, dijo que no se acordaba de nada (aunque fuera muy cierto), que se había dormido con la polla en el culo de la Duclos, hecho que podía comprobarse. Pusieron en la comprobación toda la seriedad y toda la gravedad posibles; fueron a buscar a Duclos que, viendo claramente de qué se trataba, certificó todo lo que había dicho el duque, y sostuvo que Augustine sólo había sido llamada un instante al lecho de monseñor, que le había cagado en la boca para volver después a comerse su zurullo. Augustine quiso defender su tesis, y discutió con la Duclos, pero se le impuso silencio, y fue anotada, aunque absolutamente inocente. Pasaron al lugar de los muchachos, donde Cupidon fue hallado en falta: había hecho, en su orinal, la más bonita mierda que pueda imaginarse. El duque la cogió y la devoró, mientras el joven le chupaba la polla. Denegaron todos los permisos de capilla, y pasaron al comedor. La bella Constance, a la que a veces, por razón de su estado, se dispensaba de servir, aquel día se sentía bien y apareció desnuda; su vientre, que ya comenzaba a hincharse un poco, excitó mucho la imaginación de Curval, y, como vieron que comenzaba a manosear algo duramente las nalgas y el seno de la pobre criatura, por la que se descubría día a día que su horror iba en aumento, ante los ruegos de ella y dado el deseo que tenían de conservar su fruto por lo menos hasta una determinada época, se le permitió no aparecer aquel día hasta las narraciones, de las que jamás quedaba exenta. Curval volvió a despotricar sobre las ponedoras de criaturas, y afirmó que si fuera el dueño establecería la ley de la isla de Formosa, donde las mujeres embarazadas antes de los treinta años son machacadas a palos en un mortero junto con su fruto, y que, cuando se impusiera aquella ley en Francia, seguiría habiendo dos veces más de población que la necesaria. Pasaron al café; era ofrecido por Sophie, Fanny, Zélamir y Adonis, pero servido de una manera muy original: se lo hicieron beber desde su boca. Sophie sirvió al duque, Fanny a Curval, Zélamir al obispo, y Adonis a Durcet. Guardaban los sorbos en su boca, se la enjuagaban con ellos, y después los depositaban en el gaznate de aquel a quien servían. Curval, que se había levantado de la mesa muy excitado, empalmó de nuevo con esta ceremonia y, cuando hubo terminado, se apoderó de Fanny y se le corrió en la boca, ordenándole, bajo las penas más graves, que se lo tragara, lo cual hizo la desdichada criatura sin atreverse siquiera a pestañear. El duque y sus otros dos amigos hicieron peer o cagar, y, después de la siesta, fueron a escuchar a Duclos, quien emprendió así la continuación de sus relatos:

«Voy a pasar rápidamente», dijo la amable mujer, «sobre las dos últimas aventuras que me quedan por contaros sobre esos hombres singulares que sólo encuentran su voluptuosidad en el dolor que se les hace sentir, y después, si os parece bien, cambiaremos de materia. El primero, mientras yo le masturbaba, desnudo y de pie, quería que, por un agujero abierto en el techo, se nos arrojara, durante todo el tiempo de la sesión, chorros de agua casi hirviente sobre el cuerpo. Por mucho que le razonara que, no teniendo la misma pasión que él, iba a verme, sin embargo, víctima de ella, me aseguró que no sentiría ningún dolor, y que aquellas duchas eran excelentes para la salud. Le creí, y me dejé hacer; y como estaba en su casa, no pude controlar el grado de calor del agua: estaba casi hirviente. No podéis imaginaros el placer que sintió recibiéndola. En mi caso, aun actuando lo más rápidamente que pude, gritaba, os lo confieso, como un gato escaldado; se me peló la piel, y me prometí no volver jamás a la casa de aquel hombre». «¡Ah, diablos!», dijo el duque, «me entran ganas de escaldar así a la bella Aline». «Monseñor», le contestó humildemente esta, «yo no soy un cerdo». La ingenua sinceridad de su respuesta infantil hizo reír a todos, y preguntaron a Duclos cuál era el segundo y último ejemplo que tenía que citar del mismo género.

«No era ni mucho menos tan penoso para mí», dijo Duclos: «sólo se trataba de protegerse la mano con un buen guante, tomar después con esta mano gravilla ardiente de una sartén, sobre un anafe, y, con la mano así llena, frotar a mi hombre con aquella gravilla casi encendida, de la nuca a los talones. Su cuerpo estaba tan singularmente endurecido por este ejercicio que parecía de cuero. Cuando llegaba a la polla, había que cogerla y masturbarla en medio de un puñado de arena hirviente; se le ponía dura con mucha rapidez; entonces, con la otra mano, colocaba debajo de sus cojones la pala al rojo vivo preparada a propósito. El frote, sumado al calor devorador que abrasaba sus testículos, y tal vez a unos cuantos manoseos sobre mis dos nalgas, que debía mantener siempre muy a la vista durante toda la operación, bastaba para ponerle fuera de sí, y se corría, procurando siempre que su esperma cayera sobre la pala al rojo vivo para verla quemarse con deleite».

«Curval», dijo el duque, «me parece que se trata de un hombre tan poco amante de la población como tú». «Tiene todas las trazas», dijo Curval; «no te oculto que me gusta la idea de querer quemar su leche». «¡Oh!, ya veo todas las que te sugiere», dijo el duque; «y aunque ya hubiera germinado la quemarías con el mismo placer, ¿no es cierto?». «Mucho me temo que sí», dijo Curval, haciendo no sé qué a Adélaïde que le hizo lanzar un agudo grito. «¿Y a ti qué te pasa, puta», dijo Curval, «para chillar de esa manera?... ¿No ves que el duque me está hablando de quemar, de vejar, de castigar la leche germinada?, ¿y qué eres tú, por favor, sino un poco de leche germinada al salir de mis cojones? Vamos, sigue, Duclos», añadió Curval, «pues siento que las lágrimas de esta zorra me harían correrme, y no quiero».

«Por fin, llegamos», dijo nuestra heroína, «a unos detalles que, por llevar consigo unos caracteres de singularidad más picantes, tal vez os gustarán más. Ya sabéis que en París suele exponerse a los muertos en las puertas de las casas. Había un hombre importante que me pagaba doce francos por cada noche en que podía llevarlo ante uno de esos lúgubres aparatos. Toda su voluptuosidad consistía en acercarse conmigo lo más posible, al borde mismo del ataúd, si podíamos, y allí yo debía masturbarle de modo que su leche cayera sobre el ataúd. Recorríamos así tres o cuatro cada noche, según el número de ellos que yo había descubierto, y en todos realizábamos la misma operación, sin que él me tocara otra cosa que el trasero mientras le hacía la paja. Era un hombre de unos treinta años, y fue cliente mío durante más de diez, en los cuales estoy segura de haberle hecho correrse sobre más de dos mil ataúdes».

«Pero ¿decía algo durante la operación?», preguntó el duque. «¿Te dirigía la palabra a ti o al muerto?». «Insultaba al muerto», dijo Duclos; «le decía: «¡Toma, tunante! ¡Toma, maricón! ¡Toma, malvado!, ¡llévate mi leche a los infiernos!». «Vaya una manía extraña», dijo Curval. «Amigo mío», dijo el duque, «estoy seguro de que este hombre era uno de los nuestros y que seguramente no se quedaba ahí». «Lleva razón, monseñor», dijo la Martaine, «y tendré ocasión de representaros alguna vez a ese actor en la escena».

Duclos, aprovechando entonces el silencio, continuó así:

«Otro, que llevaba mucho más lejos una fantasía bastante parecida, quería que yo mantuviera unos espías en el campo para avisarle cada vez que enterraban en algún cementerio a una muchacha muerta sin enfermedad peligrosa (era lo que más me recomendaba). Tan pronto como le había encontrado alguna, y siempre me pagaba muy bien el descubrimiento, salíamos por la noche, nos metíamos como podíamos en el cementerio, y dirigiéndonos inmediatamente a la tumba indicada por el espía, y cuya tierra estaba recientemente removida, trabajábamos rápidamente los dos en quitar con nuestras manos todo lo que cubría el cadáver; y no bien podía tocarlo, yo le masturbaba encima mientras él lo manoseaba por todas partes, y sobre todo en las nalgas, si podía. A veces empalmaba por segunda vez, pero entonces cagaba y me hacía cagar sobre el cadáver, y se corría encima, sin dejar de sobar todas las partes del cuerpo que podía alcanzar».

«¡Oh!, eso sí que lo entiendo», dijo Curval, «y, si debo seros sincero, lo he hecho algunas veces en mi vida. Es cierto que le añadía unos cuantos detalles que todavía no es hora de contaros. Sea como sea, me la pone tiesa; ábrete de piernas, Adélaïde...». Y yo no sé lo que ocurrió, pero el canapé se dobló bajo el peso, se escuchó una inequívoca eyaculación, y creo que pura y simplemente el señor presidente acababa de cometer un incesto. «Presidente», dijo el duque, «apuesto a que has pensado que estaba muerta». «Sí, es cierto», dijo Curval, «pues de no ser así no me habría corrido». Y Duclos, viendo que se callaban, terminó así su velada:

«Para no dejaros, señores, con unas ideas tan lúgubres, voy a cerrar mi velada con el relato de la pasión del duque de Bonnefort. Este joven señor, al que entretuve cinco o seis veces, y que, para la misma operación, veía con frecuencia a una amiga mía, exige que una mujer, armada con un consolador, se masturbe desnuda delante de él, tanto por delante como por detrás, tres horas seguidas sin interrupción. Hay un reloj de pared para regular la operación, y si abandonas la tarea antes de que haya pasado exactamente la vuelta de la tercera hora, no te paga. Él está frente a la mujer, la observa, le da vueltas y vueltas por todos lados, la anima a desvanecerse de placer, y si, transportada por los efectos de la operación, acaba realmente por perder el conocimiento en el placer, no hay duda de que se adelanta el suyo. Si no, en el mismo instante en que el reloj marca la tercera hora, se le acerca y se corre en sus narices».

«A fe mía», dijo el obispo, «que no entiendo, Duclos, por qué no has preferido dejarnos con las ideas anteriores en vez de con esta. Aquellas tenían algo de picante y que nos excitaba considerablemente, en lugar de una pasión de agua de rosa, como esta con que acabas tu velada, que no deja nada en la cabeza». «Ha hecho muy bien», dijo Julie, que estaba con Durcet; «por lo menos, yo se lo agradezco, y todas podremos acostarnos más tranquilas sabiendo que no tienen en la cabeza las malas ideas que madame Duclos había iniciado hace un momento». «¡Ah!, ¡no te fíes demasiado, bella Julie!», dijo Durcet, «pues yo sólo me acuerdo de lo antiguo, cuando lo nuevo me aburre, y para demostrártelo, ten la bondad de seguirme». Y Durcet se precipitó a su gabinete con Sophie y Michette, para correrse no sé cómo, pero de una manera que, sin embargo, no gustó a Sophie, pues lanzó un grito terrible y volvió colorada como una cresta de gallo. «¡Oh!, lo que es a esta», le dijo el duque, «no tenías ganas de tomarla por muerta, ¡pues acabas de darle una furiosa señal de vida!». «Ha gritado de miedo», dijo Durcet, «pregúntale lo que le he hecho, y ordénale que te lo cuente en voz baja». Sophie se acercó al duque para contárselo. «¡Ah!», dijo este en voz alta, «no había como para gritar, ni mucho menos para correrse». Y, como sonó la hora de la cena, interrumpieron todas las conversaciones y todos los placeres, para ir a disfrutar los de la mesa. Las orgías se celebraron con bastante tranquilidad, y fueron a acostarse virtuosamente, sin que hubiera ninguna apariencia de embriaguez, lo que era extremadamente raro.

## VIGESIMOSÉPTIMA JORNADA

Ya por la mañana comenzaron las delaciones autorizadas de víspera, y las sultanas, viendo que sólo faltaba Rosette para que las ocho estuvieran castigadas, no desperdiciaron la ocasión de acusarla. Aseguraron que había pasado la noche echándose pedos, y como era una rabieta de las muchachas, tuvo a todo el serrallo contra ella, y fue apuntada inmediatamente. Todo el resto transcurrió a las mil maravillas, y a excepción de Sophie y Zelmire, que balbucearon un poco, los amigos fueron decididamente recibidos con el nuevo cumplido: «¡Me cago en Dios! ¿Queréis mi culo? Lleva mierda». Y, a decir verdad, la había por todas partes, pues, por miedo a la tentación del lavado, las viejas habían eliminado todas las palanganas, todas las toallas y toda el agua. La dieta de carne sin pan comenzaba a calentar todas aquellas boquitas que no se lavaban, y aquel día se descubrió que ya había una gran diferencia en los alientos. «¡Ah, diablos», dijo Curval besuqueando a Augustine, «ahora, por lo menos, se nota algo! ¡Al besar esto, se te pone tiesa!». Todo el mundo convino unánimemente en que así era infinitamente mejor. Como no ocurrió nada nuevo hasta el café, trasladaremos inmediatamente a él al lector. Era servido por Sophie, Zelmire, Giton y Narcisse. El duque dijo que estaba absolutamente convencido de que Sophie tenía que correrse, y que había que intentar absolutamente la experiencia. Dijo a Durcet que mirara y, acostándola en un canapé, la masturbó a la vez en los bordes de la vagina, en el clítoris, y en el agujero del culo, primero con los dedos, y después con la lengua. La naturaleza triunfó: al cabo de un cuarto de hora, la hermosa muchacha se turbó, enrojeció, suspiró; Durcet hizo observar todas estas reacciones a Curval y al obispo, que no podía creer que ya se corría, y el duque tuvo más motivos que todos ellos para convencerse, ya que el coñito se empapó por entero, y la bribonzuela le mojó todos los labios de flujo. El duque no pudo resistir la lubricidad de la experiencia; se levantó e, inclinándose sobre la muchacha, se le corrió en el coño entreabierto, metiendo en él con los dedos, hasta donde pudo, su esperma en el interior del coño. Curval, con la cabeza excitada por el espectáculo, la agarró y le pidió algo más que leche; ella ofreció su bonito culito, el presidente pegó a él la boca, y el lector inteligente adivina con facilidad lo que recibió. Durante aquel tiempo, Zelmire divertía al obispo: ella le chupaba y él le masturbaba el ano. Y todo eso mientras Curval se hacía masturbar por Narcisse, cuyo trasero besaba ardientemente. Sin embargo, sólo se corrió el duque: Duclos había anunciado para aquella noche unos relatos más bonitos que los anteriores, y quisieron reservarse para escucharlos. Llegada la hora, se acomodaron, y he aquí cómo se expresó la interesante mujer:

«Un hombre del que jamás supe, señores», dijo, «ni sus relaciones ni sus medios de vida, y que, por consiguiente, sólo podría describiros de manera muy imperfecta, me pidió mediante un billete que fuera a su casa, rue Planche-du-Rempart, a las nueve de la noche. Me advertía en su billete que no sintiera ninguna suspicacia, y que, aunque no me dijera su nombre, no tendría motivo alguno de queja. Dos luises acompañaban la carta, y pese a mi prudencia habitual, que ciertamente habría debido oponerse a este paso teniendo en cuenta que yo no conocía al que me lo hacía dar, me arriesgué, fiándome por completo de no sé qué presentimiento que parecía advertirme en voz baja de que no tenía nada que temer. Llego, y un criado me dice que me desnude por completo y que sólo así puedo entrar en el apartamento de su amo, obedezco la orden y, tan pronto como me ve en el estado deseado, me toma de la mano, y después de hacerme cruzar dos o tres aposentos, llama por fin a una puerta. Se abre, entro, el criado se retira, y la puerta se cierra, pero entre un horno y el lugar donde me metieron, respecto a la luz, no había la menor diferencia, y ni la luz ni el aire entraban en absoluto en aquella habitación por ningún lado. Apenas he entrado cuando se me acerca un hombre desnudo y me coge sin pronunciar una sola palabra; yo no pierdo la cabeza, persuadida de que todo consistía en hacer derramar un poco de leche para liberarme de todo aquel ceremonial nocturno; llevo inmediatamente mi mano a la parte inferior de su vientre, con la intención de que el monstruo pierda cuanto antes un veneno que le volvía tan malo. Encuentro una polla muy gruesa, muy dura y extremadamente revoltosa, pero al instante aparta mis dedos, parece no querer que lo toque, ni que lo examine, y me sienta en un taburete. El desconocido se sitúa cerca de mí, y agarra uno tras otro mis pechos, los aprieta y los comprime con tal violencia que le digo bruscamente: «¡Me hacéis daño!». Entonces desiste, me levanta, me acuesta de bruces en un sofá alto y, sentándose entre mis piernas por detrás, comienza a hacer con mis nalgas lo que acababa de hacer a mis tetas: las palpa y las comprime con una violencia inigualable, las abre, las cierra, las amasa, las besa mordisqueándolas, chupa el agujero del culo y, como estas reiteradas compresiones eran menos peligrosas por ese lado que por el otro, no me opuse a nada, y, mientras dejaba hacer, procuraba adivinar cuál podía ser el objetivo de tanto misterio para unas cosas que parecían muy sencillas, cuando de repente oigo que mi hombre lanza unos gritos espantosos: «¡Huye, jodida puta, huye!», me dijo, «¡escapa, zorra! Me corro y no respondo de tu vida». Ya podéis imaginaros que mi primera intención fue salir corriendo; veo ante mí un débil resplandor: era el del día, que se introducía por la puerta por la que había entrado; me arrojo a ella, encuentro al criado que me había recibido, me echo en sus brazos, me devuelve mis ropas, me da dos luises, y me largo, contentísima de haber salido del paso a tan poco precio».

«Tuvisteis motivo para felicitaros», dijo Martaine, «pues aquello sólo era un diminutivo de su pasión habitual. Os mostraré al mismo hombre, señores», continuó la mamá, «bajo un aspecto más peligroso». «No tan funesto como aquel bajo el cual yo lo presentaré a los señores», dijo Desgranges, «y me uno a madame Martaine para aseguraros que fuisteis muy afortunada de salir así del paso, pues el mismo hombre tenía pasiones mucho más extrañas». «Esperemos, pues, para decidirlo a que sepamos toda su historia», dijo el duque, «y date prisa, Duclos, en contarnos otra, para eliminarnos del cerebro una clase de individuo que no dejaría de excitarlo».

«El que vi a continuación, señores», prosiguió Duclos, «quería una mujer que tuviera un pecho muy hermoso, y como es una de mis gracias, después de habérselo mostrado, me prefirió a todas mis pupilas. Pero ¿qué uso, tanto de mi pecho como de mi rostro, pretendía hacer el insigne libertino? Me tiende completamente desnuda sobre un sofá, monta a horcajadas sobre mi pecho, coloca su polla entre mis dos tetas, me ordena que la apriete con todas mis fuerzas, y al cabo de un breve ejercicio, el malvado las inunda de leche arrojándome después más de veinte escupitajos espesísimos a la cara».

«Bien», dijo refunfuñando Adélaïde al duque, que acababa de escupirle en la cara, «¡no veo qué necesidad hay de imitar esa infamia! ¿Acabará de una vez?», preguntó, mientras se secaba, al duque, que no se corría en absoluto.

«Cuando me parezca bien, querida niña», le dijo el duque; «recuerda por una vez en la vida que sólo estás aquí para obedecer y para dejar hacer. Vamos, continúa, Duclos, pues tal vez haría algo peor, y como adoro a esta hermosa criatura», dijo riéndose, «no quiero ultrajarla del todo».

«No sé, señores», dijo Duclos retomando el hilo de sus relatos, «si habéis oído hablar de la pasión del comandante de Saint-Elme. Tenía una casa de juego donde todos los que iban a arriesgar su dinero eran rudamente desplumados; pero la cosa más extraordinaria es que el comendador empalmaba al estafarles: a cada trampa que les hacía, se corría en sus calzones, y una mujer a la que conocí muy bien, y que él había mantenido largo tiempo, me dijo que a veces la cosa le excitaba tanto que se veía obligado a ir a buscar en ella algún que otro alivio al ardor que le devoraba. No se limitaba a eso: todo tipo de robo tenía para él el mismo atractivo, y ningún objeto estaba seguro con él. Si estaba en vuestra mesa, os robaba los cubiertos; en vuestro gabinete, las joyas; cerca de vuestro bolsillo, la tabaquera o el pañuelo. Todo valía con tal de que pudiera cogerlo, y todo le hacía empalmar, e incluso correrse, en cuanto lo había cogido.

Pero en eso era sin duda menos extraordinario que el presidente del Parlamento, con el que tuve tratos muy poco tiempo después de mi llegada a casa de la Fournier, y cuya clientela seguía conservando, pues siendo su caso bastante quisquilloso, sólo quería tratar conmigo. El presidente tenía alquilado todo el año un pequeño apartamento en la Place de Grève; sólo lo ocupaba como portera una vieja sirvienta, y la única consigna de esta mujer era arreglar el apartamento y hacer avisar al presidente tan pronto como se veía en la plaza algún preparativo de ejecución. Inmediatamente el presidente mandaba a decirme que estuviera a punto, venía a buscarme disfrazado y en coche de punto, y nos dirigíamos a su pequeño apartamento. La ventana de la habitación estaba puesta de manera que dominaba exactamente y de muy cerca el cadalso; allí nos colocábamos el presidente y yo a través de una celosía, sobre uno de cuyos travesaños él apoyaba un excelente catalejo, y, en espera de que el paciente apareciera, el secuaz de Temis se entretenía en una cama besándome las nalgas, episodio que, entre paréntesis, le gustaba de manera extraordinaria. Finalmente, cuando el alboroto nos anunciaba la llegada de la víctima, el togado retomaba su lugar en la ventana y me hacía ocupar el mío a su lado, con la orden de manosearle y masturbarle ligeramente la polla, acompasando mis sacudidas a la ejecución que se disponía a observar, de modo que la esperma sólo se escapara en el momento en que el reo entregaba su alma a Dios. Todo seguía su curso, el criminal subía al patíbulo, el presidente contemplaba; cuanto más se acercaba el reo a la muerte, más furiosa se ponía en mis manos la polla del malvado. Al fin se precipitaban las cosas: era el momento de correrse: «¡Ah, me cago en

Dios!», decía entonces, «¡jodido sea Dios! ¡Cómo me gustaría ser yo mismo su verdugo, lo habría hecho mucho mejor que ese!». Por otra parte, las impresiones de sus placeres se medían por el tipo de suplicio: un ahorcado sólo le producía una sensación muy liviana, un hombre desnucado le hacía delirar, pero si era abrasado o descuartizado, se desmayaba de placer. Hombre o mujer le daba igual: «Sólo me haría un poquito más de efecto», decía, «una mujer embarazada, y desgraciadamente esto no es posible». «Pero, señor», le decía yo un día, «por vuestro cargo cooperáis con la muerte de esta infortunada víctima». «Sin duda», me contestó, «y es lo que más me divierte: en los treinta años que llevo juzgando, nunca he votado por otra cosa que por la muerte». «¿Y no creéis», le dije, «que se os podría reprochar un poco la muerte de esas personas como un asesinato?». «¡Bueno!», me dijo, «¿es necesario ser tan escrupuloso?». «Pero», le dije, «se trata, sin embargo, de lo que la gente llamaría un horror». «¡Oh!», me dijo, «hay que saber tomar partido sobre el horror de todo lo que hace empalmar, y eso por una razón muy sencilla: sea lo que sea, por horrible que queráis imaginarlo, ya no lo es para uno a partir del momento en que te hace correrte; así que sólo lo es a los ojos de los demás; pero ¿quién me asegura que la opinión de los demás, casi siempre falsa sobre todas las cosas, no lo sea también en este caso? No hay nada», prosiguió, «profundamente bueno ni profundamente malo; todo depende de nuestras costumbres, de nuestras opiniones y de nuestros prejuicios. Establecido este punto, es extremadamente posible que algo absolutamente indiferente en sí mismo sea, sin embargo, indigno ante vuestros ojos y muy delicioso ante los míos, y a partir de que me gusta, teniendo en cuenta la dificultad de adjudicarle un sitio exacto, a partir de que me divierte, ¿no sería yo un loco si me privara de ello sólo porque vos la censuráis? Vamos, vamos, querida Duclos, la vida de un hombre es algo tan poco importante que se puede jugar con ella todo lo que se quiera, como se haría con la de un gato o la de un perro; al más débil le corresponde defenderse; dispone, más o menos, de las mismas armas que nosotros. Y ya que sois tan escrupulosa», añadía mi hombre, «¿qué diríais, pues, de la fantasía de un amigo mío?». Y me permitiréis, señores, que el gusto que me contó sea y concluya el quinto relato de mi velada.

El presidente me dijo que aquel amigo sólo quería tratar con las mujeres que van a ser ejecutadas. Cuanto más próximo está el momento en que pueden serle entregadas a aquel en que van a morir, más paga por ellas; pero es necesario que sea siempre después de que su sentencia les haya sido comunicada. Capacitado por su situación de tener ese tipo de buena suerte, jamás le falla una, y le he visto pagar hasta cien luises por un encuentro de esta clase. Sin embargo, no se las folla, sólo les exige que muestren sus nalgas y que caguen; asegura que nada iguala el sabor de la mierda de una mujer a la que se le acaba de provocar un trastorno. No hay nada que no imagine para conseguir estos encuentros, y tampoco quiere, como podéis suponer, que se le conozca. A veces se presenta como el confesor, otras como un amigo de la familia, y, siempre con la esperanza de serles útil si ellas son complacientes, exhibe sus proposiciones. «Y cuando ha terminado, cuando ha quedado satisfecho, ¿cómo imagináis, mi querida Duclos, que finaliza su operación?», me decía el presidente... «Exactamente igual que yo, querida amiga; reserva su leche para el desenlace, y la suelta viéndolas expirar deliciosamente». «¡Ah!, ¡qué malvado!», le dije. «¿Malvado?», me interrumpió... «¡Pamplinas, y sólo pamplinas, hija mía! Nada de lo que hace empalmar es malvado, y el único crimen del mundo es negarse algo a ese respecto».

«Así que no se negaba nada», dijo la Martaine, «y madame Desgranges y yo tendremos ocasión, y me ufano de ello, de entreteneros con algunas anécdotas lúbricas y criminales del mismo personaje». «¡Ah!, me parece muy bien», dijo Curval, «pues se trata de un hombre que me gusta mucho. Así es como hay que pensar sobre los placeres, y su filosofía me encanta infinitamente. Es increíble hasta qué punto el hombre, ya limitado en todas sus diversiones, en todas sus facultades, intenta restringir aún más los límites de su existencia con sus indignos prejuicios. No nos imaginamos, por ejemplo, cómo ha limitado todas sus delicias el que ha legislado el asesinato como un crimen; se ha privado de cien placeres, a cual más delicioso, atreviéndose a adoptar la odiosa quimera de ese prejuicio. ¿Y qué diablos puede importar a la naturaleza uno, diez, veinte, quinientos hombres de más o de menos en el mundo? Los conquistadores, los héroes, los tiranos, ¿se imponen a sí mismos esta absurda ley de no atreverse a hacer a los demás lo que no queremos que se nos haga a nosotros? A decir verdad, amigos míos, no quiero ocultaros que me estremezco cuando oigo a algún idiota atreverse a decirme que así es la ley de la naturaleza, etcétera. ¡Justo cielo!, ávida de asesinatos y de crímenes, es en hacerlos cometer y en inspirarlos en lo que la naturaleza dicta su ley, y la única que graba en el fondo de nuestros corazones es la de satisfacernos a expensas de quien sea. Pero paciencia, quizá pronto tendré una mejor ocasión de hablaros ampliamente de estas materias; las he estudiado a fondo, y, al comunicároslas, confío convenceros como yo lo estoy de que la única manera de servir a la naturaleza es seguir ciegamente sus deseos, sean cuales fueren, porque, siéndole tan necesario para el mantenimiento de sus leyes el vicio como la virtud, sabe aconsejarnos sucesivamente lo que en cada instante conviene a sus intenciones. Sí, amigos míos, otro día os hablaré de todo esto, pero, por el momento, es preciso que pierda leche, pues ese diablo de hombre de las ejecuciones de la Grève me ha hinchado por completo los cojones». Y pasando al saloncito del fondo con Desgranges, Fanchon, sus dos buenas amigas, porque eran tan malvadas como él, se hicieron seguir los tres de Aline, Sophie, Hébé, Antinoüs y de Zéphire. No sé muy bien lo que el libertino imaginó en medio de aquellas siete personas, pero fue largo; se le oyó gritar mucho:

«¡Vamos, giraos!, que no es esto lo que os pido», y otras frases malhumoradas, mezcladas con blasfemias a las que se le sabía muy propenso en sus escenas de libertinaje; y las mujeres reaparecieron finalmente, muy coloradas, muy despeinadas, y con aspecto de haber sido furiosamente magreadas en todos los sentidos. Durante ese tiempo, el duque y sus dos amigos no habían perdido el tiempo, pero el obispo era el único que se había corrido, y de una manera tan extraordinaria que todavía no nos está permitido contarla. Fueron a sentarse a la mesa, y Curval siguió filosofando un poco, pues en él las pasiones no influían en nada sobre los sistemas; firme en sus principios, era tan impío, tan ateo, tan criminal después de perder su leche como en pleno fuego del temperamento, y así es como todos los sabios deberían ser. Jamás la leche debe dictar ni dirigir los principios; deben ser los principios los que dicten la manera de perderla. Y, se empalme o no, la filosofía, independiente de las pasiones, debe ser siempre la misma. La diversión de las orgías consistió en una comprobación en la que todavía no se habían fijado, y que, sin embargo, era interesante: quisieron determinar qué muchacha y qué muchacho tenían el culo más hermoso. En consecuencia, hicieron colocar primero a los ocho muchachos en una hilera, de pie, pero un poco echados hacia delante: es la verdadera manera de examinar bien un culo y de juzgarlo. El examen fue muy largo y muy severo; debatieron las opiniones, las modificaron, las verificaron quince veces consecutivas, y la manzana fue concedida de manera unánime a Zéphire: todos convinieron en que era físicamente imposible encontrar nada más perfecto y mejor moldeado. Pasaron a las muchachas; adoptaron las mismas posturas; la decisión fue en un principio muy prolongada: era casi imposible decidir entre Augustine, Zelmire y Sophie. Augustine, mayor, mejor hecha que las otras dos, quizás hubiera triunfado incontestablemente entre los pintores; pero los libertinos prefieren la gracia a la exactitud, la rotundidad a la regularidad. Tuvo en su contra un pequeño exceso de delgadez y de delicadeza; las otras dos ofrecían una carne tan fresca, tan rolliza, unas nalgas tan blancas y tan redondas, una curva del lomo tan voluptuosamente moldeada que triunfaron sobre Augustine. Pero ¿cómo decidir entre las dos restantes? Diez veces las opiniones empataron. Por fin venció Zelmire; reunieron a las dos encantadoras criaturas, las besaron, las sobaron, las masturbaron toda la velada, ordenaron a Zelmire que masturbara a Zéphire, el cual, corriéndose a las mil maravillas, dio el mayor placer que puede observarse en el placer; masturbó a su vez a la joven, que se extasió en sus brazos; y todas estas escenas de una lubricidad inefable hicieron perder la leche al duque y a su hermano, pero sólo conmovieron débilmente a Curval y a Durcet, que convinieron en que necesitaban unas escenas menos color de rosa para conmover su vieja alma deteriorada, y que todas aquellas bromas sólo eran buenas para los jóvenes. Al fin se acostaron, y Curval, metido en unas nuevas infamias, se desquitó de las tiernas pastorelas de que acababa de ser testigo.

## Vigesimoctava jornada

Era un día de boda, y el turno de Cupidon y de Rosette para ser unidos por los lazos del himeneo, y, por una singularidad de nuevo fatal, ambos se hallaban en el caso de tener que ser castigados aquella noche. Como no encontraron a nadie en falta por la mañana, utilizaron toda esta parte del día en la ceremonia de la boda, y tan pronto como fue realizada, los reunieron en el salón para ver lo que hacían juntos. Como los misterios de Venus se celebraban con tanta frecuencia ante las miradas de aquellas criaturas, aunque ninguno los hubiera todavía practicado, poseían una teoría suficiente para hacerles ejecutar sobre esos temas más o menos lo que tenían que hacer. Así pues, Cupidon, a quien se le ponía muy tiesa, colocó su pequeña pilila entre los muslos de Rosette, que se dejaba hacer con todo el candor de la inocencia más absoluta; el muchacho se arreglaba tan bien que muy probablemente iba a triunfar, cuando el obispo, cogiéndole en sus brazos, se hizo meter a sí mismo lo que la criatura habría preferido, según creo, meter a su mujercita. Mientras perforaba el ancho culo del obispo, la contemplaba con unos ojos que demostraban su pesar, pero ella no tardó en estar ocupada, y el duque la folló entre los muslos. Curval se acercó para manosear lúbricamente el culo del pequeño follador del obispo, y como aquel bonito culito se hallaba, obedeciendo la orden, en el estado deseado, lo lamió y empalmó. Durcet, por su parte, hacía otro tanto a la chiquilla que el duque trabajaba por delante. Sin embargo, nadie se corrió, y se sentaron a la mesa; los dos jóvenes esposos, que habían sido admitidos a ella, sirvieron el café junto con Augustine y Zélamir. Y la voluptuosa Augustine, extremadamente confusa por no haber ganado la víspera el premio de la belleza, como enfurruñada, había dejado reinar en su peinado un desorden que la hacía mil veces más interesante. Curval se emocionó, y, examinándole las nalgas, dijo: «No concibo cómo esta bribonzuela no ganó la palma ayer, ¡pues que el diablo se me lleve si existe en el mundo un culo más hermoso que este!». Al mismo tiempo, lo entreabrió, y preguntó a Augustine si estaba dispuesta a satisfacerlo. «¡Oh!, sí», dijo ella, «y del todo, porque ya no puedo aguantar más». Curval la acuesta en un sofá, y, arrodillándose ante el hermoso trasero, en un instante le ha devorado la cagada.

«¡Me cago en Dios!», dijo volviéndose hacia sus amigos y mostrándoles la polla pegada al vientre, «me hallo en un estado en el que haría cosas terribles».

«¿Cuáles?», le dijo el duque, a quien le gustaba hacerle decir horrores cuando se encontraba en aquel estado. «¿Cuáles?», contestó Curval: «cualquier infamia que quieran proponerme, aunque tuviera que descuartizar la naturaleza y dislocar el universo». «Ven, ven», dijo Durcet que lo veía lanzar unas miradas furibundas sobre Augustine, «ven, vamos a escuchar a Duclos, ya es hora; pues estoy convencido de que, si ahora te soltaran las riendas del cuello, hay una pobre pollita que pasaría un mal cuarto de hora». «¡Oh!, sí», dijo Curval, encendido, malísimo: «es algo que puedo afirmar con toda certeza». «Curval», dijo el duque, que empalmaba no menos furiosamente después de haber hecho cagar a Rosette, «que se nos deje ahora el serrallo, y dentro de dos horas habremos dado buena cuenta de él». El obispo y Durcet, más tranquilos por el momento, los cogieron a cada uno por el brazo, y fue en aquel estado, es decir, los calzones bajados y la polla al aire, como estos libertinos se presentaron ante la asamblea ya reunida en el salón de historias, y dispuesta a escuchar los nuevos relatos de Duclos que, habiendo previsto, por el estado de aquellos dos señores, que no tardaría en ser interrumpida, comenzó, sin embargo, en estos términos:

«Un señor de la corte, hombre de unos treinta y cinco años, acababa de hacerme pedir», dijo Duclos, «una de las muchachas más bonitas que había encontrado en mi vida. No me había advertido en absoluto de su manía, y, para satisfacerle, le entregué una joven modistilla que jamás había celebrado sesiones, y que era sin lugar a dudas una de las criaturas más bellas que él jamás había visto. Los reúno, y, con curiosidad por observar lo que va a ocurrir, corro a instalarme en mi agujero. «¿Dónde diablos ha ido madame Duclos», comenzó por decir, «a buscar una mala puta como tú? ¡Al fango sin duda!... Estabas intentando atrapar a unos soldados de la guardia cuando han ido a buscarte». Y la joven, avergonzada, y que no estaba al corriente de nada, no sabía qué actitud adoptar. «¡Vamos!, desnúdate...», prosiguió el cortesano. «¡Qué torpe eres!... En toda mi vida he visto una puta más fea y más estúpida... ¡Bueno! ¿Qué, acabaremos hoy?... ¡Ah!, ¿así que esto es el cuerpo que tanto me alabaron? Vaya tetas... ¡Parecen las ubres de una vaca vieja!». Y las manoseaba brutalmente. «¡Y este vientre!, ¡qué arrugado está!... ¿Has tenido ya veinte niños?». «Ni uno, señor, se lo aseguro». «Claro, ni uno: es lo que dicen todas las zorras; si uno se las cree, siguen siendo vírgenes... ¡Vamos, date la vuelta! Qué culo tan infame..., con esas nalgas fofas y repugnantes... ¡Seguro que te han dejado el trasero así a fuerza de puntapiés en el culo!». Y, por favor, tened en cuenta, señores, que se trataba del trasero más hermoso que yo había visto jamás. Mientras tanto, la joven empezaba a inquietarse; yo casi percibía las palpitaciones de su corazoncito, y veía cómo sus bellos ojos se cubrían con una nube. Y cuanto más parecía turbarse, más la mortificaba el maldito bribón. Me resultaría imposible repetiros todas las impertinencias que le dirigió; nadie se atrevería a decírselas tan escocedoras a la más vil y la más infame de las criaturas. Al fin el corazón saltó y salieron las lágrimas: era para aquel instante para el que el libertino, que se masturbaba con todas sus fuerzas, había reservado el ramillete de sus letanías. Es imposible contaros todos los horrores que le dirigió sobre su piel, su cintura, sus facciones, sobre el infecto hedor que según él desprendía, sobre su comportamiento, sobre su inteligencia: en una palabra, lo buscó todo, lo inventó todo para desesperar su orgullo, y se le corrió encima, vomitando unas atrocidades que un gañán no se atrevería a pronunciar. Esta escena provocó algo muy gracioso; le sirvió de sermón a la joven; juró que en toda su vida volvería a exponerse a una aventura semejante, y, ocho días después, supe que estaba en un convento para el resto de sus días. Se lo conté al joven, a quien le divirtió sobremanera, y me preguntó después si podía hacer alguna nueva conversión.

«Había otro», prosiguió Duclos, «que me ordenaba que le buscara unas muchachas extremadamente sensibles, y que estuvieran a la espera de una noticia cuyo mal sesgo pudiera ocasionarles una enorme pena y conmoción. Siempre me costaba mucho encontrarlas, porque era difícil convencerlo. Nuestro hombre era un especialista, con el tiempo que llevaba practicando el mismo juego, y le bastaba una mirada para ver si el golpe que asestaba daba en el blanco. Así que yo no le engañaba, y le proporcionaba siempre unas muchachas en el estado de ánimo justo que él deseaba. Un día, le enseñé una que esperaba de Dijon las noticias de un joven al que idolatraba y que se llamaba Valcourt. Los reúno. «¿De dónde es usted, señorita?», le pregunta amablemente nuestro libertino. «De Dijon, señor». «¿De Dijon? ¡Ah!, pardiez, acabo de recibir de allí una carta en la que me cuentan una noticia que me entristece mucho». «¿Y de qué se trata?», pregunta con interés la joven; «como conozco a toda la ciudad, es posible que esta noticia pueda interesarme». «¡Oh!, no», prosigue nuestro hombre, «sólo me interesa a mí; es la noticia de la muerte de un joven por el que estaba muy interesado. Acababa de casarse con una muchacha que mi hermano, que es de Dijon, le había buscado, una muchacha de la que estaba muy enamorado, y al día siguiente de la boda murió de repente». «¿Su nombre, señor, por favor?». «Se llamaba Valcourt; era de París, de la calle tal, casa tal... ¡Oh!, seguro que usted no lo conoce». Y en ese preciso instante la joven cae de espaldas y se desmaya. «¡Ah!, joder», dice entonces extasiado nuestro libertino, desabrochándose los calzones y masturbándose encima de ella, «¡ah, me cago en Dios!, ¡así la quería! ¡Vamos, las nalgas, las nalgas!, sólo necesito las nalgas para correrme». Y, dándole la vuelta y arremangándola, pese a lo inmóvil que está, le suelta siete u ocho chorros de leche en el trasero, y se va, sin preocuparse de las consecuencias de lo que ha hecho, ni de lo que será de la desdichada».

«¿Y murió ella?», preguntó Curval, al que estaban follando.

«No», dijo Duclos, «pero atrapó una enfermedad que le duró más de seis semanas».

«¡Oh!, no está mal», dijo el duque. «Pero a mí me habría gustado», prosiguió el malvado, «que vuestro hombre hubiera elegido la época de la menstruación para contarle eso». «Sí», dijo Curval; «decid la verdad, señor duque: estáis empalmando, lo veo desde aquí, y lo que os gustaría de veras es que hubiera muerto al acto». «¡Pues sí, magnífico!», dijo el duque. «Ya que así lo queréis, lo acepto; yo no soy muy escrupuloso en cuanto a la muerte de una muchacha».

«Durcet», dijo el obispo, «si no envías a correrse a estos dos pillos, esta noche tendremos jaleo». «¡Ah!, pardiez», dijo Curval al obispo, «¡cómo cuidáis a vuestra grey! ¿Qué importaría dos o tres de más o de menos? Vamos, señor duque, vámonos al saloncito, y vayamos juntos, y acompañados, pues ya veo que esos señores no quieren que esta noche se les escandalice». Dicho y hecho: nuestros dos libertinos se hacen acompañar de Zelmire, Augustine, Sophie, Colombe, Cupidon, Narcisse, Zélamir y Adonis, escoltados por Brise-Cul, Bande-Au-Ciel, Thérèse, Fanchon, Constance y Julie. Al cabo de un instante, se oyeron dos o tres gritos de mujeres, y los aullidos de nuestros dos malvados que se corrían a la vez. Augustine regresó con un pañuelo en la nariz, que le sangraba, y Adélaïde con un pañuelo sobre el pecho. Julie, por su parte, siempre harto libertina y harto astuta para salir del paso sin peligro, se reía como una loca, y decía que sin ella jamás se habrían corrido. Regresó el grupo; Zélamir y Adonis seguían con las nalgas embadurnadas de leche; y habiendo comprobado sus amigos que se habían comportado con toda la decencia y el pudor posibles, a fin de que no se les pudiera hacer ningún reproche, y ahora que, perfectamente tranquilos, ya estaban en disposición de escuchar, ordenaron a Duclos que continuara y ella lo hizo en estos términos:

«Lamento», dijo la bella mujer, «que monsieur de Curval se haya apresurado tanto en satisfacer sus necesidades, pues tenía para contarle dos historias de mujeres embarazadas que tal vez le hubieran producido algún placer. Conozco su predilección por este tipo de mujeres, y estoy segura de que, si siguiera teniendo alguna veleidad, los dos cuentos le divertirían».

«Cuenta, sigue contando», dijo Curval; «¿acaso no sabes que la leche jamás ha influido sobre mis sentimientos, y que el instante en que estoy más enamorado del mal es siempre aquel en que acabo de cometerlo?».

«Pues bien», dijo Duclos, «conocí a un hombre cuya manía consistía en ver parir a una mujer. Se masturbaba viéndola en sus dolores, y se corría sobre la cabeza de la criatura en cuanto asomaba.

Otro colocaba a una mujer preñada de siete meses sobre un pedestal aislado, a más de quince pies de altura. Se la obligaba a mantenerse de pie y sin perder la cabeza, pues si desgraciadamente hubiera sentido vértigos, ella y su fruto se habrían aplastado para siempre. El libertino del que os hablo, muy poco conmovido por la situación de aquella infeliz, a la que pagaba para esto, la retenía allí hasta que se había corrido, y se masturbaba delante de ella gritando: «¡Ah, qué hermosa estatua, qué bello adorno, la hermosa emperatriz!».

«Tú habrías sacudido la columna, ¿no es cierto, Curval?», dijo el duque.

«¡Oh!, en absoluto, os equivocáis; demasiado sé el respeto que se debe a la naturaleza y a sus obras. ¿Acaso la más interesante de todas no es la propagación de nuestra especie? ¿No es una especie de milagro que debemos adorar incesantemente, y que debe provocarnos hacia aquellas que lo realizan el más tierno interés? Por lo que a mí respecta, jamás veo una mujer preñada sin sentirme enternecido: ¡imaginaros lo que es una mujer que, como un horno, hace germinar un poco de moco en el fondo de su vagina! ¿Existe algo tan hermoso, tan tierno como eso? Constance, ven aquí, por favor, ven para que bese en ti el altar donde se opera ahora un misterio tan profundo». Y como ella estaba justamente en su camarín, no tuvo él necesidad de ir a buscar muy lejos el templo que quería dañar. Pero hay motivos para creer que no fue en absoluto como entendía Constance, que, sin embargo, sólo se fiaba a medias, pues se le oyó lanzar inmediatamente un grito que no parecía en nada consecuencia de un culto o de un homenaje. Y Duclos, viendo que el silencio se había instaurado, terminó sus relatos con el cuento siguiente:

«Conocí a un hombre», dijo la hermosa mujer, «cuya pasión consistía en oír los gritos de las criaturas. Necesitaba una madre que tuviera una criatura de un máximo de tres o cuatro años; exigía que esta madre golpeara rudamente a la criatura delante de él, y cuando la criaturita, irritada por aquel trato, comenzaba a lanzar grandes gritos, la madre tenía que agarrar la polla del viejo verde y masturbarla fuertemente frente a la criatura, en cuyas narices se corría, tan pronto como la veía hecha un mar de lágrimas».

«Apuesto», dijo el obispo a Curval, «a que a ese hombre le gustaba la procreación tanto como a ti». «Eso me parece», dijo Curval. «Debía de ser, además, de acuerdo con el principio de una dama de la que se dice que era muy inteligente, debía de ser, digo, un gran malvado; pues cualquier hombre, en su opinión, que no ame los animales, ni a las criaturas, ni a las mujeres preñadas, es un monstruo digno del patíbulo». «Pues yo entablo un proceso al tribunal de esta vieja comadre», dijo Curval, «ya que está claro que no me gustan ninguna de las tres cosas». Y, como era tarde y la interrupción había ocupado una gran parte de la velada, se sentaron a la mesa. En la cena se debatieron los temas siguientes, a saber: de qué le servía la sensibilidad al hombre, y si era útil o no su felicidad. Curval demostró que sólo era peligrosa, y que era el primer sentimiento que había que limar en las criaturas, habituándolas desde el principio a los espectáculos más feroces. Y como cada cual había tratado de manera diferente el tema, se quedaron con la opinión de Curval. Después de la cena, el duque y él dijeron que había que mandar a la cama a las mujeres y a los muchachitos y celebrar las orgías sólo entre hombres. Todo el mundo accedió a este proyecto, se encerraron con los cuatro folladores, y pasaron casi toda la noche haciéndose follar y bebiendo licores. Se acostaron a las dos, al despuntar el día, y la mañana siguiente trajo los acontecimientos y los relatos que el lector encontrará, si se toma la molestia de leer lo que sigue.

## VIGESIMONOVENA JORNADA

Hay un proverbio (y los proverbios son algo muy bueno), hay uno, digo, que pretende que el apetito viene comiendo. Este proverbio, por grosero que sea, tiene, sin embargo, un sentido muy amplio: quiere decir que, a fuerza de cometer horrores, se desean otros nuevos, y que cuantos más se cometen más se desean. Esta era la historia de nuestros insaciables libertinos. Con una dureza imperdonable, con un detestable refinamiento orgiástico, habían condenado, como se ha dicho, a sus desdichadas esposas a prestarles, al salir del retrete, las atenciones más viles y más sucias; no se limitaron a eso, y aquel mismo día se proclamó una nueva ley que pareció ser la obra del libertinaje sodomita de la víspera, una nueva ley, digo, que establecía que servirían, a partir del 1 de diciembre, de orinal para sus necesidades, y que estas necesidades, en una palabra, mayores y menores, no se harían nunca sino en su boca; que cada vez que los señores quisieran satisfacer sus necesidades, irían seguidos de cuatro sultanas para prestarles, satisfecha la necesidad, el servicio que les prestaban antes las esposas, y que ahora ya no podían prestarlo, ya que iban a servir para algo más grave; que las cuatro sultanas oficiantes serían Colombe para Curval, Hébé para el duque, Rosette para el obispo y Michette para Durcet; y que la menor falta en cualquiera de aquellas operaciones, tanto la que correspondería a las esposas, o la que correspondería a las cuatro muchachas, sería castigada con un rigor extremo. Tan pronto como las pobres mujeres se hubieron enterado de la nueva orden, lloraron y se desolaron, y desgraciadamente sin enternecer a nadie. Se prescribió solamente que cada mujer serviría a su marido, y Aline al obispo, y que, exclusivamente para esta operación, no estaría permitido cambiarlas. Dos viejas, por turno, fueron encargadas de encontrarse allí, para el mismo servicio, y en cuanto a la hora se fijó invariablemente la noche, al final de las orgías. Se decidió que siempre actuarían en común; que, mientras se operara, las cuatro sultanas, en espera del servicio que debían prestar, presentarían sus nalgas, y que las viejas irían de un ano al otro para apretarlo, abrirlo y excitarlo a concluir la operación. Una vez promulgado este reglamento, se procedió, aquella mañana, a los castigos que no se habían cumplido la víspera, debido al deseo que les había entrado de hacer las orgías de hombres. La operación se realizó en el apartamento de las sultanas; las ocho fueron despachadas, y después de ellas, Adélaïde, Aline y Cupidon, que también se encontraban las tres en la lista fatal. La ceremonia, con todos los detalles y todo el protocolo habitual en semejantes ocasiones, duró cerca de cuatro horas, al cabo de las cuales bajaron a cenar, con la cabeza muy inflamada, y sobre todo la de Curval que, tremendamente aficionado a tales operaciones, jamás las realizaba sin la más clara erección. El duque, por su parte, se había corrido, al igual que Durcet. Este último, que comenzaba a sentir en el libertinaje un humor muy agresivo contra su querida esposa Adélaïde, la castigó con violentas sacudidas de placer que le hicieron derramar leche. Después de la comida, pasaron al café; allí les habría gustado regalarse con unos culos nuevos, presentando como hombres a Zéphire y Giton y a muchos más, si se hubiera querido: podía ser, pero en materia de sultanas era imposible. Así que fueron simplemente, siguiendo el orden del cuadro, Colombe y Michette las que lo sirvieron. Curval, al examinar el culo de Colombe, cuyo colorido, en parte obra suya, le hacía nacer unos especialísimos deseos, le metió la polla entre los muslos por detrás, sobando mucho las nalgas; a veces, su instrumento, al retroceder, chocaba como sin quererlo con el bonito agujero que tanto le habría gustado perforar. Lo miraba, lo contemplaba. «¡Me cago en Dios!», dijo a sus amigos, «entrego inmediatamente doscientos luises a la sociedad si se me deja follar este culo». Sin embargo, se contuvo, y ni siquiera se corrió. El obispo hizo correrse a Zéphire en su boca, y perdió su leche tragando la de la deliciosa criatura; Durcet, por su parte, se hizo dar puntapiés en el culo por Giton, lo hizo cagar, y siguió virgen. Pasaron al salón de historias, donde cada padre, por un acuerdo que se repetía con bastante frecuencia, tenía aquella noche a su hija en el canapé, y escucharon, con los calzones en las canillas, los cinco relatos de nuestra querida historiadora.

«Parecía que, debido a la manera exacta con que yo había cumplido los piadosos legados de la Fournier, la dicha afluía a mi casa», dijo la hermosa mujer: «jamás había tenido relaciones tan adineradas. El prior de los benedictinos, uno de mis mejores parroquianos, vino a decirme un día que habiendo oído hablar de una fantasía bastante singular, y habiéndola visto incluso ejecutar a un amigo suyo que era aficionado a ella, quería probarla a su vez, y me pidió por consiguiente una muchacha que fuera muy peluda. Le ofrecí una corpulenta criatura de veintiocho años que tenía mechones de una vara de largo tanto bajo los sobacos como encima del pubis. «Es lo que necesito», me dijo. Y como tenía una excelente relación conmigo y nos habíamos divertido juntos muchas veces, no se ocultó a mis miradas. Hizo colocar a la muchacha desnuda semiacostada en un sofá, con los dos brazos levantados; y él, armado con unas tijeras muy afiladas, comenzó a rapar hasta la piel los dos sobacos de la criatura. De los sobacos, pasó al pubis; lo rapó de igual manera, pero con una precisión tan grande, que en ninguno de los dos lugares donde había operado parecía que hubiera habido jamás el más ligero vestigio de pelo. Terminada la historia, besó las partes que acababa de rapar, y derramó su leche sobre el pubis pelado extasiándose ante su obra.

Otro exigía una ceremonia sin duda mucho más extravagante: era el duque de Florville. Recibí la orden de conducir a su casa a una de las más bellas mujeres que pudiera encontrarse. Nos recibió un lacayo, y entramos en la mansión por una puerta oculta. «Pongamos a esta bella criatura», me dijo el lacayo, «tal como debe estar para que el señor duque pueda divertirse con ella. Seguidme». A través de recodos y pasillos tan sombríos como inmensos, llegamos finalmente a un lúgubre salón, iluminado solamente por seis hachones, puestos en el suelo alrededor de un colchón de satén negro; toda la habitación estaba tapizada de luto y al entrar nos asustamos. «Tranquilizaos», nos dijo nuestro guía, «no os ocurrirá nada malo; pero prestaos a todo», le dijo a la joven, «y sobre todo cumplid a la perfección lo que voy a ordenaros». Hizo desnudar por completo a la muchacha, soltó su peinado, y dejó colgar sus cabellos, que eran soberbios. Después, la tendió sobre el colchón, en medio de los hachones, le ordenó que se fingiera muerta, y sobre todo que procurara, durante toda la escena, moverse y respirar lo menos posible. «Pues sí, desgraciadamente, mi amo, que debe creer que estáis realmente muerta, descubre la simulación, se irá furioso, y seguramente no cobraréis». Tan pronto como hubo colocado a la señorita en el colchón, en la actitud de un cadáver, hizo adoptar a su boca y a sus ojos las impresiones del dolor, dejó flotar la cabellera sobre el seno desnudo, puso cerca de ella un puñal, y le pintó con sangre de pollo, al lado del corazón, una herida ancha como la mano. «Sobre todo no sintáis ningún temor», repitió a la joven, «no tenéis que decir ni hacer nada: sólo se trata de permanecer inmóvil y de limitaros a respirar en los momentos en que le veáis más alejado de vos. Ahora retirémonos», me dijo el lacayo. «Venga, señora; para que no esté preocupada por su pupila, voy a instalarla en un lugar desde el cual podrá escuchar y presenciar toda la escena». Salimos, dejando a la muchacha muy nerviosa, pero de todos modos algo más tranquilizada por las frases del lacayo. Me lleva a un gabinete contiguo al apartamento donde iba a celebrarse el misterio, y, a través de una mampara mal cerrada, en la que habían aplicado un paño negro, pude oírlo todo. Verlo todavía era más fácil, ya que el paño era de gasa: a través de él distinguía todos los objetos como si estuviera realmente en el interior de la habitación. El lacayo tiró del cordón de una campana; era la señal, y, unos minutos después, vimos entrar a un hombre alto, seco y flaco, de unos sesenta años. Iba totalmente desnudo debajo de un flotante batín de tafetán de la India. Se detuvo nada más entrar: es oportuno que os diga que nuestras observaciones eran un secreto para él, pues el duque, que se creía absolutamente a solas, estaba muy lejos de creer que lo estaban contemplando. «¡Ah!, ¡qué hermoso cadáver!...», exclamó inmediatamente, «¡qué muerta tan bella!... ¡Oh! ¡Dios mío!», dijo viendo la sangre y el puñal, «acaban de asesinarla hace un instante... ¡Ah!, ¡me cago en Dios, cómo debe de empalmar el que la ha matado!». Y masturbándose: «¡Cuánto me habría gustado ver como la apuñalaban!». Y manoseándole el vientre: «¿Estaba preñada?... No, desgraciadamente». Y sin dejar de manosearla: «¡Qué hermosas carnes!, todavía están calientes... ¡qué hermoso pecho!». Y entonces se inclinó sobre ella, y le besó la boca con un furor increíble: «Todavía babea...», dijo. «¡Cuánto me gusta esta saliva!». Y, por segunda vez, le hundió la lengua hasta el gaznate. Era imposible interpretar el papel mejor de como lo hacía aquella muchacha; inmóvil como un tronco, y mientras el duque estuvo cerca de ella, no respiró ni una sola vez. Al fin la cogió, y colocándola boca abajo, dijo: «Tengo que contemplar este hermoso culo». Y tan pronto como lo hubo examinado: «¡Ah, me cago en Dios!, ¡qué nalgas tan hermosas!». Y entonces las besó, las entreabrió, y le vimos claramente colocar su lengua en el lindo agujero. «¡Vaya!», exclamó absolutamente entusiasmado, «¡palabra que es uno de los cadáveres más soberbios que he visto en mi vida! ¡Ah, qué dichoso debe de ser el que ha quitado la vida a esta hermosa muchacha, y qué placer ha debido de sentir!». Esta idea lo hizo correrse; estaba acostado a su lado, la abrazaba, sus muslos pegados a sus nalgas, y se le corrió en el agujero del culo con unas muestras increíbles de placer, y gritando como un diablo al perder su esperma: «¡Ah!, ¡joder, joder!, ¡cómo me gustaría haberla matado!». Así terminó la operación. El libertino se levantó y desapareció. Ya era hora de que fuéramos a incorporar a nuestra moribunda: ya no podía más; la contención, el miedo, todo había absorbido sus sentidos, y estaba a punto de representar de veras el personaje que acababa de imitar con tanta exactitud. Nos marchamos con los cuatro luises que nos entregó el lacayo, quien, como podéis imaginar, nos robaba por lo menos la mitad».

«¡Vive Dios!», exclamó Curval, «¡vaya pasión! Ahí por lo menos hay sal, hay picante». «La tengo más tiesa que un asno», dijo el duque; «apuesto a que ese personaje no se contentó con esto». «Podéis estar seguro, señor duque», dijo Martaine, «a veces exigió algo más de realismo. Es de lo que madame Desgranges y yo tendremos ocasión de convenceros». «¿Y qué diablos haces tú mientras tanto?», dijo Curval al duque. «¡Déjame, déjame!», dijo el duque, «me follo a mi hija, y la creo muerta». «¡Ah!, malvado», dijo Curval, «así que cargas con dos crímenes en tu cabeza». «¡Ah!, ¡joder!», dijo el duque, «¡me gustaría que fueran más reales!». Y su impura esperma se escapó en la vagina de Julie. «Vamos, sigue, Duclos», dijo, tan pronto como hubo terminado, «sigue, mi querida amiga, y no dejes que el presidente se corra, pues creo que pretende cometer incesto con su hija: el pillín se mete malas ideas en la cabeza; sus padres me lo confiaron, tengo que vigilar su conducta, y no quiero que se pervierta». «¡Ah!, demasiado tarde», dijo Curval, «demasiado tarde, ¡me corro! ¡Ah!, ¡rediós, la hermosa muerta!». Y el malvado, al penetrar por delante a Adélaïde, se imaginaba, al igual que el duque, que se follaba a su hija asesinada: ¡increíble extravío de la mente de un libertino, que no puede oír nada, ver nada, sin querer imitarlo al instante! «Sigue, Duclos», dijo el obispo, «pues el ejemplo de estos bribones es seductor, y en el estado en que me hallo quizás haría cosas peores que ellos».

«Algún tiempo después de esta aventura, fui sola a casa de otro libertino», dijo Duclos, «cuya manía, tal vez más humillante, no era, sin embargo, tan sombría. Me recibió en un salón cuyo suelo estaba cubierto con una alfombra muy hermosa, me hace desnudarme, después me ordena que me ponga a cuatro patas, y, refiriéndose a los dos grandes daneses que tenía a su lado, dijo: «Veamos, veamos quién, si mis perros o tú, será el más rápido: ¡busca!». Y, al mismo tiempo, arroja al suelo unas grandes castañas asadas, y, hablándome como si fuera un animal, me dice: «¡Trae, trae!». Corro a cuatro patas tras la castaña, con la intención de asumir su fantasía y devolvérsela, pero los dos perros, lanzándose tras de mí, no tardan en adelantarme; se apoderan de la castaña y se la entregan a su amo. «Eres francamente torpe», me dijo entonces el amo, «¿tienes miedo de que mis perros te coman? No te asustes, no te harán nada, pero, para sus adentros, se reirán de ti si te ven menos hábil que ellos. Vamos, tómate el desquite... ¡trae!». Nueva castaña al suelo, y nueva victoria lograda por los perros sobre mí. En fin, el juego duró dos horas, durante las cuales sólo una vez fui lo bastante diestra para atrapar la castaña, y llevarla en la boca al que la había arrojado. Pero triunfara o no, jamás aquellos animales, adiestrados en el juego, me hacían el menor daño; al contrario, parecían jugar y divertirse conmigo como si yo fuera de su especie. «Vamos», dijo el patrón, «basta de trabajar; hay que comer». Llamó y entró un criado de confianza. «Da de comer a mis animales», dijo. Y al mismo tiempo, el criado trajo una artesa de madera de ébano, que dejó en el suelo, y que contenía una especie de picadillo de carne muy delicado. «Vamos», me dijo, «come con mis perros, y procura que no sean tan ágiles en la comida como lo han sido en la carrera». No pude decir ni una palabra, había que obedecer, y, siempre a cuatro patas, metí mi cabeza en la artesa, y como todo estaba muy limpio y muy bueno, comencé a comer con los perros, que, muy cortésmente, me dejaron mi parte, sin buscarme la menor bulla. Aquel era el instante de la crisis de nuestro libertino: la humillación, el rebajamiento a que sometía a una mujer, inflamaba increíblemente sus sentidos. «¡La muy puta!», dijo entonces, masturbándose, «¡la zorra!, ¡cómo come con mis perros! Así habría que tratar a todas las mujeres, y si lo hiciéramos no serían tan impertinentes; siendo animales domésticos como estos perros, ¿qué razón tenemos para tratarlas de otra manera? ¡Ah, zorra!, ¡ah, puta!», exclamó entonces adelantándose y soltándome su leche en el trasero; «¡ah, ramera, te he hecho comer con mis perros!». Eso fue todo; nuestro hombre desapareció, yo me vestí rápidamente, y encontré dos luises en mi mantilla, cantidad habitual con la que, sin duda, el viejo verde solía pagar sus placeres.

«Aquí, señores», continuó Duclos, «me veo obligada a retroceder, y a contaros, para cerrar la velada, dos aventuras que me ocurrieron en mi juventud. Como son un poco fuertes, se habrían visto desplazadas en el curso de los livianos acontecimientos con los que me ordenasteis comenzar; así que me he visto obligada a cambiarlas de lugar y a guardarlas para el desenlace. Yo sólo tenía entonces dieciséis años, y todavía estaba en casa de la Guérin; me habían metido en el gabinete inferior del apartamento de un hombre muy distinguido, diciéndome simplemente que aguardara, que estuviera tranquila, y que obedeciera en todo al caballero que vendría a divertirse conmigo. Pero se guardaron muy bien de decirme más; yo no habría pasado tanto miedo si me hubieran prevenido, y nuestro libertino no habría sentido sin duda tanto placer. Ya llevaba alrededor de una hora en el gabinete, cuando al fin se abre. Era el propio dueño. «¿Qué haces aquí, bribona», me dijo con aire de sorpresa, «a estas horas, en mi apartamento? ¡Ah, puta!», exclamó agarrándome por el cuello hasta hacerme perder el aliento, «¡ah, pordiosera!, ¡vienes a robarme!». Inmediatamente llama, y aparece un criado de confianza. La Fleur, le dice el amo encolerizado, «ahí tienes una ladrona que he encontrado escondida; desnúdala del todo, y prepárate luego a cumplir la orden que te daré». La Fleur obedece; en un abrir y cerrar de ojos me ha desnudado, y a medida que me quita las ropas las arroja al exterior. «Vamos», dice el libertino a su criado, «busca ahora un saco, cose a esta zorra dentro de él, ¡y vete a arrojarlo al río!». El criado sale en busca del saco. Ya podéis imaginaros que aproveché aquel intervalo para arrojarme a los pies del patrón, y suplicarle que me perdonara, asegurándole que era madame Guérin, su alcahueta habitual, quien me había metido allí, pero que yo no era para nada una ladrona... Pero el viejo verde, sin atenderme lo más mínimo, me agarra las dos nalgas, y, manoseándolas con brutalidad, dice: «¡Ah, joder!, ¡voy a dar este bonito culo de pasto a los peces!». Fue el único acto de lubricidad que pareció permitirse, y aun así no me mostró nada que pudiera hacerme pensar que el libertinaje tenía algo que ver con la escena. Regresa el criado con un saco; a pesar de mis súplicas, me meten dentro de él, lo cosen, y La Fleur me carga sobre sus hombros. Entonces oí los efectos del trastorno de la crisis en nuestro libertino, y probablemente había comenzado a masturbarse en cuanto me habían metido en el saco. En el mismo momento en que La Fleur cargó conmigo, la leche del malvado salió. «Al río..., al río..., ¿oyes, La Fleur?», decía tartamudeando de placer; «sí, al río, y átale una piedra al saco para que esta puta se ahogue cuanto antes». Una vez dicho, salimos, pasamos a una habitación contigua, donde La Fleur, después de descoser el saco, me devolvió mis ropas, me dio dos luises, además de unas cuantas pruebas inequívocas de una manera de comportarse en el placer muy diferente de la de su amo, y volví a casa de la Guérin a la que reproché vivamente que no me hubiera prevenido, y ella, para reconciliarse conmigo, me hizo hacer, dos días después, el servicio siguiente sobre el cual aún me advirtió menos.

«Se trataba más o menos, como en la que acabo de contaros, de encontrarse en el gabinete del apartamento de un recaudador de impuestos; pero, esta vez, acompañada del mismo lacayo que había venido a buscarme a casa de la Guérin de parte de su amo. En espera de la llegada de su patrón, el lacayo se entretenía en mostrarme unas cuantas joyas que había en un escritorio de aquel gabinete. «Pardiez», me dijo el honrado mensajero, «aunque te quedaras con alguna, no pasaría nada grave; el viejo Creso es bastante rico:

apuesto a que ni sabe la cantidad ni la clase de alhajas que guarda en este escritorio. Créeme, no te cohíbas, y no temas que sea yo quien te traicione». ¡Ay !, yo estaba más que dispuesta a seguir su pérfido consejo: ya conocéis, porque os las he comentado, mis inclinaciones. Así que me apoderé, sin hacerme rogar más, de una cajita de oro de siete u ocho luises, sin atreverme a llevarme un objeto más valioso. Era todo lo que deseaba el pillo del lacayo y, para no insistir más sobre el asunto, más tarde supe que, si me hubiera negado a cogerlo, él habría deslizado, sin que yo me hubiera dado cuenta, una de las alhajas en mi bolsillo. Llega el amo, me recibe muy bien, el lacayo se va, y nos quedamos a solas. Este no se comportaba como el otro, se divertía de veras: me besó mucho el trasero, se hizo fustigar, me hizo peerme en su boca, metió su polla en la mía, y se atiborró, en una palabra, de lubricidades de todo tipo y especie, a excepción de la delantera; pero, por mucho que hizo, no se corrió en absoluto. No había llegado el momento, todo lo que acababa de hacer sólo eran para él unos prolegómenos; ahora veréis el desenlace. «¡Ah!, pardiez», me dijo, «olvidaba que un criado espera en la antecámara una joyita que acabo de prometer enviar al instante a su dueño. Permíteme que cumpla con mi palabra y, tan pronto como haya terminado, volveremos a lo nuestro». Culpable del pequeño delito que acababa de cometer instigada por el maldito lacayo, podéis imaginaros cómo me hicieron temblar estas palabras. Por un momento quise retenerlo; después pensé que era mejor disimular y arriesgarme. Abre el escritorio, busca, registra y, al no encontrar lo que necesita, me arroja unas miradas furiosas. «¡Bribona!», me dice por fin, «sólo tú y un criado de toda mi confianza habéis entrado aquí en el último rato; el objeto falta, por lo tanto, sólo tú puedes haberlo tomado». «¡Oh, señor!», le dije temblando, «tened la seguridad de que yo soy incapaz...». «¡Vamos, me cago en Dios!», dijo encolerizado (conviene que os diga que sus calzones seguían desabrochados y su polla pegada a su vientre: eso debiera haberme bastado para iluminarme e impedirme tanta inquietud, pero yo no veía ni me daba cuenta de nada), «vamos, golfa, tengo que encontrarlo». Me ordena que me desnude. Veinte veces me arrojo a sus pies, para rogarle que me evite la humillación de aquel registro: nada lo conmueve, nada lo enternece, me arranca él mismo las ropas con suma ira, y tan pronto como estoy desnuda, registra mis bolsillos, y, como podéis suponer, no tarda en encontrar la caja. «¡Ah!, malvada», me dice, «llevaba yo razón. ¡Golfa!, vas a las casas para robar». Y, llamando inmediatamente a su hombre de confianza, le dice, hecho un basilisco: «¡Ve, ve inmediatamente a buscar al comisario!». «¡Oh, señor!», exclamo, «tened piedad de mi juventud, he sido engañada, no lo he hecho por mi propia voluntad, me han obligado...». «¡Muy bien!», dice el libertino, «ya contarás todas estas razones a la ley, pero yo quiero ser vengado». El criado sale; él se deja caer en un sillón, sin dejar de empalmar y siempre con la misma agitación, y propinándome mil insultos. «¡Pordiosera, malvada!», decía, «yo que quería recompensarla como es debido, ¡venir así a mi casa para robarme!... ¡Ah, pardiez, ya verás!». En este momento llaman a la puerta, y veo entrar a un hombre con toga. «Señor comisario», dice el patrón, «aquí le entrego a una bribona, y se la entrego desnuda, en el estado en que la hice ponerse para registrarla; aquí tiene a la muchacha a un lado, sus ropas al otro, y, además, el objeto robado; le recomiendo que la haga ahorcar, señor comisario». Fue entonces cuando se reclinó en su sillón corriéndose. «Sí, haga que la ahorquen, ¡me cago en Dios!

¡Que yo la vea colgar, me cago en Dios, señor comisario!, que yo la vea colgar, es todo lo que le pido». El supuesto comisario se me lleva con el objeto y mis ropas, me hace pasar a una habitación contigua, se abre la toga, y puedo ver al mismo criado que me había recibido e instigado al robo, a quien la confusión en que me hallaba me había impedido reconocer. «¡Bien!», me dice, «¿has pasado mucho miedo?». «Ay», le contesto, «no puedo más». «Se terminó», me dice, «y aquí tienes, para compensarte». Y, al mismo tiempo, me entrega de parte de su amo el mismo objeto que yo había robado, me devuelve mis ropas, me hace beber una copa de licor, y me lleva a casa de madame Guérin».

«Esa manía es divertida», dijo el obispo; «puede ser muy útil para otras cosas, siempre que se utilice menos delicadeza, pues os diré que soy poco partidario de la delicadeza en el libertinaje. Con menos de ella, digo, se puede aprender de esta historia la manera segura de impedir a una puta que se queje, sea cual sea la iniquidad del trato que quieras utilizar con ella. No hay más que tenderle trampas, hacerle caer en ellas y, con que estés seguro de que has conseguido culpabilizarla una sola vez, ya puedes hacer lo que quieras con ella; ya no hay que temer que se atreva a quejarse, tendrá demasiado miedo de ser detenida o acusada». «Es cierto», dijo Curval, «que en el lugar del recaudador yo me habría permitido más, y es muy probable, mi encantadora Duclos, que no hubieras salido tan bien parada». Como las historias habían sido largas, aquella noche la hora de la cena llegó sin que tuvieran tiempo de más liviandades. Así que se sentaron a la mesa, muy decididos a desquitarse después de cenar. Fue entonces cuando, reunidos todos, decidieron comprobar finalmente cuáles de las muchachas y de los muchachos podían ser considerados hombres y mujeres. Para decidir la cuestión, determinaron masturbar a todos aquellos, de uno u otro sexo, sobre los que hubiera alguna duda. En las mujeres, se estaba seguro de Augustine, de Fanny y de Zelmire: las tres encantadoras criaturitas, de catorce y quince años de edad, se corrían todas al más leve manoseo; Hébé y Michette, que solo tenían doce años, ni siquiera estaban en el caso de ser probadas. Por lo tanto, entre las sultanas, solo se trataba de probar a Sophie, Colombe y Rosette, con catorce años la primera y trece las dos restantes. De los muchachos se sabía que Zéphire, Adonis y Céladon soltaban leche como hombres hechos y derechos; Giton y Narcisse eran demasiado jóvenes para ser probados. Así que sólo quedaban Zélamir, Cupidon e Hyacinthe. Los amigos formaron un círculo alrededor de un montón de grandes cojines echados en el suelo: Champville y Duclos fueron designadas para las masturbaciones; la primera, en su calidad de tríbada, debía masturbar a las tres jóvenes, y la otra, como experta en el arte de masturbar las pollas, debía hacérselo a los muchachos. Entraron en el círculo formado por los sillones de los amigos, lleno de cojines, y les fueron entregados Sophie, Colombe, Rosette, Zélamir, Cupidon e Hyacinthe, y cada amigo, para excitarse durante el espectáculo, tenía a una criatura entre sus muslos. El duque tomó a Augustine, Curval a Zelmire, Durcet a Zéphire, y el obispo a Adonis. La ceremonia comenzó por los muchachos, y Duclos, con los senos y las nalgas al aire, el brazo desnudo hasta el codo, puso todo su arte en masturbar sucesivamente a cada uno de aquellos deliciosos Ganimedes. Era imposible poner mayor voluptuosidad; movía las manos con una ligereza..., sus gestos pasaban de la delicadeza a la violencia..., ofrecía a los jovencitos su boca, su seno o sus nalgas con tanto arte que estaba clarísimo que los que no se corrían era porque todavía no podían. Zélamir y Cupidon empalmaron, pero por mucho que se intentó, no salió nada. En Hyacinthe, la conmoción fue inmediata a la sexta sacudida: la leche saltó sobre su seno, y la criatura se extasió manoseándole el trasero; observación que fue tanto más notable por cuanto, durante toda la operación, no se le había ocurrido tocarle las partes delanteras. Pasaron a las muchachas. Champville, casi desnuda, muy bien peinada y elegantemente arreglada, no parecía de más de treinta años, aunque tuviera cincuenta. La lubricidad de aquella operación de la que, como tríbada consumada, pensaba sacar el mayor placer, animaba sus enormes ojos negros que siempre habían sido muy hermosos. Puso por lo menos tanto arte en su papel como Duclos había puesto en el suyo: masturbó a la vez el clítoris, la entrada de la vagina y el agujero del culo; pero la naturaleza no produjo nada en Colombe y Rosette; no hubo ni la más leve apariencia de placer. No ocurrió lo mismo con la bella Sophie: al décimo movimiento de dedos, desfalleció sobre el seno de la Champville; pequeños suspiros entrecortados, sus hermosas mejillas se animaron con el más tierno rosicler, sus labios se entreabrieron y se mojaron, todo mostró el delirio con que acababa de colmarla la naturaleza, y fue declarada mujer. El duque, que empalmaba de manera extraordinaria, ordenó a Champville que la masturbara por segunda vez, y, en el instante de correrse, el malvado corrió a mezclar su leche impura con la de la tierna virgen. En cuanto a Curval, había resuelto su asunto entre los muslos de Zelmire; y los otros dos, con los muchachitos que sostenían entre sus muslos. Fueron a acostarse, y como la mañana siguiente, al igual que la comida y el café, no brindó ningún acontecimiento que pueda merecer un espacio en esta recopilación, pasaron inmediatamente al salón, donde Duclos, magníficamente vestida, apareció sobre su tribuna para terminar, con los cinco relatos siguientes, la serie de las ciento cincuenta narraciones que le había sido encomendada para los treinta días del mes de noviembre.

## Trigésima jornada

«No sé, señores», dijo la hermosa mujer, «si habéis oído hablar de la fantasía, tan singular como peligrosa, del conde de Lernos, pero cierta relación que tuve con él me ofreció la ocasión de conocer a fondo sus maniobras, y habiéndolas encontrado muy extraordinarias, he creído que debían contar entre las voluptuosidades que me habéis ordenado que os detallara. La pasión del conde de Lernos consiste en inclinar al mal al mayor número de jóvenes y mujeres casadas posible, e independientemente de los libros que utiliza para seducirlas, no hay tipo de medios que no invente para entregarlas a los hombres; o favorece sus inclinaciones uniéndolas al objeto de sus deseos, o les busca amantes si no los tienen. Tiene una casa a tal propósito, donde se reúnen todas las parejas que arregla; las junta, les asegura la tranquilidad y el reposo, y él se dispone a disfrutar, en un gabinete secreto, del placer de verlas actuar. Pero es increíble hasta qué punto multiplica estos desórdenes, y todo lo que es capaz de hacer para formar estos matrimonios provisionales: tiene acceso a casi todos los conventos de París, a las casas de una gran cantidad de mujeres casadas, y lo hace tan bien que no pasa un día sin que haya en su casa tres o cuatro citas. Nunca deja él de sorprender las voluptuosidades de estas sin que ellos lo sepan, pero una vez situado en el agujero de su observatorio, como siempre está solo, nadie sabe qué hace para correrse, ni de qué modo se corre: sabemos únicamente el hecho, y basta, y he creído que era digno de seros contado.

Es posible que la fantasía del viejo presidente Desportes os divierta más. Advertida de la etiqueta que se observaba habitualmente en casa de ese libertino, llego hacia las diez de la mañana, y, completamente desnuda, acudo al sillón donde está gravemente sentado, le presento mis nalgas a besar, y de buenas a primeras le suelto un pedo en las narices. Mi presidente, irritado, se levanta, agarra un manojo de vergajos que tenía cerca de él, y echa a correr tras de mí, que no pienso sino en escapar. «¡Impertinente!», me dice, sin dejar de perseguirme; «¡ya te enseñaré a venir a mi casa a hacer infamias de este tipo!». Él no para de perseguirme, y yo de escapar. Alcanzo finalmente un rincón, me agazapo en él como si fuera un refugio inexpugnable, pero no tarda en atraparme; al verse dueño de mí, las amenazas del presidente aumentan; agita los vergajos, amenaza con golpearme; yo me acurruco, me acuclillo, me hago tan chica como un ratoncillo: este aspecto de terror y de envilecimiento impulsa finalmente su leche, y el viejo verde la arroja sobre mi seno aullando de placer».

«¡Cómo!, ¿sin darte un solo vergajo?», dijo el duque. «Sin ni siquiera bajarlos sobre mí», contestó Duclos. «Se ve que era un hombre muy paciente», dijo Curval; «amigos míos, estaréis de acuerdo en que nosotros no lo somos tanto cuando tenemos en la mano el instrumento que menciona la Duclos». «Un poco de paciencia, señores», dijo Champville, «pronto os mostraré otros del mismo tipo, y que no serán tan pacientes como el presidente de quien nos habla ahora madame Duclos».

Y esta, viendo que el silencio que se guardaba le permitía reanudar su relato, lo hizo de la siguiente manera:

«Poco tiempo después de esa aventura, fui a casa del marqués de Saint-Giraud, cuya fantasía consistía en colocar a una mujer desnuda en un columpio, y hacerla subir a una gran altura. A cada balanceo, pasabas ante sus narices; él te esperaba, y, en ese momento, había que soltarle un pedo, o recibir un manotazo en el culo. Le satisfice lo mejor que pude; recibí unos cuantos manotazos, pero le solté muchos pedos. Y el libertino, después de acabar por correrse al cabo de una hora de esta aburrida y fatigosa ceremonia, detuvo el columpio, y me despidió.

Unos tres años después de haberme convertido en dueña de la casa de la Fournier, vino a verme un hombre con una singular proposición: se trataba de encontrar unos libertinos que se divirtieran con su mujer y su hija, con la única condición de ocultarlo en un rincón para ver todo lo que les harían. Él me las entregaría, decía, y no sólo el dinero que yo ganara con ellas sería para mí, sino que él añadiría dos luises más por cada sesión que les organizara. Había algo más: sólo quería, para su mujer, hombres de un determinado gusto, y para su hija hombres de otro tipo de fantasía: para su mujer, necesitaba hombres que se le cagaran en las tetas, y para su hija, era preciso que, al levantarle las faldas, expusieran claramente su trasero ante el agujero desde el cual lo observaría, a fin de poderlo contemplar a sus anchas, y que después se le corrieran en la boca: para cualquier otra pasión, no entregaba su mercancía. Después de haberle hecho prometer que él respondía de cualquier consecuencia en el caso de que su mujer y su hija acabaran por quejarse de haber venido a mi casa, acepté todo lo que quiso, y le prometí que las personas que me traería serían tratadas tal como él quería. Al día siguiente, me trajo su mercancía: la esposa era una mujer de treinta y seis años, poco agraciada, pero alta y bien hecha, con un notable aspecto de dulzura y de modestia; la señorita tenía quince años, era rubia, un poco gorda, y con la más tierna y más agradable fisonomía del mundo. «A decir verdad, señor», dijo la esposa, «nos obligáis a hacer unas cosas...». «Lo siento mucho», dijo el libertino, «pero tiene que ser así; creedme, haced lo que queráis, pero yo no me echaré atrás. Y si os resistís en lo mínimo a las proposiciones y a los actos a los que vais a someteros, os llevo mañana mismo a vos, señora, y a vos, señorita, al fondo de una región de donde no volveréis en toda vuestra vida». Entonces la esposa derramó unas cuantas lágrimas, y como el hombre al que la destinaba estaba esperando, le rogué que pasara al apartamento que le estaba destinado, mientras su hija permanecería totalmente segura en otra habitación con mis pupilas, hasta que le llegara el turno. En aquel momento cruel, hubo también algunos lloros, y vi claramente que era la primera vez que el brutal marido exigía semejante cosa de su mujer; y, desgraciadamente, el estreno era duro, pues, dejando a un lado el gusto barroco del personaje a quien la entregaba, era este un viejo libertino muy autoritario y muy brusco, y que no la trataría con excesiva corrección. «Vamos, basta de lágrimas», le dijo el marido al entrar. «Pensad que os estoy observando y, que si no satisfacéis ampliamente al buen hombre a quien os entrego, entraré yo mismo para obligaros a hacerlo». Ella entra, y el marido y yo pasamos a la habitación desde la cual se podía ver todo. No podéis imaginaros hasta qué punto se excitó la imaginación de aquel viejo malvado al contemplar a su desdichada esposa víctima de la brutalidad de un desconocido. Se deleitaba con cada cosa que se le exigía; la modestia y el candor de la pobre mujer, humillada bajo los atroces tratos del libertino que se divertía con ella, eran para él un delicioso espectáculo. Pero cuando la vio brutalmente arrojada al suelo, y el viejo mamarracho, a quien se la había entregado, cagársele en el pecho, y cuando vio los llantos y las repugnancias de su mujer ante la proposición y la ejecución de esta infamia, ya no se aguantó más, y la mano con que yo le masturbaba quedó inmediatamente cubierta de leche. Al fin, concluyó esta primera escena y, si bien le había dado placer, no fue nada comparado con lo que disfrutó de la segunda. No había sido sin grandes dificultades, y sobre todo sin grandes amenazas, que habíamos conseguido hacer entrar a la joven, testigo de las lágrimas de su madre e ignorante de lo que se le había hecho. La pobre pequeña ponía todo tipo de dificultades; al fin la decidimos. El hombre a quien la entregaba estaba perfectamente aleccionado sobre lo que tenía que hacer; era uno de mis parroquianos habituales al que yo gratificaba con este buen regalo, y que, por gratitud, consentía a todo lo que yo le exigía. «¡Oh!, ¡qué hermoso culo!», exclamó el padre libertino, en cuanto el cliente de su hija nos lo mostró totalmente desnudo. «¡Oh, me cago en Dios, qué hermosas nalgas!». «¿Cómo?», le dije, «¿así que es la primera vez que las veis?». «Sí, realmente», me dijo, «he necesitado este recurso para disfrutar de este espectáculo; pero, si bien es la primera vez que veo este hermoso pandero, juro que no será la última». Yo lo masturbaba con fuerza, él se extasiaba; pero cuando vio la indignidad que se exigía de la joven virgen, cuando vio las manos de un consumado libertino pasearse sobre aquel hermoso cuerpo que jamás había sufrido semejante manoseo, cuando vio que la hacía arrodillarse, que la obligaba a abrir la boca, que introducía una enorme polla y que se corría dentro, se dejó caer, blasfemando como un poseído, afirmando que en toda su vida había sentido tanto placer y dejando en mis dedos unas pruebas evidentes de este placer. Terminado todo, las pobres mujeres se retiraron llorando mucho, y el marido, harto entusiasmado por tal escena, encontró sin duda la manera de convencerlas a ofrecerle con frecuencia el mismo espectáculo, pues las recibí en mi casa durante más de seis años, hice pasar a las dos desdichadas criaturas, de acuerdo con la orden que recibía del marido, por todas las diferentes pasiones que acabo de relataros, a excepción de unas diez o doce, que no era posible que satisficieran porque no ocurrían en mi casa».

«¡Vaya rodeos para prostituir a una mujer y a una hija!», dijo Curval. «¡Como si esas zorras estuvieran hechas para otra cosa! ¿Acaso no han nacido para nuestros placeres, y, a partir de ese momento, no deben satisfacerlos como sea?». «Yo he tenido muchas mujeres», dijo el presidente, «tres o cuatro hijas, de las que sólo me queda, a Dios gracias, la señorita Adélaïde, a la que, por lo que creo, el señor duque se folla en este momento, pero si alguna de esas criaturas hubiera rechazado las prostituciones a las que las he sometido regularmente, que me condenen en vida, o me condenen, lo que es peor, a follar únicamente coños en toda mi vida, si no les hubiera saltado la tapa de los sesos».

«Presidente, estáis empalmado», dijo el duque; «vuestras jodidas frases os descubren siempre». «¿Empalmar? No», dijo el presidente; «pero estoy a punto de hacer cagar a la señorita Sophie, y confío en que su deliciosa mierda algo producirá...». «¡Oh!, a fe mía, más de lo que pensaba», dijo Curval después de haber engullido el zurullo; «¡mirad, por el Dios que me paso por los cojones, mi polla toma consistencia! ¿Quién de vosotros, señores, quiere pasar conmigo al tocador?». «Yo», dijo Durcet, arrastrando consigo a Aline, a la que llevaba una hora magreando. Y habiéndose hecho seguir nuestros dos libertinos por Augustine, Fanny, Colombe y Hébé, por Zélamir, Adonis, Hyacinthe y Cupidon, sumando a estos después a Julie y dos viejas, la Martaine y la Champville, Antinoüs y Hercule, reaparecieron al cabo de media hora, habiendo perdido cada uno de ellos su leche en los más dulces excesos de la crápula y del libertinaje. «Vamos», dijo Curval a Duclos, «ofrécenos tu desenlace, mi querida amiga. Y si consigue que empalme de nuevo, podrás vanagloriarte de un milagro, pues, a fe mía, hace más de un año que no había perdido tanta leche de golpe. La verdad es que...». «Bueno», dijo el obispo; «si la escuchamos, será peor que la pasión que debe contarnos Duclos. Así pues, como no hay que ir de lo fuerte a lo débil, acepta que te hagamos callar y que atendamos a nuestra hermosa historiadora». Acto seguido la bella mujer terminó sus relatos con la pasión siguiente:

«Ya ha llegado la hora, señores», dijo, «de contaros la pasión del marqués de Mesanges, a quien yo, si recordáis, había vendido la hija del desdichado zapatero que agonizaba en la cárcel con su pobre mujer, mientras yo disfrutaba del legado que le había dejado su madre. Como es Lucile quien le satisfizo, pondré en su boca, si no os parece mal, el siguiente relato»:

«Llego a casa del marqués», me dijo la encantadora criatura, «a eso de las diez de la mañana. Tan pronto como he entrado, se cierran todas las puertas. "¿Qué vienes a hacer aquí, malvada?", me dijo el marqués enfadadísimo. "¿Quién te ha permitido venir a interrumpirme?". Y como no me habías avisado de nada, no te será difícil imaginar hasta qué punto me asustó esta recepción. "¡Vamos, desnúdate!", prosiguió el marqués. "Ahora que te tengo, zorra, ya no saldrás de mi casa... Vas a morir; ha llegado tu último instante". Entonces, me deshice en lágrimas, me arrojé a los pies del marqués, pero no hubo manera de doblegarlo. Y, como no me daba suficiente prisa en desnudarme, él mismo desgarró mis ropas arrancándolas a la fuerza de mi cuerpo. Pero lo que acabó de asustarme fue ver cómo las arrojaba al fuego a medida que me las quitaba. "Todo esto es inútil", decía arrojando pieza a pieza todo lo que quitaba a una gran chimenea. "Ya no necesitas vestido, mantilla, ni corpiño: lo único que necesitas es un ataúd". En un momento quedé completamente desnuda. Entonces el marqués, que no me había visto jamás, contempló un instante mi trasero, lo manoseó blasfemando, lo entreabrió, lo volvió a cerrar, pero no lo besó. "Vamos, puta", dijo, "¡ya está!, seguirás a tus ropas, y voy a amarrarte a esos morillos; ¡sí, joder!, ¡sí, me cago en Dios!, ¡quemarte viva, zorra, tener el placer de respirar el olor que desprenderá tu carne abrasada!". Y, diciendo esto, cae extasiado en un sillón, y se corre lanzando su leche sobre mis ropas que siguen ardiendo. Llama, entran, un criado se me lleva, y descubro, en una habitación contigua, unas ropas para vestirme por completo, el doble de hermosas de las que él había consumido».

Eso es lo que me contó Lucile; queda ahora por saber si fue para eso o para algo peor que empleó la joven virgen que le vendí».

«Para algo mucho peor», dijo la Desgranges, «y ha hecho muy bien en dar a conocer un poco al marqués, pues yo tendré ocasión de hablar de él a estos señores». «Ojalá pueda, señora», dijo Duclos a la Desgranges, «y ustedes, mis queridas compañeras», añadió dirigiendo la palabra a sus otras dos compañeras, «hacedlo con más sal, inteligencia y donaire que yo. Ha llegado su turno, el mío ha terminado, y no me queda sino rogar a estos señores que quieran perdonarme el tedio que tal vez les he ocasionado con la monotonía casi inevitable de semejantes relatos, que, fundidos todos ellos en un mismo molde, sólo pueden destacar por sí mismos».

Después de estas palabras, la bella Duclos saludó respetuosamente a la compañía, y bajó del estrado para acercarse al canapé de los señores, donde fue generalmente aplaudida y acariciada. Sirvieron la cena, a la que fue invitada, favor que todavía no había sido concedido a ninguna mujer. Ella fue tan amable en la conversación como divertida había sido en el relato de su historia, y, en recompensa por el placer que había procurado a la asamblea, fue nombrada directora general de los dos serrallos, con la promesa, dada aparte por los cuatro amigos, de que, pese a los extremos a que pudieran llegar con las mujeres en el curso del viaje, ella sería siempre respetada, y con toda seguridad devuelta a su casa en París, donde la sociedad la compensaría ampliamente del tiempo que le había hecho perder, y de los trabajos que se había tomado para procurarles placeres. Los tres, Curval, el duque y ella, se emborracharon de tal manera en la cena que casi quedaron incapacitados de poder pasar a las orgías. Dejaron que Durcet y el obispo las hicieran a su modo, y fueron a celebrarlas aparte, en el saloncito del fondo, con Champville, Antinoüs, Brise-Cul, Thérèse y Louison, donde cabe asegurar que se cometieron y se dijeron tantas infamias como los otros dos amigos pudieran inventar por su parte. A las dos de la madrugada todo el mundo fue a acostarse, y así es como terminó el mes de noviembre y la primera parte de esta lúbrica e interesante narración, de la que no haremos aguardar la segunda al público, si vemos que acoge bien la primera.

## FALTAS QUE HE COMETIDO

He revelado en exceso las historias de retrete al principio; sólo hay que desarrollarlas después de los relatos que las mencionan.

He hablado en exceso de la sodomía activa y pasiva; velarlo, hasta que los relatos las mencionen.

Me he equivocado al pintar a Duclos sensible a la muerte de su hermana; esto no responde al resto de su carácter; cambiar eso.

Si he dicho que Aline era virgen al llegar al castillo, me he equivocado: no lo es, y no debe serlo; el obispo la ha desvirgado por todas partes.

Y, no habiendo podido releerme, esto debe estar lleno seguramente de otras faltas.

Cuando lo pase en limpio, que una de mis primeras preocupaciones sea la de tener siempre a mi lado un cuaderno de notas, donde convendrá que sitúe exactamente cada acontecimiento y cada retrato a medida que los escriba, pues, sin esto, me liaré terriblemente a causa de la multitud de personajes.

Partir, para la segunda parte, del principio de que Augustine y Zéphire duermen en la habitación del duque ya desde la primera parte, así como Adonis y Zelmire en la de Curval, Hyacinthe y Fanny en la de Durcet, Céladon y Sophie en la del obispo, aunque todo eso no haya sido todavía desvirgado.

# SEGUNDA PARTE

*Las ciento cincuenta pasiones de segunda clase, o dobles, que componen treinta y una jornadas de diciembre, ocupadas por la narración de la Champville, a las que se ha unido el diario exacto de los acontecimientos escandalosos del castillo durante ese mes.*

PLAN

*El 1 de diciembre.*

La Champville empieza los relatos, y cuenta las ciento cincuenta historias siguientes. (Las cifras preceden a los relatos.)

1. Sólo quiere desvirgar de los tres a los siete años, pero por el coño. Él es quien desvirga a la Champville a la edad de cinco años.

2. Hace amarrar encolerizado a una niña de nueve años y la desvirga por detrás.

3. Quiere violar a una muchacha de doce a trece años, y sólo la desvirga con la pistola en el pecho.

4. Quiere masturbar a un hombre sobre el coño de la virgen; la leche le sirve de pomada; penetra, después, a la virgen sujetada por el hombre.

5. Quiere desvirgar a tres niñas seguidas, una en la cuna, otra de cinco años, la tercera de siete.

*Segunda jornada.*

6. Sólo quiere desvirgar de los nueve a los trece años. Tiene una polla enorme; es preciso que cuatro mujeres le sujeten a la virgen. Es el mismo de Martaine, que sólo da por el culo a los de tres años, el mismo del infierno.

7. Hace que su criado las desvirgue, de diez a doce años, delante de él, y durante la operación sólo les toca el culo; manosea tanto el de la virgen como el del criado; se corre sobre el culo del criado.

8. Quiere desvirgar a una muchacha que deba casarse al día siguiente.

9. Quiere que la boda se celebre, y desvirgar a la esposa entre la misa y la hora de acostarse.

10. Quiere que su criado, hombre muy hábil, se case con todo tipo de muchachas, que después le trae. El amo se las folla, las vende después a las alcahuetas.

*La tercera jornada.*

11.  Sólo quiere desvirgar a dos hermanas.

12.  Se casa con la muchacha, la desvirga, pero la ha engañado y, tan pronto como ha terminado la operación, la abandona.

13.  Sólo se folla a la virgen el instante después de que un hombre acaba de desflorarla en su presencia; quiere que tenga el coño completamente embadurnado de esperma.

14.  Desvirga con un consolador, y se corre por el agujero que acaba de hacer, sin penetrar.

15.  Sólo quiere vírgenes de rango y las paga a peso de oro. Se trata del duque, quien confesará haber desvirgado, en treinta años, a más de mil quinientas.

*La cuarta jornada.*

16.  Obliga a un hermano a follar a su hermana delante de él, y después la folla; antes hace cagar a los dos.

17.  Obliga a un padre a follar a su hija, después de que él la haya desvirgado.

18.  Lleva a su hija de nueve años al burdel, y allí la desvirga, sujetada por la alcahueta. Ha tenido doce hijas, y las ha desvirgado así a todas.

19.  Sólo quiere desvirgar de los treinta a los cuarenta años.

20.  Sólo quiere desvirgar monjas, y gasta un dinero inmenso para tenerlas; las tiene.

Eso es el 4 por la noche, y, aquella misma noche, en las orgías, el duque desvirga a Fanny, sujetada por las cuatro viejas y ayudado por la Duclos. La folla dos veces seguidas; ella se desmaya; la segunda vez la folla sin conocimiento.

*El 5 de diciembre.*

A consecuencia de estas narraciones, para celebrar la fiesta de la quinta semana, casan aquel día a Hyacinthe y Fanny, y el matrimonio se consuma delante de todo el mundo.

21.  Quiere que la madre sujete a su hija; folla primero a la madre y desvirga después a la criatura sujetada por la madre. Es el mismo, del 20 de febrero, de Desgranges.

22.  Sólo le gusta el adulterio; necesita encontrar mujeres virtuosas y públicamente fieles en su matrimonio; las hace aborrecer a sus maridos.

23.  Quiere que el propio marido le prostituya a su mujer y se la sujete cuando él la folla. (Los amigos imitarán esto inmediatamente.)

24.  Coloca a una mujer casada en la cama, la penetra por delante, mientras la hija de esta mujer, puesta encima, le deja besar el coño; al instante siguiente, penetra por el coño a la hija besando el agujero del culo de la madre. Cuando ha besado el coño de la hija, la hace mear; cuando besa el culo de la madre, la hace cagar.

25. Tiene cuatro hijas legítimas y casadas; quiere follarse a las cuatro; les hace criaturas a las cuatro, a fin de tener el placer de desvirgar un día a las criaturas que ha hecho a su hija y que el marido cree propias.

El duque cuenta a este respecto, pero no entra en el cómputo, porque, al no poder ser repetido, no constituye una pasión, cuenta, digo, que conoció a un hombre que se folló tres criaturas que tenía de su madre, entre las cuales había una muchacha que había hecho casar con su hijo, de modo que, al follársela, follaba a su hermana, a su hija y a su nuera, y obligaba a su hijo a follarse a su hermana y a su suegra. Curval cuenta otra de un hermano y una hermana que decidieron entregarse mutuamente sus hijos. La hermana tenía un muchacho y una muchacha, y el hermano lo mismo; se mezclaron de manera que unas veces follaban con sus sobrinos, otras con sus hijos, y otras los primos hermanos o los hermanos y hermanas follaban entre sí, mientras que los padres y madres, o sea el hermano y la hermana, follaban igualmente. Por la noche, Fanny es ofrecida por el coño a la asamblea, pero como el obispo y el señor Durcet no follan por el coño, sólo se la follan Curval y el duque. A partir de este momento, lleva una cintita al cuello y, después de la pérdida de sus dos virginidades, llevará una rosa muy ancha.

*El seis.*
26. Se hace masturbar, mientras masturban a una mujer por el clítoris, y quiere correrse al mismo tiempo que la muchacha, pero se corre sobre las nalgas del hombre que masturba a la mujer.
27. Besa el agujero de un culo mientras una segunda muchacha le masturba el culo y una tercera la polla; cambian de sitio, de modo que cada una haga besar su agujero del culo, cada una le masturbe la polla, y cada una el culo. Hay que peerse.
28. Lame un coño mientras folla a una segunda por la boca, y una tercera le lame el culo, y cambia igual que antes. Es preciso que los coños se corran, y él se traga el flujo.
29. Chupa un culo con mierda, hace masturbar su culo con mierda con la lengua, y se masturba sobre un culo con mierda, después las tres muchachas cambian.
30. Hace masturbarse a dos muchachas delante de él, y folla alternativamente a las masturbadoras por detrás mientras ellas siguen lesbianizándose.

Aquel día se descubre que Zéphire y Cupidon se masturban, pero todavía no se han dado por el culo; son castigados. Fanny es muy follada en las orgías.

*El siete.*
31. Quiere que una muchacha pervierta a otra más joven, la masturbe, le dé malos consejos, y acabe por sujetársela mientras él se la folla, virgen o no.

32.   Quiere cuatro mujeres; folla a dos por el coño y a dos por la boca, teniendo cuidado de no poner la polla en la boca de una hasta haberla sacado del coño de la otra. Mientras tanto, una quinta lo sigue y le masturba el culo con un consolador.

33.   Quiere doce prostitutas, seis jóvenes y seis viejas, y, si es posible, seis madres y seis hijas. Les lame el coño, el culo y la boca; cuando está en el coño, quiere la orina; cuando está en la boca, quiere saliva; cuando está en el culo, quiere pedos.

34.   Utiliza a ocho mujeres para masturbarlo, todas diferentemente colocadas. Habrá que describirlo.

35.   Quiere ver a tres hombres y tres muchachas follando en diferentes posturas.

*El ocho.*

36.   Forma doce grupos de dos muchachas cada uno, pero están colocadas de tal modo que sólo muestran sus culos; todo el resto del cuerpo permanece oculto. Se masturba viendo todas estas nalgas.

37.   Hace masturbarse a seis parejas a la vez, en una sala de espejos. Cada pareja está compuesta de dos muchachas masturbándose en unas actitudes lúbricas y variadas. Él está en el centro del salón, contempla tanto las parejas como su repetición en los espejos, y se corre en medio de todo aquello, masturbado por una vieja. Ha besado las nalgas de todas las parejas.

38.   Hace que cuatro prostitutas callejeras se emborrachen y se peleen delante de él, y quiere que, cuando estén completamente borrachas, le vomiten en la boca; las elige lo más viejas y feas posible.

39.   Hace cagar a una muchacha en su boca, sin comerlo, y, mientras tanto, una segunda muchacha le chupa la polla y le masturba el culo; él caga corriéndose en la mano de la que le masturba; ellas se cambian.

40.   Hace cagar a un hombre en su boca, y se lo come, mientras que un chiquillo le masturba, luego le masturba el hombre y hace cagar al chiquillo.

Aquella noche, en las orgías, Curval desvirga a Michette, siempre de la misma manera, sujetada por las cuatro viejas y ayudado por Duclos. Ya no lo repetirá.

*El nueve.*

41.   Folla a una muchacha por la boca justo después de cagarse en ella; encima de esta hay otra que le sostiene la cabeza entre los muslos, y una tercera deposita su mierda sobre la cara de la segunda, y él, follando así su zurullo en la boca de la primera, se comerá la mierda ofrecida por la tercera sobre la cara de la segunda, y después cambian, de manera que cada una de ellas ejecute sucesivamente los tres papeles.

42.  Recibe a treinta mujeres al día, y las hace cagar a todas en su boca; come el zurullo de tres o cuatro de las más bonitas. Repite esa fiesta cinco veces por semana, lo que hace que vea a siete mil ochocientas prostitutas por año. Cuando Champville le ve, tiene setenta años, y lleva cincuenta haciendo lo mismo.

43.  Ve a doce todas las mañanas, y engulle los doce zurullos; las ve a todas juntas.

44.  Se mete en un baño donde treinta mujeres llenan la bañera meando y cagando; se corre al recibirlo, y nadando en medio de todo aquello.

45.  Caga delante de cuatro mujeres, exige que le miren y le ayuden a soltar su mierda; después, quiere que se la repartan y se la coman, después cada una de ellas suelta un zurullo; los mezcla y se traga los cuatro, pero es preciso que sean viejas de por lo menos sesenta años.

Aquella noche, Michette es entregada por el coño a la asamblea; a partir de este momento, lleva la cintita.

*El diez.*

46.  Hace cagar a una muchacha A y a otra B; después obliga a B a comer el zurullo de A, y a A a comer el zurullo de B; después cagan las dos, y él se come sus dos zurullos.

47.  Quiere a una madre y tres hijas, y come la mierda de las hijas sobre el culo de la madre, y la mierda de la madre sobre el culo de una de las hijas.

48.  Obliga a una hija a cagar en la boca de su madre, y a limpiarse el culo con las tetas de su madre; después, se come el zurullo en la boca de esta madre, y hace, después, cagar a la madre en la boca de su hija, donde va, de igual manera, a comerse el zurullo. (Es mejor poner un hijo y su madre para variar respecto a la anterior.)

49.  Quiere que un padre coma el zurullo de su hijo, y él come el zurullo del padre.

50.  Quiere que el hermano cague en el coño de su hermana, y él come el zurullo, después es preciso que la hermana cague en la boca del hermano, y se come allí el zurullo.

*El once.*

51.  Avisa que se dispone a hablar de impiedades, y habla de un hombre que quiere que la puta, al masturbarle, profiera unas blasfemias espantosas; él dice a su vez otras horribles. Su diversión, mientras tanto, consiste en besar el culo; sólo hace eso.

52.  Quiere que la muchacha acuda a masturbarle, de noche, en una iglesia, en el momento sobre todo en que está expuesto el Santísimo Sacramento. Se coloca lo más cerca posible del altar, y le manosea el culo durante ese tiempo.

53.  Se va a confesar sólo para hacer empalmar a su confesor; le cuenta infamias, y se masturba en el confesionario mientras le habla.

54.  Quiere que la muchacha vaya a confesarse; espera el momento en que sale para follarla en la boca.

55.  Folla a una puta, durante una misa dicha en una capilla propia, y se corre en la elevación.

Aquella noche el duque desvirga a Sophie por el coño, y blasfema mucho.

*El doce.*

56.  Soborna a un confesor, que le cede su sitio para confesar a jóvenes internas; sorprende así su confesión, y les da, al confesarlas, todos los peores consejos posibles.

57.  Quiere que su hija vaya a confesarse con un fraile al que ha sobornado, y la coloca de manera que él pueda oírlo todo; pero el fraile exige que su penitente tenga las faldas levantadas durante la confesión, y el culo está puesto de manera que el padre pueda verlo: así oye la confesión de su hija y ve su culo, todo a la vez.

58.  Hace celebrar misa a unas putas completamente desnudas; y se masturba contemplándolo sobre las nalgas de otra prostituta.

59.  Hace que su mujer vaya a confesarse con un fraile sobornado, que seduce a su mujer y la folla delante del marido que se ha ocultado. Si la mujer se niega, sale y ayuda al confesor.

Aquel día se ha celebrado la fiesta de la sexta semana con el matrimonio de Céladon y de Sophie, que se consuma, y, por la noche, Sophie es ofrecida por el coño, y lleva la cinta. Es un acontecimiento que hace que sólo se cuenten cuatro pasiones.

*El trece.*

60.  Folla a unas putas sobre el altar, en el momento en que se va a decir misa; tienen el culo desnudo sobre el ara.

61.  Coloca a una muchacha desnuda a caballo sobre un gran crucifijo; en esta actitud, la folla por el coño, pero por detrás y de modo que la cabeza del Cristo masturbe el clítoris de la puta.

62.  Se pee y hace peerse en el cáliz; se mea en él y hace mear; se caga en él y hace cagar, y acaba por correrse en él.

63.  Hace cagar a un muchacho sobre la patena, y se lo come mientras la criatura le chupa.

64.  Hace cagar a dos muchachas sobre un crucifijo; él se caga después en ellas; y le masturban sobre los tres zurullos que cubren la cara del ídolo.

*El catorce.*

65.   Rompe crucifijos, imágenes de la Virgen y del Padre eterno, se caga en los trozos y lo quema todo.

[65b]   El mismo hombre tiene la manía de llevar una puta al sermón, y de hacerse masturbar durante la palabra de Dios.

66.   Va a comulgar, y vuelve para hacerse cagar en la boca por cuatro putas.

67.   La hace ir a comulgar y la folla en la boca cuando vuelve.

68.   Interrumpe al sacerdote en una misa dicha en su casa, lo interrumpe, digo, para masturbarse en su cáliz, obliga a la muchacha a hacer correrse al sacerdote allí, y obliga a este a engullir el conjunto.

69.   70 *[sic]*. Lo interrumpe, cuando la hostia está consagrada, y obliga al sacerdote a follar a la puta con su hostia.

Aquel día se descubre que Augustine y Zelmire se masturban juntas; las dos son rigurosamente castigadas.

*El quince.*

71.   Hace peerse a la muchacha sobre la hostia, se pee él mismo, y traga después la hostia follando a la puta.

72.   El mismo hombre que se hace clavar en un ataúd, y del que ha hablado Duclos, obliga a la puta a cagar sobre la hostia; él se caga también, y arroja el conjunto al retrete.

73.   Masturba con la ostia el clítoris de la puta, la hace correrse encima, luego la introduce y folla con la mujer, corriéndose a su vez encima.

74.   La destroza a cuchilladas y se hace meter los trozos en el culo.

75.   Se hace masturbar sobre la hostia, se corre sobre ella, y después, con sangre fría y cuando el semen se ha derramado, lo da de comer todo a un perro.

Aquella misma noche, el obispo consagra una hostia, y Curval desvirga a Hébé con ella; se la mete en el coño y se corre encima. Consagran varias más, y las sultanas ya desvirgadas son todas folladas con las hostias.

*El dieciséis.*

Champville anuncia que la profanación, que últimamente era el tema principal de sus relatos, sólo será accesoria, y lo que en el burdel se denominan las pequeñas ceremonias con pasiones dobles constituirán el objeto principal. Ruega que se recuerde que todo lo que vaya unido a eso sólo será accesorio, pero que la diferencia que existirá, sin embargo, entre sus relatos y los de Duclos sobre este mismo objeto es que Duclos nunca ha hablado de otra cosa que de un hombre con una mujer, y que ella, ella mezclará siempre varias mujeres con el hombre.

76.   Se hace azotar durante la misa por una muchacha, folla a una segunda por la boca, y se corre en la elevación.

77.   Se hace azotar ligeramente en el culo por dos mujeres con unas disciplinas; le dan diez golpes cada una de ellas y le masturban el agujero del culo entre cada serie.

78.   Se hace azotar por cuatro muchachas diferentes, mientras se le peen en la boca; se alternan, a fin de que todas, cada una en su momento, azoten y se peen.

79.   Se hace azotar por su mujer follando a su hija, y después por su hija follando a su madre. Es el mismo del que ha hablado Duclos, y que prostituye a su hija y su mujer en el burdel.

80.   Se hace azotar por dos muchachas a la vez: una golpea por delante y otra por detrás y, cuando está muy excitado, folla a una, mientras la otra le azota, después a la segunda mientras la primera le azota.

La misma noche, entregan a Hébé por el coño, y ella lleva la cinta pequeña, pues sólo podrá tener la grande cuando haya perdido sus dos virgos.

*El diecisiete.*

81.   Se hace azotar besando el culo de un muchacho, mientras folla a una muchacha por la boca; después folla al muchacho por la boca, besando el culo de la muchacha y recibiendo siempre el látigo de otra muchacha; después se hace azotar por el muchacho, folla por la boca a la puta que lo azotaba, y se hace azotar por aquella cuyo culo besaba.

82.   Se hace azotar por una anciana, folla a un anciano por la boca, y se hace cagar en la boca por la hija del anciano y de la anciana, y después cambia, a fin de que cada uno realice los tres papeles.

83.   Se hace azotar, masturbándose y corriéndose sobre un crucifijo apoyado en las nalgas de una muchacha.

84.   Se hace azotar, follando por detrás a una puta con la hostia.

85.   Pasa revista a todo un burdel; recibe latigazos de todas las putas, besando el agujero del culo de la patrona que se le pea y se le caga en la boca.

*El dieciocho.*

86.   Se hace azotar por unos cocheros de punto y unos aprendices de herrero, pasando delante de ellos de dos en dos y haciendo siempre que el que no le azota se le pee en la boca; a lo largo de la semana pasa entre diez y dieciséis.

87.   Se hace sujetar a cuatro patas por tres muchachas; la cuarta, montada sobre él, lo almohaza; las cuatro se cambian y montan, una tras otra, sobre él.

88.   Se presenta en medio de seis muchachas, desnudo; pide perdón, se arrodilla. Cada muchacha le ordena una penitencia, y recibe cien latigazos por cada penitencia negada; la muchacha rechazada es la que le azota. Ahora bien, todas estas penitencias son muy sucias: una querrá cagarle en la boca, la otra hacerle lamer sus escupitajos en el suelo; esta hace lamerle

el coño con sus reglas, la otra los intersticios de los dedos de los pies, aquella sus mocos, etcétera.

89.   Pasan quince muchachas, de tres en tres; una azota, la segunda le chupa, la tercera caga; después, la que ha cagado azota, la que ha chupado caga, y la que ha azotado chupa. Así pasa por las quince; no ve nada, no oye nada, está como borracho. Lo dirige todo una alcahueta. Repite esta sesión seis veces por semana. (Es algo encantador, y os lo recomiendo. Es preciso que todo sea muy rápido; cada muchacha debe dar veinticinco latigazos y, en el intervalo de estos veinticinco azotes, la primera chupa y la tercera caga. Si quiere que cada muchacha aseste cincuenta azotes, habrá recibido setecientos cincuenta, lo que no es demasiado.)

90.   Veinticinco putas le reblandecen el culo, a fuerza de palmadas y manoseos; no lo dejan hasta que su trasero no está completamente insensible.

Por la noche azotan al duque, mientras él desvirga a Zelmire por el coño.

*El diecinueve.*

91.   Se hace juzgar por seis muchachas; cada una de ellas desempeña un papel. Le condenan a ser ahorcado. Lo ahorcan en efecto, pero la cuerda se rompe: es el instante en que se corre. (Juntarla con una de las de la Duclos que se le parece.)

92.   Hace colocar a seis viejas en semicírculo; tres muchachas lo almohazan delante de este semicírculo de dueñas, todas las cuales le escupen a la cara.

93.   Una muchacha le masturba el agujero del culo con el mango de las varas, una segunda lo azota en los muslos y la polla, por delante: así es como se corre sobre los pechos de la fustigadora de delante.

94.   Dos mujeres les vapulean a golpes de vergajos, mientras una tercera, arrodillada delante de él, le hace correrse en sus pechos.

Aquella noche ella sólo cuenta cuatro, a causa de la boda de Zelmire y de Adonis, que celebra la séptima semana, y que se consuma, dado que Zelmire ha sido desvirgada por el coño la víspera.

*El veinte.*

95.   Lucha con seis mujeres de las que finge querer evitar los latigazos; quiere arrancarles la vara de las manos, pero ellas son más fuertes, y lo fustigan a su pesar; está desnudo.

96.   Pasa por las varas, entre dos filas de doce muchachas cada una; es azotado en todo el cuerpo, y se corre al cabo de nueve vueltas.

97.   Se hace azotar en la planta de los pies, en la polla, los muslos, mientras, tendido en un canapé, tres mujeres montan a horcajadas sobre él y se le cagan en la boca.

98.   Tres muchachas lo azotan alternativamente, una con unas disciplinas, otra con unos vergajos, la tercera con unas varas; una cuarta, arrodillada delante de él, y a la que el lacayo del libertino masturba el agujero del culo, le chupa la polla, y él masturba la polla del lacayo, a quien hace correrse sobre las nalgas de la mamona.

99.   Está entre seis muchachas; una le pincha, otra le pellizca, la tercera le quema, la cuarta le muerde, la quinta le araña y la sexta le azota: todo eso indistintamente, en todas partes; se corre en medio de todo eso.

Aquella noche, Zelmire, desvirgada la víspera, es entregada por el coño a la asamblea, es decir, siempre únicamente a Curval y al duque, pues son los dos únicos del grupo que follan por el coño. Tan pronto como Curval ha follado a Zelmire, su odio por Constance y por Adélaïde aumenta; quiere que Constance sirva a Zelmire.

*El veintiuno.*

100.   Se hace masturbar por su lacayo, mientras la muchacha está sobre un pedestal, desnuda; no puede moverse, ni perder el equilibrio, durante todo el tiempo que le masturban.

101.   Se hace masturbar por la alcahueta, manoseándole las nalgas, mientras la puta sostiene en los dedos un cabo de vela muy corto, que no puede soltar hasta que el libertino se haya corrido; y tiene mucho cuidado de no hacerlo hasta que ella se quema.

102.   Hace acostarse a seis muchachas boca abajo sobre su mesa de comedor, cada una de ellas con un cabo de vela en el culo mientras él cena.

103.   Hace arrodillarse a una muchacha sobre unos guijarros puntiagudos, mientras él cena, y, si ella se mueve durante la comida, no se le paga. Sobre ella hay dos velas boca abajo, y cuya cera le chorrea caliente sobre la espalda y los pechos. Al menor movimiento que hace, es despedida sin ser pagada.

104.   La obliga a estar en una jaula de hierro muy estrecha, durante cuatro días; no puede sentarse, ni acostarse; le da de comer a través de los barrotes. (Es el mismo del que hablará Desgranges en el *ballet* de los pavos.)

Aquella misma noche, Curval desvirga a Colombe por el coño.

*El veintidós.*

105.   Hace bailar a una muchacha desnuda en una manta, con un gato que la pellizca, la muerde y la araña cada vez que cae; tiene que saltar, pase lo que pase, hasta que el hombre se corra.

106.   Frota a una mujer con una cierta droga que provoca una comezón tan violenta que ella misma se hace sangrar; él la mira mientras se masturba.

107.   Detiene las reglas de una mujer con una pócima, con riesgo de ocasionarle graves enfermedades.

108. Le administra una medicina de caballo que le produce unos cólicos horribles; la ve cagar y sufrir todo el día.

109. Unta a una muchacha con miel, después la ata desnuda a una columna, y le suelta un enjambre de moscardones.

Aquella misma noche, Colombe es entregada por el coño.

*El veintitrés.*

110. Coloca a la muchacha sobre un pivote que gira con prodigiosa rapidez; está amarrada desnuda y gira hasta que se corre.

111. Cuelga a una muchacha cabeza abajo, hasta que se corre.

112. Le hace tragar una fuerte dosis de purgante, [la] convence de que está envenenada, y se masturba viéndola vomitar.

113. Le estruja los pechos hasta que están completamente amoratados.

114. Le estruja el culo nueve días seguidos, a razón de tres horas por día.

*El veinticuatro.*

115. Hace subir a una muchacha por una escalera de mano a veinte pies de altura. Allí, se rompe un peldaño, y la muchacha cae, pero sobre unos colchones preparados. Se le corre encima del cuerpo en el momento de su caída, y a veces se la folla en aquel momento.

116. Suelta bofetadas con todas sus fuerzas, y se corre al darlas; él está en un sillón y la muchacha arrodillada delante de él.

117. Le da palmetazos en las manos.

118. Fuertes manotazos en las nalgas, hasta que el trasero arde.

119. La hincha con un fuelle de herrero por el agujero del culo.

120. Le da una lavativa de agua casi hirviendo, se divierte con sus contorsiones y se le corre en el culo.

Aquella noche, Aline recibe de los cuatro amigos unos manotazos en el culo hasta que se le pone de color escarlata; una vieja la sujeta por los hombros. Dan también unos cuantos a Augustine.

*El veinticinco.*

121. Busca a unas devotas, y las azota con crucifijos y con rosarios; después las coloca, como estatuas de virgen, en un altar, en una postura incómoda y de la que no pueden moverse. Es preciso que ella *[sic]* permanezca allí todo el tiempo que dura una misa muy larga, y en el momento de la elevación debe soltar su zurullo sobre la hostia.

122. La hace correr desnuda, en una noche helada de invierno, en medio de un jardín, y hay cuerdas tendidas de vez en cuando, para hacerla caer.

123. En cuanto está desnuda, la arroja, como por descuido, a una tina de agua casi hirviente, y le impide salir, hasta que se le ha corrido sobre el cuerpo.

124.  La hace aguantarse desnuda sobre una columna, en medio de un jardín, en el corazón del invierno, hasta que haya rezado cinco padrenuestros y cinco avemarías, o hasta que él haya soltado su leche, que otra muchacha excita delante del espectáculo.

125.  Hace cubrir de cola el asiento de un retrete preparado, ordena que vaya a cagar; tan pronto como ella se ha sentado, se le pega el culo; mientras tanto, al otro lado, le colocan un brasero encendido debajo del trasero; ella escapa, y se desuella dejando toda su piel pegada al círculo.

Aquella noche, hacen cometer profanaciones a Adélaïde y a Sophie, las dos devotas, y el duque desvirga a Augustine, de la que lleva tiempo enamorado; se le corre tres veces seguidas en el coño. Y, aquella misma noche, propone que la hagan correr desnuda por los patios, con el frío espantoso que hace. Lo propone insistentemente; no aceptan, porque es muy bonita y quieren conservarla, además de que todavía no ha sido desvirgada por detrás. Él ofrece doscientos luises a la sociedad por hacerla bajar a la bodega aquella misma noche: se niegan. Quiere que por lo menos le golpeen el culo; recibe veinticinco manotazos de cada amigo. Pero el duque da los suyos con todas sus fuerzas, y se corre una cuarta vez al darlos. Se acuesta con ella, y la penetra tres veces más durante la noche.

*El veintiséis.*

126.  Hace emborrachar a la muchacha; se acuesta; tan pronto como se ha dormido, le suben la cama. Ella se inclina a buscar su orinal, mediada la noche. Al no encontrarlo, pierde pie porque la cama está alta y se cae de cabeza en cuanto se inclina. Cae sobre unos colchones preparados; el hombre la espera allí, y la folla no bien ha caído.

127.  La hace correr desnuda por un jardín, persiguiéndola con un látigo de postillón, con el que se limita a amenazarla. Tiene que correr hasta que caiga agotada: es el instante en que se arroja sobre ella y la folla.

128.  Azota a la muchacha, en series de diez latigazos, hasta cien, con unas disciplinas de seda negra; besa mucho las nalgas en cada serie.

129.  Azota con unas varas empapadas en alcohol, y sólo se corre sobre las nalgas de la muchacha cuando las ve ensangrentadas.

Champville sólo cuenta cuatro pasiones aquel día, porque es la fiesta de la octava semana. La celebran con la boda de Zéphire y de Augustine, que pertenecen los dos al duque y duermen en su habitación; pero, antes de la celebración, el duque quiere que Curval azote al muchacho, mientras que él azotará a la muchacha. Lo hacen; cada uno de ellos recibe cien latigazos, pero el duque, más irritado que nunca contra Augustine, porque le ha hecho correrse mucho, la azota hasta hacerle sangre. (Esa noche, habrá que explicar qué son las penitencias, cómo se realizan, y qué número de latigazos se reciben. Se podría hacer un cuadro de las faltas y al lado el número de latigazos.)

*El veintisiete.*

130. Sólo quiere azotar a niñas de cinco a siete años, y siempre busca un pretexto, a fin de que parezca que las está castigando.

131. Una mujer acude a confesarse con él; él es sacerdote; ella cuenta todos sus pecados, y, como penitencia, él le da quinientos latigazos.

132. Pasa delante de cuatro mujeres, y les da seiscientos latigazos a cada una.

133. Hace ejecutar la misma ceremonia delante de él a dos lacayos que se relevan; pasan veinte mujeres a seiscientos latigazos por cabeza; no están atadas; se masturba viéndolo.

134. Sólo azota a muchachitos de catorce a dieciséis años, y después les hace correrse en su boca. Da cien latigazos a cada uno; trata siempre con dos a la vez.

Aquella noche, Augustine es entregada por el coño; Curval la penetra dos veces seguidas, y, como el duque, después quiere azotarla. Ambos se encarnizan contra la encantadora muchacha; ofrecen cuatrocientos luises a la sociedad a cambio de convertirse los dos en sus amos a partir de aquella misma noche: se les niega.

*El veintiocho.*

135. Hace entrar a una muchacha desnuda en un apartamento; entonces dos hombres se le echan encima y la azotan cada uno en una nalga hasta que sangra; está atada. Cuando se ha terminado, él masturba a los hombres sobre el trasero ensangrentado de la puta, y después se masturba a sí mismo.

136. Está atada de pies y manos a la pared. Delante de ella, igualmente sujeta a la pared, hay una cortante lámina de acero que se coloca sobre su vientre. Si quiere escapar al golpe, tiene que echarse hacia delante: entonces se corta; si quiere escapar a la máquina, tiene que arrojarse sobre los latigazos.

137. Azota a una muchacha nueve días seguidos, a cien latigazos el primer día, doblándolos siempre hasta el noveno incluido.

138. Hace colocar a la puta a cuatro patas, se monta encima, con la cara vuelta hacia las nalgas y sujetándola fuertemente entre los muslos. Allí, le almohaza las nalgas y el coño a contrapelo, y, como para esta operación se sirve de unas disciplinas, le es fácil dirigir sus golpes al interior de la vagina, y es lo que hace.

139. Quiere una mujer preñada; la hace echarse hacia atrás sobre un cilindro que le sostiene la espalda. Su cabeza, que supera el cilindro, reposa por atrás, atada, sobre una silla, con la cabellera suelta; sus piernas están abiertas al máximo, y su enorme vientre extraordinariamente extendido; el coño está totalmente abierto. Allí y al vientre dirige sus golpes y, cuando ha visto la sangre, pasa al otro lado del cilindro y se corre en la cara.

*N. B. Mis borradores sólo señalan las adopciones después de la des-*
*floración, y, en consecuencia, dicen que el duque adopta aquí a Augustine.*
*Comprobar si esto es falso, y si la adopción de las cuatro sultanas se ha*
*hecho desde el comienzo, y si desde aquel comienzo no se ha dicho que*
*duermen en las habitaciones de los que las han adoptado.*

Aquella noche, el duque repudia a Constance, que cae en el mayor
descrédito; sin embargo, le tienen consideraciones, debido a su embarazo,
sobre el que tienen proyectos. Augustine se convierte en mujer del duque,
y sólo cumple las funciones de esposa en el sofá y en los retretes. Constance queda relegada a la categoría de las viejas.

*El veintinueve.*

140.    Sólo quiere muchachas de quince años, y las azota hasta hacerlas sangrar con acebos y con ortigas; es muy exigente respecto a la elección
de los culos.

141.    Sólo azota con un vergajo, hasta que las nalgas están completamente magulladas; visita a cuatro mujeres seguidas.

142.    Sólo azota con disciplinas de puntas de hierro, y solo se corre
cuando la sangre mana por todas partes.

143.    El mismo hombre, del que hablará Desgranges el 20 de febrero,
quiere mujeres preñadas; las golpea con un látigo de postillón, con el que
arranca grandes pedazos de carne en las nalgas, y suelta de vez en cuando
unos cuantos cintarazos en el vientre.

Aquella noche azotan a Rosette, y Curval la desvirga por el coño. Descubren aquel día una intriga entre Hercule y Julie: ella se ha hecho follar.
Cuando la riñen, contesta de manera libertina; la azotan de modo extraordinario; después, como la quieren, así como a Hercule, que siempre se ha
portado bien, los perdonan y se divierten con ellos.

*El treinta.*

144.    Coloca una vela a una determinada altura; la muchacha lleva,
en el dedo medio de su mano derecha, un cabo de vela atado, muy corto,
que la quemará si no se da prisa. Con este cabo de vela tiene que encender
la vela colgada, pero, como está muy alta, tiene que saltar para alcanzarla,
y el libertino, armado con un látigo de tiras de cuero, la azota con todas sus
fuerzas para hacerla saltar más, o encender más deprisa. Si lo consigue, ahí
termina; si no, es azotada con todas sus fuerzas.

145.    Azota alternativamente a su mujer y a su hija, y las prostituye
en el burdel para que sean azotadas bajo sus ojos, pero no es el mismo del
que ya se ha hablado.

146.    Azota con vergas, desde la nuca hasta la pantorrilla; la muchacha está atada, le hace sangrar toda la parte posterior.

147.   Sólo azota en los pechos; quiere que los tenga muy grandes, y paga el doble cuando las mujeres están preñadas.

Aquella noche, Rosette es entregada por el coño; cuando Curval y el duque se la han follado a gusto, ellos y sus amigos la azotan en el coño. Está a cuatro patas, y con unas disciplinas dirigen los golpes hacia el interior.

*El treinta y uno.*

148.   Sólo azota en el rostro, con unas varas; necesita rostros encantadores. Es el mismo del que Desgranges hablará el 7 de febrero.

149.   Azota indistintamente con unas varas todas las partes del cuerpo; no excluye nada, rostro, coño y seno incluidos.

150.   Da doscientos vergajazos, en toda la parte posterior, a muchachos de dieciséis a veinte años.

151.   Está en una habitación; cuatro muchachas le excitan y le azotan. Cuando está bien caliente, se lanza sobre la quinta muchacha, desnuda en una habitación contigua, y le azota indistintamente todo el cuerpo con grandes vergajazos, hasta que se corre; pero para que esto ocurra cuanto antes, y la paciente sufra menos, sólo la sueltan cuando está a punto de correrse. *(Comprobar por qué hay una de más.)*

Champville es aplaudida, le rinden los mismos honores que a Duclos, y, aquella noche, cenan las dos con los amigos. Aquella noche, en las orgías, Adélaïde, Aline, Augustine y Zelmire son condenadas a ser azotadas con unas varas en todo el cuerpo, a excepción del pecho, pero, como quieren seguir disfrutando de ellas por lo menos dos meses, son tratadas con mucho cuidado.

# TERCERA PARTE

*Las ciento cincuenta pasiones de tercera clase, o criminales, que componen treinta y una jornadas de enero, ocupadas por la narración de la Martaine, a las que se añade el diario de los acontecimientos escandalosos del castillo durante aquel mes.*

## PLAN

*El 1 de enero.*

1. Sólo le gusta que le den por el culo, y no saben dónde buscarle unas pollas suficientemente gordas. Pero no insiste sobre esta pasión, dice, por ser un gusto demasiado simple y demasiado conocido por sus oyentes.

2. Sólo quiere desvirgar a niñas de tres a siete años, por el culo. Es el hombre que la desvirgó de esta manera: tenía cuatro años. Ella está enferma, su madre implora la ayuda de este hombre; cuál no fue su dureza. Este hombre es el mismo del que habla Duclos por última vez el 29 de noviembre; el mismo del 2 de diciembre de Champville, y el mismo del infierno. Tiene una polla monstruosa. Es un hombre enormemente rico. Desvirga a dos niñas por día; una por el coño de mañana, como ha contado Champville el 2 de diciembre, y otra por el culo de noche, y todo ello independientemente de sus restantes pasiones. Cuatro mujeres sujetaban a Martaine cuando él la enculó. Su eyaculación dura seis minutos, y brama mientras la tiene. Manera hábil y sencilla de hacer saltar esta virginidad de culo, aunque ella sólo cuente con cuatro años.

3. Su madre vende la virginidad del hermano pequeño de Martaine a otro hombre que sólo encula a muchachos, y que los quiere de siete años exactos.

4. Ella tiene trece años y su hermano quince; van a casa de un hombre que obliga al hermano a follar a su hermana, y que da alternativamente por el culo unas veces al muchacho, y otras a la muchacha, mientras los dos están juntos.

[La Martaine] elogia su culo; le dicen que lo muestre; lo enseña desde lo alto de la tribuna. El hombre del que acaba de hablar es el mismo que el del 21 de noviembre de Duclos, el conde, y del 27 de febrero de Desgranges.

5.   Se hace follar dando por el culo al hermano y a la hermana; es el mismo hombre del que hablara la Desgranges el 24 de febrero.

Esta misma noche, el duque desvirga a Hébé por el culo, que sólo tiene doce años. Le cuesta infinitos esfuerzos; es sujetada por las cuatro viejas, y le ayudan Duclos y Champville; y como al día siguiente hay una fiesta, para no molestar, Hébé, aquella misma noche, es entregada por el culo, y los cuatro amigos gozan de ella. Se la llevan sin conocimiento; ha sido penetrada siete veces.

Que Martaine no diga que está obturada; es falso.

*El dos de enero.*

6.   Se hace peer en la boca por cuatro muchachas, mientras da por el culo a una quinta, después cambia. Todas se peen, y todas son enculadas; sólo se corre en el quinto culo.

7.   Se divierte con tres muchachitos; da por el culo y se le cagan encima, cambiando a los tres, y masturba al que está inactivo.

8.   Folla a la hermana por el culo, mientras el hermano se le caga en la boca, después los cambia, y en uno y otro placer le dan por el culo

9.   Le da por el culo a muchachas de quince años, pero después de haberlas azotado previamente con todas sus fuerzas.

10.   Molesta y pellizca las nalgas y el agujero del culo durante una hora, después da por el culo mientras le azotan con todas las fuerzas.

Se celebra aquel día la fiesta de la novena semana. Hercule se casa con Hébé y la folla por el coño. Curval y el duque dan por el culo uno tras otro al marido y a la mujer, alternativamente.

*El tres.*

11.   Sólo da por el culo durante la misa, y se corre en la elevación.

12.   Sólo da por el culo pisoteando un crucifijo con los pies y haciéndolo pisotear a la muchacha.

13.   El hombre que se divirtió con Eugénie, en la undécima jornada de Duclos, hace cagar, limpia el culo enmerdado, tiene una polla enorme, y encula una hostia con la punta de su instrumento.

14.   Da por el culo a un muchacho con la hostia, se hace dar por el culo con la hostia. En la nuca del muchacho que encula hay otra hostia, sobre la que caga un tercer muchacho. Se corre así y sin cambiar, pero profiriendo espantosas blasfemias.

15.   Da por el culo al sacerdote mientras este dice misa y, cuando ha consagrado, el follador se retira un momento; el sacerdote se mete la hostia en el culo, y él vuelve a encularlo encima de ella.

Por la noche, Curval desvirga por el culo, con una hostia, al joven y encantador Zélamir. Y Antinoüs folla al presidente con otra hostia; mientras folla, el presidente hunde con su lengua una tercera en el agujero del culo de Fanchon.

*El cuatro.*

16. Sólo le gusta dar por el culo a mujeres viejísimas mientras le azotan.

17. Sólo da por el culo a ancianos mientras le joden.

18. Tiene amoríos regulares con su hijo.

19. Sólo quiere dar por el culo a monstruos, o a negros, o a personas contrahechas.

20. Para juntar el incesto, el adulterio, la sodomía y el sacrilegio, da por el culo con una hostia a su hija casada.

Aquella noche, entregan a Zélamir por el culo a los cuatro amigos.

*El cinco.*

21. Se hace follar y azotar alternativamente por dos hombres, mientras él da por el culo a un muchacho y un viejo le hace en su boca un zurullo que él come.

22. Dos hombres lo follan alternativamente, uno por la boca, otro por el culo; esto tiene que durar tres horas con el reloj sobre la mesa. Se traga la leche del que le folla en la boca.

23. Se hace follar por diez hombres, a tanto por polvo; aguanta hasta ochenta polvos al día sin correrse.

24. Prostituye, para que les den por el culo, a su mujer, a su hija y a su hermana, y contempla cómo lo hacen.

25. Utiliza a ocho hombres en torno a él: uno en la boca, uno por el culo, uno en la ingle derecha, uno en la izquierda; masturba a dos con cada una de sus manos; el séptimo está entre sus muslos, y el octavo se masturba sobre su cara.

Aquella noche el duque desvirga a Michette por el culo y le causa unos dolores espantosos.

*El seis.*

26. Hace dar por el culo a un anciano delante de él; retiran varias veces la polla del culo del viejo, se la ponen en la boca del examinador, que la chupa; después chupa al anciano, lo lame, le da por el culo; mientras, el que acaba de follar al viejo le da a su vez por el culo mientras es azotado por la mayordoma del libertino.

27. Aprieta violentamente el cuello de una muchacha de quince años mientras le da por el culo, a fin de estrecharle el ano; mientras tanto lo azotan con un vergajo.

28. Se hace meter en el culo unas grandes bolas de mercurio. Estas bolas suben y bajan, y a lo largo del cosquilleo excesivo que provocan,

chupa pollas, traga leche, hace cagar los culos de las muchachas, traga la mierda. Permanece dos horas en este éxtasis.

29.  Quiere que el padre le dé por el culo, mientras él sodomiza al hijo y a la hija de este hombre.

Por la noche, Michette es entregada por el culo. Durcet se lleva a la Martaine para acostarse en su habitación, a ejemplo del duque, que tiene a Duclos, y de Curval, que tiene a Fanchon; esta prostituta adquiere sobre él el mismo poder lúbrico que Duclos sobre el duque.

*El siete.*

30.  Folla a un pavo cuya cabeza está entre los muslos de una muchacha acostada sobre el vientre, de modo que parece que esté dando por el culo a la muchacha. Mientras tanto le dan por el culo a él y, en el instante de correrse, la muchacha degüella al pavo.

31.  Folla a una cabra por detrás, mientras le azotan. Hace un hijo a esa cabra, al que también encula, aunque sea un monstruo.

32.  Encula a unos machos cabríos.

33.  Quiere ver correrse a una mujer, masturbada por un perro; y mata al perro de un pistoletazo sobre el vientre de la mujer sin herirla a ella.

34.  Da por el culo a un cisne, metiéndole una hostia en el culo, y él mismo estrangula al animal al correrse.

Aquella misma noche el obispo encula a Cupidon por primera vez.

*El ocho.*

35.  Se hace meter en un canasto preparado, que tiene una única abertura, donde coloca el agujero del culo frotado con flujo de yegua, cuyo cuerpo representa el canasto, recubierto de una piel de ese animal. Un caballo semental, entrenado para esto, le encula y durante este tiempo, en el canasto, él folla a una hermosa perra blanca.

36.  Folla a una vaca, la hace parir, y folla al monstruo.

37.  En un canasto igualmente preparado, mete a una mujer que recibe el miembro de un toro; se divierte con el espectáculo.

38.  Tiene una serpiente amaestrada que se le mete en el ano y lo sodomiza, mientras él encula a un gato en un canasto, que, sujetado por todas partes, no puede hacerle el menor daño.

39.  Folla a una burra, haciéndose encular por un burro en unas máquinas preparadas que se explicarán.

Por la noche, Cupidon es entregado por el culo.

*El nueve.*

40.  Folla a una cabra por las ventanas de la nariz, que, mientras tanto, le lame los cojones con la lengua; mientras tanto, lo almohazan y le lamen el culo alternativamente.

41. Encula a un cordero, mientras un perro le lame el agujero del culo.

42. Encula a un perro, al que degüella cuando se corre.

43. Obliga a una puta a masturbar a un burro delante de él, y le follan durante este espectáculo.

44. Da por el culo a un mono; el animal está encerrado en un canasto; mientras tanto lo atormentan, a fin de aumentar la estrechez de su ano.

Se celebra aquella noche la fiesta de la décima semana con la boda de Brise-Cul y de Michette, que se consuma, y hace mucho daño a Michette.

*El diez.*

Anuncia que va a cambiar de pasión, y que el látigo, que antes, en el relato de Champville, era principal, pasa aquí a accesorio. Hay que buscar a muchachas culpables de algunos delitos. Las asusta, les dice que serán detenidas, pero que se encarga de todo si acceden a recibir una violenta fustigación; y, asustadas como están, se dejan azotar hasta que sangran.

45. Hace buscar a una mujer con hermosos cabellos, con el único pretexto de contemplarlos; pero se los corta a traición, y se corre al verla lamentar su desdicha, de la que se ríe mucho.

46. Con muchas ceremonias, ella entra en una habitación oscura. No ve a nadie, pero oye una conversación que la concierne, que habrá que detallar, y que es capaz de hacerla morir de miedo. Al final, recibe un diluvio de pescozones y de puñetazos, sin saber de dónde vienen; oye los gritos de una eyaculación, y la sueltan.

47. Ella entra en una especie de sepulcro subterráneo, el cual sólo está iluminado por velones; contempla todo su horror. Tan pronto como ha podido observarlo un momento, todo se apaga, se deja oír un ruido horrible de gritos y cadenas; se desmaya. Si no, se incrementa la causa del miedo con algunos episodios nuevos hasta conseguirlo. Tan pronto como ha perdido el conocimiento, un hombre cae sobre ella y la encula; después la abandona, y acuden los lacayos a socorrerla. Necesita muchachas muy jóvenes y muy inexperimentadas.

48. Ella entra en un lugar semejante, pero que habrá que diferenciar un poco en los detalles. La encierran desnuda en un ataúd, lo clavan, y el hombre se corre con el ruido de los clavos.

49. Aquella noche, habían hecho ausentar premeditadamente a Zelmire de los relatos. La bajan a la bodega que se ha explicado y que ha sido preparada como las que acaban de ser descritas. Allí están los cuatro amigos desnudos y armados; ella se desmaya, y mientras tanto Curval la desvirga por el culo. El presidente ha concebido por esta muchacha los mismos sentimientos, de amor mezclados con la ira lúbrica que el duque siente por Augustine.

*El once.*

50.   El mismo hombre, el duque de Florville del que ha hablado Duclos, el segundo del 29 de noviembre, el mismo también del quinto del 26 de febrero de Desgranges, quiere que coloquen en una cama de satén negro el hermoso cadáver de una muchacha que acaba de ser asesinada; la manosea por todos lados y la encula.

51.   Otro quiere dos, el de una muchacha y el de un muchacho, y encula el cadáver del muchacho besando las nalgas de la muchacha y hundiendo la lengua en su ano.

52.   Recibe a la muchacha en un gabinete lleno de cadáveres de cera, muy bien imitados; todos ellos heridos de diferentes maneras. Dice a la muchacha que elija, y que la matará igual que al cadáver cuyas heridas le gusten más.

53.   La ata a un cadáver real, boca a boca, y la azota en esta posición hasta que sangra toda la parte posterior.

Aquella noche, Zelmire es entregada por el culo, pero, antes, la juzgan, y le dicen que será ejecutada por la noche. Ella lo cree, y en lugar de eso, cuando ha sido bien enculada, se contentan con darle cien latigazos cada uno, y Curval se la lleva a dormir con él, y sigue enculándola.

*El doce.*

54.   Quiere a una muchacha que tenga la regla. Ella se acerca a él, pero él está al lado de una especie de depósito de agua helada de más de doce pies de superficie por ocho de profundidad; está enmascarado, de modo que la muchacha no le ve. En cuanto está cerca del hombre, él la empuja dentro, y el instante de su caída coincide con el de la eyaculación del hombre; la sacan enseguida, pero, como ella tiene la regla, contrae con mucha frecuencia una grave enfermedad.

55.   La baja desnuda a un pozo muy profundo y la amenaza con llenarlo de piedras; arroja algunos puñados de tierra para asustarla, y se corre en el pozo sobre la cabeza de la puta.

56.   Hace entrar en su casa a una mujer preñada, y la asusta con amenazas y con palabras; la azota, repite sus malos tratos para hacerla abortar, y eso o en su casa, o en cuanto ha vuelto a la suya. Si aborta en su casa, le paga el doble.

57.   La encierra en un calabozo oscuro, en medio de gatos, ratas y ratones; [la] convence de que se pasará toda la vida ahí, y va todos los días a masturbarse ante su puerta, riéndose de ella.

58.   Le mete unas bengalas en el culo, cuyas pavesas le chamuscan las nalgas al caer.

Aquella noche, Curval reconoce a Zelmire como su mujer, y se casa con ella públicamente. El obispo celebra la ceremonia; repudia a Julie, que cae en el mayor descrédito, pero a la que, no obstante, su libertinaje defiende, y a la que el obispo protege un poco, hasta que se manifieste totalmente a su favor, como se verá.

Aquella noche se percibe mejor que nunca, el odio agresivo de Durcet hacia Adélaïde; la atormenta, la veja, ella está desolada; y el presidente, su padre, no la defiende.

*El trece.*

59.  Ata a una muchacha a una cruz de san Andrés colgada en el aire, y la azota con todas sus fuerzas en toda la parte posterior. Después, la desata y la arroja por una ventana, pero cae sobre unos colchones preparados; se corre al oírla caer. *(Detallar la escena que él le monta para justificarlo.)*

60.  Le hace tragar una droga que le hace ver una habitación llena de objetos horribles. Ve un estanque cuyas aguas suben hacia ella, ella se encarama a una silla para evitar las aguas. Le dicen que no tiene más remedio que arrojarse y nadar; se arroja, pero cae de plano sobre una baldosa, y muchas veces se hace mucho daño. Es el instante de la eyaculación de nuestro libertino, cuyo placer, antes, ha consistido en besar mucho el trasero.

61.  La mantiene colgada de una polea en lo alto de una torre; él está al alcance de la cuerda, puesta en una ventana superior; se masturba, sacude la cuerda, y amenaza con cortarla al correrse. Mientras tanto lo azotan, y, antes, él ha hecho cagar a la puta.

62.  Está sujeta por cuatro delgadas cuerdas atadas a las cuatro extremidades. Así, colgada en la más cruel posición, abren debajo de ella una trampa que le descubre una hoguera ardiente: si las cuerdas se rompen, se cae allí. Las mueven, y el libertino corta una de ellas al correrse. A veces, la ponen en la misma posición, le ponen un peso en los riñones y suben mucho las cuatro cuerdas, de modo que se le reviente, por decirlo de algún modo, el estómago y se le partan los riñones. Permanece así hasta la eyaculación.

63.  La amarra a un taburete; a un pie por encima de su cabeza, tiene un puñal muy afilado, colgado de un cabello; si el cabello se parte, el puñal, muy afilado, le penetra en el cráneo. El hombre se masturba frente a ella, y disfruta de las contorsiones que el miedo arranca a su víctima. Al cabo de una hora, la suelta, y le hace sangrar las nalgas con la punta de aquel mismo puñal, para mostrarle que estaba bien afilado; se corre sobre el culo ensangrentado.

Aquella noche, el obispo desvirga a Colombe por el culo, y la azota hasta hacerla sangrar después de su eyaculación, porque no puede soportar que una muchacha le haga correrse.

*El catorce.*

64.  Encula a una joven novicia que no sabe nada, y, al correrse, le dispara dos pistoletazos en las orejas, con lo que le chamusca el pelo.

65.   La hace sentarse en un sillón con muelles; con su peso, ella hace saltar todos los muelles que accionan unos cercos de hierro entre los cuales se encuentra apresada; otros muelles presentan al soltarse veinte puñales sobre su cuerpo. El hombre se masturba diciéndole que, si imprime el menor movimiento al sillón, será apuñalada, y, al correrse, derrama su leche sobre ella.

66.   Ella cae, a través de una báscula, en un gabinete tapizado de negro y amueblado con un reclinatorio, un ataúd y unas calaveras. Allí ve a seis espectros armados de mazas, espadas, pistolas, sables, puñales y lanzas, y dispuesto cada uno de ellos a herirla en un lugar diferente. Ella se tambalea, la invade el miedo; entra el hombre, la agarra, y la azota en todo el cuerpo con todas sus fuerzas, después se corre enculándola. Si se ha desmayado cuando entra, cosa que suele ocurrir, la hace volver en sí a varetazos.

67.   Ella entra en la cámara de una torre; ve allí, en el centro, una gran hoguera; sobre una mesa, veneno y un puñal. Se le da a elegir entre los tres tipos de muerte. Generalmente elige el veneno: es un opio preparado, que la hace caer en un profundo sopor, durante el cual el libertino la encula. Es el mismo hombre del que habló Duclos el 27 y del que hablará Desgranges el 6 de febrero.

68.   El mismo hombre del que Desgranges hablará el 16 de febrero realiza todas las ceremonias para decapitar a la muchacha; cuando el sable va a caer, un cordón retira precipitadamente el cuerpo de la muchacha, el golpe cae sobre el tajo, y el sable se hunde unas tres pulgadas. Si la cuerda no retira a la muchacha a tiempo, esta muere. Él se corre al soltar el golpe. Pero, antes, la ha enculado, con el cuello sobre el tajo.

Por la noche, Colombe es entregada por el culo; la amenazan y fingen que van a decapitarla.

*El quince.*

69.   Cuelga a la puta; tiene los pies apoyados en un taburete, una cuerda está amarrada al taburete; él está frente a ella, sentado en un sillón, donde se hace masturbar por la hija de esa mujer. Al correrse, tira de la cuerda; la prostituta, que pierde su apoyo, queda colgada; él sale, entran unos lacayos, sueltan a la prostituta, y gracias a una sangría vuelve en sí, pero esta ayuda se le proporciona sin que él lo sepa. Se acuesta con la hija, y la sodomiza toda la noche diciéndole que ha ahorcado a su madre; el hombre no quiere saber que ella se ha recuperado. *(Decir que Desgranges hablará de eso.)*

70.   Agarra a la muchacha por las orejas, y así la pasea, desnuda, por medio de la habitación; entonces se corre.

71.   Pellizca furiosamente a la muchacha por todo el cuerpo, a excepción de los senos; la deja toda negra.

72.  La pellizca en los pechos, se los atormenta y manosea hasta dejarlos totalmente magullados.

73.  Con la punta de una aguja le dibuja unas cifras y unas letras en las tetas, pero la aguja está envenenada, los pechos se hinchan, y ella sufre mucho.

74.  Le clava mil o dos mil alfileritos en las tetas, y se corre cuando le ha cubierto todo el pecho.

Aquel día sorprenden a Julie, cada día más libertina, masturbándose con la Champville. A partir de entonces, el obispo la protege aún más, y la admite en su dormitorio, como el duque a Duclos, Durcet a Martaine, y Curval a Fanchon. Ella confiesa que, desde su repudio, como la habían condenado a ir a dormir al establo de los animales, la Champville la había acogido en su dormitorio y se acostaba con ella.

*El dieciséis.*

75.  Hunde unos grandes alfileres en todo el cuerpo de la muchacha, tetas incluidas; se corre cuando está completamente cubierta. *(Decir que Desgranges hablará de esto; es la que explica, en cuarto lugar, el 27 de febrero.)*

76.  La hincha de bebida, luego le cose el coño y el culo; la deja así, hasta que la ve desmayarse por la necesidad de orinar o de cagar sin conseguirlo, o que la caída y el peso de las necesidades acaben por romper los hilos.

77.  Son cuatro en una habitación y se lanzan la muchacha a puntapiés y a puñetazos, hasta que cae. Los cuatro se masturban mutuamente y se corren cuando está en el suelo.

78.  Le quitan y le dan aire a voluntad en una máquina neumática.

Para festejar la undécima semana, se celebra, aquel día, la boda de Colombe y de Antinoüs, que se consuma. El duque, que folla prodigiosamente a Augustine por el coño, siente aquella noche una ira lúbrica contra ella: la ha hecho sujetar por la Duclos, y le ha dado trescientos latigazos, desde la mitad de la espalda hasta las pantorrillas, y después ha enculado a la Duclos besando el culo azotado de Augustine. Después, hace locuras por Augustine, quiere que almuerce a su lado, sólo come de su boca, y mil inconsecuencias libertinas más que describen el carácter de aquellos malvados.

*El diecisiete.*

79.  Ata a la muchacha a una mesa, boca abajo, y come una tortilla caliente puesta sobre sus nalgas, y pincha con fuerza los trozos con un tenedor muy puntiagudo.

80.  Le sujeta la cabeza encima de un anafe, hasta que se desmaya, y la encula en este estado.

81. Le chamusca ligeramente y poco a poco la piel del seno y de las nalgas con unas cerillas azufradas.

82. Le apaga, gran número de veces seguidas, unas velas en el coño, en el culo, y en las tetas.

83. Le quema, con una cerilla, las pestañas, lo que le impide reposar de noche y poder cerrar los ojos para dormir.

Aquella noche, el duque desvirga a Giton, que enferma, porque el duque es enorme, folla muy brutalmente y Giton sólo tiene doce años.

*El dieciocho.*

84. La obliga, con la pistola en el pecho, a masticar y tragar un carbón ardiente, y después le inyecta agua fuerte en el coño.

85. La hace bailar una danza completamente desnuda, alrededor de cuatro pilares preparados; pero el único camino que puede recorrer con los pies descalzos, alrededor de esos pilares, está lleno de hierros puntiagudos, puntas de clavos y pedazos de vidrio, y hay un hombre apostado en cada pilar, con un puñado de varas en la mano, que la azota por delante o por detrás, según la parte que presenta, cada vez que pasa cerca de él. Está obligada a correr así un cierto número de vueltas, según sea más o menos joven y bonita, siendo siempre las más hermosas las más maltratadas.

86. Le da violentos puñetazos en la nariz hasta que sangra, y sigue dándoselos, aunque esté ensangrentada; se corre y mezcla su leche con la sangre que ella pierde.

87. Le pellizca las carnes, y principalmente las nalgas, el pubis y las tetas, con unas tenazas de hierro muy calientes. *(Decir que Desgranges hablará de ello.)*

88. Le coloca en el cuerpo desnudo varios montoncitos de pólvora de cañón, sobre todo en los lugares más sensibles, y los enciende.

Por la noche, ofrecen a Giton por el culo, y después de la ceremonia es fustigado por Curval, el duque y el obispo, que se lo han follado.

*El diecinueve.*

89. Le mete en el coño un cilindro de pólvora, a pelo, sin funda de cartón; lo enciende y se corre al ver la llama. Antes le ha besado el culo.

90. La empapa, de pies a cabeza, de alcohol; lo enciende, y se divierte hasta correrse al ver a la pobre muchacha completamente flambeada. Repite dos o tres veces la operación.

91. Le da una lavativa de aceite hirviente en el culo.

92. Le hunde un hierro candente en el ano, y otro igual en el coño, después de haberla azotado a fondo antes.

93. Quiere pisotear a una mujer preñada, hasta que aborte. Antes la azota.

Aquella misma noche, Curval desvirga a Sophie por el culo, pero antes es azotada hasta sangrar con cien latigazos por cada uno de los amigos. En cuanto Curval se le ha corrido en el culo, ofrece quinientos luises a la sociedad por bajarla aquella misma noche a la bodega y divertirse con ella a su antojo; se lo niegan. Vuelve a darle por el culo, y al salirse del culo después de esta segunda eyaculación, le da un puntapié en el trasero, que la despide sobre unos colchones a quince pies de distancia. Aquella misma noche, se venga con Zelmire, a la que azota con todas sus fuerzas.

*El veinte.*

94. Hace como si acariciara a la muchacha que le masturba, ella se confía; pero, en el momento de correrse, le coge la cabeza y la golpea fuertemente contra la pared. El golpe es tan imprevisto y violento que generalmente cae desmayada.

95. Se reúnen cuatro libertinos; juzgan a una muchacha y la condenan en forma debida: su sentencia es de cien bastonazos, aplicados de veinticinco en veinticinco por cada uno de los amigos y repartidos el primero desde la espalda hasta el final de los riñones, el segundo desde la caída de los riñones hasta las pantorrillas, el tercero desde el cuello hasta el ombligo, senos incluidos, y el cuarto desde el bajo vientre hasta los pies.

96. La pinchan con un alfiler en cada ojo, en cada pezón y en el clítoris.

97. Le hace gotear cera de España en las nalgas, en el coño y en el pecho.

98. Le sangra en el brazo, y no corta la sangre hasta que se desmaya.

Curval propone sangrar a Constance a causa de su embarazo: lo hacen hasta que se desmaya; Durcet es quien la sangra. Aquella noche, entregan a Sophie por el culo, y el duque propone sangrarla, porque eso no puede hacerle daño, sino al contrario, y preparar un pastel con su sangre para el desayuno. Lo hacen, Curval es quien la sangra; Duclos le masturba mientras tanto, y él no quiere hacerle el corte hasta el momento en que salga su leche; lo hace ancho, pero no falla. Pese a todo, Sophie ha gustado al obispo, que la adopta por mujer y repudia a Aline, que cae en el mayor descrédito.

*El veintiuno.*

90. La sangra en los dos brazos, y quiere que ella siga de pie mientras la sangre corre; de vez en cuando, detiene la hemorragia para azotarla; después abre de nuevo las heridas, y todo ello hasta que se desmaya. Sólo se corre cuando ella cae; antes, la hace cagar.

100. La sangra en los cuatro miembros y en la yugular, y se masturba al ver manar las cinco fuentes de sangre.

101. Le escarifica ligeramente las carnes, y sobre todo las nalgas, pero no las tetas.

102. Le escarifica fuertemente, y sobre todo en el seno, cerca del pezón, y cerca del agujero del culo cuando llega a las nalgas; después cauteriza las heridas con un hierro candente.

103. Lo atan a cuatro patas como una fiera salvaje; está recubierto de una piel de tigre. En tal estado lo excitan, lo irritan, lo azotan, le pegan, le masturban el culo. Frente a él hay una muchacha muy gorda, desnuda, y amarrada por los pies al suelo, y por el cuello al techo, de modo que no puede moverse. En cuanto el libertino está completamente excitado, lo sueltan, se arroja como una fiera salvaje sobre la muchacha, y la muerde en todas sus carnes, y principalmente en el clítoris y los pezones, que suele arrancar con sus dientes. Aúlla y grita como un animal, y se corre aullando. Es preciso que la muchacha cague; se comerá su zurullo en el suelo.

Aquella misma noche, el obispo desvirga a Narcisse; es entregado aquella misma noche, para no estorbar la fiesta del 23. El duque, antes de encularlo, le hace cagar en su boca y devolverle la leche de sus predecesores. Después de haberlo enculado, le azota.

*El veintidós.*

104. Le arranca los dientes y le araña las encías con unas agujas. A veces las quema.

105. Le parte un dedo de la mano, a veces varios.

106. Le aplasta fuertemente un pie de un martillazo.

107. Le disloca una muñeca.

108. Le da un martillazo en los dientes delanteros, mientras se corre. Su placer, antes, es chuparle mucho la boca.

El duque, aquella noche, desvirga a Rosette por el culo, y, en el instante en que la polla entra en el culo, Curval arranca un diente a la chiquilla, para que sienta a la vez dos terribles dolores. Aquella misma noche, es entregada para no estorbar la fiesta del día siguiente. Cuando Curval se le ha corrido en el culo (y ha sido el último en pasar), cuando lo ha hecho, digo, tumba a la chiquilla de espaldas de una tremenda bofetada.

*El veintitrés.*

A causa de la fiesta sólo cuenta cuatro.

109. Le disloca un pie.

110. Le parte un brazo mientras le da por el culo.

111. Le parte un hueso de las piernas, de un golpe con una barra de hierro, y después le da por el culo.

112. La amarra a una escalera de tijera, con los miembros atados de manera extraña. Una cuerda sostiene la escalera; tiran de la cuerda, la escalera cae. Se rompe a veces un miembro, a veces otro.

Aquel día, se celebra el matrimonio de Bande-Au-Ciel y Rosette para celebrar la duodécima semana. Aquella noche, sangran a Rosette cuando ha sido follada, y a Aline, a la que ha follado Hercule; ambas son sangradas de manera que su sangre corra por los muslos y las pollas de nuestros libertinos, que se masturban ante este espectáculo, y se corren cuando las dos se desmayan.

*El veinticuatro.*
    113.  Le corta una oreja. *(Tener cuidado en especificar siempre lo que hace antes toda esa gente.)*
    114.  Le desgarra los labios y las aletas de la nariz.
    115.  Le perfora la lengua con un hierro candente, después de haberla chupado y mordido.
    116.  Le arranca varias uñas de los dedos, de las manos o de los pies.
    117.  Le corta la punta de un dedo.

Y como la historiadora, interrogada, contesta que una mutilación semejante no provoca ninguna consecuencia molesta si es vendada inmediatamente después, aquella misma noche Durcet corta la punta del dedo meñique a Adélaïde, contra la cual su hostilidad lúbrica estalla cada vez más. Se corre con unos transportes increíbles. Aquella misma noche, Curval desvirga a Augustine por el culo, aunque sea mujer del duque. Suplicio que ella padece. Ira de Curval contra ella, después; conspira con el duque para bajarla a la bodega aquella misma noche, y le dicen a Durcet que, si quiere permitírselo, le permitirán a él, Durcet, que también baje inmediatamente a Adélaïde; pero el duque les arenga y consigue que sigan esperando, en beneficio de su placer. Así que Curval y el duque se contentan con azotar vigorosamente a Augustine, el uno en brazos del otro.

*El veinticinco.*
    118.  Derrama quince o veinte gotas de plomo fundido hirviente en la boca, y quema las encías con agua fuerte.
    119.  Corta la punta de la lengua, después de haberse hecho limpiar con ella el culo enmerdado, y luego le da por el culo cuando ha practicado la mutilación.
    120.  Tiene una máquina de hierro redonda que penetra en las carnes y corta, la cual, cuando es retirada, se lleva un trozo redondo de carne tan profundo como lo que se ha dejado bajar la máquina, que se hunde en tanto que no la paren.
    121.  Convierte en eunuco a un muchacho de diez a quince años.
    122.  Aprieta y arranca con unas tenazas los pezones y los corta con unas tijeras.

Aquella misma noche, Augustine es entregada por el culo. Curval, al encularla, había querido besar el pecho de Constance, y, al correrse, se le llevó el pezón de un mordisco; pero, como la vendan inmediatamente, le aseguran que no perjudicará a su fruto. Curval dice a sus colegas, que se ríen de su ira contra esta criatura, que no controla los sentimientos de ira que le inspira. Cuando a su vez el duque da por el culo a Augustine, lo que siente contra esta hermosa criatura se desprende de la manera más viva posible: si no le hubieran vigilado, la habría herido, o en el pecho, o apretándole el cuello con todas sus fuerzas, al correrse. Sigue pidiendo a la asamblea ser su dueño, pero le objetan que hay que esperar las narraciones de Desgranges. Su hermano le ruega que tenga paciencia hasta que él mismo le dé el ejemplo con Aline; que lo que él quiere adelantar estropearía toda la economía de los acuerdos. Sin embargo, como ya no puede más, y necesita absolutamente un suplicio contra la hermosa muchacha, le permiten hacerle una ligera herida en el brazo: la hace en las carnes del antebrazo izquierdo, chupa su sangre, se corre, y vendan la herida, de modo que, al cuarto día, ya no se advierte.

*El veintiséis.*

123.    Rompe una fina botella de cristal blanco en el rostro de la muchacha, atada e indefensa; antes, le ha chupado mucho la boca y la lengua.

124.    Le amarra las dos piernas, le ata una mano a la espalda, le da en la otra mano un bastoncillo para defenderse, luego la ataca con grandes mandoblazos, le hace varias heridas en las carnes, y se corre en las llagas.

125.    La tiende sobre una cruz de san Andrés, hace como si la rompiera, le lastima tres miembros sin luxación, y le parte claramente un brazo o una pierna.

126.    La hace ponerse de perfil, y dispara un pistoletazo cargado con perdigones que le roza los dos senos; apunta a arrancar uno de los pezones.

127.    La coloca de espaldas y a cuatro patas a veinte pasos de él, y le dispara una bala de fusil en las nalgas.

Aquella misma noche, el obispo desvirga a Fanny por el culo.

*El veintisiete.*

128.    El mismo hombre de quien hablará Desgranges el 24 de febrero hace abortar a una mujer preñada a fuerza de latigazos en el vientre; quiere verla parir delante de él.

129.    Deja totalmente eunuco a un muchacho de dieciséis a diecisiete años. Antes le da por el culo y lo azota.

130.    Quiere a una virgen; le corta el clítoris con una navaja, después la desflora con un cilindro de hierro al rojo vivo que hunde a martillazos.

131.    Hace abortar a los ocho meses, por medio de un brebaje que hace que la mujer dé a luz al instante a su criatura muerta. Otras veces, determina un parto por el agujero del culo, pero la criatura sale muerta y la madre arriesga la vida.

132.    Corta un brazo.

Aquella noche, Fanny es entregada por el culo. Durcet la salva de un suplicio que le preparaban; la toma por mujer, se hace casar por el obispo, y repudia a Adélaïde, a la que infligen el suplicio destinado a Fanny, que consistía en romperle un dedo. El duque le da por el culo mientras Durcet le rompe el dedo.

*El veintiocho.*

133. Corta las dos muñecas y cauteriza con un hierro al rojo vivo.

134. Corta la lengua desde la raíz y cauteriza con un hierro al rojo vivo.

135. Corta una pierna, y con mayor frecuencia la hace cortar mientras él da por el culo.

136. Arranca todos los dientes, y coloca en su lugar un clavo al rojo vivo, que hunde con un martillo; lo hace después de follar a la mujer por la boca.

137. Quita un ojo.

Aquella noche, azotan a Julie con todas sus fuerzas y la pinchan en todos los dedos con una aguja. Esta operación se hace mientras el obispo le da por el culo, aunque la quiere bastante.

*El veintinueve.*

138. Ciega y absorbe los dos ojos dejando caer cera de España dentro.

139. Le corta un seno a ras de piel, y lo cauteriza con un hierro al rojo vivo. La Desgranges dirá entonces que este hombre es el que le cortó el pecho que le falta, y que está segura de que se lo come asado.

140. Corta las dos nalgas, después de haberla dado por el culo y azotado. Dicen que también se las come.

141. Corta a ras de piel las dos orejas.

142. Corta todas las extremidades, los veinte dedos, el clítoris, los pezones, la punta de la lengua.

Aquella noche, Aline, después de haber sido vigorosamente azotada por los cuatro amigos, y enculada por el obispo por última vez, es condenada a que cada uno de los amigos le corte un dedo de cada miembro.

*El treinta.*

143. Le quita varios pedazos de carne de todo el cuerpo, los hace asar y la obliga a comerlos con él. Es el mismo hombre del 8 y del 17 de febrero de Desgranges.

144. Corta los cuatro miembros de un chiquillo, encula el tronco, lo alimenta bien, y lo deja vivir así; ahora bien, como los miembros no han sido cortados muy cerca del tronco, vive largo tiempo. Lo encula durante más de un año así.

145. Ata a la muchacha fuertemente por una mano, y la deja así sin comer; a su lado tiene un gran cuchillo, y delante de ella una excelente

comida: si quiere comer, tiene que cortarse la mano; si no, muere. Anteriormente, la ha follado por el culo. Él la observa por una ventana.

146. Ata a la hija y a la madre; para que una de las dos viva y haga vivir a la otra, es preciso que una se corte la mano. Se divierte viendo la discusión, y cuál de las dos se sacrificará por la otra.

Sólo cuenta cuatro historias, a fin de celebrar aquella noche la fiesta de la decimotercera semana, en la que el duque se casará, haciendo él de mujer, con Hercule en calidad de marido, y, haciendo él de hombre, con Zéphire en calidad de mujer. El joven puto que, como sabemos, tiene el culo más bello de los ocho muchachos, es presentado vestido de muchacha, y así es tan lindo como el Amor. La ceremonia es consagrada por el obispo y se desarrolla delante de todo el mundo. El muchachito no es desvirgado hasta aquel día; el duque lo hace con gran placer, y mucho esfuerzo; lo hace sangrar. Hercule le folla a él durante toda la operación.

*El treinta y uno.*

147. Le saca los ojos, y la deja encerrada en una habitación, diciéndole que frente a ella hay comida, que no tiene más que ir a buscarla. Pero, para ello, es preciso que pase por una plancha de hierro que no ve y que mantienen siempre al rojo vivo. Se divierte mirando por una ventana qué hará: si se quemará, o si preferirá morirse de hambre. Previamente, ha sido muy azotada.

148. La castiga con el suplicio de la cuerda, que consiste en que te aten los miembros con unas cuerdas y en ser, mediante estas cuerdas, izado muy alto; desde todo lo alto te dejan caer a plomo: cada caída te disloca y rompe todos los miembros, porque caes en el vacío y sólo estás sujeto por unas cuerdas.

149. Le hace unas profundas heridas en las carnes, en medio de las cuales derrama pez hirviente y plomo fundido.

150. La ata desnuda y sin ningún auxilio, en el momento en que acaba de parir; ata a su criatura delante de ella, la criatura grita y ella no puede ayudarla. Ha de verla morir así. A continuación, azota con todas sus fuerzas a la madre en el coño, dirigiendo sus golpes a la vagina. Él es generalmente el padre de la criatura.

151. La hincha de agua; después le cose el coño y el culo, así como la boca, y la deja así hasta que el agua reviente los conductos, o que ella perezca. *(Comprobar por qué hay una de más, y si hay que suprimir alguna que sea esta última que ya creo hecha.)*

Aquella misma noche, Zéphire es entregado por el culo, y Adélaïde castigada a una ruda fustigación, después de la cual la quemarán con un hierro candente, justo en el interior de la vagina, debajo de los sobacos, y un poco chamuscada debajo de cada teta. Lo soporta todo como una heroína e invocando a Dios, lo cual irrita todavía más a sus verdugos.

# CUARTA PARTE

*Las ciento cincuenta pasiones asesinas, o de cuarta clase, que com-*
*ponen veintiocho jornadas de febrero, ocupadas por las narraciones de la*
*Desgranges, a las que se ha unido el diario exacto de los acontecimientos*
*escandalosos del castillo durante ese mes.*

## PLAN

Establecer de entrada que todo cambia de aspecto, este mes; que las cuatro esposas son repudiadas, que Julie, no obstante, ha hallado gracia cerca
del obispo, que la ha tomado con él en calidad de sirvienta, pero que Aline,
Adélaïde y Constance están sin casa ni hogar, a excepción, sin embargo, de
la última, que se ha permitido a Duclos confinarla con ella, porque quieren
conservar su fruto. Pero, en cuanto a Adélaïde y Aline, duermen en el establo de las bestias destinadas a servir de alimento. Las sultanas Augustine,
Zelmire, Fanny y Sophie, son las que sustituyen a las esposas en todas sus
funciones, a saber: en los retretes, en el servicio de la comida, en los sofás,
en la cama de los señores, de noche. De manera que así es como están, en
esta época, los dormitorios de los señores. Independientemente del follador
de turno que cada uno de ellos posee, tienen: el duque a Augustine, Zéphire
y Duclos en su cama con el follador; él se acuesta en medio de los cuatro, y
Marie en el sofá; Curval duerme de igual manera entre Adonis, Zelmire, un
follador y Fanchon; nadie fuera; Durcet duerme entre Hyacinthe, Fanny,
un follador y la Martaine *(comprobar)*, y, en el sofá, Louison; el obispo
duerme entre Céladon, Sophie, un follador y Julie, y, en el sofá, Thérèse. Lo
que permite ver que las parejitas de Zéphire y Augustine, Adonis y Zelmire,
Hyacinthe y Fanny, Céladon y Sophie, que han sido casadas, pertenecen al
mismo dueño. Sólo quedan cuatro muchachas en el serrallo de las muchachas, y cuatro en el serrallo de los muchachos. Champville duerme en el de
las muchachas y Desgranges en el de los muchachos, Aline en el establo,
como ya se ha dicho, y Constance en la habitación de Duclos, sola, ya que
Duclos duerme con el duque todas las noches. La comida es servida siempre
por las cuatro sultanas representando las cuatro esposas, y la cena por las
cuatro sultanas restantes; un grupo sirve siempre el café; pero los grupos

de los relatos, delante de cada camarín de cristal, ya sólo están compuestos por un muchacho y una muchacha. En cada relato, Aline y Adélaïde están atadas a los pilares del salón de historias del que ya se ha hablado; están amarradas a ellos, con las nalgas enfrente de los sofás, y, cerca de ellas, una mesita provista de varas, de manera que siempre están a punto de recibir el látigo. Constance tiene permiso para estar sentada en la hilera de las historiadoras. Cada una de las viejas se ocupa de su pareja, y Julie, desnuda, va de un sofá a otro, para recibir las órdenes y ejecutarlas inmediatamente. En cuanto al resto, siempre igual, un follador por sofá. Así es como Desgranges comienza sus relatos. En un reglamento especial, los amigos han decidido que, a lo largo de este mes, Aline, Adélaïde, Augustine y Zelmire serían entregadas a la brutalidad de sus pasiones, y que podrían, el día prescrito, o inmolarlas solos, o invitar al sacrificio al amigo que quisieran, sin que los demás se ofendan; que respecto a Constance, serviría para la celebración de la última semana, tal como se explicará en su momento y lugar. Cuando el duque y Curval, quienes por este acuerdo volverán a enviudar, quieran, para terminar el mes, tomar una esposa para las funciones, podrán hacerlo, eligiendo entre las cuatro sultanas restantes. Pero los pilares quedarán vacíos, tan pronto como las dos mujeres que los ocupaban ya no estén. Desgranges comienza y, después de haber advertido que sólo se tratará de asesinatos, dice que procurará, tal como se le ha recomendado, entrar en los más minuciosos detalles, y sobre todo advertir de los gustos comunes con los que esos asesinos de la orgía hacían preceder sus pasiones, a fin de que se puedan juzgar las relaciones y los encadenamientos, y ver cuál es el tipo de libertinaje simple que, rectificado por unas mentes sin moral y sin principios, puede conducir al asesinato, y a qué tipo de asesinato. Después comienza.

*El 1 de febrero.*

1. Le gustaba divertirse con una pordiosera que no hubiera comido en tres días; y su segunda pasión consiste en dejar morir de hambre a una mujer en el fondo de un calabozo, sin ofrecerle el mínimo socorro; la observa y se masturba examinándola, pero sólo se corre el día en que perece.

2. La mantiene allí largo tiempo, disminuyendo cada día un poco su ración; la hace cagar antes, y come la mierda en un plato.

3. Le gustaba chupar la boca, tragar la saliva, y, como segunda [pasión], encierra a la mujer en un calabozo, con víveres sólo para quince días; el trigésimo día, entra en él y se masturba sobre el cadáver.

4. Hacía mear y, como segunda, la hace morir a fuego lento impidiéndole beber y dándole mucho de comer.

5. Azotaba, y hace morir a la mujer impidiéndole dormir.

Aquella misma noche, Michette es colgada de los pies, después de haber comido mucho, hasta que vomita todo encima de Curval, que se masturba debajo y traga.

*El dos.*

6.   Hacía cagar en su boca y comía según caía; su segunda consiste en alimentar únicamente con miga de pan y vino. Ella revienta al cabo de un mes.

7.   Le gustaba follar por el coño; contagia a la mujer una enfermedad venérea por inyección, pero de tan mala especie que revienta al cabo de poquísimo tiempo.

8.   Hacía vomitar en su boca, y, como segunda, le provoca, mediante una bebida, una fiebre maligna de la que no tarda en reventar.

9.   Hacía cagar, y, como segunda, da una lavativa de ingredientes envenenados en agua hirviente o agua fuerte.

10.   Un famoso fustigador coloca a una mujer en un pivote sobre el que gira incesantemente hasta la muerte.

Por la noche, dan una lavativa de agua hirviente a Rosette en el momento en que el duque acaba de encularla.

*El tres.*

11.   Le gustaba dar bofetadas, y, como segunda, tuerce el cuello hacia atrás, de modo que tenga la cara del lado de las nalgas.

12.   Le gustaba la bestialidad, y, como segunda, le gusta hacer desvirgar a una muchacha delante de él por un garañón, que la mata.

13.   Le gustaba follar por el culo, y, como segunda, la entierra hasta medio cuerpo, y la alimenta así hasta que la mitad del cuerpo está podrida.

14.   Le gustaba masturbar el clítoris, y hace que uno de sus hombres masturbe a una muchacha en el clítoris hasta la muerte.

15.   Un fustigador, perfeccionando su pasión, azota hasta la muerte a la mujer en todas las partes del cuerpo.

Aquella noche, el duque quiere que Augustine sea masturbada en el clítoris, que tiene muy sensible, por la Duclos y la Champville, que se relevan y la masturban hasta el desmayo.

*El cuatro.*

16.   Le gustaba apretar el cuello, y, como segunda, ata a la muchacha por el cuello. Delante de ella tiene una gran comida, pero, para alcanzarla, es preciso que se estrangule a sí misma o que muera de hambre.

17.   El mismo hombre que ha matado a la hermana de Duclos, y cuyo gusto es manosear las carnes largo tiempo, amasa el pecho y las nalgas con una fuerza tan furiosa que la hace morir con este suplicio.

18.   El hombre de quien Martaine habló el 20 de enero, y al que le gustaba sangrar a las mujeres, las mata a fuerza de sangrías repetidas.

19.   Aquel cuya pasión consistía en hacer correr a una mujer desnuda hasta que cayera, y del que ya se ha hablado, tiene, como segunda, encerrarla en un baño turco ardiente, donde muere como asfixiada.

20.  Aquel de quien Duclos habló, que le gustaba hacerse poner pañales y al que la muchacha daba su mierda en lugar de papilla, envuelve tan estrechamente con pañales a una mujer que la hace morir así.

Aquella noche, un poco antes de pasar al salón de historias, han encontrado a Curval dando por el culo a una de las criadas de la cocina. Paga la multa; la muchacha recibe la orden de asistir a las orgías, donde el duque y el obispo la enculan a su vez, y recibe doscientos latigazos de la mano de cada uno de ellos. Es una gorda saboyana de veinticinco años, bastante lozana, y que tiene un bonito culo.

*El cinco.*
21.  Le gusta como primera pasión la bestialidad, y, como segunda, cose a la muchacha en una piel de asno recién desollada, con la cabeza fuera; la alimenta, y la deja dentro de ella hasta que la piel del animal la sofoca al encogerse.

22.  Aquel de quien Martaine habló el 15 de enero, y al que le gustaba colgarse jugando, cuelga a la muchacha por los pies y la deja allí hasta que la sangre la sofoca.

23.  Aquel del 27 de noviembre, de Duclos, al que le gustaba emborrachar a la puta, da muerte a la mujer hinchándola de agua con un embudo.

24.  Le gustaba torturar las tetas, y lo perfecciona encajando las dos tetas de la mujer en dos especies de cacerolas; después, coloca a la criatura, con sus dos tetas así acorazadas, sobre dos braseros, y la deja reventar en medio de aquellos dolores.

25.  Le gustaba ver nadar a una mujer, y, como segunda, la arroja al agua, y la saca medio ahogada; la cuelga después de los pies para hacerle vomitar el agua. Tan pronto como se ha recuperado, la arroja de nuevo, y así varias veces, hasta que revienta.

Aquel día, a la misma hora que la víspera, encuentran al duque dando por el culo a otra criada; paga la multa; la criada es enviada a las orgías, donde todo el mundo disfruta de ella, Durcet por la boca, el resto por el culo, e incluso por el coño, pues es virgen, y es condenada a doscientos latigazos por cada uno de ellos. Es una muchacha de dieciocho años, alta y bien hecha, un poco pelirroja, y con un culo muy hermoso. Aquella misma noche, Curval dice que es esencial seguir sangrando a Constance por su embarazo; el duque la encula y Curval la sangra, mientras Augustine lo masturba sobre las nalgas de Zelmire y alguien lo folla. Clava mientras se corre, y no yerra.

*El seis.*
26.  Su primera pasión consistía en arrojar a una mujer a una hoguera de una patada en el culo, pero de la que salía lo bastante pronto como para sufrir muy poco. La perfecciona, obligando a la muchacha a estar de pie

ante dos fuegos, uno de los cuales la asa por delante y otro por detrás; la deja allí hasta que se le derriten las grasas.

Desgranges advierte de que hablará de asesinatos que provocan una muerte rápida y con la que apenas se sufre.

27. Le gustaba impedir la respiración con sus manos, sea apretando el cuello, sea dejando largo tiempo la mano sobre la boca, y lo perfecciona sofocándola entre cuatro colchones.

28. Aquel de quien habló Martaine y que daba a elegir entre tres muertes *(ved el 14 de enero),* salta los sesos de un pistoletazo sin dar elección; le da por el culo, y al correrse dispara.

29. Aquel de quien habló Champville el 22 de diciembre, que hacía saltar en la manta con un gato, la arroja desde lo alto de una torre sobre unas piedras, y se corre al escuchar su caída.

30. Aquel a quien le gustaba apretar el cuello mientras daba por el culo, y del que Martaine habló el 6 de enero, encula a la muchacha, con un cordón de seda negra alrededor del cuello, y se corre al estrangularla. *(Que ella diga que esta voluptuosidad es una de las más refinadas que puede procurarse un libertino.)*

Se celebra aquel día la fiesta de la decimocuarta semana, y Curval se casa, como mujer, con Brise-Cul en calidad de marido, y, como hombre, con Adonis en calidad de mujer. Esta criatura sólo es desvirgada aquel día, delante de todo el mundo, mientras Brise-Cul folla a Curval. En la cena se emborrachan; y azotan a Zelmire y Augustine en los riñones, las nalgas, los muslos, el vientre, el pubis y los muslos por delante; después Curval hace follar a Zelmire, su nueva esposa, con Adonis, y les da por el culo sucesivamente a los dos.

*El siete.*

31. En un principio le gustaba follar a una mujer adormilada, y lo perfecciona haciéndola morir con una fuerte dosis de opio; la penetra por el coño durante el sueño mortal.

32. El mismo hombre de quien acaba de hablar, y que arroja varias veces al agua, también tiene por pasión ahogar a una mujer con una piedra al cuello.

33. Le gustaba abofetear, y, como segunda, le derrama plomo fundido en el oído mientras duerme.

34. Le gustaba azotar en la cara. Champville habló de él el 30 de diciembre. *(Comprobar.)* Mata a continuación a la muchacha de un fuerte martillazo en la sien.

35. Le gustaba ver arder hasta el final una vela en el ano de la mujer: la ata al extremo de un conductor, y la hace fulminar por el rayo.

36. Un fustigador. La coloca de cuatro patas con el culo pegado a la boca de un cañón; el proyectil se la lleva por el culo.

Aquel día, encontraron al obispo dando por el culo a la tercera criada. Paga la multa; la muchacha es mandada a las orgías, el duque y Curval se la follan por detrás y por delante, pues es virgen; después le dan ochocientos latigazos: doscientos cada uno de ellos. Es una suiza de diecinueve años, muy blanca, muy gorda, y con un culo muy hermoso. Las cocineras se quejan, y dicen que el servicio ya no podrá funcionar si molestan a las criadas, y las dejan allí hasta el mes de marzo. Aquella misma noche, cortan un dedo a Rosette, y lo cauterizan con fuego. Durante la operación ella está entre Curval y el duque; el uno la folla por el culo, el otro por el coño. La misma noche, Adonis es entregado por el culo, de modo que el duque ha jodido aquella noche a una criada y a Rosette por el coño, a la misma criada por el culo, a Rosette también por el culo *(han cambiado)* y a Adonis. Está rendido.

*El ocho.*
37. Le gustaba azotar en todo el cuerpo con un vergajo, y es el mismo de quien habló Martaine, que a golpes hirió tres miembros y rompió uno. Le gusta moler a palos a la mujer, pero la ahoga sobre la cruz.

38. Aquel de quien habló Martaine, que finge degollar a la muchacha a la que se retira mediante una cuerda, la degüella de veras al correrse. Se masturba.

39. Aquel del 30 de enero, de la Martaine, a quien le gustaba causar heridas, las mete en mazmorras.

40. Le gustaba azotar en el vientre a mujeres preñadas, y lo perfecciona dejando caer sobre el vientre de una mujer preñada un peso enorme que la aplasta inmediatamente, a ella y a su fruto.

41. Le gustaba ver el cuello desnudo de una muchacha, apretarlo, torturarlo un poco: clava un alfiler en determinado lugar de la nuca, con lo que ella muere inmediatamente.

42. Le gustaba quemar lentamente, con una vela, diferentes partes del cuerpo. Lo perfecciona arrojándola a un horno ardiente, tan violento que es consumida al instante.

Durcet, que empalma mucho, y que durante los relatos ha ido a azotar dos veces a Adélaïde en el pilar, propone colocarla atravesada en el fuego, y cuando ella ha tenido todo el tiempo de estremecerse ante la proposición, que no ha sido aceptada por poco, como compromiso le queman los pezones: Durcet, su marido, uno; Curval, su padre, otro; los dos se corren en esta operación.

*El nueve.*
43. Le gustaba pinchar con alfileres, y, como segunda, se corre dando tres puñaladas en el corazón.

44.   Le gustaba quemar fuegos artificiales en el coño: ata a una jovencita delgada y bien hecha, como varilla, a un gran cohete volador; es disparada y cae junto con el cohete.

45.   Él mismo llena de pólvora todas las aberturas de una mujer, le prende fuego, y todos los miembros saltan y se descuartizan a la vez.

46.   Le gustaba echar, por sorpresa, vomitivos en lo que comía la muchacha: le hace, como segunda, respirar un polvo en el rapé o en un ramo de flores, que la tumba de espaldas, muerta, en un instante.

47.   Le gustaba azotar en el pecho y en el cuello: lo perfecciona derribándola de un vigoroso golpe asestado en el gaznate.

48.   El mismo de quien habló Duclos el 27 de noviembre y Martaine el 14 de febrero. *(Comprobar.)* Ella acaba de cagar delante del libertino, él la riñe, la persigue a golpes de látigo de postillón por una galería. Se abre una puerta que da a una escalerita, ella cree encontrar allí su seguridad, se precipita por ella, pero falta un peldaño y cae en una bañera de agua hirviente que se cierra inmediatamente sobre ella y en la que muere escaldada, ahogada y sofocada. Sus gustos son hacer cagar y azotar a la mujer mientras ella caga.

Aquella noche, al término de este relato, Curval ha hecho cagar a Zelmire por la mañana, el duque le pide mierda. Ella no puede; la castigan inmediatamente a pincharle el culo con una aguja de oro, hasta que la piel esté totalmente inundada de sangre, y, como el duque es el ofendido por este rechazo, él es quien opera. Curval pide mierda a Zéphire: este dice que el duque le ha hecho cagar por la mañana. El duque lo niega; llaman a declarar a la Duclos, que lo niega, aunque sea cierto. En consecuencia, Curval tiene derecho a castigar a Zéphire aunque sea amante del duque, de la misma manera que este acaba de castigar a Zelmire, aun siendo mujer de Curval. Zéphire es azotado hasta sangrar por Curval y recibe seis papirotazos en la punta de la nariz; sangra, lo cual hace reír mucho al duque.

*El diez.*

Desgranges dice que va a hablar de asesinatos, de traiciones, donde el procedimiento es lo principal y el efecto, o sea el asesinato, sólo es accesorio. Y, en consecuencia, dice que situará los venenos en primer lugar.

49.   Un hombre, cuyo gusto era dar por el culo, y jamás de otra manera, envenena a todas sus mujeres; ya va por la vigesimosegunda. Sólo las follaba por el culo y jamás las había desvirgado.

50.   Un sodomita invita a los amigos a un festín, y envenena a una parte de ellos cada vez que da de comer.

51.   El del 26 de noviembre, de Duclos, y del 10 de enero, de Martaine, que es sodomita, finge ayudar a los pobres; les da víveres, pero están envenenados.

52.   Un sodomita utiliza una droga que, arrojada al suelo, hace caer muertos a los que la pisan, y la utiliza muy a menudo.

53.   Un sodomita utiliza otra droga que da la muerte en medio de inconcebibles tormentos; duran quince días, y ningún médico sabe qué hacer. Su mayor placer es ir a visitaros cuando os halláis en tal estado.

54.   Un sodomita, con hombres y con mujeres, utiliza otro polvo, cuyo efecto es el de eliminar la utilización de vuestros sentidos y dejaros como muerto. Se os cree así, os entierran, y morís desesperado en vuestro ataúd donde, recién enterrado, recobráis el conocimiento. Procura encontrarse encima del lugar donde estáis enterrado, para intentar oír algunos gritos; si los oye, se desmaya de placer. Ha hecho morir así a parte de su familia.

Hacen tomar a Julie, aquella noche, bromeando, unos polvos que le dan unos cólicos terribles; le dicen que está envenenada, lo cree, se desespera. Durante el espectáculo de sus convulsiones, el duque se hace masturbar delante de ella por Augustine. Tiene la desgracia de recubrirle el glande con el prepucio, que es una de las cosas que más disgustan al duque; iba a correrse, esto se lo impide. Dice que quiere cortarle un dedo a esta bribona, y se lo cortan de la mano con que ha cometido el error, mientras su hija Julie, que se cree envenenada, acude para hacerle correrse. Julie se cura aquella misma noche.

*El once.*

55.   Un sodomita solía ir a casas de conocidos o amigos, y jamás dejaba de envenenar a la criatura humana más querida por aquel amigo. Utilizaba unos polvos que le hacían reventar al cabo de dos días de terribles dolores.

56.   Un hombre, cuyo gusto consistía en torturar el pecho, lo perfeccionaba envenenando a las criaturas en el mismo seno de las nodrizas.

57.   Le gustaba recibir lavativas de leche en la boca, y, como segunda, las daba envenenadas que provocaban la muerte en medio de horribles cólicos de entrañas.

58.   A un sodomita, del que tendrá ocasión de volver a hablar el 13 y el 26, le gustaba incendiar las casas de los pobres, y lo hacía de manera que siempre hubiera mucha gente abrasada, y sobre todo criaturas.

59.   A otro sodomita le gustaba dar muerte a las mujeres parturientas; al visitarlas llevaba consigo unos polvos cuyo olor las llenaba de espasmos y de convulsiones cuyo resultado era la muerte.

60.   Aquel de quien Duclos habla en su vigesimoctava velada quiere ver parir a una mujer; mata a la criatura al salir del vientre de su madre y ante sus ojos, y esto fingiendo acariciarla.

Aquella noche, comienzan por azotar a Aline con cien latigazos cada amigo, hasta que sangra, después le piden mierda; se la ha dado por la mañana a Curval, que lo niega. En consecuencia, la queman en los dos senos, en cada palma de la mano; le hacen gotear cera de España en los muslos y en el vientre, le llenan de cera el agujero del ombligo, le queman el pelo del coño con alcohol. El duque provoca una discusión con Zelmire, y Curval le corta dos dedos, uno de cada mano. Augustine es azotada en el pubis y en el culo.

*El doce.*

Los amigos se reúnen por la mañana, y deciden que, resultándoles las cuatro viejas inútiles y pudiéndolas sustituir fácilmente en sus funciones por las cuatro historiadoras, deben divertirse con ellas y martirizarlas una tras otra, comenzando desde aquella misma noche. Se propone a las historiadoras ocupar su lugar; aceptan, con la condición de que no sean sacrificadas. Se les promete.

61.   Los tres amigos, D'Aucourt, el abate y Desprès, de quienes Duclos habló el 12 de noviembre, siguen divirtiéndose juntos con esta pasión: quieren a una mujer preñada de ocho a nueve meses, le abren el vientre, le arrancan la criatura, la queman ante los ojos de la madre, en su lugar colocan en el estómago un paquete de azufre mezclado con mercurio, lo encienden, luego cosen el vientre y la dejan morir así, delante de ellos y en medio de unos dolores atroces, haciéndose masturbar por una muchacha que les acompaña. *(Comprobar el nombre.)*

62.   Le gustaba desvirgar, y lo perfecciona haciendo una gran cantidad de criaturas a varias mujeres; después, en cuanto cumplen cinco o seis años, las desvirga, sean niña o niño, y las arroja a un horno ardiente en cuanto las ha follado, en el mismo instante de la eyaculación.

63.   El mismo hombre de quien Duclos habló el 27 de noviembre, y Martaine el 15 de enero, y ella misma el 5 de febrero, cuyo gusto consistía en ahorcar de broma, en ver ahorcar, etcétera, él mismo, digo, oculta sus pertenencias en los cofres de sus servidores y dice que le han robado. Procura hacerlos ahorcar y, si lo consigue, va a disfrutar del espectáculo; si no, los encierra en una habitación y les da muerte estrangulándolos. Se corre durante la operación.

64.   Un gran aficionado a la mierda, aquel de quien Duclos habló el 14 de noviembre, tiene en su casa un retrete preparado; hace que se siente encima la persona que quiere hacer morir y, tan pronto como se ha sentado, el asiento se hunde y arroja a la persona a una fosa de mierda muy profunda donde le deja perecer.

65.   Un hombre de quien Martaine habló y que se divertía viendo caer a una muchacha de lo alto de una escalera perfecciona así su pasión *(pero comprobar cuál)*. Hace colocar a la muchacha en un pequeño tablado, frente a una profunda charca, más allá de la cual hay un muro que le ofrece una retirada más segura puesto que hay una escalera adosada al muro. Pero es preciso arrojarse a la charca, y ella tiene mucha prisa porque, detrás del tablado donde está, hay un fuego lento que avanza poco a poco. Si el fuego la atrapa, será consumida, y, como no sabe nadar, si, para evitar el fuego, se arroja al agua, se ahogará. Alcanzada por el fuego, toma, sin embargo,

la decisión de arrojarse al agua y de alcanzar la escalera que ve en el muro. Con frecuencia se ahoga: en tal caso no hay más que decir. Si es lo bastante afortunada como para alcanzar la escalera, trepa por ella, pero un peldaño, preparado en la parte superior, se rompe bajo sus pies cuando lo pisa y la precipita a un agujero recubierto de tierra que no había visto, y que, abriéndose bajo su peso, la arroja a una hoguera ardiente en la que perece. El libertino, cerca del espectáculo, se masturba observándolo.

66. El mismo de quien Duclos habló el 29 de noviembre, el mismo que desvirgó a la Martaine por el culo a los cinco años, y el mismo también de quien anuncia que volverá a hablar en la pasión con que cerrará sus relatos (la del infierno), ese mismo, digo, da por el culo a una muchacha de dieciséis a dieciocho años, la más bonita que han podido encontrarle. Un poco antes de su eyaculación, suelta un resorte que hace caer, sobre el cuello desnudo y despojado de la muchacha, una máquina de acero dentada, y que asierra poco a poco y minuciosamente el cuello de la muchacha, mientras que él suelta su eyaculación, la cual siempre es muy larga.

Descubren aquella noche los amoríos de uno de los folladores subalternos y de Augustine. Él todavía no se la había follado, pero, para lograrlo, le proponía una evasión y se la presentaba como muy fácil. Augustine confiesa que estaba a punto de concederle lo que le pedía, para escapar de un lugar donde cree su vida en peligro. Fanchon es la que lo descubre todo y lo cuenta. Los cuatro amigos se arrojan de improviso sobre el follador, lo atan, lo agarrotan y lo bajan a la bodega, donde el duque le encula a la fuerza, sin pomada, mientras Curval lo degüella y los otros dos lo abrasan con un hierro candente en todas las partes del cuerpo. Esta escena ha ocurrido al terminar la comida, en lugar del café; van al salón de historias, como de costumbre, y, en la cena, se preguntan entre ellos si gracias al descubrimiento de la conjura deben indultar a Fanchon que, a consecuencia de la decisión de la mañana, iba a ser maltratada aquella misma noche. El obispo se opone a que la perdonen, y dice que sería indigno de ellos ceder al sentimiento de la gratitud, y que siempre será partidario de las cosas que pueden aportar una mayor voluptuosidad a la sociedad, así como contrario a las que pueden privarla de un placer. En consecuencia, después de haber castigado a Augustine por haberse prestado a la conjura, primero haciéndola asistir a la ejecución de su amante, después enculándola y haciéndole creer que también la degollarían, y definitivamente arrancándole dos dientes, operación que realiza el duque mientras Curval da por el culo a la hermosa muchacha, y acabando por azotarla a fondo, después de todo esto, digo, hacen comparecer a Fanchon, la hacen cagar, cada amigo le da cien latigazos, y el duque le corta la teta izquierda a ras de carne. Ella protesta mucho de la injusticia del procedimiento. «¡Si fuera justo», dice el duque, «no nos haría empalmar!». Después, la vendan, a fin de que pueda servir en otros suplicios. Descubren que había un leve comienzo de motín general entre los folladores subalternos, que el acontecimiento del sacrificio de uno de ellos ha calmado por completo. Al igual que la Fanchon, las otras tres viejas son destituidas de cualquier empleo, y sustituidas por las historiadoras y por Julie. Se estremecen, pero ¿cómo pueden evitar su suerte?

*El trece.*

67.   Un hombre a quien le gustaban mucho los culos atrae a una muchacha, a la que dice amar, a una excursión acuática; la barca está preparada, se parte, y la muchacha se ahoga. En ocasiones, él mismo lo hace de diferente manera: tiene un balcón preparado en una habitación muy elevada, la muchacha se apoya en él, el balcón cede, y ella se mata.

68.   Un hombre, a quien le gustaba azotar y después dar por el culo, lo perfecciona atrayendo a una muchacha a una habitación preparada. Se abre una trampa, cae en una bodega en la que está el libertino; en el momento de su caída, le hunde un puñal en el pecho, en el coño y en el agujero del culo; después la arroja, muerta o no, a otra bodega, cuya entrada está cerrada con una piedra, y ella cae sobre un montón de otros cadáveres que la han precedido, donde expira rabiosa, si no ha muerto. Y él procura asestarle unas débiles puñaladas, a fin de no matarla y de que muera en la última bodega. Antes, siempre da por el culo, azota y se corre. Actúa con sangre fría.

69.   Un sodomita hace montar a la muchacha en un caballo salvaje que la arrastra y la mata en unos precipicios.

70.   Aquel de quien Martaine habló el 18 de febrero, y cuya primera pasión es quemar con fulminantes de pólvora, lo perfecciona haciendo colocar a la muchacha en una cama preparada. Tan pronto como se ha acostado, la cama se hunde en una hoguera ardiente, pero de la que puede salir. Él está allí y, cada vez que ella quiere salir, la empuja a golpes de espetón en el vientre.

71.   Aquel de quien ella habló el 11, y al que le gustaba incendiar casas de pobres, intenta atraer a su casa a hombres o mujeres con la excusa de la caridad; los encula, hombre o mujer, les rompe los lomos, y los deja morir de hambre en un calabozo, así dislocados.

72.   Aquel a quien le gustaba arrojar a una mujer por la ventana sobre un estercolero, y de quien habló Martaine, ejecuta lo que se verá, como segunda pasión. Deja acostar a la muchacha en una habitación que ella conoce y de la que se sabe que la ventana es muy baja; le da opio; tan pronto como está bien dormida, la traslada a una habitación idéntica a la suya, pero cuya ventana está muy alta y da encima de unas piedras puntiagudas. Después, entran precipitadamente en su habitación provocándole un gran terror; le dicen que van a matarla. Ella, que sabe que su ventana es baja, la abre y se arroja por ella sin mirar, pero cae sobre las piedras puntiagudas, desde más de treinta pies de altura, y se mata ella misma y sin que nadie la toque.

Aquella noche, el obispo se casa, como mujer, con Antinoüs en calidad de marido, y, como hombre, con Céladon en calidad de mujer, y aquel mismo día esta criatura es enculada por primera vez. Esta ceremonia celebra la fiesta de la decimoquinta semana. El prelado quiere que, para acabar de celebrarla, se maltrate duramente a Aline, contra la cual estalla sordamente su ira libertina. La cuelgan y la descuelgan rápidamente, y todo el mundo se corre al verla colgada. Una sangría, que le hace Durcet, la repone, y al día siguiente no se nota nada, pero ha crecido una pulgada. Cuenta lo que sintió durante el suplicio. El obispo, para quien todo es fiesta aquel día, corta un pecho a ras de piel a la vieja Louison: entonces las dos restantes ven claramente cuál será su suerte.

*El catorce.*

73.   Un hombre, cuyo gusto simple consistía en azotar a una muchacha, lo perfecciona, quitando todos los días un pedazo de carne del tamaño de un guisante del cuerpo de la muchacha; pero no la venda, y así va pereciendo poco a poco.

Desgranges advierte que hablará de asesinatos muy dolorosos, y que el tema principal será la extrema crueldad; entonces le recomiendan más que nunca los detalles.

74.   Aquel a quien le gustaba sangrar quita todos los días media onza de sangre hasta la muerte. Es una historia muy aplaudida.

75.   Aquel a quien le gustaba pinchar el culo con unos alfileres asesta cada día una leve puñalada. Detiene la sangre, pero no venda la herida, y así ella muere lentamente.

75 bis.   Un fustigador sierra todos los miembros lentamente y uno tras otro.

76.   El marqués de Mesanges, de quien Duclos habló en relación con la hija del zapatero Petignon que él había comprado a Duclos, y cuya primera pasión era la de hacerse azotar cuatro horas sin correrse, tiene como segunda colocar a una chiquilla en la mano de un coloso, que cuelga a la criatura por la cabeza sobre una gran hoguera que la abrasa con mucha lentitud; es preciso que las muchachas sean vírgenes.

77.   Su primera pasión es la de quemar poco a poco las carnes del pecho y de las nalgas con una cerilla, y su segunda es mechar todo el cuerpo de una muchacha con unas pajuelas que enciende una tras otra, y la ve morir así.

«No existe muerte más dolorosa», dice el duque, que confiesa haberse entregado a esa infamia, y haberse corrido copiosamente; «se dice que la mujer vive de seis a ocho horas». Por la noche, Céladon es entregado por el culo; el duque y Curval se divierten con él. Curval quiere que sangren a Constance por su preñez, y la sangra él mismo corriéndose en el culo de Céladon; después corta un pecho a Thérèse mientras encula a Zelmire, y el duque encula a Thérèse mientras la intervienen.

*El quince.*

78.   Le gustaba chupar la boca y tragar la saliva, y lo perfecciona haciendo tragar todos los días, durante nueve días, una pequeña dosis de plomo fundido, con un embudo; revienta al noveno.

79.   Le gustaba retorcer un dedo, y, como segunda, rompe todos los miembros, arranca la lengua, saca los ojos, y deja vivir así, disminuyendo todos los días la alimentación.

80.   Un sacrílego, el segundo de quien habló Martaine el 3 de enero, ata a un guapo muchachito, con unas cuerdas, a una cruz muy elevada, y lo deja allí para que se lo coman los cuervos.

81.   Uno que olisqueaba los sobacos y se los follaba, y de quien habló Duclos, cuelga a una mujer por los sobacos, atada por todas partes, y la pincha todos los días en alguna parte del cuerpo, para que la sangre atraiga las moscas; la deja así morir poco a poco.

82.   Un hombre, apasionado por el culo, rectifica enterrando a la muchacha en una bodega donde hay para vivir tres días; la hiere antes para hacer su muerte más dolorosa. Las quiere vírgenes, y les besa el culo durante ocho días antes de entregarlas a este suplicio.

83.   Le gustaba follar bocas y culos muy jóvenes: lo perfecciona arrancando el corazón de una muchacha en vivo; hace en él un agujero, folla por el agujero caliente, devuelve el corazón a su sitio con su leche dentro; cose la herida, y deja a la muchacha acabar su suerte sin ayuda; la cual no dura mucho en este caso.

Aquella noche, Curval, siempre irritado contra la hermosa Constance, dice que se puede parir perfectamente con un miembro roto y, en consecuencia, parte el brazo derecho de esa infortunada. Durcet, la misma noche, corta un pecho a Marie, a la que antes han azotado y hecho cagar.

*El dieciséis.*

84.   Un fustigador se perfecciona descamando lentamente los huesos; sorbe la médula y en su lugar echa plomo fundido. Aquí, el duque exclama que no volverá a dar por el culo en su vida si no es ese el suplicio que destina a Augustine. La pobre muchacha, a la que mientras tanto estaba enculando, lanza unos gritos y arroja un torrente de lágrimas. Y como, con esta escena, le ha hecho frustrar su eyaculación, le da, masturbándose y corriéndose solo, una docena de soplamocos que resuenan en toda la sala.

85.   Un sodomita tritura, en una máquina preparada, a la muchacha en pedacitos; es una tortura china.

86.   Le gustaban los virgos de las muchachas, y su segunda es ensartar a una virgen por el coño con una estaca puntiaguda; está allí como a caballo, se la hunden, con una bala de cañón en cada pie, y la dejan morir así poco a poco.

87.   Un fustigador desuella a la muchacha tres veces; unta la cuarta piel con un cáustico devorador que la hace morir en medio de horribles dolores.

88.   Un hombre, cuya primera pasión consistía en cortar un dedo, tiene, como segunda, agarrar un pedazo de carne con unas tenazas al rojo vivo; corta con unas tijeras el pedazo de carne, después cauteriza la herida.

Pasa cuatro o cinco días descarnando así, poco a poco, todo el cuerpo, y ella muere en medio de los dolores de esta cruel operación.

Aquella noche, castigan a Sophie y Céladon, que han sido descubiertos divirtiéndose juntos. Los dos son azotados en todo el cuerpo por el obispo, a quien pertenecen. Cortan dos dedos a Sophie y otros tantos a Céladon, que cura enseguida. No por ello dejan, después, de servir a los placeres del obispo. Introducen de nuevo a Fanchon en escena, y, después de haberla azotado con un vergajo, la queman en la planta de los pies, en cada muslo por delante y por detrás, en la frente, en cada mano, y le arrancan los dientes que le quedan. El duque mantiene casi siempre la polla en su culo mientras la operan. *(Decir que se ha prescrito por ley no estropear las nalgas hasta el día del último suplicio.)*

*El diecisiete.*
89.   Aquel del 30 de enero, de Martaine, y de quien ella contó el 5 de febrero, corta las tetas y las nalgas de una muchacha, se las come, y coloca sobre las heridas unos emplastos que abrasan las carnes con tal violencia que muere. La obliga también a comer su propia carne, que acaba de cortar y que ha hecho asar.
90.   Un sodomita hace hervir a una chiquilla en una marmita.
91.   Un sodomita la hace asar en vivo ensartada en un espetón después de darle por el culo.
92.   Un hombre, cuya primera pasión consistía en hacer encular delante de él a muchachos y muchachas por unas pollas enormes, empala por el culo, y la deja morir así, contemplando las contorsiones de la muchacha.
93.   Un sodomita ata a una mujer a una rueda de tortura, y, sin haberle hecho ningún daño antes, la deja ahí hasta que fallece de muerte natural.

Aquella noche, el obispo, muy excitado, quiere que Aline sea torturada; su ira contra ella ha llegado a los últimos extremos. Aparece desnuda, la hace cagar y la encula, y después, sin correrse, saliendo lleno de furia del hermoso culo, le da una lavativa de agua hirviente que le obligan a devolver igual de hirviente en las narices de Thérèse. Después cortan a Aline los dedos de las manos y de los pies que le quedan, le parten los dos brazos, se los abrasan antes con un hierro al rojo vivo. Entonces la azotan y la abofetean, y después el excitadísimo obispo le corta un pecho y se corre. Pasan de allí a Thérèse, le abrasan el interior del coño, la nariz, la lengua, los pies y las manos, y le dan seiscientos vergajazos; le arrancan los dientes que le quedan y le abrasan la parte interior del gaznate. Augustine, testigo, se echa a llorar; el duque la azota en el vientre y en el coño, hasta que sangra.

*El dieciocho.*
94.   Tenía como primera pasión escarificar las carnes, y, como segunda, la descuartiza entre cuatro arbolillos.

95.   Un fustigador cuelga a la muchacha de una máquina que la sumerge en una gran hoguera y la saca enseguida, y esto dura hasta que ella está completamente abrasada.

96.   Le gustaba apagar velas en las carnes. La rodea de azufre y la hace servir de antorcha, procurando que el humo no la sofoque.

97.   Un sodomita arranca las entrañas de un muchacho y de una muchacha, pone las entrañas del muchacho en el cuerpo de la muchacha y las de la muchacha en el cuerpo del muchacho, cose después las heridas, los ata por la espalda, con un pilar que los sostiene colocado en medio de los dos, y se les ve morir así.

98.   Un hombre, a quien le gustaba quemar un poco, rectifica haciendo asar en una parrilla, dando vueltas y más vueltas.

Aquella noche, Michette es expuesta al furor de los libertinos. Primero es azotada por los cuatro, después cada uno de ellos le arranca un diente; le cortan cuatro dedos (cada uno de ellos corta uno); le abrasan los muslos por delante y por detrás, en cuatro lugares; el duque le manosea una teta, hasta que está completamente tumefacta, mientras da por el culo a Giton. Después aparece Louison. La hacen cagar, le dan ochocientos vergajazos, le arrancan todos los dientes, la queman en la lengua, en el agujero del culo, en el coño, en el pecho que le queda y en seis lugares de los muslos. Tan pronto como todo el mundo se ha acostado, el obispo va a buscar a su hermano. Se llevan con ellos a Desgranges y Duclos; los cuatro bajan a Aline a la bodega; el obispo la encula, el duque también, decretan su muerte, y se la dan en medio de tormentos excesivos y que duran hasta el alba. Al subir, se congratulan de las dos historiadoras y aconsejan a los otros dos que las utilicen siempre en los suplicios.

*El diecinueve.*

90.   Un sodomita: coloca a la mujer sobre una estaca con punta de diamante clavada en la rabadilla, sus cuatro miembros sujetos al aire sólo por cordeles; los efectos de este dolor son hacer reír y el suplicio es espantoso.

100.   Un hombre, a quien le gustaba cortar un poco de carne en el culo, lo perfecciona haciendo serrar a la muchacha muy lentamente entre dos planchas.

101.   Un sodomita con los dos sexos hace venir al hermano y a la hermana. Dice al hermano que lo hará morir en un suplicio espantoso cuyos preparativos le muestra, pero que, sin embargo, le perdonará la vida si quiere, primero, follar a su hermana, y estrangularla después delante de él. El joven acepta y, mientras se folla a su hermana, el libertino da por el culo a veces al muchacho y a veces a la muchacha. Después el hermano, por miedo a la muerte que le presentan, estrangula a su hermana, y en el momento en que acaba de matarla, se abre una trampa preparada, y los dos, ante los ojos del libertino, caen en una hoguera ardiente.

102.   Un sodomita exige que un padre folle a su hija delante de él. Después da por el culo a la hija sujeta por el padre; luego dice al padre que es absolutamente necesario que su hija perezca, pero que tiene la opción de matarla él mismo estrangulándola, cosa que no la hará sufrir, o, si no quiere matar a su hija, la matará él mismo, pero será ante los ojos del padre y en medio de suplicios espantosos. El padre prefiere matar a su hija con un cordón anudado alrededor del cuello que verla soportar unos tormentos terribles, pero cuando se dispone a hacerlo, lo atan, lo agarrotan y despellejan a su hija delante de él, la rodean después con unos alambres espinados al rojo vivo, después la arrojan a una hoguera, y el padre es estrangulado para enseñarle, dice el libertino, a acceder a estrangular él mismo a su hija. Le arrojan, luego, a la misma hoguera de su hija.

103.   Un gran aficionado a culos y a látigos junta a la madre y a la hija. Dice a la hija que, si no permite que le corten las dos manos, matará a su madre; la pequeña lo permite; él se las corta. Entonces separa a los dos seres, atan el cuello de la muchacha a una cuerda, los pies sobre un taburete; en el taburete hay otra cuerda cuyo cabo pasa a la habitación donde la sujeta la madre. Dice a la madre que tire de la cuerda: tira de ella sin saber lo que hace; la llevan inmediatamente a contemplar su obra, y, en el momento de su desesperación, la decapitan por detrás de un sablazo.

Aquella misma noche, Durcet, celoso del placer que, la pasada noche, tuvieron los dos hermanos, quiere que se maltrate a Adélaïde, cuyo turno asegura que está a punto de llegar. En consecuencia, Curval su padre y Durcet su marido le pellizcan los muslos con unas tenazas al rojo vivo, mientras el duque la encula sin pomada. Le agujerean la punta de la lengua, le cortan los dos lóbulos de las orejas, le arrancan cuatro dientes, después la azotan con toda la fuerza de sus brazos. Aquella misma noche, el obispo sangra a Sophie delante de Adélaïde, su querida amiga, hasta que se desmaya; le da por el culo mientras la sangra, y permanece todo el tiempo en su culo. Cortan dos dedos a Narcisse; mientras Curval le da por el culo; después hacen aparecer a Marie, le hunden un hierro al rojo vivo en el culo y en el coño, la queman con un hierro candente en seis lugares de los muslos, en el clítoris, en la lengua, en el pecho que le queda, y le arrancan los dientes restantes.

*El veinte.*

104.   Aquel del 5 de diciembre, de Champville, cuyo gusto consistía en hacerse prostituir el hijo por la madre, para darle por el culo, rectifica juntando a la madre y al hijo. Dice a la madre que va a matarla, pero que la perdonará si mata a su hijo. Si no le mata, degüella a la criatura delante de ella, y, si le mata, la atan al cuerpo de su hijo, y la dejan perecer así, poco a poco, sobre el cadáver.

105.   Un gran incestuoso junta a las dos hermanas después de haberlas enculado; las ata a una máquina, cada una de ellas con un puñal en la mano; la máquina parte, las muchachas chocan y así se matan mutuamente.

106.   Otro incestuoso quiere a una madre y cuatro criaturas; las encierra en un lugar donde pueda observarlas; no les da alimento alguno, a fin de ver los efectos del hambre sobre la mujer y a cuál de sus criaturas se comerá en primer lugar.

107.   Aquel del 29 de diciembre, de Champville, a quien le gustaba azotar mujeres preñadas, quiere a la madre y a la hija, ambas preñadas; ata a cada una de ellas en una placa de hierro, una encima de otra; se dispara un resorte, las dos placas se juntan estrechamente, y con tal violencia que las dos mujeres quedan pulverizadas, ellas y sus frutos.

108.   Un hombre muy sodomita se divierte de la siguiente manera: reúne al amante y a la querida: «Hay un solo ser en el mundo», le dice al amante, «que se opone a tu felicidad; voy a ponerlo en tus manos». Le lleva a una habitación oscura en la que una persona duerme en una cama. Tremendamente excitado, el joven apuñala a esta persona. Tan pronto como lo ha hecho, se le hace ver que ha matado a su querida; desesperado, se mata a sí mismo. Si no lo hace, el libertino le mata a disparos de fusil, sin atreverse a entrar en la habitación donde está este joven furioso y armado. Antes, se ha follado al muchacho y a la muchacha, con la esperanza de servirles y de reunirles, y sólo después de haber disfrutado de ellos les hace la jugada.

Aquella noche, para celebrar la decimosexta semana, Durcet se casa, como mujer, con Bande-Au-Ciel en calidad de marido, y como hombre, con Hyacinthe en calidad de mujer; pero, para las nupcias, quiere torturar a Fanny, su esposa femenina. En consecuencia, la queman en los brazos y en los muslos en seis lugares, le arrancan dos dientes, la azotan, obligan a Hyacinthe, que la quiere y que es su marido por los acuerdos voluptuosos de que se ha hablado anteriormente, se le obliga, digo, a cagar en la boca de Fanny, y a esta a comerlo. El duque arranca un diente a Augustine y la folla en la boca inmediatamente después. Reaparece Fanchon; la sangran y, mientras la sangre mana del brazo, se lo parten; después le arrancan las uñas de los pies y le cortan los dedos de las manos.

*El veintiuno.*

109.   Ella anuncia que los siguientes son unos sodomitas que sólo quieren asesinatos masculinos. Este hunde un cañón de fusil, cargado de metralla gruesa, en el culo del muchacho que se acaba de follar, y dispara al correrse.

110.   Obliga al muchacho a ver mutilar a su querida ante sus ojos, y le hace comer la carne, y principalmente las nalgas, las tetas y el corazón. Tiene que comer estos manjares, o morirse de hambre. Tan pronto como ha comido, si esa es la decisión que toma, le hace varias heridas en el cuerpo, y lo deja morir así desangrándose, y, si no come, se muere de hambre.

111.   Le arranca los cojones y se los hace comer sin decírselo, después sustituye estos testículos por unas bolas de mercurio, y de azufre, que le producen unos dolores tan violentos que muere. Durante esos dolores, le da por el culo, y se los aumenta abrasándole por todas partes con unas pajuelas, arañándole y quemándole las heridas.

112.   Lo clava por el agujero del culo en una estaca muy fina, y deja que acabe así.

113.   Da por el culo y, mientras sodomiza, levanta el cráneo, retira el cerebro, y lo sustituye por plomo fundido.

Aquella noche, Hyacinthe es entregado por el culo y vigorosamente fustigado antes de la operación. Narcisse es presentado; le cortan los dos cojones. Hacen venir a Adélaïde; le pasan una pala al rojo vivo por la parte delantera de los muslos, le queman el clítoris, le atraviesan la lengua, le azotan el pecho, le cortan los dos pezones, le parten los dos brazos, le cortan los dedos que le quedan, le arrancan los pelos del coño, seis dientes y un mechón de cabellos. Todo el mundo se corre, a excepción del duque, que, empalmando furiosamente, pide ejecutar él sólo a Thérèse. Se lo conceden: le arranca todas las uñas con un cortaplumas y le quema los dedos con una vela, poco a poco, después le parte un brazo, y, como todavía no se corre, folla a Augustine y le arranca un diente dejándole su leche en el coño.

*El veintidós.*

114.   Quebranta a un muchachito, después lo ata a la rueda donde lo deja expirar; está colocado de manera que enseñe las nalgas de cerca, y el malvado que lo atormenta hace poner su mesa debajo de la rueda, y come allí todos los días, hasta que el paciente haya expirado.

115.   Desuella a un muchacho, lo unta de miel, y deja que así lo devoren las moscas.

116.   Le corta la polla, las tetillas, y lo coloca sobre una estaca a la que está clavado por un pie, sosteniéndose en otra estaca a la que está clavado por la mano; así le deja hasta que muere.

117.   El mismo hombre que había hecho comer a Duclos con sus perros, hace que un león devore a un muchacho delante de él, dándole una ligera vara para defenderse, lo que sólo consigue excitar más al animal. Se corre cuando ha sido completamente devorado.

118.   Entrega a un muchacho a un garañón adiestrado para eso, que le da por el culo y lo mata. La criatura está cubierta de una piel de yegua, y tiene el agujero del culo untado con flujo de yegua.

Aquella misma noche, Giton es entregado a los suplicios: el duque, Curval, Hercule y Brise-Cul lo follan sin pomada; lo azotan con todas sus fuerzas, le arrancan cuatro dientes, le cortan cuatro dedos (siempre por cuatro, porque cada uno de ellos oficia), y Durcet le aplasta un cojón entre sus dedos. Augustine es azotada por los cuatro con todas sus fuerzas; su hermoso culo sangra; el duque la encula mientras Curval le corta un dedo, después Curval la encula mientras el duque le quema en seis lugares de los muslos, con un hierro al rojo vivo; le corta también un dedo de la mano, en el momento de la eyaculación de Curval, y, pese a todo esto, ella no deja de ir a acostarse con el duque. Parten un brazo a Marie, le arrancan las uñas de los dedos y se los queman. Aquella misma noche, Durcet y Curval bajan a Adélaïde a la bodega, ayudados por Desgranges y Duclos. Curval la encula por última vez, después le dan muerte en medio de espantosos suplicios que hay que detallar.

*El veintitrés.*

119. Colocan a un chiquillo en una máquina que tira de él dislocándole, a veces hacia arriba, a veces hacia abajo; está roto por todas partes, lo sacan y lo vuelven a meter varios días seguidos hasta que muere.

120. Hace que una bonita muchacha masturbe hasta la extenuación a un chiquillo; se agota, no se le da de comer, y muere en medio de terribles convulsiones.

121. Se le practica en el mismo día la operación de la piedra, de la trepanación, de la fístula en el ojo, de la fístula en el ano. Se procura fallarlas todas, después se le abandona así, sin ayuda, hasta que muere.

122. Después de haberle cortado por completo la polla y los cojones, se le fabrica un coño al joven con una máquina de hierro al rojo vivo que hace el agujero y que cauteriza al instante; lo folla por esta abertura y lo estrangula con sus manos al correrse.

123. Lo cepilla con una almohaza de caballo; cuando lo ha ensangrentado de esta manera, lo frota con alcohol, que enciende, después sigue cepillando, y vuelve a frotar con alcohol, que inflama, y así sucesivamente hasta la muerte.

Aquella misma noche, presentan a Narcisse para los malos tratos; le abrasan los muslos y la polla, le aplastan los dos cojones. Toman de nuevo a Augustine, por deseo del duque, que está encarnizado con ella; le queman los muslos y los sobacos, le hunden un hierro al rojo en el coño. Se desmaya; el duque se pone aún más furioso: le corta una teta, bebe su sangre, le parte los dos brazos y le arranca el vello del coño, todos los dientes, y le corta todos los dedos de las manos que cauteriza con fuego. Sigue acostándose con ella, y, por lo que afirma la Duclos, la folla por el coño y por el culo toda la noche, anunciándole que terminará con ella al día siguiente. Aparece Louison; le parten un brazo, le abrasan la lengua, el clítoris, le arrancan todas las uñas y le queman la punta de los dedos ensangrentados. Curval la sodomiza en este estado, y, en su rabia, retuerce y manosea con todas sus fuerzas una teta de Zelmire al correrse. No contento con tal exceso, la coge de nuevo y la azota con todas sus fuerzas.

*El veinticuatro.*

124. El mismo que en el cuarto del 1 de enero de Martaine quiere dar por el culo al padre en medio de sus dos hijos, liberando una mano, apuñala a una de las criaturas, con la otra estrangula a la segunda.

125. Un hombre, cuya pasión consistía en azotar a mujeres preñadas en el vientre, tiene como segunda juntar a seis en la fase de ocho meses.

Las ata a todas, espalda contra espalda, ofreciendo el vientre; abre el estómago de la primera, atraviesa a cuchilladas el de la segunda, da cien puntapiés en el de la tercera, cien bastonazos en el de la cuarta, quema el de la quinta y ralla el de la sexta, y después machaca a mazazos en el vientre a la que todavía no ha muerto gracias a su suplicio. Curval interrumpe con alguna escena furiosa, pues esta pasión le ha excitado mucho.

126.   El seductor de quien habló Duclos junta a dos mujeres. Exhorta a una, para salvar su vida, a renegar de Dios y de la religión, pero ella ha sido prevenida y se le ha dicho que no lo haga, porque si lo hace la matará, y si no lo hace no tiene nada que temer. Resiste, le salta la tapa de los sesos: «¡Una para Dios!». Hace venir a la segunda que, impresionada por el ejemplo y porque se le ha dicho en secreto que no tenía otra manera de salvar sus días que renegar, hace todo lo que se le propone. Le salta la tapa de los sesos: «¡Otra para el diablo!». El malvado recomienza el jueguecito todas las semanas.

127.   A un redomado sodomita le gusta dar bailes, pero es un suelo preparado, que se hunde no bien está cargado, y casi todo el mundo perece. Si permaneciera siempre en la misma ciudad, sería descubierto, pero cambia de ciudad con mucha frecuencia; sólo es descubierto la quincuagésima vez.

128.   El mismo de Martaine, del 27 de febrero, cuyo gusto consiste en hacer abortar, coloca a tres mujeres preñadas en tres posiciones crueles, de manera que formen tres divertidos grupos. Las ve parir en esta situación; después les ata sus criaturas al cuello, hasta que la criatura haya muerto, o ellas se la hayan comido, pues las deja en esta postura sin alimentarlas.

128 bis.   El mismo tenía también otra pasión: hacía parir a dos mujeres delante de él, les vendaba los ojos, mezclaba las criaturas, que sólo conocía él por una marca, después les ordenaba que fueran a reconocerlas. Si no se equivocaban, las dejaba vivir; si se equivocaban, las abría en canal a sablazos encima del cuerpo de la criatura que creían propia.

Aquella misma noche, presentan a Narcisse en las orgías; acaban por cortarle todos los dedos de las manos mientras el obispo le da por el culo y Durcet opera, le hunden una aguja ardiente en el canal de la uretra. Hacen venir a Giton, lo magrean y juegan a la pelota con él, y le parten una pierna mientras el duque le da por el culo sin correrse. Llega Zelmire: le queman el clítoris, la lengua, las encías, le arrancan cuatro dientes, le abrasan seis partes de los muslos por delante y por detrás, le cortan los dos pezones, todos los dedos de las manos, y Curval la encula en tal estado sin correrse. Traen a Fanchon, a la que sacan un ojo.

Durante la noche, el duque y Curval, escoltados por Desgranges y Duclos, bajan a Augustine a la bodega. Tenía el culo muy bien conservado, la azotan, después cada uno le da por el culo sin correrse; después el duque le hace cincuenta y ocho heridas en las nalgas, en cada una de las cuales vierte aceite hirviente. Después le hunde un hierro al rojo en el coño y en el culo, y se la folla sobre las heridas con un condón de piel de tiburón que le desgarra de nuevo las quemaduras. Hecho esto, le descubren los huesos y se los sierran en diferentes lugares, después descubren sus nervios en cuatro lugares formando una cruz, le atan un torniquete a cada extremo de esos nervios, y lo hacen girar, lo que estira estas partes delicadas y le hace sufrir unos dolores increíbles. Le dan un descanso para que sufra más, después reanudan la operación, y, esta vez, le arañan los nervios con un cortaplumas, a medida que se estiran. Hecho esto, le hacen un agujero en el gaznate, por el que agarran y meten su lengua; le queman a fuego lento la teta que le queda, después le hunden en el coño una mano armada con un escalpelo, con el que rompen el tabique que separa el ano de la vagina; retiran el escalpelo, hunden de nuevo la mano, buscan en sus entrañas y la obligan a cagar por el coño; después, por la misma abertura, le desgarran el saco del estómago. Después vuelven a la cara: le cortan las orejas, le abrasan el interior de la nariz, le ciegan los ojos dejando caer cera de España ardiente dentro de ellos, le inciden el cráneo, la cuelgan por los cabellos atándole piedras a los pies, para que caiga y el cráneo se desprenda. Cuando sufrió esta caída, seguía respirando, y el duque la folló por el coño en este estado; se corrió y se retiró aún más furioso. La abrieron, le abrasaron las entrañas en el mismo vientre, e introdujeron una mano armada con un escalpelo que fue a pincharle el corazón por dentro, en diferentes lugares. Ahí fue cuando entregó el alma. Así pereció a los quince años y ocho meses una de las criaturas más celestiales que haya dado la naturaleza, etcétera. Su elogio.

*El veinticinco.*

(A partir de esa mañana, el duque toma a Colombe por su mujer, y ella cumple sus funciones.)

129.    Un gran aficionado a los culos encula a la querida ante los ojos del amante y al amante ante los ojos de la querida, después clava al amante sobre el cuerpo de la querida, y les deja morir así el uno sobre el otro y boca contra boca. Este será el suplicio de Céladon y de Sophie, que se aman, y se interrumpe para obligar a Céladon a que él mismo arroje cera de España sobre los muslos de Sophie; se desmaya; el obispo le folla en este estado.

130.    El mismo que se divertía en arrojar una muchacha al agua y en sacarla tiene, como segunda, arrojar siete u ocho muchachas a un estanque y verlas debatir[se]. Les ofrece una barra al rojo vivo, ellas se agarran a ella, pero él las rechaza, y para que perezcan con absoluta seguridad, les ha cortado a cada una de ellas un miembro al arrojarlas.

131.    Tenía como gusto primero hacer vomitar: lo perfecciona utilizando un secreto por medio del cual esparce la peste en toda una provincia; es increíble la cantidad de gente que ha hecho perecer. Envenenaba también las fuentes y los ríos.

132.   Un hombre al que le gustaba el látigo hace meter a tres mujeres embarazadas en una jaula de hierro con una criatura cada una. Calientan la jaula por debajo; a medida que la plancha se calienta, ellas saltan, toman a sus criaturas en los brazos, y acaban por caer y morir así. *(Esto se ha dicho en algún lugar anteriormente, ver dónde.)*

133.   Le gustaba pinchar con una lezna, y lo perfecciona encerrando a una mujer preñada en un tonel lleno de púas, después hace rodar velozmente el tonel por un jardín.

Constance se ha apenado tanto ante estos relatos de suplicios de mujeres preñadas que Curval ha sentido placer. Ve con absoluta claridad su suerte. Como ya se aproxima, creen que pueden comenzar a maltratarla: le queman los muslos en seis lugares, le arrojan cera de España en el ombligo, y le pinchan las tetas con alfileres. Aparece Giton; le hunden una aguja al rojo vivo en la polla, de lado a lado, le pinchan los cojones, le arrancan cuatro dientes. Llega después Zelmire, cuya muerte está próxima. Le hunden un hierro al rojo en el coño, le hacen seis heridas en el pecho y doce en los muslos, le pinchan con fuerza en la parte superior del ombligo, recibe veinte bofetadas de cada amigo, le arrancan cuatro dientes, le pinchan un ojo, la azotan, y la enculan. Al sodomizarla, su esposo Curval le anuncia su muerte para el día siguiente; ella se congratula, diciendo que será el fin de sus males. Aparece Rosette; le arrancan cuatro dientes, la marcan con un hierro candente en los dos omoplatos, la cortan en los dos muslos y en las pantorrillas; después la enculan mientras le amasan los pechos. Aparece Thérèse; le sacan un ojo y le dan cien vergajazos en la espalda.

*El veintiséis.*

134.   Un sodomita se coloca al pie de una torre, en un lugar provisto de púas de hierro. Le arrojan desde lo alto de la torre varias criaturas de ambos sexos que antes ha enculado: disfruta viéndolos atravesados y a él salpicado por su sangre.

135.   El mismo de quien ella habló el 11 y el 13 de febrero, y cuyo gusto consiste en incendiar, tiene también como pasión encerrar a seis mujeres preñadas en un lugar donde están atadas sobre unas materias combustibles; les prende fuego y, si quieren escapar, las espera con un espetón de hierro, las empuja y las devuelve al fuego. Sin embargo, cuando están a medio asar, el suelo se hunde, y caen en una gran cuba de aceite hirviente preparada abajo, y acaban de morir.

136.   El mismo de la Duclos que detesta tanto a los pobres, y que compró a la madre de Lucile, su hermana y a ella misma, que también ha sido citado por Desgranges *(comprobarlo)*, tiene como otra pasión reunir a una familia pobre sobre una mina y verla saltar.

137.   Un incestuoso, gran aficionado a la sodomía, para juntar este crimen a los del incesto, del asesinato, de la violación, del sacrilegio, y del

adulterio, se hace encular por su hijo con una hostia en el culo, viola a su hija casada y mata a su sobrina.

138. Un gran partidario de culos estrangula a una madre mientras la encula; cuando ha muerto, le da la vuelta y la folla por el coño. Al correrse, mata a la hija sobre el seno de la madre de cuchilladas en el pecho, después folla a la hija por el culo aunque esté muerta; después, absolutamente convencido de que todavía no han muerto y de que sufrirán, arroja los cadáveres al fuego, y se corre al verlos arder. Es el mismo de quien habló Duclos el 29 de noviembre, al que le gustaba ver a una muchacha en una cama de satén negro; también es el mismo al que Martaine alude en primer lugar el 11 de enero.

Narcisse es presentado a los suplicios; le cortan una muñeca. Hacen lo mismo con Giton. Queman a Michette en el interior del coño; otro tanto a Rosette; y ambas son quemadas en el vientre y en las tetas. Pero Curval, que no es dueño de sí mismo pese a los acuerdos, corta todo un pecho a Rosette mientras encula a Michette. Después aparece Thérèse, a la que dan doscientos vergajazos en el cuerpo y le sacan un ojo.

Aquella noche, Curval va a buscar al duque y, escoltados por Desgranges y Duclos, hacen bajar a Zelmire a la bodega, donde se ponen en práctica los suplicios más refinados para hacerla perecer. Todos ellos son aún mucho más fuertes que los de Augustine, y todavía siguen ocupados al día siguiente por la mañana, a la hora del desayuno. Esta hermosa muchacha muere a los quince años y dos meses: era la que tenía el culo más bello del serrallo de las jóvenes. Y al día siguiente, Curval, que no tiene mujer, toma a Hébé.

*El veintisiete.*

Se aplaza para el día siguiente la celebración de la fiesta de la decimoséptima y última semana, a fin de que esta fiesta acompañe la clausura de los relatos; y Desgranges cuenta las pasiones siguientes:

139. Un hombre de quien Martaine habló el 12 de febrero, y que prendía fuegos artificiales en el culo, tiene como segunda pasión atar a dos mujeres preñadas juntas, en forma de bola, y dispararlas por una pedrera.

140. Uno cuyo gusto consistía en escarificar obliga a dos mujeres preñadas a pelear en una habitación (las observa sin ningún riesgo), a pelear, digo, a puñaladas. Están desnudas; las amenaza apuntándolas con un fusil, si no lo hacen con entusiasmo. Si se matan, es lo que quiere; si no, se precipita en la habitación donde están, espada en mano, y cuando ha matado a una, desventra a la otra y le quema las entrañas con agua fuerte, o con pedazos de hierro candente.

141. Un hombre, a quien le gustaba azotar a las mujeres preñadas en el vientre, rectifica atando a la muchacha preñada en una rueda, y debajo de ella amarra en un sillón, sin poderse mover, a la madre de esta muchacha,

con la boca abierta de par en par y obligada a recibir en su boca todas las porquerías que desprende el cadáver, y la criatura si pare.

142. Aquel de quien Martaine habló el 16 de enero, y al que le gustaba pinchar el culo, ata a una muchacha a una máquina llena de púas de hierro; la folla por encima, de modo que a cada sacudida que da, la clava; después, le da la vuelta y la folla por el culo para que se pinche igualmente del otro lado, y le empuja la espalda para que atraviesen las tetas. Cuando lo ha hecho, coloca encima de ella una plancha de hierro igualmente preparada, y luego, con unos tornillos, las dos planchas se juntan. Así muere, aplastada y pinchada por todas partes. Este apretamiento se hace poco a poco; le dan todo el tiempo de morir entre los dolores.

143. Un fustigador coloca a una mujer preñada en una mesa; la clava a esta mesa hundiendo en primer lugar un clavo candente en cada ojo, uno en la boca, uno en cada teta; después quema el clítoris y los pezones con una vela, y, lentamente, le sierra las rodillas por la mitad, le parte los huesos de las piernas, y acaba por hundirle un enorme clavo al rojo vivo en el ombligo, que acaba con su criatura y con ella. La quiere a punto de parir.

Aquella noche, azotan a Julie y Duclos, pero por diversión, pues las dos forman parte de las conservadas. Pese a ello queman a Julie en dos lugares de los muslos, y la depilan. Constance, que debe perecer el día siguiente, comparece, pero ella todavía ignora su destino. Le queman los dos pezones, le vierten cera de España en el vientre, le arrancan cuatro dientes y la pinchan con una aguja en el blanco de los ojos. Comparece Narcisse, que también debe ser inmolado al día siguiente; le arrancan un ojo y cuatro dientes. Giton, Michette y Rosette, que también deben acompañar a Constance a la tumba, pierden cada uno un ojo y cuatro dientes; Rosette tiene los dos pezones cortados, y seis pedazos de carne arrancados, tanto en los brazos como en los muslos; le cortan todos los dedos de las manos, y le hunden un hierro candente en el coño y en el culo. Curval y el duque se corren cada uno de ellos dos veces. Llega Louison, a la que dan cien vergajazos, y a la que arrancan un ojo, que le obligan a comer; y lo hace.

*El veintiocho.*

144. Un sodomita hace buscar a dos buenas amigas, las ata una con otra boca con boca, frente a ellas hay una excelente comida, pero no pueden alcanzarla, las contempla devorarse entre sí cuando el hambre las acucia.

145. Un hombre, a quien le gustaba azotar mujeres preñadas, encierra a seis de esta clase en un redondel formado por unos cercos de hierro: eso forma una jaula dentro de la cual están todas ellas frente a frente. Poco a poco, los cercos se comprimen y se estrechan, y ellas están, así, las seis aplastadas y sofocadas con sus frutos; pero, antes, se les ha cortado a todas una nalga y una teta que él les coloca a modo de palatina.

146. Un hombre, a quien también le gustaba azotar a mujeres preñadas, ata a dos, cada una a una pértiga que, por medio de una máquina, las arroja y las frota entre sí. A fuerza de chocar, acaban por matarse mutuamente, y él se corre. Procura conseguir madre e hija, o dos hermanas.

147. El conde de quien habló Duclos, y de quien también habló Desgranges el 26, el que compró a Lucile, su madre y la hermanita de Lucile, de quien también habló Martaine en el cuarto del 1 de enero, tiene como última pasión colgar tres mujeres encima de tres agujeros: la primera está colgada por la lengua, y el agujero que tiene debajo es un pozo muy profundo; la segunda está colgada de las tetas, y el agujero que tiene debajo es una hoguera; la tercera tiene el cráneo rajado y está colgada por la cabellera, y el agujero que tiene debajo está lleno de púas de hierro. Cuando el peso del cuerpo de estas mujeres tira de ellas, cuando los cabellos se desprenden con la piel del cráneo, cuando las tetas se desgarran y cuando la lengua se corta, no hacen sino pasar de un suplicio a otro. Cuando puede, mete ahí tres mujeres preñadas, o si no a una familia, y para esto utilizó a Lucile, su hermana y su madre.

148. La última. *(Comprobar por qué faltan estas dos, estaban en los borradores.)* El gran señor que se entrega a la última pasión que designaremos bajo el nombre del infierno ha sido citado cuatro veces: es el último del 29 de noviembre de Duclos, es aquel de Champville que sólo desvirga de nueve años, el de Martaine que desvirga por el culo de tres años, y aquel de quien la misma Desgranges ha hablado un poco antes *(comprobar dónde)*. Es un hombre de cuarenta años, de estatura enorme, y dotado como un mulo; su polla tiene cerca de nueve pulgadas de circunferencia por un pie de longitud. Es muy rico, muy gran señor, muy duro, y muy cruel. Para esta pasión, tiene una casa en las afueras de París, extremadamente aislada. El apartamento donde transcurre su voluptuosidad es un gran salón muy sobrio, pero tapizado y acolchado por todas partes; una gran ventana es la única abertura que se le ve a esta habitación; da sobre un vasto subterráneo a veinte pies bajo el suelo del salón, y, bajo la ventana, hay unos colchones que reciben a las muchachas a medida que él las arroja a esta bodega, cuya descripción reanudaremos inmediatamente. Necesita a quince muchachas para esta sesión, y todas ellas entre quince y diecisiete años, ni por encima ni por debajo. Emplea a seis alcahuetas en París, y doce en las provincias, para buscarle cuanto es posible encontrar de más encantador en esta edad, y las reúne como en un vivero, a medida que las encuentra, en un convento del campo del que es dueño; y de allí salen los quince sujetos para su pasión, la cual se realiza regularmente cada quince días. Él mismo examina, la víspera, los sujetos; al menor defecto las hace desechar: quiere que sean absolutamente unos modelos de belleza. Llegan, acompañadas por una alcahueta, y se quedan en una habitación cercana a su salón de voluptuosidad. Se las muestran antes en esta primera habitación, las quince desnudas; las toca, las manosea, las examina, las chupa en la boca, y las hace cagar a todas una tras otra en su boca, pero no traga.

Realizada esta primera operación con una seriedad impresionante, las marca a todas en el hombro con un hierro candente, con el número del orden por el que quiere que se las hagan pasar. Hecho esto, entra en su salón, y permanece un instante a solas, sin que se sepa en qué utiliza este momento de soledad. Después, llama; le arrojan, pero le arrojan exactamente, la muchacha número 1: la alcahueta se la lanza, y él la recibe en sus brazos; está desnuda. Cierra su puerta, coge unas varas, y comienza a azotarla en el culo; hecho esto, la sodomiza con su enorme polla, y jamás tiene necesidad de ayuda. No se corre. Saca su polla empalmada, toma de nuevo las varas y azota a la muchacha en la espalda, los muslos por delante y por detrás, después vuelve a acostarla y la desvirga por delante; después, recoge las varas y la azota con todas sus fuerzas en el pecho, luego coge los dos senos y los manosea con todas sus fuerzas. Hecho esto, practica seis heridas, con una lezna, en las carnes, de las cuales una en cada teta tumefacta. Después, abre la ventana que da al subterráneo, coloca a la muchacha de pie delante de él ofreciéndole el culo, y casi en medio del salón en frente de la ventana; allí, le da un puntapié en el culo, tan violento que la arroja por la ventana, donde caerá encima de los colchones. Pero, antes de precipitarlas así, les coloca una cinta en el cuello, y esta cinta que significa un suplicio es análoga a aquel que él imagina que serán los más adecuados, o que será más voluptuoso infligir[le], y es increíble el tacto y el conocimiento que posee en esto. Todas las muchachas pasan así, una tras otra, y todas sufren absolutamente la misma ceremonia, de manera que tiene treinta desvirgamientos en la jornada, y todo ello sin derramar una gota de leche. La bodega donde las muchachas caen está llena de quince diferentes surtidos de suplicios espantosos, y un verdugo, bajo la máscara y el emblema de un demonio, cuida de cada suplicio, vestido con el color atribuido a este suplicio. La cinta que la muchacha tiene en el cuello responde a uno de los colores atribuidos a estos suplicios y, no bien cae, el verdugo de este color se apodera de ella y la lleva al suplicio de su incumbencia; pero sólo comienzan a aplicarlos a la caída de la decimoquinta muchacha. Tan pronto como esta ha caído, nuestro hombre, en un estado furibundo, que ha tomado treinta virgos sin correrse, desciende casi desnudo y con la polla pegada al vientre a esta guarida infernal. Entonces todo se pone en marcha y todos los tormentos funcionan, funcionan a un tiempo.

El primer suplicio es una rueda sobre la cual está la muchacha, y que gira incesantemente rozando un círculo provisto de hojas de navaja de afeitar donde la desdichada se rasguña y se corta en todos los sentidos a cada vuelta; pero como sólo la rozan, gira por lo menos dos horas antes de morir.

2.° La muchacha está acostada a dos pulgadas de una placa al rojo vivo que la funde lentamente.

3.° Está clavada por la rabadilla a una pieza de hierro candente, y cada uno de sus miembros contorsionado en una dislocación espantosa.

4.° Los cuatro miembros atados a cuatro resortes que se alejan poco a poco y tiran lentamente, hasta que al fin se desprenden y el tronco cae a una hoguera.

5.° Una campana de hierro al rojo le sirve de bonete sin apoyar, de modo que su cerebro se funde lentamente y su cabeza se asa poco a poco.

6.° Está encadenada en una cuba de aceite hirviendo.

7.° Expuesta de pie ante una máquina que le lanza seis veces por minuto una saeta punzante al cuerpo, y siempre en un sitio nuevo; la máquina sólo se para cuando la ha cubierto por completo.

8.° Sus pies en un horno; y una masa de plomo sobre su cabeza la baja poco a poco, a medida que se abrasa.

9.° Su verdugo la pincha a cada instante con un hierro al rojo vivo; ella está atada delante de él; él hiere así poco a poco todo el cuerpo con todo detalle.

10.° Está encadenada a un pilar bajo un globo de cristal, y veinte serpientes hambrientas la devoran minuciosamente en vivo.

11.° Está colgada de una mano con dos balas de cañón en los pies; si se cae, es a un horno.

12.° Está empalada por la boca, con los pies al aire; un diluvio de pavesas ardientes le cae en todo instante sobre el cuerpo.

13.° Los nervios sacados del cuerpo y atados a unos cordones que los estiran; y, durante ese tiempo, son mechados con puntas de hierro ardientes.

14.° Atenazada y azotada alternativamente en el coño y en el culo con unas disciplinas de hierro con estrellas de acero al rojo vivo, y, de vez en cuando, arañada por unas uñas de hierro candente.

15.° Es envenenada con una droga que le abrasa y desgarra las entrañas, que le provoca unas convulsiones espantosas, le arranca unos aullidos terribles, y sólo debe hacerla morir la última; este suplicio es uno de los más tremendos.

El malvado se pasea por su bodega en cuanto ha bajado; examina un cuarto de hora cada suplicio, blasfemando como un condenado y abrumando a la paciente con insultos. Cuando al final ya no puede más, y su leche, tanto tiempo cautiva, está a punto de escapar, se arroja a un sillón desde donde puede observar todos los suplicios. Dos de los demonios se le acercan, muestran su culo y le masturban, y él pierde su leche lanzando unos aullidos que ahogan por completo los de las quince pacientes. Hecho esto, sale; dan el tiro de gracia a las que todavía no han muerto, entierran sus cuerpos, y todo ha terminado hasta la próxima quincena.

La Desgranges termina sus relatos; es felicitada, celebrada, etcétera. Se han hecho, desde la mañana de aquel día, unos preparativos terribles para la fiesta que se proyecta. Curval, que detesta a Constance, ha ido a follarla por el coño de buena mañana y le ha anunciado su sentencia mientras la follaba. El café ha sido ofrecido por las víctimas, a saber: Constance, Narcisse, Giton, Michette y Rosette. Allí se han cometido horrores; al relato que acabamos de leer, asistieron, desnudos, los grupos que pudieron formarse. Y tan pronto como la Desgranges hubo terminado, se hace aparecer en primer lugar a Fanny, le cortan los dedos que le quedaban en las manos y en los pies, y es enculada sin pomada por Curval, el duque y los cuatro primeros folladores. Llega Sophie; obligan a Céladon, su amante, a quemarle el interior del coño, le cortan todos los dedos de la mano y la sangran por los cuatro miembros, le desgarran la oreja derecha y arrancan el ojo izquierdo. Céladon ha sido obligado a ayudar en todo y a actuar a menudo por su cuenta, y, ante la menor mueca, era azotado con unas disciplinas con puntas de hierro. Después, se cena; la comida es voluptuosa, y sólo se bebe en ella champagne espumoso y licores. El suplicio se celebra a la hora de las orgías. Han llegado a los postres a advertir a los señores que todo estaba preparado; bajan, y encuentran la bodega muy adornada y muy bien preparada. Constance está acostada en una especie de mausoleo, y las cuatro criaturas adornan las cuatro esquinas. Como los culos estaban muy lozanos, se ha sentido todavía mucho placer en manosearlos. Finalmente ha comenzado el suplicio: el propio Curval ha abierto el vientre de Constance mientras da por el culo a Giton, y le arranca el fruto, ya muy formado y destinado al sexo masculino; después se han continuado los suplicios sobre estas cinco víctimas, que han sido todos ellos tan crueles como variados.

El 1 de marzo, viendo que las nieves todavía no se han fundido, deciden despachar minuciosamente todo lo que queda. Los amigos forman nuevas familias en sus dormitorios, y deciden dar una cinta verde a todo lo que debe ser devuelto a Francia, a condición de que colabore con los suplicios del resto. No se dice nada a las seis mujeres de la cocina, pero se decide sacrificar a las tres sirvientas que no están nada mal, y salvar a las tres cocineras debido a sus talentos. En consecuencia, se hace la lista, y se ve que en esta época ya están sacrificados:

| | |
|---|---|
| En esposas: Aline, Adélaïde y Constance . . . . . . . . . . . . . . . . . . | 3 |
| En muchachas del serrallo: Augustine, Michette, Rosette y Zelmire . | 4 |
| En putos: Giton y Narcisse . . . . . . . . . . . . . . . . . . . . . . . . . . . | 2 |
| En folladores: uno de los subalternos . . . . . . . . . . . . . . . . . . . . | 1 |
| Total . . . . . . . . . . . . . . . . . . . . . . . . . . . . . . . . . . . . . . | 10 |

Así que se arreglan las nuevas familias.

| | |
|---|---|
| El duque toma con él o bajo su protección a Hercule, la Duclos y una cocinera . . . . . . . . . . . . . . . . . . . . . . . . . . . . . . . . . . . | 4 |
| Curval toma a Brise-Cul, Champville y una cocinera . . . . . . . . | 4 |
| Durcet toma a Bande-Au-Ciel, Martaine y una cocinera . . . . . . . | 4 |
| Y el obispo: a Antinoüs, la Desgranges y Julie . . . . . . . . . . . . . | 4 |
| Total . . . . . . . . . . . . . . . . . . . . . . . . . . . . . . . . . . . . . . | 16 |

Y se decide que al instante, y por intervención de los cuatro amigos, de los cuatro folladores y de las cuatro historiadoras (no queriendo utilizar en absoluto a las cocineras), se apoderarán de todos los restantes, de la manera más traidora posible, a excepción de las tres sirvientas, de las que sólo se apoderarán los últimos días, y que se creará, en los apartamentos superiores, cuatro prisiones; que se introducirá a los tres folladores subalternos en la más segura, y encadenados; en la segunda, a Fanny, Colombe, Sophie y Hébé; en la tercera, a Céladon, Zélamir, Cupidon, Zéphire, Adonis e Hyacinthe; y en la cuarta, a las cuatro viejas; y que, como despacharán a un sujeto cada día, cuando se quiera detener a las tres sirvientas, se las pondrá en aquella cárcel que se encuentre vacía. Hecho esto, dan a cada historiadora el mando de una prisión. Y los señores se divertirán, cuando les parezca, con estas víctimas, o en su prisión, o las harán ir a las salas o a su habitación, de acuerdo con su capricho. En consecuencia, despachan, pues, como acaba de decirse, a un sujeto cada día en el orden siguiente:

El 1 de marzo, Fanchon. El 2, Louison. El 3, Thérèse. El 4, Marie. El 5, Fanny. El 6 y el 7, Sophie y Céladon juntos, como amantes, y perecen, como ya se ha dicho, clavados el uno sobre el otro. El 8, uno de los folladores subalternos. El 9, Hébé. El 10, uno de los folladores subalternos. El 11, Colombe. El 12, el último de los folladores subalternos. El 13, Zélamir. El 14, Cupidon. El 15, Zéphire. El 16, Adonis. El 17, Hyacinthe. El 18, por la mañana, se apoderan de las tres sirvientas, a las que encierran en la prisión de las viejas, y se las despacha el 18, el 19 y el 20. Total: veinte.

Esta recapitulación permite ver la utilización de todos los sujetos, ya que había en total cuarenta y seis, a saber:

| | |
|---|---|
| Amos | 4 |
| Viejas | 4 |
| En la cocina | 6 |
| Historiadoras | 4 |
| Folladores | 8 |
| Muchachos | 8 |
| Esposas | 4 |
| Muchachas | 8 |
| Total | 46 |

Que, sobre eso, ha habido treinta inmolados y dieciséis que regresan a París. Cuenta del total:

| | |
|---|---|
| Sacrificados antes del 1 de marzo en las primeras orgías | 10 |
| A partir del 1 de marzo | 20 |
| Y regresan | 16 |
| Total | 46 |

Respecto tanto a los suplicios de los veinte últimos sujetos como a la vida que se lleva hasta la partida, detallarlo a vuestro antojo. Comenzaréis por decir que los doce restantes comían juntos, y los suplicios a vuestro capricho.

## Notas

No alejarse en nada de este plan: todo en él está combinado varias veces y con la mayor exactitud.

Detallar la partida. Y en el conjunto, mezclar sobre todo la moraleja con las cenas. Al pasar a limpio, tener un cuaderno donde poner los nombres de todos los personajes principales y de todos los que juegan un gran papel, tales como los que tienen varias pasiones y de los que se hablará varias veces, como el del infierno; dejar un gran margen al lado de su nombre, y rellenar este margen con todo lo que se encontrará, al copiar, de análogo a ellos. Esta nota es muy esencial, y es la única manera de poder ver claro en esta obra y evitar las repeticiones.

Suavizar mucho la primera parte: todo en ella se explica demasiado; no debe ser demasiado débil ni demasiado difuminada. Sobre todo, no obligar jamás a hacer nada a los cuatro amigos que no haya sido contado, y este cuidado no se ha tenido. En la primera parte, decir que el hombre que folla en la boca de la chiquilla prostituida por su padre es aquel que folla con una polla sucia y del cual ella ya ha hablado.

No olvidar colocar en diciembre la escena de las chiquillas sirviendo la cena, que llenan de licores las copas de los amigos con sus culos; ha sido anunciado y no se ha hablado de ello en el plan.

### Suplicios como suplemento

Por medio de un tubo, se le introduce un ratón en el coño; se saca el tubo, se cose el coño, y el animal, sin poder salir, le devora las entrañas.

Se le hace tragar una serpiente que también la devorará.

En general, describir a Curval y al duque como dos malvados fogosos e impetuosos. Es así como han sido tomados en la primera parte y en el plan; y describir al obispo como un malvado frío, razonador y empedernido. En cuanto a Durcet, debe ser quisquilloso, falso, traidor y pérfido. Hacerles hacer, a partir de ahí, todo lo que resulte análogo a esos caracteres.

Recapitular con cuidado los nombres y cualidades de todos los personajes que las historiadoras mencionan, para evitar tas repeticiones.

Que, en el cuaderno de los personajes, el plano del castillo, apartamento por apartamento, tenga una hoja, y en el blanco que se deja al lado, colocar los tipos de cosas que se hacen hacer en tal o cual habitación.

Toda esta gran banda ha sido comenzada el 22 de octubre de 1785 y terminada en treinta y siete días.

# CUENTOS, HISTORIETAS Y FÁBULAS

# LA SERPIENTE

Todo el mundo conoció a principios de este siglo a la señora presidente de C..., una de las mujeres más agradables y bonitas de Dijon, y todos la han visto acariciar y acoger públicamente en su lecho a la serpiente blanca que va a ser la protagonista de esta anécdota.

—Este animal es el mejor amigo que tengo en el mundo —le comentaba un día a una dama extranjera que había ido a verla y que mostraba curiosidad por conocer la razón de las atenciones que la bella presidente prodigaba a su serpiente—. En otro tiempo amé apasionadamente —prosiguió ésta—, señora, a un joven encantador que se vio obligado a alejarse de mí para ir a cosechar laureles; al margen de nuestros encuentros convenidos, él me había pedido que, siguiendo su ejemplo, a unas horas determinadas nos retiráramos cada uno por nuestro lado a algún paraje solitario para no ocuparnos de nada en absoluto más que de nuestra ternura. Un día, a las cinco de la tarde, cuando iba a recogerme en un pequeño pabellón al extremo de mi jardín, para serle fiel en mi promesa, convencida de que ningún animal de esta clase hubiera nunca podido penetrar en el jardín, de pronto descubrí a mis pies a este encantador animalillo, al que, como bien podéis ver, idolatro. Quise huir; la serpiente se tendió delante de mí, parecía pedirme perdón, parecía asegurarme que bien lejos estaba de querer hacerme ningún daño; me paro, la observo; al verme tranquila se acerca, hace cien cabriolas a mis pies, unas más deprisa que las otras; no puedo contenerme y le paso mi mano por encima, con su cabeza la acaricia delicadamente, la cojo y la pongo sobre mis rodillas, se arrebuja en ellas y parece que duerme. Una sensación de inquietud se apodera de mí... De mis ojos se escapan, a pesar mío, unas lágrimas que bañan a este animalillo encantador... Despertada por mi dolor, me mira..., gime..., alza su cabeza hasta mi seno..., lo acaricia y de nuevo se desploma anonadada... «¡Oh, cielos —grité—, todo se ha acabado; mi amante ha muerto!». Abandoné aquel funesto lugar llevando conmigo a esta serpiente, a la que un misterioso sentimiento parece ligarme a pesar mío... Advertencias fatales de una voz desconocida cuyos ecos, señora, podéis interpretar como os guste, pero ocho días más tarde recibo la noticia de que mi amante había sido muerto en el preciso instante en que apareció la serpiente; nunca he querido separarme de este animal; sólo a mi muerte me abandonará; después de aquello me casé, pero con la explícita condición de que no la apartaría de mi lado.

Y tras estas palabras la gentil presidente cogió la serpiente, la recostó contra su seno y le hizo dar, como si fuera un podenco, cien vueltas delante de la dama que la interrogaba.

¡Oh, Providencia!, si esta aventura es tan cierta como lo asegura toda la provincia de Borgoña, ¡qué inexcrutables son tus designios!

# AGUDEZA GASCONA

Un oficial gascón había recibido de Luis XIV una gratificación de ciento cincuenta doblones y, recibo en mano, entra sin hacerse anunciar en casa del señor Colbert, que estaba sentado a la mesa con varios caballeros.

—Señores, ¿cuál de vosotros —pregunta con un acento que delataba su patria—, quién, os lo ruego, es el señor Colbert?

—Yo, señor —le responde el ministro—. ¿En qué puedo serviros?

—Una fruslería, señor. Se trata tan sólo de una gratificación de ciento cincuenta doblones que es preciso que me descontéis enseguida.

El señor Colbert, que se da perfecta cuenta de que el personaje se prestaba a la burla, le pide permiso para acabar de cenar y, para que no se impaciente, le ruega que se siente a la mesa con él.

—Con mucho gusto —contestó el gascón—, excelente idea, pues no he cenado todavía.

Terminada la comida, el ministro, que ha tenido tiempo de prevenir al encargado mayor, dice al oficial que ya puede subir al despacho, que su dinero le espera; el gascón sube... pero no le entregan más que cien doblones.

—¿Queréis bromear, señor? —dice al funcionario—. ¿O no veis que mi orden dice ciento cincuenta?

—Señor —le contesta el escribiente—, veo perfectamente vuestra orden, pero os descuento cincuenta doblones por la cena.

—¡Pardiez, cincuenta doblones! ¡Si en mi posada me cuesta sólo diez sueldos!

—Os creo, pero allí no tenéis el honor de cenar con un ministro.

—Perfectamente —replica el gascón—, en ese caso, señor, guardároslo todo; mañana traeré a uno de mis amigos y estamos en paz.

La respuesta y la broma que la había provocado hicieron reír durante un rato a la corte; se añadieron los cincuenta doblones a la gratificación del gascón, que regresó triunfalmente a su tierra, hizo el elogio de las cenas del señor Colbert, de Versalles, y de cómo era allí recompensado el ingenio del Garona.

## EL FINGIMIENTO FELIZ
## (O LA FICCIÓN AFORTUNADA)

Hay muchísimas mujeres que piensan que con tal de no llegar hasta el fin con un amante, pueden al menos permitirse, sin ofender a su esposo, un cierto trato de galantería, y a menudo esta forma de ver las cosas tiene consecuencias más peligrosas que si su caída hubiera sido completa. Lo que le ocurrió a la marquesa de Guissac, mujer de elevada posición de Nimes, en el Languedoc, es una prueba evidente de lo que aquí proponemos como máxima.

Alocada, aturdida, alegre, rebosante de ingenio y de simpatía, la señora de Guissac creyó que ciertas cartas galantes, escritas y recibidas por ella y por el barón Aumelach, no tendrían consecuencia alguna, siempre que no fueran conocidas y que si, por desgracia, llegaban a ser descubiertas, pudiendo probar su inocencia a su marido, no perdería en modo alguno su favor. Se equivocó... El señor de Guissac, desmedidamente celoso, sospecha el intercambio, interroga a una doncella, se apodera de una carta, al principio no encuentra en ella nada que justifique sus temores, pero sí mucho más de lo que necesita para alimentar sus sospechas, coge una pistola y un vaso de limonada e irrumpe como un poseso en la habitación de su mujer...

—Señora, he sido traicionado —le ruge enfurecido—; leed este billete: él me lo aclara, ya no hay tiempo para juzgar, os concedo la elección de vuestra muerte.

La marquesa se defiende, jura a su marido que está equivocado, que puede ser, es verdad, culpable de una imprudencia, pero que no lo es, sin lugar a duda, de crimen alguno.

—¡Ya no me convenceréis, pérfida! —le contesta el marido furibundo—, ¡ya no me convenceréis! Elegid rápidamente o al instante este arma os privará de la luz del día.

La desdichada señora de Guissac, aterrorizada, se decide por el veneno; toma la copa y lo bebe.

—¡Deteneos! —le dice su esposo cuando ya ha bebido parte—, no pereceréis sola; odiado por vos, traicionado por vos, ¿qué querríais que hiciera yo en el mundo? —y tras decir esto bebe lo que queda en el cáliz.

—¡Oh, señor! —exclama la señora de Guissac—. En terrible trance en que nos habéis colocado a ambos, no me neguéis un confesor ni tampoco el poder abrazar por última vez a mi padre y a mi madre.

Envían a buscar enseguida a las personas que esta desdichada mujer reclama, se arroja a los brazos de los que le dieron la vida y de nuevo protesta que no es culpable de nada. Pero, ¿qué reproches se le pueden hacer a un marido que se cree traicionado y que castiga a su mujer de tal forma que él mismo se sacrifica? Sólo queda la desesperación y el llanto brota de todos por igual.

Mientras tanto llega el confesor...

—En este atroz instante de mi vida —dice la marquesa— deseo, para consuelo de mis padres y para el honor de mi memoria, hacer una confesión pública —y empieza a acusarse en voz alta de todo aquello que su conciencia le reprocha desde que nació.

El marido, que está atento y que no oye citar al barón de Aumelach, convencido de que en semejante ocasión su mujer no se atrevería a fingir, se levanta rebosante de alegría.

—¡Oh, mis queridos padres! —exclama abrazando al mismo tiempo a su suegro y a su suegra—, consolaos y que vuestra hija me perdone el miedo que la he hecho pasar, tantas preocupaciones me produjo que es lícito que le devuelva unas cuantas. No hubo nunca ningún veneno en lo que hemos tomado, que esté tranquila; calmémonos todos y que por lo menos aprenda que una mujer verdaderamente honrada no sólo no debe cometer el mal, sino que tampoco debe levantar sospechas de que lo comete.

La marquesa tuvo que hacer esfuerzos sobrehumanos para recobrarse de su estado; se había sentido envenenada hasta tal punto que el vuelo de su imaginación le había ya hecho padecer todas las angustias de muerte semejante. Se pone en pie temblorosa, abraza a su marido; la alegría reemplaza al dolor y la joven esposa, bien escarmentada por esta terrible escena, promete que en el futuro sabrá evitar hasta la más pequeña apariencia de infidelidad. Mantuvo su palabra y vivió más de treinta años con su marido sin que éste tuviera nunca que hacerle el más mínimo reproche.

# EL ALCAHUETE CASTIGADO

Durante la Regencia ocurrió en París un hecho tan singular que aún hoy en día puede ser narrado con interés; por un lado, brinda un ejemplo de misterioso libertinaje que nunca pudo ser declarado del todo; por otro, tres horribles asesinatos, cuyo autor no fue descubierto jamás. Y en cuanto a... las conjeturas, antes de presentar la catástrofe desencadenada por quien se la merecía, quizá resulte así algo menos terrible.

Se cree que el señor de Savari, solterón maltratado por la naturaleza[1], pero rebosante de ingenio, de agradable trato y que congregaba en su residencia de la calle Déjeuneurs a la mejor sociedad posible, había tenido la idea de prestar su casa para un género de prostitución realmente singular. Las esposas o las hijas, de elevada posición exclusivamente, que deseaban gozar sin complicaciones y a la sombra del más profundo misterio de los placeres de la voluptuosidad podían encontrar allí a un cierto número de asociados dispuestos a satisfacerlas, y esas intrigas pasajeras no tenían nunca consecuencias; una mujer recogía en ellas sólo las flores sin el menor riesgo de las espinas que con tanta frecuencia acompañan a esa clase de arreglos cuando van tomando el carácter público de una relación regular. La esposa o la jovencita se encontraban de nuevo al día siguiente en sociedad al hombre con el que habían tenido relaciones la víspera sin dar a entender que le reconocían y sin que él, a su vez, pareciera distinguirla entre las restantes damas, gracias a lo cual nada de celos en las relaciones, nada de padres irritados, ni de separaciones, ni de conventos; en una palabra, ninguna de las funestas secuelas que traen consigo asuntos de esa índole. Resultaba difícil encontrar algo más cómodo y sin duda sería peligroso ofrecer en nuestros días este plan; habría que temer con sobrada razón que este relato pudiera sugerir la idea de volver a ponerlo en práctica en un siglo en que la depravación de ambos sexos ha desbordado todos los límites conocidos, si no presentáramos, al mismo tiempo, la cruel aventura que sirvió de escarmiento a aquel que lo había concebido.

---

[1] Era un lisiado, sin piernas. *(N. del A.)*

316

El señor de Savari, autor y ejecutor del proyecto, que se conformaba, aunque muy a gusto, con un único criado y una cocinera para no multiplicar los testigos de los excesos de su mansión, vio una mañana cómo se presentaba en su casa cierto individuo amigo suyo para rogarle que le invitara a comer.

—Diablos, con mucho gusto —le contesta el señor de Savari—, y para demostraros el placer que me proporcionáis, voy a ordenar que os saquen el mejor vino de mi bodega...

—Un momento —responde el amigo cuando el criado ha recibido ya la orden—, quiero ver si La Brie nos engaña..., conozco los toneles, voy a seguirle y a comprobar si realmente coge el mejor.

—Muy bien, muy bien —contesta el dueño de la casa siguiendo perfectamente la broma—; si no fuera por mi penoso estado, yo mismo os acompañaría, pero así me haréis el favor de ver si ese bribón no nos induce a error.

El amigo sale, entra en la bodega, coge una palanca, mata a golpes al criado, sube enseguida a la cocina, asesina a la cocinera, golpea hasta la muerte a un perro y a un gato que encuentra a su paso, vuelve a la alcoba del señor de Savari que, incapaz por su estado de ofrecer la menor resistencia, se deja asesinar como sus sirvientes, y este verdugo implacable, sin turbarse, sin sentir el más mínimo remordimiento por la acción que acaba de perpetrar, detalla tranquilamente en la página en blanco de un libro que halla sobre la mesa la forma en que la ha llevado a cabo, no toca cosa alguna, no se lleva nada, sale de la casa, la cierra y desaparece.

La casa del señor de Savari era demasiado frecuentada para que esta atroz carnicería no fuera descubierta enseguida; llaman a la puerta, nadie contesta, y convencidos de que el dueño no puede hallarse fuera rompen las puertas y descubren el espantoso estado de la residencia de aquel desdichado; no contento con legar los detalles de su acción al público, el flemático asesino había colocado sobre un péndulo, adornado con una calavera que ostentaba como lema: «Contempladla para enmendar vuestra vida», había colocado, repito, sobre esta frase un papel escrito en el que se leía: «Ved su vida y no os sorprenderéis de su final».

Una aventura semejante no tardó en provocar un escándalo; registraron por todas partes y el único objeto que encontraron que guardara alguna relación con esta cruel escena fue la carta de una mujer, sin firma, dirigida al señor de Savari y que contenía las palabras siguientes:

«Estamos perdidos, mi marido acaba de enterarse de todo, pensad en el remedio, sólo Paparel puede aplacar su espíritu; haced que hable con él, si no, no hay ninguna salvación».

Un tal Paparel, tesorero del extraordinario de la guerra, hombre amable y con buenas relaciones, fue citado: admitió que visitaba al señor de Savari, pero que, de más de cien personas de la ciudad y de la corte que acudían a su casa, a la cabeza de las cuales podía colocarse el señor duque de Vendôme, él era de todas ellas uno de los que menos le veía.

Varias personas fueron detenidas y puestas en libertad casi enseguida. Pronto se supo bastante como para convencerse de que aquel asunto tenía ramificaciones innumerables que, al comprometer el honor de los padres y maridos de la mitad de la capital, iban a desacreditar públicamente a un infinito número de personas de la más alta alcurnia, y, por primera vez en la vida, en unas cabezas de magistrados la prudencia reemplazó a la severidad. En eso quedó todo y, por tanto, la muerte de aquel desdichado, demasiado culpable sin duda para ser llorado por gentes honestas, no encontró nunca a nadie que le vengara; pero si aquella pérdida fue insensible para la virtud, hay que creer que el vicio la lamentó durante largo tiempo, y que, independientemente de la alegre cuadrilla que tantos mirtos recogía en la casa de este dulce hijo de Epicuro, las hermosas sacerdotisas de Venus, que acudían día tras día a quemar su incienso en los altares del amor, debieron llorar sin duda la demolición de su templo.

Y así es como acabó todo. Un filósofo comentaría, glosando esta narración: «Si de las mil personas a las que tal vez afectó esta aventura, quinientas se alegraron y otras quinientas la deploraron, la acción puede considerarse indiferente; pero si, por desgracia, el cálculo arrojara una cifra de ochocientos seres lesionados por la privación del placer que esta catástrofe les ocasionaba contra sólo doscientos que creyeran ganar con ella, el señor de Savari hacía más bien que mal y el único culpable fue aquel que le inmoló en aras de su resentimiento». Dejo que decidáis sobre todo esto y paso rápidamente a otro asunto.

# UN OBISPO EN EL ATOLLADERO

Resulta bastante curiosa la idea que algunas personas piadosas tienen de los juramentos. Creen que ciertas letras del alfabeto, ordenadas de una forma o de otra, pueden, en uno de esos sentidos, lo mismo agradar infinitamente al Eterno como, dispuestas en otro, ultrajarle de la forma más horrible, y sin lugar a dudas ése es uno de los más arraigados prejuicios que ofuscan a la gente devota.

A la categoría de las personas escrupulosas en lo que respecta a las *b* y a las *f* pertenecía un anciano obispo de Mirepoix que a comienzos de este siglo pasaba por ser un santo; cuando un día iba a ver al obispo de Pamiers, su carroza se atascó en los horribles caminos que separan esas dos ciudades: por más que lo intentaron los caballos no podían hacer más.

—Monseñor —exclamó al fin el cochero a punto de estallar—, mientras permanezcáis ahí mis caballos no podrán dar un paso.

—¿Y por qué no? —contestó el obispo.

—Porque es absolutamente necesario que yo suelte un juramento y Vuestra Ilustrísima se opone a ello; así, pues, haremos noche aquí si no se me lo permite.

—Bueno, bueno —contestó el obispo, zalamero, santiguándose—, jurad, pues, hijo mío, pero lo menos posible.

El cochero blasfema, los caballos arrancan, monseñor sube de nuevo... y llegan sin novedad.

# EL RESUCITADO

Los filósofos dan menos crédito a los aparecidos que a ninguna otra cosa; si, no obstante el extraordinario hecho que voy a relatar, suceso respaldado por la firma de varios testigos y registrado en archivos respetables, este suceso, repito, gracias a todos estos títulos y a los visos de autenticidad que tuvo en su momento, puede resultar digno de crédito, será preciso, a pesar del escepticismo de nuestros estoicos, convenir en que si bien no todos los cuentos de resucitados son ciertos, sí que contienen, al menos, elementos realmente extraordinarios.

La corpulenta señora Dallemand, a la que todo París conocía en aquel tiempo como mujer alegre, cordial, ingenua y de agradable trato, vivía desde que se había quedado viuda, hacía más de veinte años, con un tal Ménou, hombre de negocios que habitaba cerca de Saint-Jean-en-Grève. La señora Dallemand se hallaba cenando un día en casa de una tal señora Duplatz, mujer de carácter y medio social muy parecidos al suyo, cuando a la mitad de una partida que habían iniciado después de levantarse de la mesa un criado rogó a la señora Dallemand que pasara a una habitación contigua, pues una persona amiga suya deseaba hablarle enseguida de un asunto tan urgente como esencial; la señora Dallemand le contesta que espere, que no quiere echar a perder su partida; el criado vuelve de nuevo a insistir de tal manera que la dueña de la casa es la primera en obligar a la señora Dallemand a ir a ver lo que quieren de ella. Sale y se encuentra con Ménou.

—¿Qué asunto tan urgente —le pregunta— puede obligaros a molestarme de esta forma viniendo a una casa en la que ni siquiera saben quién sois?

—Un asunto de vida o muerte, señora —contesta el agente de cambio—, y podéis estar segura de que había de ser como os digo para poder obtener el permiso de Dios y venir a hablar con vos por última vez en mi vida...

Ante estas palabras, que no correspondían a un hombre muy en sus cabales, la señora Dallemand se sobresalta, y al observar con detenimiento a su amigo, al que no veía desde hacía varios días, viéndole pálido y desfigurado, se asusta más aún.

—¿Qué os pasa, señor? —le pregunta—. ¿Cuál es la razón del estado en que os veo y de los siniestros hechos que me anunciáis... explicadme al instante qué os ha ocurrido?

—Nada que no sea normal, señora —responde Ménou—. Tras sesenta años de vida no quedaba ya más que llegar a puerto; gracias al cielo ya he llegado. He pagado a la naturaleza el tributo que todo hombre le debe, únicamente siento haberme olvidado de vos en mis últimos momentos y por esa falta, señora, es por lo que vengo a pediros perdón.

—Pero, señor, ¿estáis desvariando? Ese desatino no tiene ni pies ni cabeza. O vos recobráis la razón o yo me veré obligada a pedir auxilio.

—No lo hagáis, señora. Esta inoportuna visita no será larga, estoy agotando el plazo que me concedió el Eterno; escuchad, pues, mis últimas palabras y luego nos despediremos para siempre... Yo he muerto, señora, os lo repito, pronto podréis comprobar la veracidad de lo que os digo. Me había olvidado de vos en mi testamento y vengo a reparar mi falta; tomad esta llave, id enseguida a mi casa; detrás de la cabecera de mi cama hallaréis una puerta de hierro, abridla con la llave que os doy y coged el dinero que hay en el armario que cierra esa puerta; mis herederos ignoran la existencia de esa suma. Vuestra es, nadie os la disputará... Adiós, señora, y no me sigáis...

Y Ménou desapareció.

Es fácil imaginar en qué estado de excitación volvió la señora Dallemand al salón de su amiga; le resultó imposible ocultar el motivo...

—Toda esta historia bien merece una comprobación —le dijo la señora Duplatz—. No perdamos un instante.

Piden los caballos, suben al coche y marchan a casa de Ménou. Él estaba en la entrada, tendido en su ataúd: las dos mujeres suben a las habitaciones, la amiga del dueño de la casa, a la que conocen demasiado bien para impedírselo, recorre todos los dormitorios que desea, da con la puerta de hierro, la abre con la llave que le habían dado, encuentra el tesoro y se lo lleva consigo.

Vemos aquí pruebas de una amistad y de un agradecimiento que no se prodigan muy a menudo y que, por más que los aparecidos nos espanten, estaremos al menos de acuerdo en que deben hacer que les perdonemos el terror que nos causan a cambio de los motivos que les traen ante nosotros.

# DISCURSO PROVENZAL

Durante el reinado de Luis XIV, como es bien sabido, se presentó en Francia un embajador persa; este príncipe deseaba atraer a su corte a extranjeros de todas las naciones para que pudieran admirar su grandeza y transmitieran a sus respectivos países algún que otro destello de la deslumbrante gloria con que resplandecía hasta los confines de la tierra. A su paso por Marsella, el embajador fue magníficamente recibido. Ante esto, los señores magistrados del parlamento de Aix decidieron, para cuando llegara allí, no quedarse a la zaga de una ciudad por encima de la cual colocan a la suya con tan escasa justificación. Por consiguiente, de todos los proyectos el primero fue el de cumplimentar al persa; leerle un discurso en provenzal no habría sido difícil, pero el embajador no habría entendido ni una palabra; este inconveniente les paralizó durante mucho tiempo. El tribunal se reunió para deliberar: para eso no necesitan demasiado, el juicio de unos campesinos, un alboroto en el teatro o algún asunto de prostitutas sobre todo; tales son los temas importantes para esos ociosos magistrados desde que ya no pueden arrasar la provincia a sangre y fuego y anegarla, como en el reinado de Francisco I, con los torrentes de sangre de las desdichadas poblaciones que la habitan.

Así pues, se reunieron a deliberar, pero, ¿cómo lograr traducir el discurso? Por más que deliberaron no hallaron ninguna solución. ¿Era acaso posible que en una comunidad de comerciantes de atún, ataviados con una casaca negra por pura casualidad y en la que ni uno sabía ni siquiera francés, pudieran encontrar a un colega que hablara persa? Con todo, el discurso estaba ya redactado; tres eminentes abogados habían trabajado en él durante seis semanas. Al fin descubrieron, no se sabe si en el monte o en la ciudad, a un marinero que había pasado mucho tiempo en el Levante y que hablaba un persa casi tan fluido como su jerga dialectal. Se lo proponen y él acepta. Se aprende el discurso y lo traduce con facilidad; cuando llega el día le visten con una vieja casaca de presidente primero, le colocan la peluca más voluminosa que había en la magistratura y seguido por toda la banda de magistrados se adelanta hacia el embajador. Unos y otros se habían puesto de acuerdo sobre sus respectivos papeles y el orador había advertido con especial énfasis a los que le seguían que no le perdieran de vista un solo momento y que repitieran punto por punto todo lo que vieran hacer. El embajador se detiene en el centro del patio que había sido señalado para el encuentro, el marinero le hace una reverencia y, poco habituado a llevar sobre el cráneo una peluca tan hermosa, lanza la pelambrera a los pies de Su Excelencia; los señores magistrados, que habían prometido imitarle, se quitan al punto sus pelucas e inclinan sus pelados y un tanto sarnosos cráneos en dirección al persa; el marinero, sin alterarse, recoge sus cabellos, se los arregla y empieza a declamar la salutación; tan bien se expresa que el embajador cree que es de su mismo país. La idea le hace montar en cólera.

—¡Infame! —exclama llevando su mano al sable—. No hablarías así mi idioma si no fueras un renegado de Mahoma; debo castigarte por tu crimen, ahora mismo vas a pagarlo con tu cabeza.

Por más que el marinero se defiende no le hace ningún caso; gesticulaba, juraba, y ni uno solo de sus movimientos pasaba inadvertido, todos eran repetidos al instante y con energía por la turba areopagítica que venía tras él. Al fin, no sabiendo cómo salir del apuro, pensó en una prueba incontestable: desabotonó su calzón y puso a la vista del embajador la prueba palpable de que nunca en su vida había sido circuncidado. Este nuevo gesto es imitado enseguida y he aquí, de golpe, a cuarenta o cincuenta magistrados provenzales con la bragueta bajada y el prepucio en ristre, para demostrar como el marinero que no había uno solo que no fuera tan cristiano como el propio san Cristóbal. Es fácil de imaginar cómo se divirtieron con semejante pantomima las damas que presenciaban la ceremonia desde sus ventanas. Al fin, el ministro, convencido por razones tan poco equívocas de que el orador no era culpable y viendo por lo demás que había ido a parar a una ciudad de «pantalones»[2], se fue sin más ceremonias encogiéndose de hombros y sin duda diciendo para sí: «No me extraña que esta gente tenga siempre un patíbulo alzado, el rigorismo que siempre acompaña a la ineptitud debe de ser el único atributo de estos animales».

Existió el propósito de hacer un cuadro sobre esta manera de recitar el catecismo y un joven pintor había tomado con ese fin unos apuntes del natural, pero el tribunal desterró al artista de la provincia y condenó el boceto a la hoguera, sin sospechar que se arrojaban al fuego ellos mismos, pues su retrato aparecía en el dibujo.

—Tenemos a mucha honra ser unos cretinos —explicaron los graves magistrados—; aunque no nos hubiera gustado como nos gusta, hace ya mucho tiempo que se lo demostramos a toda Francia, pero no queremos que ningún cuadro lo transmita a la posteridad; ella pasará por alto toda esta simpleza y no se acordará más que de Merindol y de Cabrières, y para el honor del gremio, más vale que seamos unos asesinos que unos asnos.

---

[2] Bufones de la *commedia dell'arte* italiana. *(N. del T.)*

# ¡QUE ME ENGAÑEN SIEMPRE ASÍ!

Hay pocos seres en el mundo tan libertinos como el cardenal de..., cuyo nombre, teniendo en cuenta su todavía sana y vigorosa existencia, me permitiréis que calle. Su Eminencia tiene concertado un arreglo, en Roma, con una de esas mujeres cuya servicial profesión es la de proporcionar a los libertinos el material que necesitan como sustento de sus pasiones; todas las mañanas le lleva una muchachita de trece o catorce años, todo lo más, pero con la que monseñor no goza más que de esa incongruente manera que hace, por lo general, las delicias de los italianos, gracias a lo cual la vestal sale de las manos de Su Ilustrísima poco más o menos tan virgen como llegó a ellas, y puede ser revendida otra vez como doncella a algún libertino más decente. A aquella matrona, que se conocía perfectamente las máximas del cardenal, no hallando un día a mano el material que se había comprometido a suministrar diariamente, se le ocurrió hacer vestir de niña a un guapísimo niño del coro de la iglesia del jefe de los apóstoles; le peinaron, le pusieron una cofia, unas enaguas y todos los atavíos necesarios para convencer al santo hombre de Dios. No le pudieron prestar, sin embargo, lo que le habría asegurado verdaderamente un parecido perfecto con el sexo al que tenía que suplantar, pero este detalle preocupaba poquísimo a la alcahueta... «En su vida ha puesto la mano en ese sitio —comentaba ésta a la compañera que la ayudaba en la superchería—; sin ninguna duda explorará única y exclusivamente aquello que hace a este niño igual a todas las niñas del universo; así, pues, no tenemos nada que temer...»

Pero la comadre se equivocaba. Ignoraba sin duda que un cardenal italiano tiene un tacto demasiado delicado y un paladar demasiado exquisito como para equivocarse en cosas semejantes; comparece la víctima, el gran sacerdote la inmola, pero a la tercera sacudida:

—¡Per Dio santo! —exclama el hombre de Dios—. ¡Sono ingannato, quésto bambino è ragazzo, mai non fu putana!

Y lo comprueba... No viendo nada, sin embargo, excesivamente enojoso en esta aventura para un habitante de la ciudad santa, Su Eminencia sigue su camino diciendo tal vez como aquel campesino al que le sirvieron trufas en lugar de patatas: «¡Que me engañen siempre así!». Pero cuando la operación ha terminado:

—Señora —dice a la dueña—, no os culpo por vuestro error.

—Perdonad, monseñor.

—No, no, os repito, no os culpo por ello, pero si esto os vuelve a suceder no dejéis de advertírmelo, porque... lo que no vea al principio lo descubriré más adelante.

# EL ESPOSO COMPLACIENTE

Toda Francia se enteró de que el príncipe de Bauffremont tenía, poco más o menos, los mismos gustos que el cardenal del que acabamos de hablar. Le habían dado en matrimonio a una damisela totalmente inexperta a la que, siguiendo la costumbre, habían instruido tan sólo la víspera.

—Sin mayores explicaciones —le dice su madre—, como la decencia me impide entrar en ciertos detalles, sólo tengo una cosa que recomendaros, hija mía: desconfiad de las primeras proposiciones que os haga vuestro marido y contestadle con firmeza: «No, señor, no es por ahí por donde se toma a una mujer decente; por cualquier otro sitio que os guste, pero por ahí de ninguna manera...».

Se acuestan y por un prurito de pudor y de honestidad que no se hubiera sospechado ni por asomo, el príncipe, queriendo hacer las cosas como Dios manda al menos por una vez no propone a su mujer más que los castos placeres del himeneo; pero la joven, bien educada, se acuerda de la lección:

—¿Por quién me tomáis, señor? —le dice—. ¿Os habéis creido que yo iba a consentir algo semejante? Por cualquier otro sitio que os guste, pero por ahí de ninguna manera.

—Pero, señora...

—No, señor, por más que insistáis nunca accederé a eso.

—Bien, señora, habrá que complaceros —contesta el príncipe apoderándose de su altar predilecto—. Mucho me molestaría que dijeran que quise disgustaros alguna vez.

Y que vengan a decirnos ahora a nosotros que no merece la pena enseñar a las hijas lo que un día tendrán que hacer con sus maridos.

# AVENTURA INCOMPRENSIBLE, PERO ATESTIGUADA POR TODA UNA PROVINCIA

Todavía no hace cien años, en varios lugares de Francia perduraba aún la absurda creencia de que, entregando el alma al diablo, con ciertas ceremonias tan crueles como fanáticas, se conseguía de ese espíritu infernal todo lo que se deseara, y no ha pasado un siglo desde que la aventura que, relacionada con esto, vamos a narrar tuvo lugar en una de nuestras provincias meridionales, donde todavía está atestiguada hoy en día por los registros de dos ciudades y respaldada por testimonios muy apropiados para convencer a los incrédulos. El lector puede creerla o no, hablamos solamente después de haberla verificado; por supuesto no le garantizamos el hecho, pero le certificamos que más de cien mil almas lo creyeron y que más de cincuenta mil pueden corroborar en nuestros días la autenticidad con que está consignada en registros solventes. Nos dará permiso para disfrazar la provincia y los nombres.

El barón de Vaujour combinaba desde su más tierna juventud el más desenfrenado libertinaje con el cultivo de todas las ciencias y muy especialmente el de aquellas que inducen al hombre al error y le hacen perder un tiempo precioso que podría emplear de alguna otra manera infinitamente mejor; era alquimista, astrólogo, brujo, nigromante, astrónomo bastante notable por cierto y físico mediocre; a la edad de veinticinco años, el barón, dueño ya de su patrimonio y de sus actos, descubrió en sus libros —según afirmaba— que inmolando un niño al diablo, empleando determinadas palabras y haciendo determinadas contorsiones durante la execrable ceremonia, se conseguía que el demonio se apareciera y se obtenía de él todo lo que se deseaba, siempre que se le prometiera el alma, y entonces se decidió a perpetrar esa monstruosidad con el único propósito de vivir felizmente su duodécimo lustro, de que nunca le faltara dinero y de conservar asimismo en el más alto grado de potencia sus facultades prolíficas hasta esa edad. Cometida la infamia y firmado el pacto, ocurrió lo siguiente: Hasta la edad de sesenta años, el barón, que disponía tan sólo de quince mil libras de renta, había gastado regularmente doscientas mil y jamás debió un céntimo. En lo que respecta a sus proezas amorosas, hasta esa misma edad fue capaz de gozar a una mujer quince o veinte veces en una noche, y a los cuarenta y cinco ganó cien luises en una apuesta con unos amigos suyos que habían afirmado que no podría satisfacer a veinticinco mujeres, una después de otra; lo hizo y entregó los cien luises a las mujeres. En otra cena, tras la que se inició un juego de azar, el barón advirtió al empezar que no podía participar, pues no tenía un céntimo. Le ofrecieron dinero, pero lo rechazó; mientras que jugaban, dio dos o tres vueltas por la sala, volvió, se hizo hacer un sitio y apostó diez mil luises a una carta, luises que fue sacando en diez o doce fajos de su bolsillo; el envite no fue aceptado, el barón preguntó el motivo y uno de sus amigos le contestó bromeando que la carta no iba lo bastante bien servida y el barón añadió otros diez mil. Todo esto está registrado en dos ayuntamientos respetables y lo hemos podido leer.

Cuando cumplió cincuenta años, el barón decidió casarse; lo hizo con una encantadora joven de su provincia con la que siempre ha vivido en los mejores términos, sin que las infidelidades tan propias de su temperamento provocaran nunca el menor roce; tuvo siete hijos de esa esposa y desde hacía algún tiempo los encantos de su mujer habían ido volviéndole más sedentario; habitualmente vivía con su familia en el castillo donde en su juventud había hecho la espantosa promesa que hemos mencionado, invitando a hombres de letras, apreciando su trato y cultivando su amistad. Sin embargo, a medida que se aproximaba al termino de los sesenta años, se acordaba de su desdichado pacto y como ignoraba si el diablo iba a contentarse con retirarle sus favores o le quitaría entonces la vida, su humor cambiaba por completo, se ponía triste y meditabundo y ya casi no salía de su casa.

El día señalado, a la hora exacta en que el barón cumplía sesenta años, un criado le anuncia a un desconocido que había oído hablar de sus conocimientos y solicita el honor de entrevistarse con él; el barón, que en ese momento no estaba pensando en aquello que no había dejado de preocuparle desde hacía varios años, contesta que le haga pasar a su gabinete. Sube allí y encuentra a un forastero que, por su manera de hablar, le parece que es de París, un hombre bien vestido, con una figura hermosísima y que enseguida se pone a discutir con él sobre las ciencias más elevadas; el barón le va contestando a todo y la conversación se anima. El señor de Vaujour propone a su huésped ir a dar un pequeño paseo, él acepta y nuestros dos filósofos salen del castillo; era época de faenas agrícolas y todos los labradores estaban en el campo; algunos, al ver gesticular a solas al señor de Vaujour, piensan que se ha vuelto loco y corren a avisar a la señora pero nadie contesta en el castillo; aquella buena gente vuelve a su sitio y siguen observando a su señor, que, creyendo que está conversando con alguien animadamente, agitaba las manos como es habitual en esos casos; por fin, nuestros dos sabios llegan a una especie de paseo cerrado al otro extremo y del que no se podía salir más que dando media vuelta. Treinta campesinos pudieron verlo, treinta fueron interrogados y treinta contestaron que el señor de Vaujour había entrado solo, sin dejar de gesticular en aquella especie de alameda cubierta.

Al cabo de una hora, la persona con la que cree estar, le dice:

—Y bien, barón, ¿no me reconoces?, ¿has olvidado acaso la promesa de tu juventud?, ¿has olvidado cómo yo la he cumplido?

El barón se estremece.

—No temas —le dice al espíritu—, no soy dueño de tu vida, pero sí lo soy de retirarte todos mis favores y arrebatarte todo lo que te es querido; vuelve a tu casa y verás en qué estado la encuentras, en ello reconocerás el justo castigo a tu imprudencia y a tus crímenes... A mí me gustan los crímenes, barón, incluso los deseo, pero mi destino me obliga a castigarlos; vuelve a tu casa, repito, y conviértete, aún te queda un lustro de vida, morirás dentro de cinco años, pero sin que la esperanza de poder estar un día con Dios te haya sido negada... Adiós.

Y el barón, que sólo entonces se da cuenta de que está solo y que no ha visto que nadie se despidiera de él, vuelve a toda prisa sobre sus pasos y pregunta a todos los campesinos que encuentra si no le han visto entrar en la alameda con un hombre de tales y cuales características; todos le contestan que había entrado solo, que, asustados al verle gesticular de aquella manera, incluso habían ido a avisar a la señora, pero que no había nadie en el castillo.

—¿Que no hay nadie? —exclama el barón terriblemente turbado—. ¡Pero si he dejado dentro a diez criados, a siete niños y a mi mujer!

—Pues no hay nadie, señor —le contestan.

Cada vez más asustado corre hacia su casa, llama, nadie le contesta, fuerza una puerta, entra, y la sangre que inunda los escalones le está ya anunciando la catástrofe que se ha abatido sobre él; abre una gran sala y descubre a su mujer, a sus siete hijos y a sus diez sirvientes desparramados por el suelo en diferentes posturas, en medio de un mar de sangre, todos ellos decapitados. Se desmaya, varios campesinos cuyas declaraciones constan, entran y tienen ocasión de contemplar el mismo espectáculo; ayudan a su señor, que poco a poco va volviendo en sí, les ruega que faciliten los últimos auxilios a la desdichada familia y sin pérdida de tiempo se encamina hacia la Gran Cartuja, donde falleció al cabo de cinco años en el ejercicio de la más elevada piedad.

No emitimos ningún juicio sobre este incomprensible suceso. Existe, no se puede negar, pero es incomprensible.

Hay que andar con cuidado y no creer sin duda en quimeras, pero cuando una cosa es atestiguada por todo el mundo y pertenece como ésta a un género tan singular, hay que bajar la cabeza, cerrar los ojos y decir: «Así como no entiendo cómo los orbes flotan en el espacio, así también pueden existir cosas sobre la tierra que no acierte a comprender».

# LA FLOR DEL CASTAÑO

Se supone, yo no lo afirmaría, pero algunos eruditos nos lo aseguran, que la flor del castaño posee efectivamente el mismo olor que ese prolífico semen que la naturaleza tuvo a bien colocar en los riñones del hombre para la reproducción de sus semejantes.

Una tierna damisela, de unos quince años de edad, que jamás había salido de la casa paterna, se paseaba un día con su madre y con un presumido clérigo por la alameda de castaños que con la fragancia de las flores embalsamaban el aire con el sospechoso aroma que acabamos de tomarnos la libertad de mencionar.

—¡Oh! Dios mío, mamá, ese extraño olor —dice la jovencita a su madre sin darse cuenta de dónde procedía—. ¿Lo oléis, mamá...? Es un olor que conozco.

—Callaos, señorita, no digáis esas cosas, os lo ruego.

—¿Y por qué no, mamá? No veo que haya nada de malo en deciros que ese olor no me resulta desconocido y de eso ya no me cabe la menor duda.

—Pero, señorita...

—Pero, mamá, os repito que lo conozco: padre, os ruego que me digáis qué mal hago al asegurarle a mamá que conozco ese olor.

—Señorita —responde el eclesiástico, acariciándose la papada y aflautando la voz—, no es que haya hecho ningún mal exactamente; pero es que aquí nos hallamos bajo unos castaños y nosotros los naturalistas admitimos, en botánica, que la flor del castaño...

—¿Que la flor del castaño...?

—Pues bien, señorita, que huele como cuando se j...

# EL PRECEPTOR FILÓSOFO

De todas las ciencias que se inculcan a un niño cuando se trabaja en su educación, los misterios del cristianismo, aun siendo sin duda una de las materias más sublimes de esta educación, no son, sin embargo, las que se introducen con mayor facilidad en su joven espíritu. Persuadir, por ejemplo, a un muchacho de catorce o quince años de que Dios padre y Dios hijo no son sino uno, que el hijo es consustancial a su padre y que el padre lo es al hijo, etc., todo esto, por necesario que sea no obstante para la felicidad de la vida es más difícil de hacer comprender que el álgebra y cuando se quiere tener éxito, uno se ve obligado a emplear ciertas equivalencias físicas, ciertas explicaciones materiales que, por desproporcionadas que sean, facilitan, sin embargo, a un muchacho la comprensión de la misteriosa materia.

Nadie estaba tan plenamente convencido de este método como el padre Du Parquet, preceptor del condesito de Nerceuil, que tenía unos quince años de edad y el rostro más hermoso que fuera posible contemplar.

—Padre —decía día tras día el joven conde a su preceptor—, de verdad que la consustancialidad está por encima de mis fuerzas, me es absolutamente imposible concebir que dos personas puedan convertirse en una sola: aclaradme ese misterio, os lo suplico, o ponedlo al menos a mi alcance.

El virtuoso eclesiástico, deseoso de tener éxito en su educación, contento de poder facilitar a su discípulo todo aquello que un día pudiera hacer de él un hombre de provecho, ideó un procedimiento bastante satisfactorio para allanar las dificultades que hacían cavilar al conde, y este procedimiento, tomado de la naturaleza necesariamente, tenía que resultar bien. Hizo venir a su casa a una jovencita de trece a catorce años y tras asesorarla convenientemente la unió a su joven discípulo.

—Y bien —le pregunta—, amigo mío, ¿entendéis ahora el misterio de la consustancialidad? ¿Comprendéis ya con menos dificultad que es posible que dos personas se conviertan en una sola?

—Oh, Dios mío, claro que sí, padre —responde el encantador energúmeno—; ahora lo entiendo todo con una facilidad sorprendente. No me extraña que ese misterio constituya, según se dice, toda la alegría de los seres celestiales, pues es agradabilísimo divertirse haciendo de dos uno sólo.

Algunos días más tarde el joven conde rogó a su preceptor que le diera otra lección, pues pretendía que había aún algo en el misterio que no comprendía bien y que no podría explicarse más que celebrándolo una vez más en la forma en que ya lo había hecho. El complaciente clérigo, a quien esta escena divertía probablemente tanto como a su alumno, hace volver a la muchachita y la lección vuelve a empezar, pero esta vez el clérigo, singularmente emocionado por el delicioso panorama que ofrecía a sus ojos el guapo muchacho de Nerceuil consustanciándose con su compañera, no pudo resistirse a intervenir en la explicación de la parábola evangélica y las bellezas que con ese motivo recorren sus manos acaban por inflamarle totalmente.

—Me parece que esto va demasiado deprisa —exclama Du Parquet, agarrando al condesito por la cintura—, excesiva elasticidad en los movimientos, por lo que resulta que no siendo tan íntima la conjunción no refleja adecuadamente la imagen del misterio que hay que demostrar aquí... Si nos ponemos, exacto de esta forma —prosigue el pícaro, obsequiando a su joven discípulo con lo mismo que éste ofrece a la muchacha.

—¡Ah! Dios mío, ¡que me hacéis daño, padre! —exclama el muchacho—. Y además esta ceremonia me parece inútil. ¿Qué otra cosa me enseña sobre el misterio?

—¡Oh, diablos! —contesta el eclesiástico, balbuceando de placer—. ¿Pero no ves, amigo mío, que te lo enseño todo de una vez? Esto es la Trinidad, hijo mío... Hoy te estoy explicando la Trinidad, cinco o seis lecciones más y serás doctor de la Sorbona.

# LA MOJIGATA
## O EL ENCUENTRO INESPERADO

El señor de Sernenval, de unos cuarenta años de edad, con doce o quince mil libras de renta que gastaba tranquilamente en París, sin ejercer ya la carrera de comercio que antaño había estudiado y satisfecho con toda distinción con el título honorífico de burgués de París con miras a conseguir un cargo de regidor, había contraído matrimonio pocos años antes con la hija de uno de sus antiguos colegas, la cual tenía por aquel entonces alrededor de veinticuatro años. Ninguna otra tan fresca, lozana y entrada en carnes como la señora de Sernenval: no estaba formada como las Gracias, pero resultaba tan apetecible como la mismísima madre del amor; no tenía el porte de una reina, pero exhalaba en conjunto tanta voluptuosidad, con unos ojos tan dulces y tan lánguidos, una boca tan hermosa, unos senos tan firmes, tan bien torneados y todo lo demás tan a propósito para despertar el deseo, que había muy pocas mujeres hermosas en París a las que no se la hubiera preferido. Pero la señora de Sernenval, dotada de tantos atractivos, adolecía de un defecto capital en su espíritu... una mojigatería insoportable, una devoción crispante y un tipo de pudor tan ridículo y tan excesivo que a su marido le era imposible convencerla para que se dejara ver cuando estaba en compañía de sus amistades. Llevando su santurronería al extremo, era muy raro que la señora de Sernenval accediera a pasar con su marido una noche completa e incluso en ocasiones en que se dignaba a concedérsela, lo hacía siempre con las mayores reservas y con un camisón que no se quitaba jamás. Un dispositivo artísticamente trabajado en el pórtico del templo del himeneo sólo permitía la entrada con la expresa condición de que no hubiera ningún contacto deshonesto ni la menor relación carnal; la señora de Sernenval hubiera montado en cólera si hubiese intentado franquear las barreras que su modestia fijaba y si su marido hubiera tratado de hacerlo habría corrido de seguro el peligro de no recobrar jamás el favor de esta sensata y virtuosa mujer. El señor de Sernenval se reía de todas estas mojigangas, pero como adoraba a su mujer tenía a bien respetar sus limitaciones; a pesar de ello, a veces trataba de sermonearla y le demostraba con toda claridad que no es pasándose la vida en las iglesias o en compañía de los curas como una mujer honesta cumple realmente con sus deberes, que primero están los de la casa, necesariamente desatendidos por una devota, y que haría más honor a los designios del Eterno viviendo en el mundo de una manera honrada que yendo a enterrarse en los claustros y que corría mucho más peligro con los «sementales de María» que con esos leales amigos, cuyo trato ridículamente evitaba.

—Tengo que conoceros y amaros tanto como lo hago —añadía a lo anterior el señor de Sernenval— para no estar seriamente preocupado por vos durante todas esas prácticas religiosas. ¿Quién me asegura que en ocasiones no os abandonáis más bien sobre el blando lecho de los levíticos que al pie de los altares del Dios? No hay nada tan peligroso como esos bribones de curas; hablándoles de Dios es como seducen siempre a nuestras mujeres y a nuestras hijas, y siempre es en su nombre en el que nos deshonran o nos engañan. Creedme, querida amiga, uno puede ser honesto en cualquier sitio; no es ni en la celda del bonzo ni en el nicho del ídolo donde la virtud erige su templo, sino en el corazón de una mujer prudente y las honestas amistades que os ofrezco nada tienen que no se avenga al culto que le profesáis... En el mundo pasáis por una de sus más fieles sacerdotisas: yo también lo creo, pero, ¿qué pruebas tengo de que merezcáis realmente esa reputación? Mucho más lo creería si os viera hacer frente a alevosos ataques; la virtud de aquella esposa que no corre nunca el riesgo de ser seducida no es la que sale mejor parada, sino la de esa otra que tan segura se siente de sí misma que, sin temor alguno, se expone a cualquier cosa.

La señora de Sernenval nada respondía a todo esto, pues evidentemente la argumentación no admitía réplica alguna, pero se ponía a llorar, recurso común a las mujeres débiles, seducidas o falsas, y su marido no se atrevía a seguir adelante con la lección.

Así estaban las cosas cuando un antiguo amigo de Sernenval, un tal Desportes, llegó desde Nancy para verle y para resolver al mismo tiempo ciertos negocios que tenía en la capital. Desportes era un vividor, de la edad de su amigo poco más o menos, y no menospreciaba ninguno de los placeres que la naturaleza bienhechora concede al hombre para que olvide las desdichas con que le abruma; no pone la menor sujeción a la oferta que le hace Sernenval para alojarse en su casa, se alegra de verle, y al mismo tiempo se extraña de la severidad de su mujer, quien, desde el momento que sabe la presencia de este extraño en la casa, se niega a dejarse ver en absoluto y ni siquiera baja a las comidas. Desportes cree que está molestando y quiere buscar alojamiento fuera, pero Sernenval se lo prohíbe y le confiesa al fin las ridiculeces de su tierna esposa.

—Perdonémosla —le decía el crédulo marido—, ella compensa esos defectos con tan innumerables virtudes que ha conseguido mi indulgencia, y me atrevo a pedir también la tuya.

—Encantado —contesta Desportes—, puesto que no hay nada personal contra mí, todo se lo tolero y los defectos de la esposa de aquel a quien estimo nunca han de ser a mis ojos sino respetables virtudes.

Sernenval abraza a su amigo y ya no se ocupan más que de placeres.

Si la estupidez de dos o tres cernícalos que desde hace cincuenta años dirigen en París el gremio de las mujeres públicas, y en particular la de un pícaro español que ganaba cien mil escudos al año en el reinado anterior con el tipo de inquisición de que vamos a hablar, si el zafio rigorismo de esas gentes, no hubiera concebido la ridícula idea de que obligar a esas criaturas a rendir una cuenta minuciosa de aquella parte de su cuerpo que más solaza al individuo que las corteja, constituye una de las mejores maneras de gobernar el Estado, uno de los resortes más seguros del Gobierno y, en fin, uno de los pilares de la virtud, o de que entre un hombre que admira unos pechos, por poner un ejemplo, y aquel otro que contempla la curva de una cadera, existe sin lugar a dudas la misma diferencia que entre un hombre honrado y un bribón, y que el que cae dentro de uno u otro de estos apartados —depende de la moda— tiene que ser por necesidad el peor enemigo del Estado, sin todas estas zafias vulgaridades, repito, no hay duda de que dos laudables burgueses, el uno con una esposa timorata y soltero el otro, podrían ir a pasar una o dos horas, con toda legitimidad, a casa de una de esas damiselas, pero como estas absurdas infamias congelan el deseo de los ciudadanos, a Sernenval ni se le pasó por la cabeza hacer a Desportes la menor sugerencia sobre esta clase de disipación. Éste, dándose cuenta de ello y sin sospechar los motivos, preguntó a su amigo por qué le había propuesto todos los placeres de la capital y ni tan siquiera le había hablado de éstos. Sernenval echa la culpa a la impertinente inquisición, pero Desportes se ríe de ella y declara a su amigo que a pesar de las listas de los alcahuetes, los informes de los comisarios, las declaraciones de los alguaciles y todas las demás modalidades de picaresca establecidas por el patrón sobre este sector de los placeres, el pueblerino de Lutecia, por encima de todo, quiere ir a cenar con unas rameras.

—Escucha —le contesta Sernenval—, me parece muy bien, incluso te serviré de introductor como prueba de mi filosófica manera de pensar sobre esta materia, pero por una delicadeza, que espero no vayas a censurar, por los sentimientos que al fin y al cabo debo a mi mujer, y que no puedo traicionar, me permitirás que no participe en tus placeres; yo te los procuraré, pero no pasaré de ahí.

Desportes se burla un poco de su amigo, pero viéndole decidido a no dar su brazo a torcer, lo acepta y salen.

La célebre S... fue la sacerdotisa del templo en el que se le ocurrió a Sernenval inmolar a su amigo.

—Lo que necesitamos es una mujer de confianza —le dice Sernenval—, una mujer honrada; este amigo, para el que solicito vuestros cuidados, va a quedarse muy poco tiempo en París, y no le gustaría tener que dar malas referencias en su provincia y que vos perdierais allí vuestra reputación; decidnos con franqueza si tenéis eso que le hace falta y que bien sabéis que ha de hacerle disfrutar.

—Escuchad —contestó la S. J.—; me doy perfecta cuenta de a quién tengo el honor de dirigirme, no suelo engañar a gente como vos, voy a hablaros, pues, como mujer franca y mis actos os demostrarán que en efecto lo soy. Tengo lo que buscáis, sólo falta fijarle precio, es una mujer adorable, una criatura que os ha de cautivar tan pronto como la oigáis... En fin, lo que nosotras llamamos un bocado de monje, y bien sabéis que esa clase de gente son mis mejores clientes, que no les doy lo peor que tengo... Hace tres días el señor obispo de M. me dio por ella veinte luises, el arzobispo de R. R. pagó cincuenta ayer y esta misma mañana me ha proporcionado otros treinta del coadjutor de... Os la ofrezco por diez, señores, y, para seros sincera, esto, por merecer el honor de vuestra estima, pero hay que ser puntuales en el día y la hora, pues está sujeta a su marido, un marido tan celoso que no tiene ojos más que para ella; como sólo dispone de los ratos en que consigue zafarse, no hay que retrasarse ni un minuto en la hora que señalemos...

Desportes regateó un poco; ninguna ramera cobró en su vida diez luises en toda la Lorena, pero cuanto más insistía, más se le elogiaba la mercancía; por fin aceptó, y el día siguiente, a las diez en punto de la mañana, fue la hora escogida por la cita. Sernenval no deseaba tomar parte en esta aventura, ya que no era tan sólo ir a cenar, y por eso habían elegido esa hora para Desportes, prefiriendo despachar temprano el asunto para poder consagrar el resto del día a deberes más importantes que cumplir. Llega la hora, nuestros dos amigos se presentan en casa de su encantadora alcahueta, un gabinete iluminado únicamente por una luz tenue y voluptuosa alberga a la diosa a la que Desportes va a ofrecer su sacrificio.

—Dichoso hijo del amor —le dice Sernenval, empujándole hacia el santuario—, corre a los voluptuosos brazos que hacia ti se tienden, y sólo después ven a darme cuenta de tu placer; yo me alegraré de tu felicidad y como no he de sentirme celoso ni por asomo, mi alegría será, por tanto, mucho más pura.

Nuestro catecúmeno entra, tres horas enteras apenas son suficientes para su homenaje; por fin sale y asegura a su amigo que no había visto en toda su vida nada parecido y que ni la mismísima madre del amor le habría hecho gozar de aquel modo.

—¿Conque es deliciosa? —pregunta Sernenval medio inflamado ya.

—¿Deliciosa? Ah, no podría encontrar ninguna expresión que pudiera darte una idea de cómo es, e incluso en ese preciso momento en que toda ilusión es aniquilada, sé que ningún pincel podría pintar el torrente de placer en que me ha sumergido. A los encantos que ha recibido de la naturaleza, une un arte tan sensual para hacerlos valer, sabe añadir un punto, una atracción tan auténtica, que aún sigo sintiéndome como ebrio... Oh, amigo mío, pruébalo, te lo suplico, por muy acostumbrado que puedas estar a las bellezas de París, estoy seguro de que me reconocerás que ninguna otra vale en tu opinión lo que ésta.

Sernenval sigue firme, pero, no obstante, llevado de cierta curiosidad, ruega a la S. J. que haga pasar a la joven por delante de él cuando salga del gabinete... Le dice que muy bien; los dos amigos se quedan en pie para poder verla mejor, y la princesa pasa llena de altivez...

¡Santo cielo, cómo se queda Sernenval cuando reconoce a su mujer! Es ella... Es esa puritana que no se atreve a bajar por pudor delante de un amigo de su esposo y que tiene la osadía de ir a prostituirse a una casa como aquélla.

—¡Miserable! —exclama enfurecido.

Pero en vano intenta lanzarse sobre la pérfida criatura, ella le había visto en el mismo instante en que la habían reconocido y ya estaba lejos del establecimiento. Sernenval, en un estado difícil de describir, decide desahogarse con S. J.; ésta se excusa por su ignorancia, y asegura a Sernenval que hacía más de diez años, es decir, mucho antes de la boda del infortunado, que esa joven venía acudiendo a su casa.

—¡Esa maldita! —exclama el desventurado esposo, al que su amigo trata en vano de consolar—. Pero no, es mejor así, desprecio es todo cuanto le debo, que el mío la cubra para siempre y que con esta prueba cruel aprenda que nunca se debe juzgar a las mujeres, dejándose guiar por su hipócrita máscara.

Sernenval volvió a su casa, pero no encontró ya a su ramera, ella había hecho su elección, él no se preocupó; su amigo, no deseando imponer su presencia después de lo ocurrido, se despidió al día siguiente, y el infortunado Sernenval, solo, desgarrado por el odio y por el dolor, redactó un *in-quarto* contra las esposas hipócritas que nunca sirvió para corregir a las mujeres y que los hombres no leyeron jamás.

# EMILIA DE TOURVILLE
# O LA CRUELDAD FRATERNA

Nada es tan sagrado en una familia como el honor de sus miembros, pero si ese tesoro llega a empañarse, por precioso que sea, aquellos a quienes importa su defensa, ¿deben ejercerla aun a costa de cargar ellos mismos con el vergonzoso papel de perseguidores de las desdichadas criaturas que les ofenden? ¿No sería más razonable compensar de alguna otra forma las torturas que infligen a sus víctimas y también esa herida, a menudo quimérica, que se lamentan de haber recibido? En fin, ¿quién es más culpable a los ojos de la razón? ¿Una hija débil o traicionada o un padre cualquiera que por erigirse en vengador de una familia se convierte en verdugo de la desventurada? El suceso que vamos a relatar a nuestros lectores tal vez aclarará la cuestión.

El conde de Luxeuil, teniente general, hombre de unos cincuenta y seis a cincuenta y siete años, regresaba en una silla de posta de una de sus posesiones en Picardía cuando, al pasar por el bosque de Compiègne, a las seis de la tarde más o menos, a fines de noviembre, oyó unos gritos de mujer que le parecieron proceder de las inmediaciones de una de las carreteras próximas al camino real que atravesaba; se detiene y ordena al ayuda de cámara que cabalgaba junto al carruaje que vaya a ver de qué se trata. Le contesta que es una joven de dieciséis a diecisiete años, bañada en su propia sangre, sin que, no obstante, sea posible saber dónde están sus heridas y que ruega que la socorran; el conde se apea él mismo enseguida y corre hacia la infortunada. Debido a la oscuridad, no le resulta tampoco fácil averiguar de dónde procede la sangre que derrama, pero por las respuestas que le da, advierte al fin que está sangrando por las venas de los brazos.

—Señorita —le dice el conde, tras haber ayudado a la criatura en lo que le era posible—, no estoy aquí para preguntaros la causa de vuestra desgracia y, por otra parte, vos apenas os halláis en condiciones de contármela; os ruego que subáis a mi coche y que nuestra única preocupación sea, para vos, el tranquilizaros, y, para mí, el ayudaros.

Tras decir esto, el señor de Luxeuil, auxiliado por su ayuda de cámara, traslada a la desdichada joven al carruaje, y se van.

Tan pronto como la atractiva joven se ve a salvo, trata de balbucear unas palabras de agradecimiento, pero el conde le suplica que no hable y le contesta:

—Mañana, señorita; mañana espero que me contéis todo lo que os aflige, pero hoy, en virtud de la autoridad que sobre vos me da no sólo mi edad, sino también la alegría de poder seros útil, os ruego encarecidamente que no penséis más que en calmaros.

Llegan a su destino; para evitar cualquier escándalo, el conde cubre a su protegida con un abrigo de hombre y hace que el ayuda de cámara la conduzca a una confortable habitación al fondo de su palacete, adonde va a verla tras abrazar a su mujer y a su hijo que le esperaban a cenar aquella noche.

Cuando va a visitar a la enferma, el conde lleva con él a un cirujano; reconocen a la joven y ven que está en un estado de abatimiento inexpresable, la palidez de su rostro parecía casi anunciar que le quedaban apenas unos instantes de vida; no obstante, no tenía ninguna herida; en cuanto a su debilidad —afirmó—, se debía a la enorme cantidad de sangre que había perdido diariamente desde hacía tres meses, y cuando iba a explicar al conde la causa sobrenatural de hecho tan prodigioso, se desvaneció y el cirujano dictaminó que había que dejarla en reposo y conformarse con administrarle reconstituyentes y cordiales.

Nuestra infortunada joven pasó bastante bien la noche, pero durante seis días aún no se halló en condiciones de relatar a su benefactor todo lo relacionado con ella; por fin, la noche del séptimo día, mientras todo el mundo seguía ignorando en casa del conde que estaba allí escondida y ni siquiera ella misma, gracias a las precauciones que habían tomado, sabía dónde se hallaba, rogó al conde que la escuchara y que, ante todo, fuera indulgente con ella, cualesquier que fuesen las faltas que iba a revelarle. El señor de Luxeuil tomó asiento, aseguró a su protegida que nunca perdería la confianza que ella le inspiraba y nuestra hermosa aventurera comenzó de esta forma el relato de sus infortunios.

### «Historia de la señorita de Tourville»

Soy hija, señor, del presidente de Tourville, hombre demasiado conocido y demasiado célebre dentro de su profesión para que no le conozcáis. Desde que salí del convento hace dos años nunca había abandonado la casa de mi padre; tras la pérdida de mi madre, siendo muy niña, él sólo se encargaba de mi educación y puedo afirmar que no regateaba nada para dotarme de todo cuanto pudiera realzar los encantos propios de mi sexo. Las atenciones, los planes que mi padre acariciaba para buscarme el mejor partido posible, incluso una cierta predilección, todo ello, repito, despertó bien pronto la envidia de mis hermanos, uno de ellos, presidente desde hace tres años, acaba de cumplir veintiséis años; el otro, consejero desde no hace tanto tiempo, pronto cumplirá veinticuatro.

No pensaba que me odiaran tanto como luego he tenido ocasión de comprobar; como no había hecho nada para merecerlo, yo vivía en la dulce ilusión de que su afecto era igual al que mi corazón sentía hacia ellos. ¡Oh, cielos! ¡Qué equivocada estaba! Salvo los ratos dedicados a mi educación, yo disfrutaba en casa de mi padre de la más absoluta libertad; como yo era la única responsable de mi propia conducta, él no me imponía nada a la fuerza, e incluso desde los dieciocho años tenía permiso para pasearme por las mañanas con mi doncella por la terraza de las Tullerías, o si no, por las murallas que estaban al lado de donde vivíamos y de hacer, siempre con ella, bien paseando, bien en uno de los coches de mi padre, alguna que otra visita a casa de amigos o familiares míos, con tal de que no fuesen a horas en que una joven no debe quedarse sola en ninguna reunión. De esa funesta libertad procede la causa principal de mis desdichas, por eso os hablo de ella, señor, ¡ojalá no la hubiera tenido nunca!

Hace un año, cuando me paseaba, como os he dicho, con mi doncella, que se llama Julia, por una sombría alameda de las Tullerías en la que me sentía más a solas que en la terraza y en donde creía que respiraba un aire más puro, se acercan a nosotras seis atrevidos muchachos y nos damos cuenta, por las indecentes proposiciones que nos hacen, de que nos han tomado a ambas por lo que se suele llamar mujeres de la calle. Sintiéndome horriblemente violenta por semejante escena y sin saber cómo escapar, iba ya a buscar la salvación en la huida cuando un joven al que yo solía ver paseándose solo más o menos a las mismas horas en que yo lo hacía y cuyo aspecto inspiraba la mayor confianza, acertó a pasar cuando yo me encontraba en aquella embarazosa situación.

—¡Caballero! —grité, llamándole hacia donde yo estaba—. No tengo el honor de que me conozcáis, pero solemos coincidir por aquí casi todas las mañanas; si me habéis visto alguna vez estoy segura que no os cabrá la menor duda de que no soy una joven en busca de aventuras; os ruego encarecidamente que me deis vuestro brazo para poder regresar a mi casa y librarme de estos bandidos.

El señor de..., me permitiréis que calle su nombre, demasiadas razones me obligan a ello, se acerca enseguida, aparta a los bribones que me rodean, les convence de su error con el alarde de galantería y de respeto con que se presenta ante mí, toma mi brazo y me conduce rápidamente fuera del jardín.

—Señorita —me dice un poco antes de llegar a mi portal—, creo que lo más prudente es que os deje aquí. Si os acompañara a vuestra casa tendríais que explicar el motivo; eso tal vez os acarrearía la prohibición de poder seguir paseándoos a solas; no contéis, pues, lo que acaba de ocurrir y seguid acudiendo como lo hacéis al mismo paseo, ya que eso os distrae y vuestros padres os lo permiten. No dejaré de ir allí ni un solo día y siempre me hallaréis dispuesto a perder la vida, si fuera preciso, por enfrentarme a cualquier cosa que pueda turbar vuestra tranquilidad.

Una advertencia tan oportuna, un ofrecimiento tan galante, todo ello hizo que mirara a aquel joven con mayor interés del que había creído sentir por él hasta entonces; vi que tenía dos o tres años más que yo y una figura espléndida y me ruboricé al darle las gracias, y los dardos encendidos de ese atractivo dios que hoy es la causa de mi infortunio se clavaron en mi corazón antes de que pudiera impedirlo. Nos separamos, pero creí observar por la forma en que se despidió que yo le había causado la misma impresión que acababa de hacerme él a mí. Regresé a casa de mi padre, me cuidé de no comentar nada y a la mañana siguiente volví al paseo de siempre empujada por un sentimiento que era más fuerte que yo, que me habría llevado a arrostrar todos los peligros imaginables... ¿Qué digo? Que tal vez hacía que los deseara para tener el placer de volver a ser rescatada por el mismo hombre. Quizá os estoy pintando mi alma con excesiva ingenuidad, pero me habéis prometido vuestra indulgencia y cada nuevo detalle de mi historia os hará ver hasta qué punto la necesito; no será ésta la única imprudencia que me veréis cometer ni será la única que necesite de vuestra compasión.

El señor de... apareció en la alameda seis minutos después que yo y enseguida que me vio se acercó a mí.

—¿Puedo preguntaros, señorita —me dijo—, si la aventura de ayer ha tenido alguna repercusión o si os ha ocasionado alguna molestia?

Le aseguré que no, añadí que había seguido su consejo, que le daba las gracias por él y que me alegraba de que nada fuera a estorbar el placer que sentía saliendo a tomar el aire por las mañanas como lo venía haciendo.

—Si eso tiene tantos alicientes para vos, señorita —prosiguió el señor de..., en el tono más comedido—, los que tienen la dicha de coincidir con vos encuentran sin duda otros muchos más poderosos y si ayer me tomé la libertad de aconsejaros que no hicierais ningún comentario que pudiera dar al traste con vuestros paseos, realmente no tenéis por qué estarme agradecida; me atrevo a aseguraros, señorita, que no lo hice tanto por vos como por mí mismo.

Y mientras decía esto, volvía sus ojos hacia los míos con tal expresividad... ¡Oh, señor! ¡Y que un día tuviera que atribuir mi infortunio a un hombre tan dulce! Yo contesté con sinceridad a sus palabras, empezamos a conversar, dimos un pequeño paseo juntos y el señor de... se despidió no sin suplicarme que le revelara a quién había sido tan afortunado como para prestar ayuda la víspera: no creí obligado ocultárselo, él me reveló asimismo quién era y nos despedimos. Durante cerca de un mes, señor, no dejamos de vernos de esa forma casi todos los días y ese mes, como fácilmente podéis imaginar, no transcurrió sin que nos confesáramos el uno al otro los sentimientos que nos embargaban y sin haber jurado que los profesaríamos para siempre.

Al fin, el señor de... me suplicó que le permitiera verme en algún lugar menos embarazoso que un jardín público.

—No me atrevo a presentarme en casa de vuestro padre, hermosa Emilia —me dijo—, pues como no tengo el honor de conocerle enseguida sospecharía el motivo que me lleva a su casa y en vez de favorecer nuestros planes, ese paso podría quizá resultar extraordinariamente perjudicial; pero si realmente sois tan bondadosa y os compadecéis de mí tanto como para no desear que muera de dolor viendo que no me otorgáis lo que os pido, yo os indicaré cómo hacerlo.

Al principio me negué a oírle, pero pronto fui tan débil que se lo pregunté yo misma. La solución, señor, consistía en vernos tres veces por semana en casa de una tal señora Berceil que tenía una tienda de modas en la calle Arcis y de cuya discreción y honestidad el señor de... me respondía como de su propia madre.

—Ya que os permiten ir a visitar a vuestra tía que vive, según me dijisteis, bastante cerca de allí, habrá que fingir que vais a su casa, hacerle, en efecto, una corta visita y venir a pasar el resto del tiempo que tendríais que consagrarle a casa de la mujer que os he dicho; si preguntan a vuestra tía ella contestará que efectivamente os recibe el día que habéis dicho que ibais a verla; por tanto, no hay más que calcular la duración de las visitas y podéis estar completamente segura de que, teniendo confianza en vos como la tienen, nunca se les ocurrirá comprobarlo.

No os voy a repetir, señor todas las objeciones que hice al señor de... para que desistiera de aquel proyecto y para que se percatara de sus inconvenientes; ¿de qué serviría que os diera cuenta de mi resistencia si al fin acabé sucumbiendo? Prometí al señor de... todo cuanto quiso, los veinte luises que entregó a Julia, sin que yo lo supiera, convirtieron a aquella muchacha en cómplice perfecta de sus propósitos y yo no hice otra cosa más que labrar mi perdición. Para que fuera aún más completa, para seguir embriagándome por más tiempo y más a conciencia con el dulce veneno que destilaba mi corazón, engañé a mi tía con un falso pretexto, le dije que una de mis amigas (a quien ya se lo había prometido y que debía contestar en consecuencia) deseaba obsequiarme invitándome tres veces por semana a su palco del Français, que no me atrevía a decírselo así a mi padre por temor a que se opusiera, sino que seguiría diciendo que iba a su casa y le suplicaba que así lo asegurara; tras algunas reticencias, mi tía no pudo resistirse a mis súplicas, convinimos que Julia iría en mi lugar y que al volver del teatro yo pasaría a recogerla para regresar juntas a casa. Le di mil besos. ¡Fatal ceguera de las pasiones! ¡Le daba las gracias por contribuir a mi perdición, por allanar el camino a los extravíos que iban a llevarme al borde de la sepultura!

Por fin empezaron nuestras citas en casa de la Berceil; su almacén era magnífico, su casa absolutamente decente y ella una mujer de unos cuarenta años, en la que creí que podía confiar por completo. Por desgracia, confié excesivamente tanto en ella como en mi amante... El pérfido, ha llegado el momento de confesároslo, señor, la sexta vez que le encontraba en aquella funesta mansión, cobró tal dominio sobre mí, hasta tal extremo supo seducirme, que abusó de mi debilidad y en sus brazos me convertí en el ídolo de su pasión y en víctima de la mía propia. ¡Placeres crueles! ¡Cuántas lágrimas me habéis costado y cuántos remordimientos han de desgarrar todavía mi alma hasta el postrer instante de mi vida!

Un año transcurrió en esta funesta ilusión, señor; yo acababa de cumplir diecisiete años; mi padre planeaba día tras día la conveniencia de un compromiso y podéis imaginaros cómo me hacían estremecer aquellos proyectos, cuando una aventura fatal vino al fin a precipitarme al eterno abismo en que me hallo. Triste designio de la Providencia, sin duda, que quiso que algo en lo que no tuve ninguna culpa sirviera para castigar mis verdaderas faltas, para así demostrar que jamás podremos esquivarla, que sigue a todas partes a aquel que parece escapársele y que con el acontecimiento que menos se puede imaginar provoca sin ruido ese otro que servirá para su venganza

El señor de... me había advertido un día que cierto asunto inaplazable le privaría del placer de estar conmigo las tres horas completas que solíamos pasar juntos; que, no obstante, acudiría unos minutos antes del término de nuestra cita, aunque sólo fuera por no alterar en lo más mínimo nuestros hábitos cotidianos, que yo pasase en casa de la Berceil el tiempo que acostumbraba, que, sin duda, por una hora o dos, me distraería más en cualquier caso con la vendedora y con sus hijas que quedándome sola en casa de mi padre; yo me sentía tan confiada en aquella mujer que no puse ningún reparo a lo que mi amante me proponía; así, pues, le prometí que acudiría y le rogué que no se hiciera esperar demasiado. Me aseguró que se quedaría libre tan pronto como le fuera posible y allí fui; ¡oh, día nefando para mí!

La Berceil me recibió a la entrada de su establecimiento, pero no me dejó subir a su casa, como solía hacer.

—Señorita —me dijo al verme—, me alegro muchísimo de que el señor de... no pueda venir temprano esta tarde aquí, tengo que deciros algo que no me atrevo a confesárselo a él, algo que nos obliga a salir a las dos enseguida un momento, cosa que no hubiéramos podido hacer si estuviese él aquí.

—¿Y de qué se trata, pues, señora? —pregunté un tanto asustada por este preámbulo.

—De una tontería, señorita, de una tontería —prosiguió la Berceil—, pero antes tenéis que tranquilizaros, se trata de la cosa más inocente del mundo. Mi madre se ha enterado de vuestra intriga, es una vieja comadre, escrupulosa como un confesor y a la que mantengo sólo por sus escudos; no quiere de ninguna manera que os siga recibiendo, yo no me atrevo a decírselo al señor de..., pero os voy a decir lo que se me ha ocurrido. Os voy a llevar enseguida a casa de una de mis compañeras, una mujer de mi edad y que es tan de fiar como yo misma, os la presentaré; si os cae bien podéis contar al señor de... que os he llevado allí, que es una mujer honrada y que os parecería excelente quedar allí para vuestros encuentros; si no os gusta, cosa que me costaría trabajo creer, como sólo habremos estado un momento no le diréis nada de nuestra gestión; entonces ya me encargaría yo de decirle que me es imposible seguir prestándoos mi casa y ya buscaríais de mutuo acuerdo algún otro medio para poder veros los dos.

Lo que me decía aquella mujer era algo tan sencillo, tan natural la manera y el tono que empleó, mi confianza era tan completa y mi candor tan absoluto, que no vi el menor inconveniente en acceder a lo que me pedía; no cesó ni por un momento de lamentarse ante la imposibilidad de seguir prestándonos sus servicios, yo se los agradecí con todo mi corazón y salimos a la calle.

La casa a la que me llevaba estaba en la misma calle, a unos sesenta u ochenta pasos de la casa de la Berceil; en el exterior no vi nada que me desagradara: una puerta cochera, bonitos ventanales a la calle, un aire de decoro y de pulcritud en todo; sin embargo, una voz misteriosa parecía gritarme desde el fondo de mi corazón que un acontecimiento singular me esperaba en aquella mansión fatal; sentía una especie de repugnancia a cada escalón que subía, todo parecía decirme: «¿A dónde vas, desdichada? ¡Aléjate de estos siniestros parajes...!». Llegamos, no obstante, arriba, entramos en una antecámara bastante acogedora, donde no había nadie, y de allí pasamos a un salón que se cerró enseguida a nuestras espaldas como si hubiese alguien escondido detrás de la puerta... Yo me estremecí, el salón estaba muy oscuro y apenas se veía para poder cruzar; no habíamos dado ni tres pasos cuando sentí que dos mujeres me agarraban; en aquel momento se abrió la puerta de un gabinete y vi a un hombre de unos cincuenta años en medio de otras dos mujeres que gritaron a las que me habían sujetado: «Desnudadla, desnudadla y no la traigáis aquí hasta que no esté completamente desnuda». Apenas me había recobrado de la confusión que me paralizaba cuando estas mujeres me habían puesto ya sus manos encima, y dándome cuenta entonces de que mi salvación dependía más de mis gritos que de mi pavor, grité con todas mis fuerzas. La Berceil hizo todo lo que pudo para calmarme.

—Es cosa de un minuto, señorita —me decía—; hacedme este favor, os lo ruego, y me habréis hecho ganar cincuenta luises.

—¡Arpía infame! —grité—. No creáis que vais a traficar con mi honor de esta manera; si no me dejáis salir de aquí ahora mismo me arrojaré por la ventana.

—Iríais a parar a un patio que es nuestro y donde os volverían a coger enseguida, hija mía —contestó una de aquellas miserables arrancándome mis vestidos—. Vamos, creedme, lo mejor para vos es que os dejéis...

¡Oh, señor!, ahorradme el resto de esos horribles detalles. Me dejaron desnuda enseguida, ahogaron mis gritos con bárbaros procedimientos y me arrastraron junto a aquel hombre indigno, que mofándose de mis lágrimas y riéndose de mi resistencia sólo se preocupaba de asegurarse de la infortunada víctima a la que destrozaba el corazón; dos mujeres no me permitieron librarme de aquel monstruo, y dueño de hacer cuanto quisiera se contentó con apagar el fuego de su culpable ardor únicamente con abrazos y con impuros besos que me dejaron sin ultrajes...

Enseguida me ayudaron a volver a vestirme y me dejaron en manos de la Berceil. Aniquilada, confusa, embargada por una especie de dolor sombrío y amargo que vertía sus lágrimas en el fondo de mi corazón; dirigí a aquella mujer una mirada llena de furia...

—Señorita —me dijo, terriblemente turbada, en la antecámara de aquella funesta mansión—, me doy perfecta cuenta de todo el horror que acabo de perpetrar, pero os ruego que me perdonéis... y por lo menos, antes de dejaros llevar por la idea de provocar un escándalo, reflexionad; si se lo contáis al señor de..., por mucho que le digáis que os han traído a la fuerza, es un género de falta que no os perdonará jamás y habríais roto para siempre con el hombre que más os interesa conservar en el mundo, pues no tenéis otro medio de reparar el honor que os arrebata más que haciendo que se case con vos. Pero podéis estar segura de que nunca lo hará si le contáis lo que acaba de ocurrir.

—¡Miserable! ¿Por qué, pues, me has precipitado a este abismo, por qué me has puesto en una situación en la que tengo que engañar a mi amante o perderle y con él perder mi honor?

—Vayamos despacio, señorita, y no volvamos a hablar de lo que ha pasado, el tiempo vuela; pensemos en lo que hay que hacer. Si habláis, estáis perdida; si no decís una palabra, mi casa seguirá abierta para vos, nadie en absoluto os traicionará jamás y podréis seguir con vuestro amante; pensad si la exigua satisfacción de una venganza, de la que en el fondo me reiría, pues conociendo vuestro secreto ya sabría yo cómo impedir que el señor de... pudiese hacerme ningún daño; pensad, os digo una vez más, si el pequeño placer de esa venganza podrá compensaros de todas las desgracias que os iba a acarrear...

Dándome entonces cuenta de con qué indigna mujer tenía que habérmelas, y consciente de la fuerza de sus razonamientos, por detestables que éstos fuesen, dije:

—Salgamos, señora, salgamos; no me hagáis estar aquí por más tiempo, no diré una sola palabra, haced vos lo mismo; me serviré de vos, ya que no podría dejar de hacerlo sin desvelar ciertas infamias que es importante que calle, pero en el fondo de mi corazón tendré al menos la satisfacción de odiaros y de despreciaros tanto como os merecéis.

Volvimos a casa de la Berceil... Cielo santo, ¡qué nuevo vuelco me dio el corazón cuando nos dijeron que el señor de... había venido!, que le habían dicho que la señora había salido para un asunto urgente y que la señorita aún no había llegado, y al mismo tiempo una de las muchachas de la casa me entregó un billete que había escrito a toda prisa para mí. Contenía solamente estas palabras: «No os he encontrado; supongo que no habéis podido venir a la hora acostumbrada. No podré veros esta tarde, me es imposible esperaros. Hasta pasado mañana, sin falta».

Aquel billete no me tranquilizó lo más mínimo; su frialdad me pareció un mal augurio... No esperarme, tan poca paciencia... Todo me turbaba hasta un extremo que me es imposible describiros. ¿No podía haber observado acaso nuestra salida, habernos seguido? Y si lo había hecho, ¿no era yo mujer perdida? La Berceil, tan inquieta como yo, interrogó a todo el mundo; le dijeron que el señor de... había llegado tres minutos después de haber salido nosotras, que parecía muy excitado, que se había ido enseguida y que había vuelto para escribir aquel billete una media hora después. Cada vez más inquieta, mandé a buscar un coche... pero, ¿podréis creer, señor, hasta qué grado de desfachatez osó llevar su depravación aquella indigna mujer?

—Señorita —me dijo al verme salir—, no digáis nunca una sola palabra de todo esto, os lo vuelvo a aconsejar, pero si por desgracia llegarais a romper con el señor de..., creedme, aprovechad vuestra libertad para pasarlo bien, que eso vale mucho más que un solo amante; sé que sois una muchacha como Dios manda, pero sois joven y seguramente os dan poco dinero, y siendo tan bonita como sois yo podría haceros ganar todo el que quisierais... Vamos, vamos, que no sois la única, y hay muchas muy empingorotadas que un buen día se casan con un conde o con un marqués, como podríais hacer vos, y que, bien por decisión propia o bien por mediación de su gobernanta, han pasado por nuestras manos; como habéis podido comprobar, contamos con personas apropiadas para esa clase de muñecas, las usan como a una rosa, las huelen y no las marchitan; adiós, querida, y no pongáis esa cara tan larga, pues veis que aún puedo seros útil.

Lancé una mirada de furia a aquella infame criatura y salí a toda prisa sin contestarle; recogí a Julia en casa de mi tía, como solía hacer, y regresé a casa.

No tenía ningún medio de avisar al señor de... Como nos veíamos tres veces por semana no teníamos la costumbre de escribirnos, así, pues, tenía que esperar el momento de la cita. ¿Qué iría a decirme...? ¿Qué le podría contestar? Si le ocultaba lo que acababa de ocurrir, ¿no corría un peligro espantoso si llegaba a ser descubierto? ¿No era mucho más sensato confesárselo todo? Todas estas diferentes opciones me tenían en un estado de agitación inexpresable. Al fin me decidí a seguir los consejos de la Berceil y convencida de que aquella mujer era quien más interés tenía en el secreto, resolví imitarla y no decir nada... ¡Oh, cielos!, ¿de qué me valían todas aquellas elucubraciones si ya no iba a ver nunca más a mi amante y el rayo que iba a fulminarme centelleaba ya por todas partes?

Al día siguiente de todo aquello, mi hermano mayor me preguntó por qué me tomaba la libertad de salir sola tantas veces a la semana y a horas semejantes.

—Voy a pasar la tarde a casa de mi tía —le contesté.

—Eso es falso, Emilia; hace un mes que no habéis puesto allí los pies.

—Bueno, querido hermano —respondí temblando—, os lo confesaré todo: una amiga mía, a la que conocéis bien, la señora de Saint-Claire, tiene el gusto de invitarme a su palco del Français tres veces por semana; no me he atrevido a decir nada por si mi padre no lo aprobaba, pero mi tía lo sabe perfectamente.

—¿Con que vais al teatro? —me contestó mi hermano—. Podíais habérmelo dicho, yo os habría acompañado y todo hubiera resultado más fácil... Pero sola, con una dama a la que nada os une y que es tan joven como vos...

—Vamos, vamos, amigo mío —exclamó mi otro hermano, que se había acercado durante la conversación—. La señorita tiene sus distracciones... no hay que estorbárselas... Ella está buscando un marido y sin duda, con semejante comportamiento, le saldrán una infinidad...

Y los dos me volvieron la espalda con sequedad. Aquella conversación me asustó; sin embargo, me parecía que mi hermano mayor se había quedado bastante convencido de la historia del palco, pensé que había conseguido engañarle y que no iría más allá; además, aunque los dos me hubieran dicho mucho más, nada en el mundo habría sido tan poderoso como para obligarme a faltar a la próxima cita; me resultaba demasiado importante llegar a una explicación con mi amante para que nada en el mundo pudiera impedir que fuera a verle.

En cuanto a mi padre, seguía siendo el de siempre; me idolatraba, no sospechaba ninguna de mis faltas y nunca me molestaba con pretexto alguno. ¡Qué cruel resulta engañar a unos padres así y cómo se encarga el remordimiento de sembrar espinas sobre el placer que se obtiene a costa de traiciones de esa clase! Ejemplo funesto, pasión cruelísima, ¡si pudierais dar a conocer mis errores a quienes se encuentran en la misma situación, si las penas que mis placeres criminales me han ocasionado pudieran al menos frenarles al borde del abismo, tras conocer mi lamentable historia!

Al fin llega el día fatal, salgo con Julia y hago como acostumbro: la dejo en casa de mi tía y me acerco en mi coche a toda prisa a la casa de la Berceil. Bajo..., al principio me extrañan el silencio y la oscuridad que reinan en la casa... No encuentro ninguna cara conocida; sale sólo una mujer mayor a la que nunca había visto y a la que, para mi desgracia, habría de ver demasiado en lo sucesivo; me dice que me quede en la habitación en donde estoy, que el señor de... (pronuncia su nombre) enseguida vendrá a reunirse conmigo. Un frío universal se apodera de mis sentidos y me derrumbo sobre un sofá sin fuerzas para pronunciar una sola palabra; apenas he hecho esto cuando mis dos hermanos aparecen ante mí, pistola en mano.

—¡Miserable! —exclama el mayor—. Así es como nos engañas; si opones la menor resistencia, si das un solo grito, morirás. Síguenos; vamos a enseñarte a traicionar a un mismo tiempo a la familia que deshonras y al amante al que te entregabas.

Tras estas últimas palabras el conocimiento me abandonó por completo y cuando recobré el sentido me hallé en el interior de un carruaje que me parecía que iba a toda velocidad, entre mis dos hermanos y la vieja que acabo de mencionar, con las piernas atadas y las dos manos sujetas con un pañuelo. Las lágrimas, hasta entonces contenidas por el exceso de dolor, abriéronse paso en abundancia y durante una hora estuve sumida en un estado que, por culpable que pudiera ser, hubiese conmovido a cualquiera que no fuese uno de los dos verdugos en cuyo poder me encontraba. Durante el viaje no me dirigieron la palabra; yo imité su silencio y me abismé en mi dolor; por fin, al día siguiente, a las once de la mañana, entre Coucy y Noyon, llegamos a un castillo situado al fondo de un bosque que pertenecía a mi hermano mayor; el coche entró en el patio, me ordenaron que me quedara en él hasta que los caballos y los sirvientes estuvieran lejos; entonces mi hermano mayor vino a buscarme. «¡Seguidme!», me ordenó brutalmente, después de desatarme... Le obedecí temblando... ¡Dios mío!, ¡cuál no sería mi terror al ver el espantoso lugar que iba a servirme de encierro! Era una habitación baja, sombría, húmeda y oscura, cerrada con barrotes por todas partes y donde la luz no penetraba más que por una ventana que daba a un espacioso foso lleno de agua.

—Ésta es vuestra habitación, señorita —me dijeron mis hermanos—. Una hija que deshonra a su familia no puede estar bien más que aquí... Vuestra alimentación será proporcionada al resto del tratamiento, esto es lo que se os dará —prosiguieron, mostrándome un pedazo de pan parecido al que se da a los animales—, y como no deseamos haceros sufrir por mucho tiempo y, por otra parte, queremos privaros de cualquier medio de salir de aquí, estas dos mujeres —continuaron, señalándome a la vieja y a otra por el estilo que habíamos encontrado en el castillo—, estas dos mujeres serán las encargadas de haceros una sangría en ambos brazos tantas veces por semana como ibais a ver al señor de... a casa de la Berceil; ese régimen, al menos así lo esperamos, os llevará a la tumba sin que os deis cuenta, y no nos quedaremos verdaderamente tranquilos hasta que sepamos que nuestra familia se ha desembarazado de un monstruo como vos.

Tras estas palabras ordenan a las mujeres que me sujeten y, delante de ellos, los miserables, señor, perdonadme esta expresión, delante de ellos...,

los desalmados hicieron que me sangraran de los dos brazos y no abandonaron este cruel tratamiento hasta que me vieron sin conocimiento... Cuando volví en mí vi cómo se felicitaban por su barbarie, y como si desearan que todos los golpes cayesen sobre mí a un mismo tiempo, como si estuvieran encantados de destrozar mi corazón a la vez que derramaban mi sangre, el mayor sacó de su bolsillo una carta y me la tendió:

—Leed, señorita —me dijo—; leed y sabréis a quién debéis atribuir vuestros males...

La abro, temblando; mis ojos apenas tienen fuerza para reconocer esos funestos caracteres: ¡oh, santo Dios...!; era mi propio amante, había sido él quien me había traicionado. Esto era lo que decía aquella carta atroz, cuyas palabras aún siguen grabadas en mi corazón con trazos de sangre:

«Cometí la locura de amar a vuestra hermana, señor, y la imprudencia de deshonrarla, pero iba a repararlo todo; devorado por mis remordimientos, iba a arrojarme a los pies de vuestro padre, declararme culpable y pedirle a su hija. Estaba seguro del consentimiento del mío y estaba decidido a ser de los vuestros, pero en el momento que adoptaba esa resolución... mis ojos, mis propios ojos me convencen de que no tengo relaciones más que con una ramera, que a la sombra de unas citas concertadas por honestos y puros sentimientos se atrevía a ir a saciar los infames deseos del más crapuloso de los mortales. No esperéis de mí, por tanto, reparación alguna, señor; ya no os la debo, ya no os debo más que mi abandono y a ella, el odio más implacable y el más decidido desprecio. Os envío la dirección de la casa adonde vuestra hija va a corromperse, señor, para que podáis comprobar si os engaño».

Al acabar de leer estas funestas líneas volví a caer en el más lamentable estado... No, me repetía a mí misma, arrancándome los cabellos; no, falaz, tú nunca me has amado; si el más tenue sentimiento hubiera encendido tu corazón, ¿me habrías condenado sin escucharme, me habrías creído culpable de crimen semejante cuando era a ti a quien adoraba...? ¡Pérfido!, y es tu mano la que me entrega, la que me arroja a los brazos de los verdugos que van a ir haciéndome morir poco a poco, día tras día..., y morir sin que tú me justifiques... morir despreciada por todo lo que adoro, cuando jamás te ofendí voluntariamente, cuando no fui nunca más que la víctima y la engañada. ¡Oh, no!, esta situación es demasiado cruel; soportarla es algo que está más allá de mis fuerzas. Y arrojándome, bañada en lágrimas a los pies de mis hermanos, les supliqué que me escucharan o que hicieran verter mi sangre, gota a gota, y que muriera en aquel mismo instante.

Accedieron a escucharme, les conté mi historia, pero deseaban mi perdición y no me creyeron; sólo sirvió para que me trataran aún peor. Después de abrumarme con insultos, tras recomendar a las mujeres que ejecutaran al punto sus órdenes o les iba en ello la vida, se marcharon, diciéndome fríamente que esperaban no volver a verme jamás.

Cuando se fueron, mis dos guardianas me dejaron algo de pan, agua y cerraron, pero así estaba al menos sola, podía entregarme al exceso de mi dolor y me sentía menos desdichada. Los primeros impulsos de mi desesperación me llevaron a quitarme las vendas de los brazos y a morir, perdiendo sangre hasta el último momento. Pero la espantosa idea de morir sin poder justificarme ante mi amante me atormentaba con tal violencia que no pude decidirme por aquella solución; un poco de calma hace renacer la esperanza...; la esperanza, ese sentimiento consolador que surge siempre en medio de los sufrimientos, don divino que la naturaleza nos ofrece para compensarlos o atemperarlos... No, me dije a mí misma, no moriré sin volver a verle; ese había de ser mi único afán, mi única preocupación; si sigue creyéndome culpable, entonces habrá llegado el momento de morir y, al menos, moriré sin lamentarlo, pues es imposible que la vida pueda tener ya ningún atractivo para mí si he perdido su amor.

Resuelta a ello, decidí no desperdiciar ninguna de las ocasiones que pudieran liberarme de aquella odiosa mansión. Hacía ya cuatro días que este pensamiento me servía de consuelo, cuando mis dos carceleras aparecieron otra vez para renovar mis provisiones y hacer que perdiera de paso las escasas fuerzas que me proporcionaban; me extrajeron sangre de ambos brazos y me abandonaron, inerte, sobre el lecho; al octavo día aparecieron de nuevo y como me arrojé a sus pies y apelé a su compasión, me sangraron de un solo brazo. Dos meses transcurrieron de esta forma y durante ese tiempo siguieron extrayéndome sangre de uno de los dos brazos, alternativamente, cada cuatro días. La fuerza de mi temperamento me sostuvo; mi edad, el ardiente deseo que me embargaba de escapar de aquella espantosa situación, la cantidad de pan que ingería para contrarrestar mi agotamiento y ser capaz de llevar a cabo mis propósitos, todo esto me ayudó y a comienzos del tercer mes, cuando, presa de alegría, después de taladrar un muro, pude deslizarme por la abertura que había practicado a una habitación contigua que estaba abierta y escapar al fin del castillo, trataba de ganar a pie, como podía, la carretera de París, mis fuerzas me abandonaron entonces por completo en el lugar en que me encontrasteis y recibí de vos la generosa ayuda que mi sincero reconocimiento os agradece tanto como le es posible y que me atrevo a rogaros que no cese hasta verme de nuevo en los brazos de mi padre, a quien, sin duda, han engañado y que no sería nunca tan bárbaro como para condenarme sin dejarme antes que le pruebe mi inocencia. Reconoceré que he sido débil, pero enseguida se dará cuenta de que no soy tan culpable como las apariencias parecen atestiguar, y con vuestra ayuda, señor, no solamente habréis devuelto a la vida a una criatura desdichada, que nunca dejará de estaros agradecida, sino que habréis devuelto también la honra a toda una familia que creía que le había sido arrebatada injustamente.

—Señorita —dice el conde de Luxeuil, tras haber prestado toda la atención posible al relato de Emilia—, resulta difícil no veros y oíros sin sentir por vos el más vivo interés; no sois, evidentemente, tan culpable como pudiera creerse, pero toda vuestra conducta revela una cierta imprudencia que no podéis ignorar.

—¡Oh, señor!

—Escuchadme, señorita, os lo suplico, oíd al hombre que más deseos tiene de ayudaros. La conducta de vuestro amante resulta espantosa; no sólo es injusta, pues debió informarse mejor y veros, sino que, además, es cruel; si uno se siente tan receloso como para no desear volver al punto de partida, en ese caso se abandona a la mujer, pero no se la delata a su familia, no se la deshonra, no se la entrega, sin dignidad alguna, a quienes han de ser su perdición, no se les espolea a la venganza... Así, pues, culpo de todo, sin excepción, a la conducta de aquel a quien amáis... Pero la de vuestros hermanos resulta aún más incalificable; se mire por donde se mire es atroz, sólo unos auténticos verdugos pueden comportarse de esa forma. Faltas de esa clase no son acreedoras de castigos semejantes; las cadenas nunca sirvieron para nada; en tales casos se guarda silencio, no se priva a los inculpados de su sangre y de su dignidad; esos procedimientos odiosos son mucho más deshonrosos para quienes los ponen en práctica que para sus víctimas; se hacen acreedores a su rencor, provocan un escándalo y nada se ha reparado. Por preciosa que pueda resultarnos la virtud de una hermana, su vida ha de tener a nuestros ojos un valor mucho mayor. La honra se puede restituir, pero no la sangre derramada; así, pues, esa conducta es tan espantosa que si se elevara una queja al Gobierno sin duda sería castigada, pero con eso no haríais más que poneros a la altura de vuestros perseguidores y hacer público lo que debe permanecer oculto; no es eso lo que tenemos que hacer. Para ayudaros voy a actuar, señorita, de una forma totalmente distinta, pero os advierto que sólo puedo hacerlo con las siguientes condiciones: primero, tenéis que darme por escrito la dirección de vuestro padre, de vuestra tía, la de la Berceil y la del hombre al que os llevó la Berceil, y segundo, señorita, tenéis que revelarme, sin más requerimientos, el nombre de la persona a la que amáis. Esto último es tan imprescindible que no os voy a ocultar que me sería completamente imposible prestaros mi ayuda, sea en lo que sea, si insistís en ocultarme el nombre que os pido.

Emilia, confusa, comienza por cumplir con el mayor detalle la primera condición, y cuando ya ha dado todas las direcciones al conde:

—Entonces, señor —dijo ruborizándose—, me exigís que os dé el nombre de mi seductor.

—Así es, señorita; sin eso nada puedo hacer.

—Bien, señor... es el marqués de Luxeuil...

—¡El marqués de Luxeuil! —exclamó el conde, no pudiendo ocultar la emoción que le causaba oír el nombre de su hijo—. Ha sido capaz de algo semejante... Él... —y recuperándose de su sorpresa—: Lo reparará, señorita... Él lo reparará y vos seréis vengada... Os lo prometo. Adiós.

La asombrosa turbación que la última revelación de Emilia acababa de causar al conde de Luxeuil extrañó notablemente a la infortunada, que temió haber cometido alguna indiscreción; no obstante, las palabras pronunciadas por el conde al salir la tranquilizaron, y sin entender nada de la relación de todos estos hechos, relación que le resultaba imposible discernir, ignorando dónde se encontraba, decidió esperar pacientemente el resultado de las gestiones de su benefactor y las atenciones que, mientras tanto, no cesaron de prodigarle, consiguieron calmarla y convencerla de que su dicha era el único objeto de tanto afán.

Y pudo sentirse plenamente convencida al ver entrar en su habitación al conde, cuatro días después de las explicaciones que le había dado, llevando cogido de la mano al marqués de Luxeuil.

—Señorita —le dijo el conde—, os traigo a un mismo tiempo al autor de vuestros infortunios y a quien va a repararlos, rogándoos de rodillas que no le neguéis vuestra mano.

Tras estas palabras, el marqués se arroja a los pies de su amada, pero la sorpresa había sido excesiva para Emilia; aún no demasiado fuerte para soportarla, se había desmayado en los brazos de la doncella que la atendía; a fuerza de cuidados, pronto volvió, no obstante, en sí, y al verse en los brazos de su amante:

—¡Hombre cruel! —le dice, derramando un torrente de lágrimas—. ¡Qué sufrimientos habéis infligido a aquella que os amaba! ¿Podíais creerla culpable de la infamia que llegasteis a sospechar? Al amaros, Emilia podía ser víctima de su debilidad y de los engaños de los demás, pero jamás podía seros infiel.

—¡Oh, te adoro! —exclamó el marqués—. Perdona un arrebato de espantosos celos basado en engañosas apariencias; ahora todos estamos completamente convencidos, pero todas aquellas apariencias funestas, ¿acaso no estaban contra ti?

—Teníais que quererme, Luxeuil, y así no me habríais creído capaz de engañaros; teníais que quererme, teníais que haber prestado menos oídos a vuestra desesperación que a los sentimientos que yo creía, dichosa, inspiraros. Que este ejemplo enseñe a mi sexo que es casi siempre por un amor excesivo..., casi siempre por ceder demasiado pronto, por lo que perdemos el afecto de nuestros amantes... ¡Oh, Luxeuil!, tal vez me habríais amado más si yo no os hubiera amado tanto desde el primer momento. Me castigasteis por mi debilidad, y aquello que debía reforzar vuestro amor es lo que os hizo desconfiar del mío.

—¡Que todo sea olvidado por ambas partes! —interrumpió el conde—.
Luxeuil, vuestra conducta es incalificable, y si no os hubierais ofrecido a
repararla al instante, si no hubiera comprobado esa decisión en vuestro corazón, no os habría vuelto a ver en toda mi vida. «Cuando se ama de verdad
—decían nuestros antiguos trovadores—, se oiga lo que se oiga, se vea lo
que se vea en contra de la amada, no se debe dar crédito ni a los oídos ni a
los ojos; hay que escuchar únicamente al corazón»[3]. Señorita, espero con
impaciencia vuestro restablecimiento —prosiguió el conde, dirigiéndose
a Emilia—. Quiero llevaros de nuevo a casa de vuestros padres, pero en
calidad de esposa de mi hijo, y confío en que no rehusarán unirse a mí para
reparar vuestros infortunios; si no lo hacen, yo os ofrezco mi casa, señorita;
vuestro matrimonio se celebraría entonces aquí y hasta mi postrer suspiro
no dejaría de ver en vos a una querida nuera, de quien siempre me sentiría
honrado, se apruebe o no se apruebe vuestro himeneo.

Luxeuil se arrojó a los brazos de su padre; la señorita de Tourville se
deshacía en lágrimas, apretando entre las suyas las manos de su benefactor,
y la dejaron sola unas horas para que pudiera recobrarse de una escena
cuya excesiva duración hubiera perjudicado un restablecimiento que todos
deseaban con tanto ardor.

Por fin, quince días después de su regreso a París, la señorita de Tourville se encontró en condiciones de levantarse y de montar en coche. El
conde hizo que se pusiera un vestido blanco, análogo a la inocencia de su
corazón, y nada se regateó para realzar el brillo de sus encantos, que un
resto de palidez y de debilidad hacían aún más cautivadores. El conde, ella
y Luxeuil marcharon a casa del presidente de Tourville, que no había sido
advertido de nada y cuya sorpresa al ver entrar a su hija fue enorme. Estaba
en compañía de sus dos hijos, cuyos semblantes se desencajaron de furia
y de rabia ante esta inesperada aparición. Sabían que su hermana se había
evadido, pero la creían muerta en algún rincón del bosque y, como puede
verse, se consolaban con la mayor facilidad del mundo.

—Señor —dice el conde, presentando a Emilia a su padre—, a vuestros pies traigo a la inocencia en persona —y Emilia se arrojó al suelo—.
Imploro su perdón, señor —prosiguió el conde—, y no sería yo quien os lo
pidiese si no lo mereciera de verdad; por lo demás, señor —continuó con
rapidez—, la mejor prueba que puedo daros de la profunda estima que profeso a vuestra hija es pedírosla para mi hijo. Nuestros linajes están hechos
para aliarse, señor, y si hubiera alguna desproporción por mi parte, vende-
ría cuanto tengo para dotar a mi hijo con una fortuna digna de ser ofrecida
a vuestra hija. Decidíos, señor, y permitid que no me despida de vos hasta
haber recibido vuestra palabra.

---

[3] Quienes decían esto eran los trovadores provenzales, no los de la Picardía. *(N. del A.)*

El anciano presidente de Tourville, que siempre había adorado a su hija, en el fondo era la bondad personificada y que precisamente, por las excelencias de su carácter ya no ejercía su cargo desde hacía más de veinte años, el anciano presidente, repito, bañando con lágrimas el seno de su querida hija, contestó al conde que se consideraba honrado en demasía por semejante elección, que todo lo que le afligía era que su querida Emilia no era digna de ella; y el marqués de Luxeuil, arrojándose a los pies del presidente, le suplicó que perdonara sus errores y que le permitiera repararlos. Todo fue prometido, todo se arregló y todo quedó acordado por ambas partes; sólo los hermanos de nuestra atractiva heroína se negaron a compartir la alegría general, y la rechazaron cuando se acercó a ellos para abrazarlos; el conde, enfurecido ante semejante actitud, intentó detener a uno de ellos que trataba de salir de la sala. El señor de Tourville gritó al conde:

—Dejadles, señor, dejadles; me han engañado de una forma atroz; si mi querida hija hubiera sido tan culpable como ellos me aseguraron, ¿acaso consentiríais vos en darla a vuestro hijo? Ellos han turbado la felicidad de mis días al privarme de Emilia... Dejadles.

Y los miserables se fueron, presa del furor. Entonces el conde reveló al señor de Tourville todos los horrores de sus hijos y las verdaderas faltas de su hija; el presidente, viendo la falta de proporción que había entre aquéllas y la indignidad del castigo, juró no volver a ver a sus hijos; el conde le calmó y le hizo prometer que borraría de su recuerdo semejante conducta. Ocho días después se celebró la boda, sin que los hermanos hicieran acto de presencia, pero se prescindió de ellos y no se les echó en falta; el señor de Tourville se conformó con recomendarles el mayor silencio, bajo pena de encerrarles, y se callaron, pero no lo bastante, sin embargo, como para no acusarse a sí mismos por su infame proceder al condenar la indulgencia de su padre, y quienes tuvieron noticia de esta desdichada aventura exclamaron, horrorizados por los atroces detalles que la caracterizan:

—Oh, justo cielo, ¡éstas son las infamias que tácitamente se permiten quienes se dedican a castigar las faltas de los demás! Hay mucha razón al decir que esta clase de infamias son patrimonio de esos frenéticos e ineptos secuaces de la ciega Thermis, que, criados en un estúpido rigorismo, insensibles desde su infancia a los gritos del infortunio, manchados de sangre desde la cuna, censurándolo todo y a todo entregándose, creen que la única manera de encubrir sus secretas bajezas y sus públicas prevaricaciones es la de hacer alarde de un talante de rigidez, que, haciéndoles iguales a ocas por fuera y a tigres por dentro, no tiene otro objeto, enlodándoles con sus crímenes, que infundir respeto a los necios y hacer que el hombre sensato deteste sus odiosos principios, sus sanguinarias leyes y a esos despreciables individuos.

# AGUSTINA DE VILLEBLANCHE
# O LA ESTRATAGEMA DEL AMOR

«De todos los extravíos de la naturaleza, el que más ha hecho cavilar, el que más extraño ha parecido a esos pseudofilósofos que quieren analizarlo todo sin entender nunca nada —comentaba un día a una de sus mejores amigas la señorita de Villeblanche, de la que pronto tendremos ocasión de ocuparnos— es esa curiosa atracción que mujeres de una determinada idiosincrasia o de un determinado temperamento han sentido hacia personas de su mismo sexo. Y, aunque mucho antes de la inmortal Safo, y después de ella, no ha habido una sola región del universo, ni una sola ciudad, que no nos haya mostrado a mujeres de ese capricho, y, por tanto, ante pruebas tan contundentes, parecería más razonable, antes que acusar a esas mujeres de un crimen contra la naturaleza, acusar a ésta de extravagancia; con todo, nunca se ha dejado de censurarlas y, sin el imperioso ascendiente que siempre tuvo nuestro sexo, quién sabe si un Cujas, un Bartole o un Luis IX no habrían concebido la idea de condenar también al fuego a esas sensibles y desventuradas criaturas, como bien se cuidaron de promulgar leyes contra los hombres que, propensos al mismo tipo de singularidad y con razones tan igualmente convincentes, han creído bastarse entre ellos y han opinado que la unión de los sexos, tan útil para la propagación, podía muy bien no ser de tanta importancia para el placer. Dios no quiera que nosotras tomemos partido alguno en todo ello..., ¿verdad, querida? —continuaba la hermosa Agustina de Villeblanche, mientras daba a su amiga besos un tanto delatadores—. Pero en vez de hogueras y desprecio, en lugar de sarcasmos, armas todas ellas ya totalmente romas en nuestro tiempo, ¿no sería infinitamente más sencillo, en una acción tan absolutamente indiferente a la sociedad, tan conforme con Dios, y más útil a la naturaleza de lo que pueda creerse, que se dejara a cada cual obrar a su antojo...? ¿Qué puede temerse de esta depravación...? A toda persona verdaderamente inteligente le parecerá que puede prevenir otras peores, pero nunca se me podrá probar que tenga peligrosas consecuencias...

«¡Oh, cielos!, ¿temen que los caprichos de esos individuos, de uno y otro sexo, puedan acabar con el mundo, que pongan en peligro el precioso género humano y que su pretendido crimen lo aniquile al no proceder a su multiplicación? Que lo piensen mejor y verán que todas esas quiméricas pérdidas son enteramente indiferentes a la naturaleza, que no sólo no las condena en absoluto, sino que nos demuestra con mil ejemplos que las quiere y que las desea; pues si esas pérdidas la irritasen, ¿las toleraría en tantos miles de casos? Si la primogenitura le resultase tan esencial, ¿permitiría que una mujer no fuera apta para ella más que un tercio de su vida y que al salir de sus manos la mitad de los seres que produce tuviesen gestos contrarios a esa procreación que supuestamente exige? Digamos mejor que la naturaleza permite que las especies se multipliquen, pero que no lo exige en absoluto y que, plenamente convencida de que siempre habrá más individuos de los que hagan falta, muy lejos está de contrariar las inclinaciones de quienes no ponen en práctica la propagación y les repugna limitarse a ella. ¡Ah, dejemos actuar a esa madre excelente, convenzámonos de que sus recursos son inmensos, de que nada de lo que hagamos puede ultrajarla y de que el crimen que podría atentar contra sus leyes nunca podrá manchar nuestras manos!».

La señorita de Villeblanche, de cuya lógica acabamos de apreciar una muestra, dueña ya de sus actos a la edad de veinte años y disponiendo de treinta mil libras de renta, había tomado, por gusto, la resolución de no casarse jamás; de familia distinguida sin ser ilustre, era hija de un hombre que se había enriquecido en las Indias, había dejado solamente un hijo, ella, y se había muerto sin haber podido hacer que se decidiera al matrimonio. No es necesario ocultar que era extremadamente propensa a ese tipo de inclinación cuya apología acababa de hacer Agustina, llevada de la repugnancia que sentía por el matrimonio; ya fuera por recomendación, por constitución orgánica o por dictados de la sangre (había nacido en Madras), por inspiración de la naturaleza o por lo que se quiera, la señorita de Villeblanche detestaba a los hombres y entregada en cuerpo y alma a lo que los castos oídos entienden por la palabra lesbianismo, no disfrutaba más que con su propio sexo y sólo con las Gracias se resarcía del desprecio que le inspiraba Amor.

Agustina era una verdadera perdida para los hombres: alta, digna de ser pintada, con los más hermosos cabellos castaños del mundo, una nariz algo aguileña, unos dientes maravillosos y unos ojos tan expresivos, tan vivos... con una piel de una suavidad tal y de una blancura incomparable, todo el conjunto, en suma, de un tipo de atractivo tan excitante... que era evidente que al verla tan capaz de inspirar amor y tan decidida a no amar nunca, a muchos hombres se les escapaban un número infinito de sarcasmos contra una afición por lo demás de lo más sencilla, pero que, no obstante, al privar a los altares de Pafos de una de las criaturas del universo mejor dotadas para servirlos, espoleaba el sentido del humor de los sacerdotes de Venus, como es natural. La señorita de Villeblanche se reía de buena gana de todos esos reproches, de todos aquellos comentarios malintencionados y seguía tan consagrada a sus caprichos como siempre.

«La mayor de las locuras —añadía— es la de avergonzarse de las inclinaciones que hemos heredado de la naturaleza; y burlarse de cualquier individuo que tenga gustos tan singulares es tan absolutamente bárbaro como lo sería el burlarse de un hombre o de una mujer tuertos o cojos de nacimiento, pero persuadir a unos necios de estos razonables principios es como tratar de detener el curso de los astros. Para el orgullo constituye una especie de placer el burlarse de los defectos que no se tienen y ese tipo de satisfacciones resultan tan gratas al hombre y especialmente a los imbéciles, que es muy raro ver que renuncien a él... Además, todo esto se presta a murmuraciones, frías ocurrencias, estúpidos juegos de palabras y para la sociedad, es decir, para una colección de seres reunidos por el aburrimiento y moldeados por la estupidez, resulta tan agradable hablar dos o tres sin decir nada nunca, tan delicioso el brillar a costa de los demás y denunciar condenatoriamente un vicio que uno está muy lejos de tener... Es una especie de tácito elogio que uno se hace a sí mismo; a ese precio uno consiente incluso en unirse a los demás para conjurarse y aplastar a aquel individuo cuya tremenda culpa es la de no pensar como la mayoría de los mortales y uno se vuelve a casa henchido de orgullo por el ingenio demostrado cuando con semejante conducta de lo único que se ha hecho gala, y a fondo, es de pedantería y de cretinez».

Así opinaba la señorita de Villeblanche, y firmemente decidida a no enmendarse jamás, se burlaba de las habladurías, era lo suficientemente rica para bastarse a sí misma, no le importaba su reputación y como aspiraba a una vida placentera y no a beatitudes celestiales en las que creía más bien poco, y menos aún a una inmortalidad demasiado quimérica para sus sentidos, se rodeaba de un pequeño círculo de mujeres que pensaban como ella, con las que la encantadora Agustina se entregaba inocentemente a todos los placeres que la deleitaban. Había tenido muchos pretendientes, pero todos habían salido tan mal parados que estaban ya a punto de renunciar a esta conquista cuando un joven llamado Franville, más o menos de su posición y por lo menos tan rico como ella, se enamoró locamente y no sólo no se cansó de sus desplantes, sino que se decidió completamente en serio a no levantar el asedio sin haberla conquistado; dio cuenta de su proyecto a sus amigos, se rieron de él, le desafiaron y él aceptó. Franville tenía dos años menos que la señorita de Villeblanche, casi no tenía barba todavía y los rasgos más delicados y los más hermosos cabellos del mundo, así como una bellísima figura; cuando se vestía de muchacha, estaba tan bien con esa ropa que siempre conseguía engañar a ambos sexos y muy a menudo, unos todavía engañados, otros sabiendo muy bien lo que les agradaba, le habían hecho proposiciones tan concretas que en el mismo día habría podido ser el Antinoo de algún Adriano o el Adonis de alguna Psyqué. Franville pensó seducir a la señorita de Villeblanche con ese atuendo; vamos a ver cómo se las arregló.

Uno de los mayores placeres de Agustina era disfrazarse de hombre en carnaval y recorrer todas las reuniones con ese disfraz tan acorde con sus gustos; Franville, que hacía espiar sus pasos y que hasta aquel momento había tenido la precaución de no dejarse ver demasiado, se enteró un día de que aquella a quien adoraba iba a acudir aquella misma noche a un baile convocado para socios de la Ópera, al que podían entrar todas las máscaras y al que, siguiendo su costumbre, esa joven encantadora iba a asistir disfrazada de capitán de dragones. Se pone un vestido de mujer, hace que le arreglen, que le engalanen con el mayor esmero y distinción posibles, se da muchísimo lápiz de labios y sin máscara alguna y acompañado por una de sus hermanas, mucho menos hermosa que él, acude a la fiesta a la que la bella Agustina iba a ir a probar suerte.

Ha dado apenas tres vueltas por la sala, cuando enseguida es descubierto por la mirada conocedora de Agustina.

—¿Quién es esa hermosa joven? —pregunta la señorita de Villeblanche a la amiga que iba con ella—. Me parece que nunca la había visto en ningún otro sitio. ¿Cómo se nos ha podido escapar una criatura tan deliciosa?

Y apenas ha acabado de decir esto ya está Agustina haciendo todo lo que puede para entablar conversación con la falsa señorita de Franville, que, al principio, huye, da media vuelta, esquiva, escapa y todo para hacerse desear con más ardor; al fin es abordada y unos comentarios triviales dan paso a la conversación, que poco a poco va haciéndose más interesante.

—Hace un calor espantoso en el baile —dice la señorita de Villeblanche—; dejemos juntas a nuestras amigas y vamos a tomar un poco el aire a uno de aquellos pabellones donde se puede jugar y tomar algo fresco.

—¡Ah!, caballero —contesta Franville a la señorita de Villeblanche, fingiendo siempre que la toma por un hombre—. Realmente no me atrevo, estoy aquí sola con mi hermana, pero sé que mi madre va a venir con el marido que me ha destinado y si los dos me vieran con vos eso tendría consecuencias...

—Bueno, bueno, hay que superar todos esos temores pueriles... ¿Qué edad tenéis, ángel cautivador?

—Dieciocho años, caballero.

—¡Ah!, y yo os contesto que a los dieciocho años uno ya ha de tener derecho a hacer todo aquello que le apetezca... Vamos, vamos, y no tengáis ningún miedo —y Franville se deja arrastrar.

—¿Y qué?, encantadora criatura —prosigue Agustina conduciendo al joven, al que sigue tomando por una muchacha, hacia los gabinetes contiguos a la sala de baile—, ¿qué? ¿De verdad os vais a casar...? Cómo os compadezco... ¿Y quién es ese personaje que os destinan? Apuesto que es un hombre aburrido... ¡Ah!, qué afortunado será ese hombre y cómo desearía hallarme en su lugar. ¿Accederíais, por ejemplo, a casaros conmigo? Contestad con franqueza, celestial doncella.

—Por desgracia, bien lo sabéis caballero. ¿Acaso puede uno seguir cuando es joven los impulsos de su corazón?

—Bueno, pues rechazad a ese hombre indigno; juntos nos conoceremos de un modo más íntimo, y si nos convenimos el uno al otro, ¿por qué no podríamos llegar a un acuerdo? Gracias a Dios no me hace falta ningún tipo de autorización... Yo, aunque sólo tenga veinte años, ya soy dueño de mi patrimonio, y si pudieseis lograr que vuestros padres se decidieran en mi favor tal vez antes de ocho días podríamos estar vos y yo ligados ya por vínculos eternos.

Mientras conversaban habían salido del baile, y la hábil Agustina, que no enfilaba hacia allí su proa en busca del amor perfecto, había tenido buen cuidado de conducirle a un gabinete muy apartado que por medio de arreglos con los anfitriones siempre procuraba tener a su disposición.

—¡Oh, Dios mío! —exclama Franville al ver que Agustina cierra la puerta del gabinete y la estrecha entre sus brazos—. ¡Oh, cielos!, pero, ¿qué queréis hacer...? ¿Cómo a solas con vos y en un lugar tan apartado...? Dejadme, dejadme, os lo suplico, o al instante pediré auxilio.

—Yo te lo impediré, ángel divino —contesta Agustina, estampando su hermosa boca sobre los labios de Franville—. Grita ahora, grita sí puedes, y el purísimo soplo de tu aliento de rosa no hará sino inflamar todavía más mi corazón.

Franville se defendía con bastante languidez: resulta difícil encolerizarse demasiado cuando con tanta ternura se recibe el primer beso de todo cuanto se adora en el mundo. Agustina, envalentonada, atacada con redoblado ímpetu, ponía en ello toda esa vehemencia que sólo conocen las encantadoras mujeres llevadas de esa clase de fantasía. Pronto las manos se extravían; Franville, jugando a la mujer que cede, deja que las suyas se paseen igualmente. Se despojan de todas sus ropas y los dedos se dirigen hacia donde ambos esperan hallar lo que tanto anhelan. En ese momento, Franville cambia bruscamente de papel.

—¡Oh, cielos! —exclama—. ¡Pero si sois una mujer!

—¡Horrible criatura! —añade Agustina al poner su mano sobre ciertas cosas cuyo estado no permitía abrigar la menor ilusión—. ¡Y que me haya tomado tantas molestias para no encontrar más que a un hombre despreciable...! ¡Bien desdichada tengo que ser!

—No mucho más que yo, a decir verdad —contesta Franville vistiéndose de nuevo y dando muestras del más insondable desprecio—. Me pongo un disfraz que pueda atraer a los hombres; me gustan y por eso les busco, y no encuentro más que a una p...

—¡Oh, no; una p..., no! —responde Agustina con acritud—. En mi vida lo he sido. Cuando se aborrece a los hombres no se corre el peligro de ser tratada de esta manera...

—Pero, ¿cómo sois mujer y detestáis a los hombres?

—Sí, les detesto, y mirad por dónde, por la misma razón por la que vos sois hombre y detestáis a las mujeres.

—Lo único que se puede decir es que este encuentro no tiene igual.

—A mí me parece lamentabilísimo —contesta Agustina con todos los síntomas del más pésimo humor.

—A decir verdad, señorita, más fastidioso es aún para mí —responde agriamente Franville—. Aquí me tenéis, deshonrado para tres semanas. ¿Sabéis que en nuestra orden hacemos voto de no tocar jamás a una mujer?

—Me parece que bien se puede tocar a una como yo sin deshonrarse.

—A fe mía, pequeña —continúa Franville—, no veo que haya ningún motivo especial para hacer una excepción y no entiendo por qué un vicio tenga que haceros más deseable.

—¡Un vicio...! ¿Pero cómo tenéis el valor de reprocharme los míos... teniéndolos tan execrables como los tenéis?

—Mirad —le contesta Franville—, no vayamos a pelearnos, estamos empatados; lo mejor es que nos despidamos y que no nos volvamos a ver.

Y con estas palabras se disponía a abrir las puertas.

—Un momento, un momento —exclama Agustina impidiéndoselo—. Vais a pregonar nuestra aventura a todo el mundo, lo apostaría.

—Tal vez así me divierta.

—Y por otra parte, ¿qué me importa? Gracias a Dios me siento por encima de toda murmuración; salid, caballero, salid y contad lo que os apetezca. —E impidiéndoselo de nuevo—: Sabéis —le dice sonriendo— que toda esta historia es realmente extraordinaria... Los dos nos hemos equivocado.

—¡Ah!, pero el error es mucho más cruel —contesta Franville— para gente con gustos como los míos que para personas que compartan los vuestros..., y es que ese vacío nos repugna.

—Para seros sincera, querido amigo: podéis estar bien seguro de que lo que nos ofrecéis nos repele tanto o más aún, así pues la repugnancia es idéntica, pero no se puede negar, ¿verdad?, que la aventura ha sido divertidísima. ¿Volvéis al baile?

—No sé.

—Yo ya no vuelvo —contesta Agustina—. Habéis hecho que descubra ciertas cosas... tan desagradables... que voy a acostarme.

—Me parece muy bien.

—Pero mirad que ni siquiera es tan galante como para darme su brazo hasta mi casa. Vivo a dos pasos de aquí, no he traído mi coche y me vais a dejar así.

—No, os acompañaré encantado —contesta Franville—. Nuestras inclinaciones no nos impiden ser corteses... ¿Queréis mi mano...?, pues aquí la tenéis.

—La acepto tan sólo porque no encuentro nada mejor; algo es algo.

—Podéis estar totalmente segura de que por mi parte os la ofrezco sólo por simple caballerosidad.

Llegan a la puerta de la casa de Agustina y Franville se dispone a despedirse.

—Realmente sois encantador —dice la señorita de Villeblanche—, pero, ¿cómo vais a dejarme en la calle?

—Mil perdones —responde Franville—, no me atrevería.

—¡Ah!, ¡qué desabridos son estos hombres a los que no les gustan las mujeres!

—Es que —contesta Franville, dando su mano, no obstante, a la señorita de Villeblanche—, sabéis, señorita, desearía volver al baile cuanto antes y tratar de reparar mi estupidez.

—¿Vuestra estupidez? ¿Entonces seguís enfadado por haberme conocido?

—No he dicho eso, pero, ¿no es verdad que ambos podríamos encontrar algo mucho mejor?

—Sí, tenéis razón —contesta Agustina entrando por fin en la casa—, tenéis mucha razón, señor, pero sobre todo... porque mucho me temo que este funesto encuentro va a costarme la felicidad para toda mi vida.

—¡Cómo! ¿Es que no estáis perfectamente segura de vuestros sentimientos?

—Ayer sí lo estaba.

—¡Ah! No os atenéis a vuestras máximas.

—No me atengo a nada; me estáis poniendo nerviosa.

—Bien, ya me voy, señorita, ya me voy. Dios no permita que os siga molestando.

—No, quedaos, os lo ordeno. ¿Podréis soportar al menos una vez en vuestra vida el obedecer a una mujer?

—No hay nada que no hiciera por complaceros —contesta Franville tomando asiento—, ya os he dicho que soy galante.

—¿Sabéis que resulta abominable que a vuestra edad tengáis gustos tan perversos?

—¿Y creéis que es decoroso, a la vuestra, tener otros tan singulares?

—¡Oh!, es muy distinto, en nosotras es una cuestión de recato, de pudor..., incluso de orgullo, si queréis llamarlo así; es miedo a entregarse a un sexo que no nos seduce nunca más que para esclavizarnos... Mientras, los sentidos se van despertando y nos arreglamos entre nosotras; aprendemos a comportarnos con disimulo, se va adquiriendo un barniz de comedimiento que a menudo resulta obligado, y así la naturaleza está contenta, la decencia se observa y no se atenta contra las costumbres.

—Eso es lo que se llama un sofisma perfecto, se lleva a la práctica y sirve para justificar cualquier cosa. ¿Y qué tiene para que no podamos invocarlo asimismo en nuestro favor?

—No, en absoluto; vuestros prejuicios son tan diferentes que no podéis abrigar los mismos temores. Vuestro triunfo radica en nuestra derrota... Cuanto más numerosas son vuestras conquistas mayor es vuestra gloria, y sólo por vicio o por depravación podéis esquivar los sentimientos que os inspiramos.

—Realmente creo que me vais a convertir.

—Eso es lo que desearía.

—¿Y qué ganaría con ello si vos persistís en el error?

—Mi sexo me estaría agradecido, y como me gustan las mujeres, estaría encantada de poder trabajar para ellas.

—Si el milagro se realizara, sus efectos no iban a ser tan amplios como parece que creéis; accedería a convertirme sólo para una mujer, como mucho, con el propósito de... probar.

—Ése es un sano principio.

—Es que es verdad que hay una cierta prevención, eso pienso, al tomar un partido sin haber probado todos los demás.

—¡Cómo! ¿Nunca habéis estado con una mujer?

—Nunca, y vos... ¿podríais acaso ofrecer primicias tan absolutas?

—¡Oh, no! Primicias ninguna... Las mujeres con las que vamos son tan hábiles y tan celosas que no nos dejan nada... Pero no he estado con ningún hombre en toda mi vida.

—¿Es una promesa?

—Sí, y no deseo ni conocer ni estar con ninguno a no ser que sea tan especial como yo.

—Deploro no haber hecho ese mismo voto.

—No creo que se pueda ser más impertinente...

Y con estas palabras, la señorita de Villeblanche se levanta y dice a Franville que es muy dueño de irse. Nuestro joven amante, sin perder su sangre fría, hace una profunda reverencia y se dispone a salir.

—¿Volvéis al baile, no? —le pregunta secamente la señorita de Villeblanche, mirándole con un desprecio mezclado con el amor más ardiente.

—Pues sí, creo que ya os lo dije.

—Luego no sois merecedor del sacrificio que os ofrezco.

—¡Cómo! ¿Pero me habéis ofrecido algún sacrificio?

—Ya nunca podré hacer nada después de haber tenido la desgracia de conoceros.

—¿La desgracia?

—Vos me obligáis a usar esta expresión; sólo de vos dependería que pudiera emplear otra muy distinta.

—¿Y cómo combinaríais todo esto con vuestras inclinaciones?

—¿Qué es lo que no se abandona cuando se ama?

—De acuerdo, pero os resultaría imposible amarme.

—Desde luego, si vais a conservar hábitos tan deplorables como los que he descubierto en vos.

—¿Y si renunciara a ellos?

—Al instante inmolaría los míos en el altar del amor... ¡Ah!, pérfida criatura, ¡cuánto le cuesta a mi gloria esta declaración y tú acabas de arrancármela! —exclama Agustina arrasada en lágrimas y dejándose caer sobre un diván.

—Acabo de oír de los labios más hermosos del universo la más halagadora confesión que me sea posible escuchar —exclama Franville, arrojándose a los pies de Agustina—. ¡Ah!, objeto adorado de mi más tierno amor, reconoced mi fingimiento y dignaos a no castigarlo; a vuestros pies os imploro clemencia y así permaneceré hasta mi perdón. Junto a vos, señorita, tenéis al amante más constante, al más apasionado; pensé que esta estratagema era necesaria para vencer a un corazón cuya resistencia conocía. ¿Lo he logrado, hermosa Agustina? ¿Negaréis a un amor limpio de vicios lo que os dignasteis a declarar al amante culpable? Yo... culpable de lo que habíais creído... ¡Ah! ¿Cómo podíais pensar que pudiera existir una pasión impura en el alma de quien sólo por vos se consumía?

—¡Traidor!, me has engañado... pero te perdono...; sin embargo, así no tendrás nada que sacrificar por mí y mi orgullo se sentirá menos halagado, pero no importa, yo te lo sacrifico todo... ¡Adelante!, para complacerte renuncio con alegría a los errores a los que casi tanto como nuestros gustos nos arrastra nuestra vanidad. Ahora me doy cuenta, la naturaleza así lo exige; yo la sofocaba con desvaríos de los que ahora abjuro con toda mi alma; no se puede resistir a su imperio, ella nos creó sólo para vosotros, a vosotros no os formó más que para nosotras, observemos sus leyes, la misma voz del amor hoy me las revela, para mí habrán de ser sagradas. Aquí tenéis mi mano, señor, os tengo por hombre de honor y digno de mí. Si por un momento pude merecer la pérdida de vuestra estima, a fuerza de atenciones y de ternura quizá pueda aún reparar mis errores, y haré que reconozcáis que los de la imaginación no siempre consiguen degradar a un alma bien nacida.

Franville, colmados sus deseos, inunda con lágrimas de felicidad las bellas manos que tiene entre las suyas; se pone en pie y se arroja a los brazos que se le abren:

—¡Oh!, el día más afortunado de mi vida —exclama—. ¿Hay algo comparable a mi triunfo? Devuelvo al seno de la virtud un corazón en el que voy a reinar para siempre.

Franville abraza mil veces al divino objeto de su amor y se despiden; al día siguiente comunica su felicidad a todos sus amigos; la señorita de Villeblanche era un partido demasiado bueno para que sus padres se lo vedasen, y se casa con ella en la misma semana. La ternura, la confianza, la más axacta ponderación y la más severa modestia coronaron su himeneo, y al convertirse en el más feliz de los mortales fue lo bastante hábil como para hacer de la más libertina de las muchachas la más fiel y virtuosa de las esposas.

# HÁGASE COMO SE ORDENA

—Hija mía —dice la baronesa De Fréval a la mayor de sus hijas, que iba a casarse al día siguiente—, sois hermosa como un ángel; apenas habéis cumplido vuestro decimotercer año y es imposible ser más tierna y más encantadora; parece como si el mismísimo Amor se hubiera recreado en dibujar vuestras facciones, y, sin embargo, os veis obligada a convertiros mañana en esposa de un viejo picapleitos, cuyas manías son de lo más sospechosas... Es un compromiso que me desagrada extraordinariamente, pero vuestro padre lo quiere. Yo deseaba hacer de vos una mujer de elevada posición, pero ya no es posible; estáis destinada a cargar toda vuestra vida con el ingrato título de presidenta... Lo que más me desespera es que no llegaréis a serlo más que a medias... El pudor me impide explicaros esto, hija mía..., pero es que esos viejos tunantes, que acostumbran a juzgar al prójimo sin saber juzgarse a sí mismos, tienen caprichos tan barrocos, habituados a una vida en el seno de la indolencia... Esos bribones se corrompen desde que nacen, se hunden en el libertinaje, y arrastrándose en el impuro fango de las leyes de Justiniano y de las obscenidades de la capital, como la culebra que no levanta la cabeza más que de cuando en cuando para devorar insectos, sólo se les ve salir de él a base de reprimendas o de alguna detención. Así, pues, escuchadme, hija mía, y manteneos erguida..., porque si inclináis la cabeza de esa forma complaceréis extraordinariamente al señor presidente, y no me extrañaría que os la pusiera a menudo mirando a la pared... En una palabra, hija mía, se trata de lo siguiente: negad rotundamente a vuestro marido lo primero que os proponga; estamos convencidos de que esa primera proposición será, sin la menor duda, de lo más indecente e intolerable... Conocemos sus gustos; hace ya cuarenta años que, llevado de convicciones totalmente ridículas, ese maldito pícaro afeminado tiene la costumbre de tomarlo todo única y exclusivamente por detrás. Así, pues, hija mía, vos os negaréis, ¿me oís?, y le contestaréis: «No, señor, por cualquier otro sitio que os guste, pero por ahí, de ninguna manera».

Dicho esto, se ponen a engalanar a la señorita De Fréval; la arreglan, la bañan, la perfuman. Llega el presidente, con el pelo ensortijado como un querubín, empolvado hasta los hombros, gangoso, chillón, balbuciendo leyes y diciendo cómo tiene que ser el Estado. Gracias al arreglo de su peluca, de su traje ajustado, de sus carnes prietas y restallantes, apenas se le calcularían cuarenta años, aunque tenía cerca de sesenta. Aparece la novia, él le hace unas carantoñas y en los ojos del leguleyo se puede ya leer toda la depravación de su alma. Al fin llega el momento... la desnuda, se acuestan y por una vez en su vida, el presidente, bien por tomarse un poco más de tiempo para educar a su discípula o bien por temor a los sarcasmos que podrían ser fruto de las indiscreciones de su mujer, no piensa más que en cosechar placeres legítimos. Pero la señorita De Fréval ha sido bien educada. La señorita De Fréval, que se acuerda de que su mamá le ha aconsejado que rechazara con toda firmeza las primeras proposiciones que le fueran a hacer, no desperdicia la ocasión y le dice al presidente:

—No, señor, por mucho que queráis no ha de ser así; por cualquier otro sitio que os guste, pero por ahí, de ninguna manera.

—Señora —contesta el presidente estupefacto—, debo protestar... estoy haciendo un esfuerzo... en realidad es una virtud.

—No, señor, por más que insistáis nunca accederé a eso.

—Muy bien, señora, hay que teneros contenta —responde el picapleitos, tomando posesión de su enclave predilecto—. Mucho sentiría disgustaros y más en vuestra noche de bodas, pero tened cuidado, señora, pues en el futuro, por mucho que me lo roguéis, ya no podréis hacer que varíe mi rumbo.

—Me parece muy bien, señor —contesta la joven, buscando la postura—, no temáis que no os lo he de pedir.

Entonces, ya que así lo queréis, adelante —contesta el hombre de bien, mientras se acomoda—. En nombre de Ganímedes y de Sócrates, ¡hágase como se ordena!

# EL PRESIDENTE BURLADO

*¡Oh!, confiad en mí, voy a agasajarlos de tal forma...*
*que no se atreverán a volver en veinte años.*

Con mortal pesadumbre veía el marqués de D'Olincourt, coronel de dragones, hombre rebosante de ingenio, de gracia y de vitalidad, cómo la señorita de Téroze, su cuñada, iba a pasar a los brazos de uno de los seres más nauseabundos que hayan pisado la superficie del globo. Esta encantadora joven, de dieciocho años de edad, fresca como Flora y formada como las Gracias, amada desde hacía cuatro años por el joven conde de Elbène, segundo coronel del regimiento de D'Olincourt, no podía tampoco dejar de estremecerse al ver cómo se acercaba el instante fatal que debía, al unirla al repelente esposo que le destinaban, separarla para siempre del único hombre que era digno de ella. ¿Pero cómo evitarlo? La señorita de Téroze tenía un padre anciano, hipocondríaco y gotoso que lamentablemente opinaba que ni los atractivos ni las dotes personales eran los que debían informar los sentimientos de una muchacha para con su marido, sino, única y exclusivamente, la razón, la edad madura y sobre todo la profesión; que la profesión de magistrado era la más considerada, la más majestuosa de todas las profesiones de la monarquía, y no sólo eso, sino también la que a él más le gustaba de todas; su hija tenía que ser feliz, forzosamente, con un magistrado. No obstante, el anciano barón de Téroze había casado a su hija mayor con un militar, peor aún, con un oficial de dragones; ésta, con un carácter perfecto para serlo en cualquier circunstancia, era tremendamente feliz y no tenía ningún motivo para lamentarse de la elección de su padre. Pero todo eso no importaba lo más mínimo; si ese primer matrimonio había salido bien se debía al azar; de hecho sólo un magistrado podía hacer plenamente feliz a una hija; dando esto por sentado, había que buscar un picapleitos, y de todos los picapleitos imaginables, el más grato a los ojos del anciano barón era un tal señor Fontanis, presidente del Parlamento de Aix, a quien antaño había conocido en Provenza, por lo que, sin darle más vueltas, el señor de Fontanis era el que tenía que casarse con la señorita de Téroze. Poca gente puede imaginarse a un presidente del Parlamento de Aix; es una especie de bestia de la que se ha hablado a menudo, pero sin conocerla a fondo, rigorista por profesión, meticuloso, crédulo, testarudo, vano, cobarde, charlatán y estúpido por carácter, estirado en sus ademanes como un ganso, pronunciando las erres como un polichinela; enjuto, largo, flaco y hediondo como un cadáver. Se diría que toda la bilis y la severidad de la magistratura del reino habían buscado cobijo en el templo de la Temis provenzal, para trasladarse desde allí en caso de necesidad cada vez que un tribunal francés tiene que presentar alguna queja o tiene que ahorcar a algún ciudadano. Pero el señor Fontanis superaba este ligero esbozo de sus colegas. Por encima de la figura chupada y algo encorvada que acabamos de describir, en el señor de Fontanis podía apreciarse un occipucio estrecho, no muy bajo, empinadísimo hacia arriba, rematado por una frente macilenta tapada magistralmente por una peluca confeccionada para ocasiones diversas, de un modelo que aún no se había visto en París; dos piernas algo torcidas sostenían con notable esfuerzo ese campanario ambulante, de cuyo pecho se despedía, no sin ciertas molestias para los circundantes, una voz chillona que declamaba enfáticamente largos cumplidos mitad franceses, mitad provenzales, tras los que él mismo nunca dejaba de sonreír con tal abertura de la boca, que se podía contemplar hasta la campanilla una sima negruzca, desprovista de dientes, excoriada en varios sitios y que no se parecía mal del todo a la abertura de cierto asiento que, dada la estructura de nuestra incorregible humanidad, tan pronto es trono de reyes como lo es de unos pastores. Al margen de estos atractivos físicos, el señor de Fontanis tenía pretensiones de hombre cultivado. Después de haber soñado una noche que había subido al séptimo cielo con san Pablo, se consideraba el mejor astrónomo de Francia; comentaba las leyes como Farinacius y Cujas, y a menudo se le oía decir, como a esos grandes hombres y como a sus colegas que no son grandes hombres ni por asomo, que la vida de un ciudadano, su fortuna, su honor, su familia, en fin, todo lo que la sociedad considera sagrado, de nada vale cuando hay que investigar un crimen, y que vale mil veces más arriesgar la vida de quince inocentes que salvar por falta de celo la de un culpable, pues el cielo es justo si los parlamentos no lo son, y el castigo de un inocente no presenta otro inconveniente que enviar un alma al paraíso, mientras que el hecho de salvar a un culpable amenaza con multiplicar los crímenes sobre la tierra. Solamente una clase de individuos tenía cierto albedrío sobre el alma acorazada del señor de Fontanis: la de las rameras, por más que, por lo general, no hiciese gran uso de ellas; aunque apasionadísimo, era de naturaleza reacia y poco emprendedora y sus deseos siempre sobrepasaban con mucho sus posibilidades. El señor de Fontanis aspiraba a transmitir su apellido a la posteridad, eso era todo, pero lo que inducía a este ilustre magistrado a mostrarse indulgente con las sacerdotisas de Venus era que, en su opinión, pocas ciudadanas resultaban tan útiles al Estado como ellas, pues, por medio de sus trapacerías, de sus imposturas y de su charlatanería, se podía llegar a descubrir una infinidad de delitos ocultos, y el señor de Fontanis, eso hablaba en su favor, era un enemigo jurado de todo lo que los filósofos llaman «debilidades humanas».

Esta mezcla un tanto grotesca de físico ostrogodo y de moral de Justiniano salió por primera vez de la ciudad de Aix en abril de 1779 y fue a alojarse, reclamado por el señor barón de Téroze, a quien conocía desde hacía mucho tiempo, al hotel de Dinamarca, no lejos de la residencia del barón. Como era la época de la feria de Saint-Germain, todo el mundo en ese hotel pensó que el sorprendente animal había venido a exhibirse. Uno de esos seres oficiosos que siempre prestan sus servicios en esa clase de establecimientos públicos, incluso llegó a proponerle que fuera a avisar a Nicolet, que estaría encantado de prepararle un camerino, a menos que prefiriera debutar con Audinot. El presidente contestó: «Cuando era un niño, mi niñera me advirtió que el parisino era un pueblo cáustico y chistoso que nunca haría justicia a mis cualidades, pero mi proveedor de pelucas añadió, a pesar de eso, que mi peluca les impresionaría. ¡Ah, el pueblo!, bromea cuando se muere de hambre y canta cuando lo machacan. ¡Oh!, siempre lo he dicho: a esa gente le haría falta una Inquisición como en Madrid o un patíbulo siempre levantado, como el de Aix».

Entretanto, el señor de Fontanis, tras el aseo que no hizo sino realzar el brillo de sus sexagenarios encantos, con unas inyecciones de agua de rosas y de lavanda, que en este caso no eran precisamente ornamentos ambiciosos, como dice Horacio, después de todo esto, y tal vez de algunas otras precauciones que no han llegado a nuestro conocimiento, fue a hacer acto de presencia a casa de su amigo, el anciano barón. Se abre la puerta de par en par, se le anuncia y el presidente pasa adentro. Por desgracia para él, las dos hermanas y el conde de D'Olincourt estaban divirtiéndose juntos como verdaderos niños en un rincón de la sala, y cuando apareció esta figura, por más que se esforzaron, les fue imposible evitar tal carcajada que la grave compostura del magistrado provenzal se vio prodigiosamente alterada; largo tiempo había ensayado delante de un espejo su reverencia de presentación y la estaba repitiendo bastante pasablemente cuando la desafortunada carcajada que profirieron nuestros jóvenes casi hizo que el presidente permaneciera curvado en forma de arco mucho más tiempo del que había previsto; se alzó, no obstante; una severa mirada del barón a sus tres hijos les hizo recobrar la seriedad y el respeto y empezó la conversación.

El barón, que quería liquidar de prisa aquel asunto y que ya había hecho todas las composiciones de lugar, no dejó que acabara esta primera entrevista sin anunciar a la señorita de Téroze que ése era el marido que le destinaba y que debería entregarle su mano dentro de ocho días como muy tarde. La señorita de Téroze no contestó nada; el presidente se marchó y el barón volvió a repetir que deseaba ser obedecido. La circunstancia era de las más crueles: no sólo esta hermosa joven adoraba al señor de Elbene, no sólo le idolatraba, sino que, además, tan frágil como sensible, ya había por

369

desgracia permitido a su delicioso amante cortar esa flor que, muy distinta de las rosas con las que a veces se la compara, no posee como aquéllas la facultad de renacer a cada primavera. Ahora bien, ¿qué iba a pensar el señor de Fontanis, un presidente del Parlamento de Aix, cuando viese ya hecha su tarea? Un magistrado provenzal puede tener sus ridiculeces, son normales en su clase, pero aun así sabe lo que son las primicias y se siente muy contento de recibir las de su mujer al menos una vez en su vida. Esto era lo que paralizaba a la señorita de Téroze, la cual, aunque muy juguetona y muy vital, poseía, sin embargo, toda la delicadeza que conviene a una mujer en esas circunstancias y sabía perfectamente lo poco que la iba a estimar su marido si llegaba a darse cuenta de que había sido capaz de faltarle al respeto aun antes de conocerle; pues no hay nada tan rígido como nuestros prejuicios sobre esa materia: no sólo una desventurada muchacha tiene que sacrificar todos los sentimientos de su corazón al marido que sus padres le buscan, sino que incluso se la considera culpable si antes de conocer al tirano que va a esclavizarla ha podido, prestando oídos tan sólo a la naturaleza, seguir su voz. La señorita de Téroze confió sus preocupaciones a su hermana, que, mucho más jovial que mojigata y mucho más comprensiva que devota, se puso a reír como una loca ante la revelación y dio parte a su grave esposo, quien decidió que estando ciertas cosas en tal estado de rotura y de deterioro había que guardarse muy bien de ofrecerlas a los sacerdotes de Themis, pues esos señores no se andan con bromas en cosas de semejante importancia, y tan pronto como su pobre hermanita se encontrara en la ciudad del «patíbulo siempre levantado», podían muy bien hacer que subiese a él para convertirla en víctima del pudor. El marqués afirmó después de la cena que poseía cierta erudición y que los provenzales eran una colonia egipcia, que los egipcios hacían sacrificios muy a menudo con muchachas jóvenes y que un presidente del Parlamento de Aix, que se considera a sí mismo un colono egipcio, podría hacer que le cortaran a su hermanita el más hermoso cuello del mundo...

—Esos «colonos presidentes» son auténticos rebanadores de cabezas; cortan una nuca con la misma facilidad que una corneja arroja nueces, sea justo o no sea justo, no se paran en mientes; el rigorismo lleva, como la propia Themis, una venda sobre los ojos puesta por la estupidez, y en la ciudad de Aix los filósofos nunca han conseguido quitársela...

Decidieron reunirse a deliberar: el conde, el marqués, la señora de D'Olincourt y su adorable hermana fueron a cenar a un pequeño pabellón del marqués en el bosque de Bolonia y allí el severo areópago dictaminó, en un enigmático estilo parecido a las respuestas de la sibila de Cumas o a las sentencias del Parlamento de Aix, pues el pretendido origen egipcio servía de pretexto para el jeroglífico, que «el presidente se casaría y no se casaría lo más mínimo». Dictada la sentencia, instruidos convenientemente los actores, regresan todos a casa del barón: la joven no pone el menor reparo a su padre; D'Olincourt y su mujer le aseguran que un enlace tan bien concertado es para ellos una auténtica alegría, se muestran extrañamente cariñosos con el presidente, procuran no reírse cuando está presente y se granjean tan a fondo las simpatías del yerno y del cuñado que uno y otro dan su consentimiento para celebrar los misterios del himeneo en el castillo de D'Olincourt, cerca de Melun, espléndida finca perteneciente al marqués. Todos aceptan, únicamente el barón —dice— está desolado por no poder participar en los placeres de una fiesta tan deliciosa, pero si puede irá a verlos. Al fin llega el día, los cónyuges son sacramentalmente unidos en Saint-Sulpice, muy temprano por la mañana, sin el menor boato, y aquel mismo día parten para D'Olincourt. Disfrazado con el nombre y uniforme de La Brie, ayuda de cámara de la marquesa, el conde de Elbene recibe a la comitiva a su llegada y, terminada la cena, conduce a los esposos a la cámara nupcial, cuya decoración y maquinaria eran de su invención y por él igualmente iban a ser manejadas.

—Verdaderamente, preciosa —exclama el enamorado provenzal tan pronto como se queda a solas con su pretendida—, poseéis encantos que podrían ser los de la mismísima Venus, ¡cáspita!⁴ Ignoro dónde los habréis adquirido, pero se podría recorrer toda Provenza sin encontrar nada que os iguale.

Y acto seguido empieza a pasar la mano por las enaguas de la pobre Téroze, que no sabía qué hacer, si dejarse llevar de la risa o del miedo.

—Por aquí, por allá y por todas partes, que Dios me condene y que no vuelva nunca a juzgar a una ramera si éstas no son las formas del amor bajo los espléndidos faldones de su madre.

Mientras tanto entra La Brie llevando dos platillos dorados; ofrece uno a la joven esposa y otro al señor presidente:

—Bebed, castos esposos —dice—, y que ambos halléis en este bebedizo las dádivas del amor y los dones del himeneo.

—Señor presidente —continúa La Brie al ver que el magistrado quiere saber a qué viene ese brebaje—, ésta es una tradición parisiense que se remonta al bautismo de Clodoveo: es costumbre entre nosotros que antes de que celebréis los misterios a los que ambos os vais a consagrar encontréis en este lenitivo, purificado por la bendición del obispo, las fuerzas necesarias para esa empresa.

—¡Ah!, claro que sí, con mucho gusto —contesta el magistrado—, traed, traed, amigo mío... Pero, ¡diantre!, si echáis leña al fuego que vuestra joven ama se ponga en guardia, pues ya estoy excitadísimo, y si me ponéis en un estado tal que ni me reconozca, no sé lo que va a pasar.

El presidente bebe, su joven esposa le imita, los criados se retiran y ellos se acuestan, pero apenas lo han hecho cuando le acometen al presi-

---

⁴ Juramento provenzal. (N. del A.)

dente unos dolores de tripas tan intensos, una necesidad tan apremiante de aliviar su débil naturaleza por el lado opuesto al que tendría que ser, que, sin el menor cuidado por el sitio en que se halla, sin ningún respeto hacia aquella que comparte su lecho, inunda la cama y sus inmediaciones con un diluvio de bilis tan considerable que la señorita de Téroze, despavorida, tiene el tiempo justo para bajarse y pedir auxilio. Van acudiendo el señor y la señora de D'Olincourt, que habían tenido buen cuidado de no irse a la cama; llegan a toda prisa. El consternado presidente se cubre con las sábanas para que no le vean, sin darse cuenta de que cuanto más se tapa más se ensucia, y al final presenta un aspecto tan horroroso y repugnante que su joven esposa y todos los presentes se retiran, lamentando vivamente su estado y asegurándole que al instante avisarán al barón para que envíe enseguida al castillo a uno de los mejores médicos de la capital.

—¡Oh, cielos! —exclama el desdichado presidente, presa de la consternación, cuando se queda a solas—. ¿Qué aventura es ésta? Yo creía que sólo se podía descargar de esta forma en palacio y sobre flores de lis, pero la noche de bodas y en el lecho de la esposa, realmente no lo comprendo.

Un teniente del regimiento de D'Olincourt, llamado Delgatz, que para cuidar de los caballos del regimiento había estudiado dos o tres cursos en la escuela de veterinaria, no dejó de acudir al día siguiente con los títulos y emblemas de uno de los más famosos hijos de Esculapio. Aconsejaron al señor de Fontanis que hiciera acto de presencia con una simple bata de casa, y la señora presidenta de Fontanis, a la que, no obstante, aún no deberíamos dar ese nombre, no ocultó a su marido lo atractivo que le encontraba con ese atuendo: llevaba una bata de casa de damasco amarillo con rayas rojas hasta la cintura, adornada con cenefas y chorreras; por debajo, un corto chaleco de estameña marrón, calzones de marinero del mismo color y un bonete de lana roja; todo ello, realzado por la atractiva palidez del accidente de la víspera, incrementó de tal manera el amor de la señorita de Téroze que no quería dejarle solo ni un minuto.

—¡Pobrecita! —decía el presidente—. ¡Cómo me quiere! Sin duda es la mujer que el cielo me destinaba para ser feliz; me he portado muy mal la noche pasada, pero no siempre tiene uno diarrea.

Entretanto llega el médico, toma el pulso a su paciente y, sorprendido por su debilidad, le demuestra con los aforismos de Hipócrates y los comentarios de Galeno que si no se restablece por la noche bebiéndose para cenar media docena de botellas de vino de España o de Madeira, le será imposible lograr la deseada desfloración; en cuanto a la indigestión de la víspera, le aseguró que no era nada.

—Eso ocurre —le dijo— cuando la bilis no ha sido bien filtrada por los vasos del hígado.

—Pero —le pregunta el marqués—, ¿no era peligroso ese trastorno?

—Os ruego que me perdonéis, señor —contestó gravemente el acólito del templo de Epidauro—, pero en medicina no hay nunca causas pequeñas que no puedan llegar a tener consecuencias si la profundidad de nuestro arte no corta enseguida sus efectos. Ese trastorno podría producir una alteración considerable en el organismo del señor; esa bilis infiltrada, llevada por el cayado de la aorta a la arteria subclavia, transportada desde allí por las carótidas a las delicadas membranas del cerebro, al alterar la circulación de los espíritus animales, pues anula su actividad natural, hubiera podido producir la locura.

—¡Oh, cielos! —exclamó la señorita de Téroze sollozando—. ¡Mi marido loco! Hermana mía, ¡mi marido loco!

—Tranquilizaos, señora, no es nada, gracias a la prontitud de mis cuidados, y yo me hago responsable del enfermo.

Con estas palabras la alegría renació en todos los corazones. El marqués de D'Olincourt abrazó con ternura a su cuñado, le testimonió de forma provinciana e impetuosa el vivo interés que le inspiraba y ya no hubo más que animación. El marqués recibía aquel día a sus vasallos y vecinos; el presidente quiso ir a acicalarse, se lo prohibieron y se divirtieron presentándole con la mencionada indumentaria a toda la población de los alrededores.

—¡Pero qué bien está así! —comentaba a cada momento la marquesa con mordacidad—. Realmente, señor de D'Olincourt, si antes de conoceros hubiera sabido que la soberana magistratura de Aix contaba con personas tan encantadoras como mi querido cuñado, os aseguro que habría elegido esposo entre los miembros de esa respetable asamblea.

Y el presidente le daba las gracias y se agachaba, riéndose burlonamente, haciendo muecas de vez en vez delante de los espejos y diciéndose a sí mismo en voz baja: «Realmente no estoy nada mal». Al fin llegó la hora de la cena; hicieron que se quedara el maldito médico, a quien, como bebía como un suizo, no le costó demasiado convencer a su paciente para que le imitara. Habían tenido buen cuidado de colocar a su alcance vinos espiritosos que, al trastornar con notable rapidez los órganos de su cerebro, pusieron al presidente en el estado que deseaban. Se levantaron de la mesa; el teniente, que había representado magistralmente su papel, se fue a la cama y a la mañana siguiente desapareció. En cuanto a nuestro héroe, su mujer se había hecho cargo de él y le condujo al lecho nupcial. Todos le escoltaron triunfalmente, y la marquesa, siempre encantadora pero mucho más cuando había bebido un poco de champaña, le comentó que se había excedido y que se temía que, trastornado por los vapores de Baco, el amor aún no pudiera encadenarle aquella noche.

—Esto no es nada, señora marquesa —contestó el presidente—. Esos dioses seductores, cuando se juntan, son todavía más temibles. En cuanto a la razón, que se pierda con el vino o en las llamas del amor, como se puede prescindir de ella, ¡qué importa a cuál de esas dos divinidades se la sacrifique! Nosotros, los magistrados, de lo que mejor sabemos prescindir es de la razón; desterrada de nuestros tribunales tanto como de nuestras cabezas, nos divertimos pisoteándola, y eso es lo que hace que nuestras sentencias sean verdaderas obras maestras, pues aunque no tiene el menor sentido común son ejecutadas con tanta firmeza como si se supiera lo que quieren decir. Aquí donde me veis, señora marquesa —prosiguió el presidente dando traspiés y recogiendo su rojo bonete que una momentánea pérdida de equilibrio acababa de separar de su cráneo pelado—, sí, en honor a la verdad, aquí donde me veis, soy uno de los mejores cerebros de mi cuadrilla; fui yo quien convenció a mis ingeniosos colegas, el año pasado, para que desterraran por diez años de la provincia, arruinándole de esa forma para siempre, a un gentilhombre que había servido cabalmente al rey en todo momento, y todo por un puñado de rameras. Hubo discusiones, yo di mi opinión y el rebaño se plegó a mi voz... Sabéis, señora, a mí me gustan las buenas costumbres, la templanza y la sobriedad; todo lo que está en contra de tales virtudes me subleva y lo castigo sin miramientos; hay que ser severo, la severidad es la hija de la justicia... y la justicia es la madre de... Os ruego que me disculpéis, señora, hay ocasiones en que la memoria me juega estas pasadas.

—Sí, sí, eso es muy justo —contestó la marquesa marchándose y llevándose a todo el mundo—. Cuidad tan sólo de que esta noche no os pase como vuestra memoria, pues, en fin, hay que terminarlo y mi hermanita, que os adora, no va a conformarse eternamente con abstinencia semejante.

—No temáis nada, señora, no temáis nada —continuó el presidente queriendo seguir de nuevo a la marquesa con pasos un tanto circunflejos—. No tengáis miedo; os prometo que mañana os la devuelvo como señora de Fontanis; tan cierto como que soy hombre de honor. ¿Verdad, pequeña? —prosiguió el picapleitos volviéndose hacia su esposa—. ¿No estáis de acuerdo conmigo en que esta noche nuestra tarea quedará hecha de una vez...? Ya podéis ver cómo lo desean; no hay un solo miembro de vuestra familia que no se sienta orgulloso de emparentar conmigo; nada honra tanto a una casa como un magistrado.

—¿Y quién lo duda, señor? —contestó la joven—. Os aseguro que en lo que a mí respecta jamás me he sentido tan orgullosa como desde que oigo que me llaman señora presidenta.

—No me cuesta creeros; vamos, desnudaos, astro mío, siento cierta pesadez y me gustaría, si es posible, concluir nuestra operación antes de que el sueño me venza por completo.

Pero como la señora de Téroze, como es habitual entre las recién casadas, nunca ponía punto final a su aseo, como nunca encontraba lo que buscaba, no paraba de regañar a sus doncellas y no acababa nunca, el presidente, que no podía con su alma, optó por meterse en la cama conformándose con gritar durante un cuarto de hora: «Pero, venga pardiez, venid; no puedo explicarme lo que estáis haciendo. Dentro de un momento ya no tendremos tiempo».

Pero a pesar de todo no terminaba nunca, y como en el estado de embriaguez en que se hallaba nuestro moderno Licurgo le era difícil apoyar la cabeza sobre una almohada sin quedarse dormido, se dejó vencer por la más apremiante de sus necesidades. Y estaba ya roncando como si hubiera juzgado a alguna ramera de Marsella antes de que la señorita de Téroze se hubiera siquiera cambiado de camisa.

—Así está muy bien —dice el conde de Elbene entrando sigilosamente en la habitación—. Ven, amor mío, ven a concederme los momentos de dicha que esa grosera bestia desearía arrebatarnos.

Con estas palabras se lleva al adorado objeto de su idolatría. Las luces se apagan en la cámara nupcial, cubren enseguida el suelo con colchones y, a una señal, la parte del lecho ocupada por nuestro picapleitos es separada del resto y por medio, de unas poleas se eleva a veinte pies del suelo, sin que el soporífero estado en que se encuentra nuestro legislador le permita darse cuenta de nada. Sin embargo, hacia las tres de la mañana, despertado por cierta plenitud de la vejiga, acordándose de que ha visto cerca de él una mesita con el recipiente apropiado para vaciarla, extiende su mano a tientas. Extrañado al no encontrar más que vacío a su alrededor se incorpora, pero la cama que está suspendida únicamente por unas cuerdas sigue el movimiento del que se inclina y acaba por ceder de tal forma que, basculando todo su peso, vomita en medio del dormitorio el lastre que la sobrecarga. El presidente cae sobre los colchones allí dispuestos y su sorpresa es tan grande que se pone a aullar como un ternero al que llevan al matadero.

—Pero, ¿qué diablos es esto? —se pregunta—. Señora, señora, estáis ahí, ¿verdad? Muy bien. ¿Comprendéis algo de esta caída? Ayer me acuesto a cuatro pies del suelo y, mira por donde, para coger mi orinal me caigo desde más de veinte de altura.

Pero como nadie contesta a sus delicadas quejas el presidente, que después de todo no se sentía tan mal acomodado, renuncia a sus averiguaciones y acaba allí la noche como si la hubiera pasado en su jergón provenzal. Tuvieron buen cuidado tras la caída de bajar un poco la cama de nuevo y acoplarla a la parte de la que se había separado. No parecía formar más que un único lecho, y hacia las nueve de la mañana la señorita de Téroze regresó sigilosamente a su alcoba; apenas entra abre las ventanas y llama a sus doncellas.

—Realmente, señor —le dice al presidente—, hay que reconocer que vuestra compañía no es nada agradable, y no voy a dejar de quejarme a mi familia de los modales que estáis mostrando conmigo.

—¿Qué es esto? —dice el presidente algo más sobrio, frotándose los ojos y sin entender nada del accidente que le hace estar por tierra.

—Pero, ¿cómo?, pues es que —contesta la joven esposa haciendo gala de su mejor sentido del humor—, cuando guiada por los movimientos que debían unirme a vos me iba acercando a vuestra persona para recibir la confirmación de esos mismos sentimientos de vuestra parte, me rechazáis con furor y me arrojáis al suelo...

—¡Oh, cielos! —exclama el presidente—. Mirad, pequeña mía, empiezo a entender algo de todo esto. Os pido mil perdones... Es que esta noche, apremiado por la necesidad, intentaba satisfacerla por cualquier medio, y con los movimientos que hice cuando me bajé de la cama sin duda os eché fuera a vos también; pero todo esto es tanto más disculpable, puesto que sin duda estaba soñando y creí que me había caído desde más de veinte pies de altura. Vamos, no es nada, no es nada, ángel mío. Esta noche volveremos a empezar y os aseguro que me portaré como es debido. No voy a beber más que agua; pero, por lo menos, dadme un beso, corazoncito mío, y hagamos las paces antes de aparecer en público, pues de lo contrario pensaría que seguís enfadada conmigo y eso no lo desearía ni por un imperio.

La señorita de Téroze accede a presentar una de sus mejillas de rosa, aún encendida por el fuego del amor, a los sucios besos del viejo fauno. Acuden los demás y los dos cónyuges ocultan cuidadosamente la desdichada catástrofe nocturna.

Todo el día transcurre consagrado a distracciones y sobre todo a paseos que, al alejar al señor de Fontanis del castillo, daban tiempo a La Brie para preparar nuevas escenas. El presidente, totalmente resuelto a poner el broche final a su matrimonio, se comportó de tal forma en las comidas que les fue imposible utilizar esa oportunidad para poner su entendimiento en entredicho, pero afortunadamente tenían más de un resorte para mover y el atractivo Fontanis contaba con demasiados enemigos conjurados contra él para poder escapar a sus trampas. Se van a la cama.

—¡Oh! Esta noche, ángel mío —anuncia el presidente a su joven mitad—, estoy seguro de que no os podréis librar.

Pero ya que se hacía el valiente era menester que las armas con las que amenazaba estuvieran en condiciones, y como quería lanzarse al asalto como Dios manda, el pobre provenzal hacía terribles esfuerzos en su lado de la cama. Se ponía tieso, se crispaba, todos sus nervios estaban en una tensión tal que le hacían presionar sobre el lecho con una fuerza dos o tres veces superior a la que hubiera hecho en estado de reposo, y así las vigas preparadas en el techo acabaron rompiéndose y precipitaron al desdichado magistrado a un establo de puercos que estaba instalado precisamente debajo de la habitación. Los habitantes del castillo de D'Olincourt discutieron durante muchísimo tiempo quién debió ser más sorprendido, si el presidente, hallándose de esa forma entre un tipo de animales tan frecuentes en su patria, o los animales en cuestión al descubrir entre ellos a uno de los más ilustres magistrados del Parlamento de Aix. Varios sugirieron que el placer debió ser igual por ambas partes. Realmente, ¿no debió sentirse por las nubes el presidente al hallarse de nuevo en sociedad, por llamarlo de alguna manera, y al poder oler por un instante el tufo de su terruño?, y, por otra parte, los impuros animales prohibidos por el bondadoso Moisés debieron dar gracias al cielo por contar al fin con un legislador a su cabeza, y nada menos que un legislador del Parlamento de Aix que, acostumbrado desde su infancia a juzgar causas relacionadas con el elemento favorito de esas amables bestias, podría un día evitar o zanjar cualquier discusión sobre ese elemento tan común a la organización de los unos y de los otros.

Fuera como fuese, la amistad no cuajó desde un primer momento, y como la civilización, madre de la cortesía, apenas está más adelantada entre los miembros del Parlamento de Aix que entre los animales que desprecia el israelita, se produjo al principio una especie de choque en el que el presidente no cosechó laureles precisamente. Le golpearon, le magullaron, le hostigaron a golpes de hocico; se quejó, no le hicieron caso; juró que lo recogería en acta, nada; amenazó con condenas, nadie se inmutó lo más mínimo; amenazó con el exilio, le tiraron por el suelo, y el desventurado Fontanis, empapado de sangre, empezaba ya a dictar una sentencia a la hoguera nada menos cuando al fin acudieron en su auxilio.

Eran La Brie y el coronel que, provistos de antorchas, trataban de rescatar al magistrado del fango en que se estaba hundiendo. Pero había que encontrar un sitio por donde pudieran agarrarle, pues como estaba rebozado de la cabeza a los pies, sacarle no resultaba ni fácil ni desde luego agradable para el olfato. La Brie fue a buscar una horquilla, un palafrenero al que llamaron enseguida apareció con otra y como mejor pudieron sacaron a nuestro hombre de la infame cloaca a la que su caída le había precipitado. Pero, ¿a dónde podían llevarle después de esto? Eso era lo peliagudo y la solución no se antojaba fácil. Tenían que expiar la sentencia, tenían que lavar al culpable; el coronel propuso una carta de abolición, pero el palafrenero, que no entendía ninguno de estos términos rimbombantes, sugirió que debían meterle sencillamente un par de horas en el abrevadero, tras lo cual, cuando estuviera suficientemente a remojo, podían acabar de ponerle a punto a base de manojos de paja. Pero el marqués alegó que el frío del agua podía afectar la salud de su hermano y, ante esto, como La Brie había asegurado que el lavadero de la cocina aún estaba lleno de agua caliente, transportaron allí al presidente y le confiaron a los cuidados de aquel discípulo de Comus, que, en menos que canta un gallo, le devolvió tan limpio como un plato de porcelana.

—No os propongo que volváis junto a vuestra esposa —le comenta D'Olincourt mientras está enjabonándose—, demasiado conozco vuestra delicadeza. Así, pues, La Brie va a conduciros a una pequeña habitación de soltero donde podéis pasar tranquilamente el resto de la noche.

—Bien, muy bien, mi querido marqués —contesta el presidente—, apruebo vuestro plan, pero reconoceréis que debo de estar embrujado para que todas las noches que paso en este maldito castillo me ocurran aventuras de este tipo.

—Detrás de todo ello existe alguna causa física —responde el marqués—. Mañana el médico volverá a estar con nosotros, os recomiendo que le consultéis.

—Sí, lo deseo —contesta el presidente, y al entrar con La Brie en su pequeña habitación añade mientras se mete en la cama—: realmente, querido amigo, nunca había estado tan cerca del fin.

—Por desgracia, señor —le contesta el diligente muchacho—, hay en todo esto una fatalidad del cielo, y os aseguro que os compadezco con toda mi alma.

Tras tomarle el pulso al presidente, Delgatz le aseguró que la ruptura de las vigas se debía únicamente a una excesiva obstrucción de los vasos linfáticos que, al duplicar la masa de los humores, aumentaba en proporción el volumen animal; que, por consiguiente, era necesaria una dieta rigurosa que depurando la acritud de los humores disminuyera lógicamente el peso físico y coadyuvara a la tarea que se había propuesto, y que además...

—Pero, señor —le interrumpe Fontanis—, tengo la cadera destrozada y el brazo izquierdo dislocado por esa espantosa caída.

—Os creo —le respondió el doctor—, pero ese tipo de trastorno secundario no es precisamente el que más me preocupa, yo siempre me remonto a las causas. Hay que investigar en la sangre, señor. Al disminuir la acritud de la linfa conseguimos descongestionar los vasos, y al hacer más fluida la circulación por los vasos acabamos reduciendo la masa física, y el resultado será que los techos ya no cederán bajo vuestro peso y así, en adelante, podréis entregaros en vuestra cama a todos los ejercicios que os apetezcan sin correr nuevos peligros.

—Pero, ¿y mi brazo, caballero, y mi cadera?

—Haremos una purga, señor, una purga. Ahora mismo empezaremos con un par de sangrías locales y todo se irá arreglando sin que os deis cuenta.

Aquel mismo día comenzó la dieta. Delgatz, que no abandonó a su paciente en toda la semana, le puso a caldo de gallina y le hizo tres purgas seguidas, prohibiéndole por encima de todo que pensase en su mujer. Aunque el teniente Delgatz no tenía ni la menor idea, su régimen funcionó a las mil maravillas. Él aseguró a sus amigos que hacía tiempo había seguido ese mismo tratamiento cuando estuvo trabajando en la escuela de veterinaria, con un asno que se había caído a un profundo bache y al cabo de un mes el animal podía otra vez acarrear sus sacos de yeso como siempre había hecho. En efecto, el presidente, que no dejaba de estar bilioso, se fue poniendo sano y coloradote, sus contusiones fueron desapareciendo y nadie se ocupó de otra cosa más que de su recuperación y de dotarle de las fuerzas necesarias para que pudiera soportar lo que aún le esperaba.

A los doce días de tratamiento, Delgatz cogió de la mano a su paciente y se lo presentó a la señorita de Téroze:

—Aquí le tenéis, señora —le dijo—, aquí le tenéis. Os traigo sano y salvo a un hombre que se rebela contra las leyes de Hipócrates y que si se deja llevar sin freno de las fuerzas que yo le he devuelto antes de seis meses tendremos el placer de ver... —prosiguió Delgatz, poniendo suavemente la mano sobre el vientre de la señorita de Téroze—. Sí, señora, a todos nos cabrá la satisfacción de ver ese hermoso seno torneado por las manos del himeneo.

—Dios os oiga, doctor —contestó la bribonzuela—, porque reconoceréis que es muy duro ser esposa desde hace quince días y seguir siendo doncella.

—No tiene nada que ver —exclamó el presidente—. No se tienen indigestiones todas las noches ni todas las noches la necesidad de orinar saca a un esposo de su lecho, ni siempre que uno cree que va a hallarse en los brazos de una hermosa mujer se cae a un establo de cerdos.

—Ya veremos —contesta la joven Téroze lanzando un hondo suspiro—, ya veremos, señor; pero si me amarais como yo os amo, sin duda no os ocurrirían todas esas desgracias.

La cena fue muy animada, la marquesa estuvo divertida y mordaz. Apostó contra su marido por el éxito de su cuñado y se retiraron todos.

Los preparativos se hacen a toda prisa, la señorita de Téroze ruega a su marido por pudor que no deje ninguna luz encendida en la habitación. Él, demasiado desmoralizado para decir que no a algo, hace cuanto le piden y se meten en la cama. Aunque no sin esfuerzo, el intrépido presidente triunfa y logra cortar, o se cree que lo logra, por fin, esa preciosa flor a la que estúpidamente tan gran valor se concede. Cinco veces consecutivas ha sido coronado por el amor cuando se hace de día. Se abren las ventanas y los rayos del astro que dejan penetrar en la habitación muestran al fin a los ojos del vencedor la víctima que acaba de inmolar... ¡Cielos!, cómo se queda cuando descubre a una vieja negra en lugar de su mujer, cuando ve que una figura tan oscura como repelente reemplaza a los delicados encantos que creyó poseer! Se echa hacia atrás, grita que está embrujado y entonces aparece su mujer, y al sorprenderle con aquella divinidad de Ténaro[5] le pregunta con acritud qué es lo que ella ha podido hacerle para que la traicione de forma tan cruel.

—Pero, señora, ¿no fue con vos con quien ayer...?

—Yo, señor, avergonzada, humillada, al menos nadie puede reprocharme que no me haya mostrado sumisa con vos. Visteis a esta mujer a mi

---

[5] Cabo de Tesalia. Hoy Matapán. Los antiguos lo consideraban como una de las entradas al infierno. *(N. del T.)*

lado, me rechazasteis brutalmente para poder abrazarla. Habéis hecho que ocupe mi sitio en el lecho que me estaba destinado y yo me retiré confusa y con mis lágrimas como único consuelo.

—Pero, ángel mío, decidme, ¿estáis totalmente segura de lo que afirmáis?

—¡Monstruo! ¡Aún quiere insultarme después de tan tremendos ultrajes y cuando esperaba consuelo el sarcasmo es mi única recompensa...! ¡Venid, hermana mía, venid! ¡Que venga toda mi familia y contemple el indigno objeto al que he sido sacrificada...! Aquí está, aquí está... esa odiosa rival —gritaba la joven esposa frustrada en sus prerrogativas mientras vertía un torrente de lágrimas—, y aún en mi presencia se atreve a seguir en sus brazos. ¡Oh, amigos míos! —prosiguió desesperada la señorita de Téroze congregando a todo el mundo a su alrededor—. ¡Ayudadme! ¡Dadme armas contra este perjuro! ¿Era esto lo que me podía esperar adorándole como le adoraba?

Nada más hilarante que el semblante de Fontanis ante estas sorprendentes palabras. Miraba con ojos extraviados a la negra y dirigiéndolos luego hacia su joven esposa la contemplaba con una especie de estúpida atención que, a decir verdad, empezaba a resultar inquietante para la buena marcha de su cerebro. Por una curiosa fatalidad, desde que el presidente se hallaba en Olincourt, La Brie, el encubierto rival al que hubiera debido tener más miedo que a nadie, se había convertido en un personaje en el que más plenamente confiaba. Le llama.

—Amigo mío —le dice—, vos me parecisteis siempre un joven de lo más sensato. ¿Tendríais la bondad de decirme si realmente habéis advertido algún trastorno en mi cabeza?

—Para ser sincero, señor presidente —le contesta La Brie con aire triste y compungido—, no me había atrevido nunca a decíroslo, pero como me hacéis el honor de solicitar mi opinión no os voy a ocultar que desde vuestra caída al establo de los cerdos las ideas no han vuelto nunca a emanar puras de las membranas de vuestro cerebro. Que eso no os preocupe, señor, porque el médico que ya os atendió en una ocasión es uno de los hombres más eminentes que han pasado por esta casa... Por ejemplo, estuvo aquí con nosotros el juez de la hacienda del señor marqués que se había vuelto loco hasta tal punto que no había un solo joven libertino en toda la comarca, que se lo pasara bien con una muchacha, a quien ese truhán no abriera enseguida un sumario por lo criminal, y condenas y sentencias y el destierro y todas las infamias que esos bribones tienen siempre a flor de labios. Pues bien, señor, nuestro doctor, ese hombre eminente que ya tuvo el gran honor de recetaros dieciocho sangrías y treinta medicamentos, le volvió la cabeza tan cuerda como si no hubiera sido juez en toda su vida. Pero, un momento —prosiguió La Brie volviéndose hacia el ruido que oía—, parece muy cierto eso que se dice de que tan pronto como se nombra a una bestia ya se le está viendo el plumero... pues aquí viene en persona.

—Oh, buenos días, querido doctor —exclama la marquesa al ver llegar a Delgatz—, realmente no creo que hayamos tenido nunca tanta necesidad de vuestro ministerio. Nuestro querido amigo el presidente sufrió ayer por la noche un pequeño trastorno mental que le llevó, a pesar de los esfuerzos de todos, a poseer, en vez de a su mujer, a una negra.

—¿A pesar de todos? —replica el presidente—. Pero, ¿quién trata de impedírmelo?

—Yo mismo en primer lugar, y con todas mis fuerzas —contestó La Brie—, pero el señor insistía con tal violencia que preferí dejarle hacer antes que exponerme a que me lastimara.

Y al oír esto, el presidente se rascaba la cabeza y empezaba a no saber ya a qué atenerse cuando el médico se acerca a él y le toma el pulso:

—Esto es más grave que el primer accidente —dice Delgatz bajando los ojos—. Es un residuo subrepticio de vuestra última enfermedad, un fuego oculto que escapa a la mirada inteligente del artista y que estalla en el momento en que menos se piensa. Se trata de una clara obstrucción del diafragma y de un terrible eretismo en la organización.

—¿Heretismo? —exclamó el presidente enfurecido—. ¿Qué quiere decir ese cretino con eso de heretismo? Bellaco, entérate de que yo no he sido herético jamás. Bien se ve, viejo imbécil, que, poco versado en la historia de Francia, ignoras que somos nosotros los que quemamos a los heréticos. Ve a visitar nuestra tierra, olvidado bastardo de Salerno; ve, amigo mío, ve a ver cómo Merindol y Cabrières siguen humeando tras los incendios que allí provocamos; paséate por los ríos de sangre con que los honorables miembros de nuestro tribunal regaron tan a conciencia la provincia; párate a escuchar los lamentos de los desdichados que inmolamos a nuestra furia, los sollozos de las mujeres a las que arrancamos de los brazos de sus maridos, el grito de los niños que asesinamos en el regazo de sus madres, todos y cada uno de los santos horrores que cometimos y verás si después de una conducta tan intachable se puede consentir a un pillo como tú que venga a tacharnos de heréticos.

El presidente, que seguía en la cama al lado de la negra, le había propinado tan tremendo puñetazo en el calor de su alocución en la nariz que la desdichada se había ido aullando como una perra a la que le roban sus cachorros.

—¡Bien! ¿Furioso, amigo mío? —preguntó D'Olincourt acercándose al enfermo—. ¿Es así como os comportáis, presidente? ¿Sabéis que vuestra salud se resiente y que es imprescindible cuidaros?

—Perfectamente. Cuanto se me hable así haré caso, pero escuchar cómo ese barrendero de Saint-Côme me tacha de herético admitiréis que no lo puedo soportar.

—No ha sido ésa su intención, mi querido amigo —comentó la marquesa amablemente—. Eretismo es sinónimo de inflamación y nunca tuvo nada que ver con herejía.

—¡Ah!, perdón, señora marquesa, perdonadme, es que a veces soy un poco duro de oído. Venga, que se acerque ese grave discípulo de Averroes y me diga algo, le escucharé..., es más, haré cuanto me mande.

Delgatz, a quien la ardorosa salida del presidente había obligado a echarse a un lado por temor a que le pasara como a la negra, se acercó de nuevo junto a la cama.

—Os lo repito, señor —dijo el moderno galeno tomando otra vez el pulso a su paciente—, un tremendo eretismo en la organización.

—Here...

—Eretismo, señor —corrigió apresuradamente el doctor, escondiendo la cabeza por miedo a otro puñetazo—, por lo que diagnostico una brusca flebotomización en la yugular que habrá que tratar con frecuentes baños de agua helada.

—No soy demasiado partidario de las sangrías —observó D'Olincourt—. El señor presidente ya no tiene edad para soportar esa clase de pruebas a no ser que exista una necesitad imperiosa. Además, no comparto esa obsesión por la sangre que tienen los hijos de Themis y de Esculapio. Opino que hay tan pocas enfermedades que merezcan su efusión como escasos son los delitos que exijan su derramamiento. Espero, presidente, que ahora que se trata de ahorrar la vuestra os mostréis de acuerdo conmigo; si no fuera por vuestro interés en este caso no me sentiría tal vez tan seguro de vuestra opinión.

—Señor —contestó el presidente—, apruebo la primera parte de vuestro discurso, pero me permitiréis que disienta de la segunda. El delito ha de ser lavado con sangre, sólo con ella se le extirpa y se le previene. Comparad, señor, todos los males que el crimen puede llegar a producir sobre la tierra con la insignificancia de una docena de miserables ejecutados al año para prevenirlo.

—Vuestra paradoja, amigo mío, carece de sentido común —contesta D'Olincourt—, es dictada por el rigorismo y la estupidez; es en vos una tara de vuestra profesión y de vuestro terruño de la que deberéis abjurar para siempre. Aparte de que vuestros estúpidos rigores jamás consiguieron contener el crimen, decir que una fechoría hace perdonar la siguiente y que la muerte de un hombre puede resultar beneficiosa para la del anterior es un absurdo. Vos y los que que son como vos deberíais avergonzaros de tales procedimientos que, más que de vuestra integridad, dan testimonio de vuestra desmesurada afición al despotismo. Tienen toda razón al llamaros los verdugos del género humano; vosotros solos destruís a más hombres que todos los azotes de la naturaleza juntos.

—Caballeros —interrumpe la marquesa—, no me parece que sea ésta la ocasión ni el momento para una discusión semejante. En vez de tranquilizar a mi querido hermano, señor —prosiguió dirigiéndose a su marido—, estáis encendiendo su sangre y vais quizá a hacer incurable su enfermedad.

—La señora marquesa tiene toda la razón —añadió el doctor—, permitidme, señor, ordenar a La Brie que haga poner cuarenta libras de hielo en la bañera, que la llenen después con agua del pozo y mientras lo preparan yo ayudaré a mi paciente a levantarse.

Todos se van enseguida. El presidente se levanta y regatea de nuevo a propósito del baño helado que, según decía, iba a dejarle otra vez fuera de combate por seis semanas como mínimo, pero no hay forma de evitarlo. Baja, le sumergen, le tienen en él diez o doce minutos, a la vista de todos, apostados por los rincones en derredor suyo para regocijarse con la escena, y el enfermo, seco ya del todo, se viste y se une al grupo como si nada hubiera pasado.

La marquesa, después de cenar, propone ir a dar un paseo.

—La distracción ha de sentarle bien al presidente, ¿verdad, doctor? —le pregunta a Delgatz.

—Por supuesto —contesta éste—. La señora recordará que no hay ningún hospital en donde no asignen un patio a los locos para que puedan tomar el aire.

—Me alegro —dice el presidente— de que todavía no penséis que no tengo remedio.

—Ni mucho menos, señor —le contesta Delgatz—. Se trata de un ligero trastorno que cuidado oportunamente no tiene por qué tener ninguna consecuencia, pero es preciso que el señor presidente repose y se tranquilice.

—Pero, ¿cómo, señor? ¿Creéis que esta noche no podré tomarme la revancha?

—¿Esta noche, señor? La sola mención me hace estremecer; si en vuestro caso yo hiciese gala del rigor con que tratáis a los demás os prohibiría las mujeres durante tres o cuatro meses.

—¡Tres o cuatro meses, cielos...! —y volviéndose hacia su esposa—: tres o cuatro meses, querida, ¿lo podríais soportar, ángel mío, lo podríais soportar?

—¡Oh!, el señor Delgatz se ablandará, eso espero —responde la joven Téroze con fingida ingenuidad—, al menos si no se apiada de vos se apiadará de mí...

Y salieron a pasear. Había un bote para pasar a la otra orilla y dirigirse a la casa de un gentilhombre vecino que estaba al tanto de todo y les esperaba para merendar. Una vez en la barca, nuestros jóvenes se ponen a hacer diabluras y Fontanis, para complacer a su mujer, no deja de imitarles.

—Presidente —le dice el marqués—, apuesto a que no podéis colgaros como yo del cable de la barca y a que no resistís así varios minutos seguidos.

383

—Nada más fácil —contesta el presidente, apurando su carga de tabaco y empinándose sobre la punta de los pies para agarrar mejor la cuerda.

—Muy bien, muy bien, infinitamente mejor que vos, hermano —dice
la pequeña Téroze al ver a su marido colgando.

Pero mientras el presidente así suspendido hace una exhibición de su
destreza y de su donaire, los barqueros, que habían sido advertidos, doblan
la fuerza de sus remos y al deslizarse velozmente la barcaza deja al desdichado entre el cielo y el agua... Grita, pide auxilio, estaban tan sólo a la
mitad de la travesía y aún quedaban más de treinta metros para alcanzar
la orilla.

—Haced lo que podáis —le gritaban—, acercaos nadando hasta la orilla, podéis ver que el viento nos arrastra y no es posible volver hacia donde
estáis.

Y el presidente, resbalándose, pataleando, forcejeando, hacía cuanto
podía para agarrar el bote que seguía escapándosele a fuerza de remos. Si
hubiera un espectáculo divertido sería, sin duda, el de ver a uno de los más
adustos magistrados del Parlamento de Aix, con su gran peluca y su negra
toga, colgando de esa forma.

—Presidente —le gritaba el marqués desternillándose de risa—, sin
duda esto es un designio de la providencia, es el talión, amigo mio, la ley
del talión, la ley predilecta de vuestros tribunales, ¿por qué os quejáis de
estar colgado así? ¿Acaso no condenasteis a menudo al mismo suplicio a
quienes no se lo merecían tanto como vos?

Pero el presidente ya no podía oírle: terriblemente agotado por el violento esfuerzo que tenía que hacer, las manos le abandonan y cae al agua
como una plomada. Al instante, dos buceadores que estaban preparados corren en su auxilio y le suben de nuevo a bordo, chorreando como un perro
de aguas y blasfemando como un carretero.

Lo primero que hizo fue protestar por una broma que no venía a cuento.
Le juran que en ningún momento han tenido la intención de gastarle broma
alguna, que un golpe de viento había arrastrado el bote, le hacen entrar en
calor en el camarote del barco, le cambian de ropa, le hacen carantoñas y su
tierna esposa hace cuanto puede para que se olvide del pequeño accidente,
y Fontanis, enamorado y débil, pronto está ya riéndose con todo el mundo
del espectáculo que acaba de ofrecer.

Llegan, por fin, a casa del gentilhombre, son maravillosamente recibidos y se sirve una merienda espléndida; procuran que el presidente pruebe
una crema de pistacho, que tan pronto como llega a sus entrañas le obliga
en el acto a informarse de dónde se encuentra el retrete. Le abren uno,
terriblemente oscuro, y con una prisa espantosa se sienta y hace sus necesidades con diligencia, pero, concluida la operación, el presidente no puede
levantarse.

—¿Y qué es esto ahora? —exclama tirando de los riñones.

Pero por más esfuerzos que hace o bien deja allí esa parte o le resulta imposible despegarse; mientras tanto su ausencia está causando cierta sensación; se preguntan dónde puede estar y los gritos que oyen conducen por fin a todos los reunidos a la puerta del fatídico gabinete.

—¿Pero qué diablos hacéis ahí tanto tiempo, amigo mío? —le pregunta D'Olincourt—. ¿Os ha dado un cólico?

—Qué demonios —contesta el pobre diablo redoblando sus esfuerzos para poder incorporarse— no os dais cuenta de que me he quedado metido...

Pero para ofrecer a la concurrencia un espectáculo aún más divertido y para colaborar en los esfuerzos del presidente por levantarse del maldito asiento le pasaban por las nalgas, desde abajo, una llama de alcohol y agua que le chamuscaba el vello y que al aplicársela un poco más cerca le obligaba a dar los saltos más increíbles y a hacer las muecas más espantosas... Cuanto más se reían, más se encolerizaba el presidente, increpaba a las damas, amenazaba a los caballeros y cuanto más se irritaba más cómico resultaba su congestionado semblante; con las sacudidas que daba la peluca se le había desprendido del cráneo y su occipucio al aire hacía aún mucho más divertidas las contorsiones de su rostro; al fin acude el gentilhombre, pide mil disculpas al presidente por no habérsele advertido que aquel retrete no estaba en condiciones de recibirle; él y sus servidores despegan como mejor pueden al paciente, no sin que éste pierda una tira circular de piel que, por más esfuerzos que se hicieron, sigue pegada al borde del asiento y que los pintores tuvieron que remojar con cola fuerte para poderla pintar enseguida del color con que se deseaba decorar.

—A decir verdad —exclama Fontanis con descaro al salir—, bien contentos estáis de tenerme con vosotros y bien que os sirvo para vuestras diversiones.

—Injusto amigo —replica D'Olincourt—, ¿por qué tenéis siempre que achacarnos las desgracias que os envía la fortuna? Creía que bastaba con llevar puesto el ronzal de Themis para que la equidad constituyera una virtud natural, pero bien puedo ver que me equivocaba.

—Es que vuestras ideas sobre lo que se entiende por equidad no son muy acertadas —responde el presidente—. En la abogacía nosotros distinguimos varias clases de equidad: está la que se llama equidad relativa y la equidad personal...

—Más despacio —contesta el marqués—; no he visto nunca que la virtud que tanto se analiza se practique demasiado; a lo que yo llamo equidad, amigo mío, es pura y simplemente a la ley de la naturaleza; aquel que la observe será siempre íntegro y sólo cuando se aparte de ella se volverá injusto. Contéstame, presidente, si tú te hubieras librado a algún capricho de la fantasía en la intimidad de tu casa, ¿te parecería muy equitativo que una turba de zopencos irrumpiera con sus antorchas en el seno de tu familia y que valiéndose de artimañas inquisitoriales, de engaños y de delaciones compradas, llegaran a descubrir ciertas faltas, disculpables cuando se tienen treinta años, y se aprovecharan de todas esas atrocidades para perderte, para desterrarte, para mancillar tu honor, deshonrar a tus hijos y saquear tus bienes? Dime, amigo mío, ¿te parecerían muy equitativos todos esos bribones? Y si es verdad que admites un Ser supremo, ¿adorarías ese modelo de justicia si así la ejerciera con los hombres? ¿No temblarías al estar sometido a él?

—¿Y cómo lo entendéis vos, os pregunto? Pues que, ¿es que vais a censurarnos por descubrir un delito...? Ése es nuestro deber.

—Eso es falso, vuestro deber no consiste más que en castigarlo cuando se descubre por sí mismo; dejad a las estúpidas y feroces máximas de la inquisición la bárbara y vulgar tarea de descubrirlo, como viles espías o infames delatores. ¿Qué ciudadano podrá estar tranquilo cuando, rodeado de sirvientes sobornados por vuestro celo, su honor o su vida estén en todo momento en manos de gentes que, amargadas por la cadena que arrastran, crean librarse de ella o aligerarla vendiéndoos a aquel que se la impone? Habréis multiplicado los bribones de la nación, habréis hecho pérfidas a las esposas, calumniadores a los lacayos, desgraciados a los hijos, habréis duplicado el cúmulo de los vicios y no habréis conseguido que florezca una sola virtud.

—Es que no se trata de que florezcan las virtudes, se trata, única y exclusivamente, de acabar con el crimen.

Pero vuestros métodos los multiplican.

—Por supuesto, pero es la ley y debemos atenernos a ella; nosotros no somos legisladores, nosotros, mi querido marqués, somos «operadores».

—Decid más bien, presidente, decid más bien —replicó D'Olincourt, que ya empezaba a acalorarse— que sois «ejecutores», «verdugos distinguidos» que, enemigos del Estado por naturaleza, no os sentís a gusto más que oponiéndoos a su prosperidad, poniendo trabas a su bienestar, mancillando su gloria y haciendo que corra sin motivo alguno la preciosa sangre de sus súbditos.

A pesar de los dos baños de agua helada que Fontanis había tomado a lo largo del día, la bilis es una cosa tan difícil de eliminar en un magistrado que el pobre presidente se estremecía de rabia al oír cómo se denigraba de aquella manera a un oficio que consideraba tan respetable; no daba crédito a que eso que se llama la magistratura pudiera ser atacado de aquel modo y se disponía ya a replicar, tal vez como un marinero marsellés, cuando las damas se acercaron y propusieron regresar a casa. La marquesa preguntó al presidente si alguna nueva necesidad no le hacía ir al retrete.

—No, no, señora —contestó el marqués—; este respetable magistrado no siempre tiene cólicos, hay que disculparle si se ha tomado el ataque un poco a la tremenda; esa pequeña convulsión de las entrañas es una enfermedad habitual en Marsella o en Aix, y desde que hemos visto cómo una turba de bribones, colegas de este buen mozo, juzgaban como «envenenadas» a unas cuantas rameras que no tenían más que un cólico, no debemos extrañarnos de que un cólico sea un grave asunto para un magistrado provenzal.

Fontanis, uno de los jueces más comprometidos en aquel caso que había cubierto de vergüenza para siempre a los magistrados de Provenza, estaba ya en un estado difícil de describir, balbuceaba, pataleaba, echaba espuma por la boca, se parecía a esos dogos que en un combate de toros no consiguen morder a su adversario y D'Olincourt, aprovechándose de su situación:

—Miradle, señoras, y decidme, os ruego, si no os parecería horrible la suerte de un desdichado gentilhombre que, confiado en su inocencia y en su buena fe, se encontrara con quince mastines como éste ladrándole en sus talones.

El presidente estaba ya a punto de enfadarse en serio, pero el marqués, que no deseaba todavía el estallido final, se metió en su coche prudentemente y dejó que la señorita de Téroze extendiera un bálsamo sobre las llagas que acababa de abrir. Mucho le costó, pero al fin lo consiguió; no obstante, volvieron a cruzar a la otra orilla sin que el presidente mostrara deseos de bailar bajo la cuerda y llegaron en paz al castillo. Cenaron y el doctor se encargó de recordar a Fontanis la necesidad de seguir observando su abstinencia.

—A fe mía que la recomendación es innecesaria —le contestó el presidente—. ¿Cómo queréis que un hombre que ha pasado la noche con una negra, que ha sido tachado de herético por la mañana, al que le han hecho tomar un baño helado como almuerzo, que poco después se ha caído al río, que, atrapado en un retrete como un *pierrot* pegado con cola, le han calcinado el trasero mientras hacía sus necesidades y al que tienen la osadía de decirle en su cara que los jueces que investigaban el crimen no eran más que unos pillos despreciables y que las rameras que tenían un cólico no habían sido envenenadas; ¿cómo queréis, os repito, que ese hombre siga pensando en desvirgar a una muchacha?

—Me alegra mucho el veros tan razonable —respondió Delgatz, mientras acompañaba a Fontanis al pequeño dormitorio de soltero que ocupaba cuando no tenía planes respecto a su mujer—. Os exhorto a que sigáis así y pronto veréis todo el bien que eso ha de haceros.

Al día siguiente los baños helados se reanudaron; durante todo el tiempo que se emplearon, el presidente no se hizo repetir la necesidad de su régimen y la encantadora Téroze pudo al menos, durante aquel intervalo, disfrutar tranquilamente de todos los placeres del amor en los brazos de su encantador Elbene; al fin, al cabo de quince días, Fontanis, fresco como ya se sentía, empezó de nuevo a cortejar a su esposa.

—Oh, en verdad, señor —le dijo la joven cuando se vio en el trance de no poder seguir ya dando largas—, en estos momentos tengo en la cabeza asuntos muy distintos al amor; leed esto que me han escrito, señor, estoy arruinada.

Y le tiende a su marido una carta en la que éste lee que el castillo de Téroze, a una distancia de cuatro leguas de donde se hallaban y situado en un rincón del bosque de Fontainebleau, en el que nadie penetraba jamás, mansión cuya renta constituye la dote de su esposa, está habitado desde hace seis meses por fantasmas que producen un estruendo terrible, molestan al granjero, estropean la tierra y van a impedir que el presidente y su mujer, a no ser que se ponga orden, vean ni un sol de toda su hacienda.

—Es una noticia espantosa —dice el magistrado, devolviéndole la carta—. Pero, ¿no podríais decir a vuestro padre que nos diera alguna otra cosa en lugar de ese siniestro castillo?

—¿Y qué queréis que nos dé, señor? Tened en cuenta que no soy más que la hija menor, ya le ha dado mucho a mi hermana y estaría muy mal por mi parte que le pidiera otra cosa; hay que conformarse con esto y tratar de poner orden.

—Pero vuestro padre conocía ese inconveniente cuando os casó.

—Sí, es cierto, pero no creía que llegara a ese extremo; además, eso no quita nada al valor del regalo, no hace más que retrasar sus efectos.

—¿Y el marqués lo sabe?

—Sí, pero no se atreve a hablaros de ello.

—Hace mal, pues tenemos que pensar algo entre los dos.

Llaman a D'Olincourt, éste no puede negar los hechos y se decide por último que lo más sencillo es ir, por muchos peligros que eso pueda entrañar, y habitar el castillo dos o tres días para poner fin a tales desórdenes y ver, en fin, qué partido se puede sacar de sus rentas.

—¿Tenéis un poco de valor, presidente? —le pregunta el marqués.

—Yo, pues depende —contesta Fontanis—; el valor es una virtud que se usa poco en nuestro ministerio.

—Sí, ya lo sé —responde el marqués—, con la ferocidad tenéis bastante; os pasa con esa virtud, poco más o menos, como con todas las demás: os dais tal maña para desvirtuarlas que no os quedáis nunca de ellas más que con lo que las echa a perder.

—Bien, seguid con vuestros sarcasmos, marqués, pero os suplico que hablemos en serio y que dejemos los improperios a un lado.

—Muy bien, hay que ir allí, tenemos que instalarnos en Téroze, destruir a los fantasmas, poner orden en vuestras posesiones y regresar para que os podáis acostar con vuestra esposa.

—Un momento, señor, un momento, os lo ruego, no vayamos tan deprisa. ¿Habéis pensado en los peligros que entraña entrar en relación con seres semejantes? Un buen sumario, seguido de un decreto, valdría mucho más que todo eso.

—Bueno, ya estamos otra vez con sumarios, decretos... ¿A quién no excomulgáis también como los curas? ¡Armas atroces de la tiranía y de la estupidez! ¿Cuándo dejarán de creer todos esos hipócritas con faldas, todos esos pedantes con casaca, esos secuaces de Themis y de María, que su insolente charlatanería y su estúpida función pueden tener efecto alguno en el mundo? Entérate, hermano, de que no es con papeluchos con lo que hay que reducir a unos bribones tan atrevidos, sino con la espada, con pólvora y con balas; disponte, pues, a morir de hambre o a tener el coraje de luchar contra ellos.

—Señor marqués, razonáis como coronel de dragones que sois; dejadme a mí que vea las cosas como magistrado, persona sagrada e indispensable al Estado y que no se expone jamás a la ligera.

—¿Tú persona indispensable al Estado, presidente? Hacía mucho tiempo que no me reía, pero veo que tienes ganas de que me dé esa convulsión. ¿Y a qué santo te has creído, te lo ruego, que un hombre de oscura extracción por lo general, que un individuo siempre rebelde contra todo lo bueno que pueda desear su señor, al que no sirve ni con su bolsa ni con su persona, que se opone sin cesar a todos sus buenos propósitos, cuyo único fin es el de fomentar la división de los particulares, ahondar la del reino y vejar a los ciudadanos..., te repito, ¿cómo puedes creer que un ser semejante puede ser precioso para el Estado?

—Me niego a responder, pues de nuevo aparece la ironía.

—Muy bien, de acuerdo, amigo mío, me parece muy bien, de acuerdo, pero aunque tengas que cavilar durante treinta días sobre esta aventura, aunque tengas que recabar ridículamente la opinión de tus cofrades al respecto, seguiré diciéndote que no hay más solución que ir a instalarnos nosotros mismos a casa de esos tipos que tratan de impresionarnos.

El presidente puso aún algunas objeciones, se defendió con mil contradicciones más absurdas y pretenciosas las unas que las otras, y acabó por decidir con el marqués que partiría a la mañana siguiente con él y con dos lacayos de la mansión; el presidente propuso a La Brie, ya lo dijimos, no se sabe demasiado bien por qué, pero tenía gran confianza en ese muchacho. D'Olincourt, muy al corriente de los importantes asuntos que iban a retener a La Brie en el castillo durante su ausencia, contestó que era imposible llevarle con ellos, y al día siguiente, al despuntar el alba, se prepararon para ello, colocaron al presidente una vieja armadura que habían encontrado en el castillo, su joven esposa le puso el casco, deseándole toda suerte de venturas, y le instó a volver lo antes posible para recibir de sus manos los laureles que marchaba a cosechar; él la besa tiernamente, monta a caballo y sigue al marqués. Por más que habían anunciado por los alrededores la mascarada que iba a tener lugar, el enjuto presidente, con su ridículo atavío militar, resultaba tan grotesco que fue acompañado, de un castillo al otro, de carcajadas y silbidos. Por todo consuelo, el coronel, que se mantenía lo más serio posible, se acercaba a él de cuando en cuando y le decía:

—Ya lo veis, amigo mío, este mundo no es más que una farsa, o se es público o se es actor, o contemplamos la escena o la representamos.

—Sí, perfecto, pero ahí nos están silbando —contesta el presidente.

—¿De verdad? —respondía flemáticamente el marqués.

—No cabe la menor duda —replicaba Fontanis—, y reconoceréis que resulta muy duro.

—¿Por qué? —decía D'Olincourt—. ¿Acaso no estáis acostumbrado a esos pequeños desastres? ¿Creéis que a cada estupidez que cometéis en vuestros estrados ornados con flores de lis, el público no os silba también? Hechos por naturaleza para que se mofen de vosotros en vuestro oficio, trajeados de una manera ridícula que hace reír en cuanto se os ve, ¿cómo vais a imaginar que con tantas cosas desfavorables por un lado, os van a perdonar todas vuestras estupideces por el otro?

—¿No os gusta la toga, verdad, marqués?

—No os lo oculto, presidente; sólo me gustan las profesiones útiles: todo aquel que no tiene talento más que para fabricar dioses o para matar hombres, me ha parecido siempre un individuo consagrado a la indignación pública y al que se le debe ridiculizar u obligar a que trabaje a la fuerza. ¿No creéis, amigo mío, que con esos dos hermosos brazos que os ha dado la naturaleza, no seríais infinitamente más útil en un carro que en una sala de justicia? En el primer caso haríais honor a todas las facultades que habéis recibido del cielo... En el segundo, no hacéis más que envilecerlas.

—Pero es necesario que haya jueces.

—Más valdría que no hubiera más que virtudes, podrían adquirirse sin necesidad de jueces, con ellos se las pisotea por doquier.

—¿Y cómo queréis vos que se gobierne un Estado...?

—Con tres o cuatro sencillas leyes promulgadas en el palacio del monarca y observadas en cada clase por los ancianos de la clase en cuestión; de esa manera cada estamento tendría sus pares y un gentilhombre que fuera condenado no tendría que sufrir la espantosa afrenta de serlo por algún bellaco como tú, tan prodigiosamente lejos de ser digno de ello.

—¡Oh!, todo eso nos llevaría a discusiones...

—Que van a acabar enseguida —interrumpió el marqués—, pues ya hemos llegado a Téroze.

Estaban, en efecto, entrando ya en el castillo; el granjero se presenta, se encarga de los caballos de sus señores y pasan a una sala en donde enseguida se ponen a discutir con él sobre los inquietantes hechos de aquella mansión.

Todos los días un ruido espantoso se dejaba oír por igual en todas las estancias de la casa, sin que se haya podido averiguar la causa; por las noches se había montado guardia y varios campesinos contratados por el granjero, según afirmaban, habían sido terriblemente apaleados y nadie se atrevía ya a exponerse. Pero resultaba imposible precisar qué se sospechaba; la opinión general era sencillamente que el espíritu que se aparecía era el de un antiguo arrendatario de aquella mansión, que había tenido la desgracia de perder su vida injustamente en el cadalso y que había jurado volver todas las noches y causar un terrible estrépito en la casa hasta poder tener la satisfacción de retorcer el cuello a un magistrado.

—Mi querido marqués —exclamó el presidente corriendo hacia la puerta—, me parece que mi presencia aquí es bastante inútil, nosotros no estamos acostumbrados a ese género de venganzas y preferimos, como los médicos, matar indiferentes a quien nos venga en gana sin que el difunto pueda protestar jamás.

—Un momento, hermano, un momento —responde D'Olincourt, deteniendo al presidente que estaba decidido a salvarse—; acabemos de oír las explicaciones de este hombre —y dirigiéndose al granjero—: ¿Eso es todo, maese Pedro, no hay en todo este acontecimiento singular ninguna otra particularidad que podáis señalarnos? ¿A todos los funcionarios sin excepción odia ese diablillo?

—No, señor —contestó Pedro—; el otro día dejó una nota sobre una mesa en la que decía que sólo detestaba a los prevaricadores; cualquier juez que sea íntegro no corre con él ningún peligro, pero no perdonará a aquellos que, guiados únicamente por el despotismo, por la estupidez o por la venganza, hayan sacrificado a sus semejantes a la sordidez de sus pasiones.

—Bien, ya veis que debo irme de aquí —comentó el presidente, consternado—; en esta casa no existe la menor seguridad para mí.

—¡Ah!, miserable —le contesta el marqués—; conque ahora tus crímenes empiezan a hacerte estremecer..., ¿eh? Atentados contra el honor, destierros de diez años a causa de una partida de rameras, infames connivencias con otras familias, el dinero recibido por arruinar a un gentilhombre, y tantos otros desdichados sacrificios a tu furor o a tu ineptitud, ésos son los fantasmas que ahora vienen a turbar tu imaginación, ¿verdad? ¡Cuánto darías en este momento por haber sido un hombre honrado toda tu vida! Que esta cruel situación te sirva de algo algún día, que te haga sentir por adelantado el horrible peso de los remordimientos y que te enseñe que no hay ni una sola felicidad mundana, por valiosa que nos pueda parecer, que valga lo que la tranquilidad de espíritu y las satisfacciones de la virtud.

—Mi querido marqués, os pido perdón —dice el presidente con lágrimas en los ojos—; soy hombre perdido, no me sacrifiquéis, os lo suplico, y dejadme volver al lado de vuestra querida hermana, que deplora mi ausencia y que nunca os perdonará los males a los que vais a entregarme.

—¡Cobarde! Cuánta verdad hay cuando se dice que la cobardía acompaña siempre a la falsedad y a la traición... No, tú no saldrás de aquí, ya no es tiempo de volverse atrás; mi hermana no tiene más dote que este castillo; si quieres disfrutarlo, hay que limpiarlo de esos bribones que lo ensucian. Vencer o morir, no hay término medio.

—Os ruego que me disculpéis, querido hermano; pero sí que hay un termino medio: escapar de aquí a toda prisa y renunciar a todos esos beneficios.

—Vil cobarde, ¿así es como queréis a mi hermana, prefieres verla consumirse en la miseria que combatir para salvar su herencia...? ¿Quieres que le diga a la vuelta que esos son los sentimientos que le profesas?

—¡Cielos, a qué horrible estado me veo reducido!

—Vamos, vamos, recobra el valor y prepárate para lo que se espera de nosotros.

Sirvieron la cena, el marqués quiso que el presidente cenara con la armadura completa; maese Pedro comió con ellos, afirmó que hasta las once de la noche no había absolutamente nada que temer, pero que a partir de ese momento, hasta el amanecer, el lugar era indefendible.

—Pues nosotros vamos a defenderlo —contestó el marqués—, y aquí tenéis a un bravo camarada de quien os respondo como de mí mismo. Estoy seguro de que no nos abandonará.

—No respondamos de nada hasta ver qué pasa —replicó Fontanis—; yo soy un poco como César, lo confieso, el valor en mí es muy voluble.

Mientras tanto, pasaron el tiempo que quedaba reconociendo los alrededores, paseando, haciendo cuentas con el granjero, y cuando se hizo de noche el marqués, el presidente y sus dos criados se repartieron el castillo.

Al presidente le tocó un gran dormitorio, flanqueado por dos siniestras torres cuya sola visión le hacía estremecer de antemano: era por allí precisamente por donde, según decían, el espíritu iniciaba su ronda, con lo que iba a toparse con él antes que nadie; un valiente hubiera gozado ante esta halagadora perspectiva, pero el presidente, que, como todos los presidentes del universo y los presidentes provenzales en particular, no era valiente ni por asomo, se dejó llevar de tal acto de debilidad al conocer la noticia, que tuvieron que cambiarle de pies a cabeza; ninguna medicina hubiera tenido un efecto más fulminante. Le vuelven a vestir, le arman de nuevo, le dejan dos pistolas sobre la mesa de su alcoba, le colocan en las manos una lanza de quince pies de largo por lo menos, le encienden tres o cuatro velones y le abandonan a sus reflexiones.

«Oh, desdichado Fontanis —exclamó al verse solo—. ¿Qué genio del mal te ha conducido a esta galera? No podías haber encontrado en tu provincia alguna joven que valiera más que ésta y que no te hubiera acarreado tantos sinsabores? Tú lo has querido, pobre presidente, tú lo has querido, amigo mío, y aquí estás, te sentiste tentado por una boda en París y ya ves en lo que acaba... Pobrecito, a lo mejor vas a morir aquí como un perro sin poder ni siquiera confesar y comulgar y entregar tu alma a un sacerdote...

Estos malditos incrédulos, con su equidad, con sus leyes de la naturaleza y su filantropía, parece como si el paraíso fuera a abrírseles cuando pronuncian esas tres impresionantes palabras... Menos naturaleza, menos equidad y menos filantropía, firmemos decretos, desterremos, quememos, condenemos a la rueda y vayamos a misa, más valdría esto que todo lo demás. Este D'Olincourt insiste furiosamente en el proceso de aquel gentilhombre al que juzgamos el año pasado; debe de haber algún tipo de parentesco que yo ni sospechaba... Pues que, ¿no se trataba de un asunto escandaloso, no vino un criado de trece años, al que habíamos sobornado, a decirnos, porque nosotros queríamos que nos lo dijese, que aquel hombre se dedicaba a matar prostitutas en su castillo, no nos contó un cuento de Barba Azul con el que las nodrizas no pretendieran hoy en día dormir a sus criaturas? Tratándose de un crimen tan importante como es el asesinato de una ramera..., un delito probado de forma tan concluyente como es la declaración de un niño de trece años al que hicimos que le dieran cien latigazos porque no quería decir lo que queríamos nosotros, no me parece a mí que sea obrar con excesivo rigor hacer las cosas como las hicimos. ¿Es que se necesitan cien testigos para cerciorarse de un delito; no basta una simple relación? ¿Acaso tuvieron tantos miramientos nuestros doctos colegas de Toulouse cuando condenaron a la rueda a Calas? Si no castigásemos más que aquellos crímenes de los que estamos seguros, no tendríamos el placer de arrastrar al cadalso a nuestros semejantes ni cuatro veces en todo un siglo, y sólo eso hace que seamos respetados. Desearía que me explicaran qué sería un Parlamento cuya bolsa estuviera siempre abierta para las necesidades del Estado, que no presentara nunca ninguna queja, que registrara todos los delitos y que no matara nunca a nadie... Eso sería una asamblea de necios a la que no se le haría el menor caso en la nación... Valor, presidente, valor, no has hecho más que cumplir con tu deber, amigo mío; deja que griten los enemigos de la magistratura, no podrán destruirla; nuestro poderío, establecido a costa de la blandura de los reyes, durará tanto como la monarquía, y ya puede Dios velar por los soberanos para que no acabe derribándolos; unos cuantos descalabros más como los del reinado de Carlos VII y la monarquía, destruida al fin, dará paso a esa forma de gobierno que ambicionamos desde hace tanto tiempo y que al elevarnos al pináculo como el Senado de Venecia, pondrá en nuestras manos, como poco, las cadenas con que tan ardientemente deseamos aplastar al pueblo».

Así razonaba el presidente, cuando un ruido espantoso se dejó oír a un mismo tiempo en todas las habitaciones y en todos los corredores del castillo... Un escalofrío universal se apodera de él, se arrebuja sobre la silla y apenas se atreve a levantar los ojos. «¡Seré insensato! —exclama—. ¡Que yo, que un miembro del Parlamento de Aix tenga que luchar contra unos espíritus! ¿Qué tuvisteis nunca que ver con el Parlamento de Aix?». Entretanto el ruido aumenta, las puertas de las dos torres se vienen abajo, aterradoras figuras penetran en la habitación... Fontanis se arroja al suelo, implora que le perdonen, suplica por su vida.

—Miserable —le contesta uno de los fantasmas con pavorosa voz—. ¿Acaso supo tu corazón qué era la compasión cuando condenaste injustamente a tantos desgraciados, su espantosa suerte te conmovió, acaso te sentías menos orgulloso, menos glotón, menos crapuloso el día que tus injustas sentencias hundían en el infortunio o en la sepultura a las víctimas de tu estúpido rigorismo? ¿Y de dónde provenía en ti esa temeraria impunidad de tu momentáneo poder, de esa fuerza ilusoria que por un momento corrobora la opinión y que al punto destruye toda filosofía...? Sufre que nos guiemos por los mismos principios y sométete, pues eres el más débil.

Tras estas palabras, cuatro de estos espíritus físicos agarran con fuerza a Fontanis y al instante le dejan desnudo como la palma de la mano, sin obtener otra cosa más que sollozos, gritos y un sudor fétido que le cubría de pies a cabeza.

—¿Qué hacemos ahora con él? —pregunta uno de ellos.

—Espera —le contesta el que parecía el jefe—, aquí tengo la lista de los cuatro principales asesinatos que ha cometido jurídicamente, vamos a leérsela.

En 1750, condenó a la rueda a un desdichado que no había cometido más delito que negarle a su hija, a la que el miserable quería violar.

En 1754, propuso a un hombre salvarle por dos mil escudos; al no podérselos pagar, hizo que le ahorcaran.

En 1760, al enterarse de que un hombre de su ciudad había hecho algunos comentarios sobre él, le condenó a la hoguera al año siguiente, acusándole de sodomía, aunque el desventurado tenía mujer y un tropel de hijos, cosas todas ellas que desmentían su crimen.

En 1772, un joven de elevado rango de la provincia quiso, por una venganza trivial, dar una zurra a una cortesana que le había jugado una mala pasada, y este indigno cernícalo convirtió la broma en un asunto criminal, lo consideró asesinato, envenenamiento, arrastró a todos sus cofrades a esta ridícula opinión, perdió al joven, le arruinó y, no habiendo podido atraparle, le hizo condenar en rebeldía.

Éstos son sus principales crímenes; decidid, amigos míos.

—El talión, señores, el talión; ha condenado injustamente a la rueda, pues yo quiero que a la rueda se le condene.

—Yo propongo la horca —dijo otro— y por los mismos motivos que mi colega.

—Que sea quemado —dice un tercero— por haber empleado ese suplicio sin motivo alguno y por haberlo merecido él mismo tantas veces.

—Démosle ejemplo de clemencia y de moderación, camaradas —dice el jefe—, y sigamos nuestro texto nada más que en la cuarta aventura: azotar a una ramera es un crimen digno de muerte, en opinión de este cernícalo imbécil, pues que sea azotado.

Entonces agarran al desdichado presidente, le tumban boca abajo sobre un estrecho banco, le agarrotan de los pies a la cabeza; los cuatro etéreos espíritus cogen cada uno una correa de cuero de una longitud de cinco pies y la dejan caer cadenciosamente y con toda la fuerza de sus brazos sobre los desnudos miembros del desgraciado Fontanis, que, lacerado tres cuartos de hora seguidos por las vigorosas manos que se encargan de su educación, pronto no es más que una llaga de la que brota sangre por todas partes.

—Ya basta —dice el jefe—; ya lo dije antes, démosle ejemplo de compasión y de cómo hacer el bien; si el bribón nos atrapara nos haría descuartizar; pero ahora le tenemos a él, despidámonos con este correctivo fraternal y que aprenda en nuestra escuela que no siempre se hace mejores a los hombres asesinándoles; no ha recibido más que quinientos latigazos, pero apuesto al que quiera que ya está escarmentado de sus injusticias y que en el futuro va a ser uno de los magistrados más íntegros de su gremio; soltadle y continuemos nuestras operaciones.

—¡Ouf! —exclamó el presidente cuando vio que sus verdugos se habían ido—. Ahora veo que si entramos con saña en los actos del prójimo, si tratamos de exagerarlos por el placer de castigarlos, ahora veo que nos lo devuelven enseguida. ¿Y quién habrá contado a esa gente todo lo que yo he hecho? ¿Cómo es que estaban tan bien informados de mi conducta?

Fuere como fuese, Fontanis se arregla como puede, pero apenas se ha puesto su traje de nuevo cuando oye unos espantosos gritos por el lado por donde los espectros habían salido de su habitación; aguza el oído y reconoce la voz del marqués pidiendo socorro con todas sus fuerzas.

—¡Que el diablo me lleve si doy un paso! —dice el vapuleado presidente—. Que esos pillos le zurren como a mí si les apetece; no pienso intervenir, cada uno tiene ya bastante con sus propias querellas para meterse en las de los demás.

Mientras tanto el ruido va creciendo, y D'Olincourt entra al fin en el aposento de Fontanis, seguido por sus dos sirvientes y poniendo los tres el grito en el cielo, como si les hubieran degollado: los tres venían cubiertos de sangre, uno llevaba un brazo en cabestrillo, otro una venda en la frente y se habría jurado al verles pálidos, desgreñados y ensangrentados, que acababan de batirse contra una legión de diablos escapados del infierno.

—¡Oh, amigo mío!, ¡qué asalto! —exclama D'Olincourt—. ¡Creí que nos iban a estrangular a los tres!

—Apuesto a que no estáis más maltrechos que yo —responde el presidente, mostrándoles su magullado lomo—. Mirad cómo me han tratado.

—¡Oh, a fe mía, amigo! —le contesta el coronel—, por una vez os veis en el caso de poder presentar una querella justa; no ignoráis el vivo interés que vuestros colegas han mostrado a lo largo de los siglos por los traseros flagelados; convocad a las cámaras, amigo mío, buscad a algún célebre abogado que quiera desplegar su elocuencia en favor de vuestras nalgas magulladas; usando el ingenioso artificio con el que un orador antiguo conmovía al areópago al descubrir ante los ojos del tribunal los soberbios senos de la bella a la que defendía; que vuestro Demóstenes descubra esas atractivas nalgas en el momento más patético de su alegato, que hagan enternecer al auditorio; recordad en especial a los jueces de París ante los que os veréis obligado a comparecer, aquella famosa aventura de 1769, en la que su corazón, mucho más conmovido por el azotado trasero de una buscona que por el pueblo del que se dicen padres y al que dejan, no obstante, morir de hambre, les indujo a abrir un proceso criminal contra un joven militar que, al volver de sacrificar sus mejores años al servicio del príncipe, no encontró otros laureles a su regreso que la humillación perpetrada por la mano de uno de los mayores enemigos de esa misma patria que venía de defender... Vamos, querido camarada de infortunio, démonos prisa, partamos, no hay ninguna seguridad para nosotros en este maldito castillo, corramos a vengarnos, volemos a implorar la equidad de los protectores del orden público, de los defensores del oprimido y de los pilares del Estado.

—Yo no puedo tenerme en pie —contesta el presidente—, y además esos malditos bribones me volverían a mondar como a una manzana; os ruego que hagáis que me traigan una cama, y que me dejéis tranquilo en ella al menos veinticuatro horas.

—Ni se os ocurra, amigo mío, os estrangularán.

—Que lo hagan, me lo tendré merecido, pues los remordimientos se despiertan ahora con tanta fuerza en mi corazón, que tendría por una orden del cielo todas aquellas desgracias que le plazca enviarme.

Como el estruendo había cesado por completo y D'Olincourt vio que realmente el pobre provenzal necesitaba algo de descanso, mandó llamar a maese Pedro y le preguntó si había que temer que aquellos bribones volviesen de nuevo a la noche siguiente.

—No, señor —contestó el granjero—; ahora se estarán quietos durante ocho o diez días y podréis descansar con absoluta tranquilidad.

Condujeron al tundido presidente a una alcoba en la que se acostó y descansó como pudo una buena docena de horas; allí seguía cuando de repente se sintió mojado en la cama; levanta la vista y ve que el techo está horadado por mil agujeros por los que caía un raudal de agua que amenazaba con inundarle si no se levantaba a toda prisa; baja velozmente y completamente desnudo a las salas del primer piso, en donde encuentra al coronel y a maese Pedro olvidando sus penas alrededor de un pastel y de una montaña de botellas de vino de Borgoña; su primer impulso fue reírse al ver correr hacia ellos a Fontanis, con un atuendo tan indecente; él les contó sus nuevos infortunios y le hicieron sentar a la mesa sin darle tiempo para ponerse sus calzones, que seguía sujetando bajo el brazo como hacen los habitantes del Pégu. El presidente se puso a beber y halló consuelo para sus males al término de la tercera botella de vino; como aún les sobraban dos horas antes de tener que regresar a Olincourt, prepararon los caballos y partieron.

—Duro aprendizaje, marqués, el que me habéis hecho hacer aquí —dice el provenzal, ya en la silla.

—Y no será el último, amigo mío —le contesta D'Olincourt—; el hombre ha nacido para superar pruebas y los hombres de leyes más que nadie; bajo el armiño es donde la estupidez erigió su templo y no respira en paz más que en vuestros tribunales; pero aparte de lo que podáis objetar, ¿era necesario abandonar el castillo sin averiguar lo que allí ocurría?

—¿Acaso hemos ganado algo con saberlo?

—Por supuesto, ahora podemos presentar vuestra querella con mucho más fundamento.

—¿Querella? Que me lleve el diablo si presento alguna, me guardaré lo que me ha tocado en suerte y os estaré infinitamente agradecido si no le habláis a nadie de ello.

—Amigo mío, no sois consecuente; si es ridículo presentar una querella cuando le molestan a uno, ¿por qué las estáis siempre buscando, por qué la recomendáis sin cesar? ¡Cómo! Vos que sois uno de los mayores enemigos del crimen, ¿queréis que quede impune cuando ha quedado tan manifiesto? ¿No es uno de los mayores axiomas de la jurisprudencia suponer que aunque la parte lesionada dé su desistimiento, resulta de ello una satisfacción para la justicia? ¿No ha sido visiblemente violada con todo lo que os acaba de suceder? ¿Vais a rehusarle el legítimo incienso que ella exige?

—Todo lo que queráis, pero no diré una sola palabra.

—¿Y la dote de vuestra esposa?

—Confiaré en la equidad del barón y le encargaré la tarea de limpiar esta afrenta.

—Él no se meterá en esto.

—Muy bien, pues comeremos mendrugos.

—¡El valiente! Conseguiréis que vuestra esposa os maldiga y se arrepienta toda su vida de haber unido su suerte a la de un cobarde de vuestra especie.

—Oh, sí, me parece que remordimientos vamos a tener muchos cada uno por su parte, pero, ¿por qué queréis que yo presente ahora una denuncia cuando tanto lo desaprobabais antes?

—Yo no sabía de lo que se trataba; mientras pensé que se podía vencer sin ayuda de nadie elegí esa solución como la más sensata, y ahora, cuando me parece indispensable reclamar en nuestro favor el apoyo de las leyes os lo propongo. ¿Qué hay de inconsecuente en mi conducta?

—De maravilla, de maravilla —contesta Fontanis desmontando, pues ya habían llegado a Olincourt—; pero os ruego no decir una sola palabra, es el único favor que os pido.

Aunque no habían estado ausentes más que dos días, en casa de la marquesa había muchas novedades; la señorita de Téroze estaba en cama, una presunta indisposición provocada por la inquietud, por la angustia de saber a su marido en peligro la retenía en el lecho desde hacía veinticuatro horas: un atractivo camisón, veinte varas de gasa alrededor de su cabeza y de su cuello..., una palidez verdaderamente conmovedora que, al hacerla cien veces aún más hermosa, reavivó los ardores del presidente, a quien la pasiva flagelación que acaba de sufrir inflamaba aún más el físico. Delgatz se hallaba junto al lecho de la enferma y advirtió a Fontanis en voz baja que ni siquiera diera muestras de deseo en la dolorosa situación en que se encontraba su mujer; el momento crítico había sobrevenido en el período de la menstruación, se trataba nada menos que de una hemorragia.

—Diablos —exclama el presidente—, bien desdichado tengo que ser, acabo de hacerme desollar por esta mujer, y desollar de mano maestra, y aún se me priva del placer de tomarme la revancha con ella.

Por lo demás, la población del castillo se había incrementado con tres personajes de los que es indispensable dar cuenta. El señor y la señora de Totteville, gente acomodada de los alrededores que traían con ellos a la señorita Lucila de Totteville, su hija, jovencita morena y despabilada, de unos dieciocho años de edad y que en nada desmerecía junto a los lánguidos encantos de Téroze.

(A fin de no tener por más tiempo en suspenso al lector, vamos a indicarle enseguida quiénes eran estos tres nuevos personajes que habían sido reclutados para la escena, bien para posponer su desenlace o bien para conducirla con mayor seguridad al fin propuesto. Totteville era uno de esos arruinados caballeros de Saint-Louis que arrastran su orden por el fuego por unas cuantas cenas o por unos cuantos escudos y que aceptan con indiferencia cualquier papel que les propongan interpretar; su presunta mujer era una antigua aventurera en otro campo que, no teniendo ya edad para comerciar con sus encantos, se desquitaba traficando con los de los demás; en cuanto a la bella princesa que pasaba por hija suya, teniendo en cuenta a semejante familia, fácil es imaginar a qué genero pertenecía: discípula de Paphos desde su infancia, ya había arruinado a tres o cuatro recaudadores de impuestos y era por su arte y por sus atractivos por lo que se la había especialmente adoptado; sin embargo, cada uno de estos personajes, escogidos de entre lo mejor que ofrecía su especie, con gran estilo, adiestrados a la perfección y poseyendo eso que se llama el barniz del buen tono, cumplía inmemorablemente lo que se esperaba de ellos, y resultaba difícil, al verles en compañía de caballeros y de damas de elevada condición, no creer que también ellos lo fueran).

Apenas entró el presidente, la marquesa y su hermana le pidieron informes de su aventura.

—No es nada —respondió el marqués, siguiendo las instrucciones de su cuñado—; es una cuadrilla de bribones que serán reducidos tarde o temprano, habrá que saber lo que el presidente decida al respecto; para todos nosotros será un placer intercambiar opiniones con él.

Y como D'Olincourt se había apresurado a advertir en voz baja de sus éxitos y del deseo que tenía el presidente de que se relegasen al olvido, la conversación cambió de tema y no se volvió a hablar de los aparecidos de Téroze.

El presidente testimonió toda su inquietud a su mujercita y más aún el extremo pesar que sentía porque aquella maldita indisposición hubiera aún de aplazar el instante de su felicidad. Y como era tarde cenaron y se fueron a acostar sin que aquel día ocurriera nada extraordinario.

El señor de Fontanis, que, como buen leguleyo, añadía al cúmulo de sus buenas cualidades una extraordinaria inclinación por las mujeres, descubrió, no sin cierta veleidad, a la joven Lucila en el círculo de la marquesa de D'Olincourt; empezó por informarse, por medio de su confidente La Brie, sobre quién era la joven en cuestión, y éste, tras contestarle de forma que alentaba el amor que veía nacer en el corazón del magistrado, le instó a seguir adelante.

—Es una joven de calidad —le contestó el pérfido confidente—, pero no por eso está a salvo de una proposición amorosa de un hombre de vuestra índole. Señor presidente —prosiguió el joven bribón—, vos sois el espanto de los padres y el terror de los maridos, y por muchos propósitos de sensatez que una persona del sexo femenino se haya podido fijar, muy difícil es que se muestre rigurosa con vos. Dejando a un lado la figura, y aunque sólo contara vuestra profesión, ¿qué mujer puede resistirse a los encantos de un servidor de la justicia, con esta gran toga negra, con este birrete cuadrado? ¿Acaso creéis que no se dice todo esto?

—Es cierto que es muy difícil defenderse de nosotros, a nuestras órdenes tenemos a cierto personaje que fue siempre el terror de las virtudes... Tú crees entonces, La Brie, que si yo dijera una palabra...

—Capitularía, no lo dudéis.

—Pero habría que guardarme el secreto. Bien sabes que en la situación en que me hallo es muy importante para mí no dar los primeros pasos con mi mujer con una infidelidad.

—¡Oh, señor!, la hundiríais en la desesperación, con la ternura que siente por vos.

—Sí, ¿crees que me ama un poco?

—Os adora, señor, y engañarla sería un crimen.

—Sin embargo, ¿crees que por otra parte...?

—Vuestros intereses progresarán de modo infalible, si así lo creéis; es sólo cuestión de actuar.

—¡Oh, mi querido La Brie!, me colmas de alegría. ¡Qué placer manejar dos intrigas al mismo tiempo y engañar a dos mujeres a la vez! ¡Sí, engañar, amigo mío, engañar! ¡Qué voluptuosidad para un hombre de la ley!

Como consecuencia de estos estímulos, Fontanis se arregla, se emperifolla, se olvida de los latigazos que le abren las carnes, y mientras engatusa a su mujer, que sigue guardando cama, apunta sus baterías hacia la astuta Lucila, que, tras escucharle al principio con pudor, va poco a poco poniéndole buena cara.

Cuatro días aproximadamente duraba ya esta intriga sin que nadie pareciese reparar en ella cuando se recibieron en el castillo avisos de las gacetas y de los mercurios invitando a todos los astrónomos a observar a la noche siguiente el paso de Venus bajo el signo de Capricornio.

—¡Oh, diablos, singular acontecimiento! —comentó el marqués como versado en ello nada más leer la noticia—. No me hubiera esperado nunca este fenómeno. Poseo, como sabéis, señoras, algunas nociones de esta ciencia; incluso yo mismo he escrito una obra en seis volúmenes sobre los satélites de Marte.

—¿Sobre los satélites de Marte? —contestó la marquesa con una sonrisa—. Pues no os son muy propicios, presidente; me asombra que hayáis escogido esa materia.

—Siempre bromeando, adorable marquesa; veo que mi secreto no ha sido guardado. Bien, sea como sea, siento mucha curiosidad por el acontecimiento que nos anuncian... ¿Y tenéis aquí algún sitio, marqués, adonde podamos ir para observar la trayectoria de ese planeta?

—Desde luego —respondió el marqués—. ¿Acaso no hay encima de mi palomar un observatorio muy bien equipado? En él encontraréis magníficos telescopios, cuartos de círculo, compases, en una palabra, todo lo que caracteriza a un gabinete de astronomía.

—¡Con que sois un poco del oficio!

—No, en absoluto, pero uno tiene ojos como cualquiera, se tropieza con personas cultas y uno se alegra, por ellas, de estar instruido.

—Muy bien, para mí será un placer daros algunas lecciones en seis semanas; os enseñaré a conocer la tierra mejor que Descartes o Copérnico.

Mientras tanto llega el momento de trasladarse al observatorio: el presidente estaba desolado porque la indisposición de su esposa fuera a privarle del placer de hacerse el erudito delante de ella, sin sospechar, el pobre diablo, que era ella quien iba a representar el papel principal en esta singular comedia.

Aunque los globos no fuesen conocidos por el público, eran ya conocidos en 1789, y el hábil físico que había ingeniado éste del que vamos a hablar, más sabio que ninguno de los que le siguieron, tuvo el buen sentido de quedarse mirando como los demás y de no decir una sola palabra cuando unos intrusos fueron a robarle su descubrimiento. En el centro de un aerostato perfectamente construido, a la hora fijada, la señorita de Téroze debía elevarse en brazos del conde de Elbene, y esta escena, vista desde muy lejos e iluminada tan sólo por una luz artificial y tenue, había de ser lo bastante bien representada como para impresionar a un necio como el presidente, que no había leído en toda su vida ni una sola obra sobre la ciencia de la que se jactaba.

Todo el grupo sube a lo alto de la torre, se proveen de catalejos y el globo se eleva.

—¿Lo veis? — se preguntan unos a otros.

—Todavía no.

—Sí, ya lo tengo, lo veo.

—No, no es eso.

—Perdonad, a la izquierda, a la izquierda; poneos mirando hacia el Oriente.

—¡Ah, ya lo tengo! —exclama el presidente entusiasmado—. ¡Ya lo tengo, amigos míos! Haced lo que yo haga... Un poco más cerca de Mercurio, no tan lejos como Marte, muy por encima de la elipse de Saturno. Allí está, ¡ah, gran Dios! ¡Qué hermoso es!

—Lo estoy viendo como vos —dice el marqués—. Realmente es algo soberbio. ¿Podéis ver la conjunción?

—La tengo al extremo de mi lente...

Y el globo pasa en este momento por encima de la torre.

—¿Y bien? —pregunta el marqués—. ¿Estaban equivocados los avisos que recibimos? ¿No está aquí Venus por encima del Capricornio?

—Sin lugar a dudas —responde el presidente—. Es el espectáculo más hermoso que he visto en toda mi vida.

—Quién sabe —añadió el marqués— si tendréis que subir tan arriba para verlo a vuestro gusto.

—¡Ah, marqués! ¡Qué fuera de lugar están vuestras bromas en un momento tan sublime!

Y cuando el globo se perdió en la oscuridad, todos bajaron contentísimos por el alegórico fenómeno que el arte acababa de prestar a la naturaleza.

—Estoy verdaderamente desolado porque no hayáis venido a compartir con nosotros el placer que nos ha proporcionado este acontecimiento —aseguró al volver el señor de Fontanis a su esposa, a la que halló de nuevo en su lecho—. Es imposible contemplar nada más hermoso.

—Os creo —responde la joven—, pero me han dicho que había en todo ello tal cantidad de cosas indecentes que, en el fondo, no siento en absoluto no haber visto nada.

—¿Indecentes? —replica el presidente con una sonrisa burlona, llena de encanto—. ¡Oh, no!, en absoluto; es una conjunción. ¿Acaso hay algo en la naturaleza que no lo sea? Es lo que tanto me gustaría que sucediera al fin entre nosotros, y que se llevara a efecto en cuanto lo deseéis. Pero decidme, en honor a la verdad, dueña soberana de mis pensamientos... ¿No es bastante tener en suspenso a vuestro esclavo? ¿No vais a concederle pronto la recompensa a sus pesares?

—¡Ay, ángel mío! —le responde amorosamente su joven esposa—. Creed que lo procuro con tanta ansiedad como vos, por lo menos, pero ya veis mi estado... Y lo veis sin lamentarlo, cruel, aunque sea obra vuestra del principio al fin: no os atormentéis tanto por lo que os interesa y antes me repondré.

El presidente se sentía por las nubes al verse lisonjeado de esta forma; se pavoneaba, erguía la cabeza. Jamás picapleitos alguno, ni siquiera los que acaban de colgar a alguien, había mostrado nunca un cuello tan estirado. Pero como, con todo ello, los obstáculos se multiplicaban por el lado de la señorita de Téroze, mientras que por el de Lucila, por el contrario, todo eran mieles, Fontanis no dudó en preferir los mirtos floridos del amor a las tardías rosas del himeneo. «La una no se me puede escapar —decía para sí—, la tendré siempre que me apetezca, pero la otra a lo mejor no se queda aquí más que un momento».

«Hay que darse prisa y sacarle partido», y de acuerdo con estos principios Fontanis no desperdiciaba ninguna ocasión que pudiera servir a sus intrigas.

—¡Ay, señor! —le decía un día esta joven con fingido candor—. ¿No me convertiré en la más desdichada de las criaturas si os concedo lo que me pedís...? Comprometido como vos lo estáis, ¿podréis alguna vez reparar el daño que infringiríais a mi reputación?

—¿Qué queréis decir con reparar? No se repara nada en esos casos, es lo que se llama arar en el mar; no tendremos más que reparar uno que otro. Con un hombre casado no hay nunca nada que temer, porque él es el primer interesado en el secreto, y así pues, eso no os impedirá encontrar un marido.

—Y la religión y el honor, señor...

—Todo eso son pamplinas, corazón mío; bien veo que sois como una Inés y que necesitáis pasar algún tiempo en mi escuela. ¡Ah, cómo voy a hacer que desaparezcan todos esos prejuicios de la infancia!

—Pero yo creía que vuestra condición os obligaba a respetarlos.

—Pues claro que sí, por fuera; nosotros no tenemos para nosotros más que el exterior; hay que impresionar con él al menos, pero una vez despojados de ese vano decoro que nos obliga a ciertos miramientos nos parecemos en todo al resto de los mortales. ¡Oh!, ¿cómo podríais creernos libres de sus vicios? Nuestras pasiones, mucho más encendidas por el relato o la continua pintura de las de los demás, no nos hacen diferentes más que por los excesos que ellos no saben apreciar y que constituyen nuestras delicias diarias; al amparo casi siempre de las leyes con que hacemos temblar al prójimo, esa impunidad nos inflama y nos va haciendo más y más alevosos...

Lucila escuchaba todas estas futilidades, y a pesar del horror que le inspiraban el físico y la moral de este abominable personaje, seguía dándole facilidades, pues sólo con esa condición le había sido prometida la recompensa. Cuanto más progresaban los amoríos del presidente, más insoportable le iba volviendo su fatuidad: no hay en el mundo nada tan divertido como un picapleitos enamorado; es el cuadro más acabado de la torpeza, de la impertinencia y de la necesidad. Si el lector ha visto en alguna ocasión a un pavo cuando se dispone a multiplicar su especie, ya tiene la idea más cabal del esbozo que querríamos ofrecerle. Por más esfuerzos que hacía por disimular, un día en que su insolencia le había puesto, no obstante, demasiado al descubierto, el marqués quiso emprenderla con él en la mesa y humillarle delante de su diosa.

—Presidente —le dijo—, acabo de recibir ciertas noticias que os habrán de afligir.

—¿Cuáles, pues?

—Se asegura que el Parlamento de Aix va a ser suprimido; el pueblo se queja de que es inútil. A Aix le hace mucha menos falta un Parlamento que a Lyon, y esta última ciudad, demasiado alejada como para depender de París, englobará a toda la Provenza; la domina y está muy convenientemente situada para albergar en su seno a los jueces de una provincia tan importante.

Ese arreglo carece de sentido común. Es acertado. Aix está en el fin del mundo; un provenzal, viva donde viva, siempre preferirá ir a Lyon para sus asuntos que a vuestro lodazal de Aix. Caminos espantosos, ni un solo puente sobre ese Durance que, como vuestras cabezas, se sale de sus cauces nueve meses al año, y además, no os lo voy a ocultar, ciertos fallos particulares. Ante todo se censura vuestra composición; no hay, según se afirma, ni un solo individuo relevante en todo el Parlamento de Aix... Comerciantes de atún, marineros, contrabandistas; en una palabra, una cuadrilla de pícaros despreciables con los que la nobleza no quiere tener el menor trato y que oprime al pueblo para resarcirse del descrédito en que vive: zopencos, imbéciles... Perdonad, presidente, os digo lo que me han comunicado; después de cenar os dejaré la carta para que la leáis. Unos bellacos, en suma, que llevan el fanatismo y el escándalo hasta el punto de dejar en su ciudad, como prueba inequívoca de su integridad, un patíbulo siempre levantado, que no es sino un monumento de su zafio rigorismo, cuyas piedras debería arrancar el pueblo para lapidar a esos insignes verdugos que con tanta insolencia aún se atreven a imponerle su yugo; uno se extraña de que no lo haya hecho todavía, y parece ser que no va a tardar demasiado... Un sinnúmero de injustas detenciones, una afectación de severidad cuyo único objeto es el de permitirse todos los crímenes legales que les viene en gana perpetrar y otras cosas, en fin, mucho más serias que habría que añadir a todo esto... Se llega a decir abiertamente que son encarnizados enemigos del Estado y que lo han sido en todas las épocas. El público horror que inspiraron vuestros excesos de Mérindol aún no se ha extinguido en los corazones. ¿No ofrecisteis en aquella ocasión el espectáculo más espantoso que se pueda describir? ¿Puede uno imaginar sin estremecerse a los depositarios del orden, de la paz y de la justicia asolando la provincia como enloquecidos, con una antorcha en una mano y el puñal en la otra, quemando, matando, violando y masacrando cuanto se les ponía por delante, como una partida de tigres enfurecidos escapados de la selva? ¿Es propio de unos magistrados conducirse de esa manera? Se recuerdan asimismo varias circunstancias en las que os negasteis obstinadamente a socorrer al rey en sus necesidades, y en diversas ocasiones estuvisteis más dispuestos a sublevar a la provincia que a permitir que se os incluyera en la nómina de contribuyentes. ¿Creéis que está olvidada aquella desdichada época en que, sin que os amenazara peligro alguno, fuisteis, a la cabeza de los habitantes de vuestra ciudad, a entregar sus llaves al condestable de Borbón, que había traicionado a su rey, y aquella otra, cuando temblando nada más que por la proximidad de Carlos V, os apresurasteis a rendirle homenaje y a hacerle entrar dentro de vuestros muros? ¿No es bien sabido que fue en el seno del Parlamento de Aix donde se sembraron las primeras semillas de la Liga, y que en todos los tiempos no fuisteis más que unos facciosos, unos rebeldes, unos asesinos o unos traidores? Vosotros lo sabéis mejor que nadie, señores magistrados provenzales: cuando se desea perder a alguien se averigua todo cuanto haya podido hacer anteriormente; se sacan a relucir sus antiguas faltas para agravar la suma de las nuevas. No os extrañéis, pues, de que se comporten con vos como vos hicisteis con los desgraciados que inmolasteis en aras de vuestra pedantería. Aprended, mi querido presidente, que ultrajar a un ciudadano honrado y pacífico no le está más permitido a una corporación que a un particular, y si ese gremio persiste en una insensatez semejante, que no se sorprenda cuando vea alzarse contra él todas las voces, apelando a los derechos del débil y de la virtud en contra del despotismo y de la iniquidad.

El presidente, sin poder soportar estas acusaciones ni tampoco responder a ellas, se levantó de la mesa como un poseso, jurando que iba a abandonar la casa. Tras el espectáculo de un picapleitos enamorado no existe nada tan irrisorio como el de un picapleitos encolerizado; los músculos de su rostro, naturalmente moldeados por la hipocresía, forzados a pasar de súbito a las contorsiones de la ira, sólo lo van consiguiendo mediante violentas gradaciones cuya evolución es sumamente cómica de ver.

Cuando ya se habían divertido bastante con su arrebato de despecho, como aún no se había llegado a la escena que debía, o al menos eso esperaban, librarles de él para siempre, se esforzaron en tranquilizarle, acudieron junto a él y le apaciguaron. Olvidando con notable facilidad por la noche todas las pequeñas vejaciones de la mañana, Fontanis recobró su talante habitual y todo se olvidó.

La señorita de Téroze iba mejorando, y aunque algo abatida exteriormente, bajaba, no obstante, para las comidas e incluso salía a pasear un poco con todos los demás. El presidente, ya con menos prisas, pues Lucila le tenía totalmente ocupado, comprendió que bien pronto no iba a poder ocuparse más que de su mujer. Por consiguiente, decidió precipitar la otra intriga. Había llegado el momento crítico; la señorita de Totteville no oponía ya el menor reparo, y no se trataba más que de encontrar un lugar seguro para el encuentro. El presidente propuso su dormitorio de soltero. Lucila, que no dormía en la habitación de sus padres, aceptó encantada ese sitio para la noche siguiente y enseguida se lo comunicó al marqués; le señalan su papel y el resto de la jornada transcurre tranquilamente. Hacia las once, Lucila, que debía acudir antes que él al lecho del presidente, con ayuda de una llave que éste le había confiado, pretextó un dolor de cabeza y salió. Un cuarto de hora después, el impaciente Fontanis va a retirarse, pero la marquesa decide que aquella noche, para honrarle, quiere acompañarle hasta su aposento. Todos los presentes comprenden la broma, la señorita de Téroze es la primera en regocijarse, y haciendo caso omiso del presidente, que está con el alma en vilo y que habría deseado sustraerse a aquella ridícula atención, o al menos prevenir a la que pensaba que iba a ser sorprendida, cogen unos candelabros, los hombres pasan delante, las damas rodean a Fontanis y en este divertido cortejo llegan a la puerta de su habitación... Nuestro infortunado galán apenas podía respirar.

—Yo no respondo de nada —decía balbuceando—. Pensad en la imprudencia que cometéis. ¿Quién os asegura que el objeto de mis amores no esté tal vez esperándome en este preciso instante en mi cama? Y si así fuera, ¿os dais cuenta de todo lo que puede resultar de la inconsecuencia de vuestro proceder?

—A todo evento —contesta la marquesa abriendo la puerta de golpe—. Vamos, belleza, que por lo visto estáis esperando al presidente en su cama; dejaos ver y no tengáis miedo.

Pero cuál no sería la sorpresa general cuando las luces colocadas enfrente del lecho descubren a un asno monstruoso blandamente recostado sobre las sábanas y que, por una divertida fatalidad, satisfechísimo sin duda del papel que le hacían representar, se había dormido apaciblemente sobre el lecho del magistrado y roncaba con voluptuosidad.

—¡Ah, pardiez! —exclamó D'Olincourt, reprimiendo la risa—. Presidente, contempla un instante la dichosa sangre fría de este animal. ¿No se podría decir que es uno de tus colegas de la audiencia?

El presidente, sin embargo, muy contento por salir bien librado con esta broma, se figuraba que así se correría un velo sobre todo lo demás, y que Lucila, al darse cuenta, habría tenido la prudencia de no dejar que se sospechara su intriga en lo más mínimo; el presidente, repito, se empezó a reír con el resto. Sacaron como mejor pudieron al jumento, muy afligido por haber sido interrumpido en su sueño; pusieron sábanas blancas y Fontanis reemplazó muy dignamente al más soberbio asno que se había encontrado en la comarca.

—Verdaderamente es igual —comentó la marquesa cuando le vio acostado—. Nunca pensé que existiera un parecido tan asombroso entre un asno y un presidente del Parlamento de Aix.

—Qué equivocación la vuestra, señora —replicó el marqués—. ¿No sabéis que ese tribunal ha elegido siempre sus miembros de entre estos doctores? Apostaría a que el que habéis visto salir de aquí fue su primer presidente.

La primera preocupación de Fontanis a la mañana siguiente fue preguntarle a Lucila cómo se las había arreglado para salir del aprieto; ella, bien asesorada, le contestó que al darse cuenta de la broma se había retirado enseguida, pero con la inquietud, no obstante, de haber sido traicionada, cosa que le había hecho pasar una noche espantosa, deseando ardientemente que llegara el momento en que pudiese aclararlo todo. El presidente la tranquilizó y obtuvo la revancha para el día siguiente; la pudibunda Lucila se hizo un poco de rogar, Fontanis se puso aún más ardoroso y todo quedó fijado conforme a sus deseos. Pero si la primera cita había sido estropeada por una cómica escena, ¡qué fatal acontecimiento iba a dar al traste con la segunda! Los detalles se arreglan como dos días antes; Lucila se retira la primera, el presidente la sigue poco después, sin que nadie se interponga; la encuentra en el lugar convenido, y estrechándola entre sus brazos se disponía ya a darle pruebas inequívocas de su pasión... De pronto las puertas se abren: son el señor y la señora de Totteville, la marquesa, la señorita de Téroze en persona.

—¡Monstruo! —exclama esta última, arrojándose enfurecida sobre su marido—. ¿Así es como te ríes de mi candor y de mi ternura?

—Hija atroz —le dice el señor de Totteville a Lucila, que se ha arrojado a los pies de su padre—. Es así como abusas de la honesta libertad que te concedíamos...

Por su parte, la marquesa y la señora de Totteville lanzan miradas enfurecidas a los dos culpables, y la señora de D'Olincourt pasa de este primer gesto a recoger a su hermana, que se desmaya en sus brazos. Difícilmente se podría describir el semblante de Fontanis en medio de esta escena: la sorpresa, la vergüenza, el terror, la inquietud, todos estos dispares senti-mientos le agitan a la vez y le inmovilizan como a una estatua; entretanto llega el marqués, se informa y se entera con indignación de cuanto sucede.

—Señor —le dice con severidad el padre de Lucila—, nunca me habría esperado que en vuestra casa una joven honesta pudiera temer afrentas de esta índole; no os extrañe que no esté dispuesto a tolerarlo y que mi mujer, mi hija y yo partamos al instante para pedir justicia a aquellos de quienes debemos esperarla.

—En verdad, señor —dice entonces el marqués con sequedad al presi-dente—, convendréis en que éstas son escenas que poco podía esperarme. ¿No fue para deshonrar a mi cuñada y a mi casa por lo que quisisteis uniros a nosotros?

Después, dirigiéndose a Totteville:

—Nada más justo, señor, que la reparación que exigís, pero me atrevo a rogaros encarecidamente que procuréis evitar el escándalo. No es por este bellaco por quien os lo pido, no es digno más que de desprecio y de escarmiento, es por mí, señor, por mi familia, por mi desdichado suegro, que, después de depositar toda su confianza en este viejo necio, va a morir del pesar de haberse equivocado.

—Me gustaría complaceros, señor —responde con altivez el señor de Totteville, llevando a su mujer y a su hija—, pero me permitiréis que ponga mi honor por encima de todas esas consideraciones. No os veréis compro-metido, caballero, en la querella que voy a presentar; sólo este mal nacido lo estará... Me permitiréis que no escuche nada más y que acuda al instante allí donde la venganza me reclama.

Con estas palabras, los tres personajes se van, sin que ningún esfuerzo humano pueda detenerlos, y vuelan, según dicen, a París, a presentar un recurso contra las humillaciones que ha querido infligirles el presidente Fontanis... Mientras tanto, en el desdichado castillo no reina ya más que la inquietud y la desesperación; la señorita de Téroze, apenas restablecida, vuelve a caer enferma en el lecho con una fiebre que se asegura que es peli-grosa; el señor y la señora D'Olincourt prorrumpen en amenazas contra el presidente, que, no disponiendo contra los rigores que le amenazan de más asilo que aquella mansión, no se atreve a revolverse contra las reprimendas que con tanta justicia le dirigen. Y ya duraba tres días este estado de cosas, cuando ciertos informes secretos comunican al marqués al fin que el asunto empieza a ser de lo más serio, que se está viendo por lo criminal y que están a punto de condenar a Fontanis.

—¿Pero cómo? ¿Sin escucharme? —pregunta el asustado presidente.

—Es la regla —le contesta D'Olincourt—. ¿Acaso se conceden medios de defensa a quien la ley condena? ¿Uno de vuestros hábitos más respeta-bles no es el de deshonrarle antes de escucharle? Contra vos no emplean más que las armas de que os habéis servido contra los demás. Después de ejercer la justicia durante treinta años, ¿no es razonable que, al menos una vez en vuestra vida, seáis vos su víctima?

—¿Pero por un asunto de mujeres...?

—¿Cómo que por un asunto de mujeres? ¿Acaso no sabéis que ésos son los más peligrosos? El desdichado incidente, cuyos recuerdos os han costado quinientos latigazos, ¿qué otra cosa era sino un asunto de mujerzuelas? ¿No creisteis en cierta ocasión que por un asunto de mujerzuelas os estaba permitido deshonrar a un gentilhombre? El talión, presidente, la ley del talión; ésa es vuestra brújula. Acatadla con entereza.

—¡Cielos! —exclama Fontanis—. En el nombre de Dios, ¡no me abandonéis, hermano mío!

—Estad seguro de que os ayudaremos —le contesta D'Olincourt—, a pesar de la injuria que nos habéis infligido y de las quejas que tenemos contra vos, pero el único medio es riguroso... vos lo conocéis.

—¿Cuál es?

—La magnanimidad del rey o una orden de detención; es lo único que se me ocurre.

—¡Qué funestos extremos!

—Convengo en ello, pero, ¿sabéis de otros? ¿Preferís salir de Francia y desaparecer para siempre o que unos años de cárcel arreglen tal vez todo esto? Además, este procedimiento que tanto os subleva, ¿no lo habéis empleado vos y los vuestros? ¿No fue con vuestras bárbaras recomendaciones como acabasteis de hundir a aquel gentilhombre al que los espíritus tan cumplidamente han vengado? ¿No llegasteis a poner a aquel desventurado militar, a base de prevaricaciones tan peligrosas como castigables, entre la prisión o la infamia? ¿No cesasteis en vuestra despreciable persecución a condición de que fuera aniquilado por la del rey? No hay, pues, nada sorprendente querido amigo, en lo que yo os propongo; no sólo conocéis ya esa solución, sino que en este momento os debería parecer deseable.

—¡Oh, recuerdos atroces! —exclama el presidente, derramando lágrimas—. ¡Quién iba a decirme que la venganza del cielo estallaría sobre mi cabeza en el momento casi en que se consumaban mis crímenes! Me devuelven cuanto he hecho; suffrámoslo, suffrámoslo y callemos.

Pero como cualquier gestión corría prisa, la marquesa aconsejó decididamente a su marido que fuera a Fontainebleau, en donde se hallaba entonces la Corte. En lo que respecta a la señorita de Téroze, ella no entraba en modo alguno en esta recomendación; el rencor, por fuera, y el conde de Elbene, por dentro, la seguían reteniendo en su alcoba, cuya puerta estaba invariablemente cerrada para el presidente. Éste se había llegado hasta allí varias veces y había tratado de que se le abriera como pago a sus remordimientos y a sus lágrimas, pero siempre infructuosamente.

El marqués, pues, partió. El trayecto era corto y regresó dos días después, escoltado por dos oficiales de justicia y provisto de una orden cuya simple visión hizo estremecer al presidente en todos sus miembros.

—No podíais haber llegado más a propósito —dijo la marquesa, que fingía haber recibido ciertos informes de París mientras su marido estaba en la Corte—. El proceso se sigue por lo extraordinario, y mis amigos me escriben que hay que hacer que el presidente se escape, cuanto antes mejor. Mi padre ha sido informado; está sumido en la desesperación; nos recomienda que atendamos cumplidamente a su amigo y que le transmitamos el pesar que le ha producido todo esto... Su salud no le permite ayudarle más que con deseos, que más sinceros serían si él hubiera sido más cuerdo... Ésta es la carta.

El marqués la leyó con rapidez, y después de exhortar a Fontanis, a quien le costaba un tremendo esfuerzo decidirse por la prisión, le encomendó a sus dos guardias, que no eran sino dos sargentos de caballería de su regimiento, y le instó a que se consolara, con tanto más motivo puesto que no iba a perderle de vista.

—He obtenido con muchísimo esfuerzo —le dijo— una fortaleza situada a cinco o seis leguas de aquí; allí estaréis a las órdenes de un viejo amigo mío que os tratará como si fuerais yo mismo; le envío con vuestros guardias un mensaje para recomendaros aún con mayor interés; así, pues, estad tranquilo.

El presidente lloró como un niño; nada es tan amargo como los remordimientos del crimen, que ve cómo se vuelven en su contra todas las calamidades que él mismo ha desencadenado... Pero no por eso era menos necesario ponerse en marcha. Suplicó encarecidamente que le permitieran abrazar a su esposa.

—Vuestra esposa —le contestó la marquesa secamente— por fortuna aún no lo es, y en medio de todas nuestras calamidades ése es el único consuelo que nos queda.

—Sea —respondió el presidente—, me armaré de valor para soportar este nuevo golpe —y subió al coche de los oficiales.

El castillo al que conducían al desdichado era el de una posesión de la dote de la señora D'Olincourt, y todo estaba preparado para recibirle. Un capitán del regimiento de Olincourt, hombre severo y huraño, estaba encargado de representar el papel de gobernador. Recibió a Fontanis, despidió a los guardias, y al tiempo que enviaba a su prisionero a una pésima habitación, le dijo sin ambages que tenía respecto a él órdenes ulteriores de una severidad que le era imposible eludir. Abandonaron en esta cruel situación al presidente durante cerca de un mes. Nadie le visitaba, no le servían más que sopa, pan y agua; se acostaba sobre un montón de paja, en una habitación de una humedad espantosa, y no entraban en ella más que como en la Bastilla, es decir, como en un parque de fieras, única y exclusivamente

MARQUÉS DE SADE

para llevarle la comida. Durante esta funesta reclusión el desventurado leguleyo se entregó a crueles reflexiones, que nadie estorbó lo más mínimo. Al fin, el falso gobernador apareció y tras consolarle a medias le habló de la siguiente manera:

—No os puede caber la menor duda, señor —le dijo—, de que el primero de vuestros errores fue querer uniros a una familia tan por encima de vos en todos los aspectos. El barón de Téroze y el conde D'Olincourt son gentes de la más rancia nobleza, considerados en toda Francia, y vos no sois más que un miserable picapleitos provenzal, tan sin nombre como sin crédito, sin patrimonio como sin reputación; simplemente con que os hubierais mirado un instante vos mismo habríais tenido que confesar al barón de Téroze que se engañaba acerca de vos y que no erais en modo alguno digno de su hija. ¿Cómo pudisteis, además, creer ni por un momento que esa joven, hermosa como el amor, pudiera ser la esposa de un mono viejo y feo como vos? Uno se puede ofuscar, pero no hasta ese extremo. Las reflexiones que, sin duda, habréis hecho durante vuestra estancia aquí deben haberos convencido de que desde que estáis en casa del marqués D'Olincourt, hace cuatro meses, no habéis servido más que de juguete y de objeto de mofa. Gentes de vuestra condición y de vuestro carácter, de vuestra profesión y vuestra estupidez, de vuestra maldad y de vuestra bellaquería, no deben esperar más que un trato de esa índole. Con mil ardides, más divertidos los unos que los otros, os han impedido gozar de aquella a la que pretendíais; han hecho que os den quinientos correazos en un castillo poblado de fantasmas, os han mostrado a vuestra esposa en brazos de aquél a quien ella adora, cosa que neciamente tomasteis por un fenómeno; os han puesto frente a frente con una ramera contratada que se ha burlado de vos, y para acabar, os han encerrado en este castillo donde sólo del marqués D'Olincourt, mi coronel, depende teneros en él hasta el fin de vuestros días, cosa que se cumplirá, sin lugar a dudas, si os negáis a firmar este documento que tengo aquí. Considerad, antes de leerlo, señor —prosiguió el supuesto gobernador—, que en el mundo pasáis por un hombre que iba a casarse con la señorita de Téroze, pero en modo alguno por su marido; vuestro himeneo se efectuó lo más en secreto posible; los escasos testigos han accedido a retirar sus firmas; el cura ha devuelto el acto, aquí está; el notario ha enviado el contrato, podéis verlo delante de vuestros ojos; además, nunca os habéis acostado con vuestra esposa. Vuestro matrimonio es, por tanto, nulo; ha sido disuelto tácitamente y por propia voluntad de todas las partes, cosa que da a la ruptura tanta fuerza como si fuera obra de las leyes civiles y religiosas; aquí tenéis también las renuncias del barón de Téroze y de su hija, ya no falta más que la vuestra; aquí está, señor, elegid entre firmar este papel por las buenas o la seguridad de acabar aquí vuestros días... Responded, no tengo nada más que decir.

410

El presidente, tras reflexionar un poco, cogió el papel y leyó estas palabras:

«Declaro a cuantos lean esto que yo no he sido jamás esposo de la señorita de Téroze; le restituyo por escrito todos los derechos que en una ocasión se pensó darme sobre ella, y aseguro que no los reclamaré en toda mi vida. Además, no tengo más que palabras de agradecimiento por el comportamiento que tanto ella como su familia han observado conmigo a lo largo del verano que he pasado en su casa. De común acuerdo, por propia voluntad de uno y otro, renunciamos mutuamente a los proyectos de unión que se habían forjado respecto a nosotros y nos devolvemos recíprocamente la libertad de disponer de nuestras personas, como si la intención de unirnos no hubiera existido jamás. Y es con plena libertad de cuerpo y espíritu como firmo esto en el castillo de Valnord, propiedad de la señora marquesa D'Olincourt».

—Me habéis dicho, señor —preguntó el presidente tras la lectura de estas líneas—, lo que me esperaba si no lo firmaba, pero no habéis dicho ni una palabra de lo que me ocurriría si accediese a todo esto.

—La recompensa, señor, será vuestra libertad inmediatamente —le contestó el falso gobernador—, el ruego de que aceptéis esta joya de doscientos luises de parte de la señora marquesa D'Olincourt y la seguridad de encontrar a la puerta del castillo a vuestro criado y dos caballos que os esperan para llevaros de nuevo a Aix.

—Firmo y me voy, caballero; demasiadas ganas tengo de librarme de toda esta gente para vacilar ni un solo instante.

—Eso esta muy bien, presidente —respondió el capitán recogiendo el escrito firmado y entregándole la alhaja—, pero tened cuidado con vuestra conducta. Si una vez fuera la manía de vengaros se apoderase en alguna ocasión de vos, pensad bien antes de pasar a la acción que os las tenéis que ver con un adversario temible; que esta poderosa familia a la que ofenderíais, a toda ella, con vuestro proceder, os haría pasar por loco, y que el hospital de esos desgraciados sería hasta el final vuestra última morada.

—No temáis nada, señor —replicó el presidente—, yo soy el más interesado en no volver a tener nada que ver con tales personas, y os aseguro que sabré cómo evitarlas.

—Os lo aconsejo, presidente —contestó el capitán, abriéndole al fin su prisión—, y que esta comarca no os vuelva a ver jamás.

—Tenéis mi palabra —respondió el picapleitos, montando en un caballo—. Con esta pequeña aventura estoy escarmentado de todos mis vicios; aunque viviera aún mil años no volvería otra vez a buscar esposa en París. Alguna vez llegué a comprender el pesar de ser cornudo después de la boda, pero jamás oí que fuera posible serlo antes... Con la misma prudencia, con idéntica discreción en mis actuaciones, ya no me volveré a erigir en mediador entre unas rameras y gentes que valen mucho más que yo. Demasiado caro cuesta tomar partido por esa clase de damiselas, y no deseo volver a tener nada que ver con personas que cuentan con espíritus prestos a vengarlas.

El presidente desapareció, y tras hacerse juicioso a sus expensas no se volvió a oír hablar de él. Las rameras se querellaron, pero en Provenza no se las siguió ya protegiendo y las costumbres ganaron con ello, pues las jovencitas, al verse privadas de este indecente sostén, prefirieron el camino de la virtud a los peligros que podían acecharlas en la senda del vicio, cuando los magistrados fuesen lo bastante cuerdos como para ver el terrible disparate de mantenerlas en ella gracias a su protección.

Parece indudable que durante el arresto del presidente, el marqués D'Olincourt, después de hacer que el barón de Téroze se retractara de sus demasiado favorables prejuicios sobre Fontanis, se ocupó de que todas las disposiciones que acabamos de ver fueran celosamente cumplidas. Su habilidad y su reputación obraron tan brillantes resultados, que tres meses después la señorita de Téroze se desposó públicamente con el conde Elbene, con el que vivió perfectamente dichosa.

—A veces siento cierto pesar por haber maltratado de esa manera a aquel hombre despreciable —decía un día el marqués a su encantadora cuñada—, pero cuando veo, por un lado, la felicidad que resulta de mi comportamiento, y por otro, me convenzo de que no he humillado más que a un truhán inútil a la sociedad, profundamente enemigo del Estado, perturbador de la paz pública, verdugo de una familia honrada y respetable, difamador notorio de un gentilhombre al que estimo y a quien tengo el honor de corresponder, me consuelo repitiendo con el filósofo: «¡Oh, Providencia soberana! ¿Por qué los recursos de los hombres han de ser tan limitados que nunca se pueda alcanzar el bien sino a costa de un poco de mal?».

Este cuento fue terminado el 16 de julio de 1787, a las diez de la noche.

# LA LEY DEL TALIÓN

Un honesto burgués de la Picardía, descendiente tal vez de uno de aquellos ilustres trovadores de las riberas del Oise o del Somme, cuya olvidada existencia acaba de ser rescatada de las tinieblas apenas hace diez o doce años por un gran escritor de este siglo; un burgués bueno y honrado, repito, vivía en la ciudad de San Quintín, tan célebre por los grandes hombres que ha dado a la literatura, y vivían allí honradamente él, su mujer y una prima en tercer grado, religiosa en un convento de la ciudad. La prima en tercer grado era una muchacha morena, de ojos vivaces, nariz respingona y esbelto talle. Fastidiada por tener veintidós años y por ser religiosa desde hacía ya cuatro, la hermana Petronila, pues ése era su nombre, poseía además una bonita voz y mucho más temperamento que religión. En cuanto a Esclaponville, que así se llamaba nuestro burgués, era un joven gordinflón de unos veintiocho años a quien por encima de todo le gustaba su prima y no tanto, ni muchísimo menos, la señora de Esclaponville, pues venía acostándose con ella desde hacía ya diez años y un hábito de diez años resulta verdaderamente funesto para el fuego del himeneo. La señora de Esclaponville —hay que hacer su descripción, pues, ¿qué ocurriría si no cuidásemos las descripciones en un siglo en el que sólo hay demanda de cuadros, en el que incluso una tragedia puede no ser aceptada si los vendedores de telones no ven en ella seis cambios de decorado, por lo menos?—; la señora de Esclaponville, repito, era una rubiana algo insípida pero blanca como la nieve, con unos ojos bastante bonitos, algo entrada en carnes y con esos mofletes que se suelen atribuir a una buena vida.

Hasta el momento en que nos hallamos, la señora de Esclaponville ignoraba que pudiera existir una forma de vengarse de un esposo infiel. Prudente como su madre, que había vivido ochenta y tres años con el mismo hombre sin haberle sido infiel jamás, era todavía tan ingenua y tan candorosa que no podía ni siquiera sospechar ese espantoso crimen que los casuistas han denominado adulterio y que los sofisticados, que todo lo suavizan, han calificado simplemente de galantería. Pero una mujer traicionada pronto recibe consejos de venganza de su resentimiento, y como nadie quiere quedarse a la zaga, enseguida que se le presenta la ocasión no hay cosa alguna que la arredre para que nada le puedan reprochar. La señora de Esclaponville se enteró, al fin, de que su querido esposo visitaba con excesiva frecuencia a la prima en tercer grado; el demonio de los celos se apodera de su alma; acecha, se informa y acaba por descubrir que hay muy pocas cosas en San Quintín tan probadas como los amoríos de su esposo y de sor Petronila. Segura de su efecto, la señora de Esclaponville declara finalmente a su marido que la conducta que observa le desgarra el alma; que ella nunca ha merecido un comportamiento semejante, y le ruega que no siga haciendo de las suyas.

—¿De las mías? —le contesta flemáticamente su marido—. ¿No sabes, amiga mía, que acostándome con mi prima la religiosa gano mi salvación? Con una intriga tan santa el alma queda limpia; es como identificarse con el Ser supremo; es como si el Espíritu Santo tomara cuerpo dentro de uno mismo. No puede haber ningún pecado, mujer, con personas consagradas a Dios; purifican todo lo que se hace con ellas, y frecuentarlas supone despejar el camino hacia la beatitud celestial.

La señora de Esclaponville, no muy satisfecha del éxito de su amonestación, no despegó los labios, pero jura en su fuero interno que ya sabrá encontrar alguna forma de elocuencia más persuasiva... Lo malo de esto es que las mujeres siempre encuentran lo que buscan: por poco atractivas que sean, no tienen más que invocarlos y los vengadores les llueven por todas partes.

En la ciudad vivía cierto vicario de parroquia al que llamaban el padre Bosquet, un buen mozo de unos treinta años que andaba detrás de todas las mujeres y que estaba haciendo un bosque con las frentes de todos los maridos de San Quintín. La señora de Esclaponville conoció al vicario; como es inevitable, el vicario conoció a su vez a la señora de Esclaponville y los dos llegaron a conocerse tan a fondo que ambos hubieran podido pintar un retrato de cuerpo entero del otro sin temor a la más pequeña equivocación. Al cabo de un mes todos acudieron a felicitar al bueno de Esclanpoville, que se jactaba de ser el único que había escapado a las temibles galanterías del vicario y de poseer la única frente aún no mancillada por aquel granuja.

—Eso no puede ser —contesta Esclaponville a quienes se lo contaban—, mi mujer es tan virtuosa como una Lucrecia; no lo creería aunque me lo repitieran mil veces.

—Entonces, ven —le dice uno de los amigos—, ven y haré que te convenzas con tus propios ojos y luego ya veremos si sigues dudándolo.

Esclaponville se deja llevar y su amigo le conduce a un paraje solitario, a una media legua de la ciudad, donde el Somme, encajonado entre dos arboledas frescas y cubiertas de flores, invita a los habitantes de la ciudad a un delicioso baile; pero como la cita era a una hora en la que por lo general nadie se está bañando todavía, nuestro infortunado esposo apura el amargo trago de ver cómo aparece primero su virtuosa mujer y acto seguido su rival sin que nadie venga a estorbarles.

—¿Y qué? —le pregunta su amigo a Esclaponville—, ¿ya te empieza a picar la frente?

—Todavía no —contesta el burgués rascándosela, no obstante, sin darse cuenta—, a lo mejor viene aquí a confesarse.

—Entonces esperemos al desenlace —responde su amigo.

No tuvieron que esperar demasiado. Nada más llegar a la deliciosa sombra del oloroso seto, el padre Bosquet se despoja de todo cuanto pudiera constituir un estorbo para los amorosos abrazos que maquina y pone manos a la obra santamente para elevar, quizá ya por trigésima vez, al bueno y honrado de Esclaponville a la altura de los restantes maridos de la ciudad.

—Y bien, ¿ahora lo crees? —le pregunta el amigo.

—Volvamos —responde agriamente Esclaponville—, porque a fuerza de creerlo podría muy bien matar a ese maldito cura y me harían pagarlo más caro de lo que vale; volvamos, amigo mío, y guardadme el secreto, os lo ruego.

Sumido en la mayor turbación, Esclaponville regresa a su casa y su beatífica esposa aparece poco después para comer en su casta compañía.

—¡Un momento! —exclama el burgués, furioso—. Mujer, siendo aún un niño juré a mi padre que nunca me sentaría a la mesa con prostitutas.

—¿Con prostitutas? —le contesta beatíficamente la señora de Esclaponville—. Amigo mío, vuestras palabras me asombran, ¿es que tenéis acaso algo que reprocharme?

—¡Pero cómo, carroña! ¿Que si tengo algo que reprocharos? ¿Qué es lo que habéis ido a hacer esta tarde a los baños con nuestro vicario?

—¡Oh, Dios mío! —responde la dulce esposa—. ¿Sólo es eso? ¿Eso es todo lo que tienes que decirme?

—¡Cómo, diablos, que si es eso todo...!

—Pero, amigo mío, yo he seguido vuestros consejos. ¿No me dijisteis que no había nada de malo en acostarse con gente de la Iglesia, que el alma se purificaba con una intriga tan santa, que era como identificarse con el Ser supremo, hacer que el Espíritu Santo entrara dentro de uno y abrirse, en una palabra, el camino de la beatitud celestial...? Pues bien, hijo mío, yo no he hecho más que lo que me indicasteis, por lo que soy una santa y no una ramera. ¡Ah!, y os añado que si alguna de esas almas elegidas de Dios tiene medios para abrir, como vos decíais, el camino de la beatitud celestial, tiene que ser, sin duda, la del señor vicario, pues yo no había visto nunca una llave tan grande.

# EL CORNUDO DE SÍ MISMO
## O LA RECONCILIACIÓN INESPERADA

Uno de los peores defectos de las personas mal educadas es el de estar siempre aventurando un sinnúmero de indiscreciones, murmuraciones o calumnias sobre todo ser viviente y, por si fuera poco, delante de gente a la que no conocen. Es imposible calcular la cantidad de enredos que son fruto de esa clase de charlatanería, pues, para ser sinceros, ¿quién es el hombre honrado que oye hablar mal de aquello que le conviene y no aprovecha la ocasión que le sale al paso? A los jóvenes no se les inculca suficientemente el principio de un comportamiento sensato, no se les enseña lo bastante a conocer el medio, los nombres, los atributos o las cualidades de las personas con las que han de vivir; en lugar de eso, les enseñan mil estupideces que sólo sirven para que se rían de ellas tan pronto como alcanzan la edad de la razón. Da siempre la impresión de que están educando a unos capuchinos; en todo momento beaterías, supercherías o inutilidades y nunca una máxima de moral oportuna. Peor aún, preguntad a un joven sobre sus verdaderos deberes para con la sociedad, preguntadle sobre lo que se debe a sí mismo y lo que debe a los demás o cómo hay que comportarse para ser feliz. Os contestará que le han enseñado a ir a misa y a recitar las letanías, pero que no comprende nada de lo que le preguntáis, que le han enseñado a bailar y a cantar, pero no a vivir con las demás personas. La presente historia, fruto del defecto que acabamos de señalar, no llegó a hacer correr la sangre, y sólo dio lugar a una simple broma. Para poder contarla con detalle vamos a abusar unos minutos de la paciencia de nuestros lectores.

El señor de Raneville, de unos cincuenta años de edad, poseía uno de esos caracteres flemáticos que no dejan de tener cierto encanto. Se reía poco, pero hacía reír mucho a los demás, y tanto por sus rasgos de mordaz ingenio como por la frialdad con que los deslizaba, sabía encontrar a menudo, bien sólo con su silencio o bien con las graciosas expresiones de su taciturna fisonomía, la clave del secreto para divertir a las tertulias a las que era invitado, mejor cien veces que esos plúmbeos charlatanes, pesados y monótonos, que siempre están dispuestos a contar una historia de la que ya se están riendo una hora antes de empezar y que no son ni siquiera tan afortunados como para entretener a quienes les escuchan. Desempeñaba un cargo bastante lucrativo de recaudador de impuestos, y para consolarse de un funesto matrimonio que antaño había contraído en Orleans, tras dejar allí a su casquivana esposa, se dedicaba a gastar tranquilamente en París veinte o veinticinco mil libras de renta con una bellísima mujer a la que mantenían él y otros amigos tan generosos como él.

La amante del señor de Raneville no era precisamente una muchacha, era una mujer casada y por eso mismo mucho más atractiva, pues, por mucho que se diga, esa pizca de sal del adulterio aporta insospechados alicientes al placer. Era muy hermosa, tenía treinta años y el más bonito cuerpo imaginable. Separada de un marido molesto y anodino, había venido de provincias a buscar fortuna en París, y no había tardado mucho en encontrarla Raneville, libertino por naturaleza, siempre al acecho de cualquier bocado apetitoso, no había dejado que éste se le escapara, y desde hacía tres años, a base de un trato inteligente, de derroches de ingenio y de dinero hacía olvidar a la joven en cuestión todos los pesares que el himeneo había sembrado anteriormente en su camino. Como los dos habían tenido la misma suerte, se consolaban juntos y podían comprobar esa gran verdad que, sin embargo, a nadie le sirve de escarmiento: la de que hay tantos matrimonios fracasados y, por consiguiente, tanta desdicha en el mundo porque unos padres avaros o imbéciles prefieren unir fortunas en vez de unir caracteres, pues, como decía Raneville a menudo a su amante, «no cabe la menor duda de que si el destino nos hubiera unido a ambos en vez de entregaros a vos a un marido tiránico y ridículo y a mí a una desvergonzada, en lugar de haber estado recogiendo espinas durante tanto tiempo, rosas hubieran crecido bajo nuestros pies».

Un asunto sin importancia, que no vale la pena mencionar, condujo cierto día a Raneville a ese poblado cenagoso y malsano llamado Versalles, donde unos reyes que deberían ser objeto de adoración en su propia capital parecen rehuir la presencia de los súbditos que les anhelan, a donde la ambición, la venganza y la soberbia conducen día tras día a multitud de desdichados que, devorados por el hastío, van a ofrecer sacrificios al ídolo del día, donde la flor de la nobleza francesa, que tan importante papel podría desempeñar en sus posesiones, consiente en ir a humillarse en antecámaras, hacer la corte de manera ruin a los suizos de la puerta o mendigar humildemente una cena, peor que la suya propia, en casa de uno de esos individuos a los que la fortuna saca por un instante de las brumas del olvido para sumirlos de nuevo en él poco después.

Terminadas sus gestiones, el señor de Raneville monta de nuevo en uno de esos coches a los que llaman «orinales»[6] y en su interior se encuentra por pura casualidad con un tal señor Dutour, hombre muy parlanchín,

---

[6] *Pot-de-chambre* en el original. Modelo de carruaje de la época. *(N. del T.)*

muy gordo, muy pesado y bromista sempiterno, empleado como el señor de Raneville en el departamento de recaudación de impuestos, pero en Orleans, su tierra, que, como acabamos de decir, era igualmente la del señor de Raneville. Empiezan a charlar y Raneville, que, siempre lacónico, no revela su identidad, ya conoce el nombre, los apellidos, el lugar de nacimiento y los negocios de su compañero de viaje antes de haber pronunciado una sola palabra. Tras estos detalles, el señor Dutour pasa a los de las relaciones personales.

—¿Habéis estado en Orleans, verdad, señor? —le pregunta Dutour—. Creo que me lo acabáis de decir.

—Pasé unos meses allí, pero hace ya tiempo.

—Y, ¿conocisteis, os pregunto, a una tal señora de Raneville, una de las mayores p... que hayan vivido nunca en Orleans?

—¿La señora de Raneville? ¿Una mujer bastante atractiva?

—La misma.

—Sí, la conocí.

—Muy bien, pues os diré confidencialmente que yo pasé con ella unos tres días; así de sencillo. Si hay un marido cornudo puede decirse sin la menor duda que es ese pobre de Raneville.

—Y a él, ¿le conocéis?

—No, en absoluto. Es un tipo despreciable que, según dicen, se dedica a arruinarse en París con rameras y con libertinos como él.

—Nada puedo contestaros a eso, no le conozco, pero compadezco a los maridos cornudos, ¿no lo seréis vos por casualidad, caballero?

—¿Cuál de las dos cosas: cornudo o marido?

—Cualquiera de las dos; ese tipo de cosas van tan unidas hoy en día que, en verdad, es muy difícil apreciar la diferencia.

—Yo estuve casado, señor. Tuve la desgracia de casarme con una mujer que nunca se llevó bien conmigo, como tampoco a mí me agradaba su carácter. Nos separamos amistosamente; ella quiso venir a París para compartir la soledad de una pariente suya, religiosa en el convento de Sainte-Aure y vive en esa residencia desde donde me envía de vez en vez alguna noticia suya, pero no la veo nunca.

—¿Es que es devota?

—No, quizá eso habría sido mejor.

—¡Ah!, ya comprendo. ¿Y nunca habéis sentido curiosidad por enteraros de su salud, en estas ocasiones en que vuestros asuntos os traen a París?

—Pues, para ser sincero, no me gustan los conventos; amigo de la alegría, de la jovialidad, hecho para todo tipo de placer y bien relacionado en sociedad, no me apetece pasar seis meses de convalecencia por visitar una clausura.

—Pero tratándose de una esposa...

—Es una persona que puede resultar atractiva cuando se hace uso de ella, pero de la que hay que saber alejarse sin vacilaciones cuando poderosas razones así nos lo aconsejan.

—En lo que decís hay cierto resentimiento.

—No, en absoluto... hay filosofía... es la moda actual, el lenguaje de la razón, hay que adoptarlo o pasar por tonto.

—Eso hace pensar en algún defecto de vuestra mujer; contestadme esto: defecto de naturaleza, de compatibilidad o de comportamiento.

—De todo un poco... de todo un poco, caballero, pero dejémoslo, os lo ruego, y volvamos a la querida señora de Raneville. Pardiez, no comprendo que hayáis estado en Orleans y no os hayáis divertido con esa criatura... Todo el mundo lo hace.

—No todo el mundo, pues veis que yo no estuve con ella. No me gustan las mujeres casadas.

—Y si no es demasiada curiosidad, ¿puedo preguntaros en qué empleáis vuestro tiempo?

—En primer lugar en mis negocios, y después en una criatura bastante atractiva con la que voy a cenar de vez en vez.

—¿No estáis casado, caballero?

—Sí, lo estoy.

—¿Y vuestra esposa?

—Vive en provincias y allí la dejo como vos dejáis a la vuestra en Sainte-Aure.

—Casado, señor, casado e incluso sois tal vez de la hermandad; contestadme, por favor.

—¿No os he dicho ya que marido y cornudo son dos términos sinónimos? La relajación de las costumbres, el lujo... hay tantas cosas que hacen caer a una mujer.

—Sí, es muy cierto, caballero, es muy cierto. Contestáis como hombre enterado.

—No, en absoluto.

—¿Así que una mujer muy hermosa os consuela, señor, de la ausencia de la esposa repudiada?

—Sí, una mujer muy hermosa, en efecto, y quiero que la conozcáis.

—Señor, es un honor excesivo.

—¡Oh!, nada de cumplidos, caballero. Ya hemos llegado, os dejo libre esta noche para vuestros asuntos, pero mañana os espero sin falta a cenar en esta dirección que aquí os doy.

Raneville tiene buen cuidado de darle un nombre falso y enseguida avisa en su casa para que quien vaya a buscarle preguntando por el nombre que ha dado pueda encontrarle con facilidad.

Al día siguiente, el señor Dutour no falta a la cita, y como se habían tomado todas las precauciones para que incluso con un nombre falso pudiera dar con Raneville en su alejamiento, le encuentra sin dificultad. Tras los cumplidos de rigor, Dutour da muestras de impaciencia al no ver todavía a la divinidad que espera.

—¡Hombre impaciente! —le dice Raneville—, desde aquí puedo ver lo que buscan vuestros ojos... Se os ha prometido una mujer hermosa y ya tenéis ganas de revolotear a su alrededor. No me cabe la menor duda de que acostumbrado a deshonrar la frente de los maridos de Orleans os gustaría tratar del mismo modo a los amantes de París. Apuesto a que os alegraría enormemente ponerme a la misma altura que a ese desdichado de Ranevi-lle, de quien ayer me hablasteis en términos tan elogiosos.

Dutour le contesta como hombre afortunado en amores, fatuo y, por tanto, necio. La conversación se anima un momento y Raneville coge en-tonces de la mano a su amigo:

—Venid —le dice—, hombre implacable; pasad al templo donde os espera la divinidad.

Con estas palabras le hacen entrar en un voluptuoso gabinete donde la amante de Raneville, que ha sido aleccionada para la broma y está al tanto de todo, se hallaba con la más elegante indumentaria, pero tapada con un velo, sobre la otomana de terciopelo. Nada ocultaba la elegancia y la her-mosura de su figura; su rostro era lo único que no se podía ver.

—Una mujer hermosísima, sin lugar a dudas; pero, ¿por qué privarme del placer de poder admirar sus facciones? ¿Es éste, acaso, el serrallo del gran Turco?

—No, de eso ni una sola palabra, es una cuestión de pudor.

—¿Cómo que de pudor?

—Así es. ¿Pensáis que yo iba a contentarme con enseñaros únicamente la figura o el vestido de mi amante? ¿Acaso sería completo mi triunfo si no os pudiera convencer, levantando todos esos velos, de hasta qué punto soy dichoso poseyendo encantos tales? Pero como esta joven es extraordina-riamente recatada se ruborizaría con todos esos detalles. Ha dicho que sí a todo, pero con la condición expresa de permanecer cubierta con un velo. Ya sabéis, señor Dutour, cómo es el pudor y la delicadeza de las mujeres; a un hombre a la moda como vos no tiene uno que enseñarle ese tipo de cosas.

—Entonces, por piedad, ¿vais a dejar que la vea?

—Por completo, ya os lo he dicho, nadie es menos celoso que yo; los placeres que se saborean a solas me resultan insípidos, sólo si puedo com-partirlos me siento dichoso.

Y para hacer honor a sus máximas, Raneville empieza por levantar un pañuelo de gasa que al instante deja al descubierto el más hermoso seno que se pueda contemplar... Dutour comienza a excitarse.

—Y bien —pregunta Raneville—, ¿qué os parece esto?

—Que son los encantos de la mismísima Venus.

—Veis cómo unos pechos tan blancos y tan firmes están hechos para despertar la pasión... tocad, tocad, amigo mío, a veces la vista puede engañarnos, mi opinión en lo que se refiere al placer es que hay que emplear todos los sentidos.

Dutour acerca una mano temblorosa y acaricia extasiado el seno más hermoso del mundo y sigue sin dar crédito a la insólita complacencia de su amigo.

—Ahora más abajo —dice Raneville recogiendo hasta la cintura una falda de vaporoso tafetán, sin que nada se oponga a esta incursión—. Y bien, ¿qué decís de estos muslos? ¿Creéis que el templo del amor puede estar sostenido por columnas más hermosas?

Y Dutour sigue acariciando todo lo que Raneville va dejando al descubierto.

—¡Ah!, bribón, ya se lo que pensáis —prosigue el complaciente amigo—, ese delicado templo que las mismas Gracias han cubierto con un suave musgo... ardéis en deseos de entreabrirlo, ¿verdad? Qué digo, de besarlo, lo apuesto.

Y Dutour cegado... balbuciente... sólo contestaba con la violencia de las sensaciones que se reflejaban en sus ojos; le da ánimos... sus dedos libertinos acarician los pórticos del templo que la voluptuosidad ofrece a sus deseos: da el beso divino que le han permitido y lo saborea durante un largo rato.

—Amigo mío —exclama—, ya no puedo más. O me arrojáis de vuestra casa o dejadme que siga adelante.

—¿Cómo adelante? ¿Y a dónde diablos queréis llegar si se puede saber?

—Ay, cielos, no me comprendéis, me siento ebrio de amor, ya no puedo contenerme por más tiempo.

—¿Y si esta mujer es fea?

—Es imposible que lo sea con encantos tan sublimes.

—Si es...

—Que sea lo que quiera, os lo repito, querido amigo, ya no puedo resistir más.

—Entonces adelante, temible amigo, adelante, apagad vuestra sed ya que os es imprescindible. ¿Me estaréis agradecido al menos por mi liberalidad?

—¡Ah!, infinitamente, no lo dudéis.

Y Dutour apartaba suavemente a su amigo con la mano como para insinuarle que le dejara a solas con aquella mujer.

—¡Oh!, ¿qué os deje? No, no puedo —contesta Raneville—. ¿Tan escrupuloso sois que no podéis hacerlo en mi presencia? Entre hombres no se hace caso de ese tipo de cosas. Además, esas son mis condiciones: o delante de mí o nada.

—Aunque tuviera que ser delante del diablo —contesta Dutour no pudiendo contenerse por más tiempo y precipitándose al santuario en que va a quemar su incienso—; ya que así lo queréis, acepto cualquier cosa...

—Y bien —le pregunta Raneville flemáticamente—, ¿habéis sido engañado por las apariencias?; las delicias que tales encantos os prometían, ¿son reales o ilusorias...?

—¡Ah!, nunca, nunca he visto nada tan voluptuoso. Pero ese maldito velo, amigo mío, ese pérfido velo, ¿no me dejaréis que lo levante?

—Sí, desde luego... en el último momento, en ese momento tan sublime en que todos nuestros sentidos son seducidos por la embriaguez de los dioses, embriaguez que nos hace sentirnos tan dichosos como ellos y, a menudo, incluso superiores. La sorpresa hará más intenso vuestro éxtasis: al placer de gozar de la mismísima Venus añadiréis la inexpresable delicia de contemplar los rasgos de Flora y, todo a un tiempo para colmar vuestra dicha, os sumergiréis así mucho mejor en ese océano de placer en el que el hombre sabe encontrar tan dulcemente el consuelo de su existencia... Me haréis una señal...

—¡Oh!, ya lo estáis viendo —responde Dutour—, me estoy acercando a ese momento.

—Sí, ya lo veo, estáis excitado.

—Excitado hasta tal punto... ¡Oh!, amigo mío, estoy llegando a ese instante sublime; arrancad, arrancad esos velos para que pueda contemplar el mismísimo cielo.

—Ya está —contesta Raneville retirando la gasa—, pero tened cuidado no vaya a ser que al lado de ese paraíso esté el infierno.

—¡Oh, cielos! —exclama Dutour al reconocer a su mujer—, pero cómo... sois vos, señora... caballero, esta pesada broma... mereceríais... esta infame...

—Un momento, hombre fogoso, un momento, vos sois quien os merecéis cualquier cosa. Aprended, amigo mío, que hay que ser algo más circunspecto con la gente a la que no se conoce de lo que ayer fuisteis conmigo. Ese desdichado Raneville a quien tan mal habéis tratado en Orleans... soy yo, señor; pero podéis ver cómo os lo devuelvo en París; por lo demás habéis hecho más progresos de los que creéis, pensabais que yo era el único que tenía cuernos y os los acabáis de poner vos mismo.

Dutour entendió la lección, tendió la mano a su amigo y reconoció que había recibido lo que se merecía.

—Pero esta pérfida...

—Y bien, ¿no hace lo mismo que vos? ¿Cuál es esa bárbara ley que encadena a ese sexo de forma tan inhumana dándonos a nosotros toda la libertad? ¿Es eso equitativo? ¿Y con qué derecho de la naturaleza vais a encerrar a vuestra mujer en Sainte-Aure mientras os dedicáis en París o en Orleans a poner los cuernos a otros maridos? Amigo mío, eso no es justo;

esta adorable criatura, cuyo valor no supisteis apreciar, vino también en busca de otras conquistas. Hizo muy bien y se encontró conmigo; yo la hago feliz, haced vos que lo sea la señora de Raneville, lo acepto, vivamos felices los cuatro y que haya víctimas del destino, pero no de los hombres.

Dutour reconoció que su amigo tenía razón, pero por una inconcebible fatalidad se sintió entonces perdidamente enamorado de su esposa; Raneville, a pesar de su causticidad, era demasiado generoso de corazón para resistir a las súplicas de Dutour para que le permitiera volver junto a su mujer, la joven se mostró conforme y este desenlace singular proporcionó un ejemplo inestimable de los designios del destino y de los caprichos del amor.

# HAY SITIO PARA LOS DOS

Una hermosísima burguesa de la calle Saint-Honoré, de unos veinte años de edad, rolliza, regordeta, con las carnes más frescas y apetecibles, de formas bien torneadas aunque algo abundantes y que unía a tantos atractivos presencia de ánimo, vitalidad y la más intensa afición a todos los placeres que le vedaban las rigurosas leyes del himeneo, se había decidido desde hacía un año aproximadamente a proporcionar dos ayudas a su marido que, viejo y feo, no sólo le asqueaba profundamente, sino que, para colmo, tan mal y tan rara vez cumplía con sus deberes que, tal vez, un poco mejor desempeñados hubieran podido calmar a la exigente Dolmène, que así se llamaba nuestra burguesa. Nada mejor organizado que las citas concertadas con estos dos amantes: a Des-Roues, joven militar, le tocaba de cuatro a cinco de la tarde, y de cinco y media a siete era el turno de Dolbreuse, joven comerciante con la más hermosa figura que se pudiera contemplar. Resultaba imposible fijar otras horas, eran las únicas en que la señora Dolmène estaba tranquila: por la mañana tenía que estar en la tienda, por la tarde a veces tenía que ir allí igualmente o bien su marido regresaba y había que hablar de sus negocios. Además, la señora Dolmène había confesado a una amiga que ella prefería que los momentos de placer se sucedieran así de seguidos: el fuego de la imaginación no se apagaba de esta forma —sostenida—, nada tan agradable como pasar de un placer a otro, no cabía el fastidio de tener que volver a empezar; pues la señora Dolmène era una criatura encantadora que calculaba al máximo todas las sensaciones del amor, muy pocas mujeres las analizaban como ella y gracias a su talento había comprendido que, bien mirado, dos amantes valían mucho más que uno sólo; en cuanto a la reputación, daba casi lo mismo, el uno tapaba al otro, la gente podía equivocarse, podía tratarse siempre del mismo que iba y venía varias veces al día, y en lo que atañe al placer, ¡qué diferencia!

La señora Dolmène tenía un miedo cerval a los embarazos y convencida de que su marido no cometería nunca con ella la locura de estropearle el tipo, había asimismo calculado que con dos amantes existía mucho menos peligro de lo que tanto temía que con uno sólo, pues —decía ella como bastante buena anatomista— los dos frutos se destruyen entre sí.

Cierto día, el orden establecido en las citas se alteró y nuestros dos amantes, que no se habían visto nunca, se hicieron amigos de una manera bastante divertida, como vamos a ver. Des-Roues era el primero, pero había llegado demasiado tarde y, como si fuese cosa del diablo, Dolbreuse, que era el segundo, llegó un poco antes.

El lector inteligente se dará cuenta enseguida de que la combinación de estos dos pequeños errores debía abocarles a un encuentro inevitable; se produjo, por supuesto. Pero mostremos cómo sucedió y si es posible aprendamos de ello con todo el recato y el comedimiento que exige semejante materia, ya de por sí de lo más licenciosa.

A instancias de un capricho bastante singular —y los hombres son propensos a tantos— nuestro joven militar, cansado del papel de amante, quiso interpretar por un momento el de amada; en lugar de tenderse amorosamente abrazado por los brazos de su divinidad, prefirió abrazarla a su vez; en una palabra, lo que suele quedar debajo, él lo puso encima, y tras este intercambio de papeles quien se inclinaba sobre el altar en el que habitualmente tenía lugar el sacrificio era la señora Dolmène, que desnuda como la Venus calipigia y tendida como estaba sobre su amante, enseñaba, en línea recta con la puerta de la habitación en la que se celebraba el misterio, eso que los griegos adoraban con tanta devoción en la estatua que acabamos de citar, esa región tan hermosa, en una palabra, que, sin que tengamos que irnos demasiado lejos para poner un ejemplo, cuenta en París con tantos adoradores. Tal era su postura cuando Dolbreuse, que tenía la costumbre de entrar sin más preámbulos, abre la puerta tarareando una cancioncilla y por todo panorama se le presenta aquello que, según se dice, una mujer verdaderamente honesta no debe nunca mostrar.

Lo que habría colmado de júbilo a tantísima gente, hace retroceder a Dolbreuse.

—¡Qué veo! —exclamó—. ¡Traidora...! ¿Esto es, pues, lo que me reservas?

La señora Dolmène, que en ese preciso instante se encontraba en una de esas crisis en las que la mujer actúa mejor de lo que razona, se apresura a contestar a semejante pretensión:

—Pero, ¿qué diablos te pasa? —pregunta al segundo Adonis sin dejar de entregarse al primero—. No veo por qué ha de decepcionarte nada de esto; no nos molestes, amigo mío, y acomódate aquí, que puedes; como bien puedes ver hay sitio para los dos.

Dolbreuse, que no puede contener su risa ante la sangre fría de su amante, comprendió que lo mejor era seguir su consejo, no se hizo de rogar y parece ser que los tres ganaron con ello.

# EL MARIDO ESCARMENTADO

A un hombre de edad ya madura, por más que hasta ese momento había vivido siempre sin una esposa, se le ocurrió casarse, y lo que tal vez hizo más en contradicción con sus sentimientos fue escoger a una jovencita de dieciocho años con el rostro más atractivo del mundo y el talle más adorable. El señor de Bernac, pues así se llamaba este marido, cometía una increíble estupidez al buscar una esposa, pues era menos versado que nadie en los placeres que procura el himeneo y las manías con que reemplazaba los castos y delicados placeres del vínculo conyugal distaban mucho de agradar a una joven de la manera de ser de la señorita de Lurcie, que así se llamaba la desdichada que Bernac acababa de encadenar a su vida. Y la misma noche de bodas confesó sus gustos a su joven esposa, tras hacerle jurar que no revelaría nada de ello a sus padres; se trataba —como señala el celebre Montesquieu— de ese ignominioso comportamiento que hace retroceder a la infancia: la joven esposa en la postura de una niña merecedora de un correctivo, se prestaba de esa forma, quince o veinte minutos más o menos, a los brutales caprichos de su decrépito esposo, y era con la ilusión de esta escena con lo que él lograba saborear esa sensación de deliciosa embriaguez que todo hombre, con más sanos instintos, de seguro no habría querido sentir más que en los amorosos brazos de Lurcie. La operación le pareció un poco dura a una muchacha delicada, bonita, criada en la comodidad y ajena a toda pedantería; no obstante, como le habían recomendado mostrarse sumisa, pensó que todos los maridos se comportaban igual; tal vez el propio Bernac había alentado esa idea, y ella se entregó con la mayor honestidad del mundo a la depravación de su sátiro; todos los días se repetía lo mismo y a menudo dos veces en vez de una. Al cabo de dos años la señorita de Lurcie, a la que seguiremos llamando con este nombre, ya que seguía siendo tan virgen como el día de su boda, perdió a su padre y a su madre, y con ellos la esperanza de lograr que hicieran más llevaderos sus sufrimientos, cosa que ya había empezado a pensar desde hacía algún tiempo.

Esa pérdida no hizo sino volver a Bernac aún más osado y si, en vida de sus padres, se había mantenido dentro de ciertos límites, cuando ella los perdió y vio que ya no le era posible acudir a nadie que pudiera vengarla, dejó a un lado todo comedimiento. Lo que al principio había parecido simplemente una broma se fue convirtiendo, poco a poco, en una auténtica tortura; la señorita de Lurcie no podía soportarlo por más tiempo, su corazón se fue agriando y no pensó ya más que en la venganza. La señorita de Lurcie veía a muy poca gente, su marido la hacía vivir tan retirada como le resultaba posible; el caballero D'Aldour, primo de ella, a pesar de todas las indirectas de Bernac, nunca había dejado de ir a visitarla; el joven poseía la más hermosa figura del mundo y, no desinteresadamente por cierto, seguía manteniendo con su prima un trato frecuente; el celoso, como era conocidísimo en sociedad, por temor a las burlas, no se atrevía a vedarle la entrada en su casa... La señorita de Lurcie puso sus esperanzas en aquel familiar para librarse de la esclavitud en que vivía; escuchaba los requiebros que día tras día le dirigía su primo y por fin se abrió totalmente a él y se lo confesó todo.

—Vengadme de este infame —le dijo—, y hacedlo por medio de una escena tal que jamás se atreva a divulgarla; el día que así lo hagáis será el de vuestro triunfo, sólo a ese precio he de ser vuestra.

D'Aldour, encantado, se lo promete y su único afán es ya sólo el éxito de una aventura que había de proporcionarle momentos tan gratos. Cuando todo está preparado:

—Señor —le dice un día a Bernac—, tengo el honor de estar demasiado estrechamente ligado a vos y asimismo tengo en vos demasiada confianza como para no revelaros el secreto himeneo que acabo de contraer.

—¿Un himeneo secreto? —le contesta entusiasmado Bernac, viéndose ya libre de un rival que le hacía estremecer.

—Pues sí, señor; acabo de ligar mi destino al de una adorable esposa y mañana es cuando tiene que hacerme feliz; es una muchacha carente de fortuna, lo confieso, pero, ¿qué me importa si yo la tengo por los dos? Me caso, para ser sincero, con toda una familia; son cuatro hermanas que viven juntas, pero como su compañía es tan agradable eso no hace sino aumentar mi felicidad... Me alegraría, señor —prosigue el joven—, que mañana vos y mi prima me hicierais el honor de asistir aunque no fuera más que al banquete de bodas.

—Señor, yo salgo muy poco y mi mujer todavía menos, ambos vivimos en un completo retiro, pero si a ella le apetece yo no tendré nada que objetar.

—Conozco vuestros gustos, señor —contesta D'Aldour—, y os aseguro que seréis servido a la medida de vuestros deseos... A mí la soledad me gusta tanto como a vos; además, como ya os he dicho, tengo buenas razones para ser discreto: será en el campo, hace buen tiempo, todo os es propicio y yo os doy mi palabra de honor de que estaremos completamente solos.

427

Lurcie, en efecto, deja entrever ciertos deseos, su marido no se atreve a llevarle la contraria delante de D'Aldour y la excursión queda fijada.

—¡Teníais que decir que sí a algo semejante! —exclama entre gruñidos tan pronto como se queda a solas con su mujer—. Sabéis perfectamente que todo eso no me importa lo más mínimo, ya me encargaré yo de acabar con esa clase de caprichos y os advierto que tengo la intención de conduciros dentro de poco a una de mis posesiones, donde no volveréis a ver jamás a nadie, excepto a mí.

Y como el pretexto, fundado o no, era un aliciente más para las lujuriosas escenas que el propio Bernac inventaba cuando la realidad no le parecía suficiente, no pierde la ocasión; hace pasar a Lurcie a su habitación y le dice:

—Iremos, sí..., lo he prometido, pero pagaréis caro el deseo que habéis mostrado...

La pobre desdichada, creyéndose ya cerca del desenlace, lo soporta todo sin queja alguna.

—Haced lo que os plazca, señor —dice humildemente—; me habéis concedido una gracia y sólo os debo por mi parte agradecimiento.

Tanta ternura y tanta resignación hubieran desarmado a cualquiera, salvo a un corazón petrificado por el vicio como el del libertino Bernac, pero nada le detiene, se siente dichoso y luego se acuestan en silencio; a la mañana siguiente, D'Aldour, cumpliendo lo acordado, va a recoger a los esposos y se ponen en marcha.

—¿Veis? —dice el joven primo de Lurcie al entrar con el marido y su mujer en una casa extraordinariamente apartada—. Podéis comprobar que esto no se parece en nada a una fiesta pública; ni un coche ni un lacayo, estamos, como os dije, completamente solos.

En ese momento, cuatro corpulentas mujeres, de unos treinta años de edad más o menos, fuertes, llenas de vigor y de cinco pies y medio de estatura cada una, aparecen bajando la escalera y dan la bienvenida de la manera más cortés al señor y a la señora de Bernac.

—Ésta es mi mujer, señor —dijo D'Alcour, presentándole a una de ellas—, y estas otras tres son sus hermanas; nos hemos casado esta mañana en París al despuntar el alba y os esperamos para celebrar la boda.

Todo discurre en medio de recíprocas cortesías; tras unos minutos de tertulia en el salón, donde Bernac se convence con gran admiración por su parte de que están tan solos como se pueda desear, un criado llama para el almuerzo y se sientan a la mesa; nada tan animado como la comida, las cuatro presuntas hermanas, muy dadas a las frases ingeniosas, hicieron gala de toda la vivacidad y alegría imaginables, pero como ni por un momento olvidaron la debida corrección, Bernac, completamente engañado, se creía en la mejor compañía del mundo; entretanto, Lurcie, rebosante de felicidad viendo cómo le llegaba su hora a su tirano y desesperadamente decidida a poner punto final a una continencia que hasta aquel momento no le había acarreado más que lágrimas y sufrimientos, se divertía con su primo y lo celebraban con champaña, a la vez que le colmaba de las más tiernas miradas; nuestras heroínas, que tenían que hacer acopio de fuerzas, bebían y reían por su lado, y Bernac, dejándose llevar y no viendo más que pura y simple alegría en todo aquello, tampoco se mostraba mucho más comedido que los demás. Pero como no había que perder la cabeza, D'Aldour les interrumpe oportunamente y propone que vayan a tomar café.

—Por cierto, primo —le dice cuando ya lo han tomado—, os ruego que os dignéis recorrer mi casa, sé que sois hombre de buen gusto, la he comprado y amueblado expresamente para mi matrimonio, pero temo que no he hecho muy buen negocio y, si no os importa, podríais darme vuestra opinión.

—Con mucho gusto —responde Bernac—, nadie entiende de esas cosas tanto como yo y veréis cómo acierto a calcularos el total con una diferencia de diez luises, os lo apuesto.

D'Aldour se adelanta hacia la escalera dando la mano a su hermosa prima; Bernac queda entre las cuatro hermanas y en ese orden llegan a una alcoba, muy apartada y sombría, al otro extremo de la casa.

—Ésta es la cámara nupcial —le dice D'Aldour al viejo celoso—. ¿Veis este lecho, primo?, pues aquí es donde vuestra esposa va a dejar de ser virgen. ¿No es ya hora de que no siga esperando?

Ésa era la señal: al instante las cuatro impostoras se abalanzan sobre Bernac, armada cada una con un haz de varas; le bajan los calzones, dos de ellas le sujetan y las otras dos se turnan para azotarle, y mientras se afanan en ello con todas sus fuerzas:

—Querido primo —le grita D'Aldour—, ¿os dije que seríais servido a la medida de vuestros deseos? Pues para complaceros no se me ha ocurrido nada mejor que devolveros lo que dais todos los días a vuestra adorable esposa; no vais a ser tan bárbaro como para infligir algo que os gustaría recibir vos mismo, por lo que me alegro de poder trataros con tanta galantería; no obstante, aún sigue faltando otra circunstancia para la ceremonia: mi prima, según creo, a pesar de vivir con vos desde hace ya mucho tiempo, sigue siendo tan virgen como si os hubierais casado ayer mismo; un descuido semejante por vuestra parte no puede proceder más que de la ignorancia; apuesto a que es que no sabéis cómo hacerlo... Pues os lo voy a enseñar, amigo mío.

Y con estas palabras, al compás de la agradable música, el apuesto primo arroja a su prima sobre el lecho y la hace mujer a la vista de su indigno esposo... Sólo entonces la ceremonia concluye.

—Señor —dice D'Aldour a Bernac, descendiendo del altar—, tal vez la lección os parecerá un poco fuerte, pero convendréis en que la injuria lo era por lo menos otro tanto; yo ni soy ni quiero ser el amante de vuestra esposa, señor, aquí la tenéis, os la devuelvo, pero os recomiendo que en el futuro os comportéis con ella de una manera más digna; si no fuera así, ella hallaría de nuevo en mí a un vengador que no os trataría ya con tantos miramientos.

—Señora —exclama Bernac enfurecido—, en verdad este proceder...

—Es el que os habéis merecido, señor —le contesta Lurcie—; pero si no estáis conforme con él, sois muy dueño de divulgarlo, los dos expondremos nuestras razones y ya veremos de cuál de los dos se ríe el público.

Bernac, confuso, reconoce sus errores, no intenta inventarse más sofismas para legitimarlos y se arroja a los pies de su esposa para implorar perdón. Lurcie, dulce y generosa, le hace levantar y le abraza, los dos regresan a su casa e ignoro qué medios empleó Bernac, pero desde aquel momento la capital no conoció nunca una pareja más íntima, unos amigos más tiernos y un marido más virtuoso.

# EL MARIDO CURA

*Cuento provenzal*

Entre la villa de Menerbe, en el condado de Aviñón, y la de Apt, en Provenza, existe un pequeño convento de carmelitas, muy apartado, que se llama Saint-Hilaire, asentado en la cima redondeada de una montaña en la que a las mismísimas cabras les resulta difícil pastar; esa pequeña residencia es, viene a ser, como la cloaca de todas las comunidades cercanas del Carmelo, todas relegan allí cuanto las deshonra, por lo que fácil es juzgar lo refinada que debía de ser la sociedad de semejante casa: bebedores, mujeriegos, sodomitas, tahúres, tal es, poco más o menos, la noble composición de los recluidos que en ese escandaloso asilo ofrecen a Dios, como pueden, unos corazones que el mundo desecha. Uno o dos castillos cercanos y el burgo de Menerbe, que está a sólo una legua de Saint-Hilaire, ésa es toda la compañía de esos buenos religiosos, que, a pesar de su hábito y de su condición, distan mucho de encontrar abiertas todas las puertas de sus alrededores.

Desde hacía mucho tiempo, el padre Gabriel, uno de los santos de aquel cenobio, codiciaba a cierta mujer de Menerbe, cuyo marido, cornudo si alguna vez hubo alguno, era el señor Rodin. La señora Rodin era una jovencita morena, de veintiocho años de edad, mirada pícara, y que tenía todas las trazas de ser un excelente bocado de monje. En cuanto al señor Rodin, era un buen hombre que cultivaba su hacienda sin abrir la boca; había sido tratante de paños, había sido también funcionario municipal; era, pues, lo que se llama un honesto burgués. No demasiado seguro de la castidad de su tierna mitad, era, sin embargo, lo bastante filósofo como para saber que la mejor manera de contener el crecimiento excesivo de un «tocado» de marido, es la de dar la impresión de no sospechar que se lleva. Había estudiado para ser cura, hablaba latín como Cicerón y jugaba a las damas muy a menudo con el padre Gabriel, quien, como hábil y solícito cortesano, sabía que hay que hacer siempre un poco la corte al marido de la mujer que se desea. El padre Gabriel era el verdadero semental de los hijos de Elías: al verle se hubiera podido decir que toda la raza humana podía delegar en él con tranquilidad el cuidado de su reproducción; hacedor de niños, si hubo uno alguna vez con unas sólidas espaldas, una cintura del diámetro de una vara, un rostro negro y tostado por el sol, las cejas como las de Júpiter, seis pies de estatura, y en cuanto a lo que caracteriza especialmente a un carmelita, de un tamaño, que, según decían, igualaba al de los mejores mulos de la provincia. ¿A qué mujer no le va a gustar soberanamente semejante bigardo? Y por esto mismo agradaba en sumo grado a la señora Rodin, que distaba mucho de encontrar tan sublimes facultades en el pobre diablo que sus padres le habían dado por esposo. El señor Rodin, ya lo dijimos, fingía cerrar los ojos a todo, pero no por eso se sentía menos celoso, no despegaba los labios, pero seguía allí, y seguía estando allí en ocasiones en que le hubiera deseado muy lejos; la fruta, no obstante, estaba madura. La candorosa Rodin había confesado lisa y llanamente a su amante que ya sólo esperaba la ocasión para corresponder a unos deseos que le parecían demasiado fogosos como para reprimirlos por más tiempo, y por su parte, el padre Gabriel había hecho saber a la señora Rodin que estaba dispuesto a satisfacerla... En un brevísimo intervalo en que Rodin había tenido que salir, Gabriel había llegado a enseñarle a su encantadora amante esa clase de cosas que hacen que una mujer se decida por mucho que lo siga dudando... No faltaba, pues, más que la ocasión.

Un día que Rodin había ido a invitar a almorzar a su amigo de Saint-Hilaire, con la intención de proponerle una cacería, tras vaciar varias botellas de vino de Lanerte, Gabriel creyó ver en esa circunstancia el momento propicio para su deseos.

—Oh, diablos, señor funcionario —dice el monje a su amigo—, ¡cómo me alegro de veros! No habríais podido venir, para mí, más oportunamente, pues hoy tengo un asunto de la mayor importancia en el que me vais a ser de una utilidad incomparable.

—¿De qué se trata, padre?

—¿Conocéis a un tipo de nuestra ciudad llamado Renoult?

—¿Renoult el sombrerero?

—El mismo.

—¿Y qué?

—Pues que ese bribón me debe cien escudos y me acabo de enterar hace un momento que se encuentra al borde de la quiebra; tal vez mientras os lo estoy contando se ha ido ya del condado... Tengo que ir allí sin pérdida de tiempo y no puedo.

—¿Qué os lo impide?

—Mi misa, ¡qué diablos!, la misa que tengo que decir; preferiría que la misa se fuera al infierno y que los cien escudos estuvieran en mi bolsillo.

—Pero, ¿no os pueden conceder una dispensa?

—Oh, sí, una dispensa, ¡no faltaba más! Nosotros aquí somos tres; si no dijéramos tres misas cada día, el portero, que no dice nunca ni una, nos denunciaría al tribunal de Roma. Pero hay un modo de ayudarme, querido amigo, pensad si queréis hacerlo, sólo depende de vos.

—A vuestra disposición, ¡qué diablos! ¿De qué se trata?

—Yo estoy aquí sólo con el sacristán; como las dos primeras misas ya se han celebrado, nuestros monjes están fuera y nadie sospechará la jugada, la asistencia será poco numerosa, algunos campesinos y todo lo más, tal vez, esa jovencita tan devota que vive en el castillo de..., a media legua de aquí, criatura angelical que se cree que a fuerza de penitencias puede expiar todas las calaveradas de su marido; vos habéis estudiado para ser cura, creo que eso me dijisteis.

—Es cierto.

—Muy bien, entonces habréis tenido que aprender a decir misa.

—La digo como un arzobispo.

—Oh, mi querido y excelente amigo —prosigue Gabriel, lanzándose al cuello de Rodin— por Dios, poneos mis hábitos, esperad a que den las once, ahora son las diez, a esa hora celebrad mi misa, os lo ruego; nuestro hermano el sacristán es un buen tipo que no nos traicionará jamás; a los que hayan creído no reconocerme se les dirá que se trata de un monje nuevo, a los demás se les dejará en su error; corro a casa de ese pillo de Renoult, a matarle o a recuperar mi dinero y dentro de dos horas estoy aquí. Me esperáis, os encargáis de que fríen los lenguados, de que guisen los huevos y de que saquen el vino; cuando vuelva, almorzamos y a la caza... Sí, amigo mío, a la caza, y estoy seguro de que esta vez será magnífica; según se dice, han visto hace poco por estos alrededores a una bestia con cuernos, ¡pardiez, me gustaría atraparla, aunque eso nos cueste veinte pleitos con el señor de la comarca!

—Vuestro plan es bueno —contesta Rodin— y por haceros un favor haría lo que fuera, sin duda; pero, ¿no será eso pecado?

—¿Pecado, amigo mío? En absoluto, tal vez sería pecado si al hacerlo se hace mal, pero haciéndolo desprovisto de poderes, todo lo que digáis y nada será la misma cosa. Creedme, soy todo un casuista; en todo este asunto no hay lo que se dice ni un pecado venial.

—Pero, ¿habrá que pronunciar las palabras?

—¿Y por qué no? Esas palabras no guardan su virtud más que en nuestros labios, y por cierto que la nuestra es..., pero, amigo mío, mirad, yo podría pronunciar esas palabras sobre el bajo vientre de vuestra mujer y metamorfosearía en un dios al templo en donde hacéis vuestros sacrificios... No, no, querido amigo, sólo nosotros tenemos el poder de la transustanciación; vos podríais pronunciar veinte mil veces esas palabras y nunca conseguiríais que descendiera cosa alguna; e incluso con nosotros la operación carece muy a menudo de toda eficacia; la fe es lo que lo hace todo en este caso; con un grano de fe se podrían mover montañas, Jesucristo lo dijo, como bien sabéis, pero quien no tiene fe, no consigue nada... Yo, por ejemplo, que, a veces, cuando estoy celebrando, pienso más en las muchachas o en las mujeres que asisten a ella que en ese demonio de pedazo de masa que remuevo con mis dedos, ¿creéis que consigo que venga algo en ese momento...? Me sería más fácil creer en el Corán que meterme eso en la cabeza. Por eso vuestra misa será, por poco que hagáis, tan buena como la mía; así, pues, querido amigo, obrad sin escrúpulos, y sobre todo mucho valor.

—¡Diantre! —exclama Rodin—. Es que tengo un hambre devoradora y dos horas más sin comer...

—¿Y qué os impide tomar un bocado? Tomad, comed esto.

—¿Y la misa que tengo que decir?

—Diablos, ¿qué importa eso? ¿Creéis que Dios va a ensuciarse más porque caiga en un estómago lleno que en un vientre vacio? Que la comida esté encima o que esté debajo, que me lleve el diablo si no da lo mismo; vamos, amigo mío, si fuera a decir a Roma todas las veces que desayuno antes de decir mi misa, tendría que pasarme la vida por los caminos. Y como no sois sacerdote, nuestras reglas no os obligan, no vais más que a dar una imagen de la misa, no vais a decirla; por consiguiente, podéis hacer todo lo que os apetezca antes o despúes, incluso besar a vuestra mujer si viniera aquí; no se trata de hacer como hago yo, no se trata de celebrar ni de consumar el sacrificio.

—Venga —contesta Rodin—, lo haré, estad tranquilo.

—Bien —dice Gabriel mientras sale corriendo, tras dejar a su amigo bien recomendado al sacristán—. Contad conmigo, amigo mío, antes de dos horas estaré con vos —y el monje, encantado, desaparece.

Como bien se comprenderá, va a toda prisa a casa de la mujer del funcionario; ésta, sorprendida al verle, creyéndole con su marido, le pregunta el motivo de una visita tan inesperada.

—Démonos prisa, querida mía —le contesta el monje, jadeando—; démonos prisa, sólo disponemos de un momento... un vaso de vino y manos a la obra.

—Pero, ¿y mi marido?

—Está diciendo misa.

—¿Que está diciendo misa?

—Pues sí, diablos, pues sí, preciosa —contesta el carmelita, derribando a la señora Rodin sobre su lecho—; sí, alma querida, he hecho de vuestro marido un cura y mientras el tunante celebra un misterio divino, démonos prisa y consumemos uno profano...

El monje era vigoroso y era difícil resistírsele cuando apresaba a una mujer; sus razones, además, eran tan convincentes que persuade a la señora Rodin, y como no se cansaba de convencer a una picaruela de veintiocho años y temperamento provenzal, renueva más de una vez sus demostraciones.

—Pero, ángel mío —exclama al fin la bella, perfectamente convencida—, sabes que el tiempo apremia... tenemos que separarnos; si nuestro placer no puede durar más que una misa, hace ya tiempo que debe haber llegado al *ite missa est.*

—No, no, amiga mía —contesta el carmelita, que aún tiene otro argumento que exponer a la señora Rodin—; ven, corazón mío, tenemos mucho tiempo, una vez más, querida amiga, una vez más, esos novicios no van tan deprisa como nosotros... Una vez más, te digo, apostaría a que ese cornudo todavía no ha elevado a su dios.

Tuvieron, sin embargo, que separarse, no sin antes prometer que se volverían a ver; se pusieron de acuerdo sobre algunas otras tretas y Gabriel marchó a recoger a Rodin; éste había celebrado tan bien como un obispo.

—Sólo la bebida —le dijo— me han costado algún trabajo; yo quería comer en lugar de beber, pero el sacristán no me ha dejado. ¿Y los cien escudos, padre?

—Ya los tengo, hijo mío; el bribón intentó resistir, yo agarré una horquilla y a fe mía que la probó en su cabeza y por todas partes.

La partida acaba, nuestros dos amigos se van a cazar y a la vuelta Rodin cuenta a su mujer el servicio que ha prestado a Gabriel.

—Yo celebraba la misa —decía el pobre pánfilo, riéndose con todas sus fuerzas—, sí, diantre, yo celebraba la misa como un auténtico cura, mientras que nuestro amigo le medía a Renoult las espaldas con una horquilla... Le devolvía sus armas, ¿qué te parece, vida mía?, se las ponía sobre la frente; ¡ah, mujercita querida, qué divertida es toda esta historia y cómo me hacen reír los cornudos! Y tú, mujer, ¿qué hacías mientras yo estaba celebrando?

—Ah, amigo mío —contesta la mujer del funcionario—, parece como si el cielo nos hubiera inspirado, fíjate cómo las cosas celestiales nos tenían ocupados a ambos sin que lo sospecháramos: mientras tú decías misa, yo recitaba esa hermosa plegaria que contesta la Virgen a Gabriel cuando éste va a anunciarle que quedará encinta por la intervención del Espíritu Santo. Ay, amigo mío, mientras que tan virtuosas acciones nos entretengan a los dos a la vez, no cabe la menor duda de que nos salvaremos.

# LA CASTELLANA DE LONGEVILLE
## O LA MUJER VENGADA

En la época en que los señores vivían despóticamente en sus dominios, en aquellos gloriosos tiempos en los que Francia albergaba dentro de sus fronteras a una infinidad de soberanos en lugar de treinta mil vil esclavos postrados delante de un solo rey, vivía en medio de sus posesiones el señor de Longeville, dueño de un feudo bastante extenso en los alrededores de Fimes, en la Champagne. Tenía a su lado a una mujercita morena, vivaracha, impulsiva, no demasiado hermosa, pero pícara y apasionadamente enamorada del placer: la castellana tendría entre unos veinticinco a veintisiete años y señor, como mucho, unos treinta; casados desde hacía diez y muy en la edad ambos de procurarse alguna distracción que rompiera el tedio del himeneo, trataban de proveerse en la vecindad de lo mejor que podían. El burgo, o mejor el villorrio, de Longeville no ofrecía demasiados alicientes; con todo, una joven granjera de dieciocho años, tierna y apacible, había encontrado la forma de complacer al señor y desde hacía ya dos años se las arreglaba con ella del modo más satisfactorio.

Louison, que así se llamaba la adorable tórtola, iba a pasar todas las noches con su señor utilizando una escalera secreta practicada en una de las torres, que daba a los aposentos del patrón, y por las mañanas levantaba el campo antes de que la señora entrara en la habitación de su esposo, cosa que acostumbraba a hacer para el almuerzo.

La señora de Longeville no ignoraba en modo alguno la incongruente conducta de su marido, pero como se sentía muy a gusto pudiendo distraerse también por su lado, no decía ni una palabra; no hay nada tan apacible como las esposas infieles, pues ponen tanto empeño en ocultar sus propios pasos que vigilan los del prójimo infinitamente menos que las mojigatas. Un molinero de los alrededores llamado Colás, un joven bribón entre dieciocho y veinte años, blanco como su propia harina, musculado como su mulo y bello como la rosa que crecía en un pequeño jardín, se deslizaba cada noche, como Louison, por un gabinete contiguo al dormitorio de la señora y, a continuación, cuando todo quedaba en silencio en el castillo, dentro de su lecho. No se hubiera podido encontrar nada más tranquilo que estas dos encantadoras parejas; si el diablo no se hubiera metido por medio, estoy seguro de que se les habría puesto como «ejemplo» a toda la Champagne.

No os riáis, lector, no os riáis de la palabra «ejemplo»; a falta de virtud, el vicio recatado y oculto puede hacer sus veces. ¿No resulta tan plausible como acertado pecar sin escandalizar a los demás? Y así, pues, ¿qué peligros puede entrañar el mal si no se le conoce? Veamos, juzgad, por muy irregular que pueda parecer ese comportamiento, ¿acaso no es preferible el panorama que nos ofrecen las costumbres actuales? ¿No preferís al dueño y señor de Longeville cómoda y silenciosamente recostado en los amorosos brazos de su hermosa granjera y a su respetable esposa en los brazos de un guapo molinero, sin que nadie más esté enterado de su felicidad, a una de nuestras duquesas parisinas que cada mes cambian públicamente de galán o se entregan a sus lacayos, mientras el señor derrocha doscientos mil escudos al año con una de esas criaturas a las que el lujo sirve de máscara, viles por naturaleza y corrompidas incluso por la virtud? Lo repito, pues, sin la discordia que pronto vino a derramar su ponzoña sobre estos cuatro elegidos del amor, nada tan dulce y tan discreto como su afortunado acuerdo.

Pero el señor de Longeville, que tenía como tantos maridos injustos la cruel pretensión de ser feliz y de que no lo fuera su mujer; el señor de Longeville, que creía como las perdices que nadie le veía porque escondía la cabeza, descubrió la intriga de su mujer y, como si su propia conducta no justificara sobradamente aquella que tanto censuraba, no le hizo ninguna gracia.

Del descubrimiento a la venganza en un espíritu celoso no hay más que un paso. El señor de Longeville optó por no decir nada y desembarazarse del bribonzuelo que infamaba su frente; que me ponga los cuernos —se decía a sí mismo— un hombre de mi propio rango..., pase..., ¡pero un molinero! ¡Oh!, señor Colás, habréis de tener la bondad, os suplico, de iros a moler a otro molino, pues no ha de decirse que el de mi mujer sigue abierto para vuestra semilla.

Y como el odio de aquellos pequeños déspotas soberanos revestía siempre la máxima crueldad, como estaban acostumbrados a abusar del derecho de vida y muerte que las leyes feudales les otorgaban sobre sus vasallos, el señor de Longeville decidió ni más ni menos que arrojar al pobre Colás al foso inundado que rodeaba su mansión.

—Clodomiro —dijo un día a su cocinero mayor, tú y tus muchachos tenéis que librarme del villano que mancilla el lecho de mi mujer.

—Eso está hecho, señor —contestó Clodomiro—; si así lo deseáis, le degollamos y os lo servimos trinchado como un cochinillo.

—No, no, amigo mío —respondió el señor de Longeville—; basta con meterle en un saco cargado de piedras y bajarle con ese equipaje al fondo del foso del castillo.

—Así lo haremos.

—Muy bien, pero antes que nada hay que atraparle y aún no le tenemos.

—Ya le agarraremos, señor; muy mañoso tendría que ser para que se nos escapara; ya le agarraremos, os lo aseguro.

—Esta noche vendrá a las nueve —continuó el esposo ofendido—, cruzará el jardín, de allí pasará a las salas del primer piso, se esconderá en el gabinete que está al lado de la capilla y permanecerá allí agazapado hasta que la señora crea que yo ya me he dormido, vaya a sacarle y le conduzca a su dormitorio; debemos dejarle hacer todas esas maniobras, nos conformaremos con estar al acecho y cuando se crea a salvo le echamos la mano encima y le mandamos a beber para que apague así su ardor.

Ningún plan mejor tratado que éste y el pobre Colás hubiera sido ciertamente pasto de los peces si todo el mundo hubiese sido discreto; pero el barón se había confiado a demasiada gente y fue traicionado: un joven ayudante de la cocina, que adoraba a su patrona y que tal vez incluso aspiraba a compartir un día sus favores con el molinero, dejándose llevar más por los sentimientos que su ama le inspiraba que por los celos que le habrían hecho sentirse encantado por la desgracia de su rival, corrió a dar aviso de todo lo que acababa de tramar y fuere compensado por ello con un beso y dos relucientes escudos de oro que para él valían menos que el beso.

—Desde luego —exclamó la señora de Longeville, cuando se quedó a solas con aquella de sus doncellas que colaboraba en su intriga—, el señor es un hombre bien injusto... Pues ¡qué!, él hace lo que quiere, yo no digo ni una palabra y le parece mal que me resarza de todos los días de ayuno que me hace padecer. ¡Ah!, no voy a tolerarlo, amiga mía, no lo toleraré. Escucha, Jeannette, ¿estás dispuesta a ayudarme en el plan que he concebido para salvar a Colás y para atrapar al señor?

—Por supuesto, señora, no tenéis más que ordenar y haré cuanto digáis; ese pobre Colás es un muchacho tan apuesto..., nunca vi a ningún otro con unos riñones tan sólidos ni con unos colores tan frescos. Oh, sí, señora, claro que sí, yo os ayudaré. ¿Qué hay que hacer?

—Tienes que ir sin pérdida de tiempo —le explica la dama— a avisar a Colás para que no se deje ver por el castillo si yo no se lo ordeno, y pedirle de mi parte que te deje toda la ropa que suele ponerse cuando viene aquí; cuando tengas el traje, Jeannette, vas a buscar a Louison, la bienamada de mi pérfido, y le dices que vas a ella de parte del señor, que él le pide que se ponga la ropa que llevarás en tu delantal, que no venga esta vez por el camino habitual, sino por el jardín, por el patio y por las salas del primer piso, y que tan pronto como llegue a la casa se esconda en el gabinete que hay al lado de la capilla[7] hasta que el señor vaya a buscarla, y a las preguntas

---

[7] Todas esas dependencias existen todavía en el castillo de Longeville. *(N. del A.)*

que sin duda ha de hacerte sobre todos estos cambios, le contestarás que se deben a los celos de la señora, que se ha enterado de todo y que hace que la espíen por el camino que sigue habitualmente. Si se asusta, la tranquilizas, le haces algún regalo y sobre todo le insistes en que no deje de acudir, pues el señor tiene que hablarle esta noche de cosas de la mayor trascendencia en relación con la escena de celos de la señora.

Jeannette sale, cumple los dos encargos a las mil maravillas, y a las nueve de la noche la desdichada Louison es quien se halla, bajo la indumentaria de Colás, en el gabinete en donde esperan sorprender al amante de la señora.

—¡Adelante! —ordena el señor de Longeville a sus secuaces, que con él a la cabeza no habían dejado de estar al acecho—. ¡Adelante! Todos lo habéis visto como yo, ¿verdad, amigos míos?

—Sí, monseñor; pardiez que es un guapo muchacho.

—Abrid la puerta de golpe, le arrojáis unas toallas por la cabeza para impedir que grite, le metéis en el saco y le echáis al agua sin más miramientos.

Todo es ejecutado al pie de la letra, taponan de tal forma la boca de la infortunada cautiva que le es imposible darse a conocer; la envuelven en el saco, en cuyo fondo han tenido buen cuidado de meter gruesos pedruscos, y por la misma ventana del gabinete en que se ha efectuado la captura la arrojan en medio del foso. Concluida la operación, todos se retiran y el señor de Longeville se dirige a toda prisa a su alcoba para recibir a su damisela que, según él no debía tardar en llegar y a la que estaba bien lejos de imaginar depositada en un sitio tan fresco. Transcurre la mitad de la noche y nadie aparece; como había una espléndida luz de luna, nuestro amante, inquieto, decide ir a ver en persona a casa de su amada qué es lo que puede retenerla así, sale, y en ese intervalo la señora de Longeville, que no perdía ninguno de sus pasos, corre a instalarse en el lecho de su marido. Al señor de Longeville le dicen en casa de Louison que ésta había salido de allí como de costumbre y que sin duda está ya en el castillo; no le dicen nada del disfraz, porque Louison no se lo había contado a nadie y había salido sin que la vieran; el patrón regresa y como la vela que había dejado en su dormitorio se había apagado, se acerca a la cama para tomar una mecha y volverla a encender; al aproximarse percibe una respiración, y no le cabe la menor duda de que su querida Louison habría llegado mientras él estaba buscándola y al no verle en su alcoba, se había acostado impaciente; no lo piensa dos veces y enseguida está entre las sábanas, acariciando a su esposa con los requiebros y dulces efusiones que solía emplear con su querida Louison.

—¡Cuánto me has hecho esperar, vida mía...! Pero, ¿dónde estabas, mi querida Louison...?

—¡Pérfido! —exclama entonces la señora de Longeville, descubriendo la luz de una linterna sorda que tenía escondida—. Ya no me cabe ninguna duda sobre tu conducta, aquí tienes a tu esposa y no a la p... a la que das lo que a nadie más que a mí le pertenece.

—Señora —le contesta el marido sin inmutarse—, creo que yo soy dueño de mis actos, y más cuando me engañáis de forma tan evidente.

—¿Engañaros, señor? ¿Y en qué si puede saberse?

—¿Creéis que no conozco vuestra intriga con Colás, uno de los más infames labradores de mis tierras?

—Yo, señor —contesta arrogantemente la castellana—, rebajarme yo hasta ese punto, vos sois un lunático, no ha habido jamás ni una sola palabra de lo que estáis diciendo y os desafío a que me lo probéis.

—A decir verdad, señora, eso va a resultar difícil a estas alturas, pues acabo de hacer arrojar al agua al miserable que me deshonraba y no le volveréis a ver mientras viváis.

—Señor —replica la castellana con más descaro aún—, si a causa de tales suposiciones habéis hecho arrojar a un desdichado al agua, no cabe duda de que sois culpable de una tremenda injusticia, pues si, según decís, ha recibido ese castigo sólo por venir al castillo, mucho me temo que os habéis equivocado, porque no puso los pies en él en toda su vida.

—¡Pues qué, señora!, me haréis creer que estoy loco...

—Aclarémoslo, señor, aclarémoslo, no hay nada más fácil, mandad vos mismo a Jeanette a buscar a ese campesino del que estáis tan errónea y ridículamente celoso y veremos cuál es el resultado.

El barón acepta, Jeannette se va y vuelve con Colás, que está sobre aviso. El señor de Longeville se frota los ojos al verle, ordena que todo el mundo se levante y que vayan a averiguar al instante quién es, en tal caso, el individuo al que ha ordenado arrojar al foso; se dan prisa, pero vuelven sólo con un cadáver, el de la desdichada Louison, que descubren a los ojos de su amante.

—¡Oh, cielos! —exclama el barón—. Una mano desconocida interviene en todo esto, pero yo no me quejaré de sus golpes, pues es la Providencia quien la dirige. Seáis vos, señora, o sea quien sea la causa de esta equivocación, renuncio a averiguarlo; ya os habéis desembarazado de aquella que os causaba tantas inquietudes, libradme asimismo de quien me las procura a mí y que Colás desaparezca de la comarca. ¿Estáis de acuerdo, señora?

—Más aún, señor; me uno a vos para ordenárselo: que la paz renazca entre nosotros, que el amor o la estima recobren su albedrío y que nada pueda destruirlos en el futuro.

Colás se marchó y no regresó nunca más. Louison fue enterrada y desde entonces nunca se vio en toda Champagne a unos esposos más unidos que el señor y la señora de Longeville.

# LOS ESTAFADORES

Siempre existió en París una clase de individuos, extendida por todo el mundo, cuyo único oficio es el de vivir a costa de los demás: no hay nada tan habilidoso como las múltiples maniobras de estos intrigantes, no hay nada que no inventen, nada que no tramen para atraer, de una manera o de otra, a la víctima a sus malditas redes; mientras que el grueso de su ejército trabaja en la ciudad, unos destacamentos revolotean por sus alrededores, se desparraman por los campos y viajan sobre todo en los transportes públicos; una vez expuesta esta triste situación de forma inamovible, volvemos a la inexperta joven a la que pronto lloraremos cuando la veamos en tan perversas manos. Rosette de Flarville, hija de un buen burgués de Ruán, a fuerza de súplicas acababa al fin de obtener el permiso de su padre para ir a pasar el carnaval en París a casa de un tal señor Mathieu, tío suyo, rico usurero que vivía en la calle Quincampoix. Rosette, aunque un poco lerda, tenía no obstante dieciocho años cumplidos, una figura encantadora, era rubia, con grandes ojos azules, una piel resplandeciente y su seno, bajo una leve gasa, anunciaba a todo buen conocedor que lo que la muchacha guardaba a cubierto valía por lo menos tanto como lo que se podía ver... La separación no se efectuó sin lágrimas: era la primera noche que el amoroso papá se separaba de su hija; ella era sensata, ya estaba en condiciones de saber comportarse, iba a casa de un bondadoso pariente y en Pascua tenía que regresar; todo esto era motivo de consuelo, pero Rosette era muy bonita, Rosette era muy confiada y marchaba a una ciudad peligrosísima para el sexo débil de provincias que arriba a ella inocente y lleno de virtud. No obstante, la bella parte, provista de todo lo que se necesita para brillar en París dentro de su reducida esfera y con alhajas y regalos más que suficientes para el tío Mathieu y para las primas, sus hijas; Rosette es recomendada al cochero, su padre la abraza, el cochero fustiga los caballos y todos lloran, pero el cariño de los hijos tendría que ser tan tierno como el de los padres; la naturaleza consiente que los primeros encuentren en los placeres a los que se entregan la distracción necesaria para alejarse involuntariamente de los autores de sus días y para que en sus corazones se vayan enfriando los sentimientos de ternura, más puros y ardientes y de una sinceridad totalmente distinta en el alma de los padres y de las madres que, casi rozando esa fatal indiferencia que les vuelve insensibles a los antiguos placeres de su juventud, hace, por decirlo así, que ya no se interesen más que por esos sagrados seres que les dan nueva vida.

Rosette confirmó la ley general, sus lágrimas se secaron enseguida y sin pensar ya más que en el placer que experimentaba al ir a visitar París, no tardó en hacer amistad con gentes que iban allí y que parecían conocerlo mejor que ella. Su primera pregunta fue para enterarse de dónde estaba la calle Quincampoix.

—Ése es mi barrio, señorita —le contesta un tipo de fuerte complexión, que tanto por una especie de uniforme que vestía como por su seguridad al hablar llevaba la voz cantante dentro del traqueteante grupo.

—¿Cómo, señor, sois de la calle Quincampoix?

—Vivo en ella desde hace más de veinte años.

—Oh, si es así, entonces conoceréis bien a mi tío Mathieu.

—¿El señor Mathieu es vuestro tío, señorita?

—Sin duda, caballero, yo soy su sobrina; voy a verle, a pasar el invierno con él y con mis dos primas, Adelaida y Sofía, a las que también debéis conocer sin duda alguna.

—¡Oh! ¿Que si las conozco, señorita? ¿Y cómo no iba yo a conocer al señor Mathieu que es mi vecino más próximo y a las señoritas, sus hijas, de una de las cuales, entre paréntesis, estoy enamorado desde hace más de cinco años?

—¿Estáis enamorado de una de mis primas? Apuesto a que es de Sofía.

—Pues no, de Adelaida, para ser sincero, una figura adorable.

—Es lo que se dice en todo Ruán, pues yo, por mi parte, no las he visto nunca; es la primera vez en mi vida que voy a la capital.

—Ah, entonces no conocéis a vuestras primas ni tampoco, señorita, al señor Mathieu, sin duda.

—Pues no, fíjese; el señor Mathieu abandonó Ruán el año en que mi madre me dio a luz y no ha vuelto jamás.

—Es un hombre excelente sin ninguna duda y estará encantado de recibiros.

—Tiene una casa bonita, ¿verdad?

—Sí, pero alquila una parte, él ocupa solamente el primer piso.

—Y la planta baja.

—Por supuesto, y también alguna otra habitación arriba, por lo que tengo entendido.

—¡Oh!, es un hombre riquísimo, pero yo no le haré parecer menos; mirad, aquí tengo estos relucientes cien luises dobles que mi padre me ha dado para que me vista a la moda, con el fin de que mis primas no se avergüencen de mí y estos hermosos regalos que les llevo; mirad, estos pendientes por lo menos valen cien luises, pues bien, son para Adelaida, para vuestra amada; y este collar que, como mínimo, cuesta otro tanto, es para Sofía; y esto no es todo, mirad esta caja de oro con el retrato de mi madre, ayer sin ir más lejos nos la tasaron en más de cincuenta luises, pues es para mi tío Mathieu, es un regalo que le hace mi padre. Oh, estoy segura de que en ropa, en oro y en joyas, llevo encima más de quinientos luises.

—No os hacía falta todo eso para ser bien recibida por vuestro señor tío, señorita —dice el pillo, mirando con el rabillo del ojo a la bella y a sus luises—. Seguramente hará más caso del placer de veros que de todas esas pamplinas.

—Bueno, no importa, no importa; mi padre es un hombre que hace bien las cosas y no quiere que se nos desprecie por vivir en provincias.

—Verdaderamente, señorita, se está tan a gusto en vuestra compañía que desearía que no os fueseis nunca ya de París y que el señor Mathieu os diera a su hijo en matrimonio.

—¿Su hijo? Si no tiene ninguno.

—Su sobrino, quería decir, ese estupendo muchacho...

—¿Quién? ¿Carlos?

—Carlos, exacto, pues claro, el mejor de mis amigos.

—Pero, ¿cómo, también conocisteis a Carlos, caballero?

—¿Que si le conocí, señorita? Más aún, le sigo conociendo y hago el viaje a París única y exclusivamente para verle.

—Os equivocáis, caballero, ha muerto; yo estaba prometida a él desde su infancia, no le conocía, pero me habían dicho que era encantador; la manía del servicio se apoderó de él, se fue a la guerra y le mataron.

—Bien, señorita, veo perfectamente que mis deseos van a cumplirse; podéis estar segura de que quieren daros una sorpresa: Carlos no está muerto, eso creían, hace seis meses que regresó y me escribió diciéndome que iba a casarse; y para colmo os envían a París, no lo dudéis, señorita, es una sorpresa, dentro de cuatro días seréis la mujer de Carlos y lo que lleváis no son sino regalos de boda.

Realmente, caballero, vuestras conjeturas están llenas de verosimilitud; sumando lo que me decís a ciertos propósitos de mi padre que ahora recuerdo, me doy cuenta de que nada es tan probable como lo que acabáis de señalar... Así, pues, yo me casaré en París. Seré una dama de París, oh, señor, ¡qué dicha! Pero si es así, al menos tenéis que casaros con Adelaida; haré que mi prima se decida y seremos una doble pareja.

Tal era durante el viaje la conversación de la dulce y bondadosa Rosette con el bribón que la sondeaba, prometiéndose de antemano sacar partida de la inexperta joven que se le entregaba con tanta ingenuidad. ¡Qué captura para la banda de libertinos, quinientos luises y una hermosa muchacha! Que se diga cuál de los sentidos no es halagado por hallazgo semejante. Cuando se están acercando a Pontoise:

—Señorita —dice el estafador—, se me acaba de ocurrir una idea: voy a alquilar unos caballos de posta para llegar antes a casa de vuestro tío y anunciaros a él; todos acudirán a vuestro encuentro, estoy seguro, y así, por lo menos no estaréis sola al llegar a esa gran ciudad.

El plan es aceptado, el galanteador monta a caballo y se da prisa en ir a prevenir a los actores de su comedia; cuando les ha dado instrucciones y les ha puesto a todos sobre aviso, dos coches conducen a la presunta familia a Saint-Denis; bajan a la hostería, el embaucador se encarga de las presentaciones, Rosette encuentra allí al señor Mathieu, al gran Carlos, que regresa del ejército y a las dos encantadoras primas; se besan, la normanda les entrega sus cartas, el buen Mathieu derrama lágrimas de felicidad al enterarse de que su hermano está bien de salud y no esperan a llegar a París para repartir los regalos; Rosette, que tiene demasiada prisa por que valoren la magnificencia de su padre, se pone enseguida a prodigarla; más abrazos, más agradecimientos y todo sigue su curso hacia el cuartel general de los estafadores, que es presentado a la bella como si se tratara de la calle Quincampoix. Llegan a una casa de bastante buen aspecto, acomodan a la señorita de Flarville, trasportan su baúl a una habitación y sin más preámbulos se sientan a la mesa; en ella tienen buen cuidado de hacer beber a la invitada hasta que se le trastorna la cabeza; acostumbrada a no beber más que sidra, la convencen de que el vino de la Champagne es el jugo de las manzanas de París; la dócil Rosette hace todo cuanto quieren y al fin pierde el conocimiento; cuando es ya incapaz de defensa alguna, la dejan desnuda como la palma de la mano, y cerciorados nuestros bribones de que ya no le queda ninguna otra cosa sobre el cuerpo más que los atractivos que le prodigó la naturaleza, deciden no dejárselos tampoco sin haberlos mancillado y se lo pasan en grande con ella durante toda la noche; al fin, contentos de haber obtenido de la pobre muchacha todo lo que podían sacar, satisfechos de haberle arrebatado su honor, su conocimiento y su dinero, la cubren con unos harapos y la abandonan, antes de que amanezca, en lo alto de la escalinata de san Roque. La infortunada abre los ojos en el preciso instante en que el sol empieza a brillar y, espantada por el lamentable estado en que se encuentra, se toca, se hace preguntas y se interroga a sí misma sobre si está muerta o si sigue con vida; los chiquillos la rodean y durante un buen rato les sirve de juguete, les ruega que la lleven a casa de un comisario donde cuenta su triste historia, suplica que escriban a su padre y que mientras le espera, le den asilo en alguna parte; el comisario ve tanto candor y honradez en las respuestas de la desventurada criatura que la acoge en su propia casa; el buen burgués normando llega por fin y después de derramar ambos infinitas lágrimas, lleva a casa a su querida hija, la cual, según dicen, no mostró en toda su vida el menor deseo de volver a ver la civilizada capital de Francia.

Lector, «alegría, saludo y salud», decían antaño nuestros antepasados cuando acababan su cuento. ¿Por qué habríamos de temer imitar su cortesía y franqueza? Así, pues, diré como ellos: «Lector, adiós, riqueza y placer; si mis habladurías te han proporcionado todo esto, ponme en un agradable rincón de tu gabinete; si te he aburrido, recibe mis excusas y arrójame al fuego».

# ÍNDICE

Introducción . . . . . . . . . . . . . . . . . . . . . . . . . . . . . . . . . . . . . . . . 5
Las 120 jornadas de Sodoma o la escuela de libertinaje . . . . . . . . 11
Primera parte . . . . . . . . . . . . . . . . . . . . . . . . . . . . . . . . . . . . . 61
Segunda parte . . . . . . . . . . . . . . . . . . . . . . . . . . . . . . . . . . . . 247
Tercera parte . . . . . . . . . . . . . . . . . . . . . . . . . . . . . . . . . . . . . 263
Cuarta parte . . . . . . . . . . . . . . . . . . . . . . . . . . . . . . . . . . . . . . 279

Cuentos, historietas y fábulas . . . . . . . . . . . . . . . . . . . . . . . . . . 309
La serpiente . . . . . . . . . . . . . . . . . . . . . . . . . . . . . . . . . . . . . . 311
Agudeza gascona . . . . . . . . . . . . . . . . . . . . . . . . . . . . . . . . . . 313
El fingimiento feliz (o la ficción afortunada) . . . . . . . . . . . . . 314
El alcahuete castigado . . . . . . . . . . . . . . . . . . . . . . . . . . . . . . 316
Un obispo en el atolladero . . . . . . . . . . . . . . . . . . . . . . . . . . . 319
El resucitado . . . . . . . . . . . . . . . . . . . . . . . . . . . . . . . . . . . . . 320
Discurso provenzal . . . . . . . . . . . . . . . . . . . . . . . . . . . . . . . . 322
¡Que me engañen siempre así! . . . . . . . . . . . . . . . . . . . . . . . . 324
El esposo complaciente . . . . . . . . . . . . . . . . . . . . . . . . . . . . . 326
Aventura incomprensible, pero atestiguada por toda una provincia . . . . . . . . . . . . . . . . . . . . . . . . . . . . . . . . . . . . . . . . . . . 327
La flor del castaño . . . . . . . . . . . . . . . . . . . . . . . . . . . . . . . . . 330
El preceptor filósofo . . . . . . . . . . . . . . . . . . . . . . . . . . . . . . . 331
La mojigata o el encuentro inesperado . . . . . . . . . . . . . . . . . . 333
Emilia de Tourville o la crueldad fraterna . . . . . . . . . . . . . . . . 338
Agustina de Villeblanche o la estratagema del amor . . . . . . . . . 355
Hágase como se ordena . . . . . . . . . . . . . . . . . . . . . . . . . . . . . 365
El presidente burlado . . . . . . . . . . . . . . . . . . . . . . . . . . . . . . . 367
La ley del talión . . . . . . . . . . . . . . . . . . . . . . . . . . . . . . . . . . . 413
El cornudo de sí mismo o la reconciliación inesperada . . . . . . 416
Hay sitio para los dos . . . . . . . . . . . . . . . . . . . . . . . . . . . . . . . 424
El marido escarmentado . . . . . . . . . . . . . . . . . . . . . . . . . . . . . 426
El marido cura . . . . . . . . . . . . . . . . . . . . . . . . . . . . . . . . . . . . 431
La castellana de Longeville o la mujer vengada . . . . . . . . . . . . 436
Los estafadores . . . . . . . . . . . . . . . . . . . . . . . . . . . . . . . . . . . 441